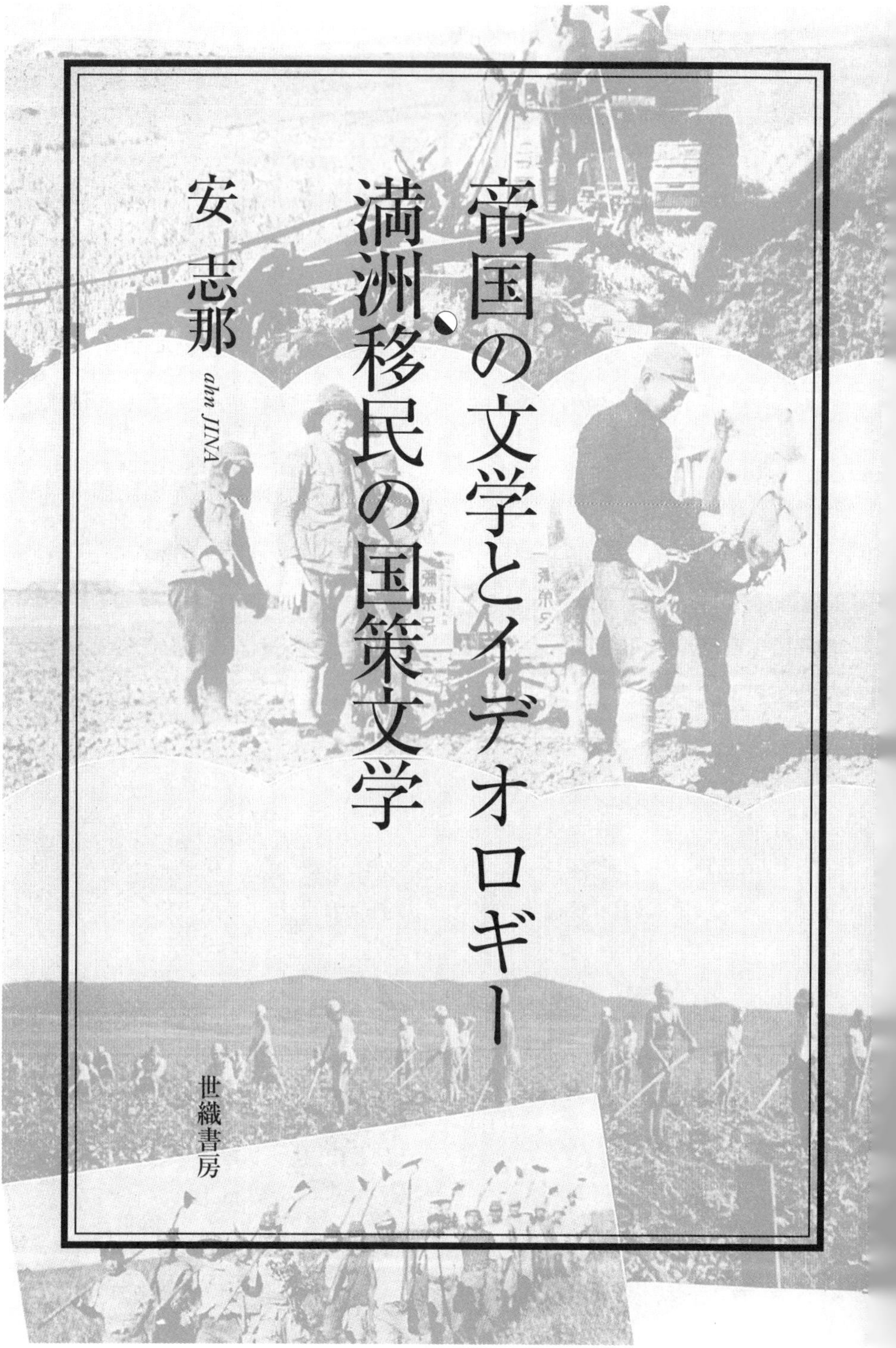

帝国の文学とイデオロギー
満洲移民の国策文学

安志那
ahn JINA

世織書房

帝国の文学とイデオロギー◐満洲移民の国策文学＊目次

序章　膨張し続ける帝国の文学——忘却と誤読の文学を読み返す……3
1　満洲移民の国策文学　3
2　先行研究の検討と研究の意義　17
3　方法と構成　24
第1章　満洲建国イデオロギーの諸相と限界——在満日本人の心情と防御の論理……29
1　関東軍の満蒙領有論と満洲移民構想　32
2　満洲青年連盟と民族協和　43
3　橘樸と王道　62
4　建国理念の排除と「八紘一宇」　90
5　満洲国の残照　115
第2章　国策文学の「越境」——国家統制からの逃避と亀裂……125
1　国策文学の形成と展開　125
2　農民文学懇話会と国策協力の論理　133
3　大陸開拓文芸懇話会と満洲移民政策の肖像　149
4　国策団体の「越境」　182

第3章　朝鮮人の満洲移民の記憶と帝国の在り方——張赫宙『開墾』論……219
1　植民地作家と万宝山事件　219
2　朝鮮農村社会の再構築の夢　222
3　水田開発の二重性　228
4　「居留民保護」の矛盾と限界　234
5　「帝国臣民」と民族　244
第4章　武装移民の逆説——湯浅克衛「先駆移民」論……257
1　日本人移民者と土竜山事件　257
2　武装移民の「出征」と「宣撫工作」　259
3　「保護」と「討伐」の境界　279
4　土竜山事件と「先駆移民」の結末　298
第5章　「包摂」と「排除」の満洲移民——打木村治『光をつくる人々』論……307
1　農民文学と「ロマンチック」な開拓　307
2　武装移民の「開拓」と征服　309

3 「大陸の花嫁」と「建設」 326
4 日満親善と混血児 343
第6章 農村問題解決から戦争遂行への傾倒――和田伝『大日向村』と徳永直「先遣隊」……381
1 日本人移民者の優秀性と精神疾患――徳永直「先遣隊」論 384
2 日本農民文学の合理性――和田伝『大日向村』論 412
終章 国策文学の限界と可能性……449
註 463
参考文献 543
年表・満洲移民と国策文学 569
あとがき 577
初出一覧 580
索引 (1)

【凡　例】

一、国号は当時の名称を用い、年代は引用の場合を除き、西暦を用いた。

二、歴史的な用語である「満洲」「満洲国」「匪賊」「満人」「支那」などの語は、今日では括弧を付して記述すべきであるが、省略した。また、人名・事件・地名・組織名は原典に従っているが、満州はすべて、「満洲」に統一した。

三、満洲「移民」に関わる用語は、「満洲開拓政策基本要綱」（一九三九年）によって満洲「開拓」と表記を改められたが、引用文を除いて「移民」と表記した。

四、韓国・朝鮮人名、中国・中国人名は漢字で表記し、一部は音読みをカタカナで記した。

五、本文中の翻訳（韓国語・英語）は特に断りがない限り、著者による。

六、引用文中の旧仮名・旧漢字は人名を含めて新仮名・新漢字に改め、仮名遣いはそのままとした。また、総ルビは適宜省略した。

帝国の文学とイデオロギー◐満洲移民の国策文学

序章

膨張し続ける帝国の文学
忘却と誤読の文学を読み返す

1 満洲移民の国策文学

「帝国の文学」の形成

本書では、所謂大陸文学、開拓文学と呼ばれた満洲移民を題材とした文学、とりわけ農民文学懇話会（一九三八）と大陸開拓文芸懇話会（一九三九）の国策団体によって創作された文学作品を「満洲移民の国策文学」と定義し、検討する。両懇話会に参加した文学者たちが、自らの文学活動を国策文学であると名乗っていたわけではない。また、大陸文学や開拓文学が必ずしも満洲移民を題材としていたわけでもない。しかし、それらの作品は当時「日満両国の重要国策」とされた満洲移民政策の宣伝活動の一環であり、時局迎合の御用文学という性質を持っていた。したがって、本書においては満洲移民政策を奨励する目的の下で書かれた満洲移民に関する一連の小説群を満洲移民の国策文学として批判的に捉える。

だが同時に、これらの国策文学に戦時体制のために進められた帝国内の人的移動のダイナミクスと、それに伴い大きな変化を強いられた人々の生を正面から見据える視点が存在していることも否定できない。それは、帝国の膨張に連動する帝国の文学でもあった。したがって、国策文学であるがゆえの限界を指摘した上で、これらの国策文学を帝国のイデオロギーの亀裂と倒錯を逆証するものとして読み直すことは、民族や階層によって異なる多様な生を取り込もうとした言説の解体にほかならない。そして、文学が帝国と植民地をめぐる支配と被支配の現実においていかなる役割を果たしたかを検証していく試みでもある。

一九三九年五月、『文芸』に浅見淵の「大陸文学について」が掲載された。浅見はここで、兪鎮午と張赫宙の朝鮮文学に関する対談についての感想を語っている。浅見が注目するのは、朝鮮人作家の「朝鮮文学が内地に一応受け入れられてゐるのは、単にそのローカル・カラアに基因《ママ》してゐるので、精神的な共通性なり深さを認められてゐるからではない」という自己分析である。

張は、東京文壇において日本語で執筆活動をした朝鮮人作家である。とりわけ、張の東京文壇デビュー（一九三二）は、植民地朝鮮から『改造』の懸賞創作募集に応募、当選したという経緯から、植民地文学者が宗主国文壇に直接受け入れられる契機となった。帝国の言葉である日本語と植民地の言語の間に存在する非対称的関係は、植民地文学者の日本語を媒介として従属的に解消され、その文学は宗主国文学に包摂された。すなわち、ここで議論される「朝鮮文学」とは、朝鮮人作家によって日本語で書かれた、あるいは日本語に翻訳されたものを意味すると考えられる。

張赫宙の文壇デビュー以降、「内地」文壇には朝鮮人作家や台湾人作家などの植民地文学者が参入した。また所謂「外地」において旅行、居住、生活を経験した日本人による日本語の創作や翻訳を含む植民地文学が形成された。これは現実における帝国の膨張と連動するものであると同時に、本来異質である外部が帝国の内部へと「逆流」するものとしても理解できる。

浅見は、朝鮮人文学者の対談から「文学の付加物に過ぎぬさういふローカル・カラアではなしに、本質的なもので認められたい」という植民地文学者側の抗議を読み取っている。それは、植民地に向けられる宗主国側の好奇心によって存立する植民地文学が、宗主国との「精神的な共通性なり深さ」の獲得を通して、周縁から中心へと移動しようとする意図を示したものにほかならない。

浅見は、そのような植民地文学側の抗議を認める。彼個人の経験からしても、読者側が朝鮮文学・在満作家・「内地」作家を含む現在の大陸文学に期待するのは、ローカル・カラー、現実放棄の快感、特殊な雰囲気なのである。彼は、現在の大陸文学の文学的位置が流行的・流動的なもので、定着性がないのは、そのためであると指摘する。さらに浅見は、その問題の解決策として、大陸文学が個性を掘り下げ、題材の中に飛び込むことを通して個性と文学性を獲得することを提示する。そうしてやっと「何々文学といふ枠が取れ、読者側の特殊扱ひも解消する」のである。だが、浅見が大陸文学の皮相的なローカル・カラーにだけ着眼する読者側の変化を求めることはない。また彼は、朝鮮人作家が「内地」読者との精神的な共通性を追求すると語ったのとは逆に、大陸文学がさらなる個性を掘り下げることを勧めている。その個性と文学性が「内地」読者を納得させた時、「大陸文学」の特殊性は解消されるのである。

浅見の大陸文学への助言は、確かに奇妙なものである。だがここでは、彼が朝鮮文学を大陸文学の一部として認識し、大東亜共栄圏が拡大しつつある今日、南方を主題とする作品も出現すると予測している点に注目したい。

僕は二人の対談記事の茲のところを読んで、一つの反省をしひられると共に、朝鮮文学のみに限らず、謂ふところの大陸文学の場合に就てもいろいろと考へさせられた。殊に、大東亜共栄圏なるものが拡大しつつある今日、満洲、支那に止どまらず、南方を主材にした作品も、そのうち続々と出現するに違ひないからだ。現に南方に従軍してゐる作家たちは相続いで現地報告を送りつつあるが、これらの作家たちが帰つて来たならば、当然ながら暫く南方ものが氾濫するは明らかなことだ。これから益々増大するであらう、この傾向をも含めて考へさせられたのである(1)。

この文章から見る限り、浅見は帝国の膨張と文学の膨張が同時に行われている点について、何らの矛盾も感じていない。したがって、彼は朝鮮半島、中国東北部、中国、さらには南洋へと続く文学の膨張を一つの趨勢として認識する。そうした文学が、題材の特殊性のみならず個性と文学性を確保することで「内地」読者から認められる。これはまさしく、日本語を通して帝国内の幾多の他者性と多様性をも包摂する帝国の文学の成立を意味するものであろう。これはすなわち、大陸文学が組み込まれると浅見が想定したのは、日本文学というより帝国の文学であったと考えられる。

帝国が膨張し続けるとすれば、帝国の文学もまた膨張し続けるしかない。それは帝国の内部と外部との間の境界を曖昧にし、その内部に他者性と多様性を流入させる。そうした視座は、一九三〇年代の近代日本文学に起きた二つの文学現象を新しく解釈する契機を提供する(2)。すなわち、日本浪漫派などの所謂日本回帰に表れる日本や日本的なものへの傾斜と大陸文学の中でも農民文学懇話会や大陸開拓文芸懇話会を中心とした所謂開拓文学の抬頭である。

この時期の「日本回帰」は、主に急激な西欧化や近代化の反動や懐疑から日本固有のもの、とりわけ日本古典や伝統の美への回帰としてみなされた。だが、一九三〇年代は満洲国の建国(一九三二)を契機に帝国が急速に膨張し、その版図が拡張の一途を辿っていた時期である点を想起すべきであろう。帝国の膨張は、自明なものとみなされてきた日本と日本的なものへの不安や懐疑をもたらした。と同時に、狭い日本文学の領域から広大な大陸へと広がり、伸張して行くという展望を示したのである。

日本回帰が近代化・東京・西洋・普遍の価値体系から日本・地方・固有・伝統の価値体系への転換であったとすれば、この二つの文学現象は一見正反対の方向を向いているように見える。しかし、朝鮮や満洲のような「外地」が日本の一地方として包摂され、日本文学や文化が大陸へと移植あるいは拡張されると捉えれば、日本回帰と大陸文学は決して相反するものではない。西洋中心主義を内包する近代化に疲弊した日本回帰が、曖昧な日本なるものを捜し求める一方、大陸文学は日本が体得した近代性をもって遂行する大陸への進出や開拓を鼓舞していた。この二つの文学現象は、近代化と日本を軸とした、帝国の膨張に対する文学的な反応であったのである。そして大陸文学は帝国に編入される植民地を帝国の一部として包摂するものであった。

その大陸文学の中でも他者性の包摂という特徴が最も顕著に表れたのが、農民文学懇話会や大陸開拓文芸懇話会を中心とした所謂、開拓文学である。この開拓文学という名称が示すのは「大陸開拓の文学」、主に「日満両国の重要国策」として推し進められていた「満洲開拓」移民を題材とする文学である。

近代日本の満州経験

日本近代文学において満洲はこの時期に初めて登場したわけではない。満洲という地名は、近代日本においては日清戦争（一八九四）の戦争報道から登場し、日露戦争（一九〇四）の戦場として、さらに後には帝国の「生命線」（一九三一）として語られた(3)。この地名には、中国東北部を中国本土から分離させるという政治的意図が刻印されているのである。だが、そうした政治的な意図とともに、心情的な側面においても独特の満洲象が確立されていった点は看過できない。

この点について、近代日本における満洲イメージの形成過程に関する劉建輝の考察は、重要な思考の契機を提供する。劉は、戦場の満洲と日露戦争における夥しい数の戦死者という犠牲が結びついて、「いつの間にか感傷、ひいては郷愁の対象へと変貌していった」と指摘する(4)。そうした感傷的な満洲イメージに、一部の青年の間に広まった大陸雄飛の精神志向と大陸浪人の存在によるロマンチシズムが注入され、満洲幻想の土台が形成された(5)。また、南満洲鉄道株式会社の設立（一九〇六・一一）は、日本人青年に就職の機会を提供した(6)。満洲は戦場に対する感傷と冒険への憧憬、新しい可能性への希望を与える場所として、近代日本人の心象地図の中に独自の位置を確保したのである。

日本近代文学においての満洲象は、とりわけ夏目漱石の紀行文「満韓ところどころ」（『朝日新聞』一九〇九・一〇～

一二)、小説『門』(一九一〇)や『彼岸過迄』(一九一二)などを中心に注目されてきた(7)。小森陽一が指摘したように、それらの小説には「「大日本帝国」の国内におけるエリートコースからドロップアウトしたものが寄り集まる植民地としての「満洲」と「朝鮮」」が登場するのである(8)。

何らかの形で「内地」から締め出された人々が向かう植民地としての満洲象は、ネガティブな側面を併せ持つしかない。劉は、漱石文学が「「満洲」を「物騒」と「文明」(大連電気公園など)の同居する場所と捉え、その内地の「平凡」な生活を脅かすことに恐怖感を覚えながらも、どこかで冒険心をそそる「新天地」として憧れてしまう」満洲観の成立に「大いに貢献した」と述べている(9)。日本人農民の満洲移民とその定着を奨励する立場の国策文学側にとっては、このような満洲観こそ「克服」の対象であったのである。

一方、満洲への関心と重要性が最も喚起される契機となったのは、やはり満洲国の建国と日中戦争の勃発である。その点は『満蒙時報』(満蒙時報社、一九三一・一二)や『大陸』(改造社、一九三八・六)のような雑誌の創刊からも読み取れる。

そうした同時代の流れの中、両懇話会は文学作品を通して重要国策である満洲農業移民政策を支持し、奨励するという明確な目的を持つ半官半民の国策団体として設立された。事実、両懇話会は農林省と拓務省の支援を受け、作家を中国東北部の移民村、訓練所などの視察、旅行、見学に派遣した。これらの作家たちは、その経験と調査に基づいて満洲移民に関する紀行、随筆、小説、戯曲、評論などを発表した。植民地文学者の仲介を経ることもなく、「内地」文壇の作家たちが直接満洲を体験し、研究し、表象する。これはまさに、植民地を帝国の文学の一部として包摂しようとする試みだったといえる。

本来、このような試みは、包摂の相手側との混淆が起こる契機になり得る。だが、両懇話会に属した作家は勿論、当時の評価においても、戦後の評価においてもそうした観点は殆ど発見できない。その主な理由の一つとして、両懇話会によって創作された文学作品が時局に迎合する国策文学として捉えられたことが挙げられる。

日中戦争（一九三七）の開始以後、国策協力の名の下に国民や文化人が動員される総動員体制が敷かれ、多くの国策文学が生まれた。公然と戦争協力が求められ、それが発表の条件になった状況に置かれた多くの作家によって書かれた文学作品が、露骨に帝国日本の政策やイデオロギーを支えることは当然と受け入れられてきたのである。事実、両懇話会の文学作品は日中・太平洋戦争期の時代背景の下、満洲移民政策を積極的に奨励・促進するために創作された。そのため、それらの作品は殆ど研究の対象として省みられなかったのである。その理由として、満洲移民そのものの成立と展開、また満洲国内の問題が複雑に絡み合っていたことが指摘できる。

満洲移民の現実と国策文学

満洲事変（一九三一）を契機に、中国東北部には帝国日本の傀儡国家である満洲国が建国された（一九三二）。周知のように、満洲国は事実上植民地であったが、建前としては民族協和と王道主義を建国理念に掲げた多民族国家の「独立国」であった。だが、満洲国の人口構成における圧倒的多数は、当時日本人側から満人あるいは満系と呼ばれた中国人が占めていた。そのため、建国時から「日満不可分」を打ち出し、満洲国における影響力の強化及び永続化を図った帝国日本側からすれば、日本人移民の増加と定着は重要な政治問題であった。また、「内地」においては、アメリカの所謂「排日移民法」（一九二四）以降の日本人海外移民の停滞、昭和恐慌以来深刻な社会問題として抬頭した過剰人口と耕地不足を中心とする農村問題の解決策が必要とされていた。

関東軍側からは「北辺鎮護」、すなわち最大の仮想敵国であるソ連に対抗するための予備兵力と信頼できる後方支援の確保を図るための、屯田兵案を中心とした満洲移民案が浮上した。日本側では、加藤完治など農本主義者が満洲移民を通した農村問題の解決を主張し、政府に働きかけた。その結果、公式的な日本人の満洲集団移民は、満洲国の建国直後から終戦までの一四年間にわたって展開された。

とりわけ、広田内閣の「満洲農業移民百万戸移民計画案」の発表（一九三六）、「二〇ヶ年百万戸送出計画」の実施

（一九三七）によって、満洲移民は大規模に拡大された。ルイーズ・ヤングが指摘したように、この計画は「当時の農業人口の五分の一」(10)に当たる一〇〇万戸を満洲に移住させるという壮大なものであった。「内地」農村から満洲農村へと、国家の政策による集団移民が持続的に行われたのである。

ここで注目したいのは、この国策移民において日本人移民者はあらゆる意味で日本から離脱するものではなかったという点である。満洲国ではその崩壊まで国籍法が実施されず、日本人の二重国籍が認められた(11)。さらに満洲移民政策側によって、日本人移民者は「大陸政策」遂行の楔となる日本人であることが求められた。

一九三九年一二月二二日、「満洲開拓の憲法」と呼ばれた「満洲開拓政策基本要綱」が閣議決定された。その基本方針は、「満洲開拓政策ハ日満両国ノ一体的重要国策トシテ東亜新秩序建設ノ為ノ道義的新大陸政策ノ拠点ヲ培養確立スルヲ目途トシ特ニ日本内地開拓農民ヲ中核トシテ各種開拓民並ニ原住民等ノ調和ヲ図リ日満不可分関係ノ鞏化、民族協和ノ達成、国防力ノ増強及産業ノ振興ヲ期シ兼テ農村ノ更生発展ニ資スルヲ以テ目的トス」(12)ものである。この基本要綱によって、既存の満洲移民に関わる呼称はすべて満洲「開拓」と改められた。そして「日本内地開拓農民」は、満洲への大量移民を通して「日満不可分」という特殊関係の強化、満洲国の建国イデオロギーである民族協和の達成、関東軍の増強などの大陸政策の拠点としての役割を担わされた。言い換えれば、「日本内地開拓農民」の役割とは満洲農村に植えられた日本人として、帝国日本の支配と影響力の安定化及び永続化を図るための人柱といえるものであった。しかし、そのような満洲移民政策側の意図は、日本人移民者が自然環境、文化、民族が異なる満洲農村に定着しながらも日本人としての言語・文化・風習などを維持するという前提に基づくものであった。すなわち、満洲移民における日本人という言葉は、血統に基づく均質な文化共同体としての日本民族とほぼ同義の言葉であったのである。

満洲移民政策の現実においては、各民族の生活空間の分離、すなわち民族によって住み分けることで日本民族は維持されると考えられた。「日本開拓民と現住民が混淆雑居し、同一環境と生活条件を通じて融和し、民族協和を如実に具現するのが理想」としながらも、「言語、風俗、習慣及び各種施設等を全く異にする両民族が、直ちにかゝる理想的境地に達するものと期待するは困難」(13)とされたのである。そのような移民生活が、満洲移民政策の国策移民としての物的基盤によってこそ実現し得るものであったことはいうまでもない。

満洲移民政策に関する先行研究において指摘されたように、日本人農民の集団移民が確保した広大な入植地は、しばしば中国人・朝鮮人農民の既耕地を包含していた。そのため、現地では中国人・朝鮮人農民の農地に対する強制的な買収や立ち退きが行われた。その結果、多くの現地農民は日本人移民団の雇農、小作農となるか、満洲国内の未耕地を開拓すべき「内国開拓民」となった。このような土地政策は、当然現地農民の反発や満洲国内の満系住民の不満を煽り、中国側から日本帝国主義の「土地収奪」として反日宣伝の標的となる(14)。満洲移民政策において「未利用地主義」は初期から重要な原則とされたが、多くの場合、依然として既耕地の買収が続けられた。そして日本人「開拓農民」は、満洲移民政策によって「内地」農村から満洲農村へと移動させられ、そこに理想的な「日本農村」を構築することが期待された。

両懇話会の文学者たちが調査・研究し、文学作品として形象化したのは、このような「満洲開拓」だったのである。すなわち、開拓文学の多くは日本人の満洲移民を題材として、日本語で書かれ、「内地」読者に読まれた。その際、「大陸」は後景に退けられ、現地の中国人は敵の匪賊か、日本人によって指導されるべき満人として描写される。両懇話会の作家が興味を覚えたのは満洲そのものというより、そこで行われる日本人農民の「満洲開拓」であり、その過程で遭遇する様々な困難を克服する成功の物語を「内地同胞」に語ることであった。満洲移民政策への理解を深め、支援する開拓文学はまさに国策文学であったのである。

しかし、満洲移民の国策文学は、単なる文学者の時局迎合や戦時動員として片付けられない側面を持っている。それは、両懇話会を結成した文学者の文学論、個別の文学作品、「内地」農村の現実、満洲移民そのものの矛盾など、様々なレベルにおいて指摘できるのである。

まず、両懇話会を結成した文学者たちが、体制側に協力する代わりに、彼らの文学活動に対する便宜や保護を要請した点が挙げられる。そのため、彼らの文学活動は同時代の文学者からも時局迎合であるとして厳しく批判された。両懇話会の結成と活動は、確かに半官半民の国策団体としてのものであった。それはすなわち、帝国内の思想的、政治的な背景からこの国策団体が生み出されたものであることを意味する。

両懇話会には福田清人、近藤春雄、和田伝のように満洲移民を日本民族の大陸進出として捉え、その「開拓精神」の正しさを心から信じて疑わない文学者が存在した。だが、両団体に参加した作家の多くは、若い世代の転向作家であった。日中戦争を契機として文化統制が強まる中、彼らは転向作家として時代の緊迫感を現実的な脅威として体感していた。転向作家にとって国策団体への参加と国策に協力する文学活動は、国策への共鳴よりもまず自らの保身を意味するものであった。両懇話会は確かに国策団体であったが、それに参加したすべての作家が一貫した思想と信念を持った一枚岩の組織ではなかったのである。

また、この時期に満洲移民政策が農村経済更生運動と結びついて展開されたことが、元左翼作家や農民作家に自らの国策協力を正当化する大義名分を提供したと推測できる。当時、満洲移民の主な募集対象は、「内地」農村の小作農や貧農とされた。農家負債と耕地不足、不作に苦しめられている日本人農民が、満洲移民に参加すれば約二〇町歩の肥沃な耕地を与えられ、補助金や助成金などの優遇と支援を受けながら自作農として育成される。一九三七年に農林省が「内地」における農家経営に適正な「標準耕地面積」として算出した土地規模が、一町六反であったこと(15)と比較すれば、満洲移民者への物的支援の程度を推察できる。昭和農業恐慌(一九三〇)以降、農民と農村の窮状を訴えて来た農民作家にとって、満洲移民は農村問題の合理的な解決策として受け止められる余地があった。元左翼作家にとっても、国策に協力することで社会的弱者である貧農を助けられるという論理は、納得できるものであったと推測できる。

しかし、両懇話会が最も活発に活動した一九三九年前後、「内地」の農村における現実は、急速に変化していた。

農業恐慌以降、長い間続いた農村の不景気は、糸価や米価の反騰などの影響で、一九三八年から回復しつつあった。また、農村における過剰人口は、日中戦争勃発による徴兵、軍需産業への労力提供によって急速に減少していった。「内地」農村は、軍隊、軍需産業、満洲移民に対する人的資源の提供を同時に要求され、その上で戦争遂行のための農業生産力の増強を求められていたのである。にもかかわらず、満洲移民政策は逆に大幅に拡張された。結果として、満洲移民は急速にペースダウンした。それを補うため、満洲移民政策では成人移民の代替として青少年移民が考案され、移民団は分村移民や分郷移民などの形態に転換し、貧農や小作農だけでなく「内地」農村の老若男女が満洲移民に参加することが求められた。

両懇話会が結成され、両団体に参加した文学者によって満洲移民を題材とした多くの国策文学が書かれたのは、このように満洲移民政策が大衆動員の様相を呈しながら推し進められた時期である。逆にいえば、満洲移民政策が現実における根拠を失い、大衆動員に転化する時期に、満洲移民を奨励するための国策文学が登場したのである。そして満洲移民の国策文学は、満洲移民をめぐる帝国日本のイデオロギーを再生産するという具体的な目的をもって生み出された。

満洲をめぐるイデオロギーの錯綜

しかし、これらの国策文学が従属すべき帝国のイデオロギーが、必ずしも作品に明確に提示されたわけではなかった。帝国内における満洲移民を正当化する論理は、農本主義を背景とする「内地」農村の過剰人口と耕地不足など農村問題の解決策であり、アジアを指導すべき日本民族の大陸進出という膨張主義の実践であった。社会的弱者である農民と農村社会の更生を主張する農本主義は、帝国内の社会的矛盾を植民地に移転することで解決するという帝国主義の企画と結合した。その上、帝国内では相対的に「劣等」とされた農民も、植民地政策においては優秀な日本民族の一員として異民族を指導する存在になり得るとみなされた。

これに比して、日本人農民の送出先である満洲国におけるイデオロギーは、極めて複雑に展開された。満洲国の建国は、建国イデオロギーとして民族協和と王道主義を掲げ、東洋的ユートピアを建設すると謳われた。だが、それら建国イデオロギーは思想的な発展を遂げず、次第に五族協和と王道楽土という片言のスローガンにすり替えられていった。そのような経緯によって、民族協和と王道主義は「傀儡国家」を創出するための欺瞞的なイデオロギーであったとみなされた。

その背景には、先行研究においてすでに指摘されたように、王道主義と民族協和が満洲国の建国工作において中国ナショナリズムへの思想的な防御と中国人の協力を獲得するという具体的な目的のため浮上してきたイデオロギーであるという事実がある。後に詳述するが、本来民族協和は、中国ナショナリズムの脅威に直面した満洲青年連盟を中心とした在満日本人が、少数民族としての立場から構築したイデオロギーであった。王道主義は、伝統的中国農村社会の自治能力を重視する道徳論である孟子の王道論から由来するものであった。

だが、中国人に対する指導原理を「孔子の道に求める」ことは、「彼等の祖先が生んだ思想である以上、その指導的地位は転化するのやむなきに至る」と憂慮された(16)。満洲国の建国イデオロギーとされた民族協和と王道主義は、厳密に言えば、満洲事変以前から満洲国の建国工作までの在満日本人の政治的、社会的な立場から浮上したイデオロギーであった。満洲国の建国工作の過程を通して、在満日本人は積極的に関東軍に協力し、満洲国建国のための思想的な道具にして大義名分として民族協和と王道主義を提供した。そして満洲国の建国を契機に、在満日本人のイデオロギーは、満洲国を正当化するためのイデオロギーとして変質したのである。そして満洲国は日満一徳一心(『回鑾訓民勅書』一九三五)、国家神道の導入(『国本奠定勅書』一九四〇)などを経て、急速に日本帝国のイデオロギーに包摂されていった。

このように、一九三〇年代に満洲をめぐる帝国のイデオロギーは最初から一貫したものではなかった。民族協和と王道主義は、在満日本人が中国人と中国ナショナリズムに対応するために「妥協」した産物でもあり、その「妥協」

の痕跡は建国イデオロギーとして残された。その民族協和と王道主義がスローガンにすり替えられ、満洲国の建国イデオロギーは純粋な日本精神、すなわち「八紘一宇」であると再解釈されていくようになる。それは、異民族支配のために異化されたイデオロギーが純粋な日本精神によって排除される過程でもあった。

満洲をめぐるイデオロギーの流動性と恣意性は、在満日本人の間で様々な解釈の可能性と混乱を生み出した。とりわけ民族協和は、民族平等のイデオロギーとしての側面とアジア諸民族に対する日本民族の指導性を強調する側面を併せ持っていた。一九三〇年代後半の在満日本人文学者たちは、満洲は日本の一地方ではなく、満洲には独自の文学が存在すべきと主張する満洲文学論を展開していた。その中で一部の在満日本人文学者たちは、建国理念を持ち出すことで、現実批判の余地を確保しようとしたのである。

勿論、そうした試みには満洲国そのものを否定するものではないという限界があった。だが、満洲国を日本民族の大陸膨張として捉え、日本民族の優越性を信じて疑わない側から見れば、民族協和を「極めて自由主義的な平等観といふか、いはゞ旧態世界観の民族自決主義の変貌的表現であるかのやうに解釈したり、甚しきに至つては、左翼的なインターナシヨナリズムの変形のやうな釈意を抱いて得々として独善論を振りかざ」す在満日本人文学者の存在は、「自由主義、若しくは左翼思想の妄念から未だ全く自由でない人々」であり、「満洲建国の理想の上で、獅子身中の虫」のような存在であった(17)。民族協和は、建国理想をめぐるイデオロギー闘争の場となったのである。

その根底には、満洲で育った在満日本人青年が経験した「植民者」としての自意識と日本人というアイデンティティの混乱が存在していた。日本人あるいは日本民族が血統に基づく均質な民族集団として存在し続けられるという満洲移民政策上の前提は、同時代にすでにその矛盾を露呈していたのである。さらに在満中国人文学者の文学は、満洲国の建国理念や日本人が排除された「面従腹背」の文学であった。

「内地」では自明なもののように見えた満洲移民の論理は、このように複雑に絡み合った満洲の言説空間に進入することで、隠し切れない矛盾を露呈させた。事実、農民文学懇話会と大陸開拓文芸懇話会の越境は、宗主国と植民地との間に存在する様々な矛盾と乖離を浮き彫りにし、可視化する契機となる。

その大きな理由の一つには、両懇話会による満洲移民の国策文学が、現地調査と取材による事実に基づいて書かれたという点が挙げられる。両懇話会から派遣された作家たちは、ほぼ同時期に同じような場所を視察し、時には同一人物から体験談を取材することもあった。また、日本人満洲移民の歴史そのものが決して長いものではなかったという限界もあった。両懇話会がその成果を盛んに発表していた一九三八、一九三九年は、公的な日本人満洲移民の開始から数えてもまだ七年目に過ぎなかった。これらを題材とする文学は、文学的成熟の時間的余裕を与えられない上に、同時代に推し進められる移民政策に極めて緊密に協力していた。移民者の配偶者（一九三七）、満蒙開拓青少年義勇軍（一九三八）、青少年義勇軍の女子指導員（一九三八）などの送出政策は、大量移民が本格化した一九三七年以後創設、実施されている。

そうした状況は、題材の重複や類型化を招来した。初期武装移民団の場合、移民者の経験として抗日勢力の襲撃、屯墾病の流行、退団者の続出などの困難を経た「開拓」に成功する物語が語られた。分村移民の場合は、農家負債、土地不足などの農村問題で疲弊した「内地」農村が分村運動を通して更生するという物語が形成された。

さらに、満洲移民の国策文学の多くは、現地調査に基づく報告文学であるとみなされた。国策文学を報告文学として位置づけることは、それが単なる素材の拡張、基礎的調査の報告に過ぎないという批判に結び付く危険を受け入れると同時に、大陸の現実を描いた文学として一定の価値を担保するという意味を持っていた。そのため、発表当時の批評は、主に記録文学、報告文学として評価するものであった。今までの研究においても、これらの国策文学がルポルタージュであるという評価は、そのまま踏襲された。

しかし国策小説が現実を描写しながら帝国側に期待されるイデオロギーを文学に体現しようとするとき、それは事実としての現実との間に様々な矛盾と倒錯を生み出すことになる。文学作品のイデオロギーは、作家個人のみに還元されるものではない。体験と取材に基づく文学的「再現」は、作品が語るものと同時に語り得ないものの存在を暗示する。たとえば、満洲移民の国策文学では民族協和を題材とした作品が少ない点を指摘できる。日本人移民者の立場に立つ国策文学からすれば、諸民族の協和は必ずしも都合のいいものではなかったのである。

また、文学テクストそのものから、それが語ると期待されるものとは相反するものを読み取ることもできる。その際、国策文学で描かれた現実と、掲げるイデオロギーの間の亀裂は、巧妙に仕組まれた物語の虚構性を浮き彫りにする。それは、帝国のイデオロギーそのものに内在している矛盾や屈折を露呈させるのみならず、満洲移民をめぐる宗主国と植民地の現実がどのようなものであり、その現実が文学作品をどのように変容させたかを検討することに繋がるものである。つまり、現実との矛盾を露呈させるという点において、これらの国策文学に反語的な形での可能性を認めることができるのである。

2　先行研究の検討と研究の意義

日本帝国主義批判から帝国日本研究へ

前節では、満洲移民をめぐるイデオロギーと国策文学の関係を軸として検討した。満洲国は、中国の東北地方に存在した「傀儡国家」であり、近隣の諸民族を構成員とした。そのため、満洲（国）研究は、現在の日本、中国、韓国に関わる近代の問題として歴史学、社会学、文学、言語学、教育学などの各領域において活発に行われている。

とりわけ、日本における満洲研究は、膨大な量が蓄積されている。ここでは、主に満洲移民と満洲国のイデオロギー、文学における代表的な先行研究を概観することで、本書の視座と位置づけを明らかにしたい。

日本における満洲研究は、一九七〇年代以降、日中国交樹立を契機として本格的に始まった。日本帝国主義に対する批判として出発した満洲研究は、経済史的側面を中心として展開した。研究としては、満洲史研究会『日本帝国主義下の満洲』（御茶の水書房、一九七二）から本格化し、代表的な研究として、満洲移民の歴史を実証的に検討した満洲移民史研究会『日本帝国主義下の満洲移民』（龍溪書舎、一九七六）がある。

一九九〇年代に入り、満洲研究は日本帝国主義批判から日本帝国研究へと遷移する(18)。山室信一『キメラ――満洲国の肖像』（中央公論社、一九九三）では、満洲国は日本帝国主義の単一なる論理で形成されたのではなく、その国際関係、満洲国内外の利害関係との折衷の中で構築されたと示された。その中で山室は、満洲国の建国理念の民族協和と王道主義は、関東軍の満蒙領有論における正当化論が「転化して噴出」したものであると捉えた(19)。日本人の指導による民族協和の実施と、その結果としての王道楽土の実現と把握したのである。

そもそも、既存の研究における満洲国の建国イデオロギーに対する評価は、決して高いものではない。満洲青年連盟結成から満洲国建国後の共和党、協和会へと続く在満日本人の役割と民族協和を分析した平野健一郎は、民族協和の「内包は思想とよぶには貧弱であるために、それ自身を一つの思想として分析し、論理的再構成を試みるのは困難な仕事」であるとし、それは在満日本人の「心情論理の体系」とした(20)。

満洲国の建国過程を検討した古屋哲夫は、民族協和について「特別な施策がとられることなく、したがって王道が実現すれば、自然に達成されるかのごとく捉えられていた」と推測し、「何ら論ずるに足るほどの展開は見られなかった」と結論づける。また王道主義についても、「儒教的徳目を取り上げただけ」で、「現実政治に対する批判や要求が生み出されることはなかった」と述べている(21)。既存の満洲国の建国イデオロギーについての見解は、「傀儡国家」である満洲国を創出するための偽のイデオロギーであり、その内実は殆どなかったとほぼ一致している。

対して、駒込武は『植民地帝国日本の文化統合』（岩波書店、一九九六）において、教育学の視点から満洲国建国過程のイデオロギー形成に注目した。満洲国の建国イデオロギーは、建国を飾るための「外的装飾」であると同時に、「現実政治に対する批判や要求」が交錯した可能性を提示した(22)。民族協和と王道主義が単なる政治的修辞であるだけでなく、現地社会及び住民との妥協と交錯の中でうまれた側面を強調する視座である。こうした視座は、「同化」を中心とする帝国日本の統治理念から満洲国の存在が持つ異質さを浮き彫りにする。

このような先行研究を踏まえると、満洲国の建国イデオロギーが主に建国過程もしくは一定の時期に焦点を当てて検討されてきたということを確認できる。その原因は、民族協和と王道主義が理論的な発展を遂げず、満洲国と共に崩壊した「幻想」であるとみなされたためである。

社会学では、満洲を体験した人々の中に民族協和と理想国家建設の記憶が根強く生き残っている点が指摘される。代表的な成果として、満洲移民体験者のインタビューと分析を通して、その送出から引揚げまで、さらに満洲国崩壊後の戦後残留孤児や残留日本婦人の満洲体験を取り上げた蘭信三『「満洲移民」の歴史社会学』（行路社、一九九四）がある。この研究では、満洲移民を政策側からのものではなく、それに参加し、経験した人々の体験と生活から取り出している。また、坂部晶子『「満洲」経験の社会学』（世界思想社、二〇〇八）では、満洲農業移民者のみならず都市生活者、同窓会、慰霊碑文、さらに中国東北側の被害の集合的記憶がどのように記憶され、語られるかが論じられた。

満洲文学研究

文学においては日本文学と満洲文学、植民地文学の観点から研究が展開された。日本文学では、昭和期文学研究の中でナショナリズムと国家権力による文化統制という流れから国策文学の一例として言及するにとどまることが多かった。満洲文学に関する先駆的な研究としては、尾崎秀樹『旧植民地文学の研究』（勁草書房、一九七一）、川村湊『異郷の昭和文学――「満洲」と近代日本』（岩波書店、一九九〇）が挙げられる。尾崎は、満洲国における文学の構成について、在満日本人文学者の「作文」派と「大陸浪漫」派、「芸文志」派の中国人作家、大陸開拓文芸懇話会が代表する日本人作家によって「一応の図式を完成」したと述べる(23)。川村は、満洲文学を三つの類型に整理した。それは、満洲を旅行して紀行や作品として発表した日本人文学者、満洲に生活の基盤をおいた在満日本人文学者、満洲で生まれ育った後引揚げを経験した「満洲引揚げ」派で構成される(24)。尾崎が満洲文学を在満日本人、中国人、日本人の文学で構成されると捉えたのに対して、川村は日本人による満洲文学に、開拓文学から引揚げ派までを射程に入れている。さらに川村は、『文学から見る「満洲」――「五族協和」の夢と現実』（吉川弘文館、一九九八）で満洲に在住する日本人のみならず中国人、朝鮮人、白系露人の文学までに視線を向け、五族協和というスローガンの下で行われた諸民族の文学を概観した。こうした満洲文学研究において、大陸開拓文芸懇話会と農民文学懇話会の開拓文学は満洲文学の一部分をなすものとして位置づけられた。

他方、国策団体としての両懇話会に関する研究も行われた。大陸開拓文芸懇話会については、板垣信「大陸開拓文芸懇話会」（『昭和文学研究』一九九二・九）によって、その結成から日本文学報国会への「発展的解消」までが詳細に検討された。農民文学懇話会については、農民文学懇話会結成の経緯と作品の分析、さらに両懇話会と戦後の日本農民文学会（一九五四年結成）との関係を明らかにした佐賀郁朗『受難の昭和農民文学――伊藤永之介と丸山義二、和田伝』（日本経済評論社、二〇〇三）がある。また、農本主義に関する研究ではあるが、岩崎正弥が『農本思想の社会史――生活と国体の交錯』（京都大学学術出版会、一九九七）において、戦時下農民文学の流行とその失敗を検討している。

一方、若松伸哉「「満洲」へ移される「故郷」――昭和十年代・大陸「開拓」文学と国内文壇にあらわれた「故郷」をめぐって」（『国語と国文学』二〇〇七・四）では、同時代の東京文壇における故郷に関する言説から満洲移民者の故郷問題が論じられている。文学を中心として同時代に多重の故郷言説が成立し、それが満洲に故郷を移動させられるという「幻想」の前提となったとする。大陸文学が「国内文壇ともやはり密接に連動して」いたとする問題提起は、興味深いものである(25)。また、朝鮮出身作家の韓雪夜、金東仁、今村栄治、張赫宙、兪鎮午の満洲小説を分析した柳水晶『帝国と「民族協和」の周辺の人々――文学から見る「満洲」の朝鮮人、朝鮮の「満洲」』（博士論文、筑波大学大学院人文社会科学研究科、二〇〇八）がある。この論文は、植民地朝鮮、満洲、日本帝国の諸関係の中で朝鮮出身作家が満洲を題材・背景とした小説のテクストを分析する試みである。辛承模は、『日本帝国主義時代の文学と混淆性』（ジグムヨギ、二〇一一）において張赫宙、湯浅克衛、小林勝を中心に、植民地日本語文学から引揚げ文学について考察している。ここに挙げた研究の他、大陸開拓文芸懇話会と農民文学懇話会に参加した作家に関する研究において、満洲との関わりについての研究が増えている。

満洲研究の拡張

従来の韓国や中国側からの満洲研究は、民族主義に依拠した日本帝国主義批判から出発した。それは両国が戦後、日本帝国主義を正当化する議論に対抗する論理を構築することから出発したことを反映するものである。韓国近代文学においては、抗日や民族主義を表す作品を除いた日本語文学、満洲を題材とした作品は「親日文学」の嫌疑から殆ど省みられることはなかった。

しかし、一九九〇年代以降、満洲に関わる朝鮮人文学者の作品に関する研究が活発に行われ始めた。それらの研究においては、「抵抗と屈従」の二項対立的概念から離れ、満洲国における朝鮮人の「二等国民」としての屈折、帝国主義イデオロギーに対する統合と逸脱、移民文学、ディアスポラ体験に至るまで多様な視座から分析が試されている。それは散逸してしまった朝鮮語、日本語資料の発掘、出版、分析及び研究成果の発表によって本格化している。その代表的な研究としては、民族文化研究所『植民主義と文化叢書シリーズ』の出版、呉養鎬『韓国文学と間島』（文芸出版社、一九八八）、『日帝強占期満洲朝鮮人文学研究』（文芸出版社、一九九六）、『満洲移民文学研究』（文芸出版社、二〇〇七）などが挙げられる。

金在湧「日帝末韓国人の満洲認識」（金在湧編『万宝山事件と韓国近代文学』亦楽、二〇一〇）では、「内鮮一体」の対象である同時に民族協和の対象でもあった当時の朝鮮人が、満洲国の「国民」となることで日本による朝鮮植民地支配から逃れようとする試みを読み取っている。他方、韓壽永「「在満」という経験の特殊性——政治的なアイデンティティと異民族の形象化を中心に」（中国海洋大学校海外韓国学中核事業団編『近代東アジア人の離散と定着』キョンジン、二〇一〇）は、「離散」によって形成された在満朝鮮人の多様な生の重層性と欲望の層位を理解しようとする時、彼らの在満経験と文学的な形象化を「親日と反日」あるいは「受難と抵抗」の枠組みによって解釈することは限界を持つしかないと指摘する。さらに、彼は満洲国の建国以降のテクストにおいて、その建国以前の在満朝鮮人の困難が強調されればされるほど、満洲国建国の正当性が強化される逆説的な結果になる点に注目する。また、満洲社会における在満朝鮮人の社会的、経済的な位置に着目し、その複雑な民族矛盾が満洲国当局によって統治の一部として取り込まれ、利用されていた点を指摘する研究などがある（朴银淑「日帝強占在満朝鮮人文学と朝鮮人社会の矛盾形式」前掲『近代東アジア人の離散と定着』）。

中国における「偽満洲国」研究は、占領期の「東北淪陥区」の史的資料の収集・編纂・出版から始まった。そこには、抗日、愛国という極めて強い目的意識が存在した。呂元明は「中国における東北淪陥期文学の研究の現在」（岩崎富久男訳、植民地文化研究会編『植民地文化研究　資料と分析』不二出版、二〇〇二）で、中国における「東北淪陥区」研究の出発点として、「九・一八」事変の翌日、中国の各新聞が民族存亡の危機感によって東北淪陥区に対する支援、宣伝や研究を開始した時点まで遡る(26)。したがって、東北淪陥区で行われた多くの中国語文学は、抗日文学を除けば「漢奸文学者」による「漢奸文学」であるとみなされ、厳しい批判の対象となった。一九九〇年代からは、再評価の動きが生まれ、多様な視座から満洲文学に関わる研究が行われるようになった。だが、呂は「東北淪陥期文学」研究者の数が少なく、また在満日本人文学者による日本語文学に関する研究はそれよりも少ないと指摘する(27)。

日本内の中国人研究者による研究は、そうした側面を補完する役割を果たしている。たとえば、単援朝「在満日本人文学者の「満洲文学論」――『満洲文芸年鑑』所収の評論を中心に」（『アジア遊学』二〇〇二）、「同床異夢の「満洲文学」（一）――「満系文学」側の主張から」（『崇城大学　研究報告』二〇〇八）、尹東燦『「満洲」文学の研究』（明石書店、二〇一〇）などがある。また、日本人研究者による満洲国期の代表的な文学研究として岡田英樹『文学にみる「満洲国」の位相』（研文出版、二〇〇〇）があり、また「外地」における多様な日本語文学研究を試みた神谷忠孝・木村一信編『「外地」日本語文学論』（世界思想社、二〇〇七）などがある。

近年の研究の傾向として指摘できるのは、日本、中国、韓国との間で比較研究が旺盛に行われている点である。日本では山田敬三、呂元明編『十五年戦争と文学――日中近代文学の比較研究』（東方書店、一九九一）、植民地文化学会編『「満洲国」とは何だったのか』（小学館、二〇〇八）などがある。韓国では、東国大学校文化学術院韓国文学研究所『帝国の地理学、満洲という境界』（東国大学校出版部、二〇一〇）がある。特に植民地日本語文学・文化研究会編『帝国日本の移動と東アジアの植民地文学 一――台湾、満洲・中国、そして環太平洋』（ムン、二〇一一）は、「帝国日本の移動」という観点から韓国、日本、中国、台湾、アメリカの研究者三四人の研究をまとめたものである。

また、現在中国東北部に居住している所謂「中国朝鮮族」（以下、「朝鮮族」と記す）[28]の文学研究は、満洲国の崩壊以降同地域に残った約一四〇万の朝鮮人から出発した中国の少数民族としての「朝鮮族」の文学研究という点[29]において、満洲国期の在満朝鮮人文学からの連続性や不連続性の両面から注目される[30]。事実、在外韓人文学を検討した崔炳宇は、「朝鮮族文学」は朝鮮半島を除いては「韓国語文学における最大の宝庫」[31]であると述べている。

李海英は、「中国朝鮮族文学」について「一九四五年の光復以後、帰国・帰郷を放棄して移住地の満洲に残り、「朝鮮人」から中国内の一つの少数民族への移行過程を経て、中国歴史内に編入された中国内の我が民族が、民族語を通して彼らの生の現場と歴史、二重的アイデンティティの葛藤を形象化した文学」[32]であると定義する。「朝鮮族」は中国共産党と共に抗日戦争に血を流して戦い、「光復」後には中国共産党の側に立って国民党に対抗する国内解放戦争にも貢献し、中国共産党の少数民族政策によって中国国籍を取得した。したがって、「朝鮮族」の中国への感情は曇りなきものであると、彼女は述べる[33]。「朝鮮族文学」は韓民族の在満朝鮮人としての体験や抗日戦争の集団的記憶から出発するのである。「朝鮮族」文学の存在は、そのまま満洲国崩壊以降の中国東北部における国家と民族、歴史と文化、アイデンティティをめぐる問題が現在に連続していることを証明するものでもある。このような点を踏まえると、満洲文学研究を内包する満洲研究の国際化の傾向は、該当地域をめぐる帝国日本の支配・被支配の記憶が、東アジア全体の歴史認識・問題意識によって読み直されていることを物語る。

3　方法と構成

国策文学の誤読

ここまで、日本内外における満洲・満洲文学研究に関する先行研究の動向を検討した。満洲（国）研究は、歴史学から出発して多岐にわたって展開されており、日本帝国主義批判から日本帝国論へと、また東アジア全体へと開かれている。満洲国の建国と共に始まった満洲移民も、その原因と進行過程、結果に至るまで一カ国に収斂する問題ではない。本書はそのような問題意識に基づき、単純な現実描写の文学、あるいは国策迎合の御用文学としてみなされた満洲移民をめぐる一連の文学作品を読み直すという試みである。

しかし、文学は単なる歴史の叙述ではない。文学作品はあくまでも虚構であり、生身の作家と歴史的な出来事、生きた時代と環境、物語そのものの論理などが複雑に絡み合っている。本書で取り上げる主な作品は、両褪話会が最も盛んに活動していた時期に発表されたものである。両褪話会は一九四二年には日本文学報国会の傘下に入ったことで活動が鈍化してしまい、また戦後には作家側の意図的な沈黙や文学的な価値のない御用文学であると評価されたため、多くの資料が散逸してしまった。そのため、現在において満洲移民の国策文学と呼ばれるような作品は多くの場合、植民地文学研究の一環として、あるいは個別の作家研究の延長として資料の発掘・復刻が行われたものである。本書は、そのような調査資料や研究成果の上に成り立っている。

本書で分析対象とした主な作品は、満洲移民の国策文学の中では最も注目され、評価された作品ともいえる。また、それらの多くは実際の事例や体験談の取材と研究を通して叙述された。その事例や体験談は満洲移民の成功例でもあった。たとえば、弥栄村（第一次移民団）、千振村（第二次移民団）、大日向村（第七次移民団）などである。そうした成功例は、当時から満洲移民政策上の必要によって社会学的調査や研究、記録が多く残され、戦後には満洲移民研究のため、やはり緻密な研究の対象となった。

文学作品が描くのは、その歴史を生きた人間と集団の姿である。本書では、前節で見てきた先行研究を踏まえて歴史学的な事実に基盤を置きながら、文学作品の精読を通して満洲移民の国策文学を再検討することに焦点を置く。満洲移民の国策文学の研究は、これまでも歴史学、社会学研究の成果だけでは捉え切れないものを提供することができる。すなわち、満洲移民に協力した人々、動員された人々の中に存在した様々な葛藤や利害、感情の相剋、政策と現実の乖離や矛盾が錯綜する植民地支配のダイナミズムを映し出す契機になり得る潜在力を持つのである。そうした意味で、満洲移民の国策文学から逆説的な意味を見出せるのである。

問題となるのは、満洲移民の国策文学の場合、そのような様々な関係性が作品においてあまりにも深く絡み付いているため、その糸を解き、理解することが極めて難解という点である。これらの作品は、当時から時局迎合の文学として批判され、著者自身もその点を意識した作品である。そのような作品から国策への批判や矛盾を読み取ろうとする試みは、当然ながら誤読の危険を孕むしかない。

しかし、私は逆に、満洲移民の国策文学はいつも誤読されていたと指摘したい。その最大の原因は、満洲移民の国策文学が題材とした満洲そのものの特殊性に求められるであろう。近代日本における満洲は、独特の磁場を形成していった。有名、無名の日本人が「大陸進出」、あるいは理想国家建設という夢に魅せられて満洲へと渡っていった。満洲移民の国策文学は、文学を通して農民たちをそのような「夢」に誘い込もうと著された。満洲移民の国策文学が、農民を事実上の植民地に植え付けるという国策に積極的に協力したのは確固たる事実であり、満洲移民を奨励した文学者たちの責任は否定されるべきではない。

その一方で、作家は国策である満洲移民を奨励するために、視察旅行などで目撃し、取材した満洲の現実をありのままに描写することで、国策に協力するという体裁と文学としての価値を見繕おうとした。すなわち、彼らは国策に動員される農民が帝国の境界に移され、異民族との衝突や葛藤の中で揺れ動く彼らの生を深く観察し、描写したのである。

そこから、満洲移民の国策文学が政策側の予想とは正反対のもの、さらには作家の意図とも相違なるものとして表れる可能性が生起する。勿論、そうした可能性を捉え、読み取ることは容易なことではない。それは物語があえて語らないもの、あるいは語り得ないものを見出そうとする試みであるためである。そのような曖昧なものを探し求める作業には、誤読の危険がつきまとうし、あるいはひとりよがりの誇りを免れ得ないかもしれない。

そのため、本書では各作品を極めて注意深く、精緻に分析することに焦点を置き、さらには文学外の膨大な資料を併せ読み、国策文学を近代の帝国と植民地をめぐる様々な言説の場に位置づけ、共に読み解くという方法を選択した。勿論、そうした方法を採用したとしても、誤読の危険から完全に逃れられるとは断言できない。とりわけ本書の主な作品分析においては、満洲移民に関わる多くの史料と研究成果を取り入れている。そのため、可能な限り場面を分節し、明瞭に示そうと努めてはいるが、論考が文学作品と歴史的な事実とのどちらを論じているのか分かり難いところも存在すると考えられる。また、論考の歴史に関わる記述において、時間の流れが前後するなどの問題もある。それでも、できるだけ客観的且つ多様な面から文学テクストを読み直す、「複眼」ともいえる方法論は、今まで闇に埋もれていた満洲移民の国策文学を再評価するため、また一国限定の文学の域を乗り越え帝国日本の文学史、あるいは東アジア近代文学へと伸びていく可能性を最大限に試すために有効な方法であると考える。

本書の構成

本書の目的は、植民地支配をめぐり錯綜する言説と歴史上の出来事から文学テクストを読み解くという方法論を取った個々の研究を積み重ね、満洲移民の国策文学という大きな図面を素描することである。それは一見雑然としたものにも見えるであろう。そのため、私は議論の軸として、満洲をめぐるイデオロギーを設定した。前述の通り、一九三〇年代における満洲をめぐるイデオロギー状況は、満洲国の建国工作の過程で建国イデオロギーとして浮上してきた民族協和と王道主義が日本主義によって排除されていく過程でもあった。多民族社会において民族協和と王道主義は国家統合への諸民族の協力を獲得するために創出されたイデオロギーであったが、それは総動員体制に入った帝国の植民地支配の言説に統合され、やがて「八紘一宇」の皇道へと収束していったのである。一方、「内地」農村における満洲移民のイデオロギーは帝国の矛盾を植民地へと転化しようとする膨張主義的な農本主義から日中戦争の長期化によって精神主義へと傾倒していった。

結論を先取りしていえば、満洲移民の国策文学をそのイデオロギーを軸として分析するということは、満洲移民のイデオロギーがどのように現実と矛盾をきたし、破綻するかを見つけ出すことである。主な作品における満洲「開拓」イデオロギーは満洲移民を通して「内地」の所謂農村問題の解決を図ろうとするもの、あるいは満洲国内における日本人農民の困難とその克服であり、諸民族の協和を掲げる民族協和と農民自治を謳う王道主義は極めて稀に登場する。本書は、その理由こそが満洲移民の国策文学が語らないもの、あるいは語り得ないものであったと想定している。各作品は時にはイデオロギーに忠実であるためにその矛盾を露呈し、またイデオロギーへの重大な違反を内包しており、時にはそのイデオロギーが露骨な戦争協力の精神主義へと変質していく姿を赤裸々に描き出す。

それは、帝国の声を再生産することが期待された文学作品において、どのように帝国のイデオロギー装置が人々に作動し、イデオロギーの下で蠢いた人々の生を捉えたのかを明らかにすることである。また、その国策文学が現実との混淆の中から、単なる帝国の声に回収できない側面を模索することでもある。

したがって第1章では、満洲をめぐる帝国のイデオロギーの展開を具体的に追う。関東軍の満蒙領有論から建国過程における民族協和と王道主義の形成、建国以降の空洞化ないし形骸化する過程を検討する。さらに引揚げ経験に基づく戦後の回顧録などで見られる、満洲国を理想国家建設の試みとして正当化するイデオロギーの再構築を考察する。第2章では東京文壇の中で国策団体である農民文学懇話会と大陸開拓文芸懇話会の結成の経緯とその中で繰り広げられた議論を考察する。さらに両悪話会の作品集を通して、両悪話会がどのように満洲移民政策を認識し、協力したのかを分析する。同時に、満洲文壇側で活発に議論されていた満洲文学論を通して建国イデオロギーと在満日本人作家の屈折と葛藤、在満中国人作家の意図的な沈黙が複雑に絡み合う状況の中で、帝国日本の国策団体の「越境」がどのような意味を持つかを浮き彫りにする。

第3章からは、満洲移民の国策文学が本当にそれらが再生産しているとみなされてきたようなものに忠実であるかを具体的に検討した。第3章では満洲事変前後の朝鮮人移民を題材とした張赫宙『開墾』（一九四三）、第4章は第二次移民団と現地住民の武装衝突を描写した湯浅克衛「先駆移民」（一九三八）、第5章は第一次移民団の「開拓」と花嫁招致を背景に武装移民と現地女性の恋愛と結婚を描いた打木村治『光をつくる人々』（一九三九）、第6章では屯墾病とその解決案として分村移民を結びつけた徳永直「先遣隊」（一九三九）と分村移民の成功例を通して満洲移民の論理を農村問題解決から戦争遂行にすり替えた和田伝『大日向村』（一九三九）を検討した。

終章では、第3章と第6章までで検討した作品分析を踏まえ、満洲移民の国策文学がどのように再評価され得るのか、またさらなる議論へと繋げていくための認識の形成について論じている。

本書は、このような方法論と構成で満洲をめぐって交錯する帝国のイデオロギー、経済、社会、物的・人的関係網の中で満洲移民の国策文学を捉え直すことをめざしている。それは、今日の日本文学からは排除された帝国の文学の痕跡を辿ることでもあり、広大な植民地を文学的にも包摂しようとした帝国の文学者側の試みを復元するものでもある。ただ、文学作品を同時代の歴史的・社会的な文脈から捉え直すという本論文の試みは、一方で作家研究の深度と理解の不足や誤読の危険、議論の抽象化などの限界をも内包している。各作家における国策文学の意味については、今後の研究課題としたい。

第1章

満洲建国イデオロギーの諸相と限界
――在満日本人の心情と防御の論理

満洲移民の国策文学には満洲国の建国イデオロギーである民族協和と王道主義が殆ど登場しない。これは、国策文学が持つと想定されてきたものからは懸け離れているといえる。満洲移民の国策文学は、主に転向作家によって担われたため、プロレタリア文学の政治的イデオロギーをそのまま国策にすり替えたものとして受け止められた。とりわけ、満洲移民を題材とするため、満洲国のイデオロギーである民族協和と王道主義を標榜するであろうとみなされたのである。

しかし、次章から検討する満洲移民の国策文学においては、民族協和や王道主義という言葉そのものさえ殆んど登場しない。その理由として、民族協和の恣意性が考えられる。たとえば、張赫宙「氷解」と荒木巍「北満の花」に表れる民族協和は、物語の中で異なった意味のものとして機能するのである。

「氷解」では、現地農民と朝鮮民族との相互理解や青少年義勇軍の少年が現地の文化を尊重する過程を通じて、民族協和における日本民族の優越性より諸民族の平等と相互理解が強調されている。また「北満の花」では、民族協和が現地住民に対して傲慢に振舞う日本人移民者の行動を批判する根拠として機能する。現地住民にとっての民族協和は諸民族間の平等を強調するが、日本人移民者にとっては同じ日本人移民者の勝手な行動を規制するためのものなのである。このように相手によって違うものとして解釈され、機能する理由は、民族協和が事実上、諸民族の協和という曖昧なイメージを喚起する以上の論理や具体性に欠けたイデオロギーであったためである。つまり、満洲国の建国イデオロギーとして掲げられた民族協和と王道主義は、明確に定立されないまま、建国理念、建国精神、建国理想などの呼称が混在する様相を呈した。

しかし、第2章4節で確認できるように、建国イデオロギーの曖昧さや恣意性によって、逆に民族協和と王道主義が満洲国の現実を批判的に描く文学を正当化することもあった。満洲国建国と同時に建国イデオロギーが実現されたとして建国を粉飾する文学が存在する一方で、建国イデオロギーが実現されていない現実を批判的に描き出す名分として押し出すことも可能だったのである。たとえば、近藤春雄は一部の在満日本人文学者の民族協和についての解釈が自由主義的平等観、民族自決主義の変貌的表現、左翼的インターナショナリズムの変形に転化しているとして批判的に述べている。民族協和は必ずしも日本民族に都合のいいものではなく、諸民族間の平等を強調することで日本民族の主導性や優越性を否認、あるいは解体する危険性を孕んでいた。その点からみれば、満洲移民の国策文学に民族協和と王道主義が登場しないのは、必ずしも驚くべきことではないだろう。

しかし、初期満洲移民を題材とした張赫宙『開墾』、湯浅克衛「先駆移民」、打木村治『光をつくる人々』などにおいては、移民者が現地の満洲で直面する最大の困難が異民族との衝突である以上、他民族との協和は避けては通れない移民者の現実問題であった。だが、これらの作品で日本人移民者は異民族の現地住民と協和するより関東軍や移民者自らの武力をもって彼らを征服し、獲得した満洲の土地を開拓するのである。

また、和田伝『大日向村』において露骨に示されるように、過剰人口、農村窮乏の解決策として出発した満洲移民は精神主義に傾倒し、戦争遂行の一環として再編される。そのような物語の中に、東洋的ユートピアとしての王道国家の建設と民族協和の実践を通じた「大東亜共栄圏」の実現のような帝国日本の建前はほぼ存在しないか、亀裂や矛盾という逆説的な形で表れる。満洲移民の国策文学が描くのは、満洲移民が文字通り「日本民族の大陸拡張」として、満洲国内の日本勢力の扶植、関東軍への予備兵力及び後方支援の確保を企図するものであり、日本国民はそれに積極的に協力するべきであるというものである。このような論理は、日本人同胞「兄弟姉妹」からの共感や同情、関心に基づいた心情的論理としては成立するであろう。

ただ、イデオロギーと現実との間に起きる齟齬や矛盾が、必ずしも作家や作品に限定される問題ではないことを指摘したい。前述したように、建国イデオロギーは満洲国の建国過程において現地住民、とりわけ漢民族の抵抗を封じ込み、服従と協力を獲得するため在満日本人によって作られたものであった。満洲国の建国イデオロギーとは満洲国人口の約八割以上(1)を占めていた漢民族を、中国本土から急速に波及して来た中国ナショナリズムから切り離すと同時に、人口においては少数の日本民族の支配を正当化するために生まれたイデオロギーなのである。そのため、建国イデオロギーは日本民族の主導性を認めつつ、漢民族に服従と協力を求めるため一定の妥協や配慮を示さなければならなかった。たとえば、協和と王道などは中国古代思想から由来するものであり、善政主義を標榜することで徴税負担の軽減、増収賂の打破、治安維持、産業発展、民衆福祉の保障、自治主義など軍閥との隔たりを強調したのである。勿論、そのような妥協と配慮は、満洲国の制度が整備され、統治が安定化する一方、日中戦争の泥沼化による国家統制の強化と動員などによって消えていくことになる。そのような流れの中で、建国イデオロギーは日本人の都合のいいように利用される一方で、「日本のものではない」という嫌疑から自由にはなれなかった。そして一九四〇年代の建国イデオロギーは、「八紘一宇」の精神に取り替えられることになる。

結果として、建国イデオロギーとしての民族協和と王道主義は排除され、単なる美辞麗句、片言のスローガンとしての五族協和と王道楽土が取り残された。だが、それはむしろ民族協和と王道主義の異質性を証明する。なぜなら、民族協和と王道主義はその最初から日本帝国のものではなかったからである。ここから、いままで検討した満洲移民の国策文学における民族協和と王道主義の欠如のもう一つの理由が想定できる。すなわち、満洲国の建国イデオロギーは、その最初から帝国日本の文学の中に取り込むことのできない異物であったのではないかという疑問である。

本章では、このような問題意識から、満洲をめぐる建国イデオロギーとそれに関わる言説の展開を検討する。これは、文学研究の領域を越える試みであるかも知れない。もしくは、満洲移民の国策文学の後景に退けられるべきものか、あるいはより綿密な調査と研究が必要なものかも知れない。だが、満洲移民の国策文学が題材とした満洲移民が内包していた最も大きな問題性は、満洲移民そのものが建国イデオロギーを形骸化するものであったという点にある。そのような問題性の認識は、満洲国建国から終戦まで、満洲をめぐって展開された帝国のイデオロギーの中で満洲移民を捉え直す契機となるであろう。本章は、満洲移民を題材とした帝国の文学が絡み取られながらも、結局語り得なかったものを探索する試みの一つである。

1　関東軍の満蒙領有論と満洲移民構想

満蒙領有論の展開

一九三二年、満洲事変の結果として、民族協和と王道主義の建国イデオロギーを掲げた満洲国が「建国」された。その建国イデオロギーとして掲げられた民族協和と王道主義は、満洲事変と満洲国の建国過程を通して、関東軍、在満日本人団体、現地の中国人有力者や中国農村社会の錯綜する利害関係の中で創出された。その過程で想定される要因は、満洲事変で主導的な役割を果たした関東軍、満洲事変から建国まで関東軍に協力した満洲青年連盟を中心とする在満日本人団体、奉天文治派と呼ばれた現地の有力者、橘樸（一八八一～一九四五）(2)を中心としたジャーナリズムである。その中でも、最も大きな役割を果たしたのは、やはり関東軍である。

一九三一年五月二九日、関東軍参謀板垣征四郎は関東軍司令官菱刈隆の下、連隊長以上が集められた会同の席で「満蒙問題について」という題目で講演を行った。この講演で板垣は、日本人の満蒙問題解決に関する見解を大きく四つに分けて説明している。すなわち、（一）満蒙の領有或いは保護国化、（二）既得権益問題の解決及び拡充、（三）権益維持、（四）政治・軍事的権益の放棄と経済的発展である(3)。

しかし、板垣は続けて「終局の目的は之を領土とする」(4)ことであると述べ、満蒙問題の解決とは結局その領土化に収束するという認識を強調した。これが、満洲事変を目前にして、当時石原莞爾とともに関東軍の実権を握っていた板垣の見解であり、また関東軍司令官以下各連隊長に対して行われた講演であった。これらの事実を踏まえれば、「満蒙問題」解決に対する関東軍首脳部の強い意思を確認できる。張作霖爆殺事件の時、満洲を中国本土から分離させ、親日政権を樹立させるという関東軍の目的(5)は、既に一九三一年の時点で満蒙領有の方針に固まっていたのである。

陸軍における満洲領有構想そのものは、日露戦争後、対ソ戦略や朝鮮半島支配を理由に存在していた(6)。陸軍の満蒙領有構想を検討した佐藤元英は、その原型として満蒙権益の確保が決定された東方会議（一九二七）前後に注目する。この時期から抬頭した満蒙領有論は、既存の領土的満蒙分離工作とは異なり、陸軍の伝統的対ソ戦略に在満日本人保護、治安維持、満蒙特殊権益が結びついたものである(7)。関東軍参謀石原莞爾の軍事占領による満洲の領土化論においても、中国民衆の「救出」と東洋平和構築の使命、対ソ戦略、朝鮮支配の安定化などの目的は引き継がれた。

石原の満蒙領有構想の特徴は、対ソ戦略のみならず、アメリカを仮想敵国とした点にある。山室信一は、石原の満蒙領有論は満洲における特殊権益の拡張や「満蒙問題」解決の延長線上に位置づけるのではなく、アメリカを仮想敵国とする国防方針と連結させて、満蒙領有を「日本のとるべき進路の一環に組み込み、その長期的見直しと世界史的意義づけを与えることとなった」と評価する(8)。殲滅戦の日米戦争、その準備段階である日米持久戦争、その一環としての満蒙領有と開発という三つの観念の有機的連鎖こそ、石原の満蒙問題解決案の独自性であった(9)。

満蒙の領有が将来の日米戦争に備えるための持久戦として組み込まれることで、対米戦争に備えるための資源の確保だけではなく、その統治と開発を通じて「東亜ノ自給自活ノ道ヲ確立」(10)することが期待された。そのために、

「占領地ノ資源及財源ヲ我帝国ノ為メ最大限ニ利用スル」にとどまらず「資源ノ増殖及民衆富力ノ維持増進ニ就テハ細心ナル注意ヲ用ヒ以テ将来長期ニ亘ル統治ノ大計ヲ誤ラサルコトニ注意」(11)が要請され、さらには「満蒙占領後統治ノ成果如何ハ啻ニ戦争運命ニ重大ナル影響アルノミナラズ帝国百年ノ大計ニ大ナル関係ヲ有ス」(12)とまで強調されたのである。

満蒙領有論の構造

満蒙領有論から発して対米戦争へと続く石原の壮大な計画は、その計画を行う主体の設定が曖昧であるという問題を抱えていた。たとえ軍中央部内に共鳴する幕僚将校と青年将校が存在していたとしても、それは出先の軍隊という関東軍の位置を変化させるものではなかった。事実、石原が残した数々の講演や報告などの資料は、満鉄調査部、陸大学生戦史旅行、資源局事務官などの関係方面、そして何よりも関東軍参謀部に対して、自らの満蒙領有論を説明し、納得させるためのものであった(13)。石原や彼が主導した関東軍参謀部が企図した満蒙領有論における長期の統治は、あくまで軍政であったのである。

それは、関東軍に付帯された地方軍としての制約が影響したためであろう。日本政府の対中外交は勿論、陸軍中央部との合意に至っていない状態で、石原を中心とした関東軍参謀部は満洲武力占領及び統治を構想したのであり、物的・人的制約を意識するしかなかったと推測できる。

したがって、満洲事変以前の計画では早い時期から「最モ重要ナル地点及鉄道ヲ日本軍隊ニテ守備」して、現地の行政は「概シテ清朝ノ方式」を維持し、必要な費用は「主トシテ海関及鉄道収入」(14)によると説明している。関東軍参謀部が作成した「満蒙ニ於ケル占領地統治ニ関スル研究」においても、「占領地ノ財政ハ占領地ニ於テ自給自足シ帝国一般財政ニ累ヲ及ボササル如キスル」(15)ことを明白にした。満蒙統治に関する関東軍の基本方針は、「最モ重要ナル地点及鉄道ヲ日本軍隊ニテ守備」して、現地の行政は県以下現地民の自治に委任し、関東軍は治安維持に徹底することであり、その意図は統治のために発生する費用を最低限に抑えることにあった。

関東軍の満蒙領有論が武力による占領、軍政の実施、財政的独立の計画である以上、それは関東軍の権限の拡張にとどまらず、日本政府及び軍中央部に対する相対的独立性の確保に繋がるものでもあった。満洲事変で関東軍が日本政府や軍中央部から独自性を確保しようとした意図は、関東軍と日本政府との間に一九三一年一〇月中旬に起きた関東軍独立事件や一〇月事件などのような警戒と疑惑、対立を惹起したのであり、満蒙領有計画から満蒙独立国計画へと転換する契機の一つでもある(16)。

だが、これらの基本方針は、関東軍を通して始まった帝国日本の満洲支配を形作ったという点において重要なものである。緒方貞子は、関東軍参謀部調査班の研究報告「満洲占領地行政ノ研究」(一九三一)を検討し、関東軍首脳部が満洲事変の受益者として、日本と満洲の農民と労働者で構成される民衆を想定している点に注目した。日本側については、満洲占領によって資源供給と製品市場を確保でき、また満洲開発による経済活性化を通して、国内の失業問題も解決できる。一方、関東軍の占領によって「在満民衆を苦しめている張学良軍閥」を排除し、関東軍の「善政」が治安確保、居住交通の安全、民衆の経済的負担の軽減、交通発達、産業発展をもたらすという論理である(17)。

このように、関東軍の満蒙領有論は、軍政実施による治安維持と現地社会の自治を軸に、日満民衆から支持されるという構想であった。第3節で詳述するが、自由主義者であった橘は、自分が満洲事変協力へと「方向転換」した理由として関東軍の反資本・反政党的志向を挙げ、そうした側面から日満両民衆の支持を期待できるという判断に基づいたものであったと言及している(18)。

だが、関東軍が想定した在満民衆の幸福とは、「我国ノ治安維持ノ下ニ漢民族ノ自然的発展ヲ期スルヲ彼等ノ為幸福ナル」(19)とするものであった。この幸福は多数の漢民族を中心とする在満民衆の意思は考慮しない、関東軍側の一方的なものであったのである。それは、「支那人カ果シテ近代国家ヲ造リ得ルヤ頗ル疑問」(20)、すなわち中国人に対する不信に基づいたものである。この中国人に対する不信感は、関東軍が満蒙領有案から満蒙独立国案に転換した後にも根強く残っていた。

一九三一年二月二日、石原は既存の「利己一点張リスローガン」であった「既得権擁護」から「新満蒙ノ建設」への転換について、日本人が「年来ノ迷夢カラ覚メ」満蒙問題を直視した結果であると語る。比して中国人は個人としては優秀な点も多いが、「軍閥政治ノ如キモノヲ現出」させたことを挙げ、「近代国家ヲ造ル能力ニ於テ欠ク」とした(21)。したがって、「中央政権ハ日本指導監督下ニ簡明直截ナルモノ」、「特ニ国防ハ之ヲ日本ニ委任」し、地方政治は「漢民族ノ性情ニ適スル自治ヲ主トス」(22)るべきであるとした。

また関東軍は、中国民衆は基本的に「国家意識が希薄」であるとして、満洲統治の実現が可能であると判断した。先にふれた「満蒙問題について」講演（一九三一・五・二九）で板垣は、中国では戦乱が続いたため自治制度が発達し、民衆の経済生活は国家の軍事、政治から分離されたため、中国人の理想は「安居楽業」であると語る。中国人が政治に求めるのは「税金と治安維持」のみで、南洋華僑の例から分かるように、それさえ保障すれば誰が政権や軍権を取っても差し支えないと述べている(23)。したがって、治安確保、居住交通の安全、民衆の経済的負担の軽減、交通発達、産業発展という「善政」を施せば、真なる「安居楽業」と「共存共栄」を図れるのである。関東軍及び日本帝国の下で在満民衆は経済的発展と安定した生活を謳歌し、その支配に対する大規模な抵抗は発生しないと判断したのである。

関東軍の情勢判断がその根拠とした中国（人）観は、決して関東軍独自のものではなかった。たとえば、平野健一郎は、在満日本人の民族協和思想の土台として中国社会論と満蒙特殊地域論を挙げている(24)。前述したように、関東軍もまた中国民衆の希薄な国家意識と地方自治の伝統に基づいて関東軍による満洲支配と軍政の実施を構想していた。この事実は、こうした中国（人）観が関東軍と在満日本人に限定されるものではなく、むしろ中国に対する日本側の言説を反映するものであることを示している。

そもそも満蒙問題解決についての関東軍の第一の原則は、満洲を中国本土から分離させることであった。それを支えたのが、日露戦争を契機として始まった日本の「満洲史」研究である(25)。自らの研究成果に基づいて「満洲は中国の領土ではない」と主張した京都帝国大学教授の矢野仁一（一八七二～一九七〇）をはじめとする稲葉岩吉、和田清などの東洋史学者の研究は、満洲に対する中国の主権を否認する根拠として利用された。

清朝の発祥地であり、諸民族が居住する満洲は中国の領土ではないとする見解が、すべての満洲史研究者の見識を代表するものではなかったとしても、帝国の学知が対外進出を正当化する論理として積極的に利用されたことは事実である(26)。実際に、石原は一九二九年一月、著名な東洋史学者の内藤湖南（一八六六～一九三四）を訪問して武力による中国統治の可能性について質問した(27)。関東軍は「満洲は中国の領土ではない」としながらも、その政策は帝国日本側における既存の中国（人）研究に基づいていたのである。

中国人の国家形成能力への懐疑は、当時中国研究者は勿論、多くの日本知識人の間で広く共有されていた。大アジア主義を研究した竹内好は、こうした日本知識人の対中認識の根底には日清戦争における勝利以後、中国に対する畏怖感の裏返しとして形成された侮蔑感があると指摘する(28)。

これに対して松本三之介は、尾崎行雄「清国滅亡論」、山路愛山「日漢文明異同論」、内田良平『支那観』を検討して、中国に対する日本知識人の蔑視が明治前期から始まると把握する。西洋列強のアジア進出に危機感を抱いていた明治期日本にとって、中国は同じアジアの国として連帯を期待すると同時に警戒の対象であった。その中国が、日清戦争で敗北した時、「中国の国家形成能力の欠如」への蔑視が形成されたのである(29)。

当時においても、こうした日本人知識人の対中認識の傾向が意識されていなかったわけではない。盧溝橋事件勃発から約二カ月後、尾崎秀実は日中の相互理解が依然として低い水準にとどまっていると指摘した。日本側は「一般は支那研究を放棄し、これを少数の軍人と外交官と一部商人と支那研究家の手に委ね」、一般大衆は中国を理解するより軽蔑する。一方、中国側は「決して日本に対して、物質的にも文化的にも敬意を表してはいない」(30)。さらに彼は、既存の中国研究は中国の「東洋的特徴の強調と個別的、現象的記述」を特徴とする「東洋的中国論」であり、その根底には中国を「絶えず混乱の裡に置くことを欲する立場」があるとする(31)。すなわち、「東洋的中国論」は「我が大陸政策の本源的方法のためには、その方がより好ましいとする誤れる概念」を背景とするもので、「全体として日本の大陸政策の本源的方法の擁護者たる役割をつとめて来た」(32)のである。

そのような状況を踏まえると、当時の日本知識人が、伝統的農村社会である満洲社会に国民国家形成への志向が生まれることは難しいと判断したことが理解できる。たとえば、橘の「方向転換」もまた、漢民族の政治能力がまだ国民国家形成に主導的役割を果たすには至らないとの判断によるものでもあった。長い間中国農村を歩き、観察した橘は、中国もいずれ国民国家に発展すると考えたが、現在においては難しいと認識していた。そのため、満洲事変後には「頼もしい同伴者」として関東軍に協力することを選択したのである。

だが、こうした中国(人)観は、当時激化していた中国ナショナリズムの抬頭は説明できないという弱点を抱えていた。その弱点を補完するのは、中国ナショナリズムの勃興は、内発的なものではなく一部の「左傾化」した知識人や「反日教育」の扇動、あるいは軍閥が民衆の反感を「日本帝国主義」に転嫁するためのものに過ぎないという言説であった。たとえば、満洲青年連盟及び協和会の中心人物であった山口重次は、奉天で起きた初の組織的排日示威運動(一九二九・九・四)に参加して「支那人街の市民の排日感情の爆発でなくして、何人かの計画によって駆り出された仕方なしの行列」であるとし、「単純な学生や青年男女が、このお祭り騒ぎとアジ演説によって排日思想を植えつけられ、扇動させられた」ものであると観察した(33)。

人口の大多数を占める中国人は国家意識が希薄であり、自発的な国民国家の確立は難しい以上、関東軍が武力をもって満蒙問題を解決する行為は、「我国正当ナル既得権擁護」であると同時に「支那民衆ノ為遂ニ断乎タル処置ヲ強制」(34)するものとして、日満民衆の利益になるのである。このように、自らを救えない中国人を武力で征服して、軍閥をはじめとする支配階級から中国民衆を救出し、支配することで幸福を強制するという関東軍の論理は、民衆の幸福を口実に侵略を正当化するものである。

この論理は、当然満洲のみならず中国全体にまで拡張され得るものであった。中国民衆は「軍閥学匪政商等一部人種ノ利益ノ為メニ支那民衆ハ連続セル戦乱ノ為メ塗炭ニ苦シミ」を味わっており、中国は「国際管理カ某一国ノ支那領有ハ遂ニ来ラサルヘカラサル運命」にあるので「単ナル利害問題ヲ超越シテ吾等ノ遂ニ蹶起セサルヘカラサル日必スシモ」遠くないのである(35)。

関東軍の満洲移民観の形成

満蒙領有論における関東軍の判断は、単に中国（人）に対する一般論だけに依拠したものではなかった。関東軍は、張学良の「易幟」（一九二八）以後加速化していた中国本土との政治的接近、東北地域における資本主義の著しい発展と都市化、学生と知識人を中心とする中国ナショナリズムの抬頭などの状況を把握していたのみならず、それが引き返すことのできない流れであることを認識していた。板垣は「政治、外交、経済、思想等各方面に於て支那化しつつあるとは事前の趨勢」であると認めた上で、このような状況は「日を追ふて増進せらるべく、満蒙を切り離して取扱はんとする日本としては、本問題の解決は可成早きを可とする重大なる原因」(36)であると示した。既存の中国（人）観で説明できるような満洲の状況が変化する前に、行動を起こすべきであると主張しているのである。

それは、中国の歴史を根拠に帝国日本の支配を正当化する理論が、変化し続ける大陸の「現在」を捕え、正しい進路への指導を強制したいという欲望に突き動かされたことを証明するものでもある。そうした帝国日本側の心理的動因を強化する役割を果たしたのが、満蒙問題の解決こそ「将来世界の大国に伍して民族永遠の発展を図り、帝国の使命を全うし得るか、又は小国に下落して独立性を失ふかの分岐点」(37)という位置づけである。満洲領有論の中で力説される帝国日本の「東洋の代表」としての使命は、対外膨張の失敗はそのまま小国への転落に繋がるのではないかという恐怖と裏表を成していたのである。

また、関東軍の満蒙領有論がその最大の受益者として設定した日満民衆の間には、その発案当初から確固たる序列が存在していたという点を看過することはできない。先にふれた関東軍参謀部「満蒙ニ於ケル占領地統治ニ関スル研究」（一九三〇・九）では、産業は「農業ヲ以て本位トナシ」、「支鮮人ノ農業ノ発展ヲ助長シ併セテ邦人ノ農業ニヨル満蒙進出ヲ促進」し、「帝国ニ対シ食料資源及工業原料ノ供給地タラシムル如ク農業ヲ指導」(38)するとした。工業については、「工業ハ我帝国ノ工業ヲ脅威セサルコトヲ主眼トシ現地原料ニヨル工業ヲ促進セシム」(39)と述べた。「支鮮蒙其他満洲在住各種民族ノ福祉ヲ増進シ真ノ安楽景トシ共存共栄ヲ」実現すべき満蒙の開発は、徹底的に「我勢力扶植ニヨリ時局解決後ニ於ケル食糧問題思想問題等ノ窮状ヲ打開スル」(40)という目的に貢献することを優先して企図された。

そもそも満洲における開発は、「日本人ハ大規模ノ企業及知能ヲ用フル事業ニ鮮人ハ水田ノ開拓ニ支那人ハ小商業労働」(41)、あるいは「日本人ハ軍隊及大規模企業、支那人ハ商業農業労働、鮮人ハ水田、蒙古人ハ牧畜業」(42)で「各々其能力ヲ発揮シ共存共栄ノ実ヲ挙クヘシ」(43)と民族別に職業と役割が規定されていた。日本人は大事業、朝鮮人は水田、中国人は小商業や労働、モンゴル人は牧畜に多く従事するというのは、確かに当時の満洲において、ある程事実であったと考えられる。たとえば、韓国併合以降、朝鮮の農民層の分化が促進され、朝鮮半島から大量の移民が地続きの満洲に流入した。彼らの多くは、実際に水稲作に従事していた。だが、それは朝鮮民族の特性によるものだけでなく、経済的な要因が強く影響していた。満洲の不安定な気候での水稲耕作は冒険的なものであったが、商品作物として高い収益性を期待できるためである。

このように、どの民族に属するかによって職業が区別される状況は各民族の特性に因るものであるというより、社会的、経済的要因が強く作用したためであったと考えるのが妥当であろう。また、たとえ現在ではそうであるとしても、未来にもそのような状況が維持されると設定することは困難である。

にもかかわらず、関東軍はそれを民族の特性によるものとして捉え、各民族が別の領域で発展することで相互に軋轢を引き起こすことなく、「共存共栄」することが可能であるとみなした。これは一見、次節で検討する民族協和の構想を連想させる。しかし、満洲事変以前に関東軍が満洲青年連盟と接触し、影響されたとは考え難い。それよりも、関東軍と満洲青年連盟との間に共通した民族認識に基づくものであると考えるのが妥当であろう。すなわち、当時の満洲における各民族の社会的・経済的状況は民族固有の特性によるものであるため、未来においても変化することはない。したがって、「満洲は必ずしも移民に適するとは思はれ」ないが、「日本人は先進の文化を応用して、重工業其の他大なる企業に任ずる等支那人との間に大体分野を定めましても発展の余地は充分あり」、「百万二百万の日本人を収容するが如きは易々たること」(44)になる。

しかし、一九二九年の時点で中国人の分野であるはずの農業に「邦人ノ農業ニヨル満蒙進出ヲ促進」することが提言されていたのであり、日本人農民の満洲入植が統治計画に組み込まれていた。これは、諸民族が住み分けることでその葛藤を回避できるとした原則と明らかに矛盾しているだけでなく、満洲事変以前に行われた日本人の満洲農業移民の殆どが失敗しており、在満日本人の大多数が都市部に居住していた事実を考慮すれば、「内地」からの大規模の日本人移民を動員する論理を準備するものであった。関東軍にとって日本人移民の増加は、確かに占領地統治の側面から必要であった。だが、その「百万二百万の日本人」が農民であるべき当為性は、別問題として考察されるべきものである。

その原因の一つとして考えられるのは、当時関東軍の兵士の多くが農村出身で、とりわけ東北出身であったという点である。世界恐慌(一九二九)の影響で引き起こされた昭和農業恐慌(一九三〇)は、「内地」農村を疲弊させた。特に東北地方は、冷害と大凶作(一九三一)によって極めて深刻な状況に追い込まれていた。西村俊一は、大恐慌で緊迫した農民の要求が、「隊付将校として農民兵士の背景を知る青年将校らによって代弁されることになった」と指摘する(45)。反資本、反政党的志向の青年将校らは、兵士を通じて農村の窮状に共感し、政府に農村救済を要求するようになる。昭和農業恐慌から三月事件や一〇月事件(一九三一)、五・一五事件の農民決死隊(一九三二)、農村経済更生運動までの流れから見れば、関東軍が満蒙問題を解決した後、大量の日本人農民の移民を通して「内地」農村救済を企図していたとしても不思議ではない。

このような事実は、関東軍が掲げた「機会均等」や「自由な開発」といった修辞が結局日本（人）本位であったことを露呈するだけでなく、満洲国建国後推し進められる満洲移民政策の土台が満洲事変以前から形成されつつあったことを示すものである。既存の満洲移民運動史では、「満洲移民運動の父」として有名な加藤完治側の日本政府への働きかけが注目されることが多い。また、関東軍側については、満洲国建国直前に作成された最初の満洲移民計画案である「移民方策案」、「日本人移民案要綱」と「屯田兵制移民案要綱」（関東軍統治部、一九三二・二）を中心に論じられる(46)。

しかし、これまで検討したように、関東軍の満蒙領有論とそれ以後の統治をめぐる論理は、アジアにおける「日本の使命」とその裏返しとしての小国への転落という恐怖から対外的膨張への強烈な衝動が生み出され、中国蔑視を背景とした中国観を論理的根拠にした武力行使による満蒙問題解決を通して、日満民衆の幸福と東洋の平和を構築するものである。関東軍の満蒙領有論は、武力行使による満蒙問題解決を除けば、中国社会観と満蒙特殊地域論を共有していた在満日本人のみならず、帝国日本の知識人、為政者、さらには一般大衆にとっても一定の理解を得られる余地を持っていた。その点において、関東軍の判断は帝国日本の「満洲への視座」そのものを反映していたといえる。そこに差異が存在するとすれば、それは方法と時期の問題に過ぎなかった。

だが同時に、満蒙問題の解決に関する関東軍と軍中央部、日本政府、在満日本人団体である満洲青年連盟、中国研究者でイデオローグでもあった橘の間に存在した差異こそ、亀裂や齟齬、矛盾を孕んでいた。実際に関東軍は、陸軍中央部の警戒と疑惑、対立、また国際的非難を考慮し、満洲事変直後の九月二二日、満蒙領有計画から新国家計画へと転換したのである(47)。

2　満洲青年連盟と民族協和

満洲青年連盟の登場

「独立国」建国を実現させるには、関東軍の武力だけでは困難であった。そのため、関東軍は在満日本人団体である満洲青年連盟（以下、「青年連盟」と記す）と提携することを決定した（一九三一・九・二三）(48)。青年連盟は、一九二八年一一月の成立から一九三二年一〇月の解散(49)まで、「現下の国難に処して満洲問題の解決を先決とし、青年の力を依て更生日本の建設を図る」(50)在満日本青年の団体として活動した(51)。初代理事長は満鉄理事の小日山直登、設立初年度の会員数は約三〇〇〇人、その支部数は全満各都市に二一カ所に至った(52)。

関東軍と青年連盟の提携は、一見して占領地の軍隊による現地の自国民動員のように見える。だが、青年連盟は単なる満洲在住日本人の集まりではなかった。満洲事変が勃発した時点で、日露戦争後に満洲へ移住した在満日本人は、すでに二〇年以上居住していた。一九三一年、日本外務省調査による在満日本人人口は二三万六〇〇〇人、朝鮮人は六三万一〇〇〇人であった(53)。在満日本人にとって、満洲をめぐる中華民国と「大日本帝国」の政治的・外交的葛藤は、徐々に脅威として受け止められるようになる。特に張学良の「易幟」（一九二八・一二・二九）から治外法権の撤廃と旅大の回収主張、日本商品に対する関税及び課税（一九三一年大連港の二重課税）、南満州鉄道株式会社（以下、「満鉄」と記す）包囲線形成と葫蘆島築港による満鉄経営への圧迫、排日教育、現地農民と朝鮮人農民が衝突した万宝山事件（一九三一・七）に至るまで、張学良政権の排日政策は在満日本人に深刻な政治的・経済的脅威として認識された。

また、張作霖爆殺事件（一九二八・六）によって田中内閣が総辞職し（一九二九・七）、その後を継いだ濱口内閣では国際協調を重視する幣原外相の「幣原外交」が再開された。日本政府の対満方針は中国の主権を認めた上で交渉することになったため、「在満邦人」の間で募った不安や不満について積極的な態度で対応したとは言い難い。『満洲青年連盟史』では、「全満日本人自主同盟」（一九三一・三）の成立経緯について、同年三月幣原外相が貴族院で「在満同胞は徒に支那人に優越感を以て臨み、且つ政府に対し依頼心を有する事が、満蒙不振の原因である」と答えたと伝えられたことで、一部の在満日本人を「最早吾等は政府に頼らない、自主独立、満蒙を死守して、国権を擁護せねばならぬ」心情にさせたためであると述べている(54)。この「自主独立」や「国権」がそのまま満洲独立国を意味するとは言い難いが、少なくとも在満日本人は日本政府に対して一定の不満と反感を感じていたと推測できる。民族協和は、このように中国ナショナリズムの挑戦に直面した在満日本人の危機感、且つ満蒙権益と邦人保護に消極的なように映った日本政府への反感、満蒙問題の解決を必要とする在満日本人の心情から胚胎された。平野健一郎の言葉を借りれば、それは在満日本人の「心情論理の体系」だったのである(55)。民族協和のそうした特徴は、青年連盟の論理展開と民族協和論の成立過程において明らかになる。

一九二九年、青年連盟の第一回会議（六・一〜六・三）の議題である「日華青年和合の件」、第二回（一一・二三〜二四）における「満蒙自治制確立に対し、国民的援助を与ふる件」などが提示された(56)。平野の研究によれば、在満日本人が構想した満蒙自治制とは、中国ナショナリズムの影響から満洲を隔離し、満鉄を中心とする日本の満洲開発が発展、拡張されて在満日本人の生活安定や福祉、生活保障の確保することを目的とし、その在満日本人の発展の延長線上に中国人に対する個人的善意や仁慈によって「共存共栄」、「日華和合」が実現されるといったものである(57)。

ここで、関東軍が満洲の軍事的占領を三〇〇〇万の在満民衆が渇望する幸福の実現として位置づけた点を想起すべきである。後で詳細に述べるが、関東軍が想定した中国本土からの分離、日本軍による治安維持の下での開発は、後に「奉天文治派」と呼ばれた一部の中国人官吏や土着地主の「保境安民」と関わって注目されて来た。関東軍は、中国本土との関係が緊密になっていく張政権と中国本土と東北地方との境界を守り、内政を重視する「保境安民」を主張した袁金鎧、王永江、干冲漢を中心とする現地の地主・官僚集団との対立から利用価値を見出した。満洲における日本人の存在そのものを脅かすと考えられた中国ナショナリズムの影響から満洲を隔離できるという点において、在満日本人に中国全体の情勢には関与しないという「保境安民」の実現ほど魅力的なものはなかったであろう。満洲において誰よりも「保境安民」を渇望していたのは、約二三万人の在満日本人であったと考えられる。

しかし、当時人口の約九割を占めていた中国人と提携しなければ、満蒙自治制の実現は不可能であることも明らかであった。中国人に中国国籍から離脱することを要求するとすれば、日本人も日本国籍からの離脱が必要になることは容易に予想できる。この問題に関して、青年連盟の一部の議員は憂慮する反面、また一部の議員は日本国籍離脱も辞さないと表明した(58)。結局、この問題は満蒙で日本民族が民族的発展を遂げることによって解決できるとして、深刻な議論には発展しなかった(59)。平野は、満蒙自治制について青年連盟内で一貫した意見が存在したわけではなく、また現実感が希薄で、「在満特殊権益確保を実現するための手段として考案され、提案されたもの」に過ぎなかったと指摘する(60)。

だが、青年連盟が考える「在満特殊権益確保」が、必ずしも日本の利益と大陸拡張のためだけのものではなかったことは、考慮すべき点である。青年連盟は「大和民族の満蒙に於ける公正なる発展を期する事を第一のスローガン」(61)として掲げた団体であり、「在満特殊権益確保」は在満日本人の安全と生活安定に帰結する。青年連盟が主張しているのは、日本の「国益」と固く結びついた在満日本人の「利益」である。その青年連盟が、たとえ現実感は希薄であったとしても、日本政府の対満政策に対する失望と反感、また中国ナショナリズムから彼らの諸権利を確保するため、満蒙自治制という案を現出させたのである。満蒙自治制構想が意味するのは、むしろ青年連盟は在満日本人の利得と安定を優先していたので、「国益」から在満日本人の安全と生活安定を分離できたという点であると思われる。

そうした傾向が看過されたのは、青年連盟の議員の例から見るように、日本国籍からの離脱が、血統を基盤とする

「日本民族」からの離脱を意味しないとみなされたためであろう。在満日本人の利益は日本民族の発展と繁栄であり、それは究極にして「日本帝国」の発展と繁栄に繋がると自ずとみなされたのである。ここで、在満日本人は「日本民族」と「日本帝国」、すなわち民族と国家を自分たちの都合のいいように使い分けている点に注目すべきであろう。

在満日本人は、民族と国家を厳密に区別せず、自分たちの「私益」に有利な満蒙自治制を構想しながらも、それが大陸拡張という「国益」にも合致すると信じた。ここでは、たとえ日本国籍から離脱し、日本政府の直接的な支配からある程度独立した自治制を創り上げるとしても、それは日本の一部に収束するという考え方が読み取れる。なぜなら、満洲における自治制は、在満日本人の主導によって成立し、日本人の指導を通して「共存共栄」を実現するはずであったからである。結局、国籍から離脱しても、民族からは離脱できないというわけである。

民族協和の浮上

しかし、在満日本人が対面した現実は、厳しいものであった。張政権による排日政策と民間の中国ナショナリズムの高調などの政治的な危機のみならず、世界恐慌の影響による経済的な危機が満洲にも波及してきた。この時期、青年連盟は在満日本人の「生存権」を主張し始める。日本政府の外交政策で自分たちは「継子扱」(62)されていると感じた青年連盟は、一九三一年には在満日本人の生存権と日本の「生命線」維持とを結びつけることを試みた(63)。一九三一年七月一九日、青年連盟は「満蒙特殊権益」の危機を訴えるための遊説隊を日本に派遣した。遊説隊は東京や大阪など各地で講演会を開いたが、幣原外相など日本政府関係者や一般大衆の反応は芳しいものではなかった(64)。

それでも、青年連盟はさらに「積極的対満蒙政策確立促進第二段運動」として全満主要都市で「難局打開時局問題大会」演説会の開催（六・一三）、新満蒙政策五綱領の決議、『満蒙問題と其真相』（一九三一・五）、『満蒙三題』（七・一三）、『国家興亡の岐路に立ちて九千万同胞に愬ふ』（一一・五）のようなパンフレットの刊行などを本格的に展開した(65)。一九三一年六月一三日、青年連盟の五項目の決議に「満蒙ニ於ケル現住諸民族ノ協和ヲ期ス」という発表で、民族協和の言葉が初めて登場した(66)。当時青年連盟の理事長であった金井章次は、戦後の回想録で前述のスローガンの起案者は本人であると述べている(67)。だが、金井が民族協和をスイスの多民族国家としてのあり方から大きな示唆を受けたとするのに比して、山口重次はアメリカの独立史から影響されたと言及しており(68)、その後も金井によって民族協和が理論として定立されるか発展したと見る根拠は存在しない。したがって、本書では民族協和に関して、青年連盟に焦点を合わせて論じる。『満蒙三題』(一九三一・七)(69)から見られるこの時期の民族協和論の具体的内容は、次のようなものである。

東北の資本主義化は進んで行く。従つて民族的生存闘争は先鋭化する。そして吾等は弱小民族の意識を判然しなければならない。斯く観る時日本移住民の満洲に於ける生存の活路は、当然満蒙在住の目覚めたる、更に又圧迫と搾取にあへぐ諸民族と相提携し、純理純情の上に立つて民族協和に精進し日本文化を背景とする共和の楽園を満蒙の天地に招来することで無ければならぬ。(中略)蒙古民族は先住者であり、韓民族も亦曽つて満洲の住者であり、近年に於ての接壌地帯の移住民であり、日本民族また同様である。此等の諸民族は転住の可能を保存してゐない。蒙族は不毛の北部に逐はれて餓ゑ、鮮農は帰郷して耕すに田地なく、日本移民は最早や祖国に容れるべき余地がない、若し夫れ現状のまゝに推移せば去るも留まるも我等を待つものは唯冷やかなる墓場のみである。敢て再び我敬愛する同胞諸君に告ぐ、満蒙在住百万の先住蒙古民族と同数の日本臣民たる韓民族竝びに数十万の日本民族は半封建的東北政権の暴虐なる鉄蹄下に、生存権を蹂躙せられて、死滅に直面して居るを、今や生死の頂点に立つ吾等は自ら救ふと共に同一運命の弱小民族を救ふ為に、唯前進の一路を選ばねばならぬ。是れが我が日本民族の目前に投げられた天命であり特権である。切に切に正義に燃ゆる我同胞の熱烈なる奮起を希ふ(70)。

青年連盟の民族協和が、「日本文化を背景とする共和の楽園を満蒙の天地に招来すること」、すなわち日本人の指導によって日本文化に基づく理想郷の構築を意味していることは間違いない。だが、この論者は「半封建的東北政権の暴虐なる鉄蹄下に、生存権を蹂躙せられて、死滅に直面して居る」のは日本民族も同じであると強調し、在満日本人もまた「吾等は弱小民族の意識を判然しなければならない」と論じている。

諸民族の中でも日本民族と携帯できる余地があると示されたのはモンゴル民族と韓民族である。韓国併合以後、「日本帝国臣民」として国籍離脱が不可能であった韓民族は、満洲における排日運動の対象となっていた。第3章で詳述したように、満洲事変の直接的な原因の一つとして挙げられる万宝山事件の背景には、帝国日本側によって土地買収や影響力増大のための「日帝の手先」として利用される在満朝鮮人への排斥が存在した。中国の官民による朝鮮人排斥の状況を「半島人同胞」への不当な圧迫として捉えていた在満日本人側からすれば、韓民族が日本民族と連帯すると期待するのは自然なことであった。また、「先住蒙古民族」も多数の漢民族移民に圧迫さているという立場から、在満日本人にとって携帯可能と判断されたと考えられる。この三民族は、東北政権の専横に苦しめられており、その点において「其生活条件は本質に於て殆ど蒙韓民族と同一境遇に置かれて居る」(71)のである。日本民族が張政権からその「弱小民族を救ふ」という「天命であり特権」は「正義」であると訴える論理である。

この点について平野は、在満日本人が民族協和を唱えることで「中国ナショナリズムが打倒しようとする日本帝国主義と自己を主観的に分離し、と同時に満蒙在住多民族の民衆との間に部分的な同一化を行った」(72)と分析した。まず帝国日本の「満蒙特殊権益」と結びついて自己の「生存権」を確保しようと試みた青年連盟は、その試みが失敗に終わると、今回は日本帝国主義から自らを分離することで、中国ナショナリズムの矛先を躱そうとした。東北政権が自分たちの搾取に対する民衆の反感を「打倒日本帝国主義」(73)に転嫁させようとしていると捉えることで、大衆と東北政権を分離させ、多数の漢民族との全面的な対立を回避したのである。

そして在満日本人は一掃されるべき日本帝国主義の尖兵ではなく、「弱小民族」の代表として東北政権と対峙する正当性を主張できる。この時、当時の在満日本人が治外法権による保護を受けながら、帝国日本に「積極的対満蒙政策確立促進」を訴えるというのは、その正当性を損なう危険性を持つ。それに対して、『満蒙三題』では「日本移民は唯世界三大国民の一たる自負を有するが為めに、又治外法権の空文に優越観を包くが為めに、認識に於いて欠ける処ありと」(74)と憂慮する。「空文」に過ぎない治外法権と「世界三大国民の一たる自負」によって認識できないが、満洲における日本人の現実は「本質に於て殆ど蒙韓民族と同一境遇に置かれて居る」と主張している。強調されるべきは、日本民族は張政権から不当に圧迫される諸民族の一つであるという立場である。

在満日本人側の視点から見れば、張政権は軍閥であり、その「排日政策」は軍閥の腐敗と専横の産物である。したがって、日本民族が満洲における諸民族を代表し、この軍閥を打倒することこそ「正義」なのである(75)。これは、満洲において圧倒的な多数である漢民族の「反日」に対して日本民族の少数民族としての立場を持ち出すことで対抗する論理である。日本民族が他の「弱小民族」と同じ立場で、張政権に対抗する。これは「弱小民族」の平等な関係に基づく論理であり、道徳的な正当性を主張できるものであった。当時の青年連盟幹部山口重次の戦後の回想では、軍閥の「悪政」が日本民族のみならず満洲の民衆を苦しめていたため、その民衆は満洲事変と満洲国建国を歓迎し、青年連盟は単なる「既得権論者」ではなく、諸民族の平等と理想国家建設を信じて尽力したという主張が繰り返し強調されている(76)。

しかし、民族協和が完全に青年連盟と在満日本人によって創出された新しいイデオロギーであったわけではない。民族協和は、その名称からしても、辛亥革命前後に中国ナショナリズムと少数民族政策をめぐって形成された五族共和（漢、満、蒙、回、蔵）論から大きな影響を受けたと考えられる。青年連盟を中心とする在満日本人によって民族協和が創出されたとみなすことは、辛亥革命前後の中国ナショナリズムと少数民族政策をめぐって形成された五族共和との関係を見落とす危険があるのである。

五族協和と国民統合

五族共和の提唱者としては、孫文が有名である(77)。孫文が五族共和の最初の提唱者であるかについては疑問を呈する意見もある(78)。孫文が五族共和を主張したのは、中華民国臨時大総統としての就任宣言書（一九一二・一・一）、北京で開催された「蒙蔵統一政治改良会議」での演説である「五族共和の真義」（一九一三・九・一）、「五族共和合進会」・「西北協進会」での演説「五族連合の効力」（一九一三・九・三）などにおいてである。辛亥革命期の五族共和論を検討した片岡一忠は、この時期における孫文の五族共和への言及について、政治的配慮によるものであると推測する。彼はその根拠として、孫文が臨時大統領就任後には五族共和については殆ど言及せず、北京は五族共和論の中心地で満・蒙民族との関係が深い地域であったこと、また中ソ間の政治問題であった外蒙古の分離独立問題が存在した点を挙げている(79)。五族共和の最初の提唱者については、本書の射程を超えるので、これ以上踏み込まない。

ここでは、辛亥革命前後に成立した五族共和論は「明確なる解釈も、定義づけもなされないままに、きわめてムード的に共和国のスローガンとして用いられた」(80)ものであったという片岡の指摘に注目したい。このような側面は、民族協和においても共通するものであるためである。五族共和と民族協和は、近代国家建設という目的の下、小数民族の協力や統合を呼びかける役割を期待されていた。

勿論、中華民国の建国と満洲国の建国は、同一線上に置かれるべきものではない。中華民国は多数の漢民族が中心となって「国土」の回復と列強の帝国主義的進出を跳ね返しながら近代国民国家建設と国民統合を同時に進まなければならない状況であった。他方、満洲国は少数の日本民族が多数の漢民族と他の少数民族をリードして、内部的統合を導き出す必要があった。五族共和が少数民族の漢民族への同化へと進み、民族協和が各民族の分離と共存を重視したのは、その政治的主体の位置から理解すべきであろう。この点については、孫文研究の一環として日本側にも翻訳・紹介された孫文の五族共和に関する演説を通して検討する。

たとえば、『孫文主義　中巻』（外務省調査部、一九三六）に収録された「五族共和の真義」では、「今我国ニハ共和政体ガ成立シ、蒙古、西蔵、青海、新彊等往昔圧制ヲ受ケテキタ地方ノ同胞モ、同様国家ノ主体トナリ、共和国ノ主人公トナルコトヲ得タ。換言スレバ国家ノ参政権ヲ取得シ得タノデアル。則方今共和ガ成立シテ日ガ浅イタメ、各種ノ政治ハ今ダ修理ガ発生スルニ至ラナイカラ、将来ニ於ケル国家ノ立法ニ対シテ、我ガ同胞ハ皆自己ニ有利ナレバ賛同シ、不利ナレバ反対シ得ル訳デアル。此ノ点前清政府ガ、蒙蔵部落ヲ視ルコト、露国ガ人民ヲ奴隷視シ、日本ガ朝鮮ヲ牛馬視スルト同様デアツタノトハ大イニ異ルノデアル。日本ハ強盛デアルガ朝鮮ハ依然苦痛ヲ受ケ、毫モ利益ノ言フ可キモノガ無イデハナイカ」(81)と語っている。孫文は、辛亥革命によって少数民族は共和国の主体となり、参政権を取得し得たと強調している。少数民族に向けて、成立したばかりの共和国への協力と統合を呼びかけているのである。

その点は、「五族連合の効力」でもっと明白になる。「今既ニ五族一家トナリ、平等ノ地位ニ立ツタノデアルカラ、自然種族不平等ノ問題ハ解決シ、政治的不平等モ同時ニ解除サレ、此点永久ニ紛争ヲ起ス理由ハ存在シナイ訳デアル。今後五大民族ハ同心協力シ、共ニ国家ノ発展ヲ策シテ、中国ヲ世界第一ノ文明大国トシナケレバナラナイ。之レ我ガ五大民族共同ノ大責任デアル」(82)として、五民族の政治的平等と中華民国への協力を強調しているのである。

注目されるのは、孫文が清朝の少数民族政策を「露国ガ人民ヲ奴隷視シ、日本ガ朝鮮ヲ牛馬視スルト同様」のものとして、ロシア帝国の政治と日本帝国の植民地支配とを同列において批判している点である。辛亥革命を少数支配民族であった満洲族の清朝打倒と漢民族の政治的主権の回復として捉えるならば、それは満洲族や少数民族を排除することになる。しかし、外蒙古の分離独立問題が象徴するように、小数民族の民族自決は分離独立へと続く危険を孕むものであった。

孫文は少数民族を中華民国の一員として取り込むため、「排満」から五族共和・五族連合に転換した。中華民国において、少数民族の分離独立は、その「国土」である辺境の喪失を招く恐れがあったためである。諸国の帝国主義的進出に直面しながら成長した中国ナショナリズムからしても、中華民国の政治的指導者としても、清朝が築いた「国土」の喪失、国内分裂の危機は到底受け入れられるものではなかった。

孫文が清国の少数民族政策を批判し、すべての国民が参政権を持つ共和国では「自然種族不平等ノ問題ハ解決シ、政治的不平等モ同時ニ解除サレ、此点永久ニ紛争ヲ起ス理由ハ存在シナイ」と強調したのは、そのためである。その上で、孫文は中華民国内における「今後五大民族」の「同心協力」を求めたのである。

このような中国側の近代国家形成と少数民族をめぐる状況についての日本側の解釈は、中国ナショナリズムにおける「国土」保持と少数民族問題の矛盾を指摘するものであった。石井寿夫は『孫文思想の研究』（目黒書店、一九四三）で孫文の五族共和を「安易な妥協」(83)と批判する。その理由は、五族共和とは「革命によつてくつがへした清国の厖大な遺産相続」(84)のために用いた道具であったからである。

すなわち、孫文を代表とする漢民族が「民族主義にめざめたのも、清国の国土を――その多くは満蒙回蔵等異民族のすむいはゆる辺境で、漢民族の土地ではなかつた――欧米列強が侵犯する危機にしげきされ、祖国の分裂崩壊をくひとめたい愛国的熱情にうごかされた結果であつたから」(85)なのである。石井は、辛亥革命の原動力を中国の「国土」に対する列強の帝国主義的進出に刺激された中国ナショナリズムとみなしている。その中国ナショナリズムを漢民族のものとして把握し、辺境の住人である少数民族から分離させるのである。石井の視座からすれば、「かつて清国内に統治された漢満蒙回蔵の五族」を五族共和という「平面的平等による共和」で「中国人」として囲い込むものに過ぎない(86)。これは、清国の広大な領土をそのまま継承し、少数民族を内包しつつ国民国家を形成するという近代中国の課題(87)が、日本側にも認識されていたことを示唆する。

石井の批判は、中国側の「祖国の分裂崩壊をくひとめたい愛国的熱情」を刺激したのは「欧米列強が侵犯する危機」であると限定することで、中国ナショナリズムの勃興に日本帝国主義の「大陸進出」が果たした役割を意図的に隠蔽する。それでも、「清国を否定してうまれたはずの中華民国」が「生一本の漢民族主義をたちまち五族共和にすりかえ」て「その遺産相続者になりすました」(88)という五族共和批判は、確かに有効な攻撃である。

事実、孫文にとって火急なのは、国家統合と国民統合の達成であった。松本ますみは、孫文が相手によって五族共和の内容を変化させたと指摘する。彼は漢民族に五族共和を語る時は漢民族への同化を強調し、内蒙の王公やイスラーム指導者には民族平等のイデオロギーや中華民国への参加が有益であると訴えていたのである(89)。さらに、孫文は五族を包含するもう一つの民族を創出した。血統に基づく「種族」である漢、満、蒙、回、蔵は、「中華民族」として一つの民族になるというものである。

松本の研究によれば、一九一二年の時点で孫文は、将来的に「種族」間の融合や同化を通して漢民族に近い「中華民族」を作り出すのが国民統合であるという考え方を示していた(90)。孫文を中心とする革命党が主張する「中華民族」の概念は、日本側が関東州の租借権と満鉄や安奉鉄道の建設経営権を延長した二一カ条の要求（一九一五）を契機として、五・四運動などで表れた中国ナショナリズムの勃興を通じて一般民衆にまで浸透していった(91)。五・四運動以降、孫文は五族共和を否定し、少数民族の漢民族への同化を進めることで「中華民族」を形成すると主張する(92)。

孫文が五族共和を切り捨て、「中華民族」へと旋回した理由として、王柯は分離独立の傾向が強いモンゴルやチベットでは、五族共和がむしろ独立への理由づけとして利用された点を挙げる(93)。五族共和が「中国の統一、領土保全の意味を失うだけでなく、一部の人間に独立を主張する根拠として使われる」(94)のは、孫文にとって本末転倒の状況であったであろう。このような五族共和の「逆用」は、五族共和が「明確なる解釈も、定義づけもなされない」「共和国のスローガン」であったため、漢民族の主導性より五族の平等と相互協力を強調する論理として解釈され、利用され得ることを証明するものであった。それは、中国の統一と領土保全を図る孫文にとっては決して看過できるものではなかった。一九二〇年代の孫文と中華民国の知識人は、五族共和を否認し、漢民族の同化主義を通した「中華民族」形成へと進んだ。このような五族共和の浮上と排除の経緯は、民族協和が中国ナショナリズムの民族問題、すなわち漢民族の同化主義に対する少数民族の不満と自決の欲求に付け込むものであったことを示唆する(95)。

民族協和の限界と変質

ここで注目したいのは、民族協和がそのはじめから帝国日本のイデオロギーとして生まれたわけではないという点である。「満蒙特殊権益」（以下、「満蒙権益」と記す）と密接に関わっていた在満日本人は、中国ナショナリズムの挑戦に直面せざるを得なくなった時、「日本帝国臣民」としての立場より満洲における少数民族である日本民族としての立場を前面に立てることでその生存を確保しようとした。言い換えれば、在満日本人は、中国ナショナリズムの内部から、少数民族としての日本民族の活路を見出したのである。

満洲事変勃発以前の在満日本人は、ある意味国民国家と民族の枠だけでは捉えられない場で揺れ動いていたと考えられる。満洲における日本民族の救済を訴えても、「余りに内政に忙しい」日本政府や「日本移民の意気地なさを嘲つた」[96]関係当局の冷やかな対応、さらに「祖国に残し置きたる僅かな土地財産は、二十数年間の間に祖国的経済幾変動の後を受けて、今や兄弟親戚乃至村人に喰潰されて彼等のスペースは残されて居ない」[97]在満日本人の窮境は、満洲から追い出されると彼らを待つのは「墓場」のみという現実認識に帰結した。そのように切迫した自己の「生存権」のためには、日本人として結びついていた日本帝国の満蒙権益の保護さえ不可欠なものではない。

だが満蒙自治制をめぐる青年連盟議員らの反応からも確認したように、その事実が「日本国民」としての混乱や危機感を触発することはあまりなかったと考えられる。なぜなら、在満日本人は「日本文化を背景とする共和の楽園」を満洲の地に築きあげることで「世界三大国民の一たる」日本人と日本文化の優越性に基づく日本民族の繁栄を確信しているためである。日本民族の繁栄のためには、帝国の満蒙権益は放棄可能なものであるが、その結果が日本民族の発展であるならば、それは究極として「大日本帝国」における利益であるとみなされる。青年連盟が唱えた民族協和は、在満日本人の繁栄と発展を核とする論理であった。

民族協和には、日本民族を含む弱小民族の平等と在満日本人の生存という内的動機に突き動かされ、さらに「我同胞」に向けて発せられたという固有の限界があった。だが、「我同胞」に向けられたものであったために、国家と民族の間に起き得る混乱や葛藤、対立は回避できたのである。事実、在満日本人の大多数は都市居住者で、人口の多数を占める漢民族との間には文化、生活環境、言語における差が横たわっていた。

しかし、満洲事変の勃発によって、在満日本人が置かれていた状況そのものが大きく変化した。関東軍が武力によって、中国ナショナリズムの脅威を解決してしまったのである。関東軍によって「在満邦人」の安全が保障されるとすれば、在満日本人にとって民族協和の必要性は著しく減少するしかない。平野は、こうした状況の変化が民族協和を「変質」させたと把握した(98)。青年連盟が民族協和を通してめざした目的である日本民族の生存は、関東軍の軍事的占領によって解決されたからである。

他方、満洲事変の勃発によって、民族協和の新たな価値が見出された。民族協和は、満洲事変を正当化し、満蒙独立国建国運動に必要な大義名分を提供することができた。満洲における日本民族の立場を弱者にすり替えて正当化する在満日本人のイデオロギーは、関東軍にとって在満諸民族のために軍閥の「暴政」を打倒したという名分のみならず、占領後の支配体制に対する民衆の支持と協力を期待できるという点においても有利であった。また、満洲事変の拡大や関東軍の独立を警戒していた日本政府と軍中央部、国際連盟に対しても、在満諸民族の自発的な建国運動として進行させることはその監督や干渉を牽制できるという利点があった。一〇月二日、関東軍は「満蒙問題解決案」の中で「満蒙ヲ独立国トシ之ヲ我保護ノ下ニ置キ在満蒙各民族ノ平等ヲ期ス」として、そのスローガンも「既得権擁護」から「新満蒙建設」に替え、宣伝することを決定した(99)。

ここまで、中国ナショナリズムが満洲に波及する状況に置かれた在満日本人が、自らの安全と権利を確保するために民族協和を創出した経緯を具体的に見てきた。とりわけ、中華民国の五族共和と民族協和との比較は、重要な思考の契機を提供する。たとえば、第5章で検討する打木村治『光をつくる人々』（一九三九）では、現地女性と移民者の婚姻と混血児の出生が物語に織り込まれている。それが、「大陸の花嫁」が象徴する日本の移民政策の排他的民族主義と相反するものであることは明白である。

多数民族の漢民族が主導する五族共和では、通婚を通して血統的、文化的融合を図る同化主義が採られた。他方、少数民族の日本民族が主導する民族協和では混血は忌避され、日本文化に基づく理想郷建設が求められた。また、五族共和と民族協和は、各民族の平等と和合の曖昧なイメージを喚起して国家統合に向けて少数民族の協力を動員することを目的としていたが、その曖昧さは少数民族の自決権・分離独立の主張や平等を強調して主導性を奪われる危険を孕む。満洲国の存在を容認するという限界の中では、民族協和のそうした側面を強調するのがせめての現実批判や改善の名分になれたであろう。満洲移民の国策文学に表れる民族協和を解釈し、評価することの困難さは、まさにそのアンビバレントな在り方に起因するのである。

建国工作と民族協和

満洲事変直後の激変した政治現実における民族協和は、関東軍の武力より効率よく占領後の統治に働く道具としての役割を担わされた。一例として挙げられるのが、満洲事変の直後に不通となっていた瀋海鉄道の復興開通問題である。鶴岡聡史の研究によれば、瀋海鉄道は、奉天（瀋陽）から海龍までの二五〇キロメートルの距離に敷かれた張学良の鉄道である（一九二五年八月に建設開始、一九二七年九月に開通）。柳条湖事件の勃発で破壊されていたが、奉天城市への食糧供給と奉天城市近郊の兵工廠から押収した兵器輸送、瀋海沿線上での作戦展開のためにも、関東軍は同鉄道復興の必要性に迫られていた(100)。当初、関東軍は鉄道に関する戦後処理について、満鉄に依頼していたが、満鉄側は政府の不拡大方針に従い、関東軍への協力を拒否した。したがって、関東軍は青年連盟理事で満鉄鉄道部営業課員の山口重次に、関東軍参謀部の嘱託として瀋海線復興に関する権限を託した。山口ら青年連盟員を中心に、九月三〇日から一〇月一五日まで復興が行われた。山口らは瀋海鉄路整理委員会を発足させ（一〇・四）、関東軍からの支援もほぼ得られない状態で瀋海線復興に取り組むことになった(101)。

整理委員会は、瀋海鉄の従業員は反日感情が強いが、従業員の給与未払いや給与の格差などの問題を抱えているとの情報に基づいて交渉を進めた。整理委員会は、従業員の雇用継続、晴天白日旗の下での作業などの条件に応じる代わりに、日本人が監事長、監事長参事、顧問として参加することで合意した。その結果、復興作業は順調に進み、短期間の復興に成功した。この成功は、鶴岡の言葉を借りれば関東軍が「中国側の鉄道を掌握する第一歩」となり、東北交通委員会成立や後の鉄道復興工作の規範となった(102)。

瀋海鉄復興は、何よりも青年連盟が「単なる復興処理に留まらず、直接対満政策に参加」(103)する契機となったという点から注目される。復興の成功は、在満日本人の中国側に対する理解の程度とその構成員の多くが満鉄社員であったことなどが影響していた(104)。青年連盟は瀋海鉄復興の成功を通じて、関東軍に単なる武力による強制より、民族協和を利用して現地人の協力を得る方が遥かに効率的であることを実証したのである。また、青年連盟が東北交通委員会再編に丁鑑修、金壁東らを、自治指導部には于静袁、王子衡、王秉鐸など日本留学経験がある現地人を取り込む実績を挙げたことも、民族協和の有効性をより強く印象づけたと考えられる(105)。

満洲事変から満洲国建国まで、青年連盟が果たした役割は大きなものであった。瀋海鉄の一例から分かるように、日本政府の戦争不拡大方針によって関東軍への協力に消極的であった満鉄、領事館、関東庁に比して、青年連盟は民間団体であったため自由に支援を提供できた(106)。また、関東軍が満洲における中国ナショナリズムの挑戦を解決し、「在満邦人」保護を実現したとして、青年連盟は全面的な協力と支援を提供した。青年連盟の協力は多岐に渡るもので、治安維持、行政の復興、他各般の任務に服し、対外的には満洲事変勃発後から満洲国建国、満洲国承認に至るまで、段階毎に遊説隊を日本に派遣し、満洲事変への支持及び満洲国建国に有利な世論形成を図った(107)。関東軍にとって青年連盟の最も重要な役割は、満洲の既存体制を分解し、「独立国」の体制を整備する建国工作の協力者としてのものであった。

山室信一の研究によれば、関東軍の建国工作は、満洲の各省を独立させることで中央政権から分離させ、この分離された自治団体を統合することで新たな中央政府を樹立させ、中央政権との直接交渉は既成事実化するまで引き伸ばす手法であった。このような満洲国建国のプロセスが、帝国日本の中国における占領地統治形態である「分治合作」の祖型になったのである(108)。そして満洲における地方自治を利用した分離と統合の手法は、「邦人ノ実権掌握」を基礎としていた。たとえば、関東軍は占領した奉天市の行政と官営事業復活を青年連盟に委譲するが(一〇・一二)、この時期からすでに日本人を顧問・諮問とする行政指導の体制の基礎が制度化されようとしていた(109)。続いて関東軍は「行政機関顧問諮問等ノ選定内規」(一〇・一九)及び「各機関邦人顧問及諮議服務要領」を定めることで、行政機関の枢機は日本人顧問及び諮問によって把握され、この顧問及び諮問はまた関東軍参謀長の統轄の下に位置づけられた(110)。このように満洲国の基本となる機構づくりの方針は「邦人ノ実権掌握」を中心としたものであった(111)。関東軍にとって、広大な満洲全域の統治を武力だけで行うことは効率的な行為ではなかった。関東軍は青年連盟を通して自治団体を吸収し、少数の日本人顧問の監督の下に多数の現地協力者を利用することで「独立国」の基礎を築きあげたのである。

奉天文治派の包摂

しかし、自治の伝統が強力な現地農村社会に干渉することは困難であったため(112)、青年連盟の活動も村落レベルまで浸透することは難しかった。青年連盟や在満日本人の協力だけで、「独立国」を建国することは困難であったのである。錦州爆撃(一〇・八)によって激化した国際的非難の世論を回避するためにも(113)、現地有力者の協力が必要であった。当時、政治的に最も必要とされたのは、現地有力者による張政権及び国民政府との断交宣言であった。

関東軍がその現地有力者として選択したのが奉天文治派と呼ばれた在地勢力の有力者である袁金鎧と于冲漢である。関東軍は、張学良の本拠地であり、支持基盤である奉天省を掌握することを優先し、また奉天省の有力者による断交宣言がより有効であると判断したと考えられる。したがって、関東軍は遼寧省地方委員会を組織し、その委員長に袁、副委員長に干が選ばれた（九・二四）。だが、当事者である袁と干の反応は、必ずしも関東軍に有利なものではなかった。干は病臥を口実に委員会に参加せず、袁は地方委員会の存在に懐疑的で、奉天日本領事館に不満を述べ、関東軍の圧力に屈して断交宣言に署名した後もアメリカ人の記者とのインタビューで関東軍の強制による行為であったと言明したのである(114)。

奉天文治派は、政治的に中国本土と東北地方との境界を守るという「保境安民」を標榜し、中国本土に接近していった張政権に反対したため、政治的影響力を失っていた。彼らを象徴する人物である袁が、関東軍に対して消極的協力に限らず否定的態度を示したのである。その理由として、張学良軍の奉天復帰の可能性、地方維持委員会を「売国奴」として激しく非難する社会的雰囲気などが挙げられる(115)。だが、奉天文治派が清朝の中央集権から在地勢力の地方自治を実現させた歴史的経験も考慮されるべきであろう。

近代奉天地方官僚集団を研究した江夏由樹によれば、袁は裕福な漢軍正黄旗人の地主の家系の出身で、義和団事件の混乱期に民間の郷村自衛組織である郷団の指導者として活躍したことを契機に頭角を現した。辛亥革命の時期には奉天諮問局副議長として反清運動の弾圧に功を立て、張作霖と張学良の下では奉天軍民両署秘書長と東北保安委員会副委員長を歴任した(116)。

ここで、袁が漢軍旗人であることは注目されるべき点である。清朝は、投降した漢民族の在地有力者に漢軍旗人としての身分を与え、彼らを通じて各郷村を統治した(117)。だが、清朝の支配が崩壊する過程で、中央政権の権力だけで地域の秩序を保持することは困難となり、地域勢力の協力が要請されるようになった(118)。袁が民間の自衛団体である郷団を組織・活躍し、やがて警察官僚として出世して行く過程は、袁のような在地勢力の地方自治が統治機構の末端に組み込まれ、やがて中央の統制から離れた地方自治を構築するプロセスでもあったのである。

一方で、干は東京外国語学校中国語講師の経験があり、日露戦争では日本軍の通訳として活動して、勲六等に叙せられた。その後、袁金鎧と同様、諮問局の議員、奉天保安公会の外交部長を経て、張政権の下では東三省保安司令部参議、東北特別区行政長官、中東鉄路総弁などの役職に就き、地域社会に強い影響力を持つ地方有力者になる(119)。後に奉天文治派と呼ばれた在地勢力は、清国の中央政権が崩壊する過程で地方の実権を握り、地方自治に基づく分権型社会を構築したのである。張政権もそうした在地勢力の支持と協力を統治の基盤としていた。

勿論、関東軍が奉天文治派を独立国工作のための有力な交渉相手として認識したのには、相応の理由があった。その一つが奉天文治派の政治経済的背景である。張作霖時代から張政権は地方の在地勢力に基づいて政権を維持し、その構造は張学良にも引き継がれた。しかし、「易幟」(一九二八・一二・二九)後、張学良が国民政府によって東北辺防軍司令長官、東北政務委員会主席に任命されたこと(120)は、張政権が国民政府の地方政権であることを認めたことを意味した。事実、東北地方における中国本土との関係は急速に緊密となる結果となった。政治的には、張学良が「北京大学系」との関係を強化したことで、相対的に袁と于を含む既存の元老層の勢力が委縮された(121)。それでも、満洲の地域的特性に影響された同地域では、地方行政機関、軍警機関、軍部、財政経済関係の殆どは「東北人」によって掌握されていた(122)。この時期の満洲には、袁や于をはじめとする在地勢力が確立した地方自治原則の上で、張政権の中国本土への接近という政治経済的変化が起きていたのである。

張政権は都市部を中心とする企業化・工業化をめざし、その具体的内容は「民族主義的経済体系」構築を図るものであった(123)。西村成雄によれば、その「全般的動向は、準国家資本主導型の開発政策であり、民間資本の発展を促進することによって日用必需品を含む「輸入代替工業化」をめざすもの」(124)で、一定の成果を上げていた。張政権の経済方針は、日本側から単なる「軍閥」に過ぎないとみなされていた張政権の「排日政策」が、現実においては資本主義経済の発展を図り、その結果として満洲の経済状況が確かに変化していたことを示すものである。

しかし、「保境安民」を主張した在地勢力の多くは、地主としての身分を基盤としていた。したがって、張政権によって引き起こされた経済的変化が都市部を中心とした資本主義経済の発展であることは、農村と深く結びついていた在地勢力にとって決して有利なものではなかった。橘は、「単純地主」である奉天文治派が「資本家的軍閥」である張政権から「一面政争上の敗者であると同時に、経済的にも大きな脅威を受けてゐる」と判断した(125)。また、彼は満洲の農村社会に存在する多くの「単純地主」に「政治的には兎に角、経済的には窃かに奉天軍閥を嫌」い、「袁等所謂遼陽派の陣営に傾く」傾向があることに着目した。彼ら「保守的な地主商人層」と資本家、軍閥、大地主である張政権との間の「利害・感情の相反」を利用する形で、橘は関東軍に彼らを取り込むことを提案したのである(126)。

関東軍は、単なる一地方の在地勢力を包摂する以上に、地主層を通じて地域社会を支配する手法を選択したといえる。それは、奉天文治派のような在地勢力から見れば、漢軍八旗の時代に逆行するものとして受け止められる余地があった。満洲国建国過程において袁や奉天文治派が強く主張した争点が、共和制の採択と溥儀復位反対である点も、そうした推測を裏付ける。

結果として、断交宣言をめぐる袁の躊躇に、関東軍は病臥中の于に守田福松（奉天日本人居留民会長、青年連盟顧問）を通じて説得し、出廬を促すことで対応した（一一・三）。于が全面的に関東軍の意思に迎合したとは限らないとしても、于の出廬を契機として張政権及び国民政府との断交宣言が実行されたのは事実である（一一・六）。

山室は、石原が于を「（満洲国）建国の最高の功労者」として称賛した点を取り上げ、その理由は断交宣言よりも、于が示したとされる建国運動に関する政見であるとした(127)。于の政見は絶対保境安民主義の徹底とした施行、軍閥政治の打破と悪税の廃止、官吏給与の改善、審計院の創設、軍制度の廃止と帝国日本への国防委任、交通産業の開発、自治制などの施策を提案するものであった(128)。当初奉天文治派との提携で得られると期待していた現地協力者による「保境安民」主義の提唱のみならず、軍制度を廃止して日本側に国防を委任するという関東軍の基本方針に対する現地有力者の賛同は、関東軍にとっては歓迎すべきものであった。関東軍参謀稲葉は、「満蒙共和国統治大綱案」（一九三一・一〇・二二）を執筆した松木俠が、于の政見を聞いてその「意を強うした」と記述している(129)。だが結局、袁は奉天省政府から排除され、地方自治維持委員会も解散された（一二・一六）。

そして各地で乱立した地方自治会と治安維持会の統制のため、地方自治指導部（一一・一〇）が成立した。満鉄社員で青年連盟幹部である中西敏憲らが設立したこの団体は、于を部長として、満鉄沿線から出発して拡大していった。代表者は現地有力者の于、その主な構成員は青年連盟や大雄峰会、『満洲評論』関係者など在満日本人とし、各地方自治団体の顧問・諮問となって地方自治を指導する日本人や現地人を養成した。

于がこの自治指導部の部長になったことは、単に関東軍への積極的な協力を意味するのではない。山室が指摘したように、関東軍の意図は「張学良政権と相容れない勢力を糾合して、新たな政権に対する中国人住民の支持を調達する」(130)ことにあった。このように、現実の民族協和は、日本人による満洲支配の体制を日本人と現地協力者との「協和」に偽装する役割を果たした。だがさらに、袁や于ら奉天文治派を通して「中国人住民の支持を調達する」ためには、民族協和を補完するイデオロギーが必要であった。ここで、満洲国のもう一つの建国イデオロギーである王道主義が現出したのである。

3　橘樸と王道

王道論の変遷

王道について言及したのは、実に様々な立場のあまたの人々であった。「大陸進出」を主張する軍人、于や袁ら在地勢力、橘や野田蘭蔵など『満洲評論』関係者、溥儀側近の鄭孝胥なども「王道」を主張した。勿論、彼らがみな同じ王道主義を主張したのではない。結論を先取りして言えば、彼らがみな自己の利益になる、あるいは理想に合致すると思う原因となった王道主義の曖昧さこそ、王道主義が満洲国の統治イデオロギーとなる理由であった。

しかし、満洲移民の国策文学では、東洋的なユートピアとしての王道楽土という片言のスローガン以外、殆ど用いられない。それは、建国イデオロギーとして王道主義が事実上の民族自治を意味する分権的農民自治の論理であると同時に、中国の古代思想に由来するため日本精神には異質な革命性を保持していたことに起因するであろう。王道主義の代表的なイデオローグである橘[131]は、満洲における農村社会の自治を育成し、分権的農業国家を構築することをめざした。他方、関東軍と日本政府、「内地」の農本主義者の間で形成されつつあった満洲への国策移民案は、「内地」農村をそのまま移植するものであった。日本人の大量移民のためには大量の耕作地が必要とされ、既耕地の強制的な買収、住居の立ち退きが行われた。そのため、初期武装移民団は現地住民の敵対的な態度や武力衝突に直面せざるを得なかった。第一次、二次移民団を描いた湯浅克衛「先駆移民」（一九三八）と打木村治『光をつくる人々』（一九三九）は、武装移民団が経験する満洲移民の構造的矛盾を文学的に形象化する作品である。

橘が構想した王道主義からすれば、日本人の大量移民とそれによって引き起こされる強制的な土地買収、他民族との葛藤、移民者の地主化は、満洲農村に新たなる民族矛盾と階級矛盾が生まれる契機となるものであった。言い換えれば、国策としての満洲移民こそ王道主義の構想を内から瓦解させる動因であったのである。その点を踏まえれば、満洲移民の国策文学に王道主義が登場しないのは、当然といえるであろう。そして王道主義が排除されていく過程の中で、王道という言葉だけはアジア民族という観念を喚起するため、満洲国を美化する修辞として残されたのである。

そもそも王道という言葉は、『孟子』において唯一度登場する[132]。梁の惠王が自国の民が増加しない理由を尋ねると、孟子は王が戦を好み、民の生活を安定させないためであるとし、さらに王道を説いた。この「梁惠王上」において、孟子の言葉は「養生喪死無憾、王道之始也」と記されている。民にして家族を養い、死者を厚く弔って心残りがないようにするのが王道の始まりであると説いたのである。先行研究において指摘されたように、ここで登場する王道は「王の道」、すなわち覇道と峻別される「王者が行うべき理想政治」である[133]。

孟子の王道主義における思想としての側面については、吉永慎二郎の研究から大きな示唆を受けた。吉永は、孟子が説いた王道論が、伝統的農村社会に立脚した道徳論であり、その基本には共同体が自生的に治められるという論理があったと捉える[134]。

「梁惠王上」における王道の具体的内容は、「不違農時」、「数罟不入洿池」、「斧斤以時入山林」というもので、農村共同体の基本的規範である。それに続いて孟子は、仁政の具体策を通して王道論を展開する。それは「深耕易耨」「省刑罰」「薄税斂」といったように農業の奨励、寛刑と減税である(135)。孟子が恵王に勧める王道は、国内政治において農村共同体の「自生的な秩序」(136)を保持させ、刑罰及び税制の改善と整備を通じて実現できるものであった。満洲国建国に関わった人々が想定した王道主義が、その具体的内容として徴税負担の軽減、官吏給与の改善、産業開発の奨励などであったことを想起すべきであろう。

だが同時に、王道論は称王する諸侯に対する仁政の有用性を訴えるものでもあった。治者が仁政を行えば民は忠誠を尽し、諸侯もその徳に帰服して天下を統一する「王」になるから、治者は仁政をなさなければならないという論理である(137)。諸侯が富国強兵をめざしていた中国の戦国時代に、孟子は王道を実現することで天下の「王」になれると諸侯を説得したのである。吉永は、王道論が道徳主義的理想論と王権交代論の二つの軸によって構成されたと指摘する(138)。王道論を「民衆の平和と君主の天下統一というそれぞれの願いに架橋せんがために打出された政治思想」(139)とするのは、そうした王道論の構造を肯定的に捉えてこそ可能になる評価である。

しかし、孟子の道徳的理想論はやがて「先王の道」のように周の伝統的規範への回帰を示し、暴君を駆逐した殷の湯王や周の武王のように、民を救うための放伐を肯定する(140)。吉永は、ここで「誰がその放伐が民の為であると判断するのか」と疑問を提示し、結局放伐の論理は、誰であっても「天下を治めることに成功すれば」、その事実が「その放伐が民の為である」と立証するものになっていると指摘した(141)。

このように天下を掌握することがそのまま放伐の正当性を担保するとすれば、満洲事変を起こした関東軍にとっては極めて有利な論理であることは明白である。だが、王道論は関東軍側が「暴君」となれば、その支配を打倒するために働いてしまう可能性を内包していた。

日本における孟子受容史から示されたように、放伐が示す革命性は日本においても認識されていた。野口武彦は、江戸時代に孟子問題は「思想史最大の争点」となり、吉田松陰に至っては孟子の易姓革命論を批判しながらも、「湯武放伐」論を倒幕イデオロギーの根拠としたと指摘する(142)。実際に、吉田は『講孟余話』(一八五六)において、日本は日嗣たる天皇が永久に無限に統治する国であるため、本来放伐論は適用されないという前提から出発する。だが、征夷大将軍は朝廷から命じられたものなので、その職を疎かにすれば直ちに廃してもいいとして「湯武放伐」論を適用した(143)。近代日本においては、天賦人権論の思想家たちが、必ず孟子を引用した(144)。孟子の放伐論は、社会変革を主張する根拠であったのである。

また、北一輝は『国体論及び純正社会主義』(一九〇六)第五編「社会主義の啓蒙運動」第一六章において、西欧の社会主義の源泉がプラトンの理想国家にあるように、東洋における社会主義の萌芽は「東洋のプラトーたる孟子」の理想国家論にあると述べた(145)。北は、「養生喪死無憾、王道之始也」という孟子の言葉は、「一切の倫理的活動の前に経済的要求の満足さる、ことが前提たること」を示していると捉えた(146)。さらに、彼は王道論を通して倫理的要求を政治的機構に求め、土地国有論を主張したとして、孟子が「東洋の思想史の上に於て最も明らかに理想的国家論を夢想し其の実現の為めに終生を投じて努力した」(147)人物であると高く評価する。

だが、北が孟子の王道論を近代の東洋に適用できる理論であると考えたわけではなかった。彼は、孟子が提示した土地国有論は土地君有論に、国が民に私田一〇畝と五畝の宅地を供給する井田法(148)は原始の部落共有制への復古に逆行する恐れがあると憂慮した。したがって、北にとって孟子の王道論が実現するとされた理想国家は、科学的社会主義の萌芽としての限定的な価値だけが認められる(149)。北が孟子を高く評価しつつ、こうした評価を下したのは、「アジア的な古代専制国家に対する抜きがたい嫌悪と不信」(150)のためであった。彼は、孟子が理想の君主と挙げた堯舜は「原始人の平和」であるとした(151)。北が同書において、孟子の王道論における古代専制国家に逆行する危険性を認識しているのは明らかである。

北は、佐渡時代に儒学の教育を受けた経験などから、吉田など幕末の理想主義的儒学者の系譜に繋がるとみなされる(152)。だが、彼は孟子と王道論の限界を認めていた。野口が、北の孟子論について、孟子に対する「近代日本で最後の反照」[153]と評したのも頷ける。孟子の王道論は、政治思想としては既にその限界を迎えていたのである。

にもかかわらず、橘はその王道論をわざわざ取り出し、満洲国の統治理念として押し上げた。そこには、王道論の革命性が張政権の「暴政」に対する関東軍の大義名分を提供するだけでなく、民生の安定のための「仁政」を通して民の服従を得られるという計算があった。要するに王道論の二つの軸である保守性と革命性は、新しい「独立国」の体制に利用できると考えたのである。

大アジア主義と王道

対外的には王道という言葉が持つもう一つの意味作用があった。それは、孫文から由来したものである。一九二四年一一月二四日、神戸を訪問した孫文は、神戸商業会議所会頭の西川荘三に要請され（一一・二五）、神戸高等女学校で「大亜細亜問題」、所謂大アジア主義講演（一一・二八）を行った。その背景には、アメリカの所謂排日移民法（ジョンソン法、一九二四・一）成立とその実施（七・一）を契機とした神戸商業業界の経済的意図と、同法によって喚起された大アジア主義に対する大衆の関心があった[154]。

特に経済的状況において、日本としては中国産生糸のアメリカ輸出によって日本産生糸のアメリカ輸出が打撃を受ける危険とアメリカの中国進出で中国市場を奪われるという危惧が共存していた[155]。そのため、たとえ不平等条約を放棄しても、「中国の友情をつなぎとめ、大アジア主義＝王道主義の名のもとに、アメリカを排除して中国における日本の位置を確立し、日本経済繁栄の基礎」を築こうとする論理が胚胎していたというのである[156]。そうした経済的動機は、孫文も認識していたと考えられる。神戸港に入港した上海丸の甲鈑で行われたインタビューで、孫文は「若し不平等条約を撤廃せば目前に日本は不利益を蒙ると思ふものがあらうがそれは近眼者流の説である、例へば関税問題に見ても中国が自由に関税を処理せば」、「日支の関税同盟」も可能になり、両国は相互に利益を得られると強調している[157]。

それでも、孫文の訪日に対する日本政府と主なマスコミの反応は冷淡なものであった(158)。孫文の要請に応じて神戸を訪問した頭山満にしても、孫文の不平等条約廃棄の主張が、満蒙権益、具体的には旅順大連の回収を意味するのかと質問している。孫文の回答は、「旅順大連の回収等いふ処まで考へてはゐない」、「旅順大連の問題にあつても既に出来上つて居る以上に更らに其の勢力拡大するに於ては問題であるが今の通りの勢力が維持さるゝ以上問題が起ることはない」というものであった(159)。続いて、孫文が中国のために頭山に依頼した問題は、治外法権撤廃と関税独立であった。この時、孫文がパリ講和会議と五・四運動を経て、すでに日本帝国主義に対する批判を本格的に展開していたことを踏まえれば、不平等条約廃棄に対する日本政府の同意と支持を獲得することを優先していたと考えられる。

結果として、不平等条約廃棄の代わりに孫文が提示した関税同盟、日中友好などは、直接に対中貿易に関わる神戸経済人に訴える程、日本政府やマスコミにとって魅力的なものではなかった。孫文の大アジア主義講演が注目され、成功した理由は、日本大衆における反米世論の反動として喚起されたアジア回帰の動きから求められる(160)。

実際に、孫文の講演テクストに限定して検討する限り、反帝国主義や反日の意思を読み取ることは難しい。講演において孫文は、衰退したアジア諸民族における日本の不平等条約改正の意味を「亜細亜民族といふものが始めて地位を得た」と高く評価し、日露戦争での日本の勝利は「亜細亜の民族が欧羅巴の最も強盛なる国より強い」という信念をアジア民族に与え、全アジア民族の独立運動が始まったとしている(161)。アジアにおける日本の指導的位置を認めた上で、孫文は東洋の文化は王道であり、西洋の文化は覇道であると相対化させた。東洋の文化は仁義道徳を中心とする文化の感化力を持ち、西洋の文化は鉄砲の武力を中心とする文化であるため、「アジア問題」とは文化の問題になるのである。したがって、「仁義道徳を中心とする亜細亜文明の復興を図り」、「文明の力を以て彼等のこの覇道を中心とする文化に抵抗する」(162)構図が浮かび上がってくる。

この講演のテクスト研究においてすでに指摘されたように、日本帝国主義批判として有名な文末の「日本民族既得至了欧洲覇道的文化、又有亜洲王道的本質、従今以後対於世界前途的文化、是為西方覇道的鷹犬、或是為東方王道的干城、就在你們日本人去詳審慎択！」は、『民国日報』（上海）の「孫先生「大亜洲主義」演説辞」（一九二四・一二・八）で初めて登場する(163)。すなわち、この講演そのものは日本帝国主義批判よりは日本の指導的位置を押し出しながら、東アジア民族の団結と日本が西欧に対抗する構図を提示するものとして受け止められるように構成されていた。そして孫文に送られた拍手や万歳の声は、この講演がアジア回帰を意識していた神戸の聴衆にとって、共感できるものであったことを証明するものである(164)。

勿論、帝国日本が「仁義道徳を中心とする亜細亜文明の復興を図り」、「文明の力を以て彼等のこの覇道を中心とする文化に抵抗する」ためには、まずアジアの「兄弟」に対する覇道的な行いを中断しなければならない。だが、この講演が、そうした批判的可能性とともに、王道が代表する東洋における帝国日本の指導的位置を認めるものとして動員される可能性をも内包していたのは事実である。それは、孫文の死後（一九二五・三・一二）、日本では忘却されていた孫文が日中戦争の中で抗日運動の象徴となり、「中華民国国父」（一九四〇）、「中国革命的先行者」（一九四八）とまで浮上していく過程とも関係している(165)。日本側が孫文と彼の大アジア主義を想起し、利用しようとする時は、日中戦争のように中国と向き合わなければならない時であった。孫文が中国と中国人に思想的権威を確立したため、日本と王道の結びつきは、中国に対して孫文の権威を「逆用」(166)する形で有効な政治的名分となったのである。そうした点から、満洲国の王道主義は、汪兆銘の重慶離脱（一九三八・一二）と「和平建国」運動と同じ流れを汲むものであるといえる(167)。

橘樸の大アジア主義講演批判

後に満蒙建国工作に王道主義を導入した橘が、孫文の大アジア主義講演とその中で提示された王道について批判的な認識を示したのは興味深い事実である。橘は、一九二五年三月に発表した「孫文の東洋文化観及び日本観——大革命家の最後の努力――」で、大阪毎日新聞に掲載された戴天仇の註釈版を参照しながら、この講演を批判的に検討した[168]。たとえば、孫文が王道の感化力の例として挙げたネパールについて、「大いに史実に相違して居る」[169]と指摘している。橘は、そもそもネパールは清国の軍隊と衝突して、朝貢国として組み込まれたこと（一七九二）を挙げ、孫文が主張するように王道が他民族や国家に感化力を発揮したわけではなく、単に西洋勢力の下で呻く弱小民族の不平とアジアという地理的観念を、非論理的に結びつけているのではないかと述べている[170]。その上で、孫文の大アジア主義講演の目的は、日本が開拓した高い国際的地位を利用して中国も同じ地位に引き上げることにあり、そのためにはまず不平等条約の一部ないし全部を放棄しないといけないという結論にあると分析した[171]。

しかし、橘は孫文が中国統一の先決問題として軍閥打破より「所謂帝国主義打破」を優先したことは、「我々」から見ると不合理であると指摘する[172]。なぜなら、帝国主義の列国が中国の国内問題を妨げるのも、彼らが軍閥を扇動するか援助するためであるので、中国統一の敵は軍閥が「主」で、帝国主義は「従」に過ぎないからである。ここで橘は、中国統一のためには、日本を含む列強の帝国主義より、軍閥問題がより深刻な問題であると示しているのである。そうした点から、孫文の日本における最後の講演は「大体上失敗に終わつた」とする。その原因は、軍閥と帝国主義に関する孫文自身の理論における欠点と、「全く日本人が中国知識に乏しく、同時に東洋の強大民族であると言ふことに関し充分にして且つ正当な自負心を持つて居ない事に帰せねばならぬ」[173]としている。

ここで示される橘の論理は、奇妙なものである。彼は、孫文が西洋列強に対抗するアジア全体の価値文化として王道を持ち出したことについて、たとえアジアの諸民族が被圧迫民族であるという意味での薄弱な紐帯を結び得るとしても、王道を共通した旗印とすることは困難であると語る。日本と中国が友好関係を結ぶことには賛成するが、その動機は「大亜細亜主義とか王道思想とか云ふもの以外に、一層現実的色彩を帯びた方面から発見される」[174]べきであるというのである。また、孫文の目的である不平等条約の撤廃については、帝国主義打破を軍閥問題より優先することは理論的欠陥であるため、この講演は失敗したと分析する。

にもかかわらず、最後には「若し東洋の先進国であるとか世界五大強国の一つであるとか云ふ事に就て真面目な自負心を懐いて居る事が事実であるなれば、日本民族は斯の如き輝かしい地位に居る事に対して如何なる使命と責任とを負はねばならぬものであるかに就て深く自ら反省しなくては」(175)ならないと結論づける。要するに、橘は大アジア主義講演で孫文が帝国日本に向けて提起したアジア連帯の思想の根拠も意図も否定した上で、それでも講演の失敗に対しては、「東洋の先進国であるとか世界五大強国の一つ」であるという日本民族の自負と使命に照らして、反省することを促すのである。中国の思想である王道を全アジア連帯の旗印へと持ち上げることに対する橘の冷淡な態度は、彼自身の満洲国の建国工作とそれ以後展開した王道国家論、「大東亜共栄圏」をめぐる理論的破綻とは対照的なものである。彼が孫文の講演内容に批判的であることは確かであるが、その中でもアジアにおける帝国日本の指導的位置だけを認め、その点から現在の日中関係に対する日本国民の反省を促すことの不自然さに、ある思考の歪みを読み取ることができる。

橘の中国認識

中国や中国人の国際的地位向上、日中関係の改善を望ましいとする橘の「善意」は間違いない。先にふれたように多くの日本知識人が中国蔑視に基づく中国観に囚われていた時期、橘は決してその一人ではなかった。橘は五・四運動の思想的背景について、中国人は他民族の支配を受けることは好まない意外に強い感情を保持しており、彼ら固有の文化に対して高い矜持と愛着を持っている点を挙げ、中国人の民族意識は決して「西洋風の愛国心」から懸け離れたものではないと強調している(176)。

だが同時に、彼は国家の概念が領土、人民、主権であるとすれば、中国人の民族意識は土地と人民が結びついたものであるため、国家から主権を引いたものであると結論づける。橘は中国が土地、人民で構成されており、中国の民衆はやむを得ず彼らの主権者を認めてはいるが、「彼等は自らの国家の主権に対して何等の矜持も愛着をも感じない。

寧ろ彼等の生活を脅すものだと考へて其れに背中を向けて居る」(177)と観察する。橘にとって中国人は民族意識が強く、伝統文化や土地に対する強い愛着を持っているが、歴史的経験によってその民衆は政治から乖離している存在であった。

しかし、橘は五・四運動で高調する中国ナショナリズムの中で「中華民族」意識が一般大衆に広く浸透していったことを看過していた。二一カ条の要求(一九一五)によって喚起された民族意識と領土意識は、橘が政治から乖離していると捉えた民衆の中で「中華民族」としての中国人と中国を形成していたのである(178)。

橘の中国観が呈する論理は、中国の民族意識と文化を高く評価しながらも、反帝国主義との関わりを軽視し、結局「大陸進出」を黙認する結論に収束する。この点は、橘が日本政府の対中国態度を批判して語った、次の文章でより明瞭になる。

然らば日本は如何に其の態度を豹変すべきであるか。これを考察する為には政府と国民との二つに分けて取扱ふが便宜であらう。先づ政府の側から言へば、中国を完全に対等の国家として取扱ふべきである。

此の立場からすれば、中国に対して前記の如き伝統的偏見と独断とを持つ西洋の諸国家と徹底した意味での協調を保つて行く事の出来ぬ場合の発生することは当然である。然らば西洋の諸国家が中国を眼下に見て居るのに、日本のみが彼に対等の待遇を与へねばならぬと云ふ理由は何処にあるか。其の理由は至つて簡単且つ明白である。何となれば西洋人の中国に対する評価の方が根本的の誤謬に陥つて居るもので、中国は地球上の何れの国家又は民族からも不対等の待遇を受ける道理の無い程の文化を所有するものだからである。西洋の近代に発達した政治学から見ると、中国は所謂国家の諸条件に欠くる所の多い国柄である。然し此の民族の固有する文化や富や人口や道徳や叡智を総括して観るに、假すに相当の時日を以てすれば、世界の大勢に順応して所謂近世国家を建設するに足る十二分の資格を備へて居る。(中略)

斯の如き中国であつて見れば、我日本が之を徹底した意味での対等国として取扱ふ事に果して何の不思議があるだらうか。但し私はそれ故に列国との協調を破れとは決して主張しない。条約の明文に規定された協調事項は申すに及ばず、過去に成立した慣例や将来に行はるべき申合せに到る迄、著しく我対華外交の「対等主義」を傷つけない限りには忠実に且つ遠慮なく外国との協調を維持するが宜しい。最も肝要な点は、西洋諸国が例の偏見及独断を基礎として中国に対するに反し、日本は平等主義の立場を固守しつヽ、彼等との協調関係を保つて行くものであると言ふ厳粛なる自覚である。

一歩を進めて言へば、日本は斯く協調しつヽも常に中国の為に、否地球上の有らゆる有色人種の利益の為に、西洋諸国家の独断と偏見とを緩和する機会を捉へるに敏捷でなくてはならない。又、事の重大なる場合、或は理否の甚だ鮮明なる場合には、協調を脱しても中国の為に活動せねばならぬ事例の屢々発生し得る事を覚悟して居なくてはならぬ(179)。

橘は確かに、中国に「相当の時日」があれば、「近世国家」を建設できると認めている。したがって、「我日本」は中国と「対等国」として向かい合うべきというのである。だが、それは中国に対する西洋列強との協調を離れるべきではなく、また中国ナショナリズムが要求するような不平等条約撤廃に応じる理由にもならない。西洋列強と帝国日本との相違点は、帝国日本は「平等主義」の立場に立ち、またその立場に対する自覚を持って、「事の重大なる場合、或は理否の甚だ鮮明なる場合には、協調を脱しても中国の為に活動せねばならぬ事例」もあり得るという覚悟だけである。言い換えれば、帝国日本が中国に対して取るべき対等な待遇は、「現在」行われている中国の利権をめぐる西洋列国との競争に何らかの変化をもたらすものではない。

この文章は、五・三〇事件(一九二五・五・三〇)と同事件によって引き起こされた五・三〇運動に対するものである。大規模な反帝国主義運動の噴出を目撃しながら、橘は中国を対等国として待遇すべきであると主張すると同時に、利権競合から離脱する必要もないと語っている。
確かに橘は「相当の時日」という留保つきであっても、中国における近代国家の形成能力を認めている。また、帝国日本の対中外交の在り方についても賛成はしていない。それでも、彼が「大陸進出」そのものに異を唱えるものではなかったことは事実であろう。それには、後述するように橘が「国家」なる概念に抱いた独特な捉え方とも関連していると考えられるが、ここではまず彼の日中関係とアジア観の関係から考察したい。橘は、同文章においてワシントン会議（一九二二）で中国政府が山東問題を国際化しようとしたことについて、次のように述べている。

中国は数年前のワシントン会議と云ふ好機会を捉へて国際的地位を高めようと焦つたのであるが、此の折角の努力で獲得した貧弱な効果を、其後間も無く起つた臨城事件其他で綺麗に喪失し終つた許りでなく、同じ有色人種なる日本の国際的威信も尠からず列国の前に失墜せしめたのである。日本人を憎み切つて居た当時の中国人から考へれば之も一快心事であつたに相違なからうが、然し大局から打算すると有色人種同士が白人の前で内輪喧嘩をする事は如何なる場合にも自身の損失を結果する外ないものである。斯様な訳で、中国人が彼等の国際的地位を開拓する為に試みた最近数年間の運動は、単に無効に終つた許りでなく、多少なりとも日本人を傷つけた点に於て、全世界の有色人種の為には却て有害であつたとの批評を免れない。既往は深く咎めずとしても今後の中国人は充分に此点に注意して貰はなくては困る(180)。

橘は、国際協調体制の中で日中関係の問題を処理しようとした中国政府の方針を、「同じ有色人種なる日本の国際的威信」を失墜させた点で、「全世界の有色人種の為には却て有害であつた」と批評する。何故なら、中国が列国の帝国主義的侵奪の対象となった外的原因の第一は、「西洋人は彼等の持つ標準を至高のものとして東洋の文化を評価し、「有らゆる事物に亙っての白人の優越と云ふ偏見」をもって「我々日本人や中国人もアフリカや南洋の野湾人も

――程度の差こそあれ――同じ様に白人の笞の下に置かるべきものだと云ふ独断」(181)にあるからである。そして白人の「恐るべき偏見や独断の一小部分を打破つて自らの地位を或程度に高め得た」(182)のが日本人である。彼はアジアにおける帝国主義の進出を、西洋人と東洋人、白人種と有色人種との間の対立であり、その原因は西洋中心主義にあると把握している。したがって、帝国日本の大陸進出によって引き起こされた日中の政治的・経済的・軍事的対立は同じアジア人同士の「内輪喧嘩」に過ぎないのである。

ここで注目したいのは、橘がワシントン会議における中国側の激しい批判について無関心であるのと同等に、中国が国際法を尊守しないという日本側の反論についても関心を示さない点である。彼の視座は、必ずしも帝国日本の国家的利益を援護することを目的とするものではない。橘の「東洋人」としての自覚とそれに立脚した特異なる視座は、彼を近代のユニークな知性として現出させた一つの要素ではある。だが、彼が把握した西洋人対東洋人、白人種対有色人種の二項対立的構図が、そもそも西洋の帝国主義によって生まれたものであり、白人の「恐るべき偏見や独断の一小部分を打破つて自らの地位を或程度に高め得た」帝国日本が今では中国に対して「列国との協調」関係にいるという事実は、彼のアジア観における最大の矛盾になるしかない。

実際に、辛亥革命の後、中国知識人にも日本とは「同種同文」のアジア人であり、日本の近代国家建設を見習うべき先例であるという考え方が存在した(183)。だが、二一カ条の要求を契機に引き起こされた五・四運動によって、反帝国主義の矛先は帝国日本に向けられた。さらに「同種同文」のアジア人である点を持ち出して日中の対立から他国を排除して両国間の「内輪喧嘩」として処理しようとする日本側の態度は、中国側が人種論から民族主義へとシフトする政治的契機となったのである(184)。

橘の独自性と矛盾

橘は、中国大陸を観察する日本人言論人、また中国社会を研究する日本人研究者としての自らの主体が持つ問題性を、深く認識していなかったと考えられる。橘を「近代日本において日中間を舞台に活躍した数多の群像の中での最終ランナー」[185]と評した野村浩一は、橘の初期活動について、彼が「個人主義」を媒介にして一九一〇年代の新思潮、新運動に共感し、専制権力の下に置かれた中国の民衆世界に「いわばすっと入っていくようにみえる」[186]と述べている。橘は上帝信仰の原始儒教が階級分化し、儒教は支配階級のものに、道教は被支配階級のものになったと捉えた[187]。その上で中国を「儒教の国」として研究する西洋や日本の中国研究を批判し、「民衆道教」の立場から中国の民衆世界を中心とした中国研究を示した点で、橘の中国研究は独創的なものであった。

だが、ここで指摘したいのは、日本人のジャーナリストであり研究者である橘が、中国の民衆社会に「いわばすっと入って」行くことが可能であったということこそが問題であるという点である。中国の民衆社会に容易に参入した橘は、日本人として中国の民衆社会を観察し、その地点から中国の政治・社会構造を「透視」[188]し、「我日本」「我々日本人」の中国に対する没理解や誤解を解消すべく、日本語で記事や論文を書き、在中日本人向けの新聞や雑誌に発表した。中国が白人の「恐るべき偏見や独断」によって列国の帝国主義の利権競合に苦しめられていると捉えた橘は、中国に対する理解を深めることで日本人が同じ「偏見と独断」から脱することに尽力したのである。その際でも、中国は客体であって、「日本」「日本人」こそが橘の主体であった。橘の「個人主義」、あるいは国家への懐疑やアナキズムの影響を考慮するとしても、中国大陸における帝国主義競合の中でも最も先鋭に利権を争う日本人としての自覚が著しく欠如していたことは否定できない。彼は、日本人という主体のまま、中国の民衆社会に参入したのである。

橘と中国民衆の関係は複雑なものである。両者はアジア人という点では同質であるが、近代国家を形成し「世界五大強国の一つ」であるという自負と使命を持つべき日本知識人である橘は彼らを観察し、分析する位置に自らを置き、自分の眼に映った中国の民衆社会を日本に向けて発信した。にもかかわらず、彼は自分や自分の行動が必然的に保持するはずの政治性を強く認識していなかった。彼にとって日中間の葛藤や軋轢は「有色人種同士の内輪喧嘩」であり、アジア人という「大局」からすれば両国の利害は合致すべきものであった。そうした点を踏まえれば、橘の中国民衆社会への参入は、主体の分裂というよりも「同種同文」のアジア人という位置づけを通じて現実における日中間の対立と葛藤を認識することを回避してこそ、可能になるものであった。

だが、中国民衆に対する橘の観察者としての位置は、アジアで唯一近代国家形成に成功し、列国に対等な国際的位置を築いた日本の知識人であるという点からなるものであった。「アジアにおける近代的国家形成の先駆的な体験者」であることが「言論人としての彼の現場との有効な距離感を構成するもの」(189)であった点においては評価され得るものであろうが、その距離に対する認識の欠如は、中国に対する日本、また中国人に対する日本人の「優越性」がどのような行為を正当化し得るかについての現実認識の欠如に繋がる危険を内包する。

しかし、橘が必ずしも中国の最終的目標として近代国家形成を考えていたわけではないことは注意すべき点である。彼は内藤虎次郎（湖南）『新支那論』を批判的に検討しながら、興味深い議論を展開している。すなわち、「国民」を広義で解釈すれば中国民族はすでに国家形成から今日まで三千年が経過しており、狭義で解釈すればヨーロッパや日本のような国家や国民を形成できなかったかも知れないが、そのような国家または国民組織が「是非共凡ゆる民族の経過せねばならぬ道程であるか」(190)という根本的な懐疑である。

彼はまた、イギリスの哲学者バートランド・ラッセルが中国訪問後に発表した『愛国心の功過』（改造社、一九二二）からヨーロッパや日本に出現した緊密なる国家組織は環境から生まれた一つの現象であって、中国の散漫なる国家組織もまた異なった環境の下で自然に生まれた一つの現象であるとの意見に注目する。中国の政治体制がその環境に適応して生まれたものであるとすれば、中国人が「亦其の環境の変化に順応して一層緊密な国家組織を造らうと努力する」(191)であろうという予測も可能になる。

さらに橘は西洋のデモクラシーもまた歴史進化の産物であり、「支那の政治とても決して今日の儘に凝固して停滞するものではなく、私共から見ると内藤氏の考へとは正反対に、支那の政治は欧羅巴のそれに比して一世紀か一世紀半程進化の度合が遅れて居る、換言すれば支那の政治は老い過ぎたどころでなくして寧ろ若過ぎるのである」(192)として中国の可能性について明快に結論づける。ここで表れる橘の独自性は、単に中国停滞論を論破しただけではない。むしろ、西洋の民主主義や国民国家形成を進化の結果であると認めながらも、それが「是非共凡ゆる民族の経過せねばならぬ道程であるか」として安易な社会進化論から逃れつつある点である。それを踏まえて、橘がまだ近代国家を形成していない「若過ぎる」中国の可能性に着目したと解釈することも不可能ではないであろう。このように、橘の初期における中国研究や国際関係に関する考察は、彼自身の日本人としての主体をめぐる揺らぎを内在させながらも、独自的な中国研究や言論活動として展開された。そこに潜んでいた矛盾や問題性が顕在化するのは、満洲事変の勃発と有名な「方向転換」、さらには満洲国建国工作において橘が果たした役割に起因する。

満洲事変と王道主義

一九三二年一月、橘は満洲事変を「革命的機会」として回顧した。

斯くして九月十八日の爆発となつた次第であるが、此の爆発の結果、東北政治機構の最上層たる張家［学良］の勢力がふつとんでしまふと、雁首を失つた軍閥機構はバラ〳〵に崩壊し、郷紳及び地主を上層に戴くところの農業社会は久しく彼等の頭上を圧してゐた政治経済的勢力から解放せられ、彼等自身の判断と利害とに従つて、新たなる統治機構を創造し得る機会が与へられた。

この革命的機会に面して東北の民衆が逸早く選んだ政治的題目は、（一）永久に軍閥支配再現の機会を防止すること（二）中国本部の循環的動乱から絶縁すること（三）その為には国民党勢力の侵入する機会を杜塞せねばならぬこと（四）同時に華中から漸次北上しつゝあるところの赤色農民軍運動の侵入する機会を杜塞せねばならぬこと（五）是等の複雑多端なる目的を完全に達成する為には絶対的なる保境安民の実行、換言すれば旧東北四省を版図とするところの新独立国家を建設する外ないこと等であつた(193)。

先にふれた野村は、この文章が「明らかに奇怪な表現」であるとし、ここで述べられている政治的題目が「東北の民衆」ではなく橘自身の政治的選択が倒錯した形であると指摘した(194)。そう考えれば、同年七月には満洲国建国の動機について、「満洲の支配階級なる地主」が「満洲事変なる「天与の良機」に乗じて東北軍閥を掃蕩し、同時に如何なる軍閥勢力を再び抬頭することの出来ないやうな方法を設け、それにより彼等の宿願たる「保境安民」の政治状態を、彼等の郷土たる満洲に永続せしめようと志した」(195)と書いたような記述の揺れも理解できる。橘は、満洲事変の政治的主体の位置に「東北の民衆」や「地主」を都合に合わせて取り換えており、その事実は逆に満洲事変から満洲国建国工作における政治的主導権が日本（人）側にあったことを示しているのである。

これらの文章は、倒錯した形ではあるが、橘がどのように満洲事変を捉えたかを物語る。満洲事変によって軍閥が崩壊し、農業社会が政治経済的勢力の圧迫から「解放」された時、橘は自身の判断と利害とに従って、新たな統治機構を創造し得る機会を得た。これは、子安宣邦が指摘したように、中国を現場とする言論人であった橘が、「彼の現場を中国から「満洲」へと転ずること」(196)を意味した。中国全体を言論と研究の対象として来た橘にとって、満洲は中国の辺境地方(197)であった。だが、満洲事変と満洲国建国工作への協力は、観察者としての立場では不可能な政治参加を果たし、自分の理論を試し、それに立脚した新国家創出の可能性を開示するものであった。中国国民革命の挫折、蒋介石軍閥の登場、北伐など、中国本土の動きに失望と挫折を感じていた(198)橘にとって、その可能性は極めて魅力的であったと考えられる。

橘の「方向転換」について最も有名な文章は、彼が満洲国建国から二年後に発表した「満洲事変と私の方向転換」である。橘はこの文章において「満洲事変は私に方向転換の機会を与へた。友人の多くはこれを私の右傾と解釈して居るし、この解釈に反対する何等の理由もないのであるが、私自身としてはこの方向転換を、私の思想の一歩前進であると解し、同時に私の社会観に一つの安定を与へたものだと解して居る」(199)と率直に述べている。

橘の「方向転換」は彼個人の「転向」である以上に、満洲国建国に王道主義が注入される契機でもあった。特に注目されるのは、本来満洲事変を「大陸に駐屯する四ケ師団の国軍が中央の統制から逸脱」したものとみなして批判的な態度であった橘が板垣、石原と会見して五項目(200)を確認した上で「方向転換」を行った点である。橘は、満洲事変が関東軍の中堅将校のイニシアチブによるものであり、彼らは本国の革新勢力と農民大衆の支持を期待できる反資本、反政党を志向する勢力で、その目的はアジア解放と独立国の樹立のみならず、日本の改造であると捉えた。関東軍が示した反資本、反政党の志向は、橘にとっても共感できるものであった。軍閥が駆逐された満洲にアジア民衆が資本家の搾取と政党政治の弊害から解放された理想国家を構築し、最終的には帝国日本を改造するとした関東軍の構想は、特にその「理想国家」の具体的な指導原理や理念が空白であったために、橘にとっては自分の理論を試し、理想を実現させる絶好の「実験場」として映ったであろう。元から列国の帝国主義的進出よりも軍閥問題を重視していた橘にとって、満蒙独立国の建設、アジアの解放、日本の改造は矛盾しない夢であった。橘は「農民民主主義」を培養し鼓舞することをめざし、「或る地点までの頼もしい同行者」として関東軍と提携することを選択した。その関東軍に橘が提供したのが、新しい独立国の建国理念としての王道主義である。

満洲事変の当初、関東軍は満蒙新国家に具体的な国家理念を構想していたわけではなかった。満洲事変直後の満蒙領有計画から新国家計画への転換(九・二二)以降、一〇月初めに関東軍が標榜していたのは皇道であった(201)。関東軍に王道を勧めたのは、橘であったと考えられる。

何でも日本本国の色々な勢力の錯綜といふやうなことすら眼中に置かずに、軍の一本槍で以て突進したほどだから、中国人のことなんかは第二義的なものだつた。これは当時として止むを得ないことゝ思はれます。さうしてやつつけて置いて、跡始末に民族問題が来た。さうすると民族問題をどうするか。そこで事前に吾々の話合つたことが何程か役に立つた訳で、まあ一つ王道で行かうといふことになつた。さうするとざつくばらんの石原中佐は、王道つて一体なんだい、胡麻化しやコケおどしは駄目だいといふのです。胡麻化しではない。王道といふものは、かう〳〵いふもので、中国人は直ぐ納得するものだ。便利でい丶、便利でい丶ばかりでなく、理論的にも相当な根拠のあるものだから王道で行かう、かういふ訳だ。王道もい丶が、民族の向背、この問題はどうするかといふから、王道といふものを民族問題の解決に当嵌めれば結局民族協和になるだらう。あれは慥か名前はあとからつけたやうに思ふ。王道は前から言つてをつたんです。王道は本庄さんまでが納得してをつた。石原君一人がずつと後まで変な顔をしてをつた。今ぢや、彼が一番余計言ふのだが……(202)。

満洲事変一〇周年を記念する座談会において、橘は王道が何よりも民族問題を解決するために必要とされたものであったと回想している。前節で検討したように、青年連盟の民族協和の概念は、満洲における小数民族としての立場から「日本文化を背景とする共和の楽園を満蒙の天地に招来する」ことをめざすものであった。だが、橘が捉える民族問題は明らかに「中国人」に焦点を当てている。

それは、満洲社会におけるモンゴル族、朝鮮民族、満洲族の政治的・経済的立場が、満洲国建国に反対するものではないという認識に基づいたものである。すなわち、モンゴル族は張政権による「蒙古侵掠、牧地破壊」に対する恨み、満洲族には「民族的地主的立場から来る政治的経済的不安」、軍閥の排日政策によって圧迫される朝鮮民族には「居住・耕作の権利」の保障でその支持を確保できる(203)。しかし、中国人（漢民族）の問題は「厄介」だった(204)。なぜなら、人口の大多数であり、その統治の主な対象である中国人から満洲国建国への協力を獲得するために提示できるものが存在しなかったからである。橘が関東軍に「中国人は直ぐ納得するもの」として語ったことからも分かるように、王道は何より中国人に向けて誂えられたイデオロギーであった。とりわけ関東軍やその大多数が都会居住者である青年連盟としては、中国人農民を納得させるためのイデオロギーを提示することが難しかったであろう。比して橘は、長年中国農村社会を観察し、研究してきた経験と知識に基づいて、広大な農村社会を取り込むために有効なイデオロギーとして王道を提示したのである。

前述の通り、そもそも孟子の王道は、伝統的農村社会に立脚した道徳論であった。満洲のみならず「支那は中世的農業国」(205)であると把握していた橘は、満洲の農村部には伝統的中国農村社会が構築されているため、「中国の民族思想及び民族性の純真な姿に於て、私共は孟子の政治論が最も彼等に適する」(206)と主張した。それは基本的に中国及び満洲農村部の伝統的農村社会に中世的構造が残存しているため、伝統的農村社会を背景とした孟子の政治論である王道が適切であるとの判断であった。

橘の王道主義

一九二〇年代から王道を研究した橘は、彼独自の王道論を展開した。ここでは一九二五年九月、橘が『満蒙』に発表した「日本に於ける王道思想——三浦梅園の政治及び経済学説——」を通じて、彼がどのような王道論を構築したのかを検討する。

この文章で、橘は王道が孟子以後中国政治における政治理想であったが、決して「政治の現実」ではなかったと明言する(207)。が同時に、「其の内容には勿論多くの修正を要するとしても、そのプリンシップルに至つては必ず地球上の人類社会を永久に亙つて指導するもの」として、「王道思想の永遠性」(208)を強調する。橘は王道思想における普遍的価値を主張したのである。

橘は、その普遍的な価値を持つ王道の具体的な特徴として、(一)上帝信仰、(二)封建制の地方分権、(三)為政者への道徳的規範の要求、(四)経済的・厚生的関心、(五)階級間の隔絶、(六)支配階級と被支配階級との共通利害関係の六項目を挙げる(209)。彼は、周代に成立した王道的政治理想の特質が上帝の意志から権限を託される形で王の特権が発生し維持されるとし、その上帝の意志は、民衆の世論として顕現すると解釈した。したがって、天子の意志が上帝の意志に反する場合、天子の特権は剥奪され得るものになる。このような放伐概念は、勿論日本の国体とは両立不可能なものであった(210)。

だが、橘が王道思想における最大の欠点として挙げたのは、放伐よりも王道政治の実行に殆ど何の保障もないという点であった。王道思想が原始儒教の上帝信仰に基づいたものであるとみなした橘は、他の民族には上帝信仰がない以上、治者自ら道徳規範を守る以外、制度的保障が存在しないと指摘したのである(211)。続いて彼が注目した王道の重要な特徴は、王道が封建制の「地方分権的行政組織を通じて直接に民衆の福祉を図る」(212)という点である。したがって、たとえ為政者が王として立派な人格と道徳的規範を守ろうとしても、民衆との間に官僚制が存在する以上、王道政治は実現されないのである。

このような王道思想の理解を踏まえて、橘は中国及び日本の王道論者には、王道政治が秦による統一以降滅亡したとする派と清朝まで維持されたとする「復辟派」の二つの流派があるが、秦の中国統一とそれに伴う中央集権制の確立によって、王道は二千年前に中絶されたと述べる(213)。したがって、王道政治は官僚政治とは対照的なものであり、近代国家の資本主義的法治主義の実行とは正反対の立場に存在する。「王道精神の復活」は、むしろ所謂連省自治や孫文が考えた県自治の実行によって可能になるのである(214)。

これらの考察を踏まえれば橘が想定した王道政治の三大支柱は、道徳主義、地方分権、善政主義である。特に地方分権の傾向は、中国における地方分権制を要求する世論の高揚、大正期日本の地方分権的思想と施設が世論の歓迎を受けたことからしても、世界的大勢に沿うものであった。それに対して善政主義は、治者と被治者の階級の存在が前提になるため、個性の発達と自由への欲求が鼓舞される近代とは相反するものである。道徳主義については、中央集権的制度の下では道徳的動機が反映されず、また資本主義的経済組織は政治的道徳化を妨げるものであると指摘した(215)。

要するに、橘は「政治上の中央集権及び資本主義は根本から王道思想と両立し得ない」(216)とみなし、近代的世界の推移と前近代的要素が結びついた政治思想として王道の普遍的価値を評価したのである。橘は西洋に対する東洋的価値として王道に注目したが、それは孟子や孫文の王道というより彼自身の中国研究に土台を置く、独創的な王道論の構築であったといえる。

だが、橘の一九二〇年代の王道研究は、「今の支配階級が破壊されぬ限り、政治と民衆生活のギャップは恐らく何時迄も消滅せぬであらう」(217)といった現実認識に制約されていた。そのような脈絡からすれば、建国イデオロギーとして採用された王道主義は、中国人を納得させるためのイデオロギーではあったが、決して中国人のものではなかった。それよりも、中国人と中国民衆社会への研究が固有のアジア・中国観と結びついた「橘樸の王道主義」と称する方が正しいであろう。

勿論、橘の王道主義は、満洲国建国工作に一定の影響を与えた。彼が王道思想の実現において最も重要視したのが、地方分権との深い結びつきであったことを想起すべきであろう。前述のように、張政権は都市部を中心とする企業化、工業化を志向し、資本主義経済の発展を図った。それに対して橘は、急激な資本主義化から疎外された奉天文治派が象徴する農村部の地主層を通して地域農村社会を包摂する方向を提示した。既存の自治団体の吸収、日本人顧問の監督と現地協力者の活用による「独立国」の基礎の構築において、中国人の自治能力を認める橘の王道主義は現地協力者にとっても、関東軍や青年連盟にとっても極めて有効なものであった。

自治団体の吸収は、中国の農村社会に伝統的自治を温存し善政を施行することで、建国工作に対する民衆の対抗や混乱を防止し、統治を確立するためのものであった。そのために各地方自治団体の顧問・諮問となって地方自治を指導する日本人や現地人を養成する地方自治指導部（一一・一〇。以下、「自治指導部」と記す）が成立したのであり、橘が主宰する『満洲評論』関係者も参加していた。「地方自治指導部設置要綱」（一〇・二四）は、「軍閥ト関係アル旧勢力ヲ一掃シ県民自治ニヨル善政主義ヲ基調トス」る方針の下、満鉄沿線の各県から自治を施行し漸次拡大した(218)。

この「善政主義」は具体的内容に欠け、理論的発展より徴税負担の軽減など、地方自治の指導を通して実践することが優先された。この善政とは東北軍閥の「悪政」に対する「善政」であり、自治を保障することで農村や地主の権利を最大限に尊重するという政治的意思表明であったのであろう。したがって、自治指導部は既存の民間自治組織に徴税負担の軽減と増収賂の打破などの目標を示して協力を求める形で、拡大されていった。古屋哲夫は、この自治指導部の役割について、関東軍が省レベルの自治の掌握に一定役割を果たしたが、同時にその過程において建国工作にイデオロギーを注入し、国家構想をめぐる議論を生み出した点に注目する(219)。満洲国の建国過程において中国農村を囲い込むための善政主義と自治主義を内容とする王道主義が導入されたのである。

しかし、橘の意図は、単なる政治的名分作りではなかった。橘の構想は、彼が関東軍に献策した「満洲新国家建国大綱私案」（一二・一〇）として具体化された。この「大綱」では、彼の建国方針が（一）「保境安民」の徹底、（二）「公民」で組織された民族連合国家として各民族の対等権、個人的デモクラシーの要求、国民議会の構成(220)、（三）分権的自治国家、（四）国民の自治に対する完全保障の四項目に集約された。とりわけ（三）分権的自治国家としての性格においては、「満洲社会の主要成分たる漢・満・蒙・鮮民族は、概ね農牧を生業とするが故に、此の上に樹てらる、新国家が農業国家たるべきことは、疑を容る、余地なし。農業国家は理論上、工商業国家即ち所謂資本主義国家に化成する自然の傾向を有すれども、資本主義の弊害より免れん為に、前記の如き自然の傾向を阻止し、永久又は半永久に農業国家として存続せしむること決して不可能にあらず。満洲はその国民多数の福祉及び日本との特殊関係に鑑みて、永久的農業国家たるべき運命に有す。而して農業社会に対する合理的統制の機構が、分権的自治的国家たるべきことは多言を要せざることなり」(221)として、（四）国民の自治（各民族社会の伝統的自治、町村・県・省・国などの新自治、各種共同組合）に対する完全保障と共に、彼の構想が分権自治の農業国家建設であることを確認できる。

橘は、農業国家が資本主義社会に「発展」することは「自然の傾向」と認めながらも、その傾向を阻止し、新国家が永久又は半永久に農業国家として存続する道を提示した。彼は多数の満洲住人の福祉と帝国日本の利益が、自治的農業国家の成立と永遠に「前近代国家」としてあり続けることで充足されるとみなしている。ここでまず指摘できるのは、彼が「国民多数の福祉」を理由に、民衆の意思を考慮しないまま、新国家建国が彼らにとって有益であると断定している点であろう。だが、自治的農業国家にとどまるということは、帝国日本の資本主義体制からの分立を意味する。また、農業社会はその性格として地方分権制が最も適切であるとみなすことで、帝国日本の中央集権制とは相違なる社会を構想したことが見て取れる。

たとえば同年一一月、橘は自治指導部で行った講演で「王道の行はれる社会の状態」として『礼記』礼運の「大道の行はる、や、天下を公となす、賢を選び能を擧げ、信を講じ睦を修む。故に人は独り其の親のみを親とせず、独り其の子のみを子とせず。老をして終わる所あり、壮をして用ゐ所あり、幼をして長ずる所あり、鰥・寡・孤・廃疾の者をして皆養ふ所あらしむ。男には分あり、女には帰するあり。貨はその地に捨てらる、ことを悪みて必ずしもこれを己に蔵せず、力はその身より出さゞることを悪みて、必ずしも己の為にせず。この故に謀は閉ぢて興らず、盗窃乱賊も作らず、故に外は戸を閉ざず。これを大同と謂ふ」(222)を挙げた。

彼は「大同の世」の理想を「一切の人民が生活を保障されて居る」こと、富は開発するが私有せず、労働力を社会に提供する三つの条件が遂行されるゲマインシャフトとして捉えた(223)。中国人は自治を好むため、自ら自治制運用能力を持っており、満洲は純粋に近い農業社会である。そのような満洲に建設される新国家は、分権に傾倒する農業国家であるべきである。したがって、中国人を主要成分とする農業国家は分権的自治国家になるしかない(224)。

分権的自治制国家における自治指導部の役割とは、地域的に県自治を建設して地域的弱点を補い、それが終われば県自治区域の連合体である省における自治を指導するものである。その際、自治指導部長は、国の元帥あるいは大統領、国王、主席と「対立を為して大いに気を吐くに至る」(225)べきであった。橘は日本人が中心となる自治指導部が自治機構を作り、中国人がその機構の中で自治制を運営する形を構想したのである。それは、封建的自治制社会で王が人民の生活を保障したように、分権的自治国家の「自治は人民自らの団体の力によりて自己の生活を保障する」(226)ものであり、その自治機構は単なる国家の下位機構ではなく、構成員の農民がヘゲモニーを持つものだった。結局橘が想定する自治とは、都市資本主義における自治制ではなく、人口の圧倒的多数である農民自治である。だが、そのような分権自治農業国家の国際的位置は、「特殊関係」の帝国日本をはじめとする中央集権的資本主義工業国家との関係において、相対的に弱い立場に置かれるしかない。

そのような国際的関係について、橘は「農民社会乃至農業国家は殆ど一つの例外も無しに、工業社会乃至工業国家に隷属せしめられ、前者は後者の無慈悲なる圧搾の下に喘ぎつ、ある」[227]とした。農業社会が「この悲惨なる運命から自らを救ひ出す為」の選択として、農業社会の農民自治の組織原理をもって工業社会を改造させるか、農民自治の組織原理に比較的近い組織原理を持つところの工業国家を選択し連盟することを提示した[228]。そして橘が考える農民自治の組織原理とは職業自治であった。職業自治の原理を農村に適用する時、それは農民自治となる。新国家が連盟すべき工業国家は当然日本であろうが、満洲で「農民民主主義」を培養し鼓舞することに成功すれば、農民自治をもって日本の改造にまで拡張され得る可能性を内包していた。また、満洲の農村が漢民族で構成されていることを踏まえれば、事実上の民族自治の実現にも繋がる。

橘が構想した農民自治は、単に現在の農業社会、自治組織を維持する形の「中世的の農業国」に停滞するものではなく、「抽象され且つ拡大された意味での農業自治即ち職業自治を含み、農業社会と工業社会、農業国家との間に、職業自治と云ふ一貫した組織原理を与へることに依りて、両者の運命的なる対立を解消したいと云ふ願望をも併せ含む」[229]ものだったのである。

橘の農民自治の実施、分権制農業国家の成立と世界的展開への展望は、確かに独創的なものであった。しかし、彼の国家構想は、基本的に予想される諸問題を分離することで、問題を回避しようとするものであった。民族問題は各民族の領域を分離することで、階級問題は職業の自治団体形成で、国家間の搾取は連盟あるいは改造を通して解消される。これは、資本主義経済の発達、近代国家の成立、科学的合理主義の確立を特徴とする近代社会をめざす近代化言説を相対化する思想として、また満洲国建国構想に影響を与えたという点からも独特の意味を持つものである。

しかし、橘の王道主義とその内容としての農民自治は、大衆的基盤を殆ど持たないものであった。彼は王道を古来中国人のものとして、したがって「中国人は直ぐ納得する」「便利」な思想的道具として関東軍に紹介した。しかし、今まで検討したように、橘が提示した王道主義は橘という媒介を通して再解釈されたものであった。中国人農民の自治を内容とする橘の王道主義を理解し、共鳴する支持者は、在満日本人の中でも多数を占めることは難しかったと考えられる。

王道主義の限界

自治指導部に強い影響力を持っていた笠木良明(230)は、自治指導部の成立時から「自治指導部ノ理想ハ、明治天皇ノ偉図ヲ奉継シ、真日本カ世界ニ負ヘル大使命ノ第一歩ヲ此ノ因縁深キ満蒙ノ地ニ下サムトスルニ在リ」(231)として、日本との関わりを強調していた。笠木によれば「日本は太陽の国であり、諸他の亜細亜諸国はその光を受けて輝く月の国」であり、「王道々々といふも、今後は同様に、皇道を慕ひ、皇道に照さるゝ王道であらねばなるまい」(232)と主張した。この文章で笠木が王道を皇道によって受動的に照らされるものとして捉えていることは明らかである。

また、第2節でふれた青年連盟理事長の金井章次は、『満洲日日新聞』記者の金崎賢の論文を通じて王道という言葉に接したと述べている(233)。金井によれば、金崎は山東省の省長になった張宗昌を訪ね、王道政治を釈いて、『満洲日日新聞』を通して王道論を掲げた。それが干や金井を通して「事変関係者」の間に広まったというのである(234)。また、金井は関東軍参謀板垣の言葉を引用して、板垣は金井本人と溥儀の側近である鄭孝胥から王道という言葉を初めて聞いたとしている(235)。金井の説明によれば、王道を使い始めた最初の時期は武力の覇道に対して徳をもって治めるという意味であったが、一九三二年の春には「王」の文字構成で天、政府、人民が縦の棒で貫かれるという解釈になったと述べている(236)。一方、「内地」から満洲国に赴任してきた官吏は、「民族の解放よりも民族協和を、民族協和よりもむしろ王道という言葉をよく用いた」が、それは漠然な仁政徳政の意味だったとする(237)。さらに、溥儀の満洲国皇帝就任の際には、王道は日本の皇道に対称するものとして位置づけられ、日中戦争勃発の東亜連盟の呼び声から日本色の強い「新王道主義」も登場したと語った(238)。

金井が語る王道の変遷では、橘の王道主義が一切言及されていない。王道に関する説明から見ても、橘が主張した自治主義への理解は欠落している。後で詳述するが、満洲国建国以後王道の解釈をめぐり橘と対立した鄭については言及している点などから、あるいは橘への記述が欠如しているのは、意図的なものとも考えられる。また、橘が掲げた王道主義が日本人にとって馴染みのない概念であったとも解釈できるだろう。

たとえば、自治指導部での講演で、橘は西洋人、日本人、中国人の自治能力を比較して、西洋人が「自治を好み且つ堪能」で、中国人も「自然的に其の能力」があるが、日本人が「甚だ幼稚である」と評した。日本の市町村自治は「官治の補助機関として、人民に作らせたるものにて、その趣を全く異にする」ものである。したがって、日本には「本質的自治が無く、現在もまだ無い」状態であるため、「自治指導部には現在日本人の数が多いが、これが実践に当りては中国人の方が進んで居るやうである。此の事実を常に忘れない様にしなければ、日本人として飛んだ恥を掻いたり戸惑ひする様なことになる」(239)と警戒した。だが、関東軍や自治指導部においても、中国人の自治能力に対する懐疑的見解は根強く、「満蒙共和国統治大綱案」（一九三一・一〇・二一）でも中央政府の権限強化と各省の権限縮小という中央集権化の指針が盛り込まれていた(240)。

そのような自治指導部内の齟齬を補完するために成立した思想団体として、建国社（一九三二・一二）が挙げられる。橘によれば、建国社は「満洲国家の建設に直接間接の重要関係ある政治的経済的社会的な諸現象及び理論を調査考察及び宣伝する為の所謂思想運動団体」として、「自治指導部に関係ある私共少数の同志が、自治指導部の機能の不足を補ひたいと云ふ見地から発起したもの」(241)である。橘は「建国社宣言書」（一九三二・七、野田蘭蔵が起草）における「王道とは儒教的理論によつて一面政治を倫理化し、更に他の一面に於て経済的に財富の生産と分配とを社会化し、これに依つて百姓人民の生存を完全に保障し、其の社会に内在する一切の反立関係の原因を消滅し、以て其の社会生活の最高理想たる至平至和の大同社会を必然せしめんとする政治の範疇である」とした王道の定義、また「東洋政治思想の源流たる王道建国」は「伝統的生活思想と自治的機能とによつて、新たに王道国家を建設」するものという世界的意味づけを積極的に認めている(242)。

さらに、彼は「建国社宣言書」の「王道亜細亜連邦」提唱を紹介するが、それは資本主義と共産主義の脅威に対抗して、「亜細亜王道社会の自存を確保」するというものであった。このように、西洋の資本主義的搾取と共産主義的破壊からのアジア民族の自衛から出発して、「世界人類を解放して、大同的生命を吹き込むべき王道革命の源泉」であることこそ、「王道国家」満洲国の使命であると宣言したのである(243)。

「王道国家」建設、「王道革命」などの言葉が喚起するイメージは、満洲国建国に対する国際的批判世論の高調と資本主義、共産主義への対抗的価値として極めて有利なものであった。アジア民族という観念の中で中国と日本とを包摂しつつ、王道という理想を旗印とするユートピア建設の幻想は、現実の満洲国建国を美化し、その問題性を隠蔽するに実に適切であったのである。したがって、王道という言葉は「王道革命とも表現されているように満洲を舞台として展開される楽土建設にかかわる革命的ロマンティシズムともいうべき心情を象徴する用語へと昇華されていく」(244)ことになる。

王道主義が中国人に向けて建国工作への協力を呼びかける役割を担ったのは事実である。だが結局、橘の王道主義に対する現実的な支持基盤は、『満洲評論』関係者や自治指導部の参加者(245)、建国社の構成員、満鉄調査部員など、在満日本人の域に限定されていた(246)。彼の構想において最も重要視されたのは農民自治の原則であったが、民衆側の同意や必要に基づかない、日本人の指導による機構作りが民衆から早期に理解や支持を集めることを期待することは難しい。

そもそも占領統治を考えていた関東軍が、農民自治や事実上の民族自治にまで合意したかは極めて疑わしい点である。奉天文治派をはじめとする地主勢力は、建国工作における協力者ではあっても社会的主体にはなり得なかった。

溥儀復位と清朝再建を望む「復辟派」は、儒教の朱子学の流れを汲む鄭が王道の解釈について橘と対立した。

このように橘の王道主義は、思想的にも大衆的にも支持基盤に欠けており、支持と理解は一部の在満日本人に限定されたイデオロギーであった。かつて彼自身が王道思想における最大の欠点として治者自らが道徳規範を守る以外、制度的保障が存在しない点を指摘したように、橘の王道主義には新しい治者である日本人が自ら道徳規範を守り、中国人を正しく指導すること以外の制度的保障が整えられていなかった。橘の目的は国民の生存の保障と福祉の増進であったが、それは彼の建国構想や自治に関する文章でよく登場するように、日本人側から与へられるべきものであった。

4　建国理念の排除と「八紘一宇」

建国イデオロギーの変容

関東軍の占領によって与えられた「天与の良機」である満洲事変から新国家を建設するには、様々な制約や国際的問題に対処しなければならなかった。第一には、日本が条約などで獲得した権益を維持するためにも、中華民国との連続性を否定しないまま、地続きである中国本土から満洲を切り離す問題があった(247)。満洲国初期の法と政治を通してその国家形成の過程を検討した山室は、満洲国が中華民国の法と政治の在り方を強く意識し、それを取捨選択することから出発したと指摘する(248)。だが、満洲国は中国から分離した国家として帝国日本の既得権益は保障しながら、中国本土からは一定の距離を置いた「独立国」でなければならなかった。それは日本において長年の懸案であった満蒙特殊権益問題の解決と共に、満洲国における帝国日本の支配を確保する「傀儡国家」の成立を意味するものであった。

その際、中国本土から満洲にまで波及していた民族主義や共産主義との思想戦に対抗するために、民族協和と王道主義の両イデオロギーが必要とされた。どちらのイデオロギーも諸民族の中で「指導民族」たる日本民族が「弱小民族を救ふ」「天命であり特権」を全うすることに基づくものであった。

実際に、青年連盟が関東軍司令官に提出した「満蒙自由国建設綱領」(一九三一・一〇・二三)は「南京政府ニ対抗スル意味ニ於テ組織形態ハ同政府ヲ参照」しながらも、中国人の民族主義は民族協和によって解体されることを意図したものであった(249)。特に「居住各民族協和ノ趣旨ニヨリ自由平等ヲ旨トシ現在居住者ヲ以テ自由国国民トス、但シ外国官吏及軍人ヲ除ク」の規定は、すべての居住者に国民の資格を与えるだけでなく、元の国籍からの離脱を要求しない点から二重国籍を容認するものだった。この規定は帝国日本の満洲進出において長い間争点となった「土地商租権」問題の完全なる解決として、「日本人」の自由な居住権及び財産権の保障のみならず日本国籍を保持したまま満洲国の政治に参加する権利を保障している。また「軍閥ヲ廃シ徹底的分治主義ニヨリ支那本部ヨリ分離シ、東北四省ノ経済的文化的開発ノ徹底ヲ期ス」との規定で、満洲の中国からの分離と関東軍の軍事力への依存を表明した。

この案は、「自由国の建設」、「支那本部ヨリ分離」、「文治主義」といった点が関東軍の「満蒙自由国設立案大綱」(一一・七)に反映されたが、民族協和の問題は取り上げず、自治については省の権限を縮小して中央集権化の傾向を見せた。また、「民主政体」や「立憲政体」との項目もあるがこれは「実際上民意に基づく政治を布き得る制度」を意味するものであり、君主が民意を代表すればそれは民主政体とみなされた(250)。

対して前述した橘の「満洲新国家建国大綱私案」(一一・一〇)は、各民族による国民議会を構成し、分権的自治国家を提案した点から注目された。橘は社会・民族全般における自治を認めることで、資本主義や中央集権化の代案として分権的農業国家を形成することをめざしたのである。行政自治体の最高機関は議会で、議会は執行及び監察の両委員会を組織することになっていた。

関東軍は国際連盟のリットン調査団の派遣決定(一一・一〇)に対して満洲国建国の既定事実化の必要や犬養内閣の成立による関東軍への圧迫解消、また現地の有力者である馬占山の妥協などの条件が整ったことから、一九三二年三月一日、満洲国建国を宣言した(251)。

窃に惟ふに政は道に本づき、道は天に本づく。新国家建設の旨は一に以て順天安民を主と為す。施政は必ず真正の民意に徇ひ、私見の或存を容さず。凡そ新国家領土内に在りて居住する者は皆種族の岐視尊卑の分別なし。原有の漢族、満族、蒙族及日本、朝鮮の各族を除くの外、即ち其他の国人にして長久に居留を願ふ者も亦平等の待遇を享くる事を得。其の応に得べき権利を保障し、其をして絲毫も侵損あらしめず。竝に力を竭くして往日黒暗の政治を鏟除し、法律の改良を求め、地方自治を励行し広く人材を収めて賢俊を登用し、実業を奨励し、金融を統一し、富源を開闢し、生計を維持し、警兵を調練し、匪禍を粛清せむ、更に進んで教育の普及を言へば、当に礼教を是れ崇ぶべし。王道主義を実行し、必ず境内一切の民族をして熙熙皥皥として春台に登るが如くならしめ、東亜永久の光栄を保ちて世界政治の模型と為さむ。其の対外政策は則ち信義を尊重して、力めて親睦を求め、凡そ国際間の旧有の通例は遵守を敬謹せざることなし。其の中華民国以前各国と定むる所の条約、債務の満蒙新国領土以内に属するものは、皆国際慣例に照し継続承認し、其の自ら我が新国家境内に投資して商業を創興し利潤を開拓することを願ふもの有らば、何国に論なく一律に歓迎し、以て門戸開放機会均等の実際を達せむ(252)。

この宣言の中では、イデオロギー的修辞と社会経済国際関係などが緊密に絡み合っている。たとえば、「新国家建設の旨は一に以て順天安民」で、「施政は必ず真正の民意に徇ひ」という句は、天意が民心を成し、その民意に沿う政治を約束するものであるが、その民意が具体的にどのように現出されるかについては言及していない。だが、満洲国の国民となる条件が国籍ではなく「居住」であることは、在満日本人が日本国民であると同時に満洲国民であることが可能であると明言したものである。

さらに「皆種族の岐視尊卑の分別なし」ということは、圧倒的多数である漢民族に対する日本民族を含む少数民族の「平等の待遇」を認め、「其の応に得べき権利を保障し、其をして絲毫も侵損あらしめず」は旧張政権による反日経済政策を原則として禁止するものなのである。

国内政治の基本は王道主義の実行にあり、その内容は法律の改良、地方自治の実行、人材の登用、実業の推薦、金融の統一、産業開発、生計維持、警察体制の整備と「匪賊」の討伐、礼教教育の普及など、人民の生存の保障と福祉の増進と共に産業開発と反満抗日勢力の討伐が並ぶものである。このような王道主義の実行は、「東亜永久の光栄を保ちて世界政治の模型と為さむ」という世界史的価値から高く評価される。だが、王道主義が国際関係に適用される時、それは「信義を尊重して、力めて親睦を求め、凡そ国際間の旧有の通例は遵守」すること、すなわち「中華民国以前各国と定むる所の条約、債務の満蒙新国領土以内に属するものは、皆国際慣例に照し継続承認」され、さらに資本主義勢力の経済的投資を歓迎する「門戸開放機会均等」を標榜する。

要するに「満洲国民」の唯一の条件は居住であり、国内政治の基本は王道主義の実行、国際政治においては中華民国以前からの条約及び債務の継続承認である。これが、在満日本人の二重国籍を容認し、旧東北政権に対する満洲国の政治的正当性を主張して、帝国日本の満蒙権益の拡張を確保するためのものであったことは明白である。実際に、満洲国が崩壊するまで関東軍司令官の人事介入権は維持され、国籍法が制定されることはなく、国防は関東軍側に委譲されたまま、抗日勢力討伐も継続された。

古屋は、こうした歴史的事実に基づいて民族協和が「特別な施策がとられることなく、したがって王道が実現すれば、自然に達成されるかのごとく捉えられていた」と推測し、「何ら論ずるに足るほどの展開は見られなかった」と結論づける。また王道主義についても「儒教的徳目を取り上げただけ」で、「現実政治に対する批判や要求が生み出されることはなかった」と述べる(253)。彼の批判的な視座から見れば、建国後満洲国の政治問題の争点となったのは治外法権撤廃問題であり、民族協和や王道主義は満洲国の建国を飾り付けるための修辞に過ぎなかった。

それに対して駒込武は、満洲事変から満洲国建国までの政治的駆け引きが単に関東軍の主導によるものではない点を強調する。王道主義の「位置づけと解釈」を通して「「満洲国の構造」全体に関するせめぎ合いが表面化」した可能性を提示したのである(254)。駒込によれば、王道主義は満洲農村部の中国社会のナショナリズムやその言説空間を無視できないばかりか、それとの交渉の中で作られた。彼は、王道主義という用語を採用したことそのものが、帝国日本の植民地である朝鮮・台湾における同化主義から離れ、植民地帝国日本の従来の統治理念に「切断」を持ち込む「小さからぬ譲歩」であったと指摘する(255)。

儒教の浮上と中央集権化

民族協和が満洲事変を契機に変質したように、王道主義もまた変貌を強いられていった。民主政体を強く支持していた橘としては、溥儀の満洲国元帥就任は認め難いものであった。建国宣言では、王道主義を実行し地方自治を励行するとしながらも具体的な内容は欠如しており、教育の基本は礼教、すなわち儒教に置くことを明白にした。また、王道については、儒教的性格と地方自治が曖昧に混在したまま表れている。だが、満洲国の建国以降、関東軍や日本人官僚、また鄭を中心とした溥儀の側近にとっては、橘が構想したような地方自治の強化より、中央集権的秩序の確立が重要な政治課題として浮上した。

政治的には、満洲国建国と共に自治指導部の解散（三・一五）から大雄峰会系の国務院資政局への不完全な継承、青年連盟系の共和党創設（四・一）など、日本人団体の間で新国家における主導権をめぐる対立が起きた(256)。この対立は、関東軍の命令による資政局廃止（六・一七）と共和党の協和会への改名及び民族協和と主要メンバーを提供した青年連盟の解散によって、結果として協和会の正式な結成（七・二五）で終わった(257)。

駒込は、この協和会の綱領起草で会の使命を自治社会の建設に置くとした綱領案から、溥儀と鄭の反対によって自治という言葉そのものが削除されたことを挙げ、建国直後からすでに自治主義が削ぎ落とされはじめたことを強調する(258)。発会式で公布された綱領では、宗旨として王道の実践を挙げ、経済政策は農政振興、産業の改革による国民生存の保障、共産主義の破壊と資本主義の独占を排除するとし、国民思想としては礼教を重んじ天命を楽しみ、民族の協和と国際の敦睦を図るとした(259)。王道と民族協和は謳われているが、自治の原則は削除されたのである。とりわけ、国民思想において「礼教を重んじ天命を楽しむ」とは、思想的に満洲国が儒教に基づく国家となることを示している。王道（主義）が儒教から生まれた思想であるのは事実だが、いわば儒教を外皮として自治を内実とすることを目的とした橘の王道主義から、自治を排除し国家を儒教で統合しようとする動きが可視化されたのである。

この動きは、関東軍の大規模の人事異動によって関東軍内で満洲国建国に関わった関係者が移動させられたことと連動して行われた。建国工作に際して提携の相手であった奉天文治派が代表する地主勢力の政治的な価値は建国によって低下し、その代わりに満洲国執政として迎え入れた溥儀と国務総理の鄭らが、新たな提携の相手として浮上してきたのである。平野は、この政治的選択が、中国人協力者側における帝政をめぐる共和派と帝政派、土着派と外来派の分裂を防止すると同時に、社会的基盤がより軟弱で操りやすい帝政派中国人（外来派と満洲族旗人）との連帯が中央集権制の強化及び国家正当性の確保に有利であるとの関東軍と満洲国政府内日系官吏の判断によるものであろうと推測する(260)。

「忠君の教」としての儒教は、王道の出典であることからしても建国イデオロギーとして掲げた王道主義の旗印は傷つけないまま中央集権制の確立を進められるという利点があった。帝政派としては清朝の国家理念であった儒教を満洲国に蘇らせることで、事実上の清朝の復辟を図る意図もあった。たとえば、満洲国政府は建国元年から、前世紀の遺物となっていた文廟（孔子廟）を中心として全国的な儒教振興運動を計画し、同年の秋季中央丁際では鄭国務総理が主祭官を勤め、翌年には執政溥儀が祀祭を行った(261)。島川雅史は、これを中国の文廟国家祭祀の伝統を蘇らせたものと見て、「この時点では、宗教的にはまさに清朝の復辟になっている」(262)と指摘している。

勿論、関東軍が清朝の復辟を望むはずもなく、やがて満洲国の宗教は国家神道に、思想は皇道に統合されていくが、その前段階として満洲国は儒教国家として中央集権化に乗り出した。橘にとっては、先ず王道の概念に対する儒教側の挑戦によって、王道の解釈者としての特権的位置が切り崩された。前述したように、満洲国初代国務総理である鄭は、橘が挙げた王道論者のもう一つの流れ、すなわち王道が清朝まで維持されたとする「復辟派」に属する人物であった。鄭を「清代を一貫し、延して満洲国における古典的王道思想の権威」(263)と称した橘は、鄭の王道に関する言説を収録した『王道管窺』で王道を「内聖外王の学」としたのを引用し、王道を「其の中に道徳一般（内聖）と政治一般（外王）とを含むところの非常に広い概念」とした(264)。それは道徳を政治の手段であると同時に目的として捉え、理想的政治である王道は「其の効果が社会統制の形態を取つて現れるところの系統的道徳行為」(265)となる理論としての解釈であった。

橘は、鄭が『大学』を根拠に、王道を朱子学の流れに取り戻そうとする意図について、「王道の原理論に於て鄭氏の主張を認めるものであるが、その原理を満洲国に適用する態度に就ては多少の異存なきを得ない」とした(266)。彼は鄭の主張を「満洲国を建設して、そこに「道徳を以て仁愛を施行」し、愛国思想と軍国教育とを排斥して、博愛と礼義とを以て之に代へるところの王道政治を実現したい、それを基礎として世界の平和を促進したい」と要約して、それは「第一に余りに公式主義的であり、第二に余りに楽観的」であると評価した(267)。さらに「近世期の上層に復活した王道思想は、孔孟や墨翟のそれに比べて一層空想的」であり、「悪く言へば絶対君権の粉飾、善く解釈したところで「官吏への訓戒」以上の意義を持たない」(268)と辛辣に批判した。

だが、橘を最も憂慮させたのは、王道政治に対する「鄭氏の主張の中に自治思想の片影すら認めることの出来ない点」であった。彼は鄭が「儒教中の古典派に属し、随つて其の政治思想の根底には原始儒教的な家父長主義が横たはつて」いるが、家父長主義と自治主義は「此の両者には併立し難い場合が多い」(269)と指摘した。その一カ月後には、鄭総理への提言という形式で自治組織は下から湧き上がる力で建設されるべきか、上から天降るべきものか、それとも上と下との相協力することで完成されるべきかを問う。「私共」は第一説を採り、やむを得ぬ場合は第三説まで譲歩できると示し、「鄭先生の立場は那辺に在るか」と質問するのである(270)。

世襲君主制の復活と自治制の否定は、橘には到底受け入れられないものであった。橘は、王道が中国の政治思想であることは認めるとしても、社会の実質に変化が起きれば、そのイデオロギーである王道思想の内容にもそれに相応する変化が起こるべきであると捉えた。鄭が王道を儒教の「絶対君権の粉飾」、「官吏への訓戒」に戻すことは、橘にとって認められないものであった。帝制の是非について、橘は「帝制論者又はその共鳴者は次の如く主張するかも知れない。西洋の産物たる民主共和政治は東洋の社会に適しない。これを近世の事実に徴するに、東洋で兎にも角にも安定を保つて居る国々は君主制であるか、若し民主制であればそれは必ず独裁政治に陥り、または陥るべき傾向を持つ。トルコや中国はその適例ではないかと。この主張は必ずしも謬ではない。併しそれだからといつて、満洲国に溥儀氏を目標とした世襲君主制を実施せねばならないといふ結論は出て来ない。先づ終身執政官を中心とする独裁乃至立憲政治を試用的に施行して見るが宜しい。斯くして何年かを経過した後、吾人は始めて世襲君主制を考へる気になるかも知れない。満洲の世襲君主制すら前記の如くである。まして清朝の復辟と云ふが如きは、単に実現の可能性なきのみならず百害あつて一利なき妄想である」(271)と激しく批判した。

しかし、橘の批判と反対にもかかわらず、翌月の一九三四年三月、執政溥儀が皇帝に即位し、年号は「大同」から「康徳」に、満洲国は満洲帝国に改められた。帝政の実施は、民主主義と自治主義の実現をめざした橘らの敗北の嚆矢であった。さらに、同年実行された協和会と満鉄の改組は、金融資本と官僚政治の満洲進入を阻止できなかったという点で決定的なものであった。橘は、特に協和会の改組について「協和会も今日こそ満洲国政府の宣伝機関と成り下がつて、世間からはチンドン屋などと貶称され、随つてそれが日系官僚の手に落ちるやうになつた」(272)と深い失望を表した。

結果として、橘が王道主義を通してめざした民主主義と自治主義の確立、資本主義と官僚政治の排除は失敗に終わった。一九三五年元旦号『満洲評論』の編集後書で、橘は「王道楽土を日本の資本の力が称へ、「王道政治の実現」は独占資本の手中に帰し、かくして王道主義は敗北を喫した」(273)と書いた。橘本人によって満洲建国イデオロギーとしての王道主義の敗北が認められたのである。野村は、橘の満洲事変（一九三一）から日中戦争（一九三七）、さらに終戦（一九四五）までの活動を「彼がいったんコミットした「満洲建国」の構想と現実の事態の推移との、すさまじいまでの亀裂を架橋しようとする必死の努力」(274)であったと評した。その亀裂が政治的に修復不可能な地点まで至ったのが、この一九三五年であったといえる。

満洲移民と建国イデオロギーの矛盾

この「「満洲建国」構想と現実の事態の推移との、すさまじいまでの亀裂」が、単に橘の現実認識の不足に起因するものであるとみなすのは、安易すぎる結論になるであろう。なぜなら、それは逆に、橘の構想が満洲における現実認識に即し過ぎていたために生まれた亀裂であったとも考えられるからである。基本的に、橘は満洲における諸条件、すなわち農業中心社会、中国人が圧倒的多数の人口構成、農村における根強い自治の伝統が、少なくとも当分の間は不動のものであると考えた。したがって、「我々の新国家は中国民族を主要成分とする農業国家であるが故に、それは当然分権的自治国家でなければならぬ」(275)という結論に辿り着くしかなかった。そのような条件から導出され得る合理的な結論が分権的自治国家であったからである。

だが「満洲国の事実上の建設者兼育成者」(276)である関東軍は、満洲事変以前に作成された統治案から分かるように、満洲の社会的、経済的条件そのものを変化させることに躊躇する必要性を感じていなかった。一例として、人口構成における中国人の圧倒的優勢は、日本人の満洲移民を通して緩和され得るものであった。そもそも関東軍にとって満洲支配は、帝国日本の対ソ戦略、朝鮮統治の安定、資源供給地など帝国日本の諸問題と矛盾を解決するためのものであった。両者の間における差は、満洲の「余剰土地」に対する処置をめぐって、より顕著になる。

一九三二年七月に橘が発表した「国家内容としての農民自治」において、彼は自治主義の最終的目的を人民の生存の完全保障に置き、その経済的手段として「余剰土地」に注目した。

尤も満洲には現在包容する農村人口の総てに、充分なる生活機会を与へるだけの余剰土地が有る。且つ此の状態は尚二三十年間継続する見込がある。併しこの余剰土地を発見し獲得し且つ利用する事は、前記の如き小規模な綜合自治体の力の及ぶ限りではない。（余剰土地の存在は向ふ二三十年しか継続しないと云ふことから、満洲に於ける王道政治の寿命が至つて短いものである云ふ断定を下す人が無いとも限るまい。抑も一国限りの王道国家は必ず短い期間に政策上の行詰りを感ぜざるを得ない。それ故にこそ、我等は単に満洲一国の対象とするところの王道政治を考へると同時に、一層広い範囲に於ける王道国家連合組織の建設をも併せ考へねばならぬと主張する次第である。）

故に人口稠密な農村で土地の欠乏乃至地主の搾取に悩んで居る農民に対し、的確且つ安全に余剰土地を授与して彼等の生存を保障する為には、大規模な経済的及び行政的自治体があつて、農民又は彼の属する綜合自治体を援助することが必要である(277)。

「余剰土地」を現地農民に与えることで、農民の生活保障と共に農村社会に支持基盤を確保できる。橘は、そのためには大規模な経済的及び行政的自治体が必要であると主張する。橘は「余剰土地」の配分を通じた農村社会の再編を構想していたと考えられる。

同時期、関東軍は日本人農業移民の前提としてその「余剰土地」を日本人移民者に与える方針を固めつつあった。一九三二年一月、関東軍が開催した「満蒙に於ける法制及経済政策諮問会議」の移民問題討議では東京帝国大学農学部教授の那須皓と京都帝国大学農学部教授の橋本伝左衛門によって未墾地を中心とした広大な移民用地確保と集団移民策を含む満洲移民論が展開された(278)。

翌月、関東軍は同会議の内容に基づいて最初の満洲移民計画である「移民方策案」、「日本人移民案要綱」と「屯田兵制移民案要綱」を作成した。「移民方策案」、「日本人移民案要綱」では水田耕作を中心とする稲作農家（五万戸）を主軸とした普通移民（軍隊経験のない農業者）を一五カ年間に一〇万戸、屯田兵制移民は一〇カ年間に一万人の送出が計画された(279)。この際、農業移民農地の土地面積は満洲国の無償提供地が一〇三万一五〇〇町歩、「買収地」六三万六五〇〇町歩の合計一六六万八〇〇〇町歩が必要になると予測された(280)。さらに、農業移民の経営面積は、水田経営が七町歩（水田六町歩、畑一町歩）、南満洲の畑作経営は一二町歩、北満洲の畑作経営は五〇町歩、煙草作経営は九町歩、果樹園経営は五町歩であった(281)。

一方、「屯田兵制移民案要綱」では屯田兵制移民として入植予定地を東支鉄道以北の北満洲地方に限定し、満洲駐屯軍隊除隊兵（且つ満三カ年以内の者）を優先して募集するものであった。屯田兵制移民は、入植後三カ年間の共同生活・共同耕作を行い、四カ年目には五〇町歩の土地を分譲されることになっていた。

同年九月一三日、関東軍特務部によって作成し決定された「満洲における移民に関する要綱案」では、それまでの農業移民の主要な形態としていた普通移民から移民の軍事的、政治的役割を強調する武装移民計画に変更された。このような変化は、「抗日武装闘争が農民遊撃隊を基軸にして強力に展開され」たため、関東軍によって満洲農村部における「治安」の維持・確保が日本人移民団の重要な役割として要請されたためであった(282)。

このように初期移民団は、関東軍によって兵力の一環として捉えられていた。だが、満洲移民の国策文学にとって、移民団の軍事的性格はアンビバレントなものであった。第4章の湯浅克衛「先駆移民」（一九三八）と第5章の打木村治『光をつくる人々』（一九三九）では、勇敢な帝国在郷軍人として抗日勢力を討伐する移民団の勇姿が描かれると同時に、治安維持活動や関東軍の動員が、本来農民である移民者の心を荒ませる動因として描かれている。第6章第1節の徳永直「先遣隊」（一九三九）では、初期の武装移民団程ではないが、やはり抗日勢力の襲撃と警備が原因で移民者が経験する精神の負荷が描写される。

また、「先駆移民」と『光をつくる人々』に表れる移民団の武装は、移民者の負傷や死亡までを引き起こす危険を孕むものである。「先駆移民」では土竜山事件への展開を通して、日本人移民者が現地住民から武器を取り上げ、武力を独占する行動によって、逆に現地住民による大々的な抗日武装闘争の引き金になる過程が描かれている。

史実としては、橘が王道主義の経済的手段として「土地の欠乏乃至地主の搾取に悩んで居る農民に対し、的確且つ安全に余剰土地を授与」することを提案してから三カ月後の一〇月、第一次日本人移民団が入植した。関東軍が未墾地のみならず多くの既耕地を対象にした強制的な土地買収によって獲得した移民用地に、武装した在郷軍人が入植したのである。中国人が圧倒的多数を占める満洲農村部に自治を与え、各民族の領域を分離することで民族問題を回避するとした橘の構想は、満洲国建国とほぼ同時に排除されたのである。

一九三四年六月、橘は『満洲評論』で満洲移民を「軍事移民」と規定し、「躁急なる満洲移民の危険を論じ、移民事項の主務官庁たる拓務省当局が徒に軍部と妥協を急いで穏憂を日満両国間に胎さゞらんことを当局に向かつて警告」(283)していた。その契機について、彼は「満洲国政府は、吉林省東北地方に「大規模なる農業用地商租」を行つた。その趣旨は、現在耕作者は其儘定住せしめつゝ、同時に「優秀なる日本農民」を移住せしめ、その力で産業並に文化の未発達なる地方の開発を促さうとするにあつた。この日満当局の好意ある計画に拘らず、地方人民は「土地の没収を流言し、土地立引を風説するものあり」「甚だしきは絶望的迷妄に陥つたもの」があつたといふのである。私共は今この事件を解剖したり批評することを許されない」として、強制的な土地買収などによって引き起こされた土竜山事件（一九三四・三）(284)を暗に示している。この事件で移民用地買収を担当したのは関東軍であるが、それを満洲国政府による「大規模なる農業用地商租」とし、最も反満抗日の気運が強かった三江省を敢えて「吉林省東北地方」と表現したことからも、「今この事件を解剖したり批評することを許されない」時代的制約をうかがわせる。

続いて橘は、満洲移民の経済的側面を観察する。彼はまず、満洲事変以前には満洲農業移民の経済的価値を否定するのが「多数識者の常識」であったが、満洲事変以後には肯定論が抬頭してきたことを問題として挙げている。それは「背後に不合理又は不自然な動機が潜在するからに他ならぬ」ためであるが、「本来非経済的な計画を強ひて経済観点から説明しようと企図」するため、矛盾が生まれるしかないというものである(285)。彼は、そうした批判の例として矢島淳次郎「満洲農業移民問題」(『読書』六月号)から、満洲移民が可能になる唯一の可能性は「少なくとも数町歩の土地を安価に手に入れ低廉なる支那人労動者を使役して大規模経営となすか、又は其の大土地を支那人または朝鮮人の小作人達に耕作せしめて高率な地代を収得する場合の可能性を意味するのである。(中略)だが此の場合は、小農民の移住ではなく、又一般的の「移民」と稱せらるべきものでもなく、一部の資本家と富農とのみの移民に過ぎない」という指摘を引用した(286)。

事実、一九三〇年代の満洲農村の経済的状況は、満洲国政府から安値で広大な土地を分譲された日本人移民者にとっても、決して有利なものではなかった。広大な土地を労働集約的な満洲在来農法で耕作するためには、多数の農業労働者の確保と支払いの負担が生じる。その際、多数の農業労働者や小作人は中国人か朝鮮人となり、日本人移民者は地主化することになる。

だが、満洲移民の成功が移民者の地主化という結果になるのは、満洲移民政策の原則であった自作農主義が頓挫すると同時に、満洲農村に階級問題と民族問題を発生させることになるため、極めて重大な問題であった。橘は「富農的自作農民としては今一つ機械農経営を考へることが出来、且つこれが望ましいのであるけれども、併し北海道や朝鮮に於ける先例の明示する如く、日本人の農事経営形態としては少なくも東洋諸国に於ては、自作農は如何なる規模又は方法に論なく発達の望みなく、事情の許す限り彼等は只管地主への道を択む」(287)であろうと予測し、移民の地主化と自作農主義を正面から批判した。

続いて彼は、「それかと云つて私は勿論政治軍事移民に反対するものではない」としながら、「唯併しながら政治軍事移民はそれ自体大きな危険を包蔵するばかりでなく、満洲の如き大量的農業移民の経済的基礎の弱いところでは、一面に於て財政的行詰りに逢着すると同時に、他面農民自身の不幸を招致する」と「特に拓務省及び関東軍の責任者達に警告」(288)したのである。

しかし、関東軍が満洲移民政策に対する橘の批判を省みることはなかった。土竜山事件を契機に満洲移民政策の建て直しのため、日満の満洲移民関係者が集められ、「対満農業移民会議」(一九三四・一一・二六〜一二・六)が開かれた。関東軍はこの会議で行われた討議や意見をまとめ、「北満地方ニ於ケル畑作ヲ主体トスル農業経営案」と「満洲農業移民実施基礎要綱」を含む日本人農業移民の大量送出のための具体案を日本政府に提出した(一九三四・一二)(289)。「北満地方ニ於ケル畑作ヲ主体トスル農業経営案」では、満洲移民農家の経営面積を二〇町歩(耕地一〇町歩と放牧採草地一〇町歩)とし、「満洲農業移民実施基礎要綱」では一〇カ年間に一〇万戸という大量送出計画を立て、農業経営用地に対しては水田主体の経営用地七町歩から北満の畑作農業用地二〇町歩を上限とした(290)。移民用地二〇町歩案は、先にふれた関東軍の初期満洲移民案に比較すれば、農業経営面積が大きく縮小されたものであった(291)。この事実は、土竜山事件によって喚起された移民政策の矛盾と危険が、関東軍や「対満農業移民会議」に参加した日満両側の移民関係者にも認識されていたことを示すものでもあろう。

にもかかわらず、「満洲農業移民実施基礎要綱」では自作農主義を原則の一つとして挙げながらも、既に入植した第一次、第二次移民の経験を踏まえて、雇用労働者の部分的な使用と移民の一時的な地主化が承認された。本格的な大量送出に先立ち、移民案に土竜山事件で提起された「現実的矛盾の反映」が行われたのである(292)。

結局橘の警告は拓務省及び関東軍の責任者たちには届かないまま、関東軍は「関東軍の作成した農業移民経営案の中で、最頂点に位置する」(293)「北満に於ける移民の農業経営標準案」を作成した(一九三五・三)。以降の移民計画において保持された四大営農方針(自給自足主義、自作農主義、農牧混同主義、共同経営主義)を定式化し、農業経営面積は耕地一〇町歩(畑八町歩、水田二町歩)と放牧採草地九町歩、除地一町歩(住宅、菜園、作道)を確立した(294)。満洲国側が日本人移民のために肥沃で広大な「余剰土地」を提供することが満洲移民の前提となったのである。

だが、橘の「余剰土地」に関する構想は、単に王道主義の実現のための経済的手段や満洲農民に対する善意だけのものではなかったであろう。長期間にわたる日本人農民の集団入植の計画は、満洲農村社会に移民問題が持続的に発生することを意味する。土竜山事件においても、現地住民たちが有力な地主の謝文東に反満抗日の武装闘争を要請し、武装勢力化したという事実は、関東軍に地主を通じて満洲社会を掌握することを提案した橘としては、到底看過できることではなかったはずである。

日本人移民の流入が農村社会の保守的な社会秩序に刺激を与え、さらに土地問題をめぐる階級問題と民族問題が重なることは、かつて橘が政治から隔離されているとみなした満洲農民たちが反満抗日武力闘争の強力な基となっていくプロセスの構築を意味した。それは支配の安定と効率を追求した満洲国当局にとっても重要な政治問題であった。

満洲国最高検察庁が出版した『満洲国開拓地犯罪概要』（一九四二）で、満洲国最高検察側は移民用地買収に関わる問題について「其ノ買収地ノ選択、買収価格、買収時期、買収方法、原住民転住ノ保護方法等ニシテ其ノ当ヲ得サレバ甚シキ重大問題ヲ惹起シ、日満協和ノ上ニ暗影ヲ投シナイテハオカナイ大体此ノ問題ハ犯罪ニマテ発展シナイ場合カ多イカ、所謂満系ノ不平不満トシテ相当反満抗日的ナ意識ヲ政府ノ要路者地主及一般農民階級ニ倍養シコレカ一大底流トナシテ日系不知ノ間ニ押捲シテ居ル」と憂慮した(295)。

同書では、この問題が「如何ニ満系各階級ヲ刺激シテ居ルカヲ窺」える例として、鉄嶺県副県長福田伝以下、県警務課の職員が移民用地買収に関する職権乱用業務上横領で検挙された事件（一九三九・一二・二五）が挙げられている。この事件は、検察が一部日系官吏からの激しい非難にもかかわらず検挙を強行したことに対して、「満系方面ニ於テハ官民ヲ問ワス上下ヲ問ワズ検察庁ノ処置ヲ以て最モ公正ニシテ司法精神ノ具現ナリ「官清則民服」スルモノナリトシテ甚シク礼讃シタリ、張司法大臣亦大イニ激励スルトコロアリタリ」として大きな反響を呼んだのである(296)。

だが、一部の日系官吏は「検察庁ハ国策ヲ知ラス且国策ノ遂行ヲ阻害スルモノナリ、開拓政策実行ノ為ノ土地買収ニ際シコレニ応セサルモノヲ暴行脅迫スルカ如キハ止ムヲ得サルコトナリ、コレヲ以テ犯罪トナシ検検《ママ》スルガ如キハ非常識モ甚シ」(297)いと検察庁を非難した。この日系官吏は、国策遂行のためには暴行・脅迫のような犯罪さえも黙認されるべきであると主張しているわけであるが、検察庁はそのようにして推し進められる国策遂行が「満系各階級ヲ刺激シ」、それが「反満抗日的ナ意識」へと発展することを警戒している。日系官吏が日本人移民者のための土地買収を満系住民の不平不満より優先していることに比して、検察庁は満洲国統治における公利性の立場から、国策遂行が惹起する諸問題について憂慮しているのである。

しかし、検察庁としても移民用地買収に関わる犯罪以上の批判、すなわち「国策遂行」そのものへの問題提起にまで至ってはいない。満洲国検察側は、日本人移民者による各種問題が「満洲国建国精神ノ徹底セス移民団員中必スシモ優秀ナラサル分子カ含マレテ居ルコトニ起因」(298)するという問題認識を示した。そのような認識を踏まえて、「一般開拓民ニ対スル教育ハ再考ノ余地カ充分ナリ」(299)として、日本人移民者を対象にする満洲国建国精神の教育の強化以上の解決策を提示することは出来なかったのである。この事実は、満洲国において「指導民族」である日本民族に対して、自らの道徳的意識の外に、その行動を規制する制度的装置や保障が事実上存在しなかったという状況を物語る。

また、こうした傾向は、先にふれた初期満洲移民の形態と方針の推移によって証明されたように、両国と各民族間における不均等な関係を象徴するものでもあった。両国の利害が相反する時、優先されるのは常に帝国日本側の利害であった。これは、単に移民問題に限定される傾向ではなく、日本の国際連盟からの脱退などの政治的条件の変化を反映するものでもあった。

建国イデオロギーの再編

イデオロギーにおいても、両国の関係は定立される必要があった。それは同時に、帝国の支配イデオロギーにおける理論的整合性の問題でもあった。橘が満洲国の建国イデオロギーとして祭り上げた王道主義は既に自治主義を喪失し、儒教の中に回収されたが、満洲国が儒教国家として存在することさえも、帝国日本の支配原理における「逸脱」であることに変わりはなかった。特に地続きで、民族同化が推し進められていた朝鮮に対しても、民族協和という異なる政策が、朝鮮統治の安定に悪影響を与える危険を孕んでいた。「植民地帝国日本全体の構造の整備と理念の斉一性」(300)のためにも、王道は皇道に収束する必要があったのである。

一九三五年、満洲帝国皇帝溥儀は初の訪日を契機に「朕 日本天皇陛下ト精神一体ノ如シ爾衆庶等更ニ当ニ仰イテ此ノ意ヲ体シ友邦ト一徳一心以て両国永久ノ基礎ヲ奠定シ東方道徳ノ真義ヲ発揚スヘシ」とした『回鑾訓民勅書』(301)を発布した。「日本天皇陛下ト精神一体」の皇帝を頂いた日満一徳一心の満洲国において、王道に内包された易姓革命の思想が許される余地はなかった。満洲国建国以後、日本人側の王道に含まれた放伐思想に対する警戒は、日本における孟子受容史に照らせば、伝統的なものであったとさえいえる。

万世一系の天皇が永久に無限に統治する日本で放伐論が通用されなかったように、その天皇と「精神一体」の関係にいる満洲国皇帝にも放伐論が適用されないのは当然であった。それには、建国過程では関東軍に名分を提供した王道論の革命性が、建国以降には逆に反満抗日の論理として働く危険性を意識せざるを得なくなったという立場の変化があった。その結果、「従来満洲論壇を賑はしてゐた王道主義が姿を見せなく」なり、「橘氏の王道主義も変形しつゝある」と観察されるようになる(302)。先述したように、一九三五年一月には、橘本人が「王道主義の敗北」を認めた。

一方、日満一徳一心の関係は、さらに密接なものになっていった。一九四〇年、二度目の訪日から帰国した満洲国皇帝溥儀は、『国本奠定勅書』で国家神道の導入を知らせた。伊勢神宮から分社された「建国神廟」(鎮座式は九・一五)とその摂廟として「建国忠霊廟」(九・一八)が創建された(303)。満洲国における国家神道の導入と「建国神廟」の創建は、単に清朝の復辟を否定するためのものではなかった。それは、満洲の建国イデオロギーとして掲げられた民族協和と王道主義が皇道、すなわち現人神である天皇を中心とする「八紘一宇」によって排除されることを意味するものであったからである。

たとえば、青年連盟員、協和会創立委員であり、後には『華北評論』を主宰した小沢開作は、「建国神廟」と国家神道の導入について「満洲に伊勢の大廟を持って来た。ぼくは「これで満洲はだめだ」と思いました。言うことと実際とが違う。それで華北に行っちゃった」(304)と述懐する。国家神道の導入によって、事実上満洲国の建国イデオロギーは完全に帝国日本の支配イデオロギーに統合されたのである。

島川は、満洲国における国家神道の導入について、元から世界的普遍性や異民族支配の概念が希薄な国家神道が理論的準備もされないまま、関東軍主流によって急展開されたと指摘する(305)。さらに日本のような民俗的・民衆的基盤が存在しない満洲国内で国家神道を展開することで、多数の異民族で構成される満洲国は皇国日本と「垂直的な支配関係」に位置づけられた。その支配の根拠は天皇の神格であり、日本人による異民族「指導」の現実において、国家神道は皇民化と民族差別を正当化するイデオロギーとして機能したのである(306)。

ここで注目したいのは、民族協和と王道主義の言葉だけは、満洲国の建国イデオロギーとしてそのまま残されたという点である。すなわち、満洲国の建国イデオロギーは民族協和と王道主義であり続けたが、同時に道義世界の建設、日満一徳一心、「八紘一宇」とも異質であってはならなかった。

たとえば一九三八年一一月、中川与之助は「満洲建国精神と協和会の使命」において満洲国の建国精神は「王道主義なりと雖も、それは支那古来の王道そのものに非ずして、その内容は日本精神を摂取して新に創造したもの」であるため、「本質に於て日本精神と異なるものに非ずして実に一徳一心・一心一体の関係を有するもの」であると説明した(307)。王道主義は中国古代の政治思想ではなく、日本精神によって新たに創造されたものであり、したがって日満一徳一心とは何の矛盾もないと説いているのである。民族協和については、「王道の大義に則りて個人的・民族的我執をすて、各民族各国家が王道楽土の建設に協心協力せんとするもの」として捉え、「個人主義・利己主義・排外主義はその最も忌む」ものであるとした(308)。ここでは民族協和が個人主義や民族主義を唾棄し、王道楽土建設に協力するためのイデオロギーとして説明されている。民族協和が日本人主導のものであることを踏まえれば、各民族は個人主義や民族主義を捨て、日本民族に積極的な協力を提供することを要請しているといえる。

したがって、「満洲建国精神は日満の一体融合を理想」(309)とすることになる。だが、その「日満の一体融合」の理想は、満洲国の政治形態において民主主義でも専制主義でもない、「協和主義の政治を創造せんとするが如き最も勇敢なる試み」という結果に至る。言い換えれば、既存の国家観念や政治形態では説明できない「傀儡国家」の現出である。この「傀儡国家」に対する政治的批判に対抗するために、また満洲国建国精神が動員される。中川は、満洲国の政治形態の原則が「実践主義」であり、「支那的伝統を打破せる革新」(310)であると賞賛した。そのような建国精神は「西欧的文化に囚れず東方文化を高揚し新しき文化を創造せんとする」点で世界史的な意味を持ち、「亜細亜民族覚醒の暁鐘」となれるものであった。事実上、本来異質であるイデオロギーの並列であるだけで理論としての整合性は完全に崩れ、ただ帝国日本の満洲国支配を翼賛し、現実における諸矛盾を糊塗するのみとなっていることを確認できる。

さらに一九四〇年、徳富正敬が編した『満洲建国読本』では、「満洲国は建国の初めに於いて、王道政治を行ふことを宣言した。是れ八紘一宇を大理想とする、日本の皇道を基幹とするものにして、日満一体離れるべからざる関係此にある」(311)と述べ、最初から満洲国建国と「八紘一宇」の皇道が一体化している。そして「王道政治を行ふことは、満洲建国の精神」であり、王道政治の究極的な目的は「道義世界の建設」である(312)。この理想実現のために、満洲国は従来各国で試行されたすべての政治組織を検討した結果、その建国精神に合致するものがなかったため、まったく新しい政治組織を採用したのである。それは専制政治や民主主義、議会政治ではなく、「道義世界の建設を以て、窮極の理想とする、民族協和の実際政治即ち協和政治」である(313)。

この「協和政治」とは、「政治の実際として、必ずしも系統づけられた政治形式、法治形式を要せず、民族協和、宣徳達情の実際政治を以て蒞む」もので、「法治を以て国家を完成せんとするよりも、徳治を以て国家を完成せんとする」ものであった。「而してこの民族協和政治の原動力を為すものは、日満一徳一心の関係」なのである(314)。満洲国の政治形態は法や政治組織に根拠を置くものではなく、実際の政治による徳治の実施によって実現されるもので、それは日満一徳一心の善隣関係を原動力とするということである。

日満一徳一心の根拠は日満一徳一心一体、すなわち「我が天皇陛下と満洲国皇帝陛下の御精神が、一体であらせらる、」(315)ことに帰せられる。現人神である天皇と満洲国皇帝が一体である以上、両帝国はすべてにおいて「一体」にならなければならず、その関係は「日満不可分」(316)に帰結する。したがってこの観念は、「権利義務の観念に基礎を置くが如き、軽薄なものでは」なく、「崇高なる道義に於て融け合た観念」である(317)。

このような日満関係が、帝国とその植民地の関係であるとの批判を受けることは想像に難くない。そのような批判に反駁する論理は、満洲国は「独立国」ではあるが、「従来の国家観念を以てしては、割り切れざる、一つの国家」であるというものであった(318)。「傀儡国家」としての満洲国の特殊性は、従来の国家観念では説明できるものではないことを認めた上で、それでも独立国であると主張するのである。このような論理は満洲国を、帝国日本を「中心国家」とする「東洋国家団体の一員としての国家」、「高次国家団体の、その部分国家」(319)として組み込むことで補完される。帝国日本を中心とする満洲国のような「傀儡国家」群の一部国家となる時、満洲国の「特殊性」はその問題性を失う。

ここで展開される満洲国の徳治、日満一徳一心一体、道義世界の実現の正統性とは、結局天皇の権威に直結するものである。天皇の権威が絶対的なものである限り、一体である満洲国皇帝の権威もまた侵されざるものであり、既存の政治学や国家概念では説明できないとされる満洲国の「特殊性」、「日満不可分」の関係への論理的批判も成立しない。天皇の権威そのものが神聖なるものである以上、論理的批判は不可能である。この論理構造では、「日満不可分関係も、日満一徳一心も、民族の協和も、凡そ一体建国精神と名づけられるべき一切の国是は、悉く此の特殊性より発現されて居る」(320)という結論だけが成立する。これは政治権力の正当化にとどまらず、「大日本帝国」を中心とする東洋世界の建設によって完成する論理である。

しかし、王道主義、民族協和と日満一徳一心一体、道義世界の実現、八紘一宇は本質において異質なものである。王道主義は中国古代の政治思想から生まれたものであり、民族協和は各異民族の存在を前提とするが、日満一徳一心一体、道義世界の実現、八紘一宇は異民族の日本化、すなわち「同化」の原理に基づいて形成されたものである。したがって、この様な建国イデオロギーの並列は、論理的に説明すればする程、その亀裂と齟齬を露呈するしかない。

その結果、満洲国の建国イデオロギーとして浮上してきた王道主義は、王道楽土という東洋的ユートピアを表象するスローガンだけを残して消えた。民族協和は「肇国の古に於て、天孫民族は之に帰順せる民族を愛撫扶育し、決して之を虐遇討滅などのことを為さ」(321)ない大和民族固有の性質によって説明された。すなわち、「我国に帰化せる総ての外来民族」は「総てを天皇の大御宝として包容し、愛育」される皇道の「精神に同化して、大和民族に帰一し、団結し、同じ民族意識の中に、溶け込んでしまった」のであり、したがって「民族の協和同化は、我が皇道精神の現はれ」として、協和と同化が結びつき、日本化政策の一部となった。民族協和と王道主義は空洞化するか形骸化し、スローガンだけが取り残されたのである。

「日本人」のイデオロギー

ここまで、満洲国の建国イデオロギーとして掲げられた民族協和と王道主義を検討してきた。これらのイデオロギーは、歴史的・政治的状況に応じて在満日本人より生まれ、満洲事変を契機に、建国工作における他民族の協力と大義名分を獲得する政治的役割を担うことで、建国イデオロギーとして浮上してきた。しかし、そのような政治的役割は満洲国の統治制度が整えられ、日本が国際連盟から脱退するなど、政治的条件の変化に伴い重要性を失いつつあった。さらに、日満関係の急速な接近は、「同化」原理に基づく皇道との相違の排除をより重視する政治的原因となる。だが、満洲国の建国イデオロギーそのものを否定することは、満洲国を修辞する多民族で構成された東洋的理想国家というイメージを傷つける危険を孕んでいた。そのため、民族協和と王道主義は日満一徳一心一体、道義世界の実現、「八紘一宇」などと並べられ、事実上皇道を基盤とするものとして再解釈された。民族協和と王道の歴史性と地域性は除去され、五族協和と王道楽土として宣伝のスローガンとなったのである。

一九三〇年代初から一九四〇年代にわたって行われた民族協和と王道主義の変質は、中国ナショナリズムの挑戦から満洲事変、満洲国建国、帝国日本への従属化の強化という激変する歴史の中で、在満日本人や関東軍、日本政府などの都合に合わせて行われた。この事実は、第一にイデオロギーの政治性に起因するものである。一貫した思想的発展もなく、現地における民衆的支持基盤も欠いており、その時々の政治的状況によって利用されてきた点を考慮すれば、「傀儡国家」を創出するための偽のイデオロギーという批判は妥当なものであるといえる。

しかし、このイデオロギーに最も影響されたのが、当の日本人であることを指摘したい。前述したように、満洲国の建国イデオロギーは皇道に統合されていった。それは、帝国日本の支配におけるイデオロギー的統合であったが、その統合は論理的整合性や合理性で説明できるものではなく、結局天皇の神聖に収斂するものであった。その結果、満洲国の建国イデオロギーは単なるスローガンの並列に化したのであり、そのようなものが満洲国内の中国人に対して有効に働いたとは考え難い。

対して、日本人にとって日本人主導の理想国家建設は、大陸進出と新天地の開発としてアジアにおける日本民族の高い位置を確認させ、その自負と矜持を刺激するに充分なものであった。中国東北部三省を中国から切り離すために意図的に「満洲」と呼び、その地域の大部分の住民が漢民族であったにもかかわらず「満人」と呼んだように、満洲国が理想国家建設の新しい多民族国家であると信じて疑わなかったのは、日本人であったのである。

問題は、この日本人が持つ定義と範疇における奇妙な歪みにある。勿論、満洲国建国とその指導は、日本人の手に委ねられた。この日本人は、国籍法が適用されないため日本国籍離脱が許されない朝鮮人を含む日本国籍の保持者への呼称ではない。日本民族、すなわち血統を基盤とする「大和民族」を意味するものであった。だが、同じ日本民族であるとしても、満洲国の建国に関わった青年連盟など在満日本人、関東軍、橘のような知識人などには、満洲国を帝国日本から分離した場として確保し、維持育成したいという共通した欲望があった。

関東軍の場合、それは満洲事変を推進した関東軍首脳部と軍中央部の有力な将校らがめざした「国家社会主義的革新運動」実現への表れであった(322)。緒方は、彼らが満洲支配以後、日本国内革新への発展について精密な計画や明確な見解は持っていなかったが、対外拡張と国内革新の二大目標の下、反政党・反資本の態度とその反映としての日本国民への同情、また「大陸進出」における制限に対する反対を共有していたと指摘する(323)。関東軍は、自国の政治指導者及び政治制度に強い不信を抱いていたため、日本から政党政治や資本主義の悪弊が満洲国に及ばないように、自らを「満洲国の保護者」として位置づけたのである(324)。その位置は、主に関東軍司令官の権限の大幅な拡大によって確立された(325)。

このような「関東軍による満洲国の支配」(326)は、確かに日本の影響から満洲国を分離しようとする関東軍の意図を表すものであった。しかし、関東軍の革新への意志は、現存する既存体制の保持という限界を乗り越えることはできなかった。緒方が指摘したように、関東軍がめざしたような革新は、天皇制の価値体系そのものの破壊あるいは変更を行わなければならなかったが、天皇と直結した軍人がその特権を主張し続けるためには既存の軍機構を保全しなければならなかったからである(327)。満洲事変を推進した革新派は、軍の主流によって満洲国から排除され、関東軍は協和会と満鉄の改組を通して、金融資本と官僚政治の満洲進入を許容しただけでなく、満洲国に国家神道を導入する際には主導的役割を果たすようになる。

満洲事変以前の在満日本人においても、中国ナショナリズムの挑戦に直面した危機感と満蒙権益及び邦人保護に消極的な態度を見せる日本政府への反感から「独立」や満蒙自治制構想が芽生えていた。それはやはり日本人の主導性を内包したものではあったが、最初は関東軍のように軍事的優位を前提としたものではなかったため、在満日本人の日本国籍離脱さえ考慮される余地を持っていた。

だが同時に、青年連盟などに代表される在満日本人は自分たちの「私益」に有利な満蒙自治制を構想しながらも、それが帝国日本の「大陸進出」という「国益」にも合致するとみなした。ここでは多民族共同体内での日本民族の発展と繁栄が、日本帝国の利害と相反しないという在満日本人の価値観の反映であったのである。彼らの思考は、何よりも在満日本人の発展と繁栄を優先し、そのために日本帝国の「国益」を結びつけ、大陸政策を積極的に展開させようとした点において、ナショナリズムや国民国家だけでは説明できない契機を内包していたのである。

しかし、そうした異質な思考の契機は、在満日本人の民族と国民国家に関する自然化された価値観に埋もれたまま、多民族共同体形成を目的とする一貫したイデオロギーや政治的概念に発展することはなかった。結局、在満日本人が構想した多民族共同体は日本民族を通して帝国日本と繋がるものであり、完全なる分離や独立は想定されなかった。さらに満洲事変を契機に、満洲において少数民族であった日本民族が関東軍の武力を背景に他民族に対して優位に立った時、諸民族の協和を呼びかける民族協和は各民族間における平等をもって非対称的関係を糊塗する支配者のイデオロギーとして採用された。

満洲国のイデオローグとなった橘の王道主義は、前述した関東軍と在満日本人両方の傾向が認められる。すなわち、反政党・反資本の観点から満洲を日本から分離し、日本民族の主導による機構作りとその指導下での自治制の実施を提案したのである。彼が構想した王道主義は、中国人の自治能力を高く評価した上で、人民の生存を完全に保障するためその自治能力を育成し、満洲国を自治分権国家として創出するといった点から独創的なものであった。だが、彼もやはり前述した両者と同じ弱点を共有していた。彼は満洲を中国の辺境として把握し、多くの日本人知識人が中国人の近代国家形成能力に疑問を呈する根拠であった封建的・保守的農村社会から分権的自治国家の基盤を見出した。それは、西洋的近代国家形成を目的とする近代化言説からの逸脱であり、自治制の究極的目的を人民の生存と福祉に置いた点からしても、西洋中心主義を内包した近代主義を相対化する契機を内包していた。

しかし、橘の王道主義もまた主なる受益者としては多数の漢民族を設定しながらも、その機構を作り、指導するのは日本民族であり、国家間においても工業国家である日本に対して満洲国は農産業を提供する半永久的農業国家として位置づける。漢民族に対する日本民族の指導者としての権威は、結局アジアにおいて近代国家形成に成功し、帝国主義国家として西洋列国に対等な地位にいるという近代化の序列から発生する。このような両民族の関係に基づき、満洲国が半永久的農業国家としてあり続けることは、結果として両民族の不均等な関係をそのまま定着させることになる。

さらに王道主義は、諸民族が従うべき日本民族の自発的道徳心と使命感以外に、その「指導」における限界や内容を制約する現実的・制度的規制を設けることができなかった。それは、満洲事変から満洲国建国まで、関東軍が主導したその時々の政治的状況に合わせる形で展開されたイデオロギーとして王道主義が持つ限界であった。だが、それは橘自身が日本人知識人としての政治的立場を意識せず、近代的知識人として中国問題を論評した出発点から胚胎されていた問題性であるといえる。橘にとって日本人知識人という政治的立場とは、単に国籍の問題ではなく、帝国日本の思想と利害の磁場に属する存在であることを意味した。橘の王道主義は帝国日本から分離された自治国家を構想していたが、結局日本側にすべての決定権が委ねられるという点においてイデオロギーが孕む最大の矛盾を露呈するしかなかった。

ここまで、満洲国建国をめぐる関東軍、在満日本人、橘の思想における分離と独立がどのような構想であったかを検討し、建国イデオロギーとされた民族協和と王道主義が結果として日本人のものであったことをみてきた。満洲国建国に帝国日本では不可能な理想の実現を試みた日本人は、軍部の中堅ないし青年将校やアジア主義に傾倒した青年知識人など、日本内の少数派であった。満洲国建国及び理想国家建設は、終局において日本の革新あるいは変革をもたらすとされたが、その革新は天皇制の社会体制の破壊にまでは至らなかった。彼らは満洲国建国によって日本内の国家改造あるいは国家革新の原動力を得ることを希ったが、逆に彼らを媒介として満洲国の分離、独立は不可能となり、日本帝国と満洲国は天皇と皇帝の一心一体によって不可分の関係に結び付けられたのである。

5　満洲国の残照

理想国会建設の物語

満洲国建国工作において掲げられた民族協和、王道主義のイデオロギーは、五族協和、王道主義というスローガンが痕跡として残り、一貫したイデオロギーというより理想国家建設のイメージとして、日本人の記憶の中に残ることとなった。戦後、満洲国が関東軍の武力を基に生まれた「傀儡国家」ではあったが、満洲国の理想を信じ、実際に理想国家が建設される途中であったという正当化の言説は、その流れを汲むものであると考えられる。

三〇〇人以上の各分野における満洲国の主要人物及び参加者が集まって編まれた回想録『あ、満洲――国つくり産業開発者の手記』（農林出版株式会社、一九六五）は、そうした満洲国のイメージが残存していることを証明する。元満洲国総務庁次長で満洲回顧集刊行会会長の岸信介は、その序文において次のように満洲国の歴史的意味を明かした。

アジア大陸と太平洋とが相接する線上に位置する日本は、東亜文明を最もよく吸収し、いち早く東洋において近代国家を形成した。明治維新以来、列強相覇の渦中に伍して、自国の独立と東亜平和をモットーとした日本は、日露戦争の結果、東亜の衰運を挽回するとともに、新天地満蒙の開発に当った。

その後、列強の中国政策の錯綜、中国民族主義の抬頭による日中両国の摩擦、とくに満洲における排日激化の結果、事態は、ついに満洲建国へと進展した。

満鉄を中心とする満蒙開発は、新天地の驚異的発展をもたらしたが、なお、多くの障碍が纏綿した。新興満洲国はそれらの矛盾を止揚し、自ら欲するままに開発建設することができた。民族協和、王道楽土の理想が輝き、科学的にも、良心的にも、果敢な実践が行なわれた。それは正しくユニークな近代的国つくりであった。直接これに参加した人々が大きな希望のもとに、至純な情熱を傾注しただけでなく、日満両国民は強くこれを支持し、インドの聖雄ガンヂーも遥かに声援を送った。当時、満洲国は東亜のホープであった。

不幸、大東亜戦争が難局に陥るとともに、満洲国は政治の上に重圧を受けたが、終戦まで泰然として挙国一致、国内建設と対日協力に邁進していた。

戦後、世界情勢は一変し、中国には新しい国家ができ、満洲は今や日本と隔離してしまったかに見える。しかし、歴史が因果の連続であり、かの世界的注目を浴びた満洲開発の意義と成果は没却することはできない。その開発を主導した日本民族は、功罪ともによく咀嚼して、これを善隣友好、経済提携の将来に活かさなければならないと考える(328)。

ここで回顧される満洲国の記憶は、近代国家形成から始まり、明治維新、日露戦争、満蒙開発、満洲国建国を経て「大東亜戦争」、敗戦、戦後の「善隣友好、経済提携の将来」へと続いている。坂部昌子は、この文章において満洲国当時の日本政府と満洲国政府、戦後の日本政府が一体化され、さらにその国家と国民が同一の行為主体として語られている点を指摘した(329)。また、満洲国建国理念の理想性が、植民地社会の構造的矛盾を隠蔽し、すべての人々に支持されたかのようなレトリックであると分析している(330)。

この文章は、確かに「日本」という名称を通して、明治維新以前と以後の日本政府から戦後日本政府までを連続したものとして捉えている。それは満洲国建国における満洲事変と関東軍の独断的行動という軍事的契機を削除し、「列強の中国政策の錯綜、中国民族主義の台頭による日中両国の摩擦、とくに満洲における排日激化の結果」として、満洲国建国という結果を提示する。

注目されるのは、満洲事変と関東軍の行動のみならず、満洲国で輝いたとされる「民族協和、王道楽土の理想」が創出される過程も意図的に欠落されている点である。すでに検討したように、建国工作における立場は、在満日本人も関東軍も橘も、そして日本政府も同一なものではなかった。事実、この文章で満洲国建国までの歴史における主体は日本政府であるが、それに続く「満鉄を中心とする満蒙開発」は、明らかに在満日本人の中でも「直接これに参加した人々」を主体として記述されている。「東亜のホープ」としての満洲国は、参加者の希望と情熱によって作られたとみなしているのである。

この「ユニークな近代的国つくり」における「多くの障碍」が、具体的にどのようなものであったかは述べられていない。また、「自ら欲するまま」の「開発建設」に対する過大な矜持に比して、「大東亜戦争」を契機とした政治上の重圧、挙国一致、国内建設と対日協力への邁進はイデオロギー的に正当化されることもなく述べられている。この回顧の焦点が満蒙開発と近代的国づくりに置かれていることは明らかであろう。関東軍の実質的支配、日本政府と満洲国政府、国家と国民の同一化は満洲国という外殻に過ぎず、満洲国の実務者、参加者の情熱と理想、満洲開発こそが価値あるものであると捉えるように構成されているのである。このような論理は、満洲国が「傀儡国家」ではなかったという全面的否定から、たとえ植民地であったとしても、その内実においては理想国家建設を実現しつつあったという部分的否定まで、多様な満洲国肯定論の基盤となる。

開発に基づいた満洲国肯定論は、満洲国は「政治の実際として、必ずしも系統づけられた政治形式、法治形式を要せず、民族協和、宣徳達情の実際政治を以て莅む」、すなわち「法治を以て国家を完成せんとするよりも、徳治を以て国家を完成せんとする」とした論理の流れを汲むものであるといえる。政治権力が政治的・法的根拠に拠らず、為政者の実際の政治行為によって正当化されるという満洲国肯定論を再生産しているのである。

植民地支配の「功」を打ち出して植民地支配を正当化する傾向は、満洲国の日本人官吏の回顧から満洲移民の集団引揚げ者の回想まで広く観察される。たとえば、牧野克己(元興農合作社中央会理事、興農部農政司長、北緬商事社長)は、大雄峰会の中心的存在であった笠木良明と中野琥逸による建国方針の思想は「満洲国の主権はあくまで現住民族のものであり、日本は新政府組織内に介入せず、側面からこれを指導援助すべきであること」(331)であったと評価する。

だが、結局そうした思想は関東軍に受け入れられず、自治指導部の解散に続く資政局設置と共に、自治指導員は民生部所属の官吏として県参事官となる。その後、資政局が廃止され県参事官が副県長となる過程の中で「日本側自体が政府に介入するばかりでなく、その為政の中心的存在に変じてしまった」(332)と述べている。

大雄峰会は、笠木を中心として二〇代の帝国大学出身青年で構成された在満日本人団体である。同団体は宗教的な色が強く、大アジア主義を掲げていたため、関東軍と満洲国当局を批判し、対立することもあった。その点を強調して、満洲国を失敗した理想国家建設の試みとして位置づけているのである。

注目したいのは、そうした失敗が満洲国の建国イデオロギーの価値を傷つけるものではないとみなしている点である。なぜなら「笠木氏は意見容れられぬまま、建国後間もなく満洲を去ったが、氏が自治指導員――県参事官諸氏に、熱誠をもって伝えた建国精神は、国造りの真精神として、省県組織に消ゆることなく終戦時まで燃え続けた」(333)からである。満洲国全体のレベルでは日本政府の干渉と日本人官吏の掌握を防げることはできなかったが、各省県の参事官レベルでは「建国精神」を守り、理想国家建設に貢献したと語るのである。

ここで笠木が掲げたとされる「建国精神」そのものについてはこれまでほとんど検討されてこなかった点を指摘すべきであろう。先行研究で指摘されているように、笠木の思想を体系的に述べている著書は少なく、大雄峰会についても同様である(334)。その笠木の数少ない著述によれば、笠木は日本が全アジアに対して指導的立場にあることから出発し、さらに「根本的な指導は日本国体であつて青年は其の使徒」であり、「日本青年の身内に流る、日本的生命・忠魂義膽・至誠心を年少の故に否定」することはできないと主張していた(335)。仏教に傾倒していた笠木(336)にとって「大陸は日本の陰徳を積むべき大切なる土地」(337)であった。日本人青年を「異民族の渦中に発遣」(338)して、彼らが観音の大慈悲心で異民族の民衆に「善政」を施すことで日本の国体を体現するのは、まさに「明治天皇ノ偉図ヲ奉継シ、真日本カ世界ニ負ヘル大使命」(339)の実現である。

自治指導会、資政局、県参事官、副県長、大同学院へと続く笠木の思想は、日本青年の指導による国体や皇道の日本精神の実現であったといえる。そして笠木の影響を強く受けた県参事官や副県長が、決して理想的ではない満洲国の現実において、関東軍や満洲国中央政府と対立したり、また赴任した地方で実際に善政を施した例が存在するのは事実である。その一例として挙げられるのが、土竜山事件（一九三四）で関東軍の武力鎮圧に反対した黒竜江省依蘭県参事官渥美洋らである(340)。

しかし、仏教的精神主義に依拠した一部の善政が、植民地支配そのものを正当化できるものではない。笠木の構想は、「日本的生命・忠魂義膽・至誠心」が備わった日本青年を地方に派遣して異民族に模範を見せ、現地民を感服させることである。この時、望ましいのは「衷心よりの親日者」(341)の誕生である。すなわち、「日本青年法陣の大和合的進軍を眼前に見」たアジアの青年が「受動的に共鳴共感し、此の日本的陣容に加はりて我等も共に倶に往くべしといふ新天地が彼等の眼前に始めて開け、此の大流に投じ来る」(342)のである。そして満洲のみならず、全アジアの青年によって「日本青年法陣の大和合的進軍」が行われるとすれば、それは日本精神のアジア支配を意味するのであろう。笠木は「青年の世界的陣容は、戦はずして勝つことを目標として懸命に心的領域を開拓すべき」とする点で「軍の目的と合反するやうであるが実は一つである」(343)と語るのである。

したがって、山室は笠木の思想について「満洲国を皇道連邦の一子邦、八紘一宇の一階梯などとみる、建国後に現われる満洲国観」が「建国運動に着手する段階ですでに胚胎されていた」(344)と評価した。また、岡部牧夫は笠木の思想における観念性を指摘し、笠木から思想的、人格的影響を受けた参事官もまた「基本的な性格としては通常の官吏にない観念性」を保持していたと指摘する(345)。さらに「参事官が政府や軍と対立したのは、彼らの抱く笠木的使命感による植民地支配方針上の差異からに過ぎず」、参事官は「満洲国支配をより効果的に行おうとしたに他ならない」(346)と述べる。

このような評価に対する反論は、心情的、感情的論理としての側面がより濃く認められる。やはり大雄峰会系の甲斐政治（元黒河省開拓庁長、前衆議院議員）は、大雄峰会関係者は「単身あるいは二人で混乱をきわめた地方の県に入って満洲人を主体とし、満洲人のために、治安の確保と満洲人保護のために挺身し」たため、多くが犠牲になったことを強調する(347)。

満洲国は傀儡政権であり、日本の大陸に対する侵略行為、帝国主義のカモフラージュだったと定義する欧米の史家や安易なお人よしの日本の評論家に対して、満洲人を護って、理想のために斃れていった人々に代わって抗議する。

「諸君の史観は形式的、教条主義である。人間疎外の冷ややかな自然科学的方式である。何故、これらの血をもって描いた理想主義者の歴史を無視するか」

悲しむべき過誤と一部の野心による大東亜戦ではあった。今なお夜半、これを思うて流涕することがしばしばではあるが、戦後におけるアジア各植民地の独立はいかがであるか。満洲事変にたち上り、あるいは倒れた人々と全く無縁であると言いうるだろうか(348)。

ここでは、満洲事変が日本政府の同意なく、関東軍によって行われた武力行使であることを隠蔽し、建国運動で「満洲人を護って、理想のために」倒れた理想主義者の犠牲だけを取り上げている。さらに「悲しむべき過誤と一部の野心」に引き起こされた「大東亜戦争」の結果として戦後におけるアジアの各植民地の独立と満洲事変の協力者として倒れた人々を結びつけて評価している。彼らの尊い犠牲を顧みず、「満洲国は傀儡政権であり、日本の大陸に対する侵略行為、帝国主義のカモフラージュだった」という史観は、彼の言葉を借りれば「形式的、教条主義」、「人間疎外の冷ややかな自然科学的方式」である。だが、戦後アジアの各植民地、占領地は帝国日本から独立し解放されたという点を指摘すべきであろう。また、ここで疎外されているとされる「人間」は、大アジア主義を信じ、満洲国の建国のために犠牲となった若い日本人青年たちであって、彼らによって主体である同時に保護の対象として指導された「満洲人」ではない。

大アジア主義的理想がそのまま帝国主義に置き換えられるものではない。だが、彼が高く評価するその建国運動の結果として創出された満洲国から、大アジア主義的理想は排除されていったのであり、満洲国は帝国日本の「傀儡国家」として「大東亜戦争」に動員された。理想主義のために殉じた日本人青年たちの善意と犠牲について批判されるべき対象は、満洲事変の勃発から「傀儡国家」の満洲国を創出し、「大東亜戦争」に動員した帝国日本の支配であろう。

また、建国理念の下「ユニークな近代的国つくり」に参加したとされる在満日本人の貢献とは、「新天地の驚異的発展」をもたらした「満蒙開発」である。満鉄の満蒙開発が代表するような資源・産業開発によって満洲国を近代化させたという自負は、近代化の序列による価値判断を根拠とするものである。さらに、坂部が指摘したように、この回想録が出版された一九六〇年代は、日本の好景気とそれに伴うアジア諸国への経済的進出が活発化する時期である(349)。そのような時代的背景を踏まえれば、「満洲開発の意義と成果」を想起させ、それを「善隣友好、経済提携の将来に活かさなければならない」とした記述の意味も理解できる。アジアへの経済進出を目前として「満洲建設に関する史実の散逸と世の誤解を憂え、これを当事者の手記によって補い、内外の識者に訴えるとともに次代国民に伝えたい」(350)としているのである。これは、満洲体験と理想国家建設の言説が建国工作と国造りに直接参加した人々の戦後や対アジア認識と密接に関わっていることを示している。

イデオロギーの再生産

満洲経験と戦後の回想として最も膨大な量を占めるのは、満洲国崩壊以降、過酷な引揚げを経験した体験者による手記や回想記である。これについては、成田龍一の研究が新しい思考の契機になれるであろう。成田は、一九五〇年前後に書かれた満洲からの女性引揚げ者の手記を分析した。彼は、書き手である引揚げ経験者の植民者としての特権的地位が敗戦後の引揚げの過程で逃避行や収容所生活を契機に逆転したことに注目する。その中で、本来はトランスナショナルなものであったはずの引揚げ体験は「ゴールとしての「日本」を目指す「帰郷」の物語としてナショナルな記述で覆」われる。書き手が体験した日本人と家族の分裂が、手記として「事後的」に構築される際に、日本人と家族の物語として構築されていく(351)。引揚げの経験が戦後一定の時間を経て語られる時、「満洲国は傀儡政権であり、日本の大陸に対する侵略行為、帝国主義のカモフラージュだった」という歴史的定義が、生活者としての体験と感情によって否定されることもある。

蘭信三は、満洲集団移民者の聞き取り調査を行い、その心情の論理を取り出している。彼は、多くの移民者が自分たちは中国農民と協和し農業経営も軌道に乗りすべて順調であったという「主観的な判断」から移民事業を肯定すると指摘した。移民経験者たちは戦争によって移民者が犠牲となり、引揚げることになったが、自分たちの入植は満洲農村の産業発展に寄与し、中国人と日本人の交流が現在日中友好関係の基礎となったと評価する(352)。満洲集団農業移民の体験者もまた、植民者としての意識より生活者としての経験と主観によって関東軍と満洲国政府と自分たちを区別する。自分たちが建国イデオロギーを実現し、満洲農村の開発に貢献したことを通して、後の日中交流の基礎となったと満洲移民を肯定するのである。

対して坂部は、満洲集団農業移民者は全体在満日本人の一〇％で、大多数の在満日本人は都市居住者であった点を指摘した上で、彼ら一般の満洲日本人市民側の手記の多くが「政治的位置づけを消去した脱政治的でノスタルジックな回想」であると述べている(353)。満洲集団農業移民者の満洲移民肯定論や「脱政治的でノスタルジックな回想」が、必ずしも帝国日本による満洲支配の正当化やアジアへの経済的進出を補助する目的の下で構築されたものではないであろう。だが、彼らの「日常性」の語りは、結果として帝国日本の支配権力による植民地構造化のプロセスを補完する機能を果たす形で作用する(354)。坂部はそのような植民地の日常生活の表象とその機能の乖離から、本来「傀儡国家」を粉飾するためのイデオロギーであった満洲国の建国イデオロギーが日本人植民者の無意識の領域まで浸透し、彼らを説得する生‐権力の論理を取り出す(355)。

先に分析した満洲国の建国とその体制整備及び開発に関わった為政者や実務者、満洲集団農業移民者の満洲を対象とする言説は、関東軍や日本の「大陸進出」との関わりから自分たちを区別し、建国イデオロギーの下で近代的国づくりや満蒙開発、農業発展などの貢献から日中友好や経済的アジア進出を導き出そうとした。そして一般日本人市民の満洲での「日常」の回想は、政治性を排除し感傷的ノスタルジアを語ることで、その正当化を補完する関係にある。勿論、すべての満洲移民者や在満日本人が帝国日本の植民地支配を肯定する立場にいるわけではない。が、満洲における植民者としての体験と過酷なる引揚げの過程を通して生まれたマイノリティとしての経験によって、加害と被害が複雑に重なり、自らの立場を相対化することを困難にしたと考えられる。

戦後満洲体験者によって帝国日本の満洲移民や支配を肯定するために建国イデオロギーが再生産されることは、そもそも建国イデオロギーが保持した流動性と恣意性、さらには異質な皇道との結合が招来した抽象性に起因する。すなわち、建国イデオロギーがその政治的脈絡から切り離され、敗戦後の長い沈黙を経て、「実際政治」を通した理想実現という正当化論理を再生したのである。厳密にいえばこの言説は、帝国日本のイデオロギーでも、満洲国のイデオロギーでもない。これは現代日本社会における満洲体験者の、敗戦と同時に消えた満洲国に託した自分たちの生と経験に意味を与えたいという内的動因と満洲引揚げ者に冷淡な戦後日本社会に対する「心情の論理」である同時に「防御の論理」でもある。それは日本人に向けられたものであり、日本社会のナショナリズムに収束していくのである(356)。

ここまで、満洲国建国イデオロギーとして掲げられた民族協和と王道主義が、政治状況と日本人側の必要によって生成されたものであったことをみてきた。満洲国イデオロギーにおける政治性の認識は、一九三〇年代を通して起きた満洲国の建国イデオロギーの皇道への急速なる再編に対する重要な思考の契機を提供する。

そのような変化は、第一義的には日本の国際連盟脱退と日中戦争の勃発など国際政治状況の変化によって、満洲国の独立性を強調する必要性が相対的に減少したために起きたものであった。また、帝国日本の支配圏におけるイデオロギーの統合の問題でもあった。

同時に、それは帝国日本が満洲国を通して政党政治及び資本主義など既存体制に対する変革や革新を要求する日本人勢力を包摂し、彼らの「実験場」であった満洲国そのものを帝国日本の既存体制内に同化させるものでもあった。そしてその同化は、満洲国の中核であり「指導民族」であるべき日本民族としてのアイデンティティを通して行われた。たとえ日本国籍からは離脱できるとしても、日本民族からの離脱は不可能であるとすれば、当時の日本人という概念は国籍より民族を示すものである。

そして日本民族にとって日本帝国に対する「独立」構想は、その体制を象徴する天皇に対する否定に繋がる危険を孕むのである。満洲国に対する思想統制の強化が皇道に行き着いたのは、天皇の権威を盾にしたという点からして、在満日本人にとって極めて有効なものであったためであろう。いわば「大日本帝国」は、在満日本人における国民国家と民族を同一視する傾向を巧妙に利用したのであり、現在まで満洲国をめぐる言説の中で多々観察される主体の混同は、そうした理由に起因するとも考えられるのである。

第2章 国策文学の「越境」・国家統制からの逃避と亀裂

1　国策文学の形成と展開

国策団体の登場

本書は、満洲移民を支持し、国民の理解を深め、農民の満洲移民参加を訴えるため、一部の日本人文学者によって書かれ、宣伝された一連の国策文学を研究対象とする。この国策文学についての概念規定なるものは、厳密に文学的定義として成立しているとは言い難い。それでも「国策文学」とカギ括弧付きの用語として使われる時、暗に想定されるものが存在するのも事実である。

『日本文学史辞典近現代編』（角川書店、一九八七）の国策文学の項目では、「日中戦争から太平洋戦争終結までの期間に、戦争遂行という国家の政策に協力する目的で書かれた文学。政府の農村文化振興の現れである和田伝らの農民文学、生産拡充の目的にそって書かれた生産文学、『後方の土』（立野信之）その他の大陸文学、『移民以後』（大江賢次）その他の海洋文学などをいう。権力の要請のもとに政治的イデオロギーの図式的な文学化を行い、一種の非文学性を招来した」(1)と述べている。この定義を通して国策文学という概念の背景と特徴を確認することができる。にもかかわらず、国策文学についての本格的な検討や定義が困難であるのは、その文学史における独特な位置によるものと考えられる。それは、国策文学そのものが表す国家と文学の関係や、文学者の戦争遂行協力への責任、国家による国民動員との関わりなど、帝国日本の諸問題と深く結びつき、解決されないまま現在まで連続しているためである。

国策文学の時代的背景としては、日中戦争(一九三七)を契機にした日本政府の協力要請に応じた新聞通信社、雑誌社による文学者の現地特派まで遡ることができる。東京日日新聞社は吉川英治と木村毅、東京朝日新聞社は杉山平助を、『中央公論』は林房雄と尾崎士郎、『日本評論』は榊山潤、『文芸春秋』は岸田国士、『改造』は三好達治を戦地に派遣した。彼らは現地から報告を送り、戦地のルポルタージュや戦地を題材とした小説を発表した(2)。これらの見聞記や報告など戦地のルポルタージュ文学の抬頭は、戦地と戦争への国民の関心と意識の高揚を目的としたものであり、ジャーナリズムと文壇の「政府が掲げた支那事変の遂行と勝利、国論の統一と挙国体制の確立という国策」(3)への協力を示すものである。

こうしたルポルタージュ文学の盛況を踏まえて、日本政府は一九三八年の漢口攻略戦に文学者の従軍を企画し、ペン部隊が登場した。文壇の話題となったペン部隊は、菊池寛を中心とする海軍班と久米正雄を中心とする陸軍班に分かれて派遣された。しかし、このペン部隊の成果は芳しくないもので、実際の兵士の戦記である火野葦平の「麦と兵隊」(『改造』一九三八・八)が話題となり、兵隊の手記や戦闘記録が人気を集める結果となった(4)。

それでも、日本政府において、文学者の動員と文学による国策の支持という構想は持続された。満洲事変と満洲国の建国によって日本人農民の移民が始まり、日中戦争では日本人の大量移民が本格化する中で、満洲移民という国策遂行に協力するため、農民文学懇話会(一九三八)と大陸開拓文芸懇話会(一九三九)が結成された(5)。農民文学懇話会は農林相の有馬頼寧(6)の後援、大陸開拓文芸懇話会は拓務省の斡旋があって成立した(7)。特に、農民文学懇話会の成立は、国家総動員法の施行(一九三八・五)以後次々と登場した大陸開拓文芸懇話会、海洋文学協会、国防文芸連盟、輝く部隊、日本文学者会などの半官半民的な諸団体の結成を促す「先駆け」(8)であった。この二つの懇話会は、一九四二年には日本文学報国会の傘下に入ることで同様の結末を辿る。

両団体の国策団体としての性格は、その成立から明瞭に認識された。農民文学懇話会の発会式(一九三八・一一・七)において、有馬農相は祝辞として「農民関係者以外の者に農民と農村を理解して貰ふのに何が最も力があるかといへば文学を措いて他にない」ため、「国民によつて農村が理解されることを望んで、農民文学作家の協力」を要請すると語った(9)。農民文学懇話会の趣旨は「農民文学の正しき歪まざる発展」であり、その内容は「日満支を一体とする文化建設に礎石的な部分」として役に立つこと、たとえば「内地農村に行はれてゐる「分村」の問題、大陸移民の問題」に「大いに国策に協力」(10)することなのである。

大陸開拓文芸懇話会の創立及目的は「大陸開拓に関心を有する文学者が会合して関係当局と緊密なる連絡提携の下に、国家的事業達成の一助に参与し、文章報国の実を挙ぐること」(11)が打ち出された。その具体的事業は、優秀な文芸作品の推薦や授賞、作家の視察や見学の便宜提供、調査や研究に必要な参考資料の提供だけではなく、作品の戯曲化、シナリオ化による上演、上映への協力やラヂオ・レコードによる文芸的協力といった他メディアとの連帯の他、研究会、座談会、講演会の開催及び講演者、講師の派遣までに至った(12)。こうした事業が実際にどれほど実を結んだかは、現在では資料的限界もあり定かではないが、同懇話会が農民文学懇話会に比しても、大衆やメディアをより強く意識する傾向があったと考えられる。

大陸開拓文芸懇話会の中心的存在であった福田清人は、彼ら文学者たちが満洲移民者に関心を持つのは、彼らの姿に「民族の生き方」が「奔流」のように示されており、「血」をもって大陸へ通じている「橋がゝり」であるためであると強調した(13)。したがって、「純文学者」が彼らがめざす大陸文学を、技術は純文学から、内容は大衆小説から影響された「口舌の文学者、書かざる小説家」のものと軽蔑しても、彼らの大陸文学こそ国民のための「国民文学」という自負を示す。

国民文学といふ以上は、一部インテリ階級でなく国民全体を意識せねばならない。もちろん、その精神は鋭い純文学的な精神をあくまで持つべきであるが、更に我々は国民の夢、方向、意思を自己のものに燃焼する大きさへ務めねばならない。

自分の田へ水をひくやうであるが、大陸開拓を志す文学の方向は、その線に向かられてきたことは、事実である。

国民文学といふものが、たゞ一国にかたまるやうな語感があるのを否定さるべきである。日本はすでに大陸の一圏であり、その意味で大陸文学などいふジャンルは派生的なものでなく、在来の日本文学の流動する本道的な河流であると信念する。

民族のエネルギイが日本から大陸へ流れてゆく時、我々文学精神はこの国民の肉や心とともに流れ意志しないわけにはゆかない(14)。

題材ばかりが先に立ち、乏しい文学性の「講談」であるという軽蔑に対して、福田は彼らの文学こそ「国民の夢、方向、意思」を代表するものであると対抗する。だが、彼が純文学からの批判そのものを否定しているわけではない。彼は、文学性よりも彼らの文学がめざす「大陸開拓」という目的がより重要であると主張している。文学作品がその内部に保持する文学性ではなく、政治的、社会的目的に貢献することで、その価値を認められる。その政治的、社会的目的とは、帝国日本が掲げる「大陸開拓」の国策である。そしてその中には、狭い日本文学の領域から広大な大陸へと広がり、伸びて行きたいという、文学者側の気持も存在していた。福田は戦後、大陸開拓文芸懇話会の動機について「満洲に日本が二〇か年計画五百万人の開拓民を送り、民族協和の理想国家を建設しようという国策に協力し、一方、従来の狭小な島国的文学を揚棄したい気持ちを持った当時三〇代の作家を中心とした」と記している(15)。同懇話会に参加した三〇代の作家たちの一部は、国策に協力する目的の他に、既存の日本文学に対する批判や「外地」に開かれようとする傾向を持っていたのである。「開拓精神に創造精神と共通性を汲み新文学の創造を念じた」(16)という福田の言葉は、そうした側面を最もよく表すものである。

川村湊は、福田の『大陸開拓と文学』は確かに阿世の文章ではあるが、彼が提示した「伝統、国民、大衆」といったキーワードは、日本近代文学の「あまりにも西欧直輸入的な、エリート主義的な、芸術至上主義な面に対しての強力なアンチ・テーゼたりえていた」と指摘する(17)。こうした視点は、文学者の国家動員に対する作家側の動機や誘因を示しているという点から興味深いものである。

文学者の国策協力

両団体の半官半民的な性格が、必ずしも国家による文学者の強制的な動員を意味するものではなかった。農民文学懇話会は、農民作家たちが有馬農相に意図的に接近して結成された(18)。大陸開拓文芸懇話会は、拓務大臣八田嘉明の甥で文化評論家の近藤春雄(一九〇八〜一九六九)(19)の積極的な働きかけで発足した(20)。

こうした文学者たちの国家権力への接近と協力については、幾つかの要因が考えられる。まず、彼ら農民文学者たちの多くが元左翼作家であったことが挙げられる。平野謙は当時農民文学を書いた和田伝、伊藤永之介、伊藤貞助、打木村治、丸山義二、鑓田研一、中本たか子、森山啓、橋本英吉、葉山嘉樹、佐藤民宝、山田多賀市らの大部分が「なんらかの意味で左翼思想の洗礼を受けた人々で、「後方の土」の立野信之、「先遣隊」の徳永直、「先駆移民」の湯浅克衛にしても、大陸文学の大部分はすべて旧左翼文学者の手になるものである」と指摘する(21)。柳水晶は、大陸開拓文芸懇話会に対して、田村泰次郎、大谷藤子、荒木巍、井上友一郎など『人民文庫』(一九三六・三〜一九三八・三)の同人が多数参加していた点を指摘する(22)。

この転向作家と国策文学の関わりについて、都築久義は彼らが手慣れた労働文学の手法を援用し、政治主義を転用することは容易であったことや彼らには従軍作家に採用される機会が殆ど閉ざされていたために、国策文学への参加が転向作家に活動の場を提供したと捉える(23)。

大量転向の時代に文学活動を続けるためには「国策順応」を表明するしかなかった状況と、マルクス主義文学の「政治的イデオロギーを図式的に文学化する一種の熟練工」(24)という転向作家の位置は、そのまま国策文学に影響を与えた。「題材の拡充」はあっても、「国策の翼賛」という確固たる目的のための規制を意識しなければならなかったのである。そのため、国策文学は文学史において素材主義、創作方法論の後退、マナリズム化と評価された(25)。そして日本文学史においては、多くの転向作家によって創作され、量としても圧倒的であった国策文学の流行より、少数の「芸術派的抵抗」が注目された(26)。

農民作家の立場からすれば、農民文学が文学の「片隅におかれたジャンルであることを捨象して復権するという待望」を「具体的な欲求」(27)として共有していた可能性も考えられる。こうした意図は、農民文学の「第二期昂揚期」(28)によって実現された。丸山が「農民文学にとって昭和十三年度は擡頭の時期であり、その作品の量に於ても質に於ても、それを廻っての諸々の動きに於ても、かつて見ない程の華々しいものがあつた」(29)と自ら評価したように、農民文学の出版が活発に行われた。農民文学懇話会の会員が集まった『土の文学作品年鑑』（教材社、一九三九）を前後して、『新農民文学叢書』（全七巻、砂子屋書房、一九三八～一九三九）、『土の文学叢書』（全一〇巻、新潮社、一九三九）、『農民文学十人集』（中央公論社、一九三九）が刊行された(30)。しかし、このような農民文学の盛況は、必ずしもその「質」を保障するものではなかった。

堀江泰紹は、所謂「生産文学であり、国策文学としての満蒙開拓を主題とした農民文学である」この時期の農民文学は、「明治・大正の農民文学とも、昭和初期の農民文学とも全く異なる性格を持つもの」であるとした(31)。農民文学懇話会と大陸開拓文芸懇話会による多くの国策文学が、既存の農民文学から見て異質なもの、すなわち「単なる現状の描写、初歩的な研究、視察記——そのようなところへ逆転していた」(32)のである。生産者である文学者たち自らが認めたように、これらの作品は国家の施策に賛同し、支えるという文学外在的な価値のために書かれた文学としてみなされた。そのため、戦後、その文学外在的な価値が崩壊した時、殆どの国策文学が顧みられず、忘れ去られたのである。

しかし、国策文学へのそうした低い評価は、戦後文学者の戦争責任問題において、逆に農民文学者の戦争責任問題を隠蔽する役割を果たした。一九五四年、日本農民文学会が結成された(33)。初代会長には和田、二代会長には伊藤が就任し、機関誌の『農民文学』の編集や事務は鍵山博史、丸山、古志太郎らで、その発起人の半数近くが元農民文学懇話会会員、元大陸開拓文芸懇話会会員、農業雑誌の関係者で占められていた(34)。その中で彼らの戦争責任問題は、沈黙をもって回避された。

国策文学（者）の戦争責任

日本農民文学会の結成後、吉本隆明・武井昭夫の『文学者の戦争責任』（淡路書房、一九五六）によって文学者の戦争責任問題が提起された。当時、日本農民文学会に参加していた井上俊夫によれば、この問題に対する日本農民文学会の反応は「和田伝はじめ主だった会員すべてが徹頭徹尾、この問題にほおかむりする態度をとった」(35)。また評論家などによって外部から農民文学者たちの戦争責任が厳しく追及されることもなかった。井上は、その理由について戦時下書かれた殆どの作品が「文学的価値をもたない」ため、議論の対象にさえならなかったためではないかと推測した(36)。

だが、詩人の松永伍一、井上俊夫、渋谷定輔は内部批判を展開したため、反発を買うこととなった。一九五八年三月八日の夜、新宿で渋谷、松永、井上、山本和夫の座談会が開かれた。その後、『農民文学』の編集部から座談会の速記録が山本に届いたが、彼がその速記録を無断で破棄した(37)。これが所謂「農民詩事件」であるが、井上はこれを、戦争協力詩を書いた山本が、日本農民文学会の内部批判の芽を摘み取ることで和田ら有力会員が戦争協力責任を追及されることを未然に防ぐためのものであったであろうと語っている(38)。

『農民文学』の編集部からこの速記録破棄の理由を追及された時、山本は同日開かれた第四回農民文学会総会で松永が発表した随筆「認め合うことの惧れ」(『農民文学』第一三号、一九五八年六月)が「癇にさわったから破った」とした。松永は、この随筆はこの座談会とは何の関係もないもので、もし関係があるとすれば、それは「農民文学会はどうあるべきかが農民詩をどう創造的に高めるべきかと別問題ではない」点であると語るに留まった。随筆の内容は、主に農民文学会の会員が互いを認め合うのみで、批判や新しい理論の展開が見られず、主要作家が農民雑誌や新聞などを利用しており、旧態依然とした自然主義的リアリズムに固執し、斬新な理論と実践は期待できないといったものだった(39)。松永は、「会員のくせに会を批判するとは何ごとだ、という空気」と会長の伊藤が『家の光』や『地上』にルポルタージュなどを書いていることへの反発と捉え激怒したと語る(40)。

だが、松永はこうした日本農民文学会の激しい反応の前提として、戦後の農民文学者たちが時期さえおけば再起できると考えて沈黙していて「火の手があがることを極端におそれていた」からこそ、エッセイ一つで過剰な反応を見せたと捉える(41)。また、佐賀郁朗も、伊藤がこの随筆に激怒した理由は、農民文学会に対する批判よりも日本農民文学会の総会後、その会員と思われる人が「軍歌」を歌って居酒屋の酒杯をほしていたことを目撃したと書いた箇所であろうと推測する(42)。戦時の農民文学懇話会から戦後の農民文学会に続く連続性を暗示したため、農民文学会の理事や会長が過剰な反応を見せたというのである。

このような農民文学者たちの激しい反発は、彼らが戦時期に書いた一連の国策文学における戦争責任に自覚的であったことを物語る。農民文学者の戦争協力責任は彼らが生産した国策文学の文学的価値の低さによって忘却されたが、そこには彼ら自身の意図的な沈黙が存在したのである。

2　農民文学懇話会と国策協力の論理

「協力」をめぐる亀裂

国策団体である農民文学懇話会と大陸開拓文芸懇話会も、必ずしも国策を紋切り型で再生産するためだけの団体として出発したわけではなかった。農民文学懇話会の発会式で、有馬は「島木健作君が「国策の線に沿つて積極的に活動する」といはれたことは誠に有難いことであるが、農民文学は既成の国策に沿ふことでなく、寧ろ今後真に農村を救ふ国策をたてるその原動力になつて欲しいと思ふ」と述べた(43)。勿論、国策に協力するという目的を掲げて集まった以上、国策に有益な文学を創作しなければならないという有形無形の圧力は存在したと想定すべきであろう。農民文学懇話会結成の成果である『土の文学作品年鑑』(教材社、一九三九。以下、『土の文学』と記す)に載っている評論からも、そうした政治と文学の協力関係についての戸惑いや混乱を感じ取ることができる。

鑓田は「今後の農民文学」の中で、有馬が農民文学を後援する意図について、次のように説明している。

　有馬農相は一般の政治家や官吏が今度の事変によつていよいよ重大性の加はつて来た農村の諸事情、諸問題を知らなさすぎることを浩歎して、これは少し功利的な考へ方だが、さういふ人たちにもつと農村を知つてもらふには人間像を浮きあがらせた文学作品を手段とするのが一番効果的だ、と別の語彙を用ゐてではあつたが強く言いきつた。農相が私たちに担はせた、最初のそして文学的に云つても初歩的な仕事はこれであつた。元の政友会総裁が田舎へ行つて、畑に累々と連らなり光つてゐるトマトを見惚れて、あれはジャガ芋かね、と訊いたといふ私が機会のある毎に持ち出す話は、童話的な面白味はあるが、現実の問題としては困る。日本には純粋な都会人はゐない、と和田氏は言つたが、その和田氏にさへ殊更都会人に読ませるために書いた作品がないとは言へないやうだし、感覚的な、工芸的な配慮を加へた都会人向きの作品が今までの農民小説の大半を占めてゐたと思ふ。これらは作品のモーチフ、構成、芸術的な狙ひをも一切含めて農村から都会へ突きつけた一種の現地報告であつた。そして現地報告の政治的な性格と重要さは一段と高まつて来たのである。ただ、今後のそれは戦慄的な刺戟をさへ媚態やポオズによつて中和させたものであつてはならない。現実と自己、肉体と思想の分離に悩む読者の側でも痛切にそれを要求してゐることは実例をあげて証明できると思ふ(44)。

鑓田は、有馬が農民文学に要求した「最初のそして文学的に云つても初歩的な仕事」は農村と農民を都会人に知らせ、理解させることであると主張する。そのためには既存の農民文学から「感覚的な、工芸的な配慮」を排除し、より厳格な「現地報告」になるべきなのである。それは「現地報告の政治的な性格と重要さ」が高まり、読者からも要望されていることでもある。これからの農民文学は、読者に迎合するための技巧や虚構を捨て、現実に即したルポルタージュとしての役割に忠実であればいいと主張している。

鑓田は、先にふれた有馬農相の言葉さえ「これは農相の物分りのいい、そして美しい一場の挨拶」として聞くべきものであると受け止める。後援する体制側の要求よりも積極的な協力を提案する農民文学者側の態度は、単に体制側の要求に順応するものであるとは考え難い。この自発的協力の対価として何が期待されているのかは、「有馬農相が今後農民文学のためにどの程度の保護と奨励を与へてくれるか、それは作家側で実際にやつて見せる仕事の成績や性質にもよると思ふ」という言及からも明白である(45)。体制側の農民文学への「保護と奨励」と作家側の国策に対する理解及び宣伝の交換は、隠す必要もないものであったのである。このようにプロレタリア文学の政治的イデオロギーをそのまま国策にすり替えたような自発的協力は、単なる政治的要求だけでなく、転向文学者の内部における「保護」への内発的動機も認められる。農民文学が保持する文学としての虚構を余分のものと批判し、国策文学は政治的な重要性と読者の要求によるものであると正当化する評論家の存在は、作家にも一定の影響を及ぼしたはずである。

しかし、農民文学懇話会内においてその「協力」の程度や形態が、必ずしも一致していたわけではない。鍵山博史は、有馬の「ある政策を支持するために作品を書くといふことは、作家として邪道であるかどうか」という質問に対するある作家の答弁を取り上げている。

――さういふ文学もあつていゝのだ、すべてイデオロギーの文学はさうだ。しかし文学者は大衆の代弁者たる自負をもつてゐるのだから、それには、まづ政策そのものが問題になるのだ、政策そのものが真に大衆のために幸福をもたらすものならば、文学者は支持せよとか協力せよとか言はれなくとも自然に支持し協力するための作品を書くであらう、と(46)。

この作家や鍵山は、協力すべき政策が「真に大衆のために幸福をもたらすもの」であるという条件を付けることで、文学と政治の関係という難問と四つに組むことを回避している。勿論、こうした態度がそのまま「抵抗」を意味するものではない。鍵山は、農林大臣との懇話会を計画しあるいはそれに参加した作家たちが「何らかの形において、文学が政治と協力できるであらう」という想定の上、集まったことを強調する(47)。その上で、彼は文学を単純に功利的な面からのみ考えるべきではないと語る。

鍵山は、有馬農相個人の人物像、経歴に基づいてその農政が意図として農民の利害に反するはずはないと一旦は断ってから、「その意図が現実において生かされてゐるかどうか、果たして上部の意図が歪曲されずに徹底しているか、どうか、これは又誰しも疑はずにゐられないことであらう」(48)と述べる。彼は政策が「真に大衆のために幸福をもたらすもの」であることを要求し、さらには農政が決して理想的ではない現実を遠まわしに指摘している。彼は農民文学懇話会と体制との間で行われる「交換」そのものに反対してはいないとしても、文学が政治の「付属物」になることについては反対している(49)。

こうした消極的協力を、どのように評価するかは難しい問題である。鑓田の自己正当化の論理が文学の政治的役割と時代の要求を根拠としているのに対して、鍵山の論理はその論点を文学の政治的協力から政策の「正しさ」の問題へと意図的にすり替えている。だが、農民文学懇話会においても文学の政治への協力はその内容、形態、方法論が完全に合意された上で成立したわけではなかったということは確認することができる。特に鍵山の論理は、農政が「真に大衆のために幸福をもたらすもの」ではない時、あるいは農政の意図が農村の現実において歪められている場合、それを批判できる最小限の余地を確保している。そうした点が実際の作品においてどのように反映、あるいは屈折したのかについては、参加作家の作品を検討することでより明確になると考えられる。

農民文学懇話会の初めての成果である『土の文学』は、農民文学の現状と動向に対する理解を深め、また新人作家を紹介することを目的とした作品集である。参加した作家は和田、丸山、伊藤、打木、小山いと子、橋本、佐藤民宝、佐々木一夫、楠木幸子、石原文雄、佐藤正夫、徳永、中本、吉田十四雄、中本悟の一五人である。この作品集の中で描かれた農村の現実は、農村の窮乏と困難だけではない。題材によって作品を分類すれば、小作（和田「土手の櫟」）、養蚕（打木「蠶愁」、小山「晩霜」、徳永「おぼこ様」）、農家負債（石原「山村の人々」）、出征軍人の「遺家族」（橋本「朝」、中本「竈の火は絶えじ」、中本「お百姓の重役」）、農村の経済構造的問題（佐藤「部屋住み」、吉田「豚」）、更生運動（佐々木「牧場」）、農民層の分解（伊藤「燕」、佐藤「峠のたより」）、農民の他者性（丸山「母」、楠木「米」）と分けられる。だが、多くの作品が他の題材を内包している。

橋本「朝」は、出征軍人の「遺家族」の物語である。根上きぬは夫の出征のため耕作が困難になるが、村民の勤労奉仕や扶助を遠慮する。それが原因で村民との間に溝ができるが、彼女が恐れたのは地主が労働力不足を口実に小作地を取り上げることである。結果、彼女は村内で孤立することになる。きぬの夫から後のことを頼まれていた村民の文蔵は、きぬの孤立が農民の利己主義によるものであると捉え、農民としての強い同質感とニュース映画を契機に喚起される出征軍人の「遺家族」への配慮から、村民の利己主義を克服しようと決心する。この小説は、軍人の出征によって働き手を失った農村の家族が直面する問題を主な題材として、農民の利己主義、小作問題、労働力不足が絡み合って展開される。

文蔵はニュース映画を通して、中国の蘇州河を「敵前渡河」する場面を目撃する。彼が感動を覚えたのは、決死隊の兵士たち「全部が自分らと同じ凡人」であり「字もろくに書けないやうな人達が、かたまつて仕事をすればあんな大きなことができる」(50)という点である。彼は、どうして「自分らと同じ凡人」が「決死隊」にならないといけないのか、また彼らが成し遂げた大きな仕事である戦争遂行がどのようなものかについては熟考しない。彼が注目するのは、自分と同じ凡人が協力することで大きな仕事を成し遂げるという事実である。だが、その協力と働きの結果として戦死を意識する時、彼は出征軍人の家族にせめて「しあわせ」があるように願う。だが、この「凡人」としての共感は国家や民族への帰属意識やナショナリズムとまでは発展しない。彼が愛情を感じるのは、あくまでも自分と同じ農民である。

文蔵は、「農業は大切と誰もがいふけれど、誰でも百姓を心では軽蔑しているではないか。そればかりではない、饑饉でいちばんさきに飢えるのは、米をつくつてゐる百姓ではないか」(51)と農民の経済的社会的地位の矛盾を強く意識するに至る。農民同士の連帯の必要性は、都市に対する相対的な疎外感によって強調される。

> 特別にえらい人間にならうとは思はぬが、世の中がす丶むなら自分らもなんとかして貰はにやならぬ。自分は自分を大切にするると同じやうに、根上らも愛してゐる。(中略)そんな顔をしてもちやんと分かつてるぢやないか、お前らは泥の臭ひがぷんぷんしてゐる。一人では電車や自動車の走つてる町を歩くだけも歩けまい。きよろきよろ仲間はゐないか探してゐるくせに――(52)

文蔵の農民としての強い自意識は、結局同じ農民としての紐帯を通して、出征軍人の家族を抱え込むのである。

比して楠木「米」では、都会人の視点から他者化される農民の姿を確認できる。作家の啓子は、二度にわたり手紙のやりとりをしただけの松田きよという女性が急に自分を頼って上京して来たことに戸惑う。本来、きよの生家は農業の傍ら古くから営んできた呉服商であったが、父が虚栄心から村の公共事業に資産を投じ、家庭を顧みない。そのため、生活が困窮になり、きよは就職先を探して上京したというのである。啓子は彼女に同情して就職の世話をすることになるが、一緒に生活する中で彼女への不信や猜疑を覚えるようになる。

> きよが無表情であるだけに、彼女の胸の奥にあるものは、はつきり掴み難いものに思はれ、何か薄気味の悪い思ひであつた。
>
> 期待してゐた仕事の口がフイになつても、きよは別段、落膽の色も見せなかつた。このまゝずつと仕事のない場合は、どうするかについては、きよは、はつきりした決心を洩らさなかつた。それをせき立てゝ、きよに確かめることも、何か無慈悲なことのやうで、啓子に出来ないのである。
>
> 此の頃、正直な啓子の気持では、いさゝか、きよを持余し気味であつた。女中でもなく、友達でもないきよの存在は、全く扱ひ難いのである。その上、肥た構への大きなきよの体から、啓子は、威圧されるやうなものさへも感じ始めてゐた(53)。

最初、啓子はきよから「踏まれ、虐げられた末に、反抗して立ち上つて来た百姓女の押し太い姿」を発見する。彼女の「反抗」が村の家や父親に対するものであるとしても、その底にあるのは「米がなくて芋粥をすゝつてゐるやうな窮乏した生活の、村人を代表してゐる根強い反抗である」(54)と考えたからである。だが、無表情で「巾つたい、色の黒い」きよの百姓らしい顔や鈍重な体つきは都会での就職に不利に働き、啓子もまたきよの「押し太い姿」に戸惑い、疑惑と警戒を向けるようになる。啓子の彼女への不快感は、自分が外出した間、きよが居間で喫煙している姿を偶然発見したことを契機に一層深まる。きよは弁明したいように唇をもぐもぐさせたが、ただじっと啓子の顔を見つめたまま立っていた。だが、啓子はきよの「不敵な瞳に行き合ふと、かへつて壓されて眼を俯せてしまつた」(55)。啓子は不気味さ、薄気味悪さを感じる一方で、きよの身体や視線に威圧される。それは、きよが都会人が想定する農民像からかけ離れているためであると考えられる。

実際に、啓子が夫の三木にきよの喫煙を話した時、彼の反応は「へんな奴だなァ。あんなこと言つて、、案外あばずれで仕様がないのと違うか?僕たちの常識では、農村の純朴な娘が煙草など喫むなんて考へられない。村で何か不始末なことでもしでかして、それでゐられなくなつて来たんぢやないか。片つ方の言ふことだけ聞いたつてわからないよ。さう言や、最初つから常識を外れてゐるよ。大胆で無鉄砲で、田舎もんらしい質朴なとこがないぢやないか」(56)というものである。この夫婦は、きよが「農村の純朴な娘」らしい行動や態度を示さないと批判しているのである。この批判は、都会人がどのように農民を表象しているのかを露呈する。都会人の同情に値する農民は、踏まれ、虐げられ、窮乏に苛まれながらも純朴で田舎ものらしい質朴さを持つことを期待されているのである。しかし、きよはそうした資質に欠けるだけでなく、「大胆で無鉄砲」、無表情で不気味な沈黙と大きな体躯を持っている。彼女は同情の対象にとどまらず、啓子を威圧することができる他者なのである。

結局きよは下働きとして雇われることで離れることになるが、啓子は彼女が残していった白米の袋を見て「きよの純真な一面に行き当つたやうな哀しい」(57)気持になる。都市の低賃金労働者となったきよの存在は、農民を象徴する「米」と置き換えられることでやっと同情と哀しみに値する「農村の純朴な娘」として認められたのである。この小説が突き付けてくるのは、窮乏した農民への同情ではなく、むしろ農民に同情しようとしながらも他者化する都会人の屈折した心理である。

他方、同じ題材でも相反する態度を見せる作品もある。打木「蠶愁」は、技術の発達と普及によって養蚕農家が安定し、養蚕指導員の指導の必要性も減少した現実に直面した指導員を描いている。比して小山の「晩霜」では、大きな利得をもたらすはずであった養蚕が急な霜害で一夜にして絶望的な結果となる。実験室では防げる霜害に現実では無力であるように、技術の発達も自然の威力の前では無力なのである。

帝国をめぐる労働者の循環

ここまで検討したように、これらの小説が描くのは「翼賛」よりも戦時下で激しく変化する農村の現実である。その中の一つとして朝鮮人労働力の流入が挙げられる。和田「土手の櫟」には、日本人農夫が農閑期である冬の賃金労働の雇い口を探すが、それはすでに朝鮮人労働者によって占められていることを発見する場面がある。

清兵は千代太の意見ではじめから相模川の砂利船の人夫を覘つたが、うまくゆかなかつた。砂利船は町の土木請負師の加島の経営で、その先代の時千代太が砂利担ぎをしたのが縁で当主とも彼は顔見知りであつたが、しかし、そこではいまは半島人ばかりをつかつてゐる、素人を入れる余地がないのであつた。その上加島はその仕事の危険を説き終日川風に吹晒されることの害を説いて、こんなことは命知らずの流れ者のすることだよと言つてとりあはなかつた。

しかし、稼ぎが見つからぬこともまた命とりなのである(58)。

小作人の清兵は、父の千代太から聞かされた一九〇六年の東北凶作の体験談を通して、この砂利船の仕事がどのように危険なものかを分かっている。千代太は、この仕事の過酷さを「それで天秤とパイ助（砂利などを入れる一種の籠）もつて正月四日から砂利担ぎだ。川からあがつた砂利を三町ばかりの工事場へ運ぶんだ。あれやほんとにしめぇ。一擔ぎ一厘五毛の賃銀だ。いいか、一厘五毛だぞ。百担ぎ十五銭だ。それでも本職の人夫は二百担ぎ以上も担ぐんだ。一日で草鞋を二足も穿ききる荒《あら》ぇ仕事よ。おらもはじめは二百担ぎやつたが、便所《てろづば》へ行くと蹲めねぇんだ。」(59)と生々しく語る。だが、それを知ってなお、清兵は砂利船の作業員として働くことを選択する。言い換えれば、清兵は、そのような重労働にでも従事しなければ「命とり」となるほど困窮していたのである。だが、父の千代太は砂利船の作業員として働くことで苦しい凶作を乗り越えたのに対して、息子の清兵は作業員として働きたくても雇って貰えない状況に直面する。

土木請負師は、専門的な作業員として「半島人」を使っているため「素人」の日本人農民を雇うことを拒否しながら、このような危険な仕事は「命知らずの流れ者」がすることであると説明する。すでに千代太の回想からも分かるように、砂利船の作業員の仕事は低賃金の重労働である。それを担う「半島人」は、日本人農民とは違う「本職の人夫」としてみなされている。が同時に、彼らは「命知らずの流れ者」であり、そのような危険な仕事に従事するしかない安値の労働者なのである。ここには、農村社会における低賃金重労働が植民地から流入された安い労働力に担われ、そのため農閑期の賃金労働から締め出される日本人農民という構造が浮かび上がってくる。

一九三〇年代における朝鮮人労働者の帝国日本への流入は、すでに新しい現象ではなかった。朝鮮人労働者の流入は、韓国併合（一九一〇）以降、一貫して増加し続けた。この朝鮮人労働者の大部分は土木、雑役作業員で、日本人労働者の約三分の二の賃金で日本人労働者が忌避するような不潔労働、重労働を担わされた(60)。だが、こうした朝鮮人労働者の流入は日本政府にとって、必ずしも歓迎されるようなものではなかった。植民地朝鮮からの労働力の流入は「内地人」の失業問題を促進するとして憂慮されたからである(61)。

しかし、日中戦争の勃発は朝鮮人労働力の需要を急速に高める契機となった。『土の文学』が刊行された一九三九年には、企画院によって「労務動員計画」が実施され、「内地」と樺太の炭鉱や土木工事などに約七〇万人程が動員された(62)。一九四〇年には従来の朝鮮人の個別渡航が廃止され、集団渡航へと統一されることで、以後は「強制連行」へと向かうようになる。一九四一年からは軍関係労務に初めて「徴用」が実施され、一九四四年九月からは「一般徴用」が行われた(63)。

「土手の櫟」からも分かるように、植民地から流入された労働者は日本人労働者が忌避する重労働を担わされる。冬を凌ぐためにその重労働に従事しようとする日本人農民は、相対的に高い賃金のため、その競争は不利であった。帝国は、戦争遂行のために必要な労務供給に日本人の過剰人口ではなく、安値の植民地労働力を選択したのであり、そのため農村の貧農民は重労働の賃金労働さえも断念せざるを得ないのである。

こうした朝鮮人労働力の浸透は、伊藤の短編「燕」にも描写されている。この小説は、出征軍人とその家族、歓送の人波で混む駅を中心として様々な人々の交錯を捉え、「北海道落ち」をする農民家族や病気の幼子を置いて出征しなければならない軍人とその家族などの風景を描いている。

改札口の近くには顔色のわるい鉄縁の眼鏡をかけた警官が立つてゐたが、ちようどそこへ、頭の鉢に白い布を巻きつけた立派な体格の男を先頭にした四、五人の朝鮮人労働者がぞろぞろと這入つて来て、切符賣場の方に行きかけた途端にその警官の姿を認めると、そのま、そつちに近づいていつた。そのなかの一人の、地べたに引きずりさうな汚れた白衣の腰に赤ん坊を結へつけた瘦せた女が、一番さきにつかつかと警官の前に進み出て、丁寧に何度もお辞儀をした。警官は腕組みをしたま、一寸腰をかがめ気味にして、おや、もうからだ快《よ》くなつたか、そりやよかつたな、と言つたが、女の返事が聞き取れないらしく、そのときすぐ女のうしろに近づいて来てゐた頭に布を巻きつけた男に向かつて、同じ言葉をくり返した。姜大鉉といふその男は、近くの河川改修の仕事場で働いてゐるその足で来たらしく軍手の泥を揉み落しながら、はあよくなりました、おかげさまで、とはつきり答へた。旅費は都合出来たか、と警官はさらにたづねると、はあ、どうにか皆で出しました、と人並みすぐれた大きなからだ相応の迫らない調子で言つてから、急に女の方を振り向いて命令するやうな調子でなにか言つた。すると、もう一人の背丈のひくい怖い眼付きをした若い半纏着の男が、女をうながして切符を買ひに行つたが、この女は李杏九と言つて、これから北海道の石狩に行くのであつた(64)。

李杏九という朝鮮人の女性は、母の危篤の知らせで石狩の涯から故郷に戻る。また石狩へ帰る途中、体調を崩して汽車から降りる。言葉が通じないため、警官は朝鮮人労働者が働いている河川改修の仕事場まで行って事情を説明し、彼らが彼女を介護してその旅費まで集めたのである。この逸話は、いかにも帝国日本の警官が植民地労働者の女性を親切に助けたように見える。だが、この小説において、この駅で行われる移動とは、主に北海道への安価の労働力の供給と出征軍人の戦地への移動であるという点を看過することはできない。警官が朝鮮人の女性を、やはり安価の労働力として河川改修の仕事場で働いている朝鮮人労働者に紹介したことで、彼女は無事北海道への旅行を続けることができる。すなわち、警官の配慮によって脱落しかけた植民地労働力が無事、北海道に送出されるのである。彼の個人的な親切は、結果として植民地と帝国をめぐる労働力の循環を保持する役割を果したといえる。

ここで注目されるのは、北海道へと移動するのは植民地労働力のみではないという点である。この小説には、農家負債と窮乏のため「北海道落ち」をする日本人農民の家族も登場する。だが、彼らの子供の旅費が足りないため、出発できなくなる。低賃金の朝鮮人労働者が同民族の女性のために旅費を集めたのに比べ、この日本人農民は汽車の切符売り場で無理を通そうとする。「燕」において、近代資本主義を象徴する鉄道は、低賃金の植民地労働者と「内地」の貧農が対比されると同時に交錯する場として描かれているのである。

これまで確認して来たように、農民文学懇話会の個別の小説が描写する夫や息子、兄弟の「出征」による農村労働力の流出、朝鮮など植民地からの安い賃労働者の流入、加速化する農村社会の分解は、負債や窮乏を理由に多くの日本人農民が北海道や満洲などの「外地」への移動を選択する戦時下の「内地」農村の現実なのである。農民文学懇話会が協力すべき最も重要な国策として掲げたのが、満洲移民であること(65)を想起すれば、これは興味深い事実である。実際に、この小説集で、満洲移民は没落した農家の青年が否応なく選択する選択肢である。

弟の俊馬はこの間一度帰つて来たども、また山林道場に戻つてゐる。事情を話して止めると言つたら、道場長がたいへん心配して下され、食費は心配ない故みつちり修業して、田地が無いなら満洲へ移民するやうにとのことで、男泣きに泣きながら勉強してゐるの(66)。

市内の小学校に勤めてゐる長男も、休みが来ても、村の家に帰つて行くことを嫌ひ、とつくに、こうした暗い家庭に対する見きりを付けてゐるやうであつたし、きよの下にゐる中学生の弟ですら、学校を出たら、満洲にでも行つて、一働きしたい口吻を洩らし、未だ十七の少年すら、とうからそのやうな自活に対する心構へがあるのかと、姉たちを悲しませるのであつた(67)。

この部落の土地台帳によると、一戸平均五反三畝の耕地で、だからこの部落には次男とか三男とかは、殆ど一人もいないといふことである。

家を嗣ぐものは一人で沢山であつた。他の子供は都会や、満洲や支那方面に新なる天地を開拓しつゝあつた(68)。

彼らの満洲移民は、すでに「内地」では再起を望めない人々に残された自活の方便であり、土地を得るための手段として設定されている。日本民族の「大陸進出」のため、あるいは他民族との連帯と理想国家建設のために満洲移民を選択するのではなく、「内地」で締め出された人々の向かう「新天地」なのである。この作品集が農民文学懇話会の出発点であるという事実に照らし合わせて考えれば、これは特に興味深い点である。

農村の過剰人口の解消が満洲移民の大きな根拠の一つであったことを想起すれば、満洲移民を通して日本人労働力が送出される状況で、出征軍人の応召による農村労働力の不足や植民地朝鮮人労働力の流入が行われる矛盾を読み取ることができる。帝国日本は植民地労働力を「内地」に流入させ、日本人農民を「外地」へと流出させた。その最も大きな原因として想定できるのは、この二つの民族における非対称的権力関係であろう。帝国日本はその人的資源の統制・管理において、明らかにどの民族に属するかによってその価値と用途を決定していたのである。

島木健作は、農民文学懇話会設立に際して『朝日新聞』に「農村は銃後に於て確かに様々な新しい様相を呈して来た。作家はそれを捉へねばならぬ」と語った(69)。戦争遂行のため「内地」農村で起きる急速な社会的・経済的変化を、農民文学作家は敏感に感じ取っていたのである。それは「戦線に参加してゐる兵士の圧倒的多数を送り出してゐる農村と農民生活」(70)への関心を背景に、戦争遂行という目的の下で行われる農村の再編と農民の動員を描き出すという点において、体制に対して批判的な視座に繋がる可能性を内包していた。

しかし、構成員の多くが転向作家である農民文学懇話会は、体制側の「保護と奨励」と引き換えに「自発的協力」を約束する国策団体を結成した。したがって、この団体に参加したという事実そのものが、作家の転向、国策協力、戦争協力を意味するものとして認められてきた。だが、すでに検討したように、同懇話会の作品集で確認できるのは、彼らの作品において主に描かれたのが彼らが掲げるとされたイデオロギーやスローガンよりも、急速に変化する「銃後の農村」の姿であるという事実である。

国策文学の逆説

ここで農民文学の特徴である「現地報告」としての性格を考慮する必要がある。農民文学が政治に積極的にコミットしていくべきであるとした鑓田は、農民文学の「最初のそして文学的に云つても初歩的な仕事」は、現実に即した「現地報告」になることだと主張した。その一方で、文学が政治の従属物になることに抵抗感を示した鍵山は、劇作家の和田勝一が脚色した「土に叫ぶ」や島木「生活の探求」が政治家に文学的感動を通して農村と農民への理解を深めた逸話を挙げて「文学の生命とする真実」に面をそむけようとする政治家とは、文学は結局協力できないだろうと述べている(71)。彼は農民文学が農村の現実という「真実」を描くことで「自然に現れて来る批判」を抑圧すべきではないと語った。ルポルタージュとしての側面によって、農民文学は体制側のイデオロギーを宣伝する一方で、その体制を「真実」に依拠して批判する根拠を確保することができたのである。

鍵山が「たゞおそろしいのは、文学を政治の従属物とみることである。かつてのプロレタリア文学の根本的な病弊は、イデオロギーは別として、指導者が、政治に従属するものとしてのみ文学を見、作家もまたどんな形においてでも「運動」のために不利なことは書かないで文学がやつて行かれると思つてゐたことにあると思ふ。だから作家は、運動の方向について疑義を持ち、組織内における鼻持ちにならない現象に接してもそれは描くことはできず、従つて資本家地主は全部冷酷非道なもの、労働者、小作人は常に正義の使徒として描くより仕方がなかつた。批評家もまた、さういふ面を主なる対象として作品の価値判断をやつて行くといふ有様であつた。いふまでもなくそれは一種の宣伝であつた。そして宣伝文学の脆弱性は、さういふ作品をみれば誰でも分かるのである」(72)と語る時、彼が批判しているのはプロレタリア文学というより「宣伝文学」のあり方である。農民文学者や批評家にとっても、農民文学がルポルタージュとして読まれることで、農民文学が文学として最低限の「真実」を保持できる可能性はすでに認識されていたのである。

そうした視点から見れば、『土の文学』における殆どの作品が農村の現実、日中戦争による農村社会の変化、窮乏や困難を描いていることが単なる時局便乗・国策迎合にとどまらない可能性を暗示していると受け止めることも可能になる。

勿論、この時期の農民文学が政治への協力を求められる状況に置かれ、国策協力の文学として読まれたことは、決して忘却されるべきものではない。農民文学のみならず、国策団体に参加し、国策文学を創作する行為そのものが、政治的行為であったためである。こうした政治と文学の密着は、当時から厳しく批判された。小熊秀雄は「最近「某々氏、農民文学懇話会の委嘱により××地方に旅行」といった文芸消息が数々と現れる、「委嘱」に依りとか「嘱託」によりとかいふ、作家活動をさういふ形で報道されたことは我国文壇近来稀有の現象」であると述べた。また、その後援者の有馬が政変で失脚したことを指摘し、「従つて農民文学懇話会員作家諸君は、一般的意味に於ける農民小説を書くよりも、近く産組中央会々頭に就任すると噂される有馬氏のために産組小説を執筆する機縁を今後恵まれるだらう」と辛辣に批判した(73)。宮本百合子は、日中戦争の勃発以来の「小説の隆盛」を取り上げて「農民文学懇話会、大陸文学懇話会、生産文学、都会文学懇話会」といった団体が乱立し、戦争による統制が文学とその「生産物」である作品にまで影響を及ぼしていると指摘した。そのような統制は、「現実生活の中では、文部省の教科書取締りにあらわれた、文学の読みかたの、特殊な標準とも関連しているから、各種目の長篇小説の未曾有の氾濫状態」を惹起し、今日の文学は「未曾有の質的低下を示している」と語った(74)。

だが、大量転向の時代に、団体の影で個人が転向を「偽装」する可能性が存在したことを記憶する必要がある(75)。中島健蔵は、当時の「日記」や「ポケット日記」の記録に基づいて戦後出版した回想録で「一月に創立された「大陸開拓文芸懇話会」は、伊藤整、荒木巍、福田正夫、高見順と、拓務省総務課長などの斡旋によるものだという。「大陸開拓に関心を有りする文学者が会合して関係当局と緊密なる連絡提携の下に、国家的事業達成の一助に参与し、文章報国の実を挙げること」を目的として人々を集めたという。会員の中には友人知人が多く、いろいろな傾向の文壇人を含んでいるので、真意をはかりかねて困惑を感じる。自律を尊んできた文壇もまた崩壊したのか、あるいは、官僚統制の強化に対するバリケードの意味なのか」(76)と述べている。

また、大陸開拓文芸懇話会の設立時から委員として関わった伊藤は、戦後高見との座談会で、同懇話会を「その時は緊迫感の強い時代なんだ。どこかに加わつていたほうが安全な時なんだ」と語り、高見も「まつたくそうだ。大陸開拓文芸懇話会、あそこらあへ籍を置いとかないと、ふん捕まつちやうんじやないかと、ぼくなんか特にそういう感じがして、いやだつたな」と回想している(77)。伊藤が感じたと語る「緊迫感」については、一九三七年一二月に起きた第一次「人民戦線事件」における旧左翼文学者たちへの執筆禁止などに起因する衝撃(78)以降、強まる体制側の規制に対するものであったと推察できる。このような回想は主に大陸開拓文芸懇話会に関する言及であるが、農民文学懇話会としても結果として一定の「バリケード」として機能した側面があったと考えられる。島木も「私達の見解が国策と完全に一致する時に、芸術家としても大きな喜びを感じる」と断ってから、やはり「単に国策に順応するだけの文学なぞが、いやしくも文学である以上、あらうとは思はない。作家は作家の眼があり、それは批判の眼である。そして誰の眼からも完全無欠な国策などといふものはない。又国策は決して固定し硬化したものではない。(中略)その発展の眼がどこにあるかを正しく見もし感じもするのが作家の眼であり、批判の眼である、であつて見れば単なる順応の文学はなく、つねに国策の樹立にあづかる文学だけがあるといふべき」(79)と述べた。先に論じた鍵山と同様に、農民文学が国策文学でただ政策に順応するだけでなく、「批判」として機能できることへの期待を語っている。伊藤も『改造』に「ただこの「協力」の性質と程度の点では、各作家の間で一致した意見が出来上つゐないやうに見える」として、森山と鍵山の議論を挙げてから「この懇話会の誕生によつて、今日の農民文学があわただしい変質を遂げるやうなことは先づ無いと見て差支ない」とした。今後の農民文学が多少とも政治性を帯びるとしても、それは「都会人への農村の理解に役立たせたいといふやうな政治性であるとすれば、先づ大した変化は来ないと見ていいだらう」といささか楽観的な結論を出している。

農民文学懇話会が一貫して国策に順応した文学活動に終始したわけではない。岩崎正弥は農民文学懇話会の活動について、犬田卯は懇話会の活動に参加せず従来の農民自治主義を主張しつづけ、佐藤などは一定の内部批判を展開したと指摘する。また、彼は橋本や森山のような作家は「歴史文学」や「芸術派的文学」を書くことで直接的な「国策迎合を回避」し、本庄陸男の『石狩川』(一九三九)は戦後「抵抗文学」と評価されたことを挙げた(80)。

もし大陸開拓文芸懇話会や農民文学懇話会といった国策団体が「官僚統制の強化に対するバリケード」でもあったとすれば、その中で書かれ、大衆に広く読まれた国策文学とは実際にどのようなものだったのかを検討した上で、評価する必要が出てくる。すでに見てきたように、『土の文学』は主に「銃後農村の現実」を描いた。農民文学者にとって、国策文学は既存の農民文学の方法論と目的からの逸脱ではなく、むしろその延長であったと考えられる。他方、大陸開拓文芸懇話会の作品集『開拓地帯（大陸開拓小説集（一））』から表れる国策文学は、満洲移民政策と極めて密接な関係を示すものであった。

3　大陸開拓文芸懇話会と満洲移民政策の肖像

戦争協力と精神主義への傾倒

農民文学懇話会が『土の文学』を刊行したように、大陸開拓文芸懇話会ではその結成からおよそ八カ月後の一九三九年一〇月、『開拓地帯（大陸開拓小説集（一））』（春陽堂書店。以下、『開拓地帯』と記す）を上梓した。岸田がこの作品集の序文を書き、福田をはじめ、大谷、田郷虎雄、湯浅、徳永、張赫宙、荒木、田村、伊藤、豊田三郎、井上友一郎の短編小説と近藤の戯曲が編まれた。

大陸開拓文芸懇話会としては、同懇話会の重要事業である第一次大陸開拓の国策ペン部隊（一九三九・四・二五～六・一三）及び第二次ペン部隊（一九三九・六～九）(81)派遣に引き続いた出版であり、視察旅行に参加した六人の内、近藤、田村、伊藤、田郷、湯浅が参加したことから、その成果発表としての意味もあったであろう。

その内容は、一応「農民文学の正しき歪まざる発展」を掲げた農民文学懇話会に比して、露骨に満洲移民の諸政策を宣伝するという目的に忠実である。題材によって作品を分類すれば、移民者の配偶者送出（大谷「新しき出発」、湯浅「青桐」）、「満蒙開拓青少年義勇軍」（田郷「焔」、湯浅「青桐」、近藤「渡満部隊」、張「氷解」）、分村移民（徳永「海をわたる心」）、「満蒙開拓青少年義勇軍女子指導員」（福田「義勇軍の寮母」）、移民者の現地適応問題（荒木「北満の花」、田村「犬」）、異民族との葛藤（張「氷解」、荒木「北満の花」）、移民団の新しい試み（伊藤「息吹き」）、「大陸進出」の正当化（豊田「開拓者」、井上「大陸の花粉」）である。一つの作品が他の題材を内包している点は農民文学懇話会の場合と同様であるが、多くの作品が「満蒙開拓青少年義勇軍」（以下、「青少年義勇軍」と記す）を題材としている。

青少年義勇軍は、農業移民における不足労力供給、成人移民に比して大量送出の容易さ、徴兵直前の青少年の確保と留保など、従来成年の満洲移民に期待されていた軍事的及び治安における役割を補完することを主な目的とした未成年者の移民組織である(82)。その本格的な政策の展開は、加藤完治らによる『満蒙開拓青少年義勇軍編成ニ関スル建白書』（一九三七・一一・三）を契機として、拓務省が提出した「満洲に対する青年移民送出」（一九三七・一一・三〇）が閣議決定したことで急速に進められた(83)。

翌年の一九三八年からすでに、数え年一六〜一九歳の青少年を対象として、各地から送出人員の募集、訓練所の設置、送出（一九三八・四）が行われた。だが、一九三八年には二一、九九九人であった送出人員数は、一九三九年には八、八八七人に減少していた(84)。青少年義勇軍送出は、まだ始まって間もない間に、すでに停滞していたのである。

したがって、青少年義勇軍を題材とした作品は最近の一、二年の間に異例の速さで推進された移民計画を描くという時間的な制約に加えて、すでに停滞の様相を呈していた青少年義勇軍の鼓舞、支持という政治的要素が強く働いたと想定することができる。実際に、この作品集で青少年義勇軍を描いた作品の殆どが、全体として題材を紹介するにとどまり、文学的形象化の域に達しているとは言い難い。

さらに青少年義勇軍は「大陸の子」、移民者の配偶者は「大陸の花嫁」、青少年義勇軍女子指導員は「大陸の母」という美名で呼び、大衆の自発的協力を称賛する内容は、確かに「翼賛」というべきものである。「大陸の花嫁」と呼ばれた満洲移民者の配偶者の組織的な養成も、大量移民が本格化した一九三七年から始まった。

「大陸の母」と称された青少年義勇軍女子指導員は、青少年義勇軍の精神的問題を慰撫する母親役の女性を送るという制度で、第一回の募集は一九三八年一〇月、最初の送出は一九三九年四月実施された(85)。要するに、これらを題材とする小説は、文学的に成熟する時間的余裕を与えられなかった上、同時代に推し進められていた移民政策に極めて緊密に協力し、その動員に組していたと判断できる。

と同時に、日中戦争の長期化に伴う農村環境の急変は、満洲移民を宣伝する側にとっても見えないわけではなかったという事実を確認できる。満洲移民を正当化する既存の論理は、過剰人口と耕地不足問題の解決であった。しかし、これらの農村問題は、皮肉にも「大陸」で進行している戦争によって解決されつつあった。徴兵、軍需工場の労働力、農業生産力の増加を同時に求められていた当時の「内地」農村にとって、満洲移民は急速にその魅力を失った。その影響は、『開拓地帯』における満洲移民の論理が、戦争協力と精神主義に大きく傾いた点からも確認できる。

たとえば、湯浅の短編小説「青桐」は、青少年義勇軍と「大陸の花嫁」を結びつけて描いている。少年の繁太は、満洲移民者である助太郎とかね枝の結婚から影響を受け、青少年義勇軍参加を決意する。その過程で、繁太の伯父の口を通して、村内の満洲移民批判に対抗する満洲移民の肯定論が語られる。

伯父は「それが認識不足や、山の中でひつそくしてゐるばかりが愛郷心ではないわい。満洲にでも、蒙古にでも、この村を持つて行くぐらゐの覚悟がなくてどないするんぢや。出征して人手が足りん足りんと口ぐせに云ふが三反や五反の田畑を持て余してゐるやうではあかんわ。人手は作れば出来る。家畜を使つたり農具を改良したり、いくらでも道はある。助太郎はんが満洲で成功すれば、満洲までこの村が延びて、やがてはが皆、残された今の倍も三倍もの耕作地を持つやうなことになるかも知れん。えらいこつちや。それぐらゐの度胸を持たんで何が出来る」(86)と主張する。伯父の満洲移民に関する論理は、満洲移民への不安感や村の経済状況、日中戦争の勃発による農村における労働力不足という現実より、「満洲までこの村が延びて、やがては皆が皆、残された今の倍も三倍もの耕作地を持つやうなことになる」という膨張主義的希望によって支えられている。

満洲移民者の助太郎から村に結婚の申し込みがあった時も、伯父は「一人でも多く大陸へ出て民族の花を植ゑつけねばならん」として「誰もないのなら、家のかね枝でも進上して見せる」(87)と語る。伯父の言葉は、実際に助太郎がかね枝に求婚することで実現される。

助太郎とかね枝が渡満したあと、繁太は伯父の分蜂を見つめながら「何故ともなく」「女王蜂からかね枝のことを思ひ出」[88]す。繁太は青少年義勇軍に応募することを伯父に伝える。娘のかね枝を「先駆者」と評した伯父は、息子は出征軍人として、娘は「大陸の花嫁」として送り出したように、母子家庭の長男である繁太の青少年義勇軍応募を肯定する。少年の従姉への淡い恋心が満洲移民へと広がって行く構造は、現実の制約を超えて、満洲移民そのものを「当為」とする内的論理に収斂するものである。

そして満洲移民の経済的・社会的不合理性は、すでにその推進を肯定する作家にとっても認めざるを得ないものであった。近藤春雄の戯曲「渡満部隊」では、茨城県の内原満蒙開拓青少年義勇軍訓練所（以下、「内原訓練所」と記す）を舞台にしている。送出間近の義勇軍である安斎には、面会に来た姉から、兄の戦死が伝えられる。祖母と母、姉だけが残される状況で、安斎は「おれの父ツつあまも軍人だつた。おれの兄さまも軍人だつた。父ツつあまは日露の役、兄さまは支那事変、ふたりとも大陸で戦死したゞ。俺あ、今度満洲へ行つたら、金州といふところさ行つて父ツつあまの墓詣りするつもりだ。ふたりが血を流し、骨をうづめた大陸の土地を、俺あ、鍬で開拓するだ」[89]と語る。父から兄の戦死、さらに弟の青少年義勇軍参加にまで続く大衆の「犠牲」の強調は、明らかに青少年義勇軍参加を促すためのものである。

ここで興味深いのは、同じ義勇軍の奥多が「おれの家は地主で、お前の家は中農だが、出征家族の田畑は、村総がかりで勤労して耕すことだし、なくつたつて男手要らねえよ」[90]と彼を慰めるという点である。兄は日中戦争に、弟は義勇軍として満洲に「出征」する状況で、たとえ村民の勤労奉仕があっても安定した農作業や家計所得の維持は難しい。それでも安斎の家は中農であるという奥多の言葉は、彼の家はある程度の経済的余裕を有すると指摘していると考えられる。

こうした設定は、満洲移民によって土地不足と過剰人口といった農村問題が解決されるといった既存の満洲移民を正当化する論理を切り崩すものである。何故なら、家督相続人の「出征」は、すでに過剰人口の送出ではないからである。また、本来青少年義勇軍や満洲移民の送出人員として想定されたような窮乏な農家にとって、「出征」の対象となる年齢の男性は貴重な労働力である。それこそ中農や地主のように一定の経済的余裕を保持していなければ、経済的困難に繋がる可能性の方が高い(91)。結局この戯曲は、父から兄、さらに弟にまで至る民衆の「犠牲／奉仕」を呼びかけながら、農家の経済的余裕と農村社会の勤労奉仕に依存して進められている青少年義勇軍の歪な姿を露呈するのである。

この作品集で表れる大陸開拓文芸懇話会の満洲移民推進の論理は、その現実における不合理性を認めた上で、精神主義に傾倒したものであるといえる。そうした精神主義は、農本主義的倫理観による反工業・反都会を示し、目的の「純粋さ」を強調する傾向が色濃く認められる。たとえば、荒木「北満の花」の主人公である青木市三は、東京府の農村出身である。彼の村は、その地域的・時代的特徴の影響を受け、農村の現金所得増加と鉄道の利便性によって「生活程度」が向上するが、不景気時でも「一度身に染つた高い生活程度、華美な都会風と云ふものは、とても体から離れるものではなかつた」(92)。また、東京に出て行った者は煤煙、機械の騒音、搾取に苦しめられ、肺病や精神病、身体的損傷を抱え帰郷するか犯罪者になったと説明される。東京が象徴する都会は、農民を身体的にも精神的にも堕落させる場所として表象されているのである。

だが、純粋であるべき農村はすでに都会の影響に染まっている。そのような生活に漠然とした不満を抱えていた青木は、『アサヒグラフ』(93)で満洲移民を呼び掛ける写真を見て、強い衝撃を受ける。「どうして、かくまで心を掴まれたか、その論理を飛び越えて「これだッ！」と激しく胸に亢奮が波立つのをへ抑れなかつた。都会化しつ、あるとは言へ、心の底にひそんでゐた農民魂が、出るべき穴を見つけて噴き上つたのであろう」(94)。論理で説明されないと語られる青木の興奮は、利害から離れた農民の「純粋さ」として、論理をも越える「真実」となる。この農村／都会、純粋／堕落の二項対立的な対比は、堕落した都会に比して農村は純粋であるという前提に基づいている。これは農村を他者化するものであるといえる。だが、この場面で農民である青木が、自ら農村を他者化している点は重要である。

都会に染まった農村とその生活に、「純粋さ」を持ち出して批判する農民の存在は、極めて都会的存在である。そして都会と農村、堕落と純粋の対比は、「内地」と満洲へと拡張する。

青木は内原訓練所を訪ね、そこで加藤完治の弟子で、訓練所の指導員である新井から「今の日本は農業立国の再出発の時です。けれど正直に言つて、内地の金肥農業は行詰つてゐますよ。ところが、満洲は二十年無肥料と云ふ豊穣な地質なんですからね。それに、現在の日本の人口問題を解決する鍵は、やはり、満洲開拓民、――農業による大量開拓民の外ないと思ふのです。未だ一般の理解はないと思ひますが、これこそ、日本民族に新しい息吹を吹込み、更に発展させる最大の途だと考へてゐます」(95)と聞かされ、深く感動する。当時の満洲移民に呼び掛ける常套句ともいえる言葉であるが、無肥料・豊饒な地質など、農民にとって重要であるはずの現実的条件が、農業立国・人口問題解決・日本民族の発展のような観念と入り交ざって、送出対象である農民に向かって発せられている。また、その中には送出先である満洲国側からの観点は一切含まれていない。そのような満洲移民の理想を語られた青木は、新井から先遣隊としてこの「壮業」への参加を求められる。

だが、青木がその提案を受諾したのは、この満洲移民の理想に共感を覚えたからでも、農民としての打算が働いたからでもない。彼は、自分が「求めてゐながら、求め得られず、探しながら、探し当てられずにゐた」理想よりも、「新井の世俗の欲望なぞは微塵もなささうな単純真摯な風貌と精神」がよく理解でき、さらには「ケレンや駈引は何もない、丸裸そのままだ、それだけに信用が出来る」からである。青木の満洲移民は、論理や理想によるものというより、都会化して堕落した内地農村から脱出したいという漠然とした内的欲求を刺激され、さらに移民推進者である教師の権威や人格に影響されたものである。

だが、逆に論理より感情に訴えざるを得なくなった状況を示すものであるとも捉えられる。日中戦争の長期化とそれに伴う慢性的労力不足が農村社会を疲弊させていく中で、大量送出を推進するには、既存の満洲移民のスローガンはすでにその説得力を失っていたのである。したがって、満洲移民そのものを維持しながら、論理が破綻するのを回避するためには、精神主義へと傾倒するしかなかった。ある意味では、現実を正確に認識したからこそ、その論理は現実から乖離したのである。

そうした皮肉な状況は、徳永「海をわたる心」からも読み取ることができる。昭和一四年一月、「私」は雑誌の取材で、N県のM原修練農場（長野県御牧ヶ原修練農場と推定）を訪問する。語り手は、訓練生たちが「海外雄飛の決心や動機を、凡ゆる美しい言葉や、勇ましい熟語をつかつて力説する」(96)姿に倦怠を感じる。その中でK・Mという青年は小学校の教師で、満洲移民の目的もなく、土地も欲しくないと答える。彼は小作農であった父を亡くし、母は他家に再縁したため、叔父に預けられる。彼が成人して再会した母とその家族は、貧苦に喘いでいた。

彼は、母の一家や教え子である貧しい子供たちの分村移民への参加を契機に、自らの満洲移民を決心する。彼は「大陸の移民村で、いくらかでも習得した知識を村人のために役だてたい。そして温かいおたがひの愛情で、おたがひの生活が成長してゆくやう、ありツたけの力で働きたい」(97)と語る。座談会に参加した人々は、彼の率直な言葉に拍手と涙で感動を表す。この短編は、当時繰り返し反復された満洲移民のスローガンが、すでに空洞化している状況を反証している。

報告文学という名分

勿論、そうした状況においても、満洲の「新天地」としての可能性に対する期待を描く作品が完全に消えたわけではない。『開拓地帯』で主に日本人移民の新しい出発を描いた作品として、伊藤「息吹き」が挙げられる(98)。「息吹き」では、画家の薄井が日本人の新しい性格が表れた表情を求めて満洲の移民村を訪れる。最初、彼が発見するのは現地農民の不思議な表情である。それは彼の目に、日本人にある激しさがない「老人じみてゐる」、「受身ばかりの表情」(99)として映り、彼らの内面はとても読み取れるようなものではない。

薄井がここで発見する日本人の新しい顔とは、移民団長の藤山の顔である。藤山は薄井に、この移民村では貨幣経済の導入と土地の分配を拒否し、協同経営を続けていく方針であることを明かす。その協同経営の構造について、藤山は次のように説明する。「僕はこの開拓団で、土地の分配もせずにやつて行くつもりだ。これは共有とか共産とかいふ思想でないんだ。先遣隊が入つて一二年のあひだは、土地はどこでも分配してゐない。皆で耕し、皆で収穫するのだ。この先遣隊時代が、一番美しく、一番協同の理想を身に感ずる時期なのだ。僕はただその気持を本隊や家族が入つても、その人たちにも同じやうに持つてもらはうと思つてゐる。収穫物は組合に皆納め、組合に販売する。必要なものは、組合にある自分の口座あてに伝票をふり出して、組合から買ふ。さうすると、現金はいらなくなる」のである(100)。藤山は、自分の協同経営の方針を語る上で、あえて共有や共産という思想ではないと断っている。その上で「一番美しく、一番協同の理想を身に感ずる時期」である先遣隊時代を理想化し、協同経営の方針は「村は皆の村であり、畑は皆の畑であり、隣人の幸不幸は自分の幸不幸という」(101)漠然とした「美しい思想」(102)として語られる。共同主義に基づく「自給自足体制の確立と市場経済からの隔離」は、確かに満洲移民政策上の理想の一つであった(103)。だが、二〇町歩の土地所有と農家経営への積極的な支援を約束され、社会的上昇の希望を抱いて満洲移民に参加した日本人農民にとっては、必ずしも納得できる理想ではなかったはずである。

先述したように、伊藤は大陸開拓文芸懇話会の一員として、第一次大陸開拓の国策ペン部隊視察旅行(一九三九・四・二五〜六・一三)に参加した。彼自身の記録によれば、この旅行は満洲拓殖公社(以下、「満拓」と記す)や満鉄からの便宜提供と拓務省の支援を受け、半分以上の私費で行われ、農業移民団を六カ所と青少年義勇軍三カ所、新京とハルピンで四、五日ずつ滞在した(104)。そして「息吹き」は旅行の約一カ月後『文芸』(一九三九・八)に発表された。

「息吹き」が満洲旅行から得た見聞に基づいて書かれたことは、第一次大陸開拓の国策ペン部隊参加作家たちのリレー通信で確認できる。田村は、第四次移民団の哈達河での経験を書いているが、赤煉瓦の建物の病院、団長の留守、途中で出会った伊藤、福田、湯浅の一行が福地という医者に村を案内されていたこと、貝沼団長との会話といった内容の多くは「息吹き」の内容と符合する(105)。本人も旅行直後に『東京朝日新聞』のコラム「槍騎兵」に掲載された

「満洲の印象」（一九三九・六・二二）」[106]で、農業移民の一番大きな関心は「自分等の生活機構をつくって行くところ」にあるとし、「差し当って経済的な困難を感じない為もあって、かなり理想的」で「団員の傾向や団長その他の指導者の思想によって、その目指すところが団毎にかなり違っている」と観察している[107]。

ある村では経済を共通にし、土地の分割を認めない入所当時の機構で永久にやってゆくつもりだといい、ある村では個人経済に分けてしまっても、やがて耕作機械、作業工場其他の大設備は共有にせざるを得なくなるのだから個人経済への早期の分化は気にする必要がないと言っている[108]。

この記述に照らし合わせると、「息吹き」に登場する団長の「美しい思想」とは伊藤が訪問した移民団での経験に基づくものであると読める。後にこの視察旅行の旅行記と「息吹き」で構成された『満洲の朝』（育生社弘道閣、一九四一）が出版されたことも、そうした印象を強めたであろう。伊藤本人も、随筆「身辺の感想」[109]において、「息吹き」を私小説であるとみなした当時の批評について言及している。

先頃榊山潤は『朝日』の槍騎兵で渡満した作家が「国策にもならぬ私小説を書いて味噌をつけた」と書いたが、榊山君の指差したのは周囲を見まわしてみると、どうやら僕の仕事などではないかと思う。僕の「息吹き」という作品など、味噌をつけたものにちがいないが、「国策になる」かならぬかは僕はちっとも考えなかった。ただ国策を芸術の名において妨害する意思を持たせなかったのだ。国策にならなくて味噌をつけたのか、私小説で味噌をつけたのか、小説そのものが味噌をつけたのか、わからぬが、この三つのうち第一であれば、それは当然のことで致しかたなかったのだ。第二だと意味が呑み込めない。第三ならば、まあそう言われても致しかたない、という処である。

青野季吉氏はあの作品の団長や医者の性格が面白そうでいて成功していないのは、僕のような作家がしかじかの関係で、こういうものを見て書いたという処に深い原因があるのだろうと書いていたが、これはどうもそうらしく、それについてどういう処が難しいかはこの文章で僕が反省して見たとおりである。大陸開拓文芸懇話会というようなものについても示唆されたのかも知れぬが、あまり書くことは公的な影響を他へも及ぼすので避けなければならない(110)。

伊藤は自ら「息吹き」を失敗作であると認めるが、その原因は国策文学にならなかったためであると述べている。青野の批評に対しては、体験に基づく私小説としての限界であるとして、さらなる論及を回避している。この文章からは、「満洲開拓」を題材とした自分の小説が国策文学ではなく、芸術であるという点を強調したい伊藤の意図を読み取れる。そうした視点から見れば、現地でありのままを「見て書いた」「私小説」(111)であることを押し出すことが有利である。

さらに伊藤が「火急の場合、国家の必要があれば、生命でも文筆でも役に立てねばならない。これは当然のことで、そういう場合には芸術などはどうだっていいのだ。だが「息吹き」という作品はそういう必要を感じて書いたのではない。見聞を基にして私小説を書こうと思った。ただ政治の妨害はしないように気をつけたのであった」(112)と語る時、これは国策団体の一員として大陸開拓の国策ペン部隊に参加した成果が国策文学ではなく「失敗した私小説」であることに対する弁明として機能している。

伊藤は、満洲の移民村で発見したものが「自分等の考えでやって見るという観念が至る所で移住民に生き甲斐を感じさせている。日本人がこの数十年来夢想したり、実践しかけたり、論争したりした様々な夢が、ことごとく、満洲の各地で、卵からかえったばかりの雛鳥のような美しさ」(113)であるという点について、移民地の現在より未来を重視しているという倉西聡の指摘は、妥当なものである(114)。倉西は、その「農民たちの理想」は「農民の中にいて農民たちをリードしていく、開拓団の団長など指導する立場の者にとっての理想」(115)であると述べる。「息吹き」に表れる藤山団長の「美しい理想」は、まさにそうした移民指導者の理想である。この小説における組合と協同経営を通した「ユートピア的共同体の育成」は、伊藤が観察した「満洲の各地で、卵からかえったばかりの雛鳥のような美しさ」を持つ日本人移民者の夢の「未来に対するひとつの帰結」(116)なのである。

確かに、「息吹き」に描かれる協同経営の理想は、主に「内地」では不可能であろう理想に対する移民者の希望と満洲移民地における「新天地」としての可能性に焦点を合わせており、その論理的希薄さや曖昧さは後景に退けられている。また、伊藤が現地で目撃したと思われる、あるいはほぼ同時期に満洲を旅行した島木や小林秀雄が目撃したような「書いては悪いこと」、「手加減しなければならぬこと」(117)に対しては沈黙している。

しかし、この小説において、藤山の試みが国策移民の物的基盤の上で成立していることを描写している点は看過できない。「息吹き」には、移民団の医者である鹿内が団長の「美しい理想」である土地不所有方針について、農民の土地所有への強い執着によって団員の反発を呼ぶと指摘する場面がある。それに対して藤山は、この移民団に「純粋の農民出身者は一割しかゐない」と答える。また、日本政府からは満洲移民補助金を一戸当り一〇〇〇円、満拓からは約二〇〇〇円を五年据え置き、二〇年年賦償還(118)の支援を受けているため、現在はまだ「借入金の償還期にも達して」(119)おらず、「内地」農村のような経済的困難はないため、貨幣経済の導入を拒否することも可能であると語る。

薄井が日本人の新しい表情として発見した藤山の理想郷は、満洲移民への国家の支援がなければ、成立し得ないものである。ならば、ここで描かれる「新天地」で日本人移民者が模索する新しい試みは、国策移民のしがらみから自由にはなれない。それは、藤山が「一番美しく、一番の理想を身に感ずる時期」とした先遣隊がどのようなものであったかを発見する場面で明らかになる。

初めて満洲の移民村を訪問した薄井は、自分たちの生活を覗く視察者の視線や、視察者に自らの生活を語ることに慣れたように見える移民者の態度に戸惑いを感じる。だがその戸惑いは、案内された一室で日本刀を発見したことで消え、新しい使命感に置き換えられる。

——この奥に四畳半の座敷が一つありますよ。《ママ》」といふ鹿内の声を耳にしながら、ふと薄井はその室の片隅の三尺の床間に立てかけてある軍刀作りの大きな日本刀に眼をつけた。軍人なのだな、と思つたが、いやこの村の先遣隊は武装して入つて来たのだらうと考へなほした。それを見たとき、急に薄井は、この人たちの私的生活をのぞいてゐる自分の姿に感じてゐたみつともないといふ気持が、自分から拂ひ落されたやうに思つた。ものごとが自分の前で真直に立て直されたやうだつた。見てもいいんだ、見てもいいんだ、これは日本人の生活なんだ。あの細君の感情にこだはる必要のない公の問題なのだ、と思つた。画家としてのお前はちやんと見ておけ、といふ命令が背中の辺から聞えるやうに思つた。しかし薄井はすぐ顔を引つこめて、土間に立つてぢつとしてゐた。今は、見ることよりも、見ることはいいんだ、といふ突然湧いた気持に彼は動かされたのだ。何だらう、こいつは、とその気持が消えないうちに、ひつとらへて確かめようとした(120)。

日本刀から始まった薄井の思考は、彼が覗いている移民者の「私的生活」こそ、この地に武装した先遣隊による「開拓」の結果として創りあげられた「日本人の生活」であることを強烈に認識する。その認識が、「内地」からの視察者の視線に私的生活を無遠慮に晒される日本人移民者の心の機微への配慮を無意味なものとして消去する「刃物のやうな感動」(121)を生起させる。

「一番美しく、一番協同の理想を身に感ずる時期」を象徴するのが、移民者たちの生活の一部として溶け込んでいる一本の日本刀なのである。この発見は、薄井にとってこの村でいかに新しい試み、美しい思想がつくられるとしても、その基礎となるのは移民者の「武装」であるという自覚に繋がる。国策移民は、単に物質的支援だけを意味するものではない。この移民者たちは、公的な移民、すなわち帝国日本の「大陸進出」に貢献すべく満洲に移住したものであり、その根源において武力をもって異民族の抵抗を屈服させる武装移民という礎の上に成立したものである。

そうした意味で、「息吹き」が移民地の畑で働いている現地農民の顔から何も読み取れず、ただ植物のような受動性だけを発見するのは当然ともいえる。薄井が満洲移民を「日本」の拡張として受け止めていることは明らかであり、したがって彼が移民地で目撃するのが「日本の田園からそのまま持つて来たもの」(122)であることも理解できる。

伊藤は満洲旅行の直後、「そこにある生活は、日本人が伝統から脱け出して作った日本人だけの生活」で、「機構をつくるのは日本人でありそれに沿う範囲で満人が移住地の社会に入りまじっている」(123)と現地の印象を淡々と語った。こうした伊藤の冷淡さを、北海道開拓者であり日露戦争出征軍人でもある父への意識や北海道を「植民地」として捉える認識に影響されたものとして説明することも可能であろう。

だが、伊藤は大陸開拓文芸懇話会の発起人の一人であり、「息吹き」は関係機関による支援と便宜に恵まれた第一次大陸開拓の国策ペン部隊の成果である。そうした経緯で書かれた作品が、国策文学として期待されたのは当然である。しかし、この作品は、国の支援を背景にした日本人移民者の「開拓／植民」に対する「内地」視察者の観点を忠実に反映する私小説であった。その事実が持つ異質さは、『開拓地帯』に集められた他の作品との対比によってより明瞭になる。満洲移民を積極的に呼びかけるとするには冷淡であり、何らかの批判的な認識に繋がると見るのも難しい。この作品の微妙な立ち位置が、現在でも「感想文で言えなかったことを小説で表現しようとし、感想のときと同じ失敗を繰り返した」(124)という批判や「伊藤整が国策文学と距離をとっている、ある屈折を見て取ることもでき」(125)るといった評価に繋がっているのである。

その原因が、伊藤が「緊迫感」を感じたと述懐するような時代的背景にあるのか、それとも作家としての問題であるのかについて、断言することは難しい。だが、伊藤が「息吹き」に対する批評と批判に対して、国策文学ではなく失敗した私小説であることを、意識的に選び取ったことは指摘したい。そして薄井のような「内地」視察者の眼には、満洲の大地の中に「日本の田園からそのまま持つて来た」日本人移民者の姿は、異質な風景として映ったのである。

民族協和の両価性

しかし、『開拓地帯』が出版された一九三九年、満洲移民の担い手として急速に比重を高めていた青少年義勇軍が置かれていた満洲の現実は、理想郷に遠く及ばないものであった。成人移民に対して労力供給、治安維持などの補完策であった青少年義勇軍は、現地訓練と「皇国農民」としての精神教育を経て、対ソ国境接壌地帯に位置した義勇軍訓練所に入植していった(126)。厳しい訓練と重労働、粗末な食事、抗日武装勢力との戦闘、冬の歩哨や立哨などが課された過酷な青少年義勇軍の生活は屯墾病(適応障害)(127)の発病や現地住民との軋轢を促した(128)。そもそも「純真の年少者」の満洲移民という発想がなされたのが、試験移民団における屯墾病の流行であったことを想起すれば、皮肉な事態であった。そうした屯墾病に対処するために移民者男性の配偶者となるべき「大陸の花嫁」、家族や隣人まで含む分村移民が構想されたのであり、青少年義勇軍には母性で慰めるために「大陸の母」が送られたのである。

そうした意味で、この『開拓地帯』に集められた小説は、一貫して満洲移民政策の肖像を描いているといえる。その中でも注目されるのは、このような渡満以後の日本人集団移民団や青少年義勇軍が置かれた複雑な状況を扱った作品があるという点である。荒木「北満の花」と張「氷解」である。

「北満の花」の主人公である青木は、前述の通り、中流農家の次男で経済的貧困よりも急な「農民魂」の噴出と満洲移民推進者への人格的尊敬から先遣隊として渡満するが、現地での生活は彼の想像以上に厳しく、結局、屯墾病に罹ってしまう。最初、青木は自分が屯墾病に罹ったことを強く否定する。そして七月の炎天下で建築の仕事に従事していた青木は倒れ、宿舎で「病人じみて寝呆けてゐた」(129)。だが、二発の銃声を聞いて「匪賊が襲つて来た」と怯えて裸足のまま裏口に走って逃げようとする。

そして、豚小屋に行く出口に足がかかつたとき、はつと自分に気付いた。と云ひより、同宿の二人の炊事をしてゐた男が、その二発のは銃声か聞き分けようと、平生と余り変わらない恰好で聞耳を立ててゐるのを見て、自分の慌て振りに気付いたのである。然し、自分の醜態を感じながらも、未だ何処かに隠れようと云ふ恐怖が彼の休中にかけ廻つてゐる。もう、その瞬間には、二人の同宿人は、銃声などには気をかけず、食器を洗ふ音を立て出した。そして、一人が何か言ふと、他が声を立てて笑ひ、その笑声が二人になつた。市三には、このときの自分と二人の同志との対照――結局は心の対照が深い印象として残つた。

恐怖に駆られて一人で逃げ出そうとしたことを恥じた青木は、一カ月半前、測量班に参加して敵と遭遇した経験を回想する。その帰りに彼は足首の捻挫で一週間休まざるを得なくなる。その後から仕事に追われながらも鬱積を感じていたことを想起した時、青木はようやく自分が屯墾病に罹ったことを認める。自分の満洲行を笑い話にした友人たちを覚醒させるためにも、人一倍頑張ってきた青木にとっては耐え難いことではあったが、もう「帰国後の見栄も外聞も考へなく」(130)なる。「内地」で青木が急に目覚めた「農民魂」も理想も、満洲における移民者の過酷な生活を耐えられるものではなかったのである。

帰国の機会を待っていた青木は、先遣隊が本隊の入植のために買収した果物野菜の畑で、日本語の怒声を聞き、「二人の年取つた満人を捉へて、大男の日本人が怒鳴り散らかしてゐる」場面に遭遇する。同じ移民団員である川崎が「怪しげな満語を交へた日本語で」老人が畑のキャベツを盗んだとして問い詰めていたのである。だが、老人は固く口を閉ざし、答えようとはしないため、その態度は「人をなめてゐる」(131)と受け止めた川崎をより苛立たせ、激昂させる。言語による疎通が難しい状況で、日本人移民者にとって他民族の老人の表情は「見様によつては、確かに相手を小馬鹿にしてるやうな顔付」(132)として映ったのである。そして川崎が老人に突っかかろうとするのを見た青木は、二人の間に飛び込む。

堪りかねて、市三は飛び込んだ。すでに満人は横によろけてゐたが、次の打撃は食ひ止めた。

「考へて見たら、どうだ！　君のやり過しのために、これから来る本隊の者は勿論、広くは、我々の民族が誤解をうける因ぢやないか」

「忠告をすると云ふのか。民族協和と言ひたいのだらう。貴様から説教されなくても、嫌やになるほど知つてる。然し、秩序は秩序だ。秩序を破つて盗人を働く者を見のがして置けるか！」

「果して盗人か。自分の目で見たと云ふのか？　それ見ろ！　見たのぢやないだらう。籠の中にキャベツがあつたとて、それが証拠になるものか。俺達は、奴等を劬り過ぎるほど劬つたつて良いのだ」

「あの顔を見ろ！　反抗的な」

「それは、俺達がまだ本当に満人を知らんから、変に見えるんだ」

「一々、貴様はを口嘴を入れるんだな。屯墾病が、何んの国策だ！　黙つてゐろ」(133)

二人の日本人移民者の間で交わされる会話が、移民団本隊の入植を準備する先遣隊員としての自らの立場に関する認識から出発している点は注目すべきである。青木は、川崎の行動が現地住民を刺激することで、入植してくる移民団本隊のみならず日本民族全体が、現地住民から誤解されることの危険性を持ち出して川崎を止めようとする。だが川崎は、青木が民族協和を振りかざして自分を批判していると受け止める。それに対し、彼は老人が窃盗を犯して「秩序」を乱したと対抗する。たとえ老人が盗人であるとしても、川崎に老人を処罰する法的権限も権威もないはずである。また、現地における風習や文化のような「秩序」に無知であるのは、移民者の方である。この「秩序」は日本人の「秩序」であり、言葉さえ通じない異民族の老人であってもその「秩序」に従うべきであると主張している。さらに、川崎は老人の表情を「反抗的」であると非難する。彼の言葉は、現地住民の日本人移民者に対する「反抗的」な態度は、そのまま「秩序」を乱すものであるという認識を露呈させる。この際、川崎が表しているのは、他民族に対するむき出しの優越感である。このような日本人移民者の優越感は、犯罪にまで発展するという点において、満洲国側としても深刻な治安上の問題であった。

たとえば、満洲国最高検察庁は、大量移民によって日本人移民者の数が増加するにつれて「開拓民ニ要望シテ居ル綱領精神トハ全ク反シタ幾多ノ問題ガ開拓民ヲ中心トシテ発生シ、中ニハ犯罪トシテ刑法上ノ責任ヲ問ハルル不祥事ヲ惹起シ、而モ増加ノ傾向ニスラアルノテアル」と指摘し、日本人移民者に対する民族協和などの建国イデオロギーの教育の必要性が「充分ナリ」(134)と述べている。特に、日本人移民団と青少年義勇軍の両方において、現地民に対する日本人移民者の優越感は、犯罪にまで発展する重要な原因の一つとして挙げられた。

さらに満洲国最高検察庁は、一般移民団の犯罪について「殺人事件、傷害事件等甚タ多キヲ特色」とし、犯罪の原因は「業務上過失致死モ他ノ犯罪ニ比シテ甚タ多シ犯罪ノ原因ヲ通覧スルニ満人ニ対スル誤リタル優越感ニ依リ斬捨御免ノ思想或ハ言語ニ通セサルコト等ヨリ発スル」(135)ものと分析している。青少年義勇軍の犯罪は、主に騒擾、殺人、傷害、暴行など「粗暴ナルモノノ多イ」傾向にあり、その原因は幹部に対する不満、訓練不十分による余暇の他に「満人トノ言語不通、優越感等ニ発スルモノ」(136)が多かった。

日本人移民者の「誤リタル優越感ニ基ク満人無視ノ思想ニ起因ス」(137)る軋轢や犯罪は、満洲国人口の圧倒的多数を占める中国人のナショナリズムを刺激し、地主・知識人のみならず一般農村民衆の反満抗日運動に対する同調と協力を促進する恐れがあった。その点において、日本人移民者の現地住民に対する優越感や蔑視による犯罪は、満洲国政府にとっても憂慮すべき問題であった。その対策として掲げられたのが、満洲国の建国精神であるとされた民族協和の徹底した教育なのである。

そうした流れから見れば、「内地」で語られる民族協和と現地民に対する暴力を取り締まるために唱えられた民族協和は、決して同じ言葉ではない。青木が話す民族協和は、日本人移民者を満洲国体制の中に組み込み、規制しようとする権力の言葉になるのである。

青木が「俺達がまだ本当に満人を知らんから、変に見える」と日本人移民者の優越感を指摘した時、川崎は屯墾病に罹っている青木には国策を語る権利がないと反撃する。この反撃がこの二人の移民者の間で暴力を引き起こすのは、屯墾病が青木本人にとっても、満洲移民における現実と理想の矛盾と挫折を象徴するものであったためである。川崎は恐らく満洲移民の国策と民族協和を攻撃する代わりに青木個人を非難したであろうが、それは図らずとも、精神主義では克服できない移民者の過酷な現実とイデオロギーの欺瞞性を突いたのである。

青木は川崎との殴り合いで叩きのめされ、気がついた時は、すでに老人も川崎も消えていた。それでも青木が「正義的な満足感」(138)によって自分の鬱積した気持も、屯墾病も消えていることに気づく結末は、青木と川崎の争いの中で表れた満洲移民の矛盾と限界を隠蔽する。だが、「北満の花」が日本人移民者の満洲移民をめぐる矛盾を自覚する可能性を孕んでいることは事実である。

国策文学における「二枚舌」の可能性

「氷解」は、青少年義勇軍入植地の現地住民の視点から物語を構成しているという点において、特に注目すべき作品である。だが、先行研究におけるこの作品への評価は、必ずしも高いものではない。「氷解」について、白川豊は「何も張が書かねばならないという積極的な理由はなかった」(139)と述べた。一方、柳水晶は、従来の「氷解」研究が初出の『新満洲』版(一九三九・七)ではなく、『開拓地帯』版(一九三九・一〇)によって行われている点を指摘した。柳の研究によれば、「氷解」は張が第二次ペン部隊(一九三九・六〜九)に参加して渡満する以前に執筆した作品である(140)。さらに柳は「氷解」のテクストにおいて現地住民と青少年義勇軍との葛藤は解消されるが、日本人の満洲移民そのものへの疑問や移民地の現地住民たちの未来への不安が残されている点を鋭く指摘した(141)。そのため、この作品は読者のエスニシティによって国策とはまったく正反対に読める両義性を持つと述べている(142)。

だが、彼女は「氷解」の構造において朝鮮人に関する物語が挿入されるのは不自然であるとし、その理由として作家自身のアイデンティティとエスニシティ、在満朝鮮人への同情、そして民族協和の実現を通した国策の文学的な実践への志向を挙げている(143)。この分析は多民族の間における民族協和の実現をそのまま国策の文学的な実践としてみなしており、朝鮮人物語は作家である張によって作為的に挿入された余分なものであると捉えている。

しかし、民族協和は日本人移民者にとって必ずしも都合のいいものではなかった。前章で論じたように、日本民族の主導性が前提であるはずの民族協和には諸民族の協力と調和を求めるという点から諸民族の平等への追求が内在されていたからである。その点こそ、「氷解」が国策文学として持つ両義性を論じる上で最も注目すべきものである。またそれは、作家の認識を超えて民族協和持つ異質性と、満洲国と帝国日本をめぐるイデオロギーの矛盾によるものでもあった。これらの指摘を踏まえながら、ここでは『開拓地帯』全体を検討の対象とするため、『開拓地帯』版を対象として考察する。

この短編小説は、現地住民の王三が、村人と一緒に「軍隊式に整列し、銃を肩に行進して来る少年たちを、眺めてゐ」る場面から始まる。現地住民の子供たちと女性たちは体を隠すようにして「皆恐怖と不安な顔」をしており、大人たちは「ある者は、増々しく、あるものは物珍しさうに、そして、みな一様に、ひどくいぶかりながら、考へてゐた」(144)。青少年義勇軍の行進が終わった後、村人たちは軍隊のように行進する日本人の少年たちの正体について議論する。

少年たちが武装していることから軍隊ではないかという疑惑が出るが、現地住民が感じる最も強烈な感情は不安である。住民の一人は「今年になつて、俺は、どれだけ、日人をみ掛けるか知れねえ。皆、銃を持つてゐる。そして、俺らをじつと睨んで、行きすぎる。奴らの眼は、いつもかう言つてやがる。今にみろ、貴様たちをどうしてやるか——」とその不安を吐露するが、それは他の住民にとっても同様で、「一人として、善いことを言ふものはゐない」(145)。彼らの村落の周辺には、すでに北の方に日本人の「大人ばかりの村」があり、西の方にも男女の農民が二百人ほど定着している(146)。現地住民たちが日本人移民者の急増に不安を感じている状況で、軍服を着て武装し、軍隊式に行進してきた日本人少年たちの入植は、不安と疑惑を煽りたてるものでしかない。

その不安は現実となる。王三は、青少年義勇軍の村の付近まで行って村の風景を眺めるが、彼らが「何のために、あ、やつて、はひり込んでくるのか、さつぱり分らん」(147)と認めるしかない。だが、帰ろうとした王三は、偶然三人の青少年義勇軍と遭遇する。


王三は、じつと眼をこらして、三人の少年たちを見つめてゐた。段々と距離が縮まつた。少年たちは何か訳の分からんことを話しながら、自分のはうへ一歩々々進んで来た。

と、その中の一人が、ちらと、自分を見たと思ふや、はツと、立ち止まつた。

そして、何か鋭い声をして、肩の銃を構へて、自分に向つて、立つた。ほかの二人もそれと同時に、同じ姿勢になつて、自分をみつめた。

王三は、ひやツと、背すぢの縮まる思ひがした。けれど、身動きしては、いけないと思つて、立ちすくんだまゝじつとしてゐた。

(中略)王三が、かなり遠くへ来ても、三人は丘の上で、自分にむけ、銃を擬してゐた。

しばらく歩いたとき、ふりかへると、少年たちの姿は、そこになかつた。

彼は、そのうち腹が立つて来た。少年たちの、はつと驚いて、銃で自分をねらつたときの顔を思ひ出した。そして、危ないところで、助かったやうな気がした。すると、むしやうに腹が立つてた。

訳の分らない憎しみが、あとから、あとから心に湧いて来た。

「俺にも、銃があつたら、奴らにぶつぱなしてやつたゞに」(148)


この場面で青少年義勇軍が誇示する武力の独占は、現地住民にとっていつその暴力が自分たちに振舞われるかも知れないという自覚につながる。ここで王三の不安は憎しみへと転化し、村で自分の体験を語ったところ類似した経験が「意外にも多かつたので、王三は愈々憎悪を感じ」[149]る。

さらに、町を通る鉄道工事で働いていた村人の一人は、工事場の監督に怒鳴られ抗議したら「銃でねらはれたし、棒でも殴られた」[150]として自分の腕や脚の痕を見せながら吐露する。それに対して王三は「今に、もつと酷い目に逢ふかも知れぬぞ」[151]と喚く。日本人移民者たちの武力の独占に基づく暴力は、現地住民たちの不満と不安を増幅し、それはやがて現地住民側からの「攻撃」へと転化する。この時、日本人移民者へと向けられる現地住民の憎悪と憤怒は匪賊への協力として表れる。

王三は、最も日本人移民者に敵対的な態度を取っていた村人の楊洛元から、匪賊の日本人村攻撃の先導者になって欲しいと頼まれる。王三が自分たちの村は略奪しないのかと質問すると、「勿論だ。今までの匪賊と違ふ」[152]という楊の答えは、この匪賊が抗日遊撃隊であることを暗に示している。だが、計画は漏洩し、青少年義勇軍の攻撃によって匪賊は逃走してしまう。その事実に王三は「一層の憎しみと、そして恐怖を抱くやうに」[153]なる。

ここで浮き彫りにされるのは、日本人移民団の武器の独占と暴力への恐怖から始まった憎悪が、現地住民を反満抗日を掲げる抗日遊撃隊への協力へと駆り立てるプロセスである。抗日遊撃隊の移民団襲撃は、日本人移民団を排除するための現地住民の「通匪」行為を介して起こる。実際にそれは、第4章で大規模の反満抗日武装闘争である土竜山事件（一九三四）と同事件をモデルとした湯浅「先駆移民」（一九三八）の場合からも分かるように、初期試験移民の段階から続く深刻な問題であった。

先に引用した『満洲国開拓地犯罪概要』によれば、このような日本人移民団への襲撃は、一九四〇年の一年を通して合計一二件、戦死四〇名（日本人）、負傷三〇名（日本人一七名、現地民一三名）、拉致一八〇名（日本人五名、現地民一七五名）、行方不明九名（日本人一名、現地民八名）の被害を出した[154]。その内、現地村民や「苦力」に所謂「通匪」行為の疑いがある事件は四件で、襲撃の原因としては「一民族的意識（反感）ヨリスル妨害、二開拓団自体警備ノ欠陥（精神ト装備）、三物資集積シアルコト、四原住民トノ不和乃至通匪」を挙げている(155)。

この作品では、青少年義勇軍から現地住民側に接近することで、両者間の緊張は次第に緩和される。最初、青少年義勇軍の少年たちは、現地民の子供に珍しい菓子を与え、一緒に遊ぶことで親しくなり、王三の妻から信頼を得ることに成功する。王三は警戒し、彼らを家に招待しようとする妻に反対するが、妻の「あの人はうちの先祖さまの、位牌を拝んで下さいます」(156)という言葉に驚き、少年たちと会話を交わすようになる。彼らは王三に、銃は戦争のためのものではなく、心身の鍛錬と匪賊の襲撃への備えであると説明し、王三は自分が青少年義勇軍を誤解していたと認識するようになる。

この時、王三は二〇年前にあった朝鮮人の入植を想起する。最初、「非常に汚く、貧乏」(157)であった朝鮮人は、水田を作って畑作に従事する現地住民との間で用水問題を引き起こし、両民族の間に軋轢が生じる。さらに、「近年」には朝鮮人が日本人のような組織を作り、「軍隊がついてやつて来ては、ひどく威張りちら」すようになり、「今まで軽蔑してゐた朝鮮人共に威張られる」(158)ことは現地住民に「堪へられない憎悪」(159)を引き起こす。現地住民から蔑視されていた在満朝鮮人が、日本軍の登場と共に現地住民に傲慢な態度を取ることで反発されるようになったのである。これは、韓国併合以後日本国籍が付与されていた朝鮮人が、満洲事変及び満洲国建国による新体制の中で、「日本帝国臣民」として位置づけられた複雑な状況を反映するものであると考えられる。すなわち、「朝鮮人が日本の勢力を笠に来て《ママ》、威張る」ことが両民族間の憎悪、反目の激化を招く原因となる。

しかし、偶然朝鮮人村で雨宿りをした王三は、彼らの親切な態度と老人に対する礼儀や子供への愛情を目撃して、「人情に変りはない」と感じる。村に帰った王三の仲裁で、両民族は和解し、女性を中心に交流するようになる。朝鮮人との和解や「少年たちが、位牌を拝んでくれた」ことを考えた王三の心は、「急変化」(160)する。

だが、日本人と交流することで、王三は日本人に敵対的な村人から匪賊の攻撃を日本人側に知らせた裏切者の疑いをかけられ、疑いを晴らすためにもう一度先導を務めることを求められる。彼は日本人移民者に密告するが、日本人側は彼に単なる密告以上の協力を要求する。


彼は、夜中、指定の場所へいつた。そして、篠田らのほか、幹部の日本人も三人ほど来てゐた。彼は一切のことを告げた。すると、その夜のうちに、楊を捕へようと言ひ出した。

王三はいやとは言はなかつた。彼は肯いた。今はもう楊の存在は許されぬと本能的に感じたからだつた。

楊は捕まつた。そして、楊の口から、匪賊の本拠を喋らした。

匪賊は遠くへ追ひやつた。楊も二度と村へ来れないやうになつた。

「もう、安心してもい丶ですよ」

篠田が、王三に言つて、

「なにかあつたら、すぐに知らせて下さい」

と、力づけをしてくれた。

王三は、肯いた。

そして、その後、彼は村の人たちが、不平を言ふのを極力止めて歩いた。


王三は、公然と日本人に敵対的な態度を取り、抗日勢力に協力する「楊の存在は許されぬと本能的に感じ」、同じ村人である楊の逮捕に協力する。楊は逮捕され、審問された後は村から追放される。楊から得た情報によって抗日遊撃隊は討伐され、義勇軍の少年は安心していいと言いながらも何かあれば知らせてくれと要請する。これが、青少年義勇軍の入植による「治安」の確立と維持という役割を果たしたものであるのは明白である。そして、青少年義勇軍が確立した「治安」とは、現地住民にとって日本人に対する「不平を言ふ」ことが許されない状況なのである。

この結末が、非常に巧妙な言語戦略で構成されていることを指摘したい。楊の逮捕から急に始まる王三の沈黙によって、それまで物語を構成していた彼の思考や感情は急に閉ざされ、読めなくなる。その空白に、日本人を批判する、あるいは敵対する者の存在は許されないという認識が顕在化するのである。

王三は、青少年義勇軍に匪賊の攻撃を密告し、「通匪者」の逮捕に協力し、その後も村民たちが不平を言うのを止める。だが、テクスト上において、彼は自分がどのような考えからそのような行動をするのか一切に言及しない。彼が日本人に同意を示す表現は、頷くという身振りだけである。そして彼は、自分の沈黙を村人にも広めようと行動する。これは一見、青少年義勇軍に対する積極的な協力であるように見える。だが、彼が沈黙しているため、その行動は、別の理由から行われているかも知れないという可能性を内包する。

すなわち、楊の逮捕から始まって村人の不平の規制に続く王三の行動そのものが、「楊の存在は許されぬと本能的に感じ」る状況に対する批判的な認識に基づく行為である可能性を、完全に否定することはできないのである。そのような意味において王三の沈黙は、彼の行動が持つ意味や真意を、物語そのものから隠蔽する役割を果たす言語戦略であるといえる。

また、「氷解」における朝鮮人移民者や青少年義勇軍に対する王三の理解は、単なる民族協和の実現ではない。王三は、朝鮮人に対しても青少年義勇軍に対しても、「人情に変りはない」として、憎悪と恐怖から他民族への理解と交流を示すようになる。その「人情」の具体的な内容は、礼儀や愛情、親切のような普遍的なものであり、相手の文化に対する尊重である。そうした「人情」に依拠する王三の他民族への包容と理解は、一見民族協和の理想に適したもののように見える。

だが、満洲国の建国イデオロギーである民族協和は、満洲移民推進者にとって必ずしも歓迎されるものではなかった。小林弘二は「満洲移民の推進者の多くは、「民族協和」に関しては、対満積極論者のなかでもタカ派に属していた」とし、「日本人指導民族論の協調者であって、「五族協和」には冷淡であった」と指摘する(161)。「北満の花」で分析したように、満洲における民族協和は、日本人移民者を規制する側の言葉として機能する側面があった。さらに、中国ナショナリズムに対抗するために創出されたイデオロギーである民族協和であっても、「民族協和に精進し日本文化を背景とする共和の楽園を満蒙の天地に招来すること」[162]として、その出発から日本民族の主導性を明白にしていた。

それに対して、「人情に変りはない」という王三の考え方は、中国人と朝鮮人と日本人を平等な存在としてみなしている。王三が体現した民族協和は、帝国が宣伝するイデオロギーそのものを逆手に取って、民族協和の中から日本民族の主導性を解体しているのである。このように、「氷解」に表れた満洲移民の論理は、単なるプロパガンダやスローガンの再生産にとどまらず、「二枚舌」の可能性を内包していると考えられる。

語ることのできないもの

勿論、ここまで検討したように、この作品集に集められたすべての作品がそうした可能性を保持しているわけではない。だが、戦時下に推し進められた満洲移民の論理はすでにその現実においての根拠を失い、また作家側もそれを認識していた。それは、テクストにおける亀裂として浮かび上がることもあった。その一例が、この作品集の最後の作品である井上「大陸の花粉」である。

武漢攻略戦（一九三八）に従軍するために上海行きの船に乗った語り手の私は、幼い姉妹連れの紳士から、上海行の理由を聞いて感心する。幼い姉妹は日中戦争の勃発によって孤児になり「内地」に引揚げてきたが、保護者である叔父が他の親戚の反対を押し切って、「わたしは、わたし流の信念からして、あの子供たちを上海て《ママ》育てよう、支那で大きくしよう。そして場合に依れば、支那で結婚させて、支那で一生を過ごさせよう」[163]という信念から姉妹を連れて上海に行くと語る。

それを聞いた語り手は、「大陸へ出かけたり、支那へ渡ったりすることは、内地の生活が行きづまつたからではない。内地の田畑が狭過ぎるからでもなければ、そこでの労働が酬いられるところ乏しいから、といふ風な事情からでもないだらう。さういふ条件の如何ではなく、ともかく支那へ、満洲へ、と止むに止まれぬ一種の宗教的な信念の純粋さで、海を越えずにはゐられない熱意こそが何ものよりも貴いのだ。大陸へ渡るのは、もう今日では理窟ではない。それはおそらく、いゝ植物がいゝ肥料を求めるやうに、今日の大陸は、文句なく日本人の生命を必要としてゐるのだ。彼等がそこで生き、耕し、食ひ、夢み、そして死んでゆくことが必要なのだ。……」(164)と納得する。

従軍作家として戦場に赴く語り手にとって、姉妹を上海で育て、中国で一生を過ごさせるという叔父の信念は、「不幸にして敵弾に見舞はれても、安んじて死んでゆける、そしてその死は必ずしも無駄ではあるまい」(165)と自分の死さえ納得させる役割を果たしている。それが「大陸進出」を「理屈ではない」「一種の宗教的な信念の純粋さ」で推し進めるべき絶対的当為と捉え、満洲移民のみならず日本人の「大陸進出」に関する最小限の合理性や論理をも否定している。そうした意味で、この小説が『開拓地帯』の最後を締めくくるに相応しい作品であるともいえる。

しかし、語り手が「いゝ植物がいゝ肥料を求めるやうに」と帝国日本の大陸進出を描写する時、「植物」は大陸を、「肥料」は日本人の生命を意味していることは看過できない。日本人のために大陸が必要なのではなく、大陸のために日本人の犠牲が必要とされていると認識しているのである。語り手が武漢攻略戦に向かっていることや、幼い姉妹の両親が日中戦争に巻き込まれて死亡したと推測されることからしても、日中戦争によって大量に消費されると予想される多くの日本人の死を暗示していると理解できる。そして彼が語るように、大陸で「生き、耕し、食ひ、夢み、そして死んでゆく」日本人は、軍人だけでなく民間人をも内包している。にもかかわらず、彼が日本人の死を考える時、その死の直接的な原因は不在している。また、彼らの死をもたらす相手に対する思考は、排除される。彼が戦死を考える時でさえ、「敵」の正確な名称も登場しないということは、こうした曖昧さが意図的であると考えるのが妥当であろう。

ここで描かれる日本人の大陸進出は、理由も論理も必要としない止むに止まれぬ流れであるが、その流れ出た日本人の結果は死の暗い暗示に収束するのである。大陸開拓文芸懇話会の中心人物であった福田が、「民族のエネルギイが日本から大陸へ流れてゆく時、我々文学精神はこの国民の肉や心とともに流れ意志しないわけにはゆかない」と言明したことを想起すれば、この小説で大陸に流れ出る日本民族のエネルギーは、結局死に向かった流れとして描写されている。

語り手が姉妹に「ぢや、日本を離れる時も、全然平気だつたでせう?」[166]と問うた時、少女は「い丶え、何だか寂しかつたわ。それや、去年生まれて始めて日本を見るまでは、あたくし達平気だつたのよ。でも、一年叔父さんちで暮らしてきたのですもの。やつぱり日本にゐたいことは、ゐたいと思つちやつた!」[167]と答える。幼いながら上海で戦場を経験し、さらに戦争が進行されている大陸に「植え付けられる」姉妹の感情や意思は、叔父の信念によって無視されるが、日本人が大陸で「生き、耕し、食ひ、夢み、そして死んでゆくことが必要」であるとする語り手としても、彼女たちの境遇を批判する言葉は持っていない。

語り手は「何か、お歌うたつて、をぢさんに聞かせて下さい。をぢさんも、これから向うへ着いて、もうやさしい日本人の子の歌など聞けなくなるのですから……」[168]と歌を頼み、妹の少女は「蛍の光」を歌い始める。妹の歌声を背景に、姉は語り手に上海付近の浦東という地域に近づいたことを告げる。浦東は、姉の説明によれば過去「支那兵が一杯ゐて、あすこから毎日々々、大砲を打つてきた」地域であり、「浦東が見えると、今度は色々な戦場が見えてくる」[169]地点でもある。そして姉も妹と一緒に歌を歌い出すが、「そのやさしい歌声は、船が次第に黄浦江へ近付いてゆくに従つて、何か力強い激烈な調子になる」[170]。この姉妹の力強い激烈な調子の「蛍の光」は、三番と四番であると推測される。周知のように、現在歌われることのない「蛍の光」の三、四番の歌詞は軍国主義が色濃く認められる内容となっている。

三　つくしのきはみ。みちのおく。
　うみやまとほく。へだつとも。

そのまごゝろは。へだてなく。
ひとつにつくせ。くにのため。

四　千島のおくも。おきなはも。
やしまのうちの。まもりなり。
いたらんくにに。いさをしく。
つとめよわがせ。つつがなく(171)。

『小学唱歌集』(一八八二)に関する先行研究で指摘されたように、三番では、南は九州の筑紫国(福岡県や佐賀県の古称)の極みである鹿児島県まで、北は東北の陸奥国、出羽国まで、たとえ遠く隔てていても帝国日本のためその心を一つにまとめ尽くすことを求めている(172)。四番では、帝国日本の領土として、南は琉球王国から日本国に統合された沖縄県(一八七九)、北は樺太・千島交換条約(一八七五)で獲得した千島列島の奥までと把握し、その新しい領土の拡張を謳っている(173)。「つとめよわがせ」という歌詞からも分かるように、本来夫を意味する「吾勢子《わがせこ》」から派生した「わがせ」という言葉は、この歌が小学校卒業式で卒業生、在校生の女子学生が卒業する男子学生に贈る歌であることを示す(174)。

小川和佑は、この歌詞について「徴兵令」(一八七三)によって「「国民皆兵」となってまだ間もない時代、男子児童にやがては兵士となって国防の第一線に立つことを自覚させ、女子児童が励ますことばが歌詞となった」(175)ものと述べている。従軍作家の語り手は日本人の子供の優しい歌を要請したが、戦争孤児の少女は、出征する男子学生に帝国領土の防衛と拡張のために「つとめよ」という歌を、激烈な調子で贈ったことになる。

井上はほぼ同じ時期、武漢攻略戦の体験を題材とした長編小説『従軍日記』(竹村書房、一九三九)を出版した。もし「大陸の花粉」が私小説であると想定すれば、戦場に到着しようとする井上の緊張と感情を描いた私小説であると判断することもできる。だが、時代はすでに帝国日本の領土を千島列島と沖縄とする明治から、満洲国が建国され、さらに大陸へと膨張しようとする昭和であった。

小川は、「蛍の光」の三番と四番は、一九三五年から一九四〇年にはすでに歌われなくなっていたと指摘する。その理由として、この歌が、パリ講和条約（一九一九）によって旧ドイツの南大洋の諸島まで帝国日本の信託統治の対象となった大正後期からは、すでに時代から乖離してしまったためではないかと推測する(176)。この姉妹が「内地」小学校で教育を受けたのは約一年で、小学校の卒業式に参加した経験があるのかも定かではない。そのような姉妹が、すでに歌われなくなって久しい「蛍の光」の三番と四番を選び、戦場になる上海に接近すると力強い激烈な調子で歌ったと描写されているのである。この姉妹の選曲と歌唱という一連の行動は、虚構である可能性が極めて高い。妹の歌声を背景に姉の少女は自分が経験した戦争の記憶を拙い言葉で語り、語り手の新戦場となる上海を紹介して後、自分も歌に参加する。

だが同時に、姉妹は戦争孤児の立場であることを想起する必要がある。甲鈑の手すりに近づいた語り手は、姉妹が「固く固く、ちぎれるかと思はれるほど力強く、甲鈑の手すりを握りしめてゐるのを」知る。そして「彼女の頬には、細い、一すぢの泪がしづかに伝はつてゐた」(177)のである。明治時代のナショナリズム高揚と国家統合の意思が込められた唱歌を歌いながら、大陸に送られる姉妹は生まれ育った故郷への懐かしさや期待の代わりに、恐怖や恐れ、悲しみを見せている。それは、明治の女子学生と昭和の姉妹との間における立場の差を喚起させる。

すなわち、男子学生に「いたらんくにに。いさをしく。／つとめよわがせ。つつがなく」と歌った明治の女子学生は送り出す側であった。だが、上海に向かう船で「蛍の光」を歌う姉妹は、大陸に向かって流れ出る日本民族の一人として、軍人と一緒に送出される側なのである。そして、その立場への自覚は、戦争に巻き込まれた姉妹の両親の死を連想させるしかない。

口ではナショナリズム高揚の歌を謳いながら、両眼からは悲しみと恐れの涙を流す姉妹の姿は、奇妙なものである。それは国策として進められた満洲移民のみならず、「生き、耕し、食ひ、夢み、そして死んでゆくことが必要」であるとして大陸へと動員される日本人大衆の姿である。このような大衆の表象は、帝国が掲げるプロパガンダの肯定と共に、その結果として予想される犠牲の恐ろしさに慄く感情を繋ぎ合せたアンビバレントなものである。それは、帝国の「大陸政策」における支持者でもあり、遂行者でもある大衆が自分の口からは語ることができない歪みを、その身体から物語るものとしても読められる。

「大陸の花粉」が『開拓地帯』の最後の作品であることに意味があるとすれば、それは「内地」から動員され、送出される日本人が大陸で迎えるのは、結局「戦場」であるという認識であり、その結果に向けられる口では語り得ないものへの悲しみと恐れであるともいえるであろう。

国策文学の問題性と可能性

これまで、国策団体としての農民文学懇話会と大陸開拓文芸懇話会を、両団体の結成直後に出版された作品集を中心として検討した。結果として農民文学懇話会側は満洲移民運動より「内地」農村の急変する現実を描き、大陸開拓文芸懇話会側がより宣伝文学としての色が濃く認められる。その原因の一つは、大陸開拓文芸懇話会と満洲移住協会（以下、「満移」と記す）やその機関誌である『新満洲』(178)との間の緊密な関係にあると考えられる(179)。

満移は、中国人農民による大規模の反満抗日武装蜂起である土竜山事件（一九三四）の「善後策」を立てるために、関東軍の主催で開かれた満洲移民関係者会議である「対満農業移民会議」（一九三四・一一・二六〜一二・六）の成果として、満洲国側の満洲拓殖株式会社（後の満洲拓殖公社）に対して帝国日本側の移民助成機関として設立された(180)。関東軍関係者だけでなく拓務省関係者、大学教授、満洲国や大使館の関係者(181)といった参加者からも分かるように、満移は帝国日本における満洲移民政策の実務者の集まりであり、日本政府の移民政策そのものに深く結びついていた。

満移は一九三五年一〇月一九日発足し、一九三七年から実施された「二〇ヶ年百万戸送出計画」へ対応していった(182)。

満移が満洲移民助成機関である以上、宣伝活動が極めて重要であったであろうことは容易に推測できる。小林の研究によれば、機関誌である『新満洲』その他出版物、刊行物一切を取り扱ったのは弘報部で、その領域は映画、演劇などの弘報宣伝、開拓文化事業に及んだ(183)。特に機関誌の『拓け満蒙』は当初会員のみを対象とした非売品であったが第三号以降からは市販されることになり、『新満洲』と誌名が変更される時は機関誌会員の獲得と組織化が図られた(184)。学校や移民団を単位として、支部は会員一〇〇名以上、分会は一〇名以上で構成された(185)。小林は、『新満洲』の発行部数については正確な数値は分からないとし、「最終的に会員数がどれくらいに達したか不明であるが、移民運動を盛り上げるのに一定の役割を果たした」とこの「国策雑誌」の役割を推測している(186)。

『開拓地帯』に掲載された湯浅「青桐」(第三巻第五号、一九三九・五・一)と張「氷解」(第三巻第七号、一九三九・七・一)の初出が『新満洲』であるように、『新満洲』は大陸開拓文芸懇話会会員にとって重要な発表の場であったと考えられる。また、文学作品の掲載のみならず作家の座談会(「義勇軍を語る」出席者伊藤、田村、近藤、福田、湯浅、松崎不二男、張、第三巻第四号、一九三九・四)、第一次大陸開拓の国策ペン部隊参加作家たちのリレー通信(「大陸ペン部隊リレー通信」近藤、田郷、湯浅、田村、福田、伊藤、第三巻第八号、一九三九・八)なども掲載された。『新満洲』に満洲開拓をめぐる作品を発表したのは大陸開拓文芸懇話会だけではなかった。農民文学懇話会会員の徳永、和田、島木、丸山、橋本などの小説や紀行も掲載された。

農民文学懇話会と大陸開拓文芸懇話会がどれほど提携していたかについては定かではないが(187)、両団体と「国策雑誌」の関係は極めて深く結びついており、特に大陸開拓文芸懇話会との関係はより緊密なものであったと思われる。とりわけ『開拓地帯』の文章には本来総ルビが振られていることや、唯一の戯曲である近藤「渡満部隊」におけるト書きでは、専門劇場ではなく学校などで演劇が行われる場合を想定して、設備が不足した場合の演出の仕方や代位の曲などが細かく指示されている。

『開拓地帯』が刊行された一九三九年には、青少年義勇軍応募者として卒業期にある高等小学校児童の獲得を中心とする措置が全国的に行われ、募集の主な対象が高等小学校の新規卒業者に移動した(188)。『新満洲』が満洲移民の宣伝誌(189)であり、満洲移民を説得する手段の一つであったと考えれば、想定される読者に一〇代の農村青少年や青年も含まれるということになる。ルビ振りや単純な物語、素人演劇への配慮は、そうした読み手を対象とする「啓蒙」のための選択であったことを理解できる。また、その時期は「満洲のことなら何でも判る」、「国策満蒙開拓唯一の権威」をスローガンとした雑誌『新満洲』が、移民記事だけでなく多彩な記事内容を盛り込むことでより大衆啓蒙に接近しようとした時期でもあった(190)。現実においての宣伝効果がどれほどあったかを推定するのは難しいが(191)、「宣伝雑誌」に掲載されたこれら国策文学が、国策遂行の手段であった事実は否定できない。

しかし、文学作品は作家の意図や体制側の要請を反映するだけのものではない。「氷解」や「大陸の花粉」の例のように、国策文学の中でも、亀裂や矛盾を通して逆に帝国のスローガンの欺瞞性が露呈し、懐疑する契機となる可能性を内包していたことも、事実である。また、「息吹き」からも分かるのように、現地の見聞に基づいた私小説であることを押し出して国策文学への包摂から巧妙に逃れるという方法も存在した。

そうした可能性は、主に報告文学としての側面に起因すると考えられる。満洲移民の国策文学は、基本的に満洲の現実を「内地」に報告し、満洲移民に対する理解を深め、支持を獲得することを目的とした。それが否定的、あるいは肯定的なものであっても、事実を伝えることを最も基礎にしていると認識されたのである。そのようなルポルタージュとしての側面を強調したため、多くの作品が現地視察、取材などの方法で戦時下の現実に即して書かれた。

中島は島木が、「中国大陸（特に「満洲」移民）についての報告で、ほんの少しでも真相にふれているのは、作家が書いたものだけといった。どんな作家の報告でも、公式の記録にくらべれば、みな真実に近い」(192)とよく語ったと回想する。事実、農民文学懇話会と大陸開拓文芸懇話会の殆どの作家は、大陸ペン部隊や農村ペン部隊として、あるいは個人としてでも日本政府と満洲国の関係機関の有形無形の協力を得て、派遣、招請、視察、取材などの形で現地の移民村や訓練所を訪れ、移民団員や移民関係者と話し、資料を集めた。

ここで国策文学が、その欠点として挙げられた「自然主義的リアリズム」によって、反語的な形においての意味を持つ可能性が開示される。国策文学が、少なくとも現実を描写しながら、体制側に期待されるようなイデオロギーを文学的に再生産するとすれば、それは事実としての現実と錯綜し、様々な矛盾と倒錯を生み出す可能性を孕むしかないためである。

特に満洲移民の国策文学において、その問題性と可能性はより複雑に絡み合うことになる。なぜなら、満洲移民は「内地」農村や農民のみならず、帝国の問題でもあったからである。それは帝国日本と満洲国と植民地朝鮮、中国、ソ連の政治的経済的関係において、また「大東亜共栄圏」構想と満洲国の建国イデオロギーとされた民族協和の実現、満洲移民推進の背景となった農本主義の働き、昭和恐慌以後続いた「内地」農村の窮乏問題、関東軍の予備兵力と補給源としての必要性、「内地」農村のしがらみや困難から解放されたい農民の欲求など、様々な層位で様々な形態を取りながら展開されたのである。

勿論、そうした現実と理想の錯綜が、当時から認識されなかったわけではない。『開拓地帯』に序文を寄せた岸田は、「みな一度乃至二度、大陸へ渡つて親しく「現地」を観、探り、感じて来た人々である。恐らく、書きたくないことは書いてゐないだけに、これ以上厳しい言葉はないであらう。と同時に、これ以上温く強く「現地」と「内地」とを繋ぐ心はないであらうと私は信じる」(193)と書いた。この「書いてゐない」「書きたくないこと」とは何かについて、あるいは書いていないけれども当時は読み取られなかったことについては、彼らの文学が帝国内での位置だけでなく、満洲移民の「現場」である満洲国内でどのような存在であったのかに関する考察が必要である。

たとえば、新京で第一次大陸開拓の国策ペン部隊の文学者たちを迎えた在満日本人文学者の親睦団体である満洲文話会は、彼らを歓迎する座談会を開催した。が、その席で在満日本人文学者たちは「日本から来た人達は、満洲は日本の延長だと自然に思ひ込んでゐるに反してこちらの文学者達は決してさうは思つてゐない。満洲には満洲独自の立場があると考へてゐる」と反発を露にした。また中国人文学者は、誰一人招待に応じてくれなかった(194)。帝国日本の国策団体も、彼らの国策文学も、満洲文壇から歓迎される存在ではなかったのである。

4　国策団体の「越境」

満洲文学論の展開

満洲国では民族協和の建前のため、朝鮮半島や台湾のような同化政策は実施されなかった。警察及び検察の監視と検閲の下ではあったが、満洲国では各民族の言語による新聞、雑誌、単行本の出版が容認された(195)。満洲在住の朝鮮人や白系ロシア人の文学、中国人の文学と日本人の文学を内包する満洲文学は、各民族の言語による文学活動が可能な満洲において形成されたのである(196)。満洲文学は時代的には満洲国建国以前から満洲国崩壊まで、地理的には満洲を題材とする日本、中国、朝鮮側の文学の総称とも捉えられる。だが、ここでは日本文壇との距離を強調するため、満洲国成立以後から「芸文指導要綱」(一九四一)までに満洲で書かれた文学、特に日系文学(在満日本人文学)と満系文学を中心に検討する。

一九三六年から抬頭した満洲文学という言葉は、在満日本人文学者が自分たちの文学活動を「内地」の日本文学から区別するために使い始めたものである。この時期、満洲国の体制が整備され、文学や文化の建設が活発に行われ始めた。『満洲日日新聞』をはじめとする新聞及び雑誌の文芸欄の新設や拡充、文学賞の創設など、文学者の活動領域が急速に拡大されていく中で、在満日本人作家には自らの文学活動を東京文壇が象徴する日本文学の延長でなく、独自の満洲文学として建設すべきであるという意識が芽生えた。すなわち、「満洲には満洲の文学がある。それは単なる内地亜流の文学から離れて、独立に大陸的新文化の萌芽を含み、此の土地に個別殿堂を築き上げやうと」(197)する動きであった。満洲文学論と名付けられたこの論争は、一九三七年を通して「未曾有の活発なる討論」(198)を引き起こして展開された。西村真一郎によれば、一九三八年までの時点で満洲文学論に関する主なる評論だけでも一六本に至った(199)。

この議論そのものは、一九三六年から始まって一九三七年に『満洲日日新聞』文芸欄を中心に最も活発に論じられ、一九三八年以後は下火となった。今までこの満洲文学論において最も注目された批評としては、城小碓《じょうおうず》「満洲文学の精神」(『満洲日日新聞』一九三七・五・二)、木崎竜「建設の文学」(『満洲日日新聞』九・二一〜二三)、加納三郎「幻想の文学」(『満洲日日新聞』一〇・二一〜二三)などが挙げられる(200)。

その背景には満洲国体制の安定、在満日本人及び二世の郷土意識の現出、新聞及び雑誌の活発な発行と文芸活動の拡張と発展、日中戦争の勃発がある。日中戦争によって文学の社会的役割が強調される中、満洲国における文学建設の必要性が重要性を増していった。問題は、建設されるべき満洲文学がどのようなものなのかにあった。

それは在満日本人作家の中でも、関東洲の大連を中心とする『作文』グループと満洲国の首都である新京を中心とする『大陸浪漫』グループのそれぞれの立場、また文学者個人の文学観、方法論などによって相違を呈しながら複雑に展開された。後述するが、そのような齟齬は、在満日本人文学者が置かれた政治的・社会的位置のみならず、「内地」のように商業的収益に基づく職業作家や文壇システムが構築されていない状況に起因するものでもあった。さらに彼らの日本人としてのアイデンティティ、満洲に感じる郷土的愛着、他民族に対する認識、文学そのものに対する価値観も影響したと考えられる。また、満洲文学論は主に日系文学を対象にするものであったが、結果として満洲における他民族による文学活動、とりわけ中国人文学者の活動を中国文学から隔絶させ、満洲文学の枠に取り込む役割を果たすようになる。

一九三八年を前後とする満洲文学論(201)については、主に日本文学を主流とする派(城)、満洲国の世界観を強調する建設派(木崎、西村真一郎)、現実主義派(加納)と分類(202)するか、大連イデオロギーと新京イデオロギーの対比(203)、満洲国に対する日系作家の態度表明(204)と関わって論じられて来た。だが、この満洲文学論の主なる争点の一つは、満洲文学建設を通した建国精神、すなわち満洲国の建国イデオロギーとして掲げられた民族協和と王道主義の実現であった。これら建国イデオロギーは、一九三〇年代後半の政治的現実では事実上のスローガンと化していた。それでも、当時の多くの在満日本人文学者にとって建国イデオロギーの実現は、大義であり理想として、あるいは強化の一路を辿る文化統制の中で現実批判の建前として機能したのである。

城小碓は、満洲国が「独立国」である以上、独自の満洲文学が存在すべきであるという前提から出発し、そのためには満洲文学を特徴づけるものが必要であると主張した。そして「満洲国の周囲には世界的な露西亜文学がある。日本文学はもとより、支那文学もある。云ふまでもなく各々その特徴を持ち、また発揮してゐるのである。思想的問題は別として、地理的気候的からは露西亜文学に接近し、単に人口的にいへば支那文学、指導的位置から行けば勿論、日本文学に接近せねばならないのであるが、然し文学史を歴史的に検討してみると、亜米利加文学が発生した形式に接近するのが比較的容易である」(205)として、満洲文学をその周辺国との国際的位置関係及び社会的条件から規定しようとした。

彼は満洲国成立以前に同地域に存在した中国文学の一部である東北文学の伝統を否定し、満洲国を文学の「処女地」として捉えた上で、それをどのように「開拓」するかという視座から論じている。この点において、彼は満洲国の建国に対する日本側の論理を容認している。だが同時に、城は満洲国では現在日本民族が指導的地位に立っているがそれは「過渡期」に過ぎず、「将来に於ては政治的にも、文学的にも、五族平等に否その五族と云ふ言葉も消滅しなければならない」(206)と強調した。満洲国における日本民族の主導性が過渡期的なものであるとすれば、日本文学が満洲文学の主流となる必然性も減少するしかない。

それに対して、彼は「我々日系から見れば日本文学の延長でも差つかへのない筈であり、漢文系から行けば支那文学の延長であつても差つかへのない筈ではあるが、然し独立の国家として国民の要望せる文学は、当然一致しなければならない。又さうする事が国民融和の上に重大なる鍵となる」(207)と述べる。さらに国語はまだ制定されていないが、公文書には日本語が使われている状況を鑑みて日本文学を主流にして、「日本文を主にして満洲文学を創造せよ」(208)と主張した。言い換えれば、満洲文学は「独立国」における国民融合のための効用性から必要とされているのであり、その中心的存在となる日本文学は便宜性によって選択されたのである。したがって、満洲文学においては理論が作品を価値づけていくべきであり、その目的は満洲国の文学を含む芸術が建国精神の基礎となることにある。彼の満洲文学論は、満洲国の建国精神を究極的理想として捉えることで、その理想実現に貢献するための満洲文学を創造すべきであると主張するものであった。

その根底には、彼自身が認めたように、関東洲の大連に居住する日本国籍保持者であるため満洲国を「我が国」とは呼べない在満日本人の政治的立場と、それに起因する満洲国への郷土愛と日本への祖国愛との間で起きる感情的相克があった。満洲国が「我々の墳墓の地となるべき、我々の子孫を残して行くべき」(209)理想郷であるとすれば、日本は祖国愛の対象である。在満日本人文学者が五族協和の中核として満洲国の理想に共鳴し、理想を実現しようとすればするほど、日本に対する祖国愛との間で起きる移民者としての葛藤が現出する。城は、「私の現在では、郷土愛より、この祖国愛の方が大きい」と認める。だが、「大きく満洲文学の問題から検討する時、もつと強く郷土愛を主張しなければならないのではなからうか」(210)と語る。彼は、満洲文学を「郷土愛」に基づいて築かれるべきものとして捉えているのである。

しかし、城が提示する郷土愛の問題は、単に在満日本人の二重国籍をめぐるジレンマーによるものではない。彼は満洲国の理想は五族協和であると反復し、満洲国の国家形成が「一つの大きな民族の帰趨」であると強調する。その上で、五族が「同一方向に転ずる唯一の道」は郷土愛であると指摘する。ここには、在満日本人が感じる郷土愛と祖国愛の問題を、他の民族も同じように経験しているのではないかという疑問が暗示されている。とりわけ、その疑問は満洲国人口の圧倒的多数を占める漢民族が、帝国日本の戦争相手国である中国に強い祖国愛を感じるという想像にまで発展する危険性を孕む。この点からすれば、彼が満洲国は「独立国」で、その建国精神は五族協和であり、将来においてその理想が実現されると執拗に反復するのが、必ずしも単なるプロパガンダの再生産とは断言できない。彼が「現在の国民の悩みは言葉にこそ出さ」ないが、祖国愛と郷土愛の問題にあるのではないかと語る時、この国民は在満日本人だけを呼称するものではない可能性が存在するためである。

城は満洲国が五族協和実現によってのみ完成されるとし、満洲文学が諸民族の祖国愛を越える郷土愛を呼び覚ます道具としての価値を持つという認識を示した。言い換えれば、現在の満洲国は理想が実現されていないのである。結果として「五族融和の上からも、将来におけるこの問題に対して文学の場合、祖国愛を犠牲にしてこそ満洲国を愛し、満洲文学を世界文学の水準に引き上げる過程」(211)という結論は、満洲文学を通して満洲国の理想と現実の乖離を繋ぎ止めようとする試みであったともいえる。

だが、城の問題意識が当時の在満日本人知識人の間で共有されたとは言い難い。角田時雄は、自分は渡満して一年だけであると断ってから、文学は文学至上主義に徹するべきであると述べ、「真に祖国日本の建国精神と、満洲帝国の建国精神を体感せらるゝならば、祖国愛と郷土愛とを分岐点におくのは矛盾」(212)であると指摘した。すなわち、満洲国に対する愛情と祖国日本に対する愛情は相互排他的なものではなく、「郷土として満洲を愛することは、祖国愛に出発し、祖国愛に徹底することであらねばならぬ」(213)というように祖国愛から出発した郷土愛を強調する。したがって、五族協和は政治や行政における政策として推進されるべきものであり、文学は「あるがまゝなる我等の悩み、あるがまゝなる我等の誇り、あるがまゝなる我等の姿、それが真に五族協和に役立つ時でなければ真の五族協和はない」(214)と主張する。この「我等」が日本人であることは明瞭であり、日本人が祖国愛を遠慮する必要など微塵もないのである。角田の視座からすれば、満洲文学は「日本人の満洲文学」から出発して満洲における日本人の生活と感情を描出すべきである。

城と角田の満洲文学論を検討した大河節夫も、やはり渡満後日が浅いと断ってから、城が満洲の「現在の状況」から政治を当為的ものとして、文学は自然的ものとして捉えていると指摘する。城が「満洲の現実の現象形態」に強く影響されたため、「現段階において意識的な努力に俟つことの多い政治は当為的と見え、飛躍期から時間的に遥かに手前の所にある満洲文学は滑らかに動いてゐるため自然的動向に流れると思つて」(215)いるという大河の指摘は、妥当なものである。

大河は、作家が世界観を消化できないまま現実に当てはめようとして「観念の幽霊」になった例として、日本政府の対外文化事業の映画や教育映画、プロレタリア文学の失敗を挙げる。城が提示した五族協和実現と国民融合の道具としての満洲文学の概念は、角田と大河にとって文学の純粋性に害する政治性の強化として受け止められ、批判されたのである。

しかし、すでに「回鑾訓民勅書」の発布(一九三五)によって日満一徳一心、「日満不可分」の関係が強化される中、城が建国精神として五族協和を押し出すことで満洲文学が単なる日本文学の延長ではなく「独立国」の文学としての余地を確保しようとしたのは事実である。それは満洲国が「独立国」であるという帝国日本側の論理に沿いながら、日本文学から距離をおいた満洲文学を建設しようとする試みであった。その点は、日満一体の関係から満洲文学は日本文学の本流であるべきとした上野凌嵱の主張と対比することでより明白になる。

上野は、現在のアメリカはイギリスとは何の関係もない独立国であるのに対して「満洲国は大いにその趣を異にしてゐることは建国の第一頁に特筆大書されてゐる所であつて日満不可分進んで日満一体の関係に始まる」(216)と強調する。日満一体は「国防責任の一体」であると同時に「経済単位の一体」であり、実際に実現されて世界にも表明している事実である。そのような国家に「全然別箇な、あやふやな文化が生まれてゐゝものであらうか」という質問は、事実上帝国日本の植民地である満洲国の現実から満洲文学が生まれることはあり得ないという宣言にほかならない。したがって、満洲文学は「行詰まる現在日本文学打開の鍵であり、それ故にこそ日本文学の本流」(217)なのである。

上野の論理は、軍事的にも経済的にも帝国日本に従属した満洲国の現実に依拠して満洲文学の独自性を否定し、日本文学の流れに属するものとしての価値を付与する。対して日本文学の価値は、西洋文化の吸収に成功した「東洋民族」としての「指導的位置」にある。彼は「我々」が西洋文化や思想を過剰に吸収し、「支配」されたとして西洋文化や思想を批判すると同時に「それはそれとして、我々の近代性を育て上げるに充分役立つて来た」と評価する。その上で「日本文化の精神力の高さを自覚評価し、これには社会科学の優秀部分を批判吸収して以て総合的且つ創造的な世界観を造り上げる」(218)のである。「我々は西洋文化を身を以て体験し吸収して」来た「東洋民族」であり、その中でも「その指導的地位に立脚する日本民族」なのである(219)。ここで、他の東洋民族に対する日本民族の「指導民族」としての優越性は、確固たるものになる。

したがって、満洲文化は日本文化の「総合的且つ創造的な世界観」を基礎として建設されなければならない。上野にとって、満洲に流入した日本文学は帝国主義文学や植民地文学であるという批判や、満洲文学は日本人の指導の下で満人が主体となるべきであるなどの主張は、「全く唖然とせざるを得ない」(220)ものである。上野の主張に照らせば、なぜ満洲文学論が、満洲国建国理想は現在の満洲のではなく遠い将来に実現されると想定して論理を展開したのか推測できる。

たとえば、満洲文学と将来における五族協和実現との結びつきを強調した満洲文学論として、木崎「建設の文学」がある。木崎は、満洲文学は特殊な文学理念を必要とするものではなく、満洲に満洲文学が存在するのは当然であると主張した。さらに彼は、「我々」は行き詰った現在の日本文学を「容赦なく批判摂取」することを通して満洲文学の生成発展の土台を形成すべきであるとする。

彼は、現在の世界は資本主義、共産主義、帝国主義文学がせめぎ合う世紀末の悩みに晒されていると把握した。そして「王道楽土の実現と民族協和の大理想達成といふ輝かしい前途と地盤とが可能性を約束する」(221)満洲文学のみが、そのような「混迷の圏外」に立つ可能性を保持している。したがって、満洲なる現実規定は「瑣末な追随主義」に陥る危険性を持つだけで、「現実を知るとは、その将来性において本質を把握することでなければならない」(222)。現在における満洲の現実より、将来に実現される満洲国の理想に立脚した満洲文学建設を押し出す木崎の主張は、加納によって「ファシズムの文学理論」として痛烈に批判された。

> 満洲の現実の上に満洲文学がある。満洲国の前途は楽土だ。従つて満洲文学は輝かしい未来を持つ。この形式理論の飛躍に面喰ひながら、われわれは湧き起つて来る疑問をどうすることも出来ない。日本を見た氏の眼は何処に行つたのだらうか。世界の現実に対して一応リアルであり得た氏の眼は何故満洲の前に失明せねばならなかつたか。満洲を愛する故だらうか。愛することはそれの理解を前提とするといふのがわれわれの常識であつた筈だが、氏は満洲を愛するの余りそれを日本から切り離し、世界から孤立させ、凡ゆる現実的なものを捨象して遂にお伽の域に創り上げて了つたのだ。
>
> 氏によれば、満洲文学の地盤は現実の満洲ではなくてこれが持つと称せられる倫理的理想だといふことになる《ママ》その対象は満洲の社会的現実ではなくて「輝かしい前途で」ある。従つて、その方法は、現実の文学的概括ではなく空想の任意なる組み立てに他ならない。
>
> 氏の文学理論の本質を主観的観念論と規定し、これに「幻想の文学論」と名づけては見当違ひだらうか。唯こゝでは従来の萎縮してゐた文学的観念論が、文学外の世界的状勢にあふられ、国家の生成といふ異常な雰囲気において、積極的に、強行的に、自らの観念性を表面に押し出したことが特徴的なのである。氏は、自身の方法論をリアリズムと呼ばれ、ロマンチシズムと呼ばれようとも問題ではないと言ふが、われわれはそれを、ファシズムの文学理論と呼ぶに躊躇しないであらう[223]。

したがって「われわれ」は、「芸術的対象としての満洲の持つ特殊性」に注目し、その特殊な満洲社会の現実を「現実主義」によって描出すべきである。この際、「芸術的対象としての満洲の持つ特殊性」は都市ではなく、農村で

「米を食ふ人種」の心理、思想、生活と「高粱を食ふ人種」のそれらとの「有機的な関係」にある。ここで、満洲文学は都市で生活する在満日本人だけでなく、満洲農村で生活する「高粱を食ふ人種」をその文学的題材として取り込むことになる。それは、満洲文学が決して理想的ではない満洲の現実を描き出すことで政治を批判する可能性を示すものである。

このように、満洲文学論は満洲における日本人の重層的な位置が影響し、満洲国の建国理念を軸にして五族協和と日満一体、在満日本人としての郷土愛と日本人としての祖国愛、文学と理論の関係、浪漫主義とリアリズム、プロレタリア文学との関わり、満洲文学における日本人の指導性など満洲文学に関わる主体、方法論、題材、思想に至るすべての側面にわたって揺れ動きながら展開された。

まず、植民地の在満日本人という主体が持つ問題性があった。今まで検討した満洲文学に関する諸評論で書き手が呼ぶ「我々」は、時には在満日本人、日本人、日本民族、「満洲国民」に対する呼称であった。在満日本人は、決して一枚岩のような均質で統合された主体ではなかった。この問題は、在満日本人社会における移民二世の存在によってさらに複雑な様相を呈していくようになる。日露戦争後に満洲へ移住した在満日本人は、すでに三〇年以上居住していた。主に満鉄付属地や都市部で生活し、日本人小学校で教育を受けた在満日本人の子弟にとって、城が示した祖国愛と郷土愛の相克はすでに観念の問題ではなかったのである。

在満日本人の「変質」と「故郷喪失」の文学

この問題は、主に秋原勝二の随筆「故郷喪失」(『満洲日日新聞』一九三七・七・二九〜三一)と小説「夜の話」(『作文』一九三七・七)が一定の反響を呼び、江原鉄平「満洲文学と満洲生まれのこと」(『満洲日日新聞』一九三七・八・一八〜二一)などの呼応によって提示された。秋原は、「我らは満洲にゐて、日夜、夜毎、内地の朝の叙景や村の風物についてをしへられるのである。オ宮、ミノ、カサ、カラカサ、拍子木の音カチカチ。お陰で私らは、満洲のことは殆ど習はずにすぎてしまつた。（中略）満洲にゐて満洲知らず日本人にして日本知らず、一体、私らは何なのか、その無性格ぶりにはおどろいてしまふ」(224)と語った。彼の言葉は、「内地」での記憶は殆どないまま、満洲で日本人としてのアイデンティティに重点を置いた教育を受けて育った二世が経験する混乱を、浮き彫りにしたものである。

小泉京美は、この問題について満洲における日本人初等教育の視点から検討した。小泉の研究によれば、小学一年の時渡満（一九二〇）して奉天の日本人小学校尋常科で修学した秋原が経験した在満日本人に対する初等教育は、一九一〇年代後半における「内地延長主義」から一九二〇年代の「適地主義」への過渡期にあたる(225)。このような「適地主義」への転換は、満洲国内の日本人増加のため日本人移民者の定着を奨励し、さらなる日本人の満洲移民を促進するためのものであった(226)。在満日本人二世は「日本」に忠君愛国の心を忘れない日本人として、満洲に定住することが求められていた。その過程の中で満洲は植民地から愛すべき郷土へと転化した。日本人として祖国を愛すべきという当為と生活者として郷土に感じる愛情は、植民地と郷土が象徴するように植民地政策の変化に伴って在満日本人二世に押し付けられた。

だが、そのような教育は逆に植民者としての自意識を確立させる契機をも内包していた。江原は「小学校から教へられたのは「お前達の国は海の向ふにあつて此処は植民地である。お前達は植民地へ来て生まれたのだが母国を忘れてはならぬ。海の向ふの我国は山紫水明の国、緑深く花咲き鳥歌ふ夢の如く美しい国」それから幾多のそれに、関する知識である。少くも私は、だから自分は満洲で生まれ満洲で育つても、ここは支那人の土地で自分達の土地ではないと確然と思つてゐた」(227)と述べる。

対して西村は、前述した江原の言葉を引用してから「併し我らは、このやうな教育方針と同時に「関東州及び満鉄付属地は支那から九十九年間借りてゐるのだ」と常に教へこまれたものだ。さういふとき幼かりし我々は「九十九年経つたらどうなるのですか」と質問したものだ。すると先生は笑ひながら「その時は復九十九年借りることになるだらう」と訓へてくれた。私は何んの疑問も持たず、たゞたゞ日本の偉さ強さに感激したのであつた」(228)と回想する。

西村は日本人としての矜持をもって、植民者としての自覚を問題視することを拒否した。だが、それは満洲が植民地であり、満洲における日本人が植民者である事実そのものを否定するものではない。

江原は「内地から渡つて来た子供達が「君の原籍は満洲だなといふと憤然として「原籍は××にあるんだ」と父母の故郷たる未だ見たこともない土地を挙げたものである。即ち私達は帝国から「派遣された者」であつた」(229)と語る。日本人として満洲で生まれ育った経験は、江原に「他家に育つた継子」(230)のように日本も満洲も愛せない「故郷喪失」という結果となった。

この点から見れば、満洲で生まれ育った若い世代の在満日本人文学者の一部においては、自らが植民者であるという自覚の上から独自の満洲文学を模索していたとも考えられる。そして在満日本人が植民者として郷土であるべき満洲に感じる違和感は、「海の向ふの我国」への懐疑に転化し得るものであった。

「夜の話」の語り手の私は、偶然手に入れた横山二朗という青年の「紙片」を通して、在満日本人青年が経験する感情の軋轢を語る。大連在住の会社員である横山は、「日本は遠くて、如何にしても観念以上には見出せぬ。またもはや、一意、この土地の異民族の生活研究に突き入らうとしたこともあつたが、しかし、これも如何に身に遠いことであつたが。私らの不幸はこゝにある。私らの心、肉体は、土着せる異民族の如き、この土地のもの、ならざる、また、日本のものならざる一つのものに変化しつゝあつたのだ。おそらく、この変化は、あらゆる薫育も、用心も、とあることは出来まい明確な、越えがたき土地の差異なのである」(231)と両国における在満日本人としての違和感を吐露する。

それは、「如何なることが、如何なる権力が、こゝに行はれたゐやうとも」「僕らよりも、この土地を愛してゐる」「彼ら土民」に対する羨望と、「元来愛しうる土地といふものは誰にでもあたへられるもの」であるにもかからわず、「眼の前に、自らが踏んで立つ、その下に見出だせない」「僕ら」の「不幸」に対する認識である(232)。さらに、彼は自分たちの「愛しうる土地」がどこにあったのか自問する。その問いは「さうだ、確か、嘗ては東方にあつた、確か

にあつた、確か、……しかし、それは……僕らは一体、どこに住まねばならないのか、しつてるか?」(233)という疑問となり、答えを得られないままテクストの中を浮遊する。

横山の不幸は、「海の向ふの我国」もまた「単なる故郷への夢」を満たしてくれるものではなかったという事実によって、より深刻なものになる。横山は、「内地」旅行で「日本人の車挽き」を見た驚きを回想する(234)。彼は、「内地」の埠頭では満洲の「土民の男ら」がするような仕事に日本人が従事する光景を、東北の農家である実家では「貧しく、せまく、きたない故郷」(235)を発見する。彼は「故国に、自分の家の前に立つた時」、満洲の「土民」の家の近くでよく嗅いでいた「あのひなびた匂い」、「骨々ゆるんだ白く埃つぽい家の様子」、縁側の「醜く木目ばかりが目立ち白く荒れ果て」いる寂しい風景に対面するのである。その時、横山は自分が「黄海越えて向ふの土地に住む理由」に突き当たる(236)。そして「便所のきたなさ、食べ物のまづさ、あの家のきたない子供ら」が「土民の子供そつくり」に貯水池の泥水の中で泳いでいる姿を前に、「不潔で不衛生で、無気力で、破廉恥漢で、軽視に値するもの」であった満洲の「土民」に対して、「貴族のやうな位置にあり、その権力は並々ならぬもの」である「僕ら日本人」の誇りと夢は一切消えていく。

彼ら在満日本人に対する日本人の態度も友好的なものばかりではない。家の養子となって事実上の働き手である三郎の弟は「自分らが折角盛り上げて来たこの家を、とりもどされやせんかと、非常な不安」に包まれ、警戒心をあらわにする(237)。また、いつも眼を伏せて、まともに横山の眼を見なかった祖父は「何でもい丶から、悪いことだけはするなよナー」と言い、「小学校では、先生達から事変の話ばかりを」聞かれる(238)。

在満日本人が長期に渡る満洲在住のため日本内の経済的基盤を失うことは、満洲事変の際、「祖国に残し置きたる僅かな土地財産は、二十数年間の間に祖国的経済幾変動の後を受けて、今や兄弟親戚乃至村人に喰潰されて彼等のスペースは残されて居ない」(239)と訴えた窮境と一致する。さらに、横山は祖父の言葉と学校での質問を通して、在満日本人は満洲で何か「悪いこと」をしているのではないかという密かな懐疑と、満洲事変が象徴する帝国日本の国益と結合した一方的な見方に晒される。横山は、そのような経験を通して、「内地の人に、又は中に僕らは受け入れてはもらへ」(240)ないと自覚する。

満洲の土地はすでに「土民」によって愛されており、「内地」には受け入れてもらえない。横山は、生活の目的や土台がないまま「叫びさうなもない郷愁が極度になつた結果」満洲に「長く生活した人は何処か虚ろな眼をもつてゐる」と指摘する(241)。彼が描写する在満日本人の表象は、「内地」の人からは「殖民地の人間が、浮つ《ママ》調子」、「僕ら若い者は意気地無し」と言われ、「一緒にすむ未開の異人種達には傲慢で横柄な、そのくせに、その誰よりも生きて行く自信がない……」(242)というものである。これは、諸民族の中核としての日本人像からは程遠い。

ここで描かれる在満日本人の憂鬱、無気力、寂しさは、主に「内地」との関係において発生している。それは、満洲では「土民」と在満日本人の間で自明であるように見えた文明の差が、「内地」では逆に日本人の生活から「土民」との類似性を発見することで、その論理的根拠を喪失する点にある。その発見を追い詰めて行けば、満洲における日本人の優越性、特権性とは結局満洲国と帝国日本の非対称的関係にあることを認めるしかない。「満洲の貴族」と自負していた横山にとって「内地」への帰国が「貧しく、せまく、きたない故郷」という自分の出自を発見する過程であったように、在満日本人にとって「内地」への旅行は日本人であることの特権性を解体し、植民者としての自覚を促進する。そのため、横山は在満日本人が「望郷の糸に後方から操られ」ていると自覚し、その糸を断て、眼の前の土地を愛すべきであるという結論に至る(243)。

だが、在満日本人の優越性が、帝国日本が満洲に築いた軍事的・政治的基盤の上にあるとすれば、植民者である在満日本人の生活もまた帝国日本の植民地経営に取り込まれるしかない。在満日本人に日本人として祖国日本を愛することを要請することは、自分の生活の場である満洲ではなく日本を優先することを意味する。在満日本人の郷土愛もまた、満洲国内における日本人人口の増加と定着を促進するという意味で、帝国日本に対する満洲国の従属を強化する役割を担わされる。

幸せな会社員であった横山は、「内地」から帰って、会社を辞職し、友人や知人との交際を絶った上で採木公司に入る。横山の経緯を聞かされた語り手は、適応の条件さえあれば生長する植物とは違う「人」の「移植」における困難さを思う。「植物ならば、若しその土地が不適合ならば、たゞ枯死するばかりだし、適応の条件にあれば成長する、しかし、人間にはさうも行かない――」(244)という語り手の言葉は、帝国日本の在満日本人政策に対するあがきや文句に声を与えている。

その根底には、在満日本人二世における「変質」があった。秋原は、自分たちには「現実を血肉化する手段すらあたへられなかつた。内地のまゝの言葉をつかつて、日本のまゝのおべゝを着て、内地の風物で教育され、二十有数年、内地、内地と日本人の心は満洲でから廻りをつづけてゐた。これは確かに過去の在満日人の姿である」(245)と語る。「心の故郷」が日本であり続けた在満日本人一世にとって、日本人が日本語で話し、日本の衣服を着て、日本の教育を受けることは自然で自明なことであった。だが、秋原には「地理的環境」と「心」の二つの故郷があった。すなわち、満洲では、この本来一つのものであるべき故郷が「分裂の中にある」(246)。それが、帝国日本の膨張とともに、政策的に奨励される日本人の「外地」送出によって引き起こされた問題であることは明白である。

秋原は「地理的故郷を、かうして抜本的に全くの異郷に移してしまふといふことは、嘗ての故郷に育つた心を異郷に彷徨させる結果になる」(247)と指摘する。その上で、彼は「満洲に住むには、既にその日本人の心の改造が必要」であり、「土地は全然変つたのに、自分はそのまゝで、そこに内地におけるやうなものを希う」ことは不可能であると述べている(248)。彼の言葉は、在満日本人がいつまでも日本という故郷の幻想を追うことの無益さを説きながら、一見自明なもののように見える日本人という存在を「混沌」へと転換させる。

「私らは、これから先づ一切の道具からして自分らの手で考へ、つくらねばならぬ訳だ。そして次第にこの全く異つた私らの過去には関係のない現実の中から、その精神発見につとめねばならない。そして、その発見者は多分故郷喪失の魂に徹した、漂泊者の群にちがひないと思つてゐる。／かつ混沌ありき、一切の形成はそこからはじまつた。

私らは元気に歩むべきだ」(249)。これは、帝国日本の移民政策の意図から逃れ、新しい主体としての在満日本人像を模索するという宣言にほかならない。満洲へと拡張された日本人の同一性は、地理的環境の変化によって分裂されつつあった。

「夜の話」が提起する問題は、在満日本人の教育問題を越え、在満日本人の植民者としての自意識と共に日本人移民者の送出を奨励し、積極的に利用しようとする帝国の移民政策そのものを批判的に理解する契機になり得る。江原の言葉を借りるならば、「満洲生まれの故郷喪失は、つまり植民倫理への懐疑から出る。自分の生地を思想的疑惑によつて失つた者の一種の虚無感」(250)を喚起させるのである。

しかし、「夜の話」で横山が愛すると決心した満洲の土地は「嘗て一度も故郷であつたこともない異郷の土と空と民族」(251)で構成されている。在満日本人文学者は、文学においても同じ問題に直面していた。もし、在満日本人文学者が自分たちを題材とする満洲文学を試みるとすれば、それは江原が指摘したように「われ等の父母が如何にして満洲へ渡り、如何にして大連、奉天、長春（新京）を築いて行つたか、満洲事変前後の経緯、その他日本人中心の勢力扶植史を書くより材料を見出すことはできない」(252)。江原は、そのような文学は「実に満洲文学ではない。植民文学といふものである。私はそれを書かう。しかし、それは事実を書くことに過ぎない。そして同時に私達が故郷を持てゐないことも書かう。（中略）私は謳へる気にならない禿山を謳へやうとするよりも、如何に日本人は威張り、満洲国人は軽蔑されて来たものであるかを書かざるを得ない。これが養家を出た継子の冷たい眼にある植民文学といふものである」(253)と冷ややかに語った。そのような「植民文学」は、在満日本人の文学ではあるが満洲文学と呼べるものではなかった。

「暗い沈黙」と満洲文学の限界

「満洲」を、あるいは「満洲の現実」を描くということは、横山が「土民」と呼び、日本人が満人と呼ぶ中国人と満洲社会の大部分を占める農村社会を小説の題材とすることである。それは、在満日本人作家によって満人とその生活を日本語で表現することを意味する。このような「満人もの」に対する批判は、読者である在満日本人側にとって作品の「弱々しさ」、「暗さ」に対する不満、あるいは「この土地を作品の中に取り込む事にのみ力を奪はれて我々の生活を忘れて了つゐる」(254)というように在満日本人としての主体性の喪失に対する批判を惹起した。

『作文』の中心的存在であった青木実は、この問題について「満人ものに就て」(『新天地』、一九三八・一・一)という批評で論じた。彼は先ず、『満洲日日新聞』の寸評欄で、『新天地』前号の小説に対する感想として「その正直な眼と共に、作品の持つ弱さが指摘され、満洲における小説の一般的傾向としての作品のもつ弱々しさが語られ、力強い小説が希望されてゐた」(255)という批判から出発する。この「力強い小説」とは、主に新京で創作された満洲国建国を美化する小説を意味するであろう。青木は満洲や満人を題材とした小説の「弱さ」、「暗さ」は否定できないと認める。比して「新京の一部での作品が、力強い、明るさをもつことも事実であるが本質に根ざしたものであるかどうか」と疑問を提起する。満洲国建国を賞賛し、理想国家建設を謳う作品の本質を問題視しているのである。彼は続いて、「弱さ」がただの弱さではなく、「厳しい弱さ、苛烈な弱さ」であることが必要であると述べる。青木は、満洲国建国の輝かしい建設の物語より満洲の土地や満人に対する「弱く」、「暗い」物語が本質に根ざしていると捉えているのである。

その理由は、「日常の生活の上で、僕らが意識するとしないとに拘らず、満人との間に持つ交渉といふものは絶大である。一言にして言へば我々の生活は、総て満人の上に成立してゐるといつても過言ではない」(256)からである。

我々が他人からバカと突然怒鳴りつけられてもそれに対して、静かに詰問することも亦時には高飛車に反抗的にもなれやう。しかし被害者が我々の周囲の満人諸君であるときはどうであらうか？　假に彼に言ひ分あるとしても「暗い沈黙」を守つてしまふ場合が多い。内心はどうあらうと、表面的に反抗したり、理屈を主張することは少ない。彼らが知識的分子であれば、一層その「暗い沈黙」は根深い禍因を形造つてゆく。

これらが、もつと様々な姿で、個人間、個人団体間、団体対団体の様態の上に複雑な姿になつて現はれてくる。満人を小説に書くといふにはそれらに於ける心理究明の興味も大きいが、根はやはり正義感に出発してゐるやうである。

満人を書くことは、単に異民族としての彼らをエキゾチツクな興味から書くのではない。その意味からだけでは決して優れた作品は生れないのであらう。彼らを物語るのではなく、彼らの内に自己を見出すことに依つて、その裏うちによつて魂の籠つた魄のある作品となる。

感情の相剋ばかりでなく、利害の衝突、これも亦民族的対立の上には避けられない。文学の徒が、理非曲直の正義派であるからは、人種を異にしようと正義に組《ママ》みしなければならない(257)。


先にふれた加納は「芸術的対象としての満洲の持つ特殊性」に注目し、満洲社会の現実を満洲農村で「高粱を食ふ人種」の心理、思想、生活を「現実主義」によって描出すべきであると主張した。青木は、満洲における現実を民族間の相克として捉え、日本人に対して「内心はどうあらうと、表面的に反抗したり、理屈を主張することは少ない」満人の「暗い沈黙」から「面従腹背」を読み取っている点で、より満洲の現実に踏み込んでいると評価できる。さらに彼は満洲国が直面するであろう民族問題が、異民族間に起きる感情的相克のみならず「利害の衝突」であることを正面から見据えることで、文学者が民族ではなく「正義」に与しなければならないと強調する。

ここで、青木が満洲国の存在そのものを否定しているわけではない。彼は「満人もの」を通して「いづれ我々を彼らの生活、人間性に近づけしめぬ障害ともなつてゐるもので、この垣を越えたとき案外身近かに親愛な眼で彼らを眺めることが出来」(258)ることや、「満人の庶民」を対象として書くことで「彼らの口に出して言ひ得ざることを代弁し、(といふことは、良き意図のもとに発するもののみに限ること勿論である)彼らの真実の生活面を描写し、若し為政者をして何らか反省し、参考の資ともな」[259]れる文学の「功利的な副作用」が得られると述べている。満洲国の現実を少数の日本民族による多数の漢民族支配として捉えた上で、「満人もの」は将来「根深い禍因」となることが憂慮される被支配民族の「暗い沈黙」を見破り、満洲国体制側に政策上の「反省」と「参考」になれるとすれば、それは支配の功利性に貢献できる。この論理は、農民文学懇話会における文学の政治への協力をめぐる議論の中で、農政が間違った場合には、農民文学の「批判」が存在できる最小限の余地を確保しようとした鍵山などの議論をも想起させる。

青木は、雑誌『文学案内』に掲載された朝鮮人作家の小説特輯に対する所感として「内地人に対する感情の表現などにも生々しい描写があつたが、それを書く自由があり、また書く能力を有し、発表も出来る相当の処に抱擁力の大きさ」を感じると述べ、満人が題材にとどまらず満洲文学の主体として書き手となる展望を示した[260]。だが同時に彼から、帝国日本の「皇民化」政策によってすでに朝鮮語の出版がほぼ不可能である朝鮮半島の現実に対する問題意識は見出せない。

それでも「いつの日か、彼ら自身筆をとるの日《ママ》も来よう。現在の我々の努力は、その日のための捨石ともなればそれで本望」であるという彼の言葉は、将来満洲文学の主役は満人作家になると予測するものであり、日系文学の主導性を否定した点から既存の満洲文学論の中でも、満洲国体制側の「抱擁力の大きさ」の限界を試す意見の一つであったといえる。

日系文学が満系文学のための「捨石」となることも厭わない青木の視座からすれば、建国精神を美化して満洲国の政治に媚びる文学は唾棄すべきものに過ぎない。彼は「主として新京辺りに発してゐる小説の一ジヤンルに、建国精神を明徴にした五族協和、王道楽土の理想を具体化した作品、及びその主張がある。さうしたイデオロギイを真ツ向から振りかざしたものに良い作品が生れるかどうか、また果して国民の血肉として読まれるであらうか、甚だ疑問である」[261]と辛辣に批判した。

このような青木の満洲文学についての意見は、恐らく当時満洲国という枠内から試せる限界線上にあった。だが、一九四〇年になると、青木もまたリアリズムを通した現実批判を正当化するために「建国精神の立派さ」を建前として利用するようになる。

一九四〇年七月、『満洲新聞』に青木の「文芸時評」が掲載された。この文章で、青木は「満洲の現実面に於て、建国思想に相反する、若しくは副はざるところのものを幾多発見する」としてリアリズムの危険性を主張する西村のリアリズム批判が「大衆を誤解に導」いていると指摘する(262)。彼は、西村の「ロマンチシズムの提唱は、かゝる政策的立場に根拠をおいてゐる」とし、「文学理論がこのやうに政策的便法の上に立脚する限り、ロマンチシズムもリアリズムもない。政治に悪く毒されてゐるといふ印象しか残さない」とする。リアリズムは現実において「建国思想に相反する」という批判に対して、文学の政治利用を持ち出して反論している。さらに、「我々はこの建国精神の立派さに絶対の信頼を抱くゆゑに少しの不安もなく、現実に刃向ふべきである。さういふ基調に起つ限り、肯定面も否定面も、十分満足のゆくやう描く。建国理想の立派さを説かずとも満洲国の現実自体がそのシンボルである日を一日も早く来たらしむべく、否定面に対しても明るい希望を失ふことなく起ち向ひ十分の筆を揮ふのが、今日我々に課せられたところの使命である」(263)と述べる。要するに、彼はリアリズムによる現実批判が決して満洲国の建国理想そのものに刃向かうものではなく、逆にその建国理想の実現のために貢献するものであると語っているのである。

一九三八年に青木が「建国精神を明徴にした五族協和、王道楽土の理想を具体化した作品、及びその主張」に対して取っていた厳しい態度からすれば、これは確かに後退である。その理由は青木個人よりも、この文章が満洲国の文化統制が急速に進められていた時期に書かれたという歴史的背景から求められる。満洲国の文化統制は、青木をはじめとする在満日本人文学者たちの批判と動揺にもかかわらず、満洲文話会改組(一九四〇・六・三〇)から急速に本格化し、「芸文指導要綱」の発表(一九四一・三)によって完成された。一九四〇年に青木が置かれた現実は、かつて自分が厳しく批判した「建国精神の立派さ」を建前としなければ、リアリズム作品の「弱さ」、「暗さ」を正当化できないようなものであったのである。が同時に、在満日本人文学者にとって満洲国の建国精神とは、一見相反するもののように見えるリアリズムとロマンチシズムの両方を正当化する根拠となっていることを確認できる。

しかし、同時期、同じ満洲国内では、満洲国の建国精神に拠ることを必要としない東北文学が存在した。「夜の話」で横山が愛する決心をした満洲の土地がすでに「土民」によって愛されていることを発見したように、青木の目の前にはすでに中国人作家による東北文学が存在していたのである。

「面従腹背」の文学

今まで検討したように、在満日本人文学者による満洲文学論は主に日系文学を中心として論じられたものであった。だが、この地域には、中国人文学者による中国文学として東北文学が存在していた。特に満洲事変勃発以降、抗日運動の拠点であった哈爾濱を中心に抗日文芸活動が活発に行われていた。だが、満洲国の国家体制の整備と抗日運動に対する規制強化によって、多くの中国人文学者が上海など「関内」に脱出し、衰退していった(264)。在満日本人文学者たちの多くが満洲文学論を通して、文学の「処女地」である満洲国をどのように「開拓」すべきかを議論していた時期は、満洲国内に残った中国人文学グループが活動した転換期である。だが、すべての在満日本人文学者に東北文学の存在が視えていないわけではなかった。

大内隆雄の評論「満人の作家たちに就て」は、満人とは「満洲国に住む漢人を意味する、日本人的用語例である」という定義から出発する。彼は続いて、その満人作家たちの間では北国文学、北方文学の言葉が使われていたが、「最近になつて「満洲文学」といふ呼び方が、満人間でも行はれて来てゐる」と述べている」(265)。単援朝は、大内が観察したように満洲国内の中国人作家が満洲文学や満人という言葉を「否応なしに受け入れる」ようになったことは、同じ理由によるものだと指摘する(266)。日満当局が満洲と「関内」、すなわち中国との文化的繋がりを絶つために行った「関内」からの出版物流通の制限、既存出版物の没収、廃棄処分を含む諸政策である(267)。満洲国の建国工作において、中国から満洲を分離することは、極めて重要な政治問題であった。そのためには、満洲国の文学は北国文学や北方文学との連続性を否認されなければならなかったのである。

大内は、張政権下の「この土地での文学を一瞥」(268)するとして、一九二〇年代からの東北文学を紹介した。その上で彼は、「僕たちは変革された条件のもとにおいても、この国の文学の芽は確かに仲び育ちつゝあることを確信」し、「中国の文学との間に置かれた不合理な「隔絶」に反対する」と語った(269)。それは「この国の文学」と「中国の文学」との間における連続性を認めることを意味するという点において、満洲を中国本土から分離しようとする政治的な意図を正面から拒否するものであった。

しかし、在満日本人文学者の多くは、満洲国の建国と日本文学の進出によって、満洲に初めて文学が存在したように捉えた。西村は、満洲文学とは「関東州を含めて満洲に生活してゐる在満邦人の文学」を指すものであり、「植民地文学は植民地強化の文学であり、植民地指導の文学である」(270)と定義した。在満日本人による文学は植民地政策に沿って現地の中国人を指導し、植民地を強化するための文学であり、そのためには「満鉄による経済線の進展よりも遥かに進んだものでなくてはならない」のである(271)。在満日本人の文学は植民地文学であるとすれば、彼らが帝国日本側の言説に沿い東北文学の存在を排除したのは当然ともいえる。だが、こうして主に日系文学を対象として出発した満洲文学論は、やがて中国人の東北文学を「満人作家による満系文学」として取り込んで行く。

単の研究によれば中国人作家は、「「満洲文学」という言葉は日本語から来たもので、「日系作家」によって押し付けられたもの」として認識していた(272)。彼らは日系作家からは満系文学として民族によって区別され、東京文壇からは満洲文学として認識された。この名称の変化に伴う中国人作家の変化について、単は「現実への妥協と拒否が「満人作家」のなかに複雑に絡んでいた」(273)と指摘する。これは、満洲国の体制内で満系文学を創作するという中国人作家の立場に起因するものであろう。現実的な脅威としては、警察の監視と検閲がある。そうした様々な環境の変化と制限の中、新京では古丁を中心とする中国人文学者グループが雑誌『明明』を刊行（一九三七・三）、後に文芸雑誌『芸文志』を創刊し（一九三九・六）、満洲文学界における中国人作家の位置を確保した(274)。

在満日本人文学者の間で満洲文学論が展開されていた時期、中国人文学者の間では郷土文学論争が展開された。郷土文学論争は、疑遲「ユスラウメの花」（『明明』一巻三期）に対して作家山丁が「「郷土文学」と「ユスラウメの花」」という感想を掲載したことが契機となる。尹東燦の研究によれば、山丁が唱えた郷土文学の主張は「土地意識をもって民族意識を喚起」することで「満洲国を否定し」、「日本文化を拒もうとした」ところにあった(275)。文学が満洲国における現実をリアルに描くことで、決して王道楽土の理想郷ではない満洲国の現実を突きつける作品を高く評価しようとしたのである。

対して古丁の反論は、文学に外部からの価値、特定の主義や主張を持ち込むことを拒否するというものであった(276)。そのような文学と政治の関係は「文学の範囲を制限し、その発展を妨げるもの」とみなしたためであり、これが「古丁を中心とした芸文志派の文学的立場」であった(277)。満洲国期の中国文学における本格的な検討は、本書の射程を超えるのでこれ以上述べないが、以下の点を確認したい。

中国人作家には日本人作家に起きたような郷土愛と祖国愛の相克、あるいは民族意識と大多数の民衆との乖離が存在しなかった。したがって、彼らにとって現実の矛盾は、将来における満洲国の建国理想に託すべきものではなかった。満洲国内の中国人作家には、民衆と土地に基づく民族主義があった。そのため、「芸文志」派が日本人の資金援助を受け、日本人と交流したことや、東京文壇で「満人作家小説集」として出版された『原野』を通して満洲文学を代表するような評価を受けたことは、他の中国人文学者から極めて厳しく批判されたのである(278)。

だが、最も在満日本人作家と交流し、近づいたと考えられる古丁ら「芸文志」派の作家であっても、完全に満洲国の存在とその理想を信じたわけではなかった。したがって、中国人作家の作品では日本人がほぼ描かれていないのである(279)。これまでの満系文学に関する先行研究において指摘されたように、満系作家の曖昧な表現の多用、日本人との交流の回避、意識的な筆名の使用、満系文学の「暗さ」、殆どの作品に日本人が登場しない点などからは、青木が「暗い沈黙」と表現した満系作家の「面従腹背」が透けて見える。

文化統制の強化

在満日本人作家と中国人作家は、同時期、満洲国という政治的・社会的条件に制約されながら、その現実をどのように捉え、描くかという問題を突きつけられていた。単が「ロマンチシズムとリアリズムは「満洲国」において、現実をどう表現するかという方法論の問題のみではなく、現実をどう捉えるべきかという現実認識の問題」(280)であったとしたのは妥当な指摘である。現実をありのまま描写するリアリズムは、少数の日本人によって多数の中国人が支配される満洲国の現実において批判的に機能する。そのようなリアリズムへの攻撃は、満洲国の場合、文学は純粋性を保持しないければならないという文学論に拠るものであった。ロマンチシズム側は、文学と政治の結合に対する警戒を呼びかけることでリアリズムを批判することができた。

しかし、在満日本人作家の場合、リアリズムが現実の矛盾と問題を批判するとしても、満洲国の存在そのものを容認するという限界の中では、その批判は結局満洲国統治の功利性への貢献以上のものになることは難しい。岡田英樹は、社会主義の影響を受けた新京の転向作家の眼にも満洲国の矛盾が視えなかったわけではなく、弱者・貧者の立場から都市生活や農村社会の矛盾を掬い上げようとしたと指摘する。それでも「その解決の方向が、社会構造の分析、国家権力への批判にむかうのではなく、建国理念の実現へとすりかわる」(281)ところに、彼らの限界があった。

そして満洲国の政府が、満洲における「文化建設」の名の下、思想統制と文学者動員に乗り出すことで、建国イデオロギーを建前とした批判や政策の反省と参考を促せる「批判」の立地はより狭まることになる。具体的には民間団体である満洲文話会改組（一九四〇・六）と「芸文指導要綱」（一九四〇・一二）の発表がある。

満洲文学論議が活発に展開されていた一九三七年八月、在満日本人作家・文化人の民間団体である満洲文話会(282)（以下、「文話会」と記す）が創設された。佐藤四郎によれば、文話会は「恐らくこの国の文化的分野に文筆を表現手段とする各方面の殆ど総てを包含し」、当初は文学的意図の下で組織されたものではない自主的親睦団体であった(283)。本部は大連で、新京、吉林に支部を設け、毎月例会と文学研究のための会合が開かれた(284)。具体的事業としては「G氏文学賞」の設定、『満洲文芸年鑑』の編纂などがある。

　この団体が、日中戦争を契機として強化される満洲国政府の文化統制と介入の対象となる。その背景には、満洲国政府が文化人統制のために企画した文芸親和会（一九三七・九〜一二）の失敗があったと考えられる。佐藤は、この催しが「満洲国がその政治的意向と文学との接触を如何に取扱ふかの打開について準備された」(285)ものであったと把握する。この文芸親和会は開催されたが、佐藤の言葉を借りれば「この国の文学者はこの会合を完全に黙殺して了つた」(286)。

　文芸親和会は、正式には「満洲文芸協会」（仮称）結成の準備段階になる予定であったが、結局懇談で終わり、組織結成には至らなかった(287)。佐藤の証言と併せて考えれば、恐らく文学者側の協力が極めて低調であったためであろう。官主導の文学団体を通して文学者を組織化しようとする政府側の意図に対して、在満日本人文学者たちは決して協力的ではなかった。佐藤は「この年に於いては満洲国政府が政治的意図の下に企画した「文芸親和会」の開催と云ふ重大な出来事があつた。この会合に対するこの国の文学者の態度はどうであつたであらう。彼等はそれを完全に黙殺して了つたかに見える。兎に角一つの国家が積極的に芸術的分野に真正面から開き直つたのは確かに異常な事柄である。文学にとつては正に由々しい出来《ママ》なのだ。こうした政治的工作が文学に及ぼす非常な影響を考慮するならそれに随伴するにしろ、しないにしろ、この国の文学者は黙つて諦観する訳には行くまい」(288)と警告した。文芸親和会で露呈した政府側の文化統制の動きは、文学者側にも伝わっていたのである。

　この文芸親和会の失敗がどのように文話会改組に繋がったのかに対する確証はない。だが、官主導の文学団体による文学人の組織化が失敗した以上、既存の親睦団体である文話会を吸収・改組することはより効率的な代案であったであろう。

一九三九年八月、文話会本部は民生部の支援を受け、大連から新京の満日文化協会内部に移転された。引き続いて一九四〇年六月三〇日、文話会総会が開かれ大規模の改組が行われる。文話会改組については後述するが、大陸開拓文芸懇話会と農民文学懇話会という半官半民の国策団体が登場したのは、満洲国政府が文化統制に乗り出す直前にあたる。満洲文学論はすでに下火になったとはいえ、多くの在満文学者は満洲文学の確立と発展を志向していた。このような状況で、東京文壇の作家たちが満洲を旅行・視察・観察し、「内地」の日本人読者に向けて満洲移民の国策小説を発表しようとしたのである。そのような動きが、在満日本人文学者にとって中央から周縁を統合しようとする試みとして受け止められたとしても不思議ではない。

大陸開拓文芸懇話会の「越境」

望月百合子が「満洲を訪れた文士たち」(『文芸』一九三九・九)で、大陸開拓文芸懇話会から派遣された第一回大陸開拓の国策ペン部隊(一九三九・四・二五~六・一三)について批判的に言及していることも頷ける。

開拓文芸懇話会の伊藤整、湯浅克衛、田村泰次郎、田郷虎雄、近藤春雄の六氏が華々しくやつて来られたが、この人々は若くもあるし、こちらの人々と年齢も余り違はないので、こちらの文学人達は友達を迎へるやうな気持ちで待つてもゐたし、さう云ふ待遇もした。こちらの文学人達を集めた文話会で座談会も開いたが、席上つひ遠慮が無くなつて日満文学の位置について激しい論争が起つた。日本から来た人達は、満洲は日本の延長だと自然に思ひ込んでゐるに反しこちらの文学人達は決してさうは思つてはゐない。満洲には満洲独自の立場があると考へてゐる。こゝに議論の、又感情のギヤツプがあつたやうだ。それに、どんな若い又余りまだ傑作も世に送り出してゐない人でも東京から派遣されて来たとなると何かこちらの所謂地方にゐる者とは格が違ふやうな錯覚を持ちそれが自然外に表はれるので、こちらの文学人達にとつてはどうも心外でたまらないわけである(289)。

望月の文章では、東京文壇から派遣された作家たちが「満洲は日本の延長」であるとみなす考え方への反発と、東京文壇に属した職業作家の傲慢な態度への不満が読み取れる。緑川貢が一九三九年度の満洲文学界について「満洲文学論といふ文字が頻に目についた」(290)と述べていることからも分かるように、大陸開拓文芸懇話会が渡満した時点の満洲文学論は、議論は少なくなったとはいえ、主張そのものが消えたわけではなかった。逆に、満洲文学の独自性についての主張が、若い世代の在満日本人文学者の間で一定の共通認識を形成していたと考えられる。大陸開拓文芸懇話会も満洲に興味を見せる三〇代の若い作家で構成されただけに、在満日本人文学者としては彼らから理解を得られなかった失望は大きいものであったと推測できる。

さらに、彼らの主な目的と興味が、新京文学界との交流より移民地の日本人移民者に対するものである点は、在満日本人文学者側にも伝わったであろう。望月は、大陸開拓の国策ペン部隊以前に訪問した加藤武雄と大佛次郎をはじめとする日本作家の態度についても、厳しい眼を向ける。「内地」の有名な作家たちが満洲に興味を見せる時、その多くは満洲の土地の異国的な風物、日本人移民地の状況に関するものであった。それに対する在満日本人側の不満には、根深いものがあった。たとえば、緑川は大陸開拓文芸懇話会の訪問にふれて、「奴等は種あさりに来たのだとか、上つ面しかものを見ぬとか、大きな顔してやがる、此方ではお座なり云つて内地へ帰ると悪くいふ等々、囂々鳴り止まぬ雑評悪罵」(291)という在満日本人文学者側の不満を伝えている。

対して、日本人の満洲移民という「国家的事業達成の一助に参与し、文章報国の実を挙ぐること」を目標として掲げた大陸開拓文芸懇話会としては、満洲が日本の延長ではないという主張は、決して受け入れられるようなものではなかった。一九三九年に行われた大陸開拓の国策ペン部隊は、満洲移民の宣伝誌である『新満洲』に参加作家がリレー形式でその視察記を掲載した。新京から哈爾濱までを担当したのは近藤であった。彼が描写する新京は、「総てが秩序整然と、しかも迅速に行はれてゐる」「満洲国の心臓」である(292)。また、彼が記録するペン部隊の日程は、「宣詔記念興亜国民動員中央大会」の前夜（五・一）の活気、協和会の来賓として大会（五・二）に参加して青少年義勇軍の勇姿に感じた感激、哈爾濱の青少年義勇軍特別訓練所の訪問（五・五）である。文話会の座談会は削除されたのである。「大陸全般に亙つて展開するであらう五族協和の平和境の出現は、必ずや東亜新秩序樹立の枢軸として大和民族の精華を発揮する」(293)と確信していた近藤にとって、満洲文学論などは到底認められないものであった。

一九四三年、近藤は『大陸日本の文化構想』において、当時の在満日本人文学者たちが「左翼主義的な国際的民族主義思想などの呪咀によつて、祖国文化を軽視し」、「内地」文学に「一応対立的反発的」態度を取っていたと回想している(294)。彼は、「その頃或る座談会の席上で、我我は満洲作家として満洲のために活躍するのだから、日本の文壇などとは何の関り合ひもない、といふやうなことを平然と且つ昂然と言ひ、折角その地を訪れ、胸襟を開いて語り合ひ度いと思つたその場の空気をひどく白けさせて了つた」(295)と述べる。「芸文指導要綱」によって満洲文学論などという誤りが正しく指導されたと見る近藤の視座からすれば、在満日本人文学者の主張はすでに過渡期における「過去の亡霊」(296)であった。

しかし、「過去の亡霊」の中でも、近藤が満洲文学論で最も警戒したのは、満洲国の建国理想である民族協和を利用しようとする動きであったと考えられる。

私自身の体験でいふと、昭和十四年の初夏、第二回の渡満に際し、隅々新京で同地在留の同胞文化人との間に座談会が催された席上、対手側の一部の人達の間に、民族協和といふ概念を、極めて自由主義的な平等観といふか、いはゞ舊態世界観の民族自決主義の変貌的表現であるかのやうに解釈したり、甚しきに至つては、左翼的なインターナシヨナリズムの変形のやうな釈義を抱いて得々として独善論を振りかざし我々に喰つてかゝつた手合もあつたやうに見受けられたが、自由主義、若しくは左翼思想の妄執から未だ全く自由でない人々の思想として、内心ひそかに寒心に堪へず、むしろ満洲建国の理想上で、獅子身中の虫のやうな慄然たる思ひがしたことは、その席に同列したものとして、私ひとりの感想ではなかつたのである(297)。

すでに検討したように、民族協和を通した建国イデオロギーの実現という主張は、満洲文壇内でも政治体制への協力として批判されることが多かった。それでも、満洲国を帝国日本の植民地、日本民族の大陸拡張とする側からすれば、それは「獅子身中の虫」であり、左翼思想の「偽装」として極めて危険なものであったのである。

「暗い沈黙」の連鎖

しかし、民族協和は、「内地」とは違い満洲では現実の問題であった。青木は、「内心はどうあらうと、表面的に反抗したり、理屈を主張することは少ない」中国人の「暗い沈黙」を読み取っていた。彼の眼に、多くの既耕地から現地農民を移住させ、日本人移民団の労力となる少数の現地農民だけを残す日本人集団移民の方式は、単なる経済的な問題ではなかった。青木は、『満洲日日新聞』に島木『満洲紀行』に対する「現地作家としての批判」として四回にわたって連続記事(一九四〇・六・一三〜一六)を書いた。

　島木氏は日本の農民問題を考へる立場から満洲開拓民を見に来た。開拓民は現在満人を使役することによってその存立の基礎を得てゐる。いつか開拓民は躍進し、その能力は満人を必要としなくなる。その時一体原住民であつた満農はどうなる。島木氏が読んだ開拓関係文書では、民族協和の見地からの考察は概念的記述に終わってゐた。

　満洲の農村の中の開拓地として見ること、開拓地は満洲において孤立して在り得ないといった数年前の僕らの主張は「今度の旅行において私の痛感したことである」(七四頁)と島木氏は書いた。これを我々の手柄顔にするのではなくこの点が未だよく認識されず、されても未解決に存在してゐるのだ。(中略)

開拓地に於ける使用者、被使用者の関係に近い事実は満洲に充満してゐる。単に経済的関係ばかりに於いてでなく、人間の精神に於てさへ、日本人にはかゝる支配的なものが横行してゐる(298)。

島木の『満洲紀行』は、当時満洲移民に関する数多い著作の中でも最も高く評価された作品の一つである。青木は、その『満洲紀行』が「日本の農民問題を考へる立場から」書かれたものであることを指摘する。島木が注目しているのは、満洲に移住した日本人農民である。対して青木は、日本人移民者は「現在満人を使役することによつてその存立の基礎を得てゐる」と厳しく批判する。さらに、この使用と被使用の関係さえ、移民者が自作農として発展することで解消されるものである。

そして、「開拓地に於ける使用者、被使用者の関係に近い事実は満洲に充満して」おり、それは経済的関係のみならず、人間の精神にも及ぶものである。結局「満洲に在る日本人の多くは、口や紙の上では唱へるが、それに対してある意味での裏のものを意識造つてしまつて」おり、「その観念の根底を成すのは隅々置かれた支配的地位」(299)とする。民族協和の名の下で日本人の指導が支配にすり替えられている現実を、彼は正面から指摘したのである。

大陸開拓文芸懇話会と農民文学懇話会の活動に懐疑の視線を向けたのは、満洲文学論に肯定的な文学者だけではなかった。緑川は満洲文学論に批判的な立場であったが、文学と政治を結びつける試みとしての「型通りの理論」に対しても冷淡であった。彼は「型通りの理論といふものは。いつの世にも流行する。内地の文壇辺りでも、生産文学とか生活の文学とか、さては農民文学開拓文学なんぞと多種多様の看板が掲げられた。併し、型も看板も踏み越えるほどの熱は感じられず、いづこも揃って太平無事、まづは目出度い限りである（中略）こゝ数年来の内地文壇は、ともかく華やかに世間の表面を踊つた。明治以来の文壇景気その中にはちよつぴり大陸探求の精神もまじり、そのまた余波が若干文士の満洲旅行となつて現れた」(300)として、農民文学や開拓文学は時局迎合に過ぎないという認識を示した。

大陸開拓文芸懇話会に対する中国人文学者の態度は、さらに厳しいものがあった。望月は、大陸開拓文芸懇話会が日系文学人と共に満系文学人を招いて座談会を開こうとして、「肝心の満系が一人も招待に応じな」かったため、失敗したと述べる。

どう云ふ理由か少しも分らないので満系の文学人の一人を捕えて「せつかく日本から来た人達が同じ文学の道にいそしむ貴方たちに会ひたいと云つて手を差し伸べてゐるのに何故その手を拒むのか？」と責めるやうに問つてみたがただ、「みんな都合が悪いので」といふばかり。「あなた達文学を生命とする人達が、日本を訪れてまつ先に会ひたい人は文学者である筈、それは日本の文学者がこちらに来たつて同じではないか、それを無げに断るなんてあなた方はわがまゝ過ぎる」と云ふと、「私達は文学も大切だと思ひます。併しそれよりももつと私達は長生きしたいのです」とやつとその青年は口を開いた(301)。

望月は、満系作家の座談会に対する拒否について、これ以上その理由を論じていない。大陸開拓文芸懇話会の座談会に、中国人文学者たちが「長生きしたい」から参加しなかった。この事実だけで考えるならば、当時から「面従腹背」と表現された中国人文学者たちの抵抗として理解することができる。実際、戦後の中国で、満洲国内で行われた中国人文学者による文学活動は「淪陥区文学」と呼ばれ、それに加担した文学者は「漢奸」文学者として厳しく批判された。

勿論、それが歴史的事実に基づいた事後的な判断とも考えられる。だが、「芸文志」派は早い時期から中国人文学者から日本人との関係について疑いの目を向けられ、批判されていた。満系作家にとっては、日系作家のように満洲国が存続するという強い信念を持つ理由もなかったのであり、それは当時の満系作家の言動からも窺えるものである。

望月としても、「長生きしたい」という発言から満系作家の「暗い沈黙」を推察したのであろう。彼女は、この日満座談会の失敗で「開拓文芸の人々の失望も大きかつたが、満洲に生活して而もここで文化向上の一推進力の役割を果さうとしてゐる日本人としてはそれ以上の苦しみと、戦ひとが残されたわけだ。さうしてまづ文学人と心から一徳一心の握手をして、彼等のペンを通して民衆に呼びかけねばならない。日系のペンより彼等満系のペンが数十倍の力を満人大衆の上に持つてゐるかそれを考へてみねばならない」(302)と語る。彼女の控えめな言葉からは、一時的に「内地」から視察に来た日本人文学者に対して、「こちら」側にいる日本人文学者こそ満洲の文化向上の主役であるという誇りと、民族間の相違を越えるという「戦ひ」にへの覚悟を読み取れる。

だが、在満日本人文学者たちが直面していた苦しい「戦ひ」、すなわち満洲における民族問題の現実は、日本語で容易に表現され得るものではなかった。文学者の間において日満一徳一心を実現し、彼等のペンを通して大衆に呼びかけるといった図式は、そのまま日満文学者の間でさえ一徳一心が実現されていない現状と、満洲国の「大衆」は満人であり、したがって満洲文学を指導すべき日系の文学は大衆的基盤に欠けている現実を反映するものである。しかし、その現実をありのまま日本語で表現することは躊躇われたであろう。そのため、彼女は日満一徳一心というスローガンによる暗示と日系作家の矜持を持ち出すことで、複雑な満洲の現実を暗示するにとどまった。

しかし、「内地」文壇からすれば、彼女の言葉は、「腑に落ちない」ものであった。望月が「満洲を訪れた文士たち」を発表した翌月、『文芸』匿名時評に「満人作家の作品検討」が掲載された。M.G.Mという匿名の筆者は、日満文学者の座談会が失敗したことに対する望月の言葉が「奥歯にものが挟まつてゐるやうな感じ」で、「当人には事情は解つてゐるが、その事情をあからさまに表現してゐないやうな気がする」と語った(303)。M.G.Mからすれば、「日本の作家」との座談会に出席することが、どうして満系文学者たちの長生きしたい希望と相容れないものか「不思議な疑が生ずる」のである。さらに、『原野』の序文で翻訳者の大内が、各作品の作家は満洲国官吏や会社員、小学校の教師であるとしながらも、その閲歴を省いた理由についても「一応の不審」が生じてくると指摘する(304)。

望月と大内の曖昧な表現は、両方とも同じ理由によるものである。だが、ここで注目したいのは、彼ら在満日本人文学者が「内地」に向けて語る時、彼らが中国人文学者たちと類似した戦略を取ったという点である。「内地」文学者と在満日本人文学者の間においても「沈黙」が介在し、満洲の複雑な状況を正しく理解することを妨げていた。

結局、M．G．Mは満洲国における文学が民衆教化、民衆啓蒙に沿って発展しており、殆どの作品が社会的弱者である賣笑婦や労働者階級を題材としたことから、その民衆啓蒙の内容を推測した(305)。結果として、「内地」文壇に満洲文学が進出しても、その文学の根底に横たわっている民族問題をはじめとする満洲国の諸矛盾は理解されなかったのである。そこには、満洲文学論で露呈したように、「内地」文壇側の傲慢と理解不足と共に、満洲文壇側の「暗い沈黙」や躊躇が影響したと考えられる。大陸開拓文芸懇話会の渡満は、いわば「内地」文壇と満洲文壇の間に存在する「隔絶」と「変質」を浮き彫りにする契機となったのである。

「芸文指導要綱」と満洲文学の再編

日満両国の重要国策である満洲移民に対する、同じ日本人であるはずの在満日本人文学者の冷淡な態度は、移民二世としての経験も作用したと考えられる。植民者としての意識と満洲の土地との乖離に悩まされていた若い世代の在満日本人文学者が、日本人移民者の集団移民を好意的に捉えたとは考え難い。しかし、在満日本人側の批判と冷淡な態度にもかかわらず、文化統制に向かっていた満洲国にとっては、大陸開拓文芸懇話会のような方向こそ望ましいものであった。岡田の研究によれば、一九三九年、文話会は協和会の協力の下、会員を満洲各地に派遣する。また、文話会が大陸開拓文芸懇話会と農民文学懇話会に参加するため、「日満文芸協議会」（仮称）の設立準備委員会（一二・四）も開かれたが、結局実現することはなかった(306)。

だが、一九四〇年六月三〇日、文話会総会が開かれ大規模の改組が行われる。青木はこの総会の雰囲気を「従来の総会にみられた和気藹々たる会場の空気が今回は乏しく、皆んな少しでも莫迦なことをいふまいといつた雰囲気で、僕らはともすると発言の機会を失ひ勝であつたこと、そして議案が当日配布された(307)と伝えている。この改組の結果、文話会は満洲国政府から助成金の援助を受け、組織の改変が行われた。

岡田は、この文話会の改組を「民間の自発的文化団体として出発した文話会が、国策の線に身をすりよせ、政府とのむすびつきを強めていく過程」(308)として捉えた。このように文話会は政府の助成金付与と関係機関との緊密な関係に置かれ、やがて多民族の文化人を会員として取り込み、各地域に支部を持つ戦時体制下の国策団体に「変質」していったのである。

一方、文化政策を担う満洲国政府機関も改編された。満洲弘報協会の解散(一九四〇・一二・一七)から国務院総務庁弘報処の組織と権限の拡大を背景に、「芸文指導要綱」(一九四一・三)が発表された。既存の満洲文学研究において、「芸文指導要綱」と「満洲国通信社法」、「新聞社法」、「記者法」(同年八・二五)の公布によって満洲国における文化統制が本格化したという点は殆ど一致している。

ここで注目されるのは、「芸文指導要綱」(以下、「指導要綱」と記す)における「建国精神」に関する表現と移民地についての言及である。弘報処長武藤富男は、「指導要綱」の中で「一、我国芸文ノ特質ハ建国精神ヲ基調トス従テ八紘一宇ノ大精神ノ美的顕現トス而シテ此ノ国土ニ移植サレタル日本文芸ヲ経トシ原住諸民族固有ノ芸文ヲ緯トシ世界芸文ノ粋ヲ取入織リ成シタル渾然独自ノ芸文タルベキモノトス」(309)とした。ここで満洲文学の基調となる建国精神とは、民族協和や王道主義よりも「八紘一宇ノ大精神」なのである。

武藤は「指導要綱」の解説において、文学は普遍的なもので、「満洲特有な、他所にない芸術なぞといふものはおそらく存在しませぬ」(310)と明言する。それでも満洲国に特殊なものが存在するとすれば、それは建国精神でなければならない。したがって、「この建国精神にはぐくまれこの国土に興るところの芸術は、これに相応すべき特質をもたなければならない。この特質は他の国の芸術に較べて優れたものであり、他の国民に示して誇りとするものでなければならない」(311)。武藤は満洲文学論で示された満洲文学の独自性を否定し、「八紘一宇ノ大精神」に基づく満洲文学の特質のみを認めているのである。

満洲建国は「八紘一宇ノ大精神の顕現」であるため、「芸文家はこの顕現を価値的な立場、美的な立場から見て行かなければならない」。そして満洲建国を道徳の立場から見る時、それは「道義世界の建設、民族協和となつて現はれてゐる」(312)。民族協和と道義世界の建設は個別の理想ではなく、「八紘一宇ノ大精神」から現出するものである。これは民族協和の上に「八紘一宇」を位置づけることで、建国イデオロギーを序列化することにほかならない。この序列化は、建国理想として民族協和を押し出すことで可能になる「批判」の余地をも封じ込むことを意味する。「芸文の立場より見ますならば満洲建国は八紘一宇ノ大精神の美的顕現」(313)とする「指導要綱」の確固な立場からすれば、満洲文学論の中で模索された多くの可能性は押し潰されるしかない。「指導要綱」で示された最も明瞭なるメッセージは、「我国芸文ノ特質」の第三項である「我国芸文ハ国家建設ヲ行フ為ノ精神的生産物トス」(314)であろう。

「芸文活動ノ促進」項目の第一二「開拓地ニ芸文ヲ滲透セシメ此ノ地ニ芽生ヘツツアル芸文ヲ育成ス」は、「指導要綱」で現れた文芸政策の観点を反映する(315)。文学を「国民大衆ノ中ニ滲透」させることは、大衆が文学を鑑賞するだけでなく「自ラ芸文創造ノ喜ビヲモ味ハシメントスル」ことを意味した。だが、その「国民大衆」が何故「開拓地」、すなわち日本人農業移民者でなければならないのか。もし、日本人であるべきだとすれば、当時在満日本人の多くを占めていた都市居住者であってもいいはずである。また、農民でなければならないとすれば、満洲農村社会の中国人農民こそ「国民大衆」と呼ぶに相応しい存在である。

解説では、「おそらく開拓地の文学、芸術を取り上げまするときは、正にこれは「八紘一宇」の精神の美的顕現でありあます。民族協和の実践的な生活を取り上げて、之を文学に、あるいは映画に、或は絵画に織りなすとき、八紘一宇の大精神の美的顕現となるのであります」(316)と説明している。日本人農業移民者と「八紘一宇」が結び付けられ、その生活は民族協和の実践としてみなされたのである。この論理に従えば、日本人農業移民者こそ「八紘一宇」を体現する存在である。

ここで日本人農業移民者に与えられた特権性は、第一義的には日本人であるためであろう。さらに農民である彼らは、都市に居住する日本人とは違い満洲の土地と直接的に繋がっている点を挙げられる。言い換えれば、日本人農業移民者は移民一世代で、在満日本人二世のような日本人としてのアイデンティティにおける混乱は経験していない。また、農民であるため、満洲の土地との緊密なる繋がりが期待できる存在でもあった。このような日本人農業移民者の位置づけは、「指導要綱」全体を通して示された、満洲文学論で在満日本人文学者たちが模索した様々な試みに対する強い不信や警戒と併せて考えるべきであろう。

すなわち、満洲国の政策側によって、満洲の土地に「移植」された日本人農民による文学が要請されていたのである。これは正しく、かつて江原が「或一部では満洲の都会に育つた第二国民が満洲文学の製作者であることに見きりをつけた。むしろ佳木斯辺の移民地から、それが出て来はしないかと。そこで私は笑つた。満洲文学は生れないで帝国主義文学が生れるだらうと」(317)した言葉の実現であった。

> 彼等は故郷を喪つてさへゐない移民地の胸にあるものは根の付いた日本への愛だ。この人達は恐らく故郷を忘れることはできない。日本人といふ民族はさういふ民族である。私はそこで日満国民が渾然融和してゐるといふ実情を聞くよりも、毎朝東方に向かつて皇居を拝する感激の日夜と団結の汗を聞く。やがて満洲の庭々に第二の東京を築くのであらう(318)。

この「指導要綱」に基づいて、文化団体の統合が推し進められた。文話会は解消され、その会員は満洲文芸家協会(七・二七)に吸収された。そして、満洲国内の諸文化団体を統合する満洲芸文連盟が結成された(八・二五)。

その過程で在満日本人文学者の間では大きな不安と動揺があったが、結局満洲国政府が推進する戦時体制の文化統制を完全に拒否することはできなかった。その大きな理由の一つとして、満洲国における文学者たちの社会的位置が考えられる。すなわち「彼等は作品に依つて生計を保つてゐるものは全くない。そしてその多くは国策的な大会社に勤務してゐるのであるから迂闊に口も利けない　《ママ》勿論、この意味では文学運動などは思ひもよらない」(319)立場に置かれていた。川崎賢子が指摘したように、「文芸が統制と助成の対象であるはんめん、書き手の多くが職業として、満洲国における文化政策の担い手であったり、文化宣伝、文化工作を企画運営する立場であった」(320)のである。

また、満洲における日系文学が大衆的基盤に欠けていた点も挙げられる。たとえば、大谷健夫が率直に認めたように、満洲国は、風土や政治経済的環境が日本とはまったく異なっている点で「日本の一地方ではない」。だが、「此の土地で小説を書く人が日本人であり、それが日本の言葉で書かれそれを読む人が日本人であり、しかも大多数が東京工場から製作される小説を読んでゐると云ふ事情では、日本内地と同一の条件にある」(321)。その点を認識していたからこそ、望月は中国人文学者との真の握手を願い、彼らのペンを通して大衆に近づくことを、在満日本人文学者の苦しい戦いであると表現したであろう。

だが、「指導要綱」の施行によって中国人文学者は本人の意思に関係なく満洲国当局によって登録され、戦時体制における文学者動員に組み込まれた(322)。その結果、多くの中国人作家が「関内」への脱出を選択した。満洲国から脱出できなかった作家たちは、満洲国建国を賛美し、大東亜新文化建設の一翼としての役割を遂行することになる。

満洲文学の独自性を主張し、将来における建国理想の実現を希った在満日本人文学者たちの苦しい戦いは終わり、戦時体制の文化統制の中に沈黙させられた。一九四三年、近藤は「指導要綱」について「満洲国の文化政策の芸能及文学の領域に於ける大憲章《マグナ・カルタ》」(323)であると評価し、政治と文化とが一体をなす現在においては民族協和を建前にした現実批判や政治と文学の対立などは「かうした人々の思念的良識にかけても真逆このやうな謬見はもはや存在の余地もない」(324)と断言した。その上で「満洲における日系作家の活動は、本質的に言うと、日本文学の延長であり、大陸的環境によつて現地から芽生えた新しい日本文学といふべきであつて、これを建国理念に徴し、あるいは芸文指導要綱の趣旨からすれば、日系作家の活動こそ、今日の満洲文学に於て理念的にも実践的にも指導的地位にあらねばならぬものである」(325)。そのため、日系文学には「切れば血の出る活々とした民族精神が躍動すること」が要請され、逆に「生半可な芸術至上主義的な独善論や強いて玄人らしく取り澄した孤高性など」は止揚されなければならない(326)。

結果として、満洲文学側から見れば、大陸開拓文芸懇話会や農民文学懇話会の登場は、帝国の中央文壇による植民地文壇に対する文化統制の先駆けとしての役割を果たしたといえる。両懇話会の目的が日本人農民の「大陸進出」の奨励である以上、その「越境」は帝国日本側の「大陸進出」の論理を日本人移民の送入側に押し付けるものであった。だが同時に、両懇話会の「越境」は、日本文壇と満洲文壇、満洲国においては日系文学と満系文学、満洲国の政治と文学、現実と理想の間に存在した幾重の沈黙と乖離、矛盾を暴力的に横断することで、それらを浮き彫りにし、可視化したのである。

第3章　朝鮮人の満洲移民の記憶と帝国の在り方
●張赫宙『開墾』論

1　植民地作家と万宝山事件

張赫宙の文壇デビュー

一九三二年、張赫宙《チャンヒョクチュ》（一九〇五～一九九七）は『改造』の第五回懸賞創作募集に二等当選することで植民地朝鮮から東京文壇へのデビューを果たした。彼はそのスタートからして母語の朝鮮語ではなく、「国語」である日本語で創作をするという言語の二重性の問題に直面していたのである。東京文壇にいながら朝鮮を題材にし、膨大な量の作品を発表してきた張の文学活動は、植民地朝鮮と帝国日本との間の屈折した緊張関係の中で展開されたものだといえるだろう(1)。

そうした張の立場から考えても、日中戦争の最中の一九四三年に、張があえて「万宝山事件」（一九三一・七）を取り上げたのは偶然ではない。万宝山事件は、一九三一年四月吉林省長春県郷三区万宝山に入植した約二〇〇人の朝鮮移住農民が、伊通河の堰き止め工事を含む水路工事を始めたのに対して、近隣の中国住民が対立した衝突事件である。

中国人農民は県政府に請願し県政府は公安隊を派遣したが、日本領事館の警察が朝鮮農民を保護した。七月一日、万宝山付近の中国人農民約三〇〇～四〇〇人が堤防を破壊すると、日本人警察は銃撃で対応した。七月二日、再び押し寄せた中国農民と日本人警察の両方が発砲した。この衝突で死亡者は出なかったが、七月二日の号外に続き四日、「万宝山で中国農民と朝鮮農民が大衝突して、朝鮮人が多数殺された」という『朝鮮日報』の誤報により朝鮮民衆の反中民族感情が煽られたことで、朝鮮各地で大規模の排華事件が引き起こされた(2)。

このような過程を通して、同事件は単なる移住民と現地住民との間の衝突にとどまらず、日中の外交問題となり、満洲事変の契機の一つとして挙げられる事件へと発展した。そして張の文壇デビューの背景には、その万宝山事件と満洲事変による当時の新聞雑誌の植民地朝鮮への関心があった(3)。また、柳水晶が指摘したように、張の文学における連続性としても理解できる(4)。張が東京文壇デビュー後の第二作目の作品として発表した「追われる人々」(『改造』一九三九・一〇)は、朝鮮南部の小作人たちが東洋拓植会社によって小作地を奪われ、その結果満洲の間島へと追い出される過程を描いている。すなわち、張は早い時期から朝鮮農民の満洲移民に注目し、植民地の窮乏な農民を追い出す帝国の植民地政策を批判的に認識していたのである。

しかし、張は前述したように大陸開拓文芸懇話会(一九三九)に参加し、その一員として満洲移民に関連した移民村や訓練所、施設を視察し、その成果として満洲を題材とする国策小説を発表していった(5)。言い換えれば、張は『開墾』を通して自分の文学のルーツともいえる万宝山事件に立ち戻り、満洲国建国から満洲事変の直前の「張学良軍閥の抗日政策」(6)の時代まで遡って、小説として再構成しているということになる。

国策小説の読み方

『開墾』は、太平洋戦争の戦況悪化に伴って帝国日本の「食糧飼料自給基地」として位置づけられた満洲国において、稲作の主な担い手であった朝鮮人移民者の「開拓」を描く作品でもある。満洲は主に輸入米に依存していたが、在満日本人の増加、朝鮮米の輸出制限（一九三九）などにより満洲の米不足は深刻化し、自給化が促されるようになった。米以外にも、輸出のための大豆、高粱、玉蜀黍などをも含む食糧農産物の大量増産に変更された。さらに東南アジア方面からの米穀の海上輸送が途絶えると、満洲米には日本からの高まる増産要請にも応えることが要求された(7)。このような視点からみれば、この小説が戦時体制に積極的に協力する国策小説として書かれたことは、間違いない。

しかし『開墾』は、国策小説として満洲国の建国を正当化する帝国の声を反響させながら、同時に満洲の朝鮮農民が置かれていた苦しい現実を描き出してもいる。『開墾』に対する相反する評価はそこに起因していると考えられる。たとえば、国策小説ではあるが「もっと吟味されてしかるべき重要な作品」という評価(8)と、「朝鮮人側からの日本軍による満洲支配の「翼賛」にしかなっていない」(9)、「朝鮮人の皇国臣民化に対する拒否感を消し、日帝の大東亜経営に対する理解と協力を求める国策的な作品」(10)という批判がある。

他にも李泰俊の「農軍」と比較した研究(11)、万宝山事件を題材にした文学作品の研究(12)、張赫宙文学の連続性に注目した研究(13)、在満朝鮮人表象の研究(14)、作家の満洲認識に対する研究(15)などがある。が、これらの先行研究の多くが作家研究の延長か、あるいは万宝山事件を忠実に形象化した作品として『開墾』を捉えてきたため、テクストそのものに対する具体的な検討はまだ十分になされていない。そのため先行研究においては、『開墾』の中立的な叙述や朝鮮農民の哀歓を描いたことを評価しつつ、結論が「『開墾』は国策小説である」という事実確認にとどまってしまう傾向が見受けられるのが現状である。だが、万宝山事件を文学的に「形象化」した作品として、この作品の特異な点は、他の作品と比較することでより明白になる。たとえば、李泰俊「農軍」（一九三七）と安壽吉「稲」（一九四二）においては、同事件と日本帝国側との関連性がテクストそのものから削除されている。「農軍」では一人の日本人も登場せず、「稲」でも日本領事館警察官側の朝鮮農民への「保護」が意図的に欠落しているのである(16)。比して『開墾』は、張学良政権による排日政策の一環としての朝鮮農民への圧迫から万宝山事件を経て、満洲事変の勃発と満洲国建国までを描いているのである。

本章では、あえて『開墾』が国策協力に加担した国策小説であるという前提のもと、それが国策小説としてどのようなイデオロギーを持ち、実際に展開していくのか具体的に検証していきたい。それは同時に、国策小説でありながら在満朝鮮移住農民（以下、「朝鮮農民」と記す）が満洲で直面する過酷な現実が主に描かれている点など、単純に国策小説に回収し得ない『開墾』の一面が持つ意味を明らかにするためのものでもある。そのためには、作品を精緻に読み解き、そこに示されていると想定される国策文学の論理を把握する必要があると考える。

2　朝鮮農村社会の再構築の夢

朝鮮人の満洲移民

『開墾』の構成は、作家本人によれば、「張学良軍閥の抗日政策に依る我が移住農民に対する不当な仕打」、「新しい開墾地での、後日「万宝山事件」で知られた衝突事件」、「満洲建国後の明るい建設の姿」の三段階に分かれている(17)。つまり、張は満洲で朝鮮農民が経験した苦難に満ちた生活と、満洲国の建国後の幸せな生活の違いを強調していると述べているのである。だが、すでに指摘されている通り、全一一章のうち一〇章分が、朝鮮農民が置かれた「生存競争の現実」を描くために費やされている(18)。特に一章から三章までは、法河のほとりに定住していた朝鮮農民が、「通匪容疑」を口実に吉林省政府の傭兵部隊によって襲撃され、長春へと避難する緊迫した状況を、三星、永俊、昌五という三人の朝鮮人青年の視線を通して描いたものである。

『開墾』において物語の中心となる朝鮮農民の集団は「鮮農」と語られる。彼らは同郷出身の「鮮農」ではあるが、まったく同じ階級から出発したわけではない。三星は「小学校だけでもちゃんと学校を出た」両班の息子であり、永俊は「如何にも木訥な、土の匂ひのする百姓」、昌五は「先祖以来の小作貧農」から飲食店の雇い男になった父と下女の母との間に生まれた子供である。このうち三星一家については、資産家の両班だった父が「かなり派手な生活を」し、「間島へ行つて一旗挙げて来る」と、近親である崔世模一家とともに満洲へと向かったという個人的な事情が示されている。だが、ほかの朝鮮人たちが朝鮮を離れざるを得なかった理由ははっきりと言及されておらず、ただ「その年の旱魃で生活のどん底に落ち込んだ多くの貧民」（一一頁）と語られる。川村湊はこの点について、移民団全体がそうした個人的な事情で故郷を離れるには社会的な要因が強く働いていたはずで、そうした移民の本当の原因を曖昧に糊塗していると指摘している(19)。

しかし、『開墾』において朝鮮農民が回想する彼らの満洲への旅立ちは、決して希望に満ちたものではない。彼らは「世にも惨目な気持になつて、今にも息が絶えてしまひさうなほど悲歎の底に陥ちて」故郷を離れ、「もう世の果へでも来たやうなうらぶれた気持と共に」、「まるで亡霊を思はせるやうな惨憺たるもの」（一二頁）として満洲に着いたのである。このように描かれる朝鮮農民の満洲移民が、「満洲開拓」への意志と希望に満ちた自主的なものとは考えられないであろう。

実際に韓国併合以後、急増した朝鮮人の満洲移住は、植民地になった朝鮮の社会経済的な状況の急変が大きな動因であった。植民地朝鮮では「土地調査事業」と「林野調査事業」、日本人による土地の買収などによる自作農の減少と小作農の増加に加えて、道路、鉄道、港湾などの基盤施設の整備が推し進められた(20)。そのため、朝鮮の農村においては、農民層の分解が促進された。菊池一隆の研究によると、韓国併合以降の朝鮮人の大量移民の発生には、植民地になったことによる直接・間接の理由が八二・六％を占めた(21)。

満洲側の要因としては、満洲には可耕地、未耕地の余裕があり、間島条約により間島に限られたものではあったものの、朝鮮人の土地・家屋所有権が認められていたことが挙げられる(22)。帝国日本側からすれば、朝鮮人の満洲移民は不安定な植民地社会の余剰人口を満洲へ送出することで、朝鮮統治の安定を図ると共に満洲における稲作農業の発達や日本勢力の影響力の増大を同時に実現するものでもあった。

このような歴史的脈絡から見れば、三星一家が満洲への移民を選ばざるを得なかったという事実そのものが、彼らが零落した両班であることを証明している。そして、三星は奴僕の息子である昌五や百姓の永俊と同様に、惨憺たる姿の移民の一人に転落していく。「一旗挙げて来る」という夢に酔い、満洲への移民を決心した三星の父の悲惨な死と「わしのやうにうはついた考へを持つな。しつかり土に根を下した生活を築いて、これでもう安心だといふ場所が見つかつたら、わしの骨を運んでそこへ埋めてくれ」（一二頁）という遺言は、その転落の結果を象徴している。もと両班、百姓、奴僕といった朝鮮での身分は消え、すべてが「鮮農」という集団の名に統合され、さらに一緒に没落していく。帝国日本の周縁である植民地朝鮮から、さらなる外部といえる満洲へと締め出された「鮮農」は、アーレントの言葉を借りるならば「諸権利を持つ権利」(23)を失った存在であるといえるだろう。そのような危い立場が、「通匪容疑」を口実にした吉林省政府の傭兵部隊の襲撃によって強く印象付けられる。傭兵部隊が村を襲撃するという噂から避難する人々も出る中、永俊は三星に避難を拒否する自分の意志を語る。

「さき程のあの姿を見た時、俺はまた自分たちが耕地を見つけに歩いてゐた時のことが思ひ出てもな、何といふ哀れな姿だらうと俺は思つたよ。それにどことといふあてもなく、ああやつて出ていつた先々のことを考へると、俺はたとひ命をとられようと、骨を削られようと、ここを動くものかと思つたよ。俺は二度とあの姿にはなりたくねぇ。あの哀れな恰好にな……」（八頁）

永俊にとって「たとえ糧食道具を積んだ荷車があっても」定着する土地を探し彷徨う人々の姿は、命を失うとしてもなりたくない「哀れな姿」なのである。彼らは「故国を喪失してしまった人としての居住権を奪われた人々、さらに失業をしたり、耕地を失ったような、労働する権利さえ奪われた人々」(24)である。

実際に「通匪容疑」、すなわち「日本帝国主義打倒」、「一切地主の土地没収」などを掲げる「共産匪の一味」の検挙は、日中双方とも民衆を恣に検挙するための口実として使われた。その背景にあるのは朝鮮人の二重国籍問題と、それに触発された日中の警察権問題である。韓国併合以降、朝鮮人には自動的に日本国籍が付与されたが、国籍法そのものは朝鮮で試行されなかった(25)。朝鮮総督府は、たとえ朝鮮人が中国国籍を取得しても、朝鮮人の日本国籍離脱を許容しなかった。そのため在満朝鮮人の二重国籍問題は、帝国日本側が中国国籍の朝鮮人を利用して中国の土地を租借及び買収するなどの土地問題と、属人主義による日本警察権の介入とが相まって展開される(26)。そのようにして「日帝の手先」としてみなされた朝鮮農民を、中国官憲が「合法的検挙」として駆逐するために持ち出されたものが「通匪容疑」である。

その点で、吉林省政府の傭兵部隊が「通匪容疑」を口実に行った朝鮮農民の殺害、傷害、婦女子への暴行、金品要求などは、ただの略奪行為ではない。中国兵士の「量り知れない憎悪」は、確かに朝鮮農民に向けられたものである。

朝鮮農民共同体の崩壊

しかし、命を脅かされてからも『開墾』の「鮮農」は誰一人朝鮮へ帰ろうとはしない。彼らが求めるものは、満洲の大地にある。

> 黄砂の風と柳に遮られて見ることとの出来ない遙か先方の開墾地を、虹のやうに美しいものに想像した。見たこともない輝やかしい幸福が彼らを待つてゐるやうな気がした。藁屋根につつまれて、ぬくぬくとぬくもつた、広々とした家が建つてゐた。黄金の波のうつとりするやうな稲や、甘い玉蜀黍や甘藷や、香ばしい大豆やが、彼らの心にちらちらした。香り高い湯気を立ててゐる蒸し餅や、搗き餅や、炒り菓子やが、彼らの口に唾を湧かした。そこにはもう餓ゑも、匪襲も、争ひもなかった。厚い織り立ての衣服に身を包み、食ひ足りたお腹に満足して、和やかに笑み交はしてゐる彼らがゐるのだった(二一〇〜二一一頁)。

中国政府や農民からの迫害、匪賊の脅威に生活を脅かされながらも、朝鮮農民は満洲の土地に彼らの夢を見る。だが、飢えも争いもない、暖かな服に包まれて平和に生きる朝鮮農民の夢には中国人も日本人も登場しない。これはあくまでも「鮮農」のための夢なのだ。多民族社会であった満洲国が掲げた建国イデオロギーが諸民族の共存・繁栄を謳う民族協和であることを想起すれば、この夢の異様さは際立っている。そして、この異様さはただの夢にとどまらない。

テクストの中で「鮮農」が描いた夢に最も近づいたものとして表れるのは、彼らが法河のほとりに築いた村落共同体での暮しであると考えられる。最初に定着した老嶺山麓の入植地からは中国官憲の圧迫と不利な小作契約によって、次の奥地では「共匪」の襲撃によって離れるしかなかった「鮮農」が、四年を費やして辿りついた法河のほとりはようやく見つけた定住地である。

この土地で「土地の位置や土質に応じて等分をつけ、みんなに分配」するのは、事実上「鮮農」の指導者の位置にいる崔である。彼は共匪や地主ばかりか、怒った現地住民との交渉も任され、「みんなの代わりに危険に身をさらす」。彼は、「一族」や「家族」と語られるほど強い結束を見せる朝鮮農民の共同体において擬似的な父の役目を果たしている。共同体のために進んで自分や家族を犠牲にする彼は、単なる支配階級の一員ではない。それでも彼は、中国人地主に珍客として扱われ「その夜は詩墨を論じ」、やがて「義兄弟の契を結」ぶまでに至る。彼は地主と中華文化を共有し、漢字を通して交流できる両班なのである。つまり両班を中心とする朝鮮の農村社会の構造がこの新たな土地においても擬似的に模倣されている。しかしそのことは両班という彼の出自によるものではなく、個人の優れた人格や自己犠牲の精神によって、正当なものとして強調されているのである。だが、正当性が強調されるのは、すでにそれが「当然」なものではないということを露呈している。崔の地位や富は彼個人の善良さと自己犠牲によって築かれたものであって、国家の権威によって保障されたわけではない。だから、彼は単なる有力者であるだけでなく、善良な人格者でなければならなかった。「鮮農」はすでに両班に従属する既存の身分的秩序に縛られる存在ではないからである。

この朝鮮農民の共同体は、外部から暴力的な力が加わった時、何の抵抗もできないまま崩れてしまう。そして彼らの夢のあっけない崩壊を象徴するのが、「老嶺山麓での出来事以後はすつぽり忘却」し、「あのうらぶれた惨目な気持など、今はもうどこにも残つてゐな」かった永俊一家の無惨な死である。彼の死は、是が非でも朝鮮農民に現実を突きつける。すなわち満洲の大地は無主の荒地ではなく、彼らが夢見るような「鮮農」だけの共同体は、どこにも存在し得ないということを示しているのである。

帝国日本の大陸進出政策に刺激され、中国ナショナリズムが高まりつつあった一九二〇年代の満洲への移民は、一個人が植民地的他者、あるいは主体として捉えられる「例外的空間」への進入であったと言ってもいいだろう。その中で『開墾』の「鮮農」が築こうとしたものは日本人と中国人が排除された「鮮農」だけの夢であり、彼らが締め出された朝鮮の農村社会を擬似的に再現するものでもあったのである。帝国日本の近代的な植民地政策によって突き崩された朝鮮社会から締め出された移住民が、満洲の新たな土地で朝鮮の前近代的な農村社会に回帰する。

この構図を、単なる偶然や実際の万宝山事件に関わった朝鮮人たちの経験をそのまま描いたものだとは考え難い。万宝山事件で朝鮮人側の代表として契約した九人は、全員が間島地方の頭道溝居住者で、入植以前から日本官憲との関係は密接であったこと、また入植した当初の人員は十数人であったことなど、詳細について完全には一致しない(27)。また、『開墾』の「鮮農」が万宝山に入植するまでに経験する苦難は、吉林省政府の「借地回収令」、「土地家屋商租禁止令」、「土地租売禁止布告」（一九二九）、「土地抵当契約禁止訓令」（一九三〇・四）、「国土盗売懲罰令」（一九三一・五）など、朝鮮人に対する数々の「圧迫」政策を網羅するものとして描かれている。これは個別のケースというより、満洲における朝鮮民族の姿を構造化して表現していると見るのが妥当であろう。そして、その「夢」の終わりから、『開墾』の物語は出発しているのである。

3　水田開発の二重性

「鮮農」のアイデンティティ

朝鮮農民が自主的に築いた共同体は、中国の傭兵部隊によってあっけなく崩壊させられる。この時彼らが直面するのは、「量り知れない憎悪で」見つめてくる中国軍人たちの暴力から自分たちを保護してくれるものは何もないという事実である。だが朝鮮農民は、自分たちが満洲のどの共同体にも帰属し得ない存在であるという立場を自覚している。「この土地の凡ゆる政治情勢に通じるやうになつ」ていても、あえて「ただの百姓であつて、政治思想とは恐らく縁のない衆生であることをはつきり知つてゐてもらひたい」（二九頁）と主張する彼らの言葉は、そうした現実認識を反映していると見てもいいだろう。

どこにも帰属しない宙吊りの存在である「鮮農」は、アイデンティティを国家や社会に求めない。永俊をはじめとする「ただの百姓」たちが愛着と帰属感を感じるのは、土地である。自分が開墾した土地こそ、彼らを「ずいぶん幸せに」してくれるのだ。

「掘れ、さあ掘れ、まごまごすると、播種期が過ぎてしまふぞ」かう喚き出したのは永俊の母であつた。背の低い、腰の曲がり気味の彼の母はさながら物に憑かれたやうな感じであつた。

「なにをぐづぐづしてゐる。女子《をなご》も男もあるか、生きるか死ぬかの境目にゐながら、なにをお上品ぶつてゐるのぢや。男は掘れ、女子《をなご》は土運びぢやよ」

誰も遊んでゐる者はゐなかつた。婦《をんな》も子供も、白い脛を出して、出来るだけの仕事はしてゐたのであつた。が、彼の母は気が狂つたやうに、「そこの女子《をなご》や、お前のその白い脛は骨で出来てねえといふのか。生きてゐるんならもうちと早めに歩け」「お前の腕は腐つた棒切れかい。男のくせに、何といふのろまな掘り方だ」かうして、走つたり倒れたりして、道具のない者は手で土をつかみ出し、裳衣《チマ》に土を受けて運び出すのであつた。「子供も遊んぢやならんぞ。石でも拾へ」かうして、長さ一里にも及ぶ用水路が僅か七日のうちに掘り返されたのだ。

黒土の蜿蜒たる用水路には、法河の水がざくざくと土を噛みながら恐ろしい勢ひで押しよせた。流れこんでくる水の先頭について走つてくる子供たちの、水だあ、水がはいつて来る、といふ叫び声を聞くなり、永俊の母は、子供たちの仲間に加はつて走り出した。そして、あまりの歓びに気でも狂つたのか、土手を転り落ちて、あつぷあつぷと水の中に倒れたのである。あつと叫びながら、永俊は母を救ひに堀の中へ跳び下りた。が、母は、「構はんでおけ。ほつといてくれ。これはわしの命の水だからね。思ふ存分浸つてみたいよ」と、手強く息子をはねのけたのである。

人々は彼女の狂乱した歓びに有頂天になつて、わつと喊声を上げ、歓びのあまり涙を流しながら、手をとり抱き合ふのであつた（一七〜一八頁）。

老若男女が一つになって用水路を作るこの場面は、水田開発／稲作農業が永俊や彼の母のみならず朝鮮農民を幸せにしてくれるもの、「開拓集団」としての彼らのアイデンティティの源泉であることを示している。日本人満洲移民団の場合は、入植地の中国人との緊張関係によって、「内地」では表に現れなかった日本人というエスニック・アイデンティティが顕在化した(28)。比して、『開墾』における朝鮮農民の集団としてのアイデンティティは何よりも水田開発／稲作農業と一体化しているのである。

しかし稲作に対する狂気のような愛着は、永俊の母の命を蝕むまでになる。昏睡状態でも「まだ米はとれないか。新米はまだか」と呟きながら死んだ母の口に、「新米を一とさじ二たさじ、三さじと」入れた永俊は、「命の代償に口一ぱいに入れた米を、さも幸福さうにふくんでゐる」母の顔を見る（一八頁）。それにしても、なぜ他の作物ではなく、稲のみがそうした熱望の対象になるのか。

『開墾』における稲への執着は、農民としての本能、あるいは「開拓魂」として、あたかも「鮮農」に特有のアイデンティティであるかのように描かれている。それは、満洲における朝鮮農民と水田開発との強い結びつきに対する当時の一般的な認識を反映していると見ることもできるだろう。たとえば満鉄の東亜経済調査局が刊行した満洲案内書である『満洲読本』では、満洲の水田は朝鮮人たちが鴨緑江岸地方に開田したのを始祖とし、満洲の各地方の水田の多くが朝鮮人によるものであると述べている(29)。満洲農産公社調査課で満洲水稲を研究した横山敏男は、「満洲米作の担当者は朝鮮から移住して来つた半島同胞の手に殆ど大部分が委ねられてゐるので、満洲水稲作の実態を明かにすることは在満鮮農の実態を明かにすること」であると強調した。したがって「水稲問題は民族問題に帰する」(30)になるのである。

だが、三星や昌五がもとから百姓ではなかったように、現実の移住農民の中には朝鮮では水田ではなく畑の農作業に従事していたものも少なくなかった。また、満洲のように気候が不安定な土地で、水田の単一耕作を行うことは冒険的なものだった。満洲事変の前に水田の面積と収穫量は急増したが、農産物全体に占める比率は依然として低かった(31)。

それでも満洲で朝鮮農民が稲作農業の担い手となったのは、稲作は単位当収穫量が高く、収益率がよかったからである。しかも、稲作農業は輪作の必要がなく、畑作に適しない低湿地を開墾することで増収を見込むこともできる。だからこそ、第一次世界大戦期には中国東北政権までもが満洲での朝鮮農民の稲作農業を歓迎していたのである(32)。だが、前述したように、韓国併合以後から始まった朝鮮人の二重国籍問題は、帝国日本の中国土地買収の有効な手段の一つとして利用されていった。中国の国権回復運動が本格化していく中、東北政権も朝鮮農民に対して態度を硬化させ、朝鮮人の土地買収及び租借が禁止されるに至った。官憲と民衆の排日感情が高まった東北社会において、朝鮮農民たちの立場は悪化の一路を辿っていたのである。
そのような朝鮮農民の立場を踏まえれば、彼らを再入植させようとする日本領事館監督下の朝鮮人居留民会の役人が、その仲介人として資本家である申義達を選んだことは偶然ではない。長春で現れる朝鮮農民の新しい交渉相手は、以前崔が直接交渉したような田舎の地主ではなく、土地を商品として利用し不労所得を望む都会の資本家や土地ブローカーなのである。土地ブローカーは、省政府によって土地を借りることが禁止された「鮮農」の代わりに万宝山付近の地主たちと契約をし、さらに「鮮農」に転貸する。大地主や資本家、土地ブローカーが「鮮農」の不法入植を謀るのは、「鮮農」を稲作に従事させて高い地代を得るためである。だから万宝山付近の中国人の地主たちには、「鮮農」の入植する姿が「なぜとなく彼らの食膳を賑はしてくれる豚の行列か、彼らの倉を満たしてくれる牛馬の姿に見える」(二一二頁)のである。言い換えれば、『開墾』で日本人の土木技師よりも優れていると描かれる水路建設の経験と水稲耕作の高い技術は、地主や有力者たちに利益を与え続けることが、満洲において「鮮農」の存在を容認させるに不可欠であるという認識を示しているのである。

米の象徴性

そうした「鮮農」にとって、米の味も分からず、その高い収益性にも興味を示さず、彼らを暴力的に排除しようとする現地農民は苛立ちや軽蔑の対象でしかない。『開墾』で朝鮮農民は、万宝山事件以前にも敵対的な現地農民と遭遇している。

「お前たちが来ると、すぐ河を堰き止めたり、土手を切つたりする。そして、俺たちの畑を水浸しにするか、旱りの時の潅水を奪つてゆくのだ。この土地で水田をつくることはまかりならんから、さつさとよその土地へ引き上げてくれ」といふ来襲者たちの言ひぶんである。

「理屈はともかく、わしらはこの土地で水田をつくる意志は毛頭ない。第一、この附近には水田に適する低地が見当たらないではないか。わしらは適地を探してゐる間だけ、この山麓を宿に借りたいだけだ」と、崔世謨は儒学で鍛へた諦観と温和と、そして多分の威厳を備へてさう言つた。

先方でも崔世謨に自づと備つてゐるこの威厳はすぐに認めたやうだつた。だが、幾らか粗暴な態度を改めながらも、なほ次のやうに言つた。

「宿を借りる位は何でもないと思つてゐなさるか知れないが、こちらはさうはゆかねえ。お前たちコウリ（高麗人トイフ意デ、朝鮮人ヲ賤シメテイフ）には土地も家も貸してはいけないと、先般来お上からの厳しい達しだ。この掟に背いたとあつては、俺たちはどんな酷い目に遭ふかわからねえ。それからお前たちがゐると後からまたきつと共匪がやつてくるに違ひないが、通匪の嫌疑はうけたくないからね」

（彼らの言ふのも尤もだ）と、世謨は考へた。ここ数年来、彼はこの土地の凡ゆる政治情勢に通じるやうになつてゐる（二八〜二九頁）。

崔は、「鮮農」の出現に驚き追い出そうとする現地農民を相手しながら、彼らの言葉を「彼らの言ふのも尤もだ」と認めて理解を示す。にもかかわらず、崔は現地農民の鋭い批判については明確な答えを避けている。「河を堰き止めたり、土手を切つたり」、また「畑を水浸しにするか、旱りの時の漑水を奪つてゆく」という批判に、彼はこの土地が水田を作るに適切ではないと答えるだけである。勿論、それは興奮した現地農民との衝突を避けるためだとも考えられる。だが、水稲作による畑作の被害への憂慮と不安は、万宝山事件の大きな原因の一つである。にもかかわらず、『開墾』全体においてそのような現地農民側の不安についてふれる「鮮農」はいない。現地農民側が「コウリ」(33)に感じるのもまた「羨望と、そして同時に激しい嫉妬」なのである。

そうした現地農民との敵対的な接触は、朝鮮農民にとって、満洲在来の畑作に固執する彼らの目に、水田に執着する自分たちの姿がどのように映っているのかを認識できる重要な思考の機会でもあったはずである。しかしいずれにしても、「鮮農」と現地農民は相互の立場についての理解を深められないまま、辛うじて衝突を回避するところにとどまってしまう。

テクストにおいて稲作に固執する朝鮮農民の傲慢な態度は、必ずしも肯定的に描かれてはいない。しかし「ただの百姓」の朝鮮農民が本来提携していくべき相手は、大地主や土地ブローカーではなく、同じ農民として畑を耕作する現地農民のはずである。にもかかわらず、朝鮮農民に厚意を見せ、友好的な関係を結ぶのは、彼らから直接利益を得る地主や水田の技術を教わっていた現地農民に限られている。『開墾』の「中立的な視線」が、朝鮮農民を利用しようとする朝鮮人資本家の中に見せる例外的に強い嫌悪と憎悪を考えれば意外なほど、このテクストにおける「鮮農」の価値は稲の商品作物としての高い収益性と固く結びついているのである。

だが、移住地域の歴史や文化、環境からかけ離れた水稲耕作に深く根差している朝鮮農民のアイデンティティは、「ただの百姓」のそれではない。大豆などの畑作に従事していた現地農民にとって、「河を堰き止めたり、土手を切つたり」して「畑を水浸しにするか、旱りの時の灌水を奪つてゆく」（二八頁）水田開発は、決して歓迎できるようなものではない。それでも水稲耕作を肯定するとしたらそれは稲の付加価値、つまり「大日本帝国」における満洲米の価値に収束して行くしかない。

周知のように、一九二〇年代から満洲経済は、大豆とその一次加工品を輸出中心商品として依存していた(34)。中心作物の大豆は作付面積や収穫高において農産物の中の三〇％内外を占めていた(35)。ただ水稲の比重は非常に少なく、事実上輸入米に依存していたのが実状であった。それでも、太平洋戦争の勃発とその長期化に伴い、帝国日本の食糧基地として急激に再編された一九四〇年代の満洲国には、稲作拡大による食糧増産が求められた(36)。先にふれた横山は、「大東亜戦争」の勃発と長期化に伴い「食糧の増産と之が配給の適正化は戦力増強の重要なる一環として最大且つ喫緊の問題」であると強調する。そして日本人の食習慣から「食糧問題は即ち米穀問題」であり、「米穀の増産こそは戦争に勝ち抜くための必須条件」なのである(37)。

しかし、そうした満洲米増産の期待がかけられたのは、朝鮮人ではなく日本人移民団であった(38)。そもそも米は「大和民族」の主食で、天皇制の最も重要な象徴であるがゆえに、帝国日本の統一性と正当性を生活から基礎づける重要な作物である(39)。その米が、『開墾』では朝鮮農民のアイデンティティの源泉として描かれ、また水稲耕作の高い技術力が強調されているのである。

4 「居留民保護」の矛盾と限界

朝鮮農民と満蒙権益の結合

『開墾』は、万宝山事件の展開を正確に辿っていると受け止められてきた(40)。それは、中国人地主から日本領事や朝鮮人居留民会の会長、現場を指揮した日本人警察官の警部に至るまで、事件に関わった人々が本名のまま登場し、朝鮮人農民と中国人地主との契約の内容などが詳細に記述されていることによる。また、張の小説が植民地で起きた衝撃的な事件を素材にしたルポルタージュとして宗主国の文壇に受けとめられた受容のプロセス(41)とも無関係ではないだろう。

しかし、そのため肝心の事件の過程が、歴史的事実とは異なるということを見落としてしまう恐れがある。テクストでは「鮮農」に名義を貸し、法的な代理人として地域の地主たちと契約を結ぶ郝永徳が利益を独り占めしようとしたことに対して、大地主である孫永清が「鮮農」の「不法入植」を公安局に訴える。郝が賄賂で開拓許可を得たことを理由に、県長に敵対的な公安局長が「鮮農」を「通匪容疑者」として討伐の対象とする。つまり「鮮農」の水路工事により被害を受けた現地農民たちの請願は貪欲な地主の訴えとして、またその請願を受けた長春県政府による中国公安隊の派遣は、県長に対する公安局長の嫉妬によるものとして、事実が歪曲されている。そしてすでに省政府の正式な許可なく畑を分断する用水路を掘っていた朝鮮農民の行動に憤怒していた現地農民が、公安局長と公安隊の庇護を得て憎悪を爆発させたため、窮地に立たされた朝鮮農民は仕方なく日本領事館に保護を訴えたというわけである(42)。

これが万宝山事件の経過に関する帝国日本側の主張であることは明らかであろう。他方、中国側の主張は、郝が地主たちと交わした契約は県政府から批准されていないので朝鮮農民との契約は無効であるにもかかわらず、帝国日本側が武装した私服警察官を派遣し、朝鮮農民の水路工事を続行させたというものである(43)。

だがテクストによれば、「鮮農」の要請を受け「紛争を起すのを嫌つている当時の政府の外交方針に牽制されて」いた長春の田代領事は、中国側の「傲慢な態度」と若い外交官としての「正義」、そして「これほどまで不当な圧迫を蒙つてゐる鮮農を保護しないでは居れない」という考えと、何より「相対の排日侮日を増長するしかない現前の趨勢に眼を覆うて」(二六六頁)いられなくなる。そのため彼は「断呼たる態度」、つまり「早急に解決の見込みがつかない場合は、こちらは独自の行動をとる旨、相対側に通告」するのである。

しかし朝鮮農民と一切の直接的な接触を持たない領事にとって、「鮮農」は管理の対象にすぎない。何より、満洲において帝国日本を代表する外交官が政府の外交方針から逸脱し、主権を持っている他国への暴力行使を若い領事の一存だけで決めていることは、不自然だと言わざるを得ない。事実、事件当初に長春領事が行った幣原外相宛の報告や、後の石射吉林総領事との協議、さらには関東庁、駐中公使館、外務省などからの指令は、ここでは意図的に欠落させられている。

歴史的事実として、幣原外相は七月一日から二日までに四回にわたり、長春の領事から四六名の日本警察の派遣と吉林総領事石射猪太郎が長春に到着すると同時に事件解決に努力中であるとの報告を受けている。石射総領事は二日から三日まで長春で田代領事と事件の善後策と中国側への抗議資料を検討して、三日の夜遅く吉林に帰った。四日の朝にはすでに石射総領事が吉林省政府へ抗議を始めた(44)。中国側では、長春県政府から吉林省政府、外交部、中央党などまで事件の経過報告や指示、協議が行われた[45]。日中ともに現地当局は中央政府の指示に従っており、事件勃発の二日以後には、すでにこの問題は「両国間の中央の問題として拡大されて」[46]いたのである。それをあえて若い外交官の浅慮と見せかけることは、帝国日本内に存在した亀裂、つまり国際的協調体制を意識する外務省と、武力による満蒙問題の解決を主張して独自の路線を取っていた軍部との対立を、巧みに融合し糊塗したものなのである。

しかも、その領事が矛盾に満ちたと感じる外交方針からの逸脱は、中国側の態度や「鮮農」への個人的な感情を押し出しながらも、結局「鮮農圧迫を放置しておくことは、ひいては日本の既得権益の侵害を暗に認める結果になること」にあると説明される。かかる点では田代の「決断」は、当時の満洲在住日本人官僚にとって「鮮農の保護」が即「日本の既得権益」であることを露骨に示しているのである。帝国日本が掲げた「鮮農の保護」とは、満蒙権益と合致するもの、「大陸進出」の手段として有益であるために必要なものなのである。

逆に言えば、それは満洲事変勃発直前の満洲における朝鮮人の存在が、いかに帝国日本の満蒙権益と固く結ばれていたのかを証明するものである。一九〇五年、関東州を租借地として獲得し南満洲に進出した帝国日本の満蒙権益は、満鉄、関東州、関東軍を軸とし、主に領事裁判権（治外法権）と満鉄付属地で構成されるものであった[47]。この満蒙権益は、朝鮮移住農民の土地所有問題に直接に関係した間島条約（一九〇九）と満蒙条約（一九一五）、内蒙古の西部と東部をロシア帝国と日本帝国が利益を分割することを協約した第三次日露協約（一九一二）、満期に近かった関東州の租借権と満鉄や安奉鉄道の建設経営権を延長した二一カ条の要求（一九一五）を経て、拡張されていった。

しかし、こうした帝国日本の「大陸進出」は中国ナショナリズムを刺激し、結果として中国ナショナリズムは急速に成長していった。たとえば、二一カ条の要求問題が起こった時、四カ月にわたり日貨ボイコット、国貨提唱、救国貯金を唱えた反日運動が学生や商人を中心に展開された[48]。また、一九一八年から一九二〇年初頭にかけて起きた第一次世界大戦期の帝国日本による「大陸進出」政策に反対する五・四運動は、「官民一体」の全民族的な運動であった[49]。さらにパリ講和会議（一九一九）において、中国側の抗議にもかかわらず山東旧ドイツ権益が帝国日本に継承されたことは、中国全土に大規模な反日運動を引き起こした。このように五・四運動をピークとする反日運動は、排日運動と利権回収運動を中心としたものである(50)。

帝国日本の「大陸進出」とそれに対抗する中国ナショナリズムの構図は、そのまま維持された。そこには、満洲問題を含む帝国日本の中国における特殊権益問題を国際化して国際協調体制の中で解決しようとする中国側(51)と、両国間の問題として直接交渉を通して解決しようとする日本側との間における認識の差が存在していた。すでに指摘されたように、多くの日本知識人は、満蒙問題を日中間の国際法上の問題であるとみなした(52)。日本知識人からすれば、問題は帝国日本の「正当な満蒙権益」を実力行使によって無力化しようとする中国側の反日運動にあったのである。

しかし、日本政府はワシントン会議(一九二一〜一九二二)で妥協に応じ、日英同盟の終了、四国条約、中国に関する九カ国条約、海軍軍縮条約、中国関税条約に調印する(53)。さらにアメリカが中国に対する日本の特殊権益を認める石井=ランシング協定の廃棄(一九二二・五)によって、「日本の勢力範囲主義は原則的に否認」された(54)。その後、加藤内閣(一九二四)が成立し、幣原外相が標榜した「協調外交」はヴェルサイユ・ワシントン体制への信頼に基づき、中国への内政不干渉を原則とした。この「協調外交」も満蒙権益そのものを否定するものではなかったが、日本政府の外交方針の転換は、「既成事実」の蓄積を通した「大陸進出」を支持する日本内部の勢力を刺激した。それ以降、日本では国際環境の急変を背景に、不戦条約(一九二八)と自衛権をめぐる議論、海軍軍縮条約からの脱退までの過程を通して、幣原外交の基盤は掘り崩される(55)。幣原外交は国内の反対勢力及び世論から軟弱外交として批判され、強硬外交への転換が要求されたのである。その結果、帝国日本の大陸政策は山東出兵(一九二六〜一九二八)から関東軍の張作霖爆殺(一九二八)や中村大尉殺害事件(一九三一)、万宝山事件を経て満洲事変へと至ることになる。

しかし、帝国日本の満蒙権益をめぐる展開は、中国人の民族意識を刺激し、これまで中国本土との関係が希薄であった満洲でも「関内」との一体化が推進される(56)。本来日本の支援を受けて成立した張政権さえ、権力を確立する過程の中で、対日関係を硬化させていった。張政権としても、大衆の反日・排日感情を配慮しなければならなかったのである。張政権の排日政策が、青年連盟など在満日本人団体によって「張作霖による既得権益の侵害」と叫ばれた経緯は、第1章第2節で検討した通りである。

在満朝鮮人は、在満日本人よりも直接的な脅威に晒されていた。満洲における排日運動が、排日貨運動と共に朝鮮人排斥運動として展開されていたからである。その原因の一つとして、張政権が「下から盛り上がってくる排日民族運動の鉾先を外らしつつ、尚日本への牽制を行うのに朝鮮人排斥運動を利用した」(57)点が挙げられる。

しかし、根本的な原因は、在満朝鮮人の曖昧な法的・政治的位置が大陸の土地占有を図った帝国日本に巧妙に利用されたためであった。中国側の強い反発により、日本人は朝鮮半島に隣接した間島を除く地域において、土地買収・所有ができなかった(58)。だが、一部の日本人は「日本人ではない」朝鮮農民を利用して土地買収をするようになった。日本の金融機関も朝鮮農民に低利の営農資金を貸し付けた後、土地を抵当に入れて朝鮮農民が貸し付け金の返済ができなくなると没収するという方法で、効率的に土地を手に入れたのである(59)。

また、間島の例が示すように(60)、朝鮮人移民の増加は結果的に日本勢力の扶植に繋がるという問題があった。韓国併合後、「日本帝国臣民」とされた朝鮮人の増加は、結果として帝国日本の治外法権が介入してくる口実になったためである。中国官憲による取り締まりが強化され、朝鮮人の土地所有や貸借は禁止された。特に張政権や国民党政府は、排日運動は「即ち在満朝鮮人への圧迫と追放及び土地の外国人への貸与を国土盗売法によって処断すること」(61)だと認識していた。そのような状況を踏まえると、なぜ「鮮農圧迫」が「ひいては日本の既得権の侵害を暗に認める結果になる」のか理解できる。満洲における朝鮮農民の存在そのものが、帝国の満蒙権益と深く結びついていたのである。そのため、在満朝鮮人への排斥は反日運動の一環として持続的に行われた。その具体的な内容は、強制退去、不当な課税、学校の閉鎖、帰化強要、小作禁止などである(62)。

だが、こうした圧迫の結果、朝鮮農民と中国民衆の摩擦が起きると、今度は「日本帝国臣民」の朝鮮農民を保護するという名目で、日本領事館が干渉して来た。それは治外法権に基づく領事館警察官の派遣であり、正に万宝山事件への道程である。

朝鮮農民と「居留民同胞」保護の論理

『開墾』で朝鮮農民が経験する様々な困難や中国人官憲・軍隊・大衆からの「憎悪」は、在満朝鮮人と帝国日本の満蒙権益との結びつきから起因するのである。在満朝鮮人のジレンマは、そうした暴力に直面した際、彼らが保護を期待できるのは帝国日本だけであるという事実であった。そのジレンマから逃れるためには、「共匪」などの抗日武装闘争に身を投じるしかない。

『開墾』において帝国日本が朝鮮農民に提供する保護は、法河で朝鮮農民が体験したように、暴力から逃げ込むことができる数少ない避難所を提供することである。それは治外法権地域である満鉄とその付属地であり、万宝山事件では、現地住民と公安隊によって追い詰められた朝鮮農民を守るために現れた領事館警察官である。先に述べたように、帝国日本の満蒙権益は、主に治外法権に基づく領事裁判権と満鉄付属地で構成されるものであった。排日運動に組み込まれた「鮮農圧迫」から逃れるため、朝鮮農民はその原因である満蒙権益に頼らざるを得なかったのである。


「領事館警察はゐるのかゐないのか」

そこで、中川が口をきつて、悠然と立ちはだかつた。

「ここにゐるよ」と、

「何をしに来たのか」

「農民を保護しにやつて来たのだ」

「こちらは立退きを命じてゐるんだぞ」

「立退き命令は、お前たちが出す権限はない」

「さうかと言つて、お前たちにだつてないだらう」

「政府同士今折衝中だ。解決がつくまで、俺たちは自国民を保護する権利がある」

「他国の領土へ、武器を持ち込む権利はない筈だ。ここは治外法権区域外だぞ」

「だから、護身用の拳銃しか持つとらん」

「そこに隠してあるのは、機関銃ぢやないのか」

「これはお前たちがぶつ壊していつた柱だ。そんなに機関銃が見たかつたら、何時でも出して見せるよ」と、中川は、わつははと笑つた（二六〇〜二六一頁）。


領事館警察官と公安隊隊長が対峙しながら互いの正当性を主張し合うこの場面は、当時満洲で繰り広げられた日中の主張をそのまま反復している。外務省警察、すなわち領事館警察官の主張の根本を成しているのは、朝鮮農民が「自国民」であるという位置づけである。帝国日本は中国側の日本領事館警察官の撤去要求に対して、領事裁判権から領事館警察権の根拠を引き出し、かつ「属人的性質ノモノ」と主張した(63)。それに加えて二一カ条の要求（一九一五）により「南満洲及東部内蒙古ニ関スル条約」（「南満東蒙条約」）の第三条「日本国民ハ南満洲ニ於テ自由ニ居住往来シ各種ノ商工業其ノ他ノ業務ニ従事スルコトヲ得」を根拠に、「日本人」をめぐる事件が発生すれば、在留民の「保護取締」を名目に領事館警察官が介入した(64)。主権侵害という中国側の抗議には既成事実を積み重ねることで黙認させるというのが、満洲における領事館警察の常套手段であった(65)。先にふれた在満朝鮮人の二重国籍問題において指摘したように、植民地朝鮮には日本国籍法そのものが施行されなかったため、朝鮮人の日本国籍からの離脱は不可能であった。したがって、たとえ中国国籍を取得しているとしても朝鮮人である以上、「日本帝国臣民」である朝鮮人を「保護」するという名目の下、領事館警察官の介入が推し進められたのである。

領事館警察官が盾とする「自国民を保護する権利」に対し、公安隊長は「他国の領土に武器を持ち込む権利はない」ことを指摘し、双方の主張は平行線を辿っている。そして機関銃についての会話は、この問題の解決が、武力によって強行されるということを暗示している。中川は機関銃の存在を否定するが、「そんなに機関銃が見たかつたら、何時でも出して見せるよ」という発言には、いつでも武力を行使する用意があるという威圧のメッセージが込められているだろう。

しかし、建前としての護身用の拳銃と隠された機関銃が、中国の排日運動による「満蒙権益の侵害」に対する自衛権の行使であるだと主張したとしても、正当化し得ない武力行使であることは明らかである。この場合、領事館警察官が持ち出す自衛権は、近代国際法上の「自国の重大な利益が危険に瀕し、この危険を免れるためには、外国の法益を侵害する或る措置――外国領土への侵入、公海における外国船の拿捕のごとき――をとるより外に道がない場合に、この危険の発生についてその外国に国際法上の責任はなくとも、その国の法益を侵害する右の措置をとって、自国の利益を救う権利」(66)としての自衛権を主張していると考えられる。

小林啓治は、近代国際法においては「主権国家は平等であり独立であって、それぞれ他に対して侵犯をなすことはできないという原則を拠り所に、国家が戦争に訴えること自体を規制することができなかった」(67)と指摘する。所謂「文明国」だけを法主体として捉え、他の諸国は不平等条約によって国際社会に従属的に編入される近代国際法(68)においては、「自国民を保護する権利」と自衛権の結びつきは、必ずしも不法なものではなかったのである。領事館警察官の「自国民を保護する権利」と護身用の拳銃の結合は、近代国際法の世界に属するものである。

しかし、第一次世界大戦以降、自衛権の概念に変化が起きる。自衛権が「外国から武力を以ってする攻撃を受けたときに自国を防衛する権利」という意味で使われるようになったのである(69)。自衛権の概念における変化は、所謂不戦条約調印過程において帝国日本の「大陸進出」と自衛権解釈をめぐって複雑に展開される。

一九二八年八月二七日、国際的な「戦争の違法化」運動の成果として、パリ不戦条約〈ケロッグ・ブリアン〈Kellogg-Briand〉条約。以下、「不戦条約」と記す〉が調印された(70)。日本において調印前から問題になったのは、主に第一条の「人民ノ名ニ於テ」という語句をめぐる論争であった(71)。だが、不戦条約の調印は中国の加入問題（一九二九年五月に加入）(72)、満蒙権益問題、自衛権についての解釈など、同時期に推し進められていた「大陸進出」と極めて密接に連動していた。不戦条約の交渉と同時に第二次・第三次山東出兵を行っていた帝国日本政府は、中国や列国を刺激することを避けるため、満洲についての留保を行わず、一般的に自衛の言及に留まった(73)。それは、満蒙などの地域に限定して留保を行った場合、中国においての行動を制約されるという懸念によるものでもあった(74)。さらに、不戦条約に「国家政策の手段としての戦争を放棄する」と定まれたため、「戦争に至らざる武力行動」は不戦条約にふれないという解釈が生まれる余地もあった(75)。

だが、田岡良一が指摘したように、不戦条約に付けられた留保としての自衛権であっても、武力による攻撃以外の手段で自国の権利を侵害する国に対する武力の行使は、自衛権の範疇には入らない(76)。田岡は、不戦義務に対する例外としての自衛権が「外国から武力による攻撃や侵入を受けた国が、これを反撃するために武力を行使する権利」(77)として捉えられた点を強調する。すなわち、不戦条約における自衛権の解釈によれば、正当防衛としての自衛権を主張できるのは、中国側ということになるであろう。不戦条約を締結した国際社会は、近代国際法から戦争の違法性と正当防衛としての自衛権を認める現代国際法へと推移していたが、帝国日本は依然と近代国際法による秩序から脱却できなかったのである(78)。

そして領事館警察官の介入こそ、この事件が「投下資本の保護を託された」ため、いかなる法則・法律にも拘束されない暴力の無限の蓄積が許された植民地における「国家暴力手段、すなわち警察と軍」(79)の役割を体現していることを証明している。それは、『開墾』においては万宝山事件の結果として、誤報によって朝鮮で惹き起こされた大規模の排華事件(80)には一切言及せず、対日圧迫と日本人排斥を挙げていることからもうかがえる。

この事件の直後に起きつた各地の対日圧迫は、日が経つにつれて益益露骨化していつた。七月から八月へかけて起きた事件のうち、主なものを挙げるとかうである。

哈尔浜の朝鮮人小学生が中国人学生に暴行を受けて、一名負傷。

綏遠で、鮮農が中国人地主の圧迫を受けて、追放された。

東支那鉄道南部線陶頼昭付近の鮮農が中国官憲により追放された。

黒竜江省奥地の鮮農経営の用水路が、暴民により破壊された。

吉林省政府は、荷馬車三十数台に鮮農百名を縛りつけ、城内に押送。罪名は通匪で、中には十二三歳の子供も混じつてゐた。

張作相は日本人排斥について訓令を発した（二九七頁）。

そして日本人排斥の内容は、朝鮮人への暴行、地主と官憲による朝鮮農民の追放、用水路の破壊、「通匪」名目の弾圧など、どれも万宝山事件やそれ以前の三星ら朝鮮農民が経験したことである。だが、この対日圧迫と日本人排斥が、「鮮農」を媒介としてあまりにも自然に結び付けられていることは看過できない。その対日圧迫に対抗する動きが「長春、奉天各地の居留民会」による居留民大会の開催、東京での「青年連盟代表五名の上京陳情」である。朝鮮農民を「日本人」、それも不当に財産と命までもが危険に晒されている「居留民同胞」としてはっきりと位置づけているのである。居留民の保護は、これまた自然に「帝国の満蒙に於ける特殊権益」の確保と結合する。

結局、満洲事変以前の満洲において「鮮農」が陥っていたジレンマは高調する中国の反日運動から「日帝の手先」として排斥される朝鮮農民の立場であるという視点から、このテクストは書かれている。それゆえ、「ただの百姓」である朝鮮農民の水田開発は「何人にも有利なる事業」(81)にもかかわらず、中国官憲から不当にも圧迫されているというわけである。当時在満日本人を中心に盛んに叫ばれた「満蒙の危機」、「満蒙政策の行き詰まり」は、朝鮮人を含めた「在満洲在留民ノ保護」(82)を要請するものであった。

そして、『開墾』が導き出すこのジレンマの合理的かつ根源的な解決策は、朝鮮農民を保護してくれる国民国家の「国民」になることであり、その「国家」は彼らを満蒙権益の内に包摂しようとする帝国日本なのである。

5 「帝国臣民」と民族

帝国の暴力／保護

「大日本帝国」にとっての「鮮農」の必要性は現地の当局者である領事や領事館警察官、民会の会長などの言葉によって暗示されているのに比べ、「鮮農」にとっての帝国日本の必要性は、より生々しく直接的な身振りの形を取って表れる。

柳の根元で待つてゐた応援隊がさつと船にとびのつた。それと入れ代わりに、三星たちは堤の上に荷下しされてゐる弾丸を汀まで運びに上つた。
三星は堆高く積まれた箱詰めの弾丸にとびついた時、
(この弾丸が俺たちを助けるんだ)と、思つて、わつと抱きついて泣き出した。
千四百発もの弾を詰めた箱を、三星たちは愛児をでも抱くやうに一心にかかへて運び始めた(二九三頁)。

この興奮は、抑圧されていた朝鮮農民にとって、帝国日本がどのような存在であったかを克明に示している。初めて土地を守る、すなわち所有できるという希望を持った農民たちは、それを守るための武器を「愛兒」のように抱く。

これは単なる鬱憤の爆発ではない。彼らが酔い痴れたのは、満洲の大地を所有し、開墾し、やがて彼らの本当の「愛兒」によって紡がれる命の連鎖、すなわち一度は脆くも崩壊してしまった彼らの夢である。そして、その夢のために必要なのはイデオロギーや法的地位ではない。マルクスの言葉を借りるならば、土地に対する私的所有は「征服という根源的な事実を、「自然権」なる外皮のかげに隠している」(83)。しかし、朝鮮農民が「自然権」を手に入れるには、帝国日本の権威だけでは充分ではない。帝国日本が朝鮮農民に与えた「帝国臣民」という地位の最大の弱点は、それを盾に事件へと介入しようとした領事館警察官に公安隊長が鋭く指摘した通り、「国民」と「民族」の不一致にあるからである。

確かに『開墾』における万宝山事件は、「鮮農」に「帝国臣民」たることで彼らの開拓に必要な保護が与えられることを示した。だが、それは朝鮮農民が「帝国臣民」であるために与えられた保護ではない。帝国が本当に保護したいのは満蒙権益であり、そのために朝鮮農民は一時的にでも「帝国臣民」でなければならなかったのである。こうした利害関係こそ、朝鮮農民を管理し、利用しようとする帝国日本の満洲当局と、定着する土地を求めて満洲へ移住した朝鮮農民とを結びつける重要な要因なのである。そのため、利害関係から離れた帰属意識は存在せず、「鮮農」集団が「日本帝国臣民」としてアイデンティファイされることもない。はっきりしているのは、朝鮮農民が満洲で土地を所有し開墾に専念するためには「暴力による保障が必要であり、それは他の暴力を圧倒するほど強力なものでなければならない」(84)という事実である。朝鮮農民の夢が実現するためには、帝国日本の「銃」による「秩序」が不可欠なのである。だからこそ『開墾』の「鮮農」は満洲事変勃発の知らせにもかえって安心し、「徹底的にやつてくれるといい。そして、いつまでも占領してくれるといい」と帝国日本の「大陸進出」を支持できる（三〇七頁）。

そうした物語の論理は、万宝山事件後に起こる昌五の現実認識の変化からも覗くことができる。零落した両班である三星がつらい過去を振り返り、農民の永俊が苦しい過去を忘れて、ただ満洲の大地に心を奪われるのに比べて、奴僕の息子である昌五は朝鮮農民の置かれた満洲の現実をより客観的に捉えていた。

しかし、万宝山事件以後になると、満洲事変から流れた敗残兵が朝鮮人を襲撃するという噂を聞いても、昌五は頑なに避難を拒否する。吉林省政府の傭兵部隊に襲撃された時は、一足先に財産を処分し、また避難を渋る人々を説得するなど、誰よりも現実的だった昌五を変貌させたのは、満洲事変以後「今はもう災難はおしまひ」（三〇五頁）という信念である。昌五の現実認識をそのように劇的に変貌させたのは、いうまでもなく万宝山事件の過程で彼が接した帝国日本の在り方である。「不当にも」中国警察に抑留されていた昌五は、田代領事の中国側への通告のあと、中国警察から出所を許される。彼は「もう俺たちは一人ぼつちじゃねえんだ。俺たちのからだは、国が保護して下さるんだぞ」（二六七頁）と他の人たちを励ます。その「国からの保護」の赤裸々な形が機関銃であり、その機関銃を掃射して「暴民」をいとも簡単に圧倒した領事館警察官である。


そこへ駈けつけた中川が、孫永清に向かつて、彼らの行為が不法であり越権である旨を諭さうと試みた。

「今、日中両国の当局間に外交折衝中であることを知らんのか。お前たち飽くまで、暴力をふるふならば、こちらにも覚悟はあるぞ」

すると、孫永清は憎々しげな語調で応じた。

「利いた風な口をきくな。手めえコウリの癖に、日本人面してゐつて、ちやんとわかつてゐるぞ」

「コウリも立派な日本人だ。お前たちの野蛮行為を黙視するやうな日本人ぢやないんだぞ」（二七七〜二七八頁）

暴力に無防備に晒されていた朝鮮農民が武器を与えられる可能性、一時的にでも帝国日本が保護すべき居留民＝「国民」になれる可能性が示されたのである。そして、帝国日本の権力の末端である現場の指揮官が、堂々と「コウリも立派な日本人」と主張する。民族の枠を超えて「国民」になることが可能かも知れない、という強い暗示がここにはある。と同時に朝鮮農民にとって「国民」になることと国家の暴力手段による保護との結合は、なお強化される。

昌五が「国民」に与えられた保護に魅了され、また欲望するようになったとしても不思議ではない。支配の暴力が正当化されるのは、人々を他の暴力から保護する時(85)だとすれば、昌五はただ他の朝鮮農民より早く支配の暴力を積極的に受け入れ、それに正当性を与えようとしていたに過ぎない。

しかしながら、その可能性が「鮮農」の間で真摯に検討され、吟味されることはない。満洲の「凡ゆる政治情勢に通じ」た朝鮮農民にとって、帝国日本の完全なる満洲支配は現実的なものではなかったのであろう。だが、帝国日本の武力的な保護に対する昌五の信念は、物語にとって自然で合理的な論理の帰結のはずである。にもかかわらず、昌五の信念は朝鮮農民の間にも共有されない。


「それは危ない」

「ぢや、どうして残留するといふのか」

「何となく去りたくない。大丈夫だといふ気がする。俺の心は曙の東天のやうに輝き出してゐる」

(こやつ、なにか神がかりみたいなことを言ふ)と、三星は考へた。

「朝やけの雲のやうに、俺のこころは彩られてゐる。このままそつとしてゐたい。動きたくないのはそれだ」

「わからんな。永俊の二の舞ひをやりてえのか、お前は」三星は腹立たしく叫んだ。

「怒つたつて仕方がねえよ。災難の最後の姿を、俺はこの目で篤と見てえんだ」

「気違ひだなお前は。命を捨てるやつは皆、似たりよつたりなことを言ふ。永俊はむつつり黙つてゐたが、同じことだ。ぢや、勝手にしろよ」ぷりぷりして三星は出て来た(三〇五~三〇六頁)。


万宝山事件では昌五以上に感激し、積極的に弾丸を抱きしめた三星にさえ、日本軍によって「長春が占領されればそれもおしまひ」という昌五の自信は、永俊の暗い影が付き纏う「神がかりみたいなこと」として、また「気違い」

として受け止められる。

いわば朝鮮農民が「ただの百姓」として「共匪」や満洲の政治状況を批判的に理解することを拒否してきた思考のプロセスが、帝国日本の「大陸政策」についても同じく作用しているのである。だが『開墾』において朝鮮農民が求めるような「開拓」に成功するためには、帝国日本の保護や保障が不可欠である。要するにこのテクストは、朝鮮農民が満洲に定住し幸福に生活するという夢を実現させるためには国家権力による保障が必要であり、その保障を提供してくれる「日本帝国臣民」にならなければならないということを示しているのである。

だが、かかる物語の論理は、昌五と同じく万宝山事件を経験した朝鮮農民にさえ容易に受け入れられないという限界を露呈する。近代国民国家において「血」を媒介としない「国民」の地位は極めて不安定であり、暴力によってもたらされた秩序も、あくまでも一時的なものでしかない。万宝山事件の後、彼らはまた朝鮮人に戻り、満洲事変から流れてきた敗残兵から朝鮮人を保護してくれるものはいない。朝鮮農民が「日本人」になれるのは万宝山事件の間、あるいは帝国日本の「大陸進出」の間の条件つきの処置に過ぎない。

にもかかわらず、満洲国が「鞏固な礎石を築い」た時、「鮮農」は「昌五が何となく明るいといったのは、このことの予言であるらし」い（三一七頁）と、「輝やかしい世界」の到来を受け入れる。だが、それは同時に、彼らが帝国日本の「役人」の管理の下へ組み込まれるということを意味していた。日本大使館の中には「朝鮮課」が設置され、朝鮮総督府の指示により、自作農創定を目的とする「集団農場」が作られる(86)。『開墾』に先んじて発表された『幸福の民』（南方書院版、一九四三・四）で、朝鮮在来の風習である契に注目し「農務契」を単位として朝鮮農民たちが公社の監督下で組織化されていったように(87)、万宝山の朝鮮農民も「農務契」を作り、朝鮮人資本家の中を自分たちの中の匪賊とみなし、官選理事に心から頭を下げる。その時、もう一度両班を中心とする朝鮮の農村社会構造が擬似的に築かれることはない。彼らは均しく帝国日本に管理される存在になり、管理される集団だけが残される(88)。彼らは「鮮農」や「居留民」ではなく、満洲国の「開拓民」となったのである。

民族協和と「内鮮一体」との狭間

これまで『開墾』で展開される「満洲開拓」の論理を検討してきた。ここまで見てきた通り、この作品は朝鮮移住農民と中国住民との間の衝突事件である万宝山事件を題材として、事件そのもののみならず、その背景となる朝鮮農民の複雑な立場から事件の政治・歴史的な意味に至るまで緻密に組み立て、描いたものであるということを確認できる。『開墾』の特質は、体制側の論理に徹するべき国策小説であるにもかかわらず、あくまでも「鮮農」の立場に立って、万宝山事件を契機に満洲における朝鮮農民の苦難を作品の全面に打ち出している点にある。

その点は作家も認識していたようで、「後記」では「今日満洲国では五族協和の実を挙げてゐるが、この小説でもその点は描いたと思つてゐる。ただ誤つた政治が民族協和を妨げてゐたのである」(89)と弁護している。『開墾』が満洲移民の国策小説だということを考慮すれば、これは興味深い矛盾だといえるだろう。

前述のように、『開墾』は「鮮農」を中心として書かれた作品である。日本人は彼らの管理を図る領事や警察官という役回りに過ぎない。その『開墾』を国策小説として成立させるためには、「満洲国建国の高い理想」を理解し、主体的に協力する朝鮮人移民団が、あらゆる危険と困難を乗り越えて満洲国での定住に成功することが不可欠である。

事実、満洲国の建国イデオロギーとして宣伝された民族協和は、在満朝鮮人にとっては満洲で直面する厳しい現実を解決できるという点で魅力的なものであった。「内鮮一体」と民族協和との狭間に置かれていた在満朝鮮人の位置から満洲国の「国民」のなることは、帝国日本の支配から離脱しようとする意志の屈折でもあったからである(90)。李海英と張丛丛は、在満朝鮮人が満洲国の建国イデオロギーである民族協和と王道主義によって「自治への幻想」を抱いたと指摘する(91)。そのため、一部の在満朝鮮人においては「満洲国の国民になることで満洲国内の一つの民族として自治権を享受できると期待し、また満洲国の国民になることで日帝の「内鮮一体」政策と距離を置き、親日の嫌疑から自由になろうと」(92)する傾向をみせたのである。

しかし、『開墾』の朝鮮農民は「共匪」や満洲の政治状況を批判的に理解することを拒否し、帝国の植民地政策についての積極的な理解や協力も拒否してしまう。さらには、万宝山事件を通して「鮮農の保護」とは帝国日本の満蒙権益と合致するもの、つまり「大陸進出」の有効な手段であるために必要なものであることを明らかにする。ならば民族協和の欺瞞を露呈させ、「満洲国建国の高い理想」から遠ざかっていく満洲の朝鮮農民を描いた『開墾』は、国策小説としては失敗作ということになる。なぜなら、満洲国建国後はすでに在満朝鮮人の「日帝の手先」としての効用性は消え、「満洲開拓」の主役として期待されたのは日本人移民団であったからである。

本来、帝国の当局側が満洲移民の担い手として想定していたのは朝鮮人であった。外村大は、日本帝国政府が閣議決定した「朝鮮人移住対策の件」（一九三四・一〇）において、「内地」へと移動しようとする朝鮮人を満洲などに振り向けようとする傾向を指摘する(93)。「内地」における朝鮮人の増加を警戒していた帝国当局側と植民地統治の安定化を図っていた朝鮮総督府側は、朝鮮農民の満洲移民に肯定的だった(94)。

だが、満洲移民を通して農村問題の解決を図った加藤完治ら在野農本主義者の働きかけと信頼できる予備兵力や後方支援の確保を企図した関東軍側の屯田兵案を中心とした移民案によって、日本人満洲移民が国策移民として日満両国の積極的な支援に支えられて推進される。日本人農業移民とは違い、朝鮮人の満洲移民は満洲事変後にも一九三六年に鮮満拓殖株式会社が設立されるまで「自由放任的な移住」であった(95)。しかし、鮮満拓殖株式会社の設立と朝鮮人の満洲移民に関する具体的な方針の策定が、必ずしも全面的な支援の開始を意味するものではなかった。毎年一万戸までという新規入植の制限と日本人とは別の入植地に指定されるなどの制限があったからである(96)。朝鮮人の満洲移民は、帝国内人的資源の移動として、統制と規制の対象となったのである。

だが、『開墾』で検討したように、中国側の法体系を攪乱するのに有効であった在満朝鮮人の曖昧な法的位置は、満洲国成立後には帝国内の矛盾を浮き彫りとした。こうした在満朝鮮人問題を象徴するものとして、先にふれたように満洲国における二重国籍問題が挙げられる。

満洲国期の朝鮮人国籍問題を検討した田中隆一は、満洲国側では在満朝鮮人を「満洲国民」として位置づけようとし、朝鮮総督府側は彼らを「日本帝国臣民」として位置づけようとしたと指摘する(97)。満洲国期の国籍法案において、日本人の二重国籍は許容されたが、朝鮮人の二重国籍は問題として認識されていた。満洲国側は、朝鮮半島に日本国籍法を施行し、在満朝鮮人は満洲国単一国籍を取得すべきとした(98)。朝鮮総督府側は、朝鮮への日本国籍法の施行は許容しながらも、「内鮮一体」原則によって朝鮮人の二重国籍を認めるべきと主張した(99)。だが、日中戦争の勃発を契機に国籍選択権の尊重、二重国籍の回避といった国際国籍法への配慮は消え、それ以降の国籍法案においては居住地法を基本とし、朝鮮人を含む日本人の二重国籍が認められた(一九三九・一)(100)。満洲国は国籍法が制定されないまま崩壊したが、戸籍法の役割を担う「満洲国暫行民籍法」(一九四〇)が制定された(101)。同民籍法においても、朝鮮人・日本人は民籍の二重登録が認められ、在満朝鮮人は朝鮮と満洲国に二重に登録された(102)。そのため、在満朝鮮人の権利義務や法的地位が問題とされ、満洲国側と朝鮮総督府側が対立した(103)。勿論、それは在満朝鮮人に対する行政権をめぐるものでもあり、根本的な対立ではなかった。

問題は、朝鮮半島では「皇国臣民」とされた朝鮮人が、満洲国においては民族協和に貢献すべき朝鮮民族として捉えられた点にあった。「内鮮一体」と民族協和との狭間で、在満朝鮮人は先に触れたような「自治への幻想」を抱くことができたであろう。

しかし、植民地朝鮮と満洲国との間で揺れ動く在満朝鮮人の存在そのものが、帝国の体制における矛盾を露呈させる契機となる。その一例として、在満朝鮮人の兵役問題が挙げられる。田中の研究によれば、「満洲国国兵法」(一九四〇)において日本人と朝鮮人は日本兵役法の適用を受けるとされたが、朝鮮人は「志願兵」制度の他の日本兵役法の適用を受けなかった(104)。しかし、その翌年には日本政府が朝鮮人徴兵実施を閣議決定し、満洲国における朝鮮人指導方針は「内鮮一体」による「帝国臣民」としての性格が強化された(105)。このような転換は、満洲国における在満朝鮮人政策に「深刻な混乱と動揺」を惹起した(106)。田中は、「満洲国初期には対外的効果を勘案して「五族協和」

の原則が相対的に尊重されていた」が、「日中全面戦争以後には「皇民化」政策の強行により満洲国の「五族協和」のイデオロギーは建前としても崩壊していった」(107)と述べている。

このような在満朝鮮人の存在は、満洲国当局側にとって決して都合のいいものではなかった。尹輝鐸は、治外法権の撤廃（一九三六～一九三七）を契機として、満洲国行政側に在満朝鮮人、とりわけ奥地に散在する朝鮮農民に対して「補導」問題が抬頭した点を強調する(108)。諸民族の中で朝鮮人だけが「補導」の対象となり、「自浄」が求められたのである(109)。尹はその理由として、在満朝鮮人の劣悪な環境や処遇によるものだけでなく、満洲国側の問題として宣伝の不足と民族協和運動における差別的な態度や政策を指摘する(110)。民族協和運動においては、多数の中国人や実権を掌握していた日本人に比して、朝鮮人は少数民族であり、且つ中心的な存在でもなかった(111)。また、資本・技術・土地のような物的基盤に欠けている点で日本人との経済的な差は確然であり、「日本帝国臣民」という地位も「嫡統」の日本人とは別の民族という批判に晒されていた(112)。満洲国協和会による協和工作においては、支配民族の日本人と多数民族の中国人を主な対象としたため、協和会での共通語は日本語と中国語であった(113)。

少数民族として疎外されたと感じた在満朝鮮人は民族協和運動についても極めて冷淡な態度を取り、協和会や国防婦人会のような組織への参加を回避する傾向があった(114)。とりわけ奥地でほぼ孤立して生活していた朝鮮農民には、民族協和運動の趣旨を認識する手段も意欲も欠如していた(115)。そのような状況で治外法権の撤廃（一九三七・一二）が行われ、在満朝鮮人の教育権は満洲国政府側に移管され、朝鮮人民会や「農務契」などの朝鮮民族権益団体が解体された(116)。さらに、日中戦争の勃発を契機に実施された経済統制政策による物価の高騰及び物資不足に耐えながら、在満朝鮮農民は水田開拓の取り締まり、移民地域の制限、既耕地の買収などに苦しめられていった(117)。

そうした時点で『開墾』は一二年も前の「半島人同胞の苦難」を描くことで、帝国日本と「鮮農」の利害が合致していた頃の記憶を蘇らせようとしたのである。満洲国期の朝鮮人が置かれていた「二等国民」という立場を考える時、その「苦難」が逆に民族協和の虚構性を暴くのは皮肉なことである。実際、『開墾』が描く「鮮農」の立場は、満洲国建国によって「輝やかしい世界」が到来した以降にも変わることはなかった。前述したように、中国側からは「日帝の手先」と批判され、日本側からは「不逞鮮人」が警戒され、満洲国にとっては諸民族の中でも「補導」と「自浄」が求められる存在であったのである。

それでも『開墾』は、朝鮮農民の開墾から生まれる高い利益を語り、彼らが「帝国臣民」であることが「大陸進出」に有効であった歴史的記憶を喚起する。そうした論理の展開そのものが、逆説的にも「張学良軍閥の抗日政策」の時代から満洲国へと続く、帝国日本における「鮮農」の在り方を明らかにするのである。これは『開墾』が、帝国の植民地政策の「合理性」によって朝鮮農民の立場を改善するという目的を果たそうとしたために生じる矛盾であろう。

しかし、「張学良軍閥の抗日政策」の時代における「鮮農」のジレンマと、満洲国の時代における在満朝鮮人のジレンマは結局同じものであり、それは「合理性」によって解決できるものではなかった。植民地朝鮮人は、必要に応じて一時的に「帝国臣民」に仕立て上げられることはあっても、日本民族にはなれない。この作品はそのことを再認識させる可能性を持っているのである。

そしてこの事実が、戦時下の総動員体制に組み込まれた朝鮮人作家の作品として持つ意味を考える必要がある。帝国の「同化」政策が植民地朝鮮に「皇民化」政策として押し付けられる一方、戦争遂行のために植民地朝鮮人の自発的な協力が要求されていった。一九三八年、朝鮮半島に「志願兵」制度が導入される過程において、「内鮮一体」によるる「皇民化」政策が本格的に推進された(118)。朝鮮総督に赴任した南次郎が提唱した「内鮮一体」(一九三八)は、宮田節子が鋭く指摘したように、日本人側の「同化の論理」としての「内鮮一体」論と朝鮮人側の「差別からの脱出」の論理としての「内鮮一体」論が錯綜していた(119)。宮田は「内鮮一体」が「朝鮮人をより「完全なる日本人」たらしめようとする支配者の「皇民化要求の極限化」と、朝鮮人の「皇民化の度合」との矛盾・乖離の中から誕生したものであり」、帝国日本が「一貫して朝鮮支配の基本方針として採用して来た同化政策の必然の帰結」(120)であったとする。

南は、植民地朝鮮の民衆を心理的にも完全に服従させることで、信頼できる朝鮮人兵士を出現させることを企図したのである(121)。勿論「完全なる日本人」の客観的な基準も存在しない以上、日本人側の恣意的な評価に依存せざるを得ない。宮田は、その不可能な目標に朝鮮人を誘い込むための手段とされたのが「内鮮の無差別平等」であったと論じている(122)。そして独立への展望を失った植民地朝鮮の一部の知識人は、「差別からの脱出」の論理としての「内鮮一体」を展開していったのである(123)。

宮田が指摘するように、「内鮮一体」論における最大の矛盾は、日本人側にとって「内鮮一体」論は朝鮮人の日本人への「同化の論理」ではあったが、決して「差別からの脱出」の論理ではなかった点にある(124)。そのために設定されたのが、日本人と朝鮮人との「民度の相違」である(125)。現在の差別は「民度の相違」によって正当化され、朝鮮人が「完全なる日本人」になるいつかは、差別が撤廃されるとされた(126)。勿論、その「民度の相違」や「皇民化の度合」を決めるのは日本人側に委ねられていたのであり、朝鮮人はいつか達成される「完全なる皇民化」に向かって「無限の距離」(127)を走り続けなければならなかった。そして「皇民化」政策は、「内鮮一体」論を肯定するか否かにかかわらず、朝鮮半島内の全ての民衆を対象にして推し進められたのである。

「志願兵」制度の実施（一九三八）、植民地朝鮮への「徴兵制」実施の閣議決定（一九四二）、「徴兵制」の公布（一九四二）、「兵役法中改正法律」の公布及び施行（一九四三）、朝鮮における第一回徴兵検査（一九四四）の実施(128)の過程を通じて、「半島同胞」の生命は帝国日本によってさらに効率的に利用されるため、総動員体制に組み込まれた。植民地朝鮮では精神的にも宗主国への「同化」が強いられる中、一部の在満朝鮮人には満洲国においては民族協和によって朝鮮民族の存在が認められているように見えたであろう。そのため、満洲国を認めるという限界の中で朝鮮民族の活路を模索する屈折が生まれたのである(129)。

そのような時期、『開墾』は、帝国の論理に沿って朝鮮人の満洲移民の歴史的記憶を再構築しながら、それが結局民族問題であることを暗に示している。張赫宙が、帝国の言語を「二枚舌」として使い、表に表した帝国への「服従」の裏に疑問と懐疑を潜めて語る可能性は、そこから生み出されるのである。

第4章 武装移民の逆説 湯浅克衛「先駆移民」論

1 日本人移民者と土竜山事件

在朝日本人作家の国策協力

湯浅克衛（一九一〇～一九八二）(1)は、移民問題をその文学の主なテーマの一つとした作家である。植民地朝鮮でおよそ一一年間日本人移民者として過ごした湯浅は、初期の作品を通して植民地朝鮮の実状と朝鮮人に対する理解を示しながら、日本人移民者としての自意識を描いた。彼の代表作である「カンナニ」（『文学評論』一九三五・四）は、所謂万歳事件（三・一運動）を題材とした作品である。だが、中国北部と満洲を旅行した直後（一九三八・八～一〇）、湯浅は「先駆移民」の発表（『改造』一九三八・一二）を契機に、重要国策の満洲移民を小説の題材として帝国の満洲移民政策を支持するようになる。

先に第2章第3節で検討したように、湯浅は国策団体である大陸開拓文芸懇話会（一九三九・一）に参加した。続いて彼は一九三九年四月、第一回大陸開拓の国策ペン部隊に参加し、満洲の移民村や訓練所、中国北部を訪れた。その後も満洲を訪問し続けた湯浅は、その成果として『遥かなる地平』（一九四〇）、随筆集『民族の緯糸』（一九四二）、『二つなき太陽のもとに』（一九四二）、『新生』（一九四三）などの作品を発表したのである(2)。湯浅文学のそうした変貌を踏まえ、これまでの殆どの先行研究は「先駆移民」を湯浅の国策協力への接近を示す初めての作品として捉えてきた(3)。そのため、湯浅に関する先行研究の多くは、「カンナニ」が代表する初期小説に焦点を置き、評価している(4)。

他方「先駆移民」は、十分な検討と分析に足るテクストとして扱われてきたとは言い難い。その最大の原因は、この作品が日本人移民者の集団入植のために行われた移民用地の強制買収に抗議する抗日武装闘争である土竜山事件（一九三四）を題材とし、さらに多くの点において「現実に即している」(5)と考えられた点にある。すなわち、この小説は文学的虚構というより同事件の忠実なルポルタージュであるとみなされ、そのためにテクスト自体に対する検討はまだ十分になされていないのである。

事実、この作品は移民団の入植から土竜山事件の勃発を忠実に追い、匪賊に包囲されていた移民団が日本軍の到着に喜ぶという結末をもって終わる。いかにも勇敢な日本人移民団が野蛮な匪賊との戦闘などの困難を乗り越え、開拓に成功する国策小説の物語のように見える。実際に、発表した当時にも「ひどく手薄の粗製品」(6)、「力作」ではあるが「作者の身についた自主的な思考もなければ、作者の内部から発した表情もない」(7)といった低い評価を受けた。

抗日武装闘争事件の文学的形象化

しかし、この小説が題材としているのが、満洲国において土地買収に対する大規模かつ唯一の抗日武装闘争である土竜山事件であることを想起する必要がある。所謂土竜山事件（依蘭事件）とは、満洲三江省依蘭県土竜山地方を中心に展開された反日農民武装蜂起である。この地域で行われた関東軍の強制的な土地買収、銃器回収、種痘の実行などに反対する付近の住民たちが、地域有力者の謝文東の指導の下、武装勢力化した。この「東北民衆自衛軍」は、一九三四年三月九日に日本駐屯軍と日本人移民団の連絡を担っていた土竜山警察署を襲撃して署員らの武将解除を行った。三月一〇日には飯塚朝吾大佐（歩兵第六三連隊長）を殺害した。四、五月には第一次・第二次日本人移民団を急襲、包囲した。この襲撃で第二次移民団は当初の入植地の放棄、退団者の続出などの打撃を受けた。この事件は強制的な土地買収に対する唯一の武装闘争の例として、満洲国政府に大きな衝撃を与えた。また、依蘭県の日本人参事官が謝文東を「義民」とし、彼の下で蜂起した民衆を弁護したことで、新京その他の満洲国の日本人官吏、在満日本人間に移民団に対する批判が起きた。この事件以後、移民用地買収は関東軍から満洲国政府に引き継がれ、土地買収価格の引き上げなどの対策が取られた(8)。

要するに、土竜山事件を史実に沿って文学的に形象化するということは、初期の満洲農業移民政策における大きな「失敗」を文学的に再現することを意味するのである。その上で「先駆移民」が国策小説であると想定すれば、この小説は、土竜山事件が象徴する満洲移民政策の諸矛盾を「克服」できるイデオロギーを構築し、展開する必要がある。本章では、「先駆移民」を精緻に読み解き、一九三四年の歴史的な抗日武装闘争事件がどのように文学的に形象化されたのかを具体的に検討し、その意義を把握する。特に、その題材から文学的な形象化において行われた選択や強調の背景にあるイデオロギーの展開を中心に考察する。

2　武装移民の「出征」と「宣撫工作」

在郷軍人の満洲移民

公式的な日本人満洲移民事業は、満洲国の建国（一九三二）から開始された。国策としての満洲移民は満洲国内の日本人増加を意味し、関東軍にとっては「北辺鎮護」、つまり最大の仮想敵国であるソ連に対抗するための予備兵力と信頼できる後方支援の確保を図るものだった。武装移民、自衛移民、特別移民、屯墾隊など複数の名称が使われていた事実からもうかがえるように、満洲国の建国直後に渡満した第一次、二次日本人移民団は、募集時からその軍事的性格を明らかにしていた。第一次移民団の「満洲国吉林省佳木斯《ジャムス》地方農業移民候補者選定に関スル規定」には、「自衛ノ為メ、戦闘行為ヲ為ス場合ヲ考慮シ、内地出発前、移住者ハ各集団ノ指導者に対シ、戦闘行動ニ就テハ、ソノ命令ニ服従スベキ誓約ヲ為スモノトス」、部落建設にも「警備ノ為ノ集団編成」、すなわち戦闘行為を意識している(9)。第二次移民団は在郷軍人で構成され、「リュックサックと日本刀一振りを背負」った「武装移民らしい非常時風景」を見せながら上田駅から満洲へと出発し、新京の関東軍司令部から武器弾薬を受領して武装した武装移民団であった(10)。

「先駆移民」においても、その冒頭から「国策満洲移民に飛び込んでしまう主人公」(11)である松原拓の経験を通して満洲移民の武装移民としての性格がはっきりと表れている。満洲移民に参加することを決心した松原は、知人から満洲移民の「壮行」は「全く出征と同じ」(12)と励まされる。だが、松原にとって「出征」と「壮行」は、より複雑に絡み合って表れる。

出征の場合なら、小夜に相談するもしないもない。量り知れない広大な国家の意思が自分を招いて呉れるのだ。その場合なら合へずに応召することになつても少しも悔いはないだらう。だが、今度の場合は自ら求めて、参加して行つたのだ。
これも、広大な民族の意志が自分を引きずり廻してゐるのであらう。何を求めて、そんな危険な辺境へ行くと云ふのだと傍観者は云ふだらう（二六九頁）。

彼にとって「応召」は選択できない義務であるが、移民団への参加は自分の自由意志による選択の結果であるという点で別個のものである。が同時に、彼は「出征」と「壮行」を、同じく民族の意志によって「引きずり廻」されるものとして受け止めている。どちらも自分の自由意志を超える存在によって、客体として使われることに変わりはない。

だが、彼が「応召」には「国家」を、「壮行」には「民族」と使い分けている点に注目したい。「応召」は国家による徴兵であるが、民族の意志によるとされる「壮行」は必ずしもそうではない。自らの意志で参加するため、その決定に影響する様々な要因が介入する可能性が出てくる。

松原が挙げている「一攫千金」の夢や「一人当たり十町歩以上の耕地、それも十年も施肥が要らぬ沃土」（二七〇頁）は私益の側面からの満洲移民への誘因である。その私的利得を否定することによって、松原は自分の「壮行」が「広大な民族の意志」による純粋なもの、すなわち「出征」に匹敵するものであることを信じることができる。だからこそ、満洲移民という「壮行」は「広大な民族の意志が自分を引きずり廻してゐる」ものとなる。それは主体的な決定であると同時に、「尽忠報国」であるべきなのである。この点から見れば、満洲移民に対する当時の通念と違い、松原や他の団員たちが貧農や小作人出身ではないと強調されているのは、興味深い事実である。


許可を得に伯父の家を訪ねて行った時に伯父は財産の分配のことで、何かごねているとでも取つたらしかつた。「嫁でも貰へば、それ相当のことをする積りだつたんぢゃ。次男坊だからと云うて、投りつぱなしにしとるわけぢゃない。そんなことをしたら、草葉の蔭のお前のお父さんに対しても相済まん次第だ。わしが後見役になつとる限り、分家に不自由はさせせんつもりぢゃ。何を満洲ぢゃジベリアぢゃ、不毛の地に出稼ぎに行く必要が何処にある。近所衆に対しても肩身がせまい。先祖様から受けついだ、信州第一の伊那盆地を捨てて、何処にお天と様に顔向けが出来る土地がある。わしは土台、アメリカ移民ぢゃ、ブラジル移民ぢゃ云ふのは反対なんぢゃ。大和島根に生ひ茂つた民草は、大和島根で老ひ枯れたらいいんぢゃ。何も毛唐《けとう》の土地の隙間に食ひ入つて、毛唐から排斥されんでもいい。それも土地をお構ひになつたやうな者なら、そんな道しかないかも知れんが、何もお

前、くひつめもせんものが、……」（二七〇頁）

伯父が指摘する通り「くひつめもせんもの」であるのは、彼に限ったことでもない。わざわざ「移民団として参加して来た人員の中でも小作人の子弟が殆どないやうに、故郷では兎に角自作農として、どうにかやつて来た次男三男坊が多いのである」（二六五頁）と断っていることからも、満洲移民を「内地」農村における窮乏からの解放として位置づける既存のイメージから離れようとする意図を汲み取ることができる。そして作品全体を通して、それは一貫して表れるのである。

満洲移民の背景

満洲移民そのものが昭和恐慌と密接な関係にあることを踏まえれば、農村の現状に対するこのような冷淡さは意外と言わざるを得ない。「先駆移民」では、松原拓をはじめとする信州班を中心に初期日本人移民団の満洲移民が描かれている。長野県は、日本全国で満洲移民者を最も多く送出した県である（全国比の一四・二％）(13)。長野県が満洲移民に積極的であった理由は、主に農業恐慌の影響として説明される。長野県は養蚕業への依存度が高かったため、世界恐慌（一九二九）による生糸価格の暴落で深刻な打撃を受けた(14)。県下一戸当たりの負債は、平均八六八円（一九三〇）に上った(15)。

さらに一九三一年、一九三四年には、東北地方と北海道における冷害と大凶作が東北地方を中心として農村に深刻な疲弊をもたらした(16)。こうした農村恐慌と冷害・凶作は農村経済に深刻な影響を及ぼし、小作問題や過剰人口の問題が浮上してきた。小作争議も農村恐慌の煽りを受け加速され、一九三四年にはピークを迎えていた(17)。いうならば、第二次移民団が出発した一九三三年の長野県の農村は、農村恐慌の最中にあり、それがまったく言及されない方が不自然なのである。

農村恐慌による社会不安の高調を避けるため、農村の過剰人口問題を解決しなければならないという社会認識が生まれた(18)。そうした認識を背景に、日本政府は海外移民を通して過剰人口問題の解決を図り、窮乏な農民は海外移住を通して生活苦から逃れるという図が形成された。分かり易く言えば、日本社会において満洲移民は貧農や小作農が窮乏から逃れるための選択肢という認識が広まっていったのである。そのような認識は、農本主義者を中心として日本政府に農村問題の解決を要求するようになっていった。

五・一五事件（一九三二）では、橘孝三郎の愛郷塾の塾生からなる農民決死隊が加わっていたために、農村問題の深刻さが強く印象づけられた。五・一五事件の被告たちは農村救済を一つの目標として掲げ、満洲移民は農村救済の重要な方策であるとする気運を醸成し、政府に政治的圧力を与えたのである(19)。

五・一五によって喚起された農村の危機感を背景に、「農が国の本」であると主張する権藤成卿、橘孝三郎らの農本主義者が抬頭し始める。五・一五事件、血盟団事件などの背景に農村の疲弊があると判断した斉藤内閣は、第六二臨時国会（一九三二・六・一）を召集し、通貨流通の円滑化、農村その他の負債整理、公共事業の徹底的実施、農産物その他重要産業統制などに関する各般の法律、予算案を提出すべきであるという決議を可決した。そして所謂救農議会（八・二三）、第六三臨時国会で農村救済費が認められ、農林省に経済更生部が設置された。経済更生運動は産業組合の組織拡充と活発化、農村の中堅人物の育成などを通して農村の組織化を進めた。そして「隣保共助」と「力行主義」が唱えられ、構造的な矛盾の解決より自力更生が前面に押し出された運動は、経済を道徳でカバーする「精神更生」に転換されていった。二宮尊徳の老農主義が盲目的な勤倹力行思想と直結され、没政治性や経験編中主義などが拡大された。精神を修練する「場」としての農民道場の流行は、そうした状況を物語る(20)。結果として、経済更生運動は全国の農村に政府主導の農村経済の計画化・組織化を企図して推し進められたが、充分な成果を上げられなかった。そのため、農村更生計画の一つとして満洲移民が位置づけられるようになったのである(21)。

さらに、国策移民としての満洲移民の成立には、加藤完治（一八八四〜一九六七）のような在野の農本主義者の日本政府に対する積極的な働きかけがあった。「満洲移民の父」と呼ばれた加藤は、古神道の信仰に基づく「大和民族の理想信仰」と「日本農民・農村への同情」を指導理念に据えた日本国民高等学校の初代校長である(22)。加藤は、日本農村の次・三男問題や地主制と土地不足の解決策として、海外移民に着目した。彼が一九二〇年代に想定していた日本人青年の海外移民の送出先は、植民地朝鮮の農村であった。

だが、満洲事変の勃発から満洲国の建国工作が進行中であった一九三二年一月、具体的な満洲移民案を携えた予備役陸軍中佐の角田一郎の訪問を契機に、加藤は満洲移民の実現に邁進するようになる。当時の日本政府内では、満洲移民は採算が取れない非合理的なものという否定的な意見が多く、陸軍大臣荒木貞夫は、加藤らの満洲移民案を「時期尚早」として断った。

同時期、関東軍においては、主に対ソ防衛のための屯田兵制移民案が検討されていた。そして加藤と石原莞爾、東宮鉄男の会見によって初期満洲移民案が具体化されることになる。加藤の回顧によれば、石原が見せた東宮の「屯墾軍の具申書」の内容は「大体は朝鮮人を送つて、彼処へ移民させ」、「幹部には日本人を入れる」ものであった。治安維持が難しい状況の下、「日本人は果して斯う云う満蒙移民に適するかどうか判からないから、朝鮮の同胞を動かして大体入れるが、その幹部には内地人を使ふ。さうして屯田兵をあつちこつちへ植ゑ附けて治安の維持を計らう」というのである(23)。当時、満洲には既に朝鮮人の満洲移民が進んでいたことに照らせば、東宮の構想は現実的なものであった。しかし、加藤との会談の結果、東宮は朝鮮人移民案を捨て、加藤は日本人在郷軍人を主とする案に同意することで、両者は武装移民に合意した(24)。日本人農民の救済を主張していた加藤と、対ソ戦において日本人による「銃後」の支援と兵力拡充を考えた東宮の妥協であった。この妥協を可能にしたのは、「土を耕し、天皇に帰一することによって、家・村・国家に尽し、そのことを通して「人類社会」と「世界文明の建設」に自分を捧げる」(25)といった加藤の「思想の根本」がめざした、明らかに体制側に都合のいい農民像であったであろう。

移民者の宣撫工作

このように、関東軍の武力による満洲国の建国、農村恐慌による農村の疲弊、農本主義の精神主義への傾斜を背景として、満洲移民は国策として成立されるに至った。その国策において、満洲移民者は農民であると同時に兵士でもあった。松原と伯父との間で、満洲移民という「壮行」にめぐり、同様の論理が繰り返される点に注目したい。

松原の伯父は、外国への移住に対する生理的な嫌悪を表明している。伯父は、満洲移民は「毛唐《けとう》の土地の隙間に食ひ入」る行為であるとし、それが「毛唐から排斥され」る危険を孕んでいることも認識している。そうした伯父を説得するために、松原は「ブラジル移民や、さう云つた在来の移民とは、根本的に意義が違つてゐて、文字通り国家の盾として民草を植ゑてゐる」と主張する。彼が持ち出す論理は、「冥土で哭く」であろう「明治以来、大陸政策の犠牲となつた二十余万名の生霊」と「満洲事変で戦死した戦友達」という物語である。

自分達が満洲事変で身命を挙げて戦つたのは其処にあつた。満洲国は独立して、五族協和を称へてゐるけれども、若し日本が、官吏、資本家、それから特殊業者だけでもつて満洲国を建設したなら、三十年も経たないうちに、満洲は約一億の山東移民で充満してしまふだらう。百年後には、大和民族は島日本に窒息し、明治以来、大陸政策の犠牲となつた二十余万名の生霊は、冥土で哭くだらう。さしずめ、満洲事変で戦死した戦友達に対しても顔向けが出来ない。それを国家の方針がどうのかうのと転化して済まして居られるだらうか（二七〇頁）。

「匪賊が跋梁してゐると聞く満ソ国境の方」に「国家の盾として」植えられる「民草」になることの意味は、「ま、出征だと思ふんぢやな」という伯父の答えからも明らかである。満洲国誕生の直接的な契機である満洲事変を経験した退役軍人が、満洲国と大和民族の未来を憂い、今度は移民者としてその国を支えるというわけである。そして「約一億の山東移民」として表れる中国人の脅威と「島日本」に窒息するかも知れないという危機感から「大和民族」を守ることは、「国家の方針」よりも重要なものなのだ。もはや、この移民の性格は明瞭である。武装移民団の渡満は間違いなく「出征」なのである。

しかし、問題はこの小説において現地住民に対する宣撫工作が満洲試験移民団の重要な目的の一つとして設定されているということである。占領地の大衆を宣伝・教化する文化工作を意味する宣撫工作は、日中戦争（一九三七）においていて初めて使われたと言われている。『興亜ノート』（一九三九）によれば、宣撫工作は「戦争及び事変の場合、占領地の人民に対し、その戦争及び事変の意義、占領国のこれからの意図などを宣伝し、私事的にこれを撫育する仕事に当る団体を宣撫班といふので、これは支那事変に於て初めて使はれた名称であり、その前にこの名称の使はれた例はない」(26)。実際に日中戦争中に、日本軍内に華北及び華中に存在した日本軍の被占領地の民衆の宣伝・教化のために「宣撫班」が設けられ、その活動が宣撫工作と呼ばれた。「宣撫工作要領」（一九三七・一二）によれば、その目的は「作戦地内の支那民衆ヲシテ今次事変ニ於ケル真意ヲ明ニシテ、排日抗日思想及欧米依存ノ精神ヲ排除シ、日本ニ依存スルコト即チ安居楽業ノ基ナルコトヲ自覚セシメルニアル」としている。宣撫工作の主な目的は、「秩序の回復、民心の安定、親日的世論の形成」なのである(27)。

ただし、満洲においては比較的に早い時期から満鉄を主体として宣撫活動が行われたという指摘もある。満鉄側には満鉄沿線の治安確保の必要性があり、満鉄内の鉄道警務局愛路課によって「武力で制圧した地域民衆の反乱、反抗を抑圧するために占領軍やその支配政府が行う文化的工作」が行われた(28)。満洲国の「治安維持ニ必要ナル宣撫工作の計画及び実施機関タル中央宣撫小委員会」(29)が発行した宣伝・宣撫研究情報誌である『宣撫月報』（一九三六～一九四五）によれば、宣撫小委員会は満洲事変が起きた一九三一年、「周辺各国からの思想的侵略から満洲国民を守り、国家思想の涵養を図るために」設立された(30)。

だがこの雑誌は、宣撫小委員会に勤務する「宣伝担当日系職員のための雑誌」(31)であり、大衆向けの雑誌ではなかった。宣撫・宣撫工作の重要性が大衆にまで強く認識されたのは、やはり日中戦争の勃発後と見るのが妥当であろう。

さらに土竜山事件が一九三四年に起きた事件であることを考えると、宣撫工作が武装移民団の最も重要な目的の一つとして挙げられているのは、意図的に挿入された虚構のものであると考えられる。

その虚構の宣撫工作の目的とは、移民団が現地住民の協力と同意を得て、現地における統治の安定化を図るということにほかならない。しかし、渡満した移民団が発見するのは、「内地」での想像からはかけ離れた満洲の実状である。

第二次移民団が初めて満洲の地を踏むのは、佳木斯《ジャムス》である。彼らが到着した街は、日本軍の軍事行動による緊張が高まる中、戦火から「避難した住民が帰つて来ない者多く」「可成の空家を擁してひつそりと静まつて」いる「松花江《スンガリー》沿ひの田舎町」である。

　土塀が長く続いてゐた。石が中にはめ込んであつた。銃眼こそないが、明らかに城砦の構へである。この街に着くまでにもそんな家を大分見かけた。中には四隅に望楼が出来てゐるものもあつた。治安が乱れてゐたこの地方では、昔からこんな構への中でなければ安心して眠れなかつたのであらう。
　土塀を廻つて、門をはひつた。城門風の入口からして、相当な物持ちの家だつたのかと思はせた。然し、中にはひると構へほどにはない、田舎家で、三つ四つにしきつた戸口が見え、ロバや豚小屋を越えて一番左手の部屋が、中隊の事務室に当たつてゐた。
　女部屋なので、床の脇には、タンスがあり、三面鏡まがひの飾りがあつて、派手な色彩のついた茶道具やランプが置いてあつた。クリームの空瓶などが大事さうに並べてある（二七八頁）。

長い土塀に囲まれた空き家はまず「城砦の構へ」で不安な情勢を想起させ、「相当な物持ちの家」のようであるが、中に入って見れば、むしろ見た目ほどでもない田舎家である。特に中隊の事務室として使われている部屋は本来一家の中でも内密な場所である「女部屋」であるが、残されたままの部屋の調度品は異国の女性やその生活を観察者の視線に隈なく晒している。その部屋のように、佳木斯には避難した市民たちの痕跡が色濃く残しているにもかかわらず、生活している住民の姿は見つけられない。この寂しい風景と対比されるのは、「現在の三江省首府として」栄えている佳木斯の幻想である。

今は、移民団家族の憧れの街だ。農閑期になると、一張羅で着飾つた移民の女、子供達が、南崗大街《ナンガンタイワイ》から中央大街へ、それから松花江岸へ漫遊して、美しいコバルト・ブルーに輝いてゐる満洲国砲艦の隊列や、意気な水兵さんの早業に歓声を上げる楽しい街だ（二七三頁）。

この「着飾つた移民の女、子供達」が漫遊する「楽しい街」は、満洲事変から始まった戦火によって寂れた町に入ってきた日本人移民団が築き上げる未来像である。戦乱に巻き込まれた満洲の過去と寂れた現在から輝く未来の成功までの過程は削除され、急に現れたこの未来が移民団の正当性を支える。しかし、成功という結果を先に提示することによって、物語の緊張と興味が損なわれることは避けられない。にもかかわらず、あえて成功的な移民団の未来を差し込んだのは、物語の外、すなわち読者を意識しているからであろう。現実の寂れた風景や困難、犠牲は輝く未来を前提にした場合のみ許される。この時、その未来がどのような歴史的な展開によるかという歴史的経緯は剥ぎ取られる。

実際、この風景の中で移民以外の存在、とりわけ現地住民の存在が隠蔽されていることを指摘することは難しくない。だが、この場面には「移民の女、子供達」以外の移民者たち、すなわち男性移民者の姿も見えない。その代わりに「満洲国砲艦の隊列や、意気な水兵さん」が現れる。農閑期の余裕を示す着飾った女性移民者とその子供たちの風景は、関東軍の砲艦の隊列と軍人の存在によって、「松花江沿ひの田舎町」が「三江省首府」に変わる過程を暗示していると考えられる。
だが、この未来の「移民団家族の憧れの街」も、満洲に着いたばかりの移民団にとってはまだ慣れない異国である。ここで松原が初めて遭遇する「土民」は、門の前で用を足している「裸かの女の子」である。

空家の入口にはひるると、土塀の横で、五つ六つの女の児が大便をしてゐる。松原拓を認めると、表情をどうしたらいいものかと迷った風の、白い眼をした。そんな表情は一寸つづけば、笑顔が泣顔に変わるものなのだ。赤んべーをしてやると、案の定、女の子は笑つた。しゃがんで、用を足しながら、女の子は笑ってゐる。もつと何か話しかけたいのだが、適当な言葉がみつからない。不要《ブヨ》も快々的《カイカイデー》も、どうも当てはまらないのである。面倒になつて、家の中にはひつた。心持ち一つでは、裸かの女の子が門の前で用を足してゐても、気を昂ぶらせなくて済む。これからの土民たちとの交渉も、出来れば平和にしたいものだと、討匪だけでは済まされない宣撫工作のことを考へるのだ（二七八頁）。

この光景に遭遇しても「気を昂ぶらせな」い松原の反応は、一見中立的で理性的なもののように見える。だが、彼が続けて考えるのは「討匪だけでは済まされない宣撫工作」であり、「土民」に「日本人を信頼させるには、威信を発揮しただけでも駄目だが、甘くなつて嘗められてしまつても困る」ということである。そのような宣撫工作を遂行するためには、たとえ裸の女の子が門の前で用を足していても気を昂ぶらせないような「心持ち」が要求される。ここでは異民族の他者に対する嫌悪も好意も等しく、不要なものとして排除される。「土民」と初めて遭遇した松原は、彼女を宣撫工作の対象としてしか認識していない。この時、松原の視線は完全に帝国日本のそれであり、松原という生身の存在はただ視線の仲介者にすぎない。
しかし、仮宿の門の前で裸の女の子に対面した松原は、非難や怒り、蔑視などの否定的な感情は見せないものの、適切な言葉を見つけることもできず、接触を回避してしてしまう。だが、本来宣撫工作は、医療、映画、教育の多方面にわたる同化・懐柔政策であると同時に、私的な親善を国家的な規模にまで拡大するものである(32)。個人対個人の信頼や好意を利用して民族意識を封じ込め、帝国日本の支配を受け入れる土台を作り上げることが、宣撫工作の目標なのである。そのような宣撫工作の目標に照らせば、松原の行動からは、これから異民族と平和な交渉を行い、宣撫工作によって積極的に「土民」に歩み寄ろうとする意思は見出し難い。松原は宣撫工作を強く意識しながらも、漠然と満人を「虫けらみたいに扱」っては困るが、「甘くなつて嘗められてしまつても困る」という程度の認識にとどまっている。それは、松原の覚悟や認識が不足するためではなく、生身の移民者として満洲の現実に直面するしかない彼の立場によるものであろう。

移民者の不安と懐疑

テクストにおいて最も国策を理解し、内面化している移民者といえる松原さえも、鸚鵡返しのように帝国の言葉のみを繰り返すわけではないのである。逆に、帝国の言葉に忠実であろうとすればするほど、移民者としての彼は満洲で直面する現実との乖離を意識する。そして松原は、行為や言葉ではなく悪夢を通してその屈折した感情を露呈させる。

小さな小麦畑だ。両側からのしかかるやうに聳えてゐるのは、土塀なのだらうか。それとも岩の断層だらうか。仰ぎ見るのだが、暗くてどうもよくわからない。小麦は七八寸に伸びて居るが、何と痩せさらばえた姿だ。肥料は十年間やる必要がないと聞いて来た土だ。見事に実つた見本も見てゐる。こんなわけない。矢張り肥料をやる必要があるのだらうか。慌てて溝を掘らうとするが鍬が何かにつかへて、掘れないのだ。くそくそツ、くそツと掘り上げると、ゴボツゴボツと鈍い音がした。頭から土くれや石のかけらやらが降りかかつて来る。仰ぎ見ると、小麦畑は谷の底になつてゐて、頭の上を両側からせり出した岩角が天井を作つてゐて、僅かなきれ目から陽が差し込んでゐるだけだ。これでは実らないわけだ。どうして、自分一人こんな谷底に迷ひ込んで、小麦などを作つてゐるのだらう（二七四～二七五頁）。

ここでは、渡満する前には「国家の盾として植えられる民草になる」と語った松原が、満洲の現状を接することで感じた困惑と不安が、悪夢という形で表れている。この時、移民者に約束された農地が本当に沃土なのかという問題は、皮相的な問題に過ぎない。この場面で顕在化するのは、「国家の盾として植えられる民草」を必要とする帝国によって、自分たちは騙され、利用されているのではないかという懐疑である。

そうした懐疑が、佳木斯で起きることは偶然ではない。悪夢から目覚めた松原は、他の移民者から移民団全体に「聞いた風な話したあ、どえれえ、違いだで、なんかと云つたちゅうこんだで」（二七六頁）動揺が広がっていることを聞かされる。この動揺は、第一次移民団との接触によって惹き起こされたものである。

碼頭《まとう》に船が着いた時、軍の人達と一緒に第一次の人達が幾人か迎へに来てゐたが、山川と云ふ人を始め、みんな随分ひどい装りをしてゐた。ひよつと道で出会つたとしたら、匪賊と間違へたかも知れない。髪はぼうぼう立つてゐるし、天神髭は黒々と垂れてゐる。和服とも洋服とも、支那服ともつかないぼろぼろの服も強い印象として残つた。銃を肩にして十四里の道を一日で独行して来るのだ。服装や、そんなものに構ってゐられない気持もわかる。が、そんな生活しか出来ないでゐるのだとすれば、事はもつと複雑である（二七八頁）。

歴史的な事実として、一九三三年七月、第一移民団は匪賊の襲撃、アメーバ赤痢の流行、所謂屯墾病による士気の低下などから「幹部排斥の内紛」(33)を起こし、これが第二次移民団にも大きな影響を及ぼして多数の脱団者を出した。

「広大な民族の意志」に引きずられて渡満を決心した松原さえも、満洲の過酷なる現状をうかがわせる第一次移民団の姿に無心にはいられない。そのような動揺が、日本人移民者を満洲に送出した日本政府への不信へと繋がるのである。

松原の夢は、満洲が「内地」で移民を奨励する書籍や教育、宣伝から教えられたものと掛け離れたものではないか、満洲移民に移民者を動員するために自分たちは騙されたものではないかという恐怖と懐疑を暗示している。さらに、そのような満洲移民そのものへの懐疑が、第一次移民団との接触する以前から移民者の根本的な恐怖として燻っていたのである。それゆえ、松原の夢は、「国策移民」の満洲移民政策をその根幹から揺るがす脅威になり得る可能性を潜めている。なぜなら、満洲という同じ対象に向かうように見えた移住農民と帝国日本の膨張主義的欲望が、実際には完全に一致するものではないということを、露呈してしまうからである。

満洲開拓イデオロギーの再編

確かに、松原が満洲移民への参加を正当化するために掲げたアイデンティティは、帝国日本の満蒙権益をめぐる言説を模倣した観念的なものであった。渡満以前の松原は、満洲移民を日本や日本民族という大きい共同体の一部としての行為と捉えながらも、自分がまさに「大陸政策の犠牲」になる可能性については想定していなかったのである。それは、他の移民団員たちにとっても同様である。そして脱団者の続出に動揺した移民団の班長たちを集めた席で、班長たちの動揺を取り除くものが歌と「名文」であるという点に注目したい。中隊長の杉田は、「新日本建設の理想はそんな生やさしいことで成就出来るものではない」と断言しながらも、第一次移民団の実状を知るためにという名目で一団員が作ったという歌を朗読する。

　春だ、春だ、北満の春だ、

昨夜の木枯も、
今朝は芽が出て葉がのびる。
燃ゆる希望、踊る血潮、
吾らは、新日本の創造者
ソレ鋤け、ヤレ蒔け、なだらの丘を。
夕日は残る七星の山、
鍬を洗はん南柳樹河
今宵も夢みん、新日本（二七九頁）。

この歌は具体的な事実を伝えるためではなく、「春耕当時の朗らかな状況」を想像するものである。続いて中隊長は、今度は誰が書いたのか明かさないまま、「紙片をめぐり乍ら、一つ一つ段落を切つて、朗読を」始める。

希望に萌ゆる春耕時の意気は束の間、初夏の頃より天候其他予期せざる障碍のため、作業進度の頓挫、一攫千金の夢破れ、粗衣を着て粟飯を食ひ、終日厚土を耕す辛苦、張りつめし気合の弛み、煙草銭まで使ひ尽したる後の寂しさ。――

中隊長は感情を殺した風な、朗々とした声である。それが一層その内容の悲壮さを沁々と人達の胸にたゝき込んだ。唾を飲み込む音、溜息が、息を呑んだ静寂の中で俄かに高い。

薄志者の労作忌避、行先の不安に関する流言等により、志気頓に衰へたる矢先、魚亮子伐材班賊に襲はれて三名惨殺され、兵器弾薬、被服食糧全部を掠奪せられ、戦死者の待遇に関し、公けとして何等考慮せざる流言あり、不安の感情は遂に勃発し、依頼心となり、

中隊長の杉田は、こゝで唾をごくツとのみ込んで、一座を見渡した。一座は眼を伏せて、静まり返つてゐた。まるで、自分たちの不甲斐なさを責められてゐるとでも云う風に。

依頼心となり、公けの補助待遇により世間の讃詞を受けつゝ、労せずして事業を完成する道を空想するの煽動者の点火により、此空気は遂に爆発し、指導者の努力不足に口実を設け、幹部不信運動となれり。かてゝ加へて、アメーバー赤痢猖獗し、七月は除草期にて、満洲農家の最も繁忙期なるに毎日百数十名の欠勤者を生じ、田園は雑草と化し、真面目の青年と雖も根気に負け茫然成り行きに任ずるの惨状を呈せり。

誰かの鼻を啜る音がする。松原拓も、目の縁が熱くなつて来た。ひそまつてゐた空気が次第に割れて、揺れ始めた。中隊長は、なほも朗読を続けた。

然れども自覚せる純真の青年及び農業に実経験ある苦労人は北満農業の自信を得たると、永豊鎮付近の肥地及び豊富なる天産資源に誘はれ、土地に執着心を生じ、最後迄残る決心を固めたるもの相当多く、自覚者は次第に殖ゑて、却つて雨降りて地固まるの感あり、……（二七九〜二八〇頁）

この「名文」は、移民者が「不安な感情は遂に勃発し、依頼心となり、公の補助待遇により世間の讃詞を受けつつ、苦労せずして事業を完成するの道を空想する」のではないかと批判する。その言葉に、松原は「酔つた気持」になる。

この酔いは、「名文」がもたらす美学的な快感ではない。本来、慎重な性格の松原も「考へてゐた不安が一ツ一ツ裏書されて行く、それが重量のある名文となつて展開されて行く、調子を追つて行くうちに、もつと悲惨な事実も出て来るのではないかとの嗜虐も湧いて来る」(二八一頁)のである。ここまで劇的な影響力を与えたのは、「名文」と歌の内容というよりそれらが作用するプロセスそのものにあると考えられる。

歌は、今は苦しくとも春が来れば「新日本」を建設すると謳っているが、その苦しさが具体的にどのようなものかについては説明していない。春が来る、「新日本」を建設するという希望的な観測を提示するだけでは、説得力に欠けるしかない。「名文」はそれを補う形で、「希望に萌ゆる春耕時の意気」が消えた後の苦しい生活を物語る。だが、次々と語られる苦しい状況を通して、逆に移民団員たちの「依頼心」を批判する。まだ入植していない移民者に見知らぬ異国での生活がもたらす孤独や不安を先回りして語り、個人の多様な感情や体験は「依頼心」の一部として封じ込められる。

つまり歌から「名文」に続くプロセスは、まず歌によって「新日本建設」という使命が喚起され、それに続く「名文」ではその使命に相応しくない私欲を断罪し、移民者たちを「自覚せる純真の青年及び農業に実経験ある苦労人」という新しい主体として位置づける。さらに彼らに与えられた新しい満洲移民の言説は、第一次移民団によって自発的に作り上げられたような形を取っていることで、説得力を増している(34)。

「新日本建設」をめざす開拓共同体というアイデンティティは、移民者に強力な一体感を形成する。それは純粋な「我々」のものという体裁を取ることで、満洲移民を正当化する言説を再編成しているのである。松原の酔いは、満洲での経験で亀裂が入った帝国側の価値体系が、より身近な開拓共同体のものとして修復し、移民者の間で共有され、再び内面化される過程でもたらされるものである。結局歌や「名文」によって移民団の動揺は収まり、移民者同士の連帯は強化される。

不可能な目標としての宣撫

このようなイデオロギーの再武装が、移民団の入植地に入る直前、つまりこれから本格的に現地住民に接する前になされたのである。その意味は、このテクストが日本人移民者と現地住民の武力衝突事件である土竜山事件を題材にした作品であることを踏まえて考える必要がある。満洲農民による抗日武装闘争を題材としている以上、その存在はテクストの構造において核心的なものである。

実際に佳木斯にまで進入した移民者は初めて自分たちが求めていた対象、つまり不慣れな満洲の自然と風物に接し、さらにはそこに住んでいる「土民」と対面しなければならない。この時点で彼らの土民との接触が空き家や幼い女の子、女性の部屋などに限定されていることは偶然ではないであろう。移住民の視線は堂々と現地住民の生活を盗み見、観察するが、他人の生活の場に浸入し、覗くことで窃視症的な快楽を体験しているという罪悪感は見つけられない。その体験の枠組みは、慣れない土壌や気候を調査するように「土民」を見つめ、観察することは当然であるという感覚に基礎を置いている。そして松原の夢は、期待通り沃土である満洲の大地から「土民」を発見する。

するど、トウピーズの傍で満人が大便をしてゐる。小さな満人だ。女の子のやうにも見える。声をかけようとすると、こちらを振向いた。満人だと思つたのは実は馬で、ヂロッとこちらを見た眼は取りつく島のない白い光り方である。さうだ、何か満語でも話しかけてやらねばならない。然しどうにも思ひ出せない。いつか、馬は次第に数を増して、顔を寄せ合つてゐる。その目くばせをしたり、こちらをヂロッと見たりする眼の色の不気味さ。

馬の列が崩れて、鬣を振り立てた馬が襲ひかかつて来る気勢を示した。

これはいけない、松原拓は銃を探した。小麦畑の中を駆け廻つたが、何処にも銃は見当たりさうにない。どつどつどつと、蹄の音がした。波のやうに大きく揺れる気配である。

小麦の穂をわけて見ると、遥かに続いたトウピーズの陰からこれは又、銃を背負つた匪賊が、先頭の馬に打乗つて蟻のやうに無数に駆けて来る。

馬の顔、馬の顔、馬の顔、ああ、いけない（二七五頁）。

夢の中で松原は、幼く野蛮な満人を見つめる立場から猛々しい馬の「取りつく島のない白い光り方」の眼に見つめられる立場へと入れ替わっている。松原の夢の中で視線の権力が逆転したのである。そして言葉が通じない満人と馬との結合は、この小説でその後何度も反復され、強調される。たとえば、それは「馬の五族協和が難しい」という第一次移民団員の体験談として語られる。

「満洲の馬は日本語を知らないですよ。それは当たり前のこんだが、これが一番困つた。シー、とか、ドーとか云つてもてんで反応がない。土を蹴つてみたり、空をのん気に見上げたりしてやがる。気味の悪いのは牛でしたよ。いくら声をかけてやつても、ちつとも動かないで、ジロッとこちらを見てゐる。その眼の色の不気味なことつたら、何しろ相手の帰心が知れないんだから、いやでしたね。」（二七六頁）

言葉が通じず、帰心も知れない、何を考えているか分からない不気味な馬という表象は極めて否定的なものである。「牛馬に日本語を教へるよりも、こつちが漢語を覚える方が早い」としても、漢語の掛け声は朝鮮産や日本産の馬には意味が通じない。また、松原の悪夢、あるいは土竜山事件から見るように、気味の悪い馬たちが襲ってくる危険はいつも存在する。匪賊が主に馬に乗って移動することを想起すれば、宣撫工作の対象である「土民／満人」に対する根強い警戒心と猜疑心を容易に読み取ることができる。

馬に見つめられた松原は「何か満語でも話しかけてやらねばならない」が「どうにも思ひ出せない」焦燥に駆けら

れる。だが、たとえ彼が満語を話すことができたとしても、馬や匪賊との相互理解に至るとは考え難い。つまりこの夢が暗示するのは、満人に対する宣撫工作をめざす松原が、満人との言葉を媒介とするコミュニケーションが不可能であることを認めていることにほかならない。結局松原の宣撫工作は、そのはじめから達成されることなく、満人はいつ匪賊になって攻撃してくるか分からない不気味な存在であり続けると、暗に示されているのである。

日本人移民者にとって、歌から「名文」へと流暢に紡がれる日本語は彼らの動揺を緩和し、移民者同士の連帯を強化する言葉である。それに比して、日本人移民者の満語は簡単なコミュニケーションさえ満足にできない片言の言語である。このような日本語と満語の非対称的な関係は、日本人移民団にとって満洲が閉ざされた記号空間であることを物語る。そのような場で、日本人農民と満人農民は決して同等な存在にはなれない。その一例として、日本人移民者には「土地への執着」が農民の本能として肯定されるが、満人の「土地への執着」は金銭的利益を狙うためか、あるいは感傷に過ぎないものとして描かれることを挙げられる。その土地が、日本人移民者の集団入植のため関東軍の武力を背景にして満人から強制的な買収及び立ち退きによって獲得されたものである歴史的な背景を考慮すれば、その問題性は明瞭である。

実際に松原は夢の中で、襲い掛かってくる馬の群れに追われながら銃を探しまわる。この行為は、言語を通した交渉の代わりに馬たちを銃で制圧するという図式を示している。これは、土竜山事件が関東軍に突きつけた問題とも関わっている。それは「満人全員を匪賊と見るか、満人全部を良民とみるか」という問題であり、同時に関東軍にとっては「満人全部を生かすか、殺すか」という問題(35)なのである。

その暴力の図式の下には、満洲の日本人移民が満人に決して歓迎されない侵略者であることを移民自身が強く自覚していたという現実が透けて見えるのである。

3 「保護」と「討伐」の境界

民族葛藤の隠蔽

満人と宣撫をめぐる移民団の内的葛藤は、入植地である七虎力に到着することで顕著化してくる。そこで移民団が目にするのは、すでに立派な作物が育っている既耕地である。だが、その立派な作物を育てた「前任者」は、決して日本人移民団に友好的な存在ではない。

リーパーで除草をしてゐる満人の姿が見える。皆で「やあお早う」と挨拶するが、満人は他所を向いて知らん顔をしてゐる。「挨拶ぐらゐしても損は行くまい」と小森三次がいきり立つたが、皆でまあまあと止めてゐる。最初に出会つた満人の農夫は悪い印象であつた。挨拶の仕方がわからないのであらう。挨拶の仕方が若しわかつてゐたとしても、多勢に無勢で、表現の方法に迷つてゐたのかも知れない。或いはそんなことを越えた、無神経と無知があるのかも知れない。

然し当分はこの農夫達が先生なのである。農夫達の秘密を学び取らねばならない（二八六頁）。

挨拶をしても反応のない満人農夫を前に、松原は彼が日本式の挨拶の仕方を理解していないか、さもなくば「無神経と無知」を露呈させていると考える。この農夫が挨拶を無視した理由を考える時、松原は最も説得力のある理由をあえて無視している。一部の移民団員が満人に対して「初めから好意を微塵も感じてゐない」ように、満人もまた移民団を敵視していると考えることは決して難しいことではないだろう。馬に襲われる松原の夢は、彼が無意識のうちに満人に強い警戒心や恐怖心を抱えていることを物語っている。それでも、彼は満人農夫の無反応に対して、言語が通じないことの不便さを述べるにとどまっている。この思考の異様さは、満人農夫の敵意を意識しながらも、あえてそれを「無知」に置き換えようとする自己抑制にあるといえる。もし彼らが敵意を示す理由を追及すれば、移民者が感嘆した既耕地をめぐる移民団と「前任者」との関係について「無知」ではいられないはずである。

歴史的事実として、第二次移民団が買収した土地は一七、二六二垧《シャン》（約一二四二八町歩）で、そのうち既耕地は総面積の七一・二％の一二、二九〇垧（約八八、四八八町歩）を占めた(36)。一町当たりの平均価格は三四円強で、一次移民団の時よりは高値だが当時の満洲国内の土地代よりは安かった(37)。たとえ土地の代金を得ても、同じ条件の代替の土地を購入することは不可能だったのである(38)。実際に、第二次移民団入植地の買収によって土地と家屋を買収された四五〇戸二、二五〇人の現地農民は、嘉蔭県に強制移出された(39)。後の満洲移民政策においても、これは決して例外的なケースではなかった。

日本人移民の入植地は、原則として「未利用地主義」を採用していたが、すでに第一次、二次移民団の時から、多くの現地住民の既墾地と家屋を含むものであった。そうした土地をめぐるトラブルは、人口の多数を占める満人住民の不満を煽り、反満抗日への導火線になり得るという点から、満洲国内部からも批判を受けた。だが、満洲移民政策は「一個集団の開拓団が入植するために数千町歩の土地を必要とする関係上、既住地帯を包含することは往々にして避け難いこと」で、「日本開拓民と現住民が混淆雑居し、同一環境と生活条件を通じて融和し、民族協和を如実に具現するのが理想」としながらも「言語、風俗、習慣及び各種施設等を全く異にする両民族が、直ちにかゝる理想的境地に達するものと期待するは困難である。また、開拓団にては現住民を抱擁することに因り益々其の地域を拡大することになつて、団の統一とか、各種施設の建設上の障害に逢着する場合が生じてくる」(40)とした。すなわち、満洲移民の現実において「未利用地主義」の実現は難しいと認めているのである。

そのため、日本人移民団入植用地区内の原住民は、移民団の先遣隊並びに本隊の入植状況、その他営農計画などとの調整を考慮しつつ、その一部を遂次他に移転せしめなければならなかった(41)。したがって移民用地から強制移住された現地農民は、満洲国政府によって「内国開拓民」として「特別の助成」を受け、満洲国内の未耕地へと追われた。

一方、移民用地に残された現地農民たちは、移民団にとって移民地の建設や営農に必要な労働力を提供する役割を担わされた(42)。すなわち、関東軍や東亜勧業公司、そして後の満洲国政府によって行われた移民用地のための土地買収とは、既耕地や家屋を強制買収された多くの現地農民たちの生活を脅かすものであったのである。この状況で現地住民の敵意の理由を追究すれば、自分たちの「開拓」が彼らの土地や家屋を強制的に奪った上で成り立つという事実が浮かび上がってくる。この時、移民団側こそが、植民者特有の傲慢な「無神経と無知」によって、植民地の現実から目を背けてきたことが露呈するのである。

土竜山事件の最大の原因が強制的な土地買収(43)であったことを想起すれば、「先駆移民」のこうした土地買収問題に対する沈黙は意図的なものと考えられる。それでも、関東軍の強制的な土地買収に起因する移民団と現地住民との間の葛藤は、この小説の中でも移民団が直面した満洲の現実としてその後景に存在しているのである。

だが、もしそれが「無知」による誤解だとすれば、それは知識と理解を通して解決することも期待できる。松原は「言葉さへ通じれば、今だつて、ざつくばらんに何故挨拶をしないかと、意思を通じることができる。お前達が横柄な挨拶の仕方をしたからだと答へたとしたら、一喧嘩できる。喧嘩をすれば、今度は仲良くなつて行けようものではないか」と語る。目の前に見えるものからは目をそらしながらも、松原は満人農夫の言葉を想像し、相互理解の未来を描く。だが、日本人移民者と満人との間に横たわっている溝は、単に言語の相通によって解決されるようなものではない。

移民団は、先遣隊が買収した宿舎の売主とのトラブルを通じて、それを痛感する。宿舎の売主の満人農夫は、移民団の宿舎となる家屋を売ったが、周りにある畑の蔬菜は契約外であると主張する。

> 通訳をなじるると、初めは勿論つけての話だった。多分、日本人を組し易しと見たのでせう。そんなことはよくあることだと云ふのである。それでは一々証文でも取つて置かねばならないではないか。それで、炊事係は、眼の前の美味さうでこたえられねえ蔬菜や、葱や大根を抜くことが出来ない。蕎麦の若芽で我慢してくんろと云つたのである。
> 「そうれ見ろ油断も隙もならねえ奴だづら。」
> 竹田祐吉は自説を実証したかのように小鼻をうごめかした。
> 「余程、褌をしめてか丶らねば、飛んでもねえ目に会はされる。」（二八七頁）

松原は「みせしめるなら、日本人の心意気を見せてや」ろうと団員たちの不満を宥め、畑の蔬菜に手を付けないように指導する。その三週間後、年配の満人農夫が腕一杯の野菜を抱えて現れる。結局、この問題は移民者の誠実な対応に心を動かされた満人農夫の方から移民者側に歩み寄ることで解決されるのである。だが、ここで重要なのは、松原がその経験を再構成し、意味を与える仕方である。

松原は、「言葉が通じないと云ふことはこれは事実、最初の障害であつた。然し、其処を突き抜けても、まだ、風俗の違ひ、思想の違ひ、血統や伝統や些細な習慣の違ひなどと複雑に織りなして障壁を作つてゐる」とする。また「四隣は総て、協和を要する人達であり、一軒の民家の買収、祠《ほこら》の移転、そんな一つ一つのことが、段々大きな波になつて広がつて行く、その揺り返し如何では津波にならぬとも限らないのである」（二八九頁）と認識するに至る。「一軒の民家の買収、祠の移転」が関東軍による強制的な民家や田畑の買収であるとすれば、段々と広がる「大きな波」とは反満抗日運動と考えられる。「先駆移民」において、少なくとも松原は言語の障壁以上の「風俗の違ひ、思想の違ひ、血統や伝統や些細な習慣」という壁、関東軍の買収行為と移民団の入植が抗日運動につながる不満や敵意を刺激している状況を理解している。その上で彼は、あえて蔬菜に手を出さない移民団に対する売主の心理を代弁してみせる。

これは変だぞと気味が悪くなつて来た。毎日気にかゝつてしかたがない。噂によれば、豆萌《まめもやし》しなどを食べてゐると云ふことだ。それが三週間も続いたのだ。初めのうちは、意趣返しでもされるのではないかと思つてゐた。その恐怖の方が大きかつたのだ。次第に、農夫は負けて来た。片意地だとか、お人好しだとか、云つていられなくなつて来たのだ——と考へるのは、少し感情を尊重し過ぎた見方だらうか。
契約の確実な実行と云ふ一点だけでも、恐るべきことだつたのかも知れない（二八九～二九〇頁）。

松原は、自分の利益のために買収を急いでいる相手の「足許に付け込むのは」当然と考えていた満人が、その不当ささえも含めて契約を遵守しようとする日本人移民団の態度に恐怖を感じ、移民団に歩み寄ったと想像する。だが、日本人の高い「道義性」に対して満人農夫が恐怖さえ感じるであろうという松原の解釈は一方的なものであり、満人農夫が実際にどのように思ったのかは全く分からないのである。これが言語の問題だけではないことはいうまでもない。

この満人農夫は、翌日から移民団員に挨拶するようになり、さらに仲秋節には息子を連れて仲秋月餅を贈りに来るなど、予想以上の友好的な態度に転じる。

「これはえれえ御馳走ぢやあ。」
と、やがて皆が取り囲んで、口々に今の印象を喋り始めた。
「気味が悪いぢやあないか。毒でも入つてゐるんぢやあるめえな。」

竹田祐吉が云いかけたので、
「馬鹿。」
と、松原拓は怒鳴つてしまつた。
「いんや、あとで何か因縁をつけに来るかも知れねえぢやあ。」
「そんなことはない。そんな意地悪い考へ方をしちやいかん。」（二九〇～二九一頁）

一部の移民者が農夫の好意を「気味が悪い」と感じるのは、彼が自分たちに好意を示す理由を理解できないからである。松原が直感的に観察した通り、彼らの間には風俗、思想、血統、伝統等、習慣の違いが横たわっている。

農夫はついこの間まで自分の住居だつた家の中を歩き廻つて、何かいろいろと話しかけたが、それは殆ど誰にも通じなかった。

満人はやがて、一人でのこのこと入口を出て、入口横に郵便受のやうにはめ込んである四角な龕《がん》を差して、膝をつくと手を合はせた。頭にふりかぶるやうな祈り方である。息子も呼んでそれをさせると、けろつとして起上つた。

それが守護神だとわかるまでには大分時間がかゝつた。

気を呑まれたやうな一団の中を、満人の親子は帰つていつた（二九〇頁）。

満人農夫の家が日本人移民団の宿舎になっても、その家に満ちているのは異質な風俗や伝統、生活の痕跡である。農夫が見せた仲秋節の贈り物や家の守護神に対する祈りのように得体の知れない身振りは、彼の行動を理解できない移民団員たちを困惑させ、圧倒する。松原を含めた移民団が、この農夫をまったく理解していないのは明らかである。

そのため、突然の贈り物から悪意を読み取ろうとし、それが好意であることが分かった後にも対応に困惑する。「苦力も自作農も同じやうで、中々見分けがつかない」という移民者の「慣れない眼」は、現地の実情のみならず、その伝統や文化も理解できない。彼ら移民団が関心を持つのは満洲の土地であり、そこで生活している住民ではない(44)。

ここで初めて、移民団員たちは自分たちが異質な文化の中に入り込んでおり、多数の異民族に囲まれていることに気づかされる。ここで異質な存在なのは、むしろ日本人移民団の方である。ならば松原が考えたような満人と日本人との間の「道義性」や文化の程度における差は、大きな意味をなし得ない。「挨拶の仕方がわからない」のは、地域の日常的な習慣や共有される価値体系に接近する術を持たない移民団の方であるからである。こうして、この土地において「無神経と無知」に基づく振舞いをするのは実は移民団の側であるということが、彼ら自身にも明確に理解されることになるのである。

武装移民団の治安維持

他者性の認識は、自らの理解が及ばない思考を持つ他者が、ふいに暴力の行使者に転じるかも知れないという恐怖へと繋がる。たとえば、農夫から贈られた月餅に毒を盛られているのではないかと疑うことは、ただの「意地悪い考へ方」ではない。相手の善意を攻撃と解釈するとき、ここには自分たちが彼らの「敵」であるという認識が働いているといえるだろう。裏返せば、相手のことを自分たちの「敵」と認識していることを、移民団員たちは自らの言葉で語っているのである。

しかし、松原は移民団に対して満人農夫が見せた敵意を認識することを拒否したように、移民団が見せる満人への敵意も封じ込める。だが、敵意が隠蔽されたため、その葛藤を解決することもまたできない。この矛盾の結末は「全満人の排除」に帰結してしまう。そのような論理の破綻は、満洲国が多民族国家として掲げた民族協和に照らし合せてみても、また「同じ地盤の上に立つ民族同士」の連帯を信じた湯浅(45)からしても、受け入れられるものではない。

したがって松原は移民団と満人の間にある敵対関係を、討伐すべき匪賊と保護すべき満人という対立関係に置き換え、移民団が匪賊の脅威から日本人に友好的な満人を保護するという構図を作り出す。こうして移民団にとっての「敵」は、あくまで匪賊に限られるのである。

事実、移民団が入植した依蘭県を中心とした地域は、「政治匪」(46)部隊の反満抗日運動の本拠地として抗日運動の伝統を持っていた(47)。入植した地域全体が抗日の気運に満ちている中で良民の保護と治安の安定を図るためには、武力を独占する必要が出てくる。結果として、移民団の「付近の治安、宣撫」という「第一の課題」は、武力を持ってその任務を遂行されることになる。

こうした宣撫、治安、保護をめぐる論理の循環は、周辺満人村の自衛団に「武器の応召」、つまり民間所有の銃器の押収を要求するに至る。移民団が満人村の自衛団を危険な存在として判断する理由は、彼らが武器を持っており、その武器が匪賊に吸収されて移民団を攻撃するかも知れないというものである。満人村の自衛団は本来「事変後、有力な匪賊が跋扈するので、それに備えて」作られたものではあるが、「非常に有力な匪賊が来れば、その支配の下に居るより仕方がない、実に危険な武装団」なのである。言い換えれば、武装移民団は満人村の自衛団を潜在的な匪賊=敵として認識しているのであり、移民団と満人（匪賊／自衛団）が保持する武器には、どちらも全面的な武力闘争へと発展する攻撃の可能性を孕んでいるのである。そして、そのように危険な武装団を駆逐するのが日本人移民団に担わされた治安維持の役割である。

移民団は決していつまでも武器を持つて威嚇的な存在になるのではない、治安さへ定まれば、農業に専念したいのであるし、然も北満の農業開発のために身を粉にして働くわけである。南満に満鉄がはひつてから、農産物の集散が飛躍的になり、小農家がどんどん大地主になつて行つたやうに、協力して産業開発に務めれば、お互に益するところ大である。移民団は資本家でも何でもなく、農夫の集団なのだ。決して土地の収奪や、其他のいまはしい行為は今までなかつたやうに、今後とも、日満一体となつて、地方の経営に当たって行きたい（二九一〜二九二頁）。

現地有力者を訪問した移民団は、自分たちは「農夫の集団」であると主張する。勿論、前述したとおり、第二次移民団は在郷軍人が主体となって編成された武装移民団であり、その趣旨から屯田兵として警備や治安維持を担当することが前提されていた。史実としては、関東軍参謀長に提出された東宮の意見書（一九三二・七・一七）には「一大隊の警備力は、たとえ冬季、吉・黒両省方面より敵匪の来襲を受くるも、関東軍より一兵の出兵をも要せずして完全に開江期まで健在たり得」という前置きと、「冬期間吉林軍の支援、治安維持、農場の偵察決定、解水と同時に農耕開始、新兵舎建築」の行動概要が述べられていた(48)。第二次移民団は軍隊式に編成され、治安維持のために戦闘行為がある場合は上官の命令に違反しないことを明記した誓約書に連名自署した上に、新京では関東軍司令部から武器弾薬を受領している(49)。満洲移民政策の推進者、支持者、移民団員の誰にしても、第二次移民団の軍事的な性格は明白なものであった(50)。また、「先駆移民」においても、第二次移民団の武装移民団としての側面は、入植地までの行軍、匪賊との戦闘、移民団員の戦死などで明瞭に示されている。

しかし、現地の有力者、自衛団の団長を訪問して移民の仕事と使命を説き、彼らの自衛手段を手放すように説得するためには、その軍事的な性格が負担となる。仮に移民団が「農夫の集団」であるとして、銃で武装した在郷軍人は脅威の対象になるしかないからである。そのような状況で、持ち出される名目が治安維持である。

本来、武装移民団の重要な機能としての治安維持は、移民団が軍隊に代わり入植地の秩序を保持することである。在郷軍人から構成された武装移民団は、関東軍の代わりに入植地における帝国の支配秩序を保持することが求められた。満洲移民の国策としての成立そのものが、武装移民団のそうした有用性に基づくものであったのである。

しかし「先駆移民」において「部落の有力者、自衛団の団長」を前にして語られる治安維持は、「治安さへ定まれば、農業に専念したい」という日本人移民者の武装を正当化するものである。そして根強い反満抗日の地における治安は、匪賊のみにとどまらず匪賊に対抗する自衛団にまで及ぶのである。これは移民団が推し進めようとする治安維持が、あくまでも日本人主導のものであるためである。そうした点から屯墾団の任務の治安と宣撫は、同じコインの裏表に過ぎない。そして日満一体となって当たって行く「地方の経営」は、満鉄が代表するような産業開発である。

実際に満鉄は、中国本土からの「流民苦力の大量輸送」と満洲の「商品経済の発展」を促す役割を担った。満鉄の沿線に莫大な量の大豆などの農産物が集積され、その集散地には糧桟《リアンザン》など商人資本が集中し、都市が出現した。大豆の商品化からも分かるように、満鉄によって満洲の資源確保と開発、農林水産物の商品化が決定的なものとなり、かかる商品経済の浸透がやがて農民層の分解へと続いた(51)。とはいえ、当時の農産物の商品化は主に中農以上の農民に偏っていたため、満鉄の進出に伴う農産物の商品経済化が必ずしも農民の直接的な利得に繋がるものではなかった(52)。

「先駆移民」においても、関東軍の武力を背景に強制的な土地買収を通じて入植してきた移民者が語る「小農家がどんどん大地主になつて行つた」ような産業開発が、保守的な現地農民に納得できるものであったとは考え難い(53)。それでも移民者が語る産業開発が宣撫として効力を発揮するとすれば、それは同じ農民として「協和」すべき直接農業に携わる零細耕作者や雇農より、自らの利益の確保に敏感であり、大土地所有者になる可能性を持った農村内の有力者を対象にする場合であろう。さらにそうした宣撫の結果として、現地有力者には帰順が求められる。松原は、この地方の自衛団の総団長で、随一の名望家である王喜信の一行が移民団に向かう場面を目撃する。

白樺が二本、落葉した白い肌を見せて、寒々と立つてゐる部落を抜けようとすると、この辺には珍らしい長袖の男が、従者を三人ほど連れて歩いて来る。従者は普通の支那服を着てゐたが、肩には銃を背負つてゐた。軍馬が四頭その後に続いてゐた。

匪賊に遭遇した経験のない、松原拓は、瞬間はつとしたが、空の軍馬が続いてゐる姿を見ると、事態は別に心配したものではないことに安堵するのであつた。

先頭の長袖は逞しく、豊かな顔であつた。貴人の相と云ふのはこのやうな顔立ちを云ふのかも知れない。かと云つて弱弱しいところが無く、力の集中が見えるのである。

黙々として、一行は歩いてゐる。

荷物馬車の軋りが、馬鹿に大きく聞こえる。

妙な気持ちで、傍を通り過ぎた。一行が部落を抜けて、本部の方へ歩いて行くのを振り返へつて見てゐた。すると軒下で呆然と立つて見てゐる満人からも、野良でやはり延び上つてゐる農夫達からも、一つの叫び声が起つていることに気がつくのであつた。それは、溜息のやうでもあり、噂さ話のやうでもあり、歎声にも似てゐた。

ただ一つわかるのは、皆の早口のそれぞれの会話の中に、共通に含まれてゐるワン・キシュンの名である。

あゝ、あれが王喜信《ワンキシュン》かと松原拓は初めて諒解がいつた。

その名は班長会でも度々話題に上つてゐた。九里麓《キュリル》の自衛団の総団長で、保童《パオトン》と云ふのださうである。この地方随一の名望家で、人格者だと云ふ評判があつた。だんだん屯墾団に好意を持ち始めてゐるが、あの人物が帰順したらなあ——と、その男の動静は可成り重要な課題だったやうである。

その、王喜信が帰順したのだ。

たぶん、帰順の誓約に、団長や警備隊長を訪ねて行くのであらう。馬から下りて、泥濘の中を黙々と歩いて行く、その人物に松原拓は好意を感じた。何だか瞼が熱くなつて来る。感動してゐるのだ（二九二〜二九三頁）。

最初に一行を見た松原は、銃を持ち、馬を連れている中国服の彼らが匪賊なのではないかという疑念を抱く。前節の松原の夢で検討した通り、馬に乗り銃を持つ満人の姿は、直ちに匪賊を連想させる。しかし、「空の軍馬が続いてゐる姿」はすぐ彼を安心させる。松原の安堵は、「空の軍馬」によって、銃を持った従者と軍馬を連れている一行の姿が、少なくとも今は脅威ではないというメッセージを理解したことを意味する。匪賊と見紛う一行は銃を肩に背負い、長い袖の服を着た有力者が泥濘の中を馬から下りて移民団に向けて静かに歩いてくる。それは武装解除であり、事実上降伏の身振りである。この行為は、移民団が要求する「自衛団の武器の応召」が何を意味するのかを明瞭に示している。

しかし、松原はそれが誰の帰順なのかまでは認識できていない。振り返った彼は、一行が通り過ぎる村の満人の叫び声を聞く。満語を理解できない松原に、彼らの叫び声は「溜息のやうでもあり、噂さ話のやうでもあり、歎声にも」似たもの、つまり声の調子という形で彼らが感じている衝撃や感情を伝える。そして王喜信という名前を聞き分けることによって、松原はようやく彼の帰順が持つ重さを思い知るのである。

この場面で松原は、王の帰順に対する現地農民と移民団の両方の感情を観察する。帰順している王の正体を知らない状態の松原は、満人の溜息や噂話、歎声のようでもある叫び声から、彼の帰順に対する部落民たちの感情を読み取る。そして彼がこの地方の自衛団の総団長で、随一の名望家であることを理解すると共に、満人が受けた衝撃の大きさを正しく理解し、移民団の一員として感動する。ここで重要なのは、王が公然と移民団に帰順しているという点である。さらにその帰順は、馬から下り、銃から手を放す行為で表される無条件的で全面的な服従なのである。これは一見、移民団の宣撫工作の成功のように見える。

しかし帰り道の途中、松原は王の帰順を想起しながら「部落民達が、口々に嗄がれた叫び声を挙げたのは、王の帰順が異常だつたからだらうか。それとも、王喜信が、口々に嘆へられるほど、部落民から、信頼と讃仰を受けてゐるからだらうか」という疑問を突きつけられる。王の帰順を目撃した村民から上がる叫び声が失望の溜息で、驚きの噂さ話や、嘆きと悲しみの歎声であることは、王が移民団に抵抗して欲しいという彼らの期待を裏切ったことを証明するものである。随一の有力者である王の帰順は、多くの同胞たちにとっては、決して歓声で迎えられるようなものではないのである。その事実は現地有力者の協力を得てなお、現地農民が感じる不満と圧力がすでに抑えきれないほどに高まっていることを反証している。

このように印象的な王の帰順を目撃した松原は、移民団員の小森三次と竹田祐吉の議論に遭遇する。彼らはノロを追いかけていた移民団の一人が短銃を撃った際、その弾丸が満人農夫の足元を掠めた事件について語っている。その顛末は、移民団員が弾丸が当たってもいないのに満人農夫が「大げさな悲鳴」を上げて自分を驚かせたとして、その農夫を殴打したというものである。この逸話は、明らかに武装した移民団員と銃器を没収される現地住民の間に横たわる歴然とした力関係を暗示している。松原は「皆んな悪意を持つてやつてゐるのではないことがわかる。それでゐて、事件が次々と起こつて行く」と結論付ける。しかし、王の帰順に続いて、武装した移民者と現地住民の間の不均衡な力関係を示す逸話が挿入されているのは偶然ではないだろう。

この点はまさしく、テクストにおいて保護すべき満人と討伐すべき満人を線引きする判断の基準を示すのが王の帰順であることから呈示される。武器を捨て日本人移民団に服従する時、満人はようやく日本人移民者にとって殲滅すべき匪賊ではなく保護すべき良民になれる。だが、王の帰順そのものについては、前述した以上の内容は示されない。王についても、彼が九里麓の自衛団の総団長で、保董（村長）という地位に在り、この地方随一の名望家で、人格者という情報だけが示される。言い換えれば、王が村民の嘆きと悲しみにもかかわらず日本人移民団への帰順を選択した契機や理由が、テクスト上には表れないのである。これは、松原や日本人移民団が帰順する地域の有力者とその帰順に嘆く村民、親日的な満人とそうではない満人、そして保護すべき良民と討伐すべき匪賊との間で行っている線引きが、極めて恣意的なものであるという事実を露呈する。こうした恣意的な線引きは亀裂を孕むしかない。帰順する満人の動機や契機が分からない以上、日本人移民者にとって帰順した満人もやはり理解できない満人であることに変わりはないのである。王の帰順を嘆く村民を考える時、松原がかつて自分の夢の中に表れた匪賊の表象に反復して回帰するのも理解できる。多数の他者を前にした少数の移民者として、松原は確かに暴力の予感を感じ取っているのである。

宣撫の失敗

新しく土地を与えられる農民と土地から追い出される農民、銃を持たされる農民と彼らに銃を回収される農民、有力者に帰順を要求する移民者と降伏の身振りで帰順する有力者に嘆く現地住民の対立は、悪意や善意からは計れない衝突へと続いていく。現地住民にとっては、自分たちの代わりに移民団に対抗してくれることを待ち望んでいた王の帰順、さらには「武器の応召」によって自衛の手段を奪われたことが、逆に強まる抑圧への反発が広まる契機になったとも推測できるからである。ここまで検討したように、松原がこれまでの事件で何も感じていないわけではない。逆に一連の敵意の連鎖が導くであろう致命的な衝突を予感するがために、松原は頑なに「皆んな悪意を持つてやつてゐるのではない」と目を逸らす。その際、松原の不安を誤魔化す存在は、黒瀬陸助である。

黒瀬は工場の労働争議にも関わった元左翼知識人であり、農民でもなく、松原のように満洲移民に確固な意志を抱いていたわけではない。そのため、彼は松原を含め移民団全体においても浮いた存在である。「内地」における社会主義的改革に挫折し、満洲移民に参加した黒瀬が松原に、王の帰順についてより具体的な様相や歴史的な意味を伝えるのは興味深いことである。

「団長室で、対面してゐたがね。時期既に遅きに過ぎたが、今後はあくまで粉骨砕身、大いに提携して行きたい――と喋るのだが、流石に人物だけの雰囲気を漂はしてゐましたよ。歴史的会見になるかも知れないね。」

沈鬱気な口調ではあるが、やはり昂奮してゐるのだ。

「この調子で行けば来年の春からは、愈々本腰の農耕が出来ますよ。日満共に安居楽業だ。」（二九四頁）

元左翼知識人が満洲移民という経験を経て、国策に積極的に協力する移民者の一人として生まれ変わる。このような元左翼青年の造形からは、最初から帝国の言説を内面化していた松原とは違い、満洲移民を契機として体制側にとって正しい存在へと内的変貌を遂げられるという意図が透けて見える。これはまさしく、満洲移民を通した転向を露骨に形象化したものであろう。そして松原が満語を話せないために現地住民の声から王の帰順への生々しい感情を読み取ったのに反して、「泥縄式に満語を習つて、片言で宣撫の真似事をやつて」いる黒瀬は、王の帰順を「歴史的な会見」として意味づけるのである。しかし、王の帰順の歴史的な意義が移民団にとっての価値のみで語られたように、黒瀬の転向もまた具体的な理由は示されない。

宣撫工作、親日的な住民の保護、「武器の応召」、治安維持という支配の論理は、結局同じ矛盾を孕んだまま循環している。それは積極的に保護／提携すべき満人と討伐すべき満人との間の線引きが果たして可能であるか、という根本的な疑問である。満人の言葉も風習も理解できない移民団は、ただ一方的に自分たちに都合のいい日満一体の片言を発話するしかない。満人側の不満や反発は彼らの耳には届かないのである。

その結果が、武器の応召と同時に始まる匪賊の「跳梁」である。匪襲はますます激化し、第一次移民団本部が襲撃されるなど、死傷者を出すに至る。武器の応召は、移民団の意図に反して移民団と現地住民との間の溝を深めることで抗日勢力を集結させ、武力衝突へと突入する契機となったのである。

第二次移民団でも「警備上手薄」になる現在の地域から「集結して備へるため」に湖南営に移転するかについての議論が起きる。移転に賛成する小森は、敵が「パンパンと来れば、ほい来た——と飛び出したい」といったように、戦闘に少しの躊躇もなく、土地についても強い執着は見せない。それに比べて竹田は、「こゝに降ろした莫大な資本と労力はどうする」と移転に反対する。彼の言葉は「残る。そんぢや残つてやる。わしは、手ごたへのあるもんをつかんだらもう動けん性質なんぢやあ。そんな新らしい土地へ又行つて、又ぞろ始めからやり直すやうな根はない。匪賊に殺されても戦ふだけ戦つて死んでやる」（二九六頁）という激しいものである。植民地に投下された資本や労力の成果を死守すべきという竹田の主張は、帝国主義の論理からすれば正しいものである。「内地に居る時からこの土地の名を夢に燃やしてやつて来た」移民者として、松原が竹田に同調するのは当然であろう。

対して小森は「警備上必要だと云へば命令も同じぢやあないか」とし、また「あつちの方は土地がこゝより肥沃だつゆうぢやないか」と語る。彼は「警備上必要」をそのまま異論の余地がない命令として受け入れ、土地は代替できるものとして認識している。これは単なる見解の相違ではない。彼らは移民団が持つ二つの側面を反映している。命令を忠実に遂行する屯墾兵と、定住を目的とする移住農民である。

しかしこうした竹田の主張は、「土竜山には謝文東匪を中心とする、三千の匪賊達が会議を開いてゐた」という情報が入った「今は、ほとんど繰言」となる。移民団の現状は、土地、木材や砂利、共同家屋、付近の土民との親密な空気など、彼らが築き上げたあらゆる基盤が圧倒的な数の敵から脅かされているため、諦めるしかないというものである。ハルピンから第一次移民団の銃、機関銃が輸送され、「一二週間前から置くことになつた本部員の歩哨が、武装のまゝ監視」している状況は、すでに「匪襲」が既定事実として認識されていることを物語る。その本部で松原は、班長会の度で「こゝに憤死するのみ」と強固に移転を反対していた「新潟の男」が、「愈々時期が来たよ。かうなつたらもう、うんもすうもないなあ、あつはつは」と語るのを目撃する。

「憤死する」などと云ふ結末で、あれほど頑張つたのは班の者達の意見がその方向に強かつたので、その芽を代表せねばならぬとしたのかも知れなかつた。

「命令なら、潔ぎよく直ちに服します。討論なら、私はあくまで頑張ります。」と、云つてゐたが、今はかへつて重荷が降りたやうな顔をしてゐるのは、興味あることであった（二九七頁）。

竹田と同様、今の土地を死守すべきと主張していた新潟の男の変貌に、松原は違和感を覚える。しかし彼の言葉には「命令なら、潔ぎよく直ちに服します」という前提がついている。土地の所有や定住などは、命令より優先されるべきものではない。そして「愈々時期が来た」と語る新潟出身の移民者は、予想される戦闘を前にして「今はかへつて重荷が降りたやうな顔をしてゐる」のである。すでに移民者に要求されるのが農民としての役割ではなく、兵士であることは明らかである。

全面的な武力衝突を前にした時には、宣撫もまた足手まといでしかない。宣撫を担当する「北大営の班の者」は、湖南営のはずれの豪農の家の前を捜索し、一カ小隊ほどの匪賊を発見したことを語る。民家からその匪賊たちが湖南営を占領しようと議決したという情報を得た彼らは「折角機関銃を持つて行つたんだから、先にバラバラつとやれば、早かつた」が、「宣撫の旗の手前、討つ」ことは諦めるしかなかった。その晩、松原は関東軍の飯塚大佐の「無念の戦死」を知らされる。そしてもう一人の死を契機に、「移民団は武器を持つて威嚇的な存在ではない」と宣伝する宣撫はテクスト上から完全に消える。それは日本人移民団に帰順した現地有力者である王の死である。

移民団は、結局土民の目を警戒して夜の間、湖南営へと移動する。荷馬車に乗った松原は、黒瀬から聞いた王の「悲壮な死」について考える。王の死を伝えられた彼は最初、王が「どんな死に方をしたのだらう。信頼を傷つけるような最後なら聴きたくはない」（二九九頁）と考える。

謝文東がどんなに説いても、王は頑として利かなかつた。
自分は日本移民団と提携してゐる。日本移民団は充分信頼するに足る。自分も信頼を受け、保護を受けてゐる。日本移民団と戦ひを策するやうな会議には断じて出席しない。
謝文東がピストルを突きつけたが、王は平然としてゐた。屋外に連れ出して、又長々と勧告をした。それでも王は云ふことを利かなかつた。

謝文東が涙をのんで、王の胸にピストルを射込んだ。
「謝文東匪に取囲まれてゐたんだね。逃げるにも逃げられなかつたのだらう。又、逃げるやうな男でもなかつたんだね。話を聞いた時に、胸に迫つて来てね。困つたよ。」（三〇〇頁）

黒瀬が語る王の死に、松原は「ほつとするのと一緒に、胸に熱いものが突き上げて」くる。しかし「自分も信頼を受け、保護を受けてゐる」と協力を拒否して殺された王の死は、移民団がその保護に失敗したという事実と、有力者である王を殺してもなお勢力を伸ばしている「謝文東匪」の脅威が移民団にまで迫って来ようとしている状況を糊塗できない。

松原は王の死に先立って、自分が以前上諏訪で見た映画の中のアメリカの開拓民の姿と自分たちの姿を重ねている。それは月が明るい夜、「土民」の目を避けて動く荷馬車の行列という共通点によるものであるが、最大の共通点は「行く道、行く道で土民との戦闘」が起こるという点である。

そのときにも、行く道、行く道で土民との戦闘があつた。どうして開拓と争闘とはこのやうにつきものなのだらう。羽根を頭に飾つたインデアンと、開拓して行くイギリス人との対象は妙である。然し、この辺の匪賊と自分達は顔付から肌の色までそつくりなのだ。土地を収奪に行つたイギリス人達と、五族協和を唱へて、土地を買収してゐる自分達とは成立の初めから違ふやうに思はれる。それでゐてこのやうに、争闘が絶えないのだ（二九八〜二九九頁）。

開拓民に抵抗するインデアンと匪賊の結びつきは、イギリス人と日本人の「開拓」が同じく「土地の収奪」に基づいていることを際立たせる。それに対して松原が「土地を収奪に行つたイギリス人達」と「自分達」を区別するために持ち出すのは、「この辺の匪賊と自分達は顔付から肌の色までそつくり」で、「五族協和を唱へて、土地を買収してゐる」の二点である。同じアジア人で日満一体を掲げて土地を公正な値段で買収している自分たちは、アメリカの開拓民とは違うというわけである。それでも松原は、その「成立の初めから違ふ」アメリカの開拓民と同じ結果に直面している。本来移民団が現地住民との間で緩衝の役割を期待していた王の死は、松原の想念を中断させる遠くの銃声と同様、その闘争がすでに回避不可能であることを示している。宣撫工作から治安維持に繋がる移民団の破綻した論理は、松原が予感していたように抗日を掲げた匪賊による親日的な満人の殺害に収束するのである。そして討伐すべき匪賊と保護すべき満人との線引きと武力衝突へのプロセスは、単に土竜山事件への道だけを示すものではない。

民衆の力で公然たる、あるいは潜んでいる対日協力者を一掃するのは、所謂点（都市などの要点）と線（鉄道と行路）を占領した日本軍に対して、面（農村）を拠点とする抗日遊撃戦争を構想した毛沢東の前提の一つであった(54)。そして、八路軍が分散した遊撃で民衆を動員し、壊滅した部隊を再編して拡大する中国共産党の「全民族の抗日戦争」(55)は、結果として戦闘人と非戦闘人との境界を曖昧にするものであった。それはまた、中国共産党と八路軍が活動する地域と民衆に対する日本軍の「治安戦」(56)、つまり中国側のいうところの「三光作戦」が生まれる背景になるのである。

そうした点を踏まえれば、「先駆移民」において土竜山事件の経緯が、日本人移民団による武力の独占とそれに基づく秩序の確立に対する現地住民側の武力闘争として描かれていることは注目に値すると考えられる。少数の日本人が多数の敵対的な異民族の民衆に対して武力による支配と宣撫を両立させようとするが失敗し、結局武力衝突に突入する。それは満洲のみならず日中戦争において日本軍が直面していたジレンマでもあったのである。

4　土竜山事件と「先駆移民」の結末

暴力の連鎖

湖南営に移住した移民団は、再び土地買収を開始する。「平原の真只中」である湖南営は、「支那の湖南から、三十年前に移住して来た」農民たちが大豆、小麦、莨、大麻、日廻草を育てており、前の七虎力よりは「総てが豊かに」見える。しかし、その豊かさを支える土地の買収に対して、付近の農民たちがどのように反応したかについては、一切語られない。「これなら二十町歩平均の土地を取るのも容易なことである。手に取ると点液が肌に伝はつて来る黒土は、そのま丶こねたら茶碗にでも、人形にでもなりそうである。土地の肥沃と云ふことも充分にうなづけた」（三〇一頁）という松原の視点からは、移民団の買収によってその肥沃な「二十町歩平均の土地」を手放さなければならない現地農民たちの反感や不満が、すでにテクスト上から消されていることを確認できる。

松原は、先だって土地買収について「四隣は総て、協和を要する人達であり、一軒の民家の買収、祠の移転、そんな一つ一つのことが、段々大きな波になつて広がつて行く、その揺り返し如何では津波にならぬとも限らないのである」という認識を示していた。にもかかわらず、松原の視界に映るのは肥沃な土地のみで、「協和を要する人達」の姿は単なる後景に退いてしまう。松原のこうした変化は、前の七虎力と今の湖南営における移民団の立場の差を反映していると考えられる。

移民団の土地買収は、「皇軍」の討伐によって「土龍山会議も潰滅して、残つた謝匪、紅槍会匪等は山奥の方に逃げ込んだ」状況の下で開始される。つまり、「皇軍」の優勢により周囲が平穏になった中で、武装した日本人移民団は土地の買収を始める。松原が湖南営に着いて最初に目撃したものが、広大な土塀に残る無数の弾痕と逃げ遅れた避難民であることを想起すべきであろう。移民団の土地買収は、「皇軍」の討伐と治安維持のための移民団の銃を背景にして行われたのである。松原は移民団が入って来たことによって「避難したものも帰つて来て、仮本部に挨拶にやつて来るものも殖え」、「もうこれで匪賊の被害から逃れられるかも知れないと人達の顔にも生色が湧いた」と述べる。湖南営の人々にとって日本人移民団は、実質的な占領者として現れたのである。その点は、満人の通訳が松原に避難民について「けれどあんな者達が私達を信頼してゐる良民です。有難い人達です」と語ることからもうかがえる。通訳は、日本人移民団に避難民が良民であることを強調する。これは、銃を持って入って来たばかりの日本人移民団を「信頼してゐる」現地住民こそが良民ということを意味する。すでに日本人移民団を信頼している良民には、宣撫の必要性も減少するしかない。湖南営への移住以降、テクストでは現地の文化や風習への興味や観察は消え、移民者が天長節を祝い、神社の春季大祭が開かれることも偶然ではないであろう。移民団側が宣撫を通して満人に歩み寄るのではなく、移民団に無条件の信頼を示す満人だけが良民として認められるのである。その良民を「匪賊の被害」から守るという建前によって、移民団は自分たちの武装とその武力を背景にした地位を正当化する。この際、満人は守るべき良民と殺すべき匪賊として、完全に二分される。

前節で検討したように、移民団が七虎力から湖南営に移って来たのは、何より反満抗日を掲げる匪賊からの防御のためである。それは、匪賊が日本人移民団を襲撃するという認識に基づいた判断である。実際、史実において謝文東の「東北民衆自衛軍」の目標は、「屯墾隊を佳木斯に引上げさせる」(57)ことであった。匪賊の当初の目的が第一次と第二次移民団の駆逐である以上、移民団が入って来たことでこの「豊かな新しい故郷」が移民団と匪賊との衝突に巻き込まれる可能性は極めて大きい。「先駆移民」のテクストにおいても、日本人移民団の入植を契機に謝文東が率いる匪賊の蜂起が起きたのは明白である。そして移民団が守るべき良民もまた、彼らが匪賊と区別できない満人なのである。

その事実が孕む危険性は、一見明るい雰囲気の春季大祭の場面で表れる。四月二九日の天長節から続く三〇日の春季大祭では、奉納相撲が行われる。その場面は、通訳の満人が二人相撲に参加したことや、土俵の廻りを取りまいて

「西瓜や南瓜の乾した種を口々に噛み散らし乍ら、ペツペツと唾を吐いてこの珍しい見世物を楽しんでゐる」満人の家族連れの姿など、一見平和で理想的な風景のように描写される。しかし、竹田は相撲見物の中に「目つきのよくない満人がいた」と指摘し、小森は「眼つきのよくない男を一々気にしてゐたら住んではいられないではないか、何だ、匪賊の一人二人ぐらい」と反論する。

その日の夜、約四千人の紅槍会に急襲された移民団は、不良品の手榴弾が見事爆発する「天祐」によって助かるが、移民団の倉庫に放火した内通者の存在が発覚する。小森は「油断も隙もありやしねえ——」と悔しがる。その言葉が、第3節で蔬菜畑をめぐって対立した満人農夫に対して竹田の「油断も隙もならねえ奴だづら」という発言と合致しているのは、単なる偶然ではない。ここまで満人に対して大らかな態度を示して来た移民者である小森が、満人の「裏切り」に直面し、最初から満人に強硬な態度を示した竹田と同じ言葉を使い、同じ不信感を表現しているのである。その不信感は、移民団の守るべき良民と殺すべき匪賊との線引きがいかに恣意的なものであるかを露呈させる。

そして続く戦闘で、移民団は押し寄せる敵を焼き払い、門の前では機関銃を掃射する。その射撃によって「家から飛出してゐる匪賊が、ふういと手を挙げたり、ひよいと考へ止んだやうな姿勢で濠の中に」落ち込む。「天の加護」によって勝利した移民団の被害は、戦死者と負傷者が各一人であるのに対して、「敵の遺棄死体は土塀の中に七〇、外に六〇都合百三十」という大きな差がある。この結果は、関東軍が移民団に提供した手榴弾や短銃、機関銃によるものであろう。

しかし、数において圧倒的な敵に包囲され、外部との連絡が途切れた移民団は、次第に焦燥感に駆られていく。特に「目の前に見えない、確かな手応へがないものには安心して居れんのぢやあ」と語っていた竹田は神経衰弱に罹り、「いつになつたら百姓になれるんぢやあ」と独り言を呟く姿が目撃される。それは彼だけの問題ではない。敵に包囲され、孤立した移民団では勇敢な在郷軍人としての好戦的な姿はなりを潜め、代わりに匪賊によって苦しめられる善良なる百姓としての姿が強調されるようになる。移民団は「皇軍」に救援の密偵を送るが、帰ってくる者はいない。

その時、黒瀬が六人目の密偵を志願したことを知り、松原は動揺する。

　黒瀬陸助がどんな気持でこの移民団に投じて来たかは、本部の人以外には知らないことだ。彼が自分をもて余して、自分を立ち直さうと投じて来た気持は自分にはわかるつもりだ。それでゐて自分の気持を常に量つてゐて、自分の能力を試してゐた姿は、悲壮と云へば悲壮だつた。然し自分は歯がゆいと思つてゐた。はらはらとさへしてゐた。肉体を投げだすのなら、ほんとうにそのまゝ投げだせばいゝ。前によろけかゝつた頭を立て直すには同じだけ肉体で飛べばいゝではないか。触覚のように頭だけで、探り探り進んでゐる彼の姿をもどかしくも感じてゐたのだ。

　然し自分を確かめ乍ら、彼はこゝまで来た。これまでの整理は無駄ではなかつた。幾度も異なつた火で鍛たれた鉄は、やがてそれだけのねばりを発揮するだらう（三〇七〜三〇八頁）。

元左翼の青年が「片言の宣撫」を経て、今度は移民団の密偵として「ほんとうにそのまゝ」「肉体を投げだす」のである。このような移民団への献身は、黒瀬の転向を決定的なものにする設定である。だが、密偵として「重大任務」を任された黒瀬は、まず満人に変装しなければならない。中国服を身につけた黒瀬は、満人のように見せるために眼鏡をはずして「ちよつと、暗いな。それでは」と言い残して去る。日本人の満人への変装は、片言の満語と服装、眼鏡をはずすという簡単な行為として描写されている。ここで、満人の良民と匪賊との線引きのみならず、もう一つの境界が曖昧になる。すなわち、一見自明なもののように見える満人と日本人の区分が、少なくとも外面上においては、服装と言語などを偽装することで判別できないという可能性を喚起させるのである。この恐ろしい可能性は、この小説の最後に表れる「皇軍」の表象にまで広がる。

一方、松原は黒瀬の「ちよつと暗いな」という言葉に、暗い未来への予感を読み取ってしまう。そして、匪賊の夜襲を待ち受けていた松原は、闇の中で大砲の轟音を聞く。

大砲の響と昂憤と安吐で、松原拓は腰がふらふらと泳いで仕方がない。

伝令が来て、日本軍のやうだと情報を伝えた。

駆け出して、門口に出た。

真暗闇である。

この建物も匪賊団と間違へはしないだらうか。

やがて遠くで、につぽんぐんだあ、につぽんぐんだあと叫ぶ声がした。それが段々近づいて来た(三〇九頁)。

真暗闇の中、「日本軍」の姿は見えない。伝令が伝える情報は、「日本軍」のようであるという不確かなものである。この「日本軍」は移民団が認識している日本軍、絶対的な友軍である。しかし、遠くで聞こえてくる「につぽんぐん」は、闇の中から聞こえてくる声である。「先駆移民」のテクストにおいて、それが実際の「日本軍」のものか、あるいは彼らを包囲している敵が片言の日本語であげているものかを判断できる確証は提示されない。

ここで「日本軍」の存在を証明するものは、ただ大砲の轟音のみである。この場面では「日本軍」からの掛け声はない。「日本軍だア、日本軍だア」と叫ぶのは、大砲の轟音を聞いた一人の移民団員で、「移民団だあ、移民団だあ」と叫ぶのもまた彼である。暗闇の中、移民団を何重にも包囲していたはずの敵は移民団の視界から消え、どこにいるか分からない。移民団の姿もただの数人の声によって示されるのみである。大砲の轟音と「日本軍」が結び付けられるのは、匪賊の貧弱な武装に対して大砲が関東軍の武力を象徴するからである。

このような状況で、叫び声と轟音が「暗闇の中から段々近づいて来る」。その「段々近づいて来る」叫び声と轟音において確実なのは、圧倒的な暴力の予感のみであり、それが暗闇の中、敵と友軍の判別ができないまま迫ってくるのである。「日本軍」の到着を確信している移民団員が「移民団だあ、移民団だあ」と声をあげている一方で、松原は移民団が「匪賊団」に間違われて攻撃される可能性に不安を感じながら、その到来を待つしかない。

この「にっぽんぐん」が本物の日本軍で、「大砲」の威力によって敵の包囲が解かれ、日本軍の駐屯によって移民団が「本来の百姓」に戻ることができたかについては明かされないまま、この小説は終わりを迎える。急を知らせる伝令の任務が成功して「日本軍」が到着したのか、「にっぽんぐん」が果たして実際の日本軍であったのか、松原の暗い未来への予感は単なる杞憂に過ぎなかったのか、これらのことに関してこの小説は沈黙を貫いている。つまり、この小説を国策小説たらしめる結末は、土竜山事件の結末に関する読者の知識が、小説のそれに先行するものである場合のみ成立するのである。

国策小説の逆説

ここまで検討したように、「先駆移民」は第二次移民団の渡満から土竜山事件までの足跡を史実に沿って忠実に追いながらも、最大の原因である土地買収については殆ど言及していない。土竜山事件は、満洲で行われた関東軍の土地買収に対する唯一の武装蜂起の反対運動(58)である。在郷軍人で構成された移民団は、関東軍が入植対象地域の住民から買収した土地と家屋に入植していった。強圧的な買収の対象となった土地の中、既耕地は総面積の七一・二%にまで至った。にもかかわらず、「先駆移民」の物語は主に「武器の応召」を中心とする満人と日本人移民者の間の武力衝突について焦点を当てている。この小説についての「ひどく手薄の粗製品」(59)という当時の評価は、そうした点によるものであると考えられる。

確かに「先駆移民」から、土竜山事件の最大の原因ともいえる土地買収について直接的な批判は提示されていない。だがこの小説において貴重な点は、むしろこの小説が土地買収より「武器の応召」が象徴するような現地住民の日本人移民団への反発や相互不信、衝突に焦点を当てているところにある。

テクストにおいて移民団に課された任務である治安維持と宣撫は、兵士と農民という武装移民団の二つの側面に対応している。松原をはじめとする移民団員たちは、武装した在郷軍人であるが、自らを百姓と主張することに矛盾を感じない。入植地の七虎力で彼らは、一方では同じ農民としての提携を呼びかける宣撫工作を通して付近の有力者を説得し、他方では治安維持のため満人村落の警備隊を解体させ、民間の銃器の回収に努める。要するにこの地方で武力を独占しようとしながらも、移民団は「ただの百姓」であると主張することで、その侵略性を否定し、正当化しようとしているのである。

それでも、テクストにおいて移民者たちは、殆ど農民としては描かれていない。勿論それは、第二次移民団が入植するや否や勃発した土竜山事件によって、その年の耕作を諦めざるを得なかったという歴史的な事実を反映していると考えることも可能である。だが、土竜山事件によって最初の入植地の七虎力を放棄する場面からも分かるように、このテクストにおける土地は代替可能なもので、移民団員の土地への執着は命令によって諦められるようなものである。少なくとも、テクストを通して描かれる移民団の姿は、農民というより兵士の姿である。

その移民団が、治安維持を持ち出して付近の自警団から武器を回収する。この時、関東軍から支給された移民団の武器は、彼らが周辺の満人農夫たちと提携すべき農民という宣撫の修辞に隠蔽された本当の意味を露呈させる。移民団がただの農民でありながらも武装し、事実上の「占領者」として振る舞えるのは、彼らが日本人であるためである。そもそも関東軍が満洲移民に積極的な支援を行ったのは、満洲国が建国してからも、未だ完全には統制できない広大な農村地域を掌握し、信頼できる後方支援の体制を構築するためであった。関東軍の満洲移民構想の中で日本人移民団は後方支援に従事する関東軍の予備兵力として位置づけられたのである。そして「先駆移民」における日本人移民団の治安維持のための諸行動、すなわち周辺の村落や自警団など民間の銃器回収、匪賊討伐への協力などは、確かに移民団が関東軍の一部として機能していることを物語る。

そうした点を踏まえれば、時間を遡って一九三四年の歴史的な抗日武装闘争事件を文学的に形象化した「先駆移民」（一九三八）において、なぜ初期武装移民団である第二次移民団の重要な目標として、日中戦争以後使われた用語である宣撫工作が設定され、強調されているのかも理解できる。移民団が日本人であるため信頼できる存在であるとすれば、満人は満人であるために信頼できない存在ということになるからである。地域の有力者である王の帰順を目撃した松原は、その場面を目撃した他の満人たちの叫び声から「嘆き」を読み取る。宣撫の大きな成果ともいえる王の帰順に、満人たちは嘆き、悲しむ。彼らの嘆きと悲しみは、そのまま日本人移民団への現地住民の反感と不満を反映するものである。松原の夢が象徴する移民者の不満と恐怖のように、満人はいつ匪賊に変わって襲ってくるか分からない危険な存在なのである。このような状況で、異民族間の協和より占領地の民衆を慰撫する宣撫工作が強調される意味は明らかであろう。

ここで、移民団の宣撫と治安維持は錯綜する。たとえ移民団にとっては信頼できない危険な存在であっても、すべての満人を排除することは不可能である。移民団としては満人から良民を保護し、匪賊は排除しなければならない。しかし、満洲社会の文化や事情に疎い移民団にとって、良民と匪賊を区別することは難しい。さらに、移民団の武力を背景とする宣撫工作もまた鎧を隠す僧衣に過ぎない。治安維持、「武器の応召」、宣撫、日満一体の連鎖はその必然的な結果として、両者間の全面的な武力衝突へと、すなわち土竜山事件となって表面化してくる。結局、満洲社会における両民族の非対称的な関係を考慮しない協和や提携は、失敗に終わるのである。

ならば、「国策満洲移民に飛び込んでしまう主人公」(60)が満洲で発見するのは、関東軍の後方支援のため動員され、植えられた「民草」の立場と、協和の不可能性ということになる。それは同時に、日本人移民団の入植に対する満人の不満と抵抗が、反満抗日の武装闘争へと激化されていくプロセスでもある。この時、日本人移民者と満人の両者にとって満洲国の存在はほぼ意味をなさない。両者に「満洲国民」としての自覚がないのも、また同様である。彼らはただ日本人と満人に二元化され、さらに銃を持たされた移民者と銃を奪われる現地住民、そして土地を与えられる農民と土地を強制的に買収される農民として非対称的な関係に置かれる。その民族間の矛盾が相互の敵意と不安、または猜疑と恐怖を煽り、結局衝突するのである。この点から見れば、「先駆移民」は満洲事変から始まり日中戦争へと繋がる「大陸進出」の流れの中で、満洲国に日本勢力の扶植を目的として送出された武装移民団が入植することで、逆に現地住民が武装蜂起して抗日武装勢力に転化し、武力衝突へと向かっていく過程を描いているのである。

周知のように、満洲国そのものが中国東北地域における帝国日本の支配を隠蔽し、同地域の帝国日本への政治・軍事・経済の従属を強化し、「大陸進出」へのさらなる足がかりとしての役割を担わされた「傀儡国家」であった。そして満洲移民は、まさしく日本人の満洲移民を通して満洲国の帝国日本への従属を促進するための国策移民であったのである。事実、「先駆移民」が『改造』に発表された翌年、満洲移民を「日満両国の一体的重要国策」とする「満洲開拓政策基本要綱」が発表された。このように満洲移民の流れが本格化する中で、この作品は満洲移民の端緒として「鍬の兵隊」(61)に立ち返り、その「鍬の兵隊」が圧倒的な多数の他者と遭遇し、彼らの「開拓」に対する激しい抵抗に直面する姿を描いたのである。

この問題性が最も顕著に表れるのは、暗闇の中敵に包囲された移民団に、叫び声と大砲の轟音が近づく最後の場面である。日本軍と「にっぽんぐん」の判別が不可能である状況下で、この状況を匪賊討伐に出動した関東軍によって救出された土竜山事件の結末に準ずるものとして読者が認識する時、「先駆移民」がテクストの内で形象化してきた葛藤と矛盾は捨象されることになる。

だがもし、読者がその結末を通り過ぎた過去の事件ではなく、一九三八年の時点で押し進まれていた「大陸進出」の文脈から読み取ろうとすれば、それは「先駆移民」そのものに対する新しい読解への道を開く可能性を孕んでいたのである。これが湯浅の意識的な戦略であったとすれば、少なくとも「先駆移民」は単に国策を「翼賛」するためだけのものではないといえるであろう。「先駆移民」は、関東軍によって強圧的に行われた土地買収への批判よりも、満洲移民と満洲国における帝国日本の武力に基づく支配の仕方そのものについて、極めて批判的な洞察を提供する可能性を保持しているからである。

第5章 「包摂」と「排除」の満洲移民
打木村治『光をつくる人々』論

1 農民文学と「ロマンチック」な開拓

第一次移民団の国策小説

打木村治（一九〇四～一九九〇）(1)は、同人誌『作家群』を主宰しながら文学活動を始め、「喉仏」（『文学評論』一九三五・六）などの作品で文壇に登場した。主に農民と農村を題材とした小説を執筆し、『部落史』（『文芸首都』一九三六・五～一九三七・二）や「支流を集めて」（『文学界』一九三七・一〇）が評価されたことで、農民文学作家としての地位を確立する。しかし、日中戦争の勃発を契機に日本政府の文化統制が強まる時代背景の下、農民文学者が有馬頼寧農相の後援を受けて農民文学懇話会（一九三八・一一）を結成した。この国策団体の一員として、打木は一九三八年一二月に第一次・二次移民団が建設した弥栄《いやさか》村や千振《ちふり》村などの満洲移民村を訪問した。

第一次移民団は、吉林省樺川県永豊鎮に入植し（一九三三・二・一一）、日本人移民村を建設して弥栄村と称した（一九三五・四）。それ以降、同村は一九四五年の終戦まで、「満洲開拓の成功例」として第二次移民団の千振村とともに「開拓地のメッカ」(2)として華やかに宣伝された。そして『光をつくる人々』(一九三九)は、この弥栄村の定着過程を描いた作品である。

弥栄村を訪ねた一二月一二日、打木は吏員の渡部千代江を紹介されて「第一次武装移民の死闘史は、千振の人からも聞き、この人たちからも聞いた。いまこれをテーマに長篇小説の構想をはじめている」(3)と書いている。その直後、さらに「筆者註」において「拙著『光をつくる人々』はこの村の初期の建設史である。あれを書くためには渡部氏に負うところが極めて多い」(4)と述べている。打木は、この訪問での取材に基づいて、長編小説『光をつくる人々』(一九三九)と紀行集『温き歴史』(一九四〇)を発表したのである。このようなことは、当時満洲移民の国策文学において珍しい例ではなかった。

国策小説の報告文学としての性格は、単なる素材の拡張、基礎的調査の報告に過ぎないという批判の原因であると同時に、報告文学として一定の価値を主張できる根拠でもあった。そのような点から見れば、打木が『光をつくる人々』を「大陸小説の持つ欠陥、つまりレポルタージュ的記録的臭味から離れて」、「物語の豊富さ、面白さ、そしてそれを通して人間の生きるために死闘する烈しい魂」(5)を形象化する試みであると示したのは注目に値する。

打木はこの小説を単なる「記録」ではなく、史実と虚構を織り交ぜながら「人間の生きるために死闘する烈しい魂」を描いた文学作品として評価されることを選択した。川村湊は、解説において『光をつくる人々』が小説として成功し、文壇の評価も高く、読者からも歓迎された理由として、個人に注目した描き方を挙げている(6)。そのような評価は、この小説が、ただ「大陸の現状」をルポルタージュのように描写する既存の大陸文学から一歩踏み込み、「人間の生きるために死闘する烈しい魂」を描き出すことに一定の成功を収めたと認めるものであると考えられる。

虚構としての満洲移民の国策文学

しかし、そもそも帝国日本によって推し進められていた満洲移民政策への支持と理解を呼びかけるという目的を持つ国策文学である以上、満洲移民の現実から離れて評価されることは難しい。たとえば、岩上順一はこの作品が力作ではあるが「所謂西部開拓者の活劇映画的な冒険とスリルの筋を追うて展開されること丶なり、その結末をしていやが上にもお芽出度いものにしてしまつた」と指摘し、「ロマンチック以前ともいふべきこのようなハッピーエンドは、満洲移民群の現在情勢と照し合せて、特に有害とまでは行かないもの丶作者の善き意図に対する逆効果をさへ招くものではないか」と批判した(7)。

『光をつくる人々』が満洲移民の成功例として華やかに宣伝されていた第一次移民団の建設を描いたことも、単なる満洲移民の翼賛であるという印象を強めたと推測できる。この作品が今まで殆ど省みられず、本格的な研究の対象として捉えられなかったのは、このような国策小説としての典型性に起因していると考えられる。川村は、『光をつくる人々』がその後続いた「大陸開拓文学」の「嚆矢にして、また代表的な作品」(8)であると評価している。

だが、この小説が発表された一九三九年、満洲移民事業は農村経済更生政策の一環へと拡大し、その中心は特定の村を分割して移民団を編成する分村移民であった(9)。そのような状況で、『光をつくる人々』は初期の武装移民の記憶を「ロマンチック」に語り、日本人移民者の満洲開拓を描き出そうとしたのである。

本章では、『光をつくる人々』を男性移民者の征服の物語と女性移民者の婚姻の物語として捉え、それがどのようにして開拓を正当化するイデオロギーを構築するかを検討する。特に、帝国日本の移民政策や満洲国内の政治的脈絡から日本人移民者男性と現地女性のロマンチックな恋愛結婚と混血児の存在が持つ意味を考察する。

2　武装移民の「開拓」と征服

武装移民団の矛盾

第一次移民団は在郷軍人で構成され、関東軍から武器を支給された武装移民である。『光をつくる人々』においても、移民者の武装移民としての側面は最初から強調される。

『光をつくる人々』は、「昭和七年の十月中旬」の「五百に近い第一次試験移民を乗せたハルビン丸といふ白い船」から始まる。移民団が日章旗と歓声に見送られた「内地」内の移動、すなわち故郷の駅から東京駅まで、また神戸から大連、大連から哈爾濱までの描写は殆んど省略されている。ただ昂奮した移民者たちに「異国の珍らしい風物がパノラマのやうに、いやでも五感にのしかかつて来た」（三頁）とされているのみである。異国の風景との遭遇によって、移民者は日本人という自覚を促される。

「長い内地の汽車の旅から、神戸でばいかる丸といふ船に乗り、生れてはじめて四方水平線にとりかこまれ、土に育てられた感情がそこでどうやらしめぽくなり、大連に上陸すると急に日本をしよつて立つた兵士のやうな勇気が出て、リュック・サックを背負つた体がきりりつと軽くなり、山形も新潟も茨城も何処もみんな昔からなる兄弟に思へた」（三、四頁）のである。日本から満洲までの半月にも及ぶ長い旅を経験することで、移民団員は出征する兵士のような矜持と勇気と同時に、「昔からなる兄弟」への親近感を抱くようになったというわけである。

しかし、この「中部、関東、東北各県の農民の中から望み、選ばれた、いはば筋鉄《すぢがね》の通つた三十代若しくはそれ前後の男たち」（三頁）を真に結束させるのは、日本人としての自覚や兵士としての義務ではない。「内地」から満洲までの道中、移民団員は満洲で獲得するはずの「吾等が土」に対する期待に満ちている。

大連、哈爾濱間の汽車の中では黙々とした闘志が腹の底にかたまつて来て、半月間別れてゐた鋤や鍬が目の前にちらついて来た。何時間走つても変わらない、だだつぴろい土のつながりを見てゐると、頭の隅に隙《す》が開《あ》く気持にさせられたが、土だと思へば黄海の水の上にゐた時のやうなわけにはならなかつた。

「土竜みてえなもんだな俺たちは……」

さういつてお互いに励まし合つた。土と離れては生きてゐられないといふ意味だつたのだ。

哈爾濱から船に乗ると、もう万歳をしたい程に、憧憬れの「吾等が土」に近い気がした（四頁）。

移民団を真に結束させるのは「土と離れては生きてゐられない」という強い自覚である。彼らが海を越えてまで熱望するものは、自らが耕すための「沃土」なのである。

事実、一九三二年のハルピンから佳木斯までの川岸は「前年の大洪水の被害の傷痕もそのままで、人家・耕地も荒廃した大平原」(10)であった。にもかかわらず、『光を作る人々』においては、船から陸地を眺める移民団員たちは遠く見える大地を「沃土」と想像し、「すつかり故郷を忘れて、天と地とをひと丸めに耕してしまひたい希望に胸がふくらむ」（五頁）様子が描かれる。大洪水によって荒廃した大平原という歴史的なディテールは削除され、ただ満洲の大地そのものが「沃土」として表象されている。そして彼らの「沃土」への欲望は、さらには遠く見える満洲の大地全体へと拡張される。

彼等は一刻も早く上陸したかつた。上陸してこれが我が骨を埋める土だといふ土地を踏みたかつたのである。船から見ると、どの陸も皆それに思へた。むづむづして、地図を開いてゐる手がおのづから腰に吊るした鉈の柄を握りしめてしまうのである（六頁）。

移民団員たちは陸地を見つめることで激しい欲望を覚え、確認するために地図を開いていた手は「むづむづして」腰の「鉈の柄を握りしめてしまう」。移民団員たちの「沃土」への欲望は、視覚的な刺激から始まって筋肉の自動的な反応にまで繋がる一連の身体的な反応を導き出してしまうほどに強烈なものなのである。その欲望の対象を示す地図を開いている手が握り締める「鉈」は、移民団がその土地を獲得するための手段を象徴する。そして、最初の停泊地である佳木斯で闇に潜む姿の見えない敵から放たれた「全く予期しなかつた一発の小銃弾」によって迎えられた移民団は、その手段とは何かを明確に示す。

「佳木斯の灯のある方角より、もつと右にそれて、街燈らしい電燈がほんの三つ四つある闇の中」（七頁）から飛んで来た弾丸は、誰からの攻撃なのかも明かされない。それでも、この攻撃に対する移民団員たちの反応は迅速なものである。移民団員たちは「日本刀を背負ひ上げるもの、鉈を腰にたばさむもの、うしろ鉢巻をするもの、ともかく命令を待つて行動に移るために皆々武装にとりかか」る。「この五百名は四分され、軍隊に準じて四個中隊を編成」した「佳木斯屯墾第一大隊」なのである。闇の向こうから姿を見せない敵の一発の銃弾にこの一大隊は完全武装し、機関銃まで持ち出して位置も正確に定まらない敵に向かって乱射する。この姿は、明らかに在郷軍人で構成された移民団の兵士としての側面を押し出している。

史実においては、移民団が『光をつくり人々』で描かれたように兵士として素早く行動したとは限らない。佳木斯に抗日武装勢力が襲来してその流弾が佳木斯埠頭に停泊した移民団の船上にまで飛来したが、移民団は応戦しなかったのである。「弥栄開拓十年誌」によれば、「同夜一〇時頃ヨリ、俄然佳木斯ニ盛ナル銃砲声起リ時々其ノ流弾我等ノ上空ヲ飛ブ。間モナク匪賊ノ襲来セル報ニ接ス。甲板上ノ我ガ衛兵ハ米俵ヲ掩体トシテ防弾ノ設備ヲ作リ船内ノ兵員ハ何時ニテモ出動ヲナシ得ル用意ヲ整ヒ、緊張裡ニ一夜ヲ明カス」となっている(11)。武装移民団の上陸の阻止を図ったと考えられる匪賊と佳木斯守備隊との間に激しい市街戦が起きた際、移民団は戦闘に参加していなかったのである。しかし、テクストでは史実としての激しい戦闘が消去され、流弾を移民団への攻撃と捉えて移民団が即座に応戦する姿が描かれている。

大隊長である古林中佐は、完全武装したまま船内で待機している移民団員達に「この予期せざる匪賊の襲撃」は遺憾ではあるが「我々は武装移民である以上、こんなことは早くから覚悟して」おり、「こんなことは朝めし前のこと」であると語る。しかし、テクストの中でも「二千といはれる大匪賊」が集められたのは「日本の武装した五百近い移民が来るといふ」（一二～一四頁）情報のためであると語られている。武装移民の到着が原因で匪賊の襲撃が起きたと考えるのが妥当である。さらに、移民団員が「もともと神経の細い都会の知識階級といはれる人々ではなく、中部、関東、東北各県の農民の中から望み、選ばれた、いはば筋鉄《すぢがね》の通つた三十代若しくはそれ前後の男たち」で、「在郷軍人というのが条件付きの、農民魂を自他共に許し合つた、ざつと神経の太い人たちばかり」（三頁）という描写を見ても、この移民団が関東軍との連帯を期待されているのは明らかである。この応戦は、移民団が武装した在郷軍人たちで構成された武装移民であるからこそ成り立つものである。すなわち、こうした展開によってこの移民団が武装移民であるという事実が強調されているのである。これには単に武装移民団の潜在的な暴力性を可視化する以上の意味がある。テクストにおいて、移民団の過剰な暴力性を引き出すのが匪賊の攻撃であるという点である。

そもそも国策としての満洲農業移民の成立そのものが、屯田兵育成を目的とする関東軍と産業移民をめざす拓務省との妥協の結果であり、在郷軍人を移民の主体として据えた武装移民期にはその軍事的な性格が色濃く認められる。関東軍と吉林軍との協定によれば「司令の指揮に入りし日より満洲国軍としての給与を受くるものと」し、「当分司令の指揮下において吉林軍を支援し兵匪の剿匪治安維持に任じ兼ねて屯墾の準備をなす」(12)と規定している。拓務大臣永井柳太郎も、第一次移民団を歓送する席で「銃ヲ取ツテ進ムモ鍬ヲ把ツテ立ツモ、ソノ精神ニ於テ何等選ブ所ハナイノデアル」と訓示しており（一〇月三日）、大連からは関東軍・関東庁・満鉄代表者に迎えられて軍事輸送に準じる臨時列車で移動している(13)。この小説でも、移民団は「迫撃砲二門、重機関銃四銃」を持ち「東三省兵器廠製の押収小銃」（一四六頁）で武装して、駐屯軍と共に匪賊の討伐や警備を行っている(14)。

そうした点を踏まえれば、虚構である移民団の応戦は彼らが満洲で担う一次的な役割が何かを明瞭に示すものである。大隊長が「帝国在郷軍人」であり「名誉ある先遣隊員」である移民団員たちに対して、「今後われわれはこれに何倍かする困難に遭遇することも」覚悟すべきであると再確認する時、彼らの真の目的である開拓は、困難の克服でしか辿りつけないものとして位置づけられる。命までをも脅かすであろう「これに何倍かする困難」に耐えなければ、「沃土」は手に入らない。移民団の激しい応戦を引き出した匪賊の攻撃を証明するのがただ弾丸の存在だけで、移民者にはその弾丸を撃っている敵の姿は見えないのは偶然ではないであろう。『光をつくる人々』で匪賊の存在は移民団の入植を阻む困難に過ぎないのである。この時、日本人移民団を襲撃する匪賊から反満抗日という政治性は抹殺される。

しかし、頻繁な匪賊討伐と警備の負担は、移民団員の間に不平不満が蓄積する大きな原因になる。

「パンパンとやつて来るさ。匪賊の五、六人も打つて来れば気がせいせいするぜ」
「あとがたまらねえでなあ。やることは気後れのはけ口でやつても、帰って来て落着いてから……」
「その時は酒と女さ……」

この半月余り、心を荒れるにまかせて、唯冬を越す宿舎の設備と野菜類其の他の奔走に、各小隊手分けして狼のやうにあさり歩いた。全く狼のようになったものだと、つくづく床の中へ這入つてから一人考へ、自分にあきれては余計な精力を消耗してゐた。自棄《やけ》ツ糞になつてゐる時、駐屯軍の匪賊討伐の加勢を団から募集されると、みんな先を競つて応募した。さうでもしなければ、荒れた気持が鞘へをさまらなかつたのである。ところが帰つて来ると、ガラにもないことをやつたものだと、静かな反省の心が今度は強烈な高粱酒や女を求めさせる。勿論匪賊討伐は入植の上に重要なことだとわかつてをり、寡兵を以つて悠々と多勢の匪賊を撃退討伐して行く駐屯軍の勇武には感激し、武装移民の名に恥ぢざるやうにこれに参加することは名誉と考へてゐるにも拘らず、それにも増して早く本入植地に日本の鍬を入れ、理想の開拓に着手したいと願ふ心が、途中道草を食つてゐる心をいら立たせ、自棄に追ひ込むのであつた（一七頁）。

移民団が佳木斯に上陸するために匪賊に応戦したように、移民団の本入植は「切迫した匪情」（二〇頁）のため計画通りに進まず、憂鬱を晴らすための匪賊討伐への参加はさらなる不平不満を生み出す。このような悪循環が、一六章の本隊入植と正式な土地の契約締結まで繰り返される。実際、一章の佳木斯上陸から七章と八章の先遣隊の偵察行軍、一〇章の先遣隊の入植には、例外なく匪賊との遭遇、吉林軍の匪賊討伐への参加、匪賊の襲撃が挿入されている。満洲の「沃土」を熱望する移民者は、その入植を阻止しようとする匪賊から攻撃される。そのため、移民者は武力行使によって敵を排除するしかないというわけである。

しかし、移民者の目的が農民としての生活である以上、「切迫した匪情」による入植の遅延や関東軍の匪賊討伐への参加は移民者の不満と憂鬱を蓄積させる結果となる。移民団員は憂鬱を晴らすため匪賊討伐に参加するが、討伐の後には「静かな反省の心」から「女と酒」を求めてしまう。移民者は、出征する兵士のような矜持と勇気を持つ在郷軍人ではあっても、まったき兵士ではない。先に述べたように、移民団員を結束させるのは「土と離れては生きてゐられない」農民という自覚である。

これは、このテクストにおける武装移民団に対する相反する二つの視点を表している。「理想の開拓」を担う農民としての農業移民団と、「帝国在郷軍人」として有事時には兵士にもなれる武装移民団である。問題は、移民団員がそうした二重の役割を拒絶するようになるという点にある。たとえば、移民団が入植後に参加した関東軍の討伐で、移民団の中から初めての死亡者が出る。

抱かせられたままに、堀部の死体は銃を抱いてゐた。それが乙島には可哀想に見えた。彼は土壁から鋤頭《チユートー》（鋤のこと）を持つて来ると、それを銃と換へてやつた（一六七頁）。

移民者の遺体が抱かされた銃を農具に取り替える行為は、彼の死が兵士の死として扱われることに対する移民者側の強い抵抗感を示している。しかし、そもそも満洲移民が国策移民として成立したのは、関東軍側の「北辺鎮護」に貢献する屯田兵の育成への強い意志が存在したからである。『光をつくる人々』で、こうした武装移民団の矛盾を解決するために提示されるのが農民魂である。

農民魂の構造

死を以て守る希望の入植を阻む者があれば、これを灰にするまでも焼きつくすといふ執拗な百姓的執念と団結を以てその行動は開始されたのである。もはや鉄砲の打ち合ひとか、相手が匪賊だとか、さういふ概念から離れて、純粋な土を生命とする農民の、土を得るか失ふかの瀬戸際に立つた、あの恐ろしい犠牲に突撃する農民の姿にかへつてゐた。既教育の在郷軍人としての行動を、さういふ農民魂が妖気を以て包んでしまつたのである（一〇頁）。

敵を「灰にするまでも焼きつくす」という執念は、単に敵に応戦する兵士の勇気や勇猛のみでは説明できない。移民者は「もはや鉄砲の打ち合ひとか、相手が匪賊だとか、さういふ概念から離れて」いる。自分たちが殺そうとしている相手が誰で、何のために敵対しているのかといった問題さえ重要ではないのである。移民者にとって重要なのは、敵が「希望の入植を阻む者」であるという一点のみである。

そのように描かれる移民団の姿は、「土を耕作する人」という意味としての農民からはかけ離れたものである。ここで注目されるのは、農民と並ぶ百姓という言葉である。

そもそも百姓とは、古代の公家二十姓と武官八十姓の総称として始まった言葉である(15)。網野善彦が指摘したように、古代律令制の天皇は官人から平民に至るまであらゆる姓氏を与える立場に立ち、さらには戸籍に登録されたすべての百姓に一定の口分田を与えた。そして田地を基礎とした律令制国家の土地制度・租税制度の成立によって、儒教の農本主義が影響を及ぼすことになった(16)。古代百姓はあらゆる姓氏を持つ一般の人民であり、農民のみを示す言葉ではなかったのである。近世においても百姓は農業に従事する人という農民への狭義化が進行する一方で、依然として本来の意味で使われていたことが指摘されている(17)。

しかし、古代百姓は「武装を自弁する兵役の負担者」(18)でもあったことを想起すべきであろう。深谷克己は、兵農分離制を視野に入れて百姓役儀を検討する際、最も重要な変化は古代百姓の武装自弁の兵役で起きたと強調する。兵役は百姓の負担である反面、百姓身分に属する資格でもあった。その資格が近世から兵農分離によって百姓から切り離され、侍に独占される方向へと進行していったのである(19)。

武装移民団は、農民であると同時に兵士であることが要求されており、そのために実戦用の兵器を保有することも認められている。テクストにおいて移民団の武装は、入植成功の前提となる匪賊討伐の手段として正当化される。しかし、敵を「灰にするまでも焼きつくすといふ執拗な百姓的執念と団結を以て」攻撃する農民の姿は、単なる勇敢な兵士の姿ではない。彼らが「死を以て」守ろうとするのは「希望の入植」、すなはち土地の獲得であることを想起すべきであろう。武装した在郷軍人の移民者に求められているのは、勇敢に戦う農民なのである。

ここで注目したいのは、土地の獲得を核とする移民者の農民魂の構造にある。土地を得るために、移民者は「あの恐ろしい犠牲に突撃する農民の姿にかへつてゐた」と描写される。このような移民者の姿は、兵農分離が起きる以前の古代百姓に遡るものである。この時、一見彼らが置かれている複雑な歴史・政治的な位置の現在性は消えたように見える。建国されたばかりの満洲国に入植していく武装移民であるという歴史的事実に対する認識は、彼らの中から古代百姓が甦ることによって回避される。

そもそも百姓は、天皇との関係を意識せざるを得ない言葉である。たとえば、律令制国家は口分田の売買を禁じ、さらに六年毎に行われる班田によって死者の口分田を回収した(20)。律令制の根底にあるのは、山野河海を支配する天皇に対して、百姓は天皇より借りた農土を耕すという前提である。壬申地券、地租改正の以前には、天の下はすべて王土であるという王土原則が貫徹されていたとする土地所有史観は、こうした認識に起因する(21)。この王土論を突き進めれば、戦中の「天皇陛下よりお預りしてゐる農土を、荒るがまゝに、無気力であるといふことは、とりも直さず、不忠である」(22)に至るのである。

だが、古代百姓とは違い、移民者が求めるのは農地の占有権、耕作権ではなく、土地所有権である。近代的土地所有権の性質の一つが、所有者がすべてのものに対してその排他的な所有権を主張できること(23)であることを踏まえれば、移民者を通じて古代百姓や屯田兵を再現することは自家撞着でしかない。『光をつくる人々』において移民者が希求しているのは、イデオロギーでも名分でもなく、自分のものとなる「沃土」だけである(24)。日本人移民者が満洲に渡り、自らの土地所有権を防衛するため、それを阻む敵を「灰にするまでも焼きつくす」ことを期待される。これは、明らかに徴兵制度においての義務としての兵役でも、古代百姓の武装自弁の兵役でもない。土地の所有はおろか、入植さえまだ果たしていない移民団の過剰な武力行使は、土地獲得のための攻撃にほかならないのである。

そもそも農民魂には明確な定義が存在せず、主張する者によって様々な意味づけを付与し得る曖昧な概念である。西村俊一の研究によれば、日本の農村教育指導者たちは一八九〇年代から農村の疲弊と銅山の公害事件である足尾鉱毒事件(一八九〇)などによって国家権力に対して疎外感を感じていた(25)。一九一〇年代以降になると、その疎外感は「神憑った思想と行動」として発現される(26)。筧克彦の「古神道」と農本主義が結合し、農民は農村教育指導者によって「皇国の民」として皇道への献身を求められるようになる(27)。「満洲移民の父」と呼ばれた加藤完治をはじめとする農村教育指導者が「皇国農民」の精神である農民魂(28)を押し出して、満洲移民の非経済的ないし非合理的な側面を擁護することは当時から珍しいことではなかった。

満洲国立開拓研究所の「弥栄村総合調査」(一九四二)では、後の第四次及び第五次などの移民団が入植当初、家屋の建設を優先したことに対して、第一次移民団は「「先ず生活が出来る」と云う程の家屋に甘じ、只管未墾地の開墾と云う事に従事せんとした」(29)と高く評価している。さらに、第一次移民団の当時の団長である山崎芳雄の「開墾から農業を始める事は農業経営者にとつてこんな幸福な事はない。世人は動もすれば開墾の非合理的なことを説き、従って機械を以て開墾することに依り開拓民の満足を買おうとする。苟くも農業を表芸とする農民が開墾を嫌う様では、仮令立派な熟地を与うるとも到底ろくな経営は出来ない。一鍬々々を汗で拓く処に農民の生命があり、無限の楽しみが生れ、不抜の精神淘治が出来る」という言葉を引用して、それを「烈々たる農民魂」と賞賛した(30)。

要するに農民魂とは、農民の勤勉と倹約を促進し、国のためにあらゆる犠牲を甘受する農民を理想とする精神主義、日本主義の一つの形といえる。このような農民像については、次節で詳述するが、農民の理想化は逆に現実の農民から主体的な権利の主張を剥奪するものであった。そして満洲移民運動は、初期から精神主義化した農本主義の影響を強く受けていたのである。

「征服」の物語り

『光をつくる人々』における農民魂は、日本主義的な論理を農民に体得させる役割を果たしている。それは、土地獲得という個人の利己的な欲望や利得と矛盾するものではない。逆に、その欲望に意味を与え、正当化するものである。移民者の「在郷軍人としての行動」は手段であり、農民の土地への渇望こそが、この小説の中で描かれる武装移民団の本質である。満洲の土地に対する激しい熱望は、あたかも農民としての本能であるかのように描かれている。だが、もし日本人農民にとって、土地所有そのものが死さえ厭わない強烈な欲望であるとすれば、その対象は「内地」の土地でも良いはずである。それが満洲の土地でなければならない必然性は、作品の中で直接的には言及されていない。むしろ、移民者たちの背景である「内地」農村についての記述は意外なほどに貧弱である。

故郷を捨て、骨肉と別れて来たこの人たちには、妻子あるものとか、独身者とか、長男とか次男三男とか、夫々条件は異つてゐても、一つの共通した事情があつた。その共通した事情が、共通した希望へ皆を一貫させ、特殊な友情で皆を結びつけてゐた。どの人の眼も遙かに故郷を偲んでゐる眼射しであつた。こんなに張り切つた行軍のあとでも、やはり夕方はいけないのか。

静かである。黙りこくつてゐる。そうつと、皆んなひそかに、内地にゐたときの、貧乏な小作人にいま返つてゐるのである（一一一〜一一二頁）。

入植地への偵察行軍で疲れた移民者たちが故郷を偲ぶこの場面では、「夫々条件は異つてはゐても、一つの共通した事情」があるとし、さらに彼らが皆「内地にゐたときの、貧乏な小作人」に立ち戻っていると描写することで、彼らが「故郷を捨て、骨肉と別れて来た」理由を暗示している。だが結局、その共通した事情は「共通した希望へ皆を一貫させ、特殊な友情で皆を結びつけてゐた」として移民団の結束を強調するだけで、移民者それぞれの条件や共通した事情の具体的な内容は語られない。

個人の来歴と移民団参加に至る経緯が詳細に示されるのは、沖本米平のみである。彼は過少耕地、不作、農家負債に苦しめられるが、それらの問題がすぐ海外移民と結びついたわけではない。実際に、彼は満洲事変の勃発によって初めて満洲を意識する。

そこへ帰つて見ると、全々思ひも懸けなかつた新らしい話題が、村の青年の間に取り沙汰されてゐた。面白半分のやうでもあつたり、お伽噺をするやうな調子でもあつた。しかし日に日に「満洲」といふ言葉が、生活の空気の中に濃く這入り込んで来た。

満洲事変に村からも幾人か出征した。新天地が偉い勢ひで開けて行く模様を青年たちは新聞紙から教へられた。事変の進んで行く姿が見えるやうに、彼等は戦争の後に心をひかれはじめた。またまた親しい友達が出征して行くと、俺もあとから行くぞといふ気持が希望のやうに湧き起こるのだつた。

事変の後に必要なものが、彼等の若い情熱や発展的な慾望に、何か明るい希望を持つて映り出した。半信半疑やお伽噺から醒まされたのである。
まだ事変の続けられてゐるうちに、早くもうしろからは建設の声が押し進んでゐた。さういう叫びは、かういふ青年たちの胸に、日に日に強く響いて来たのである（一二一頁）。

新聞記事を通して「新天地が偉い勢ひで開けて行く模様」に接し、沖本を含めた村の青年たちは、満洲事変の進行よりも「戦争の後に心をひかれはじめ」る。「まだ事変の続けられてゐるうちに、早くもうしろからは建設の声が押し進んでゐた。さういふ叫びは、かういふ青年たちの胸に、日に日に強く響いて来」る。この「内地」農村青年たちの心理は、満洲事変を関東軍の武力による満蒙問題の解決として把握しようとする視点から理解すべきであろう。すなわち、前線の満洲で関東軍による張学良政権の排除が行われているとき、「内地」ではすでに日本人主導の建設が期待されていたのである。青年たちの高揚は、満洲事変が日本人に提供するはずの「大陸開発」へと向けられている。事実、公的な日本人満洲移民事業は、満洲事変と満洲国の建国を歴史的背景として出発した。それゆえに、建設への期待に突き動かされて満洲に赴いた日本人移民者の熱望は満洲の土地を得ることでしか達成され得ない。「内地」の土地とは互換不能な、帝国主義的な欲望が満洲の土地を熱望する移民者の内に渦巻いていることが明らかとなるだろう。

満洲事変の勃発の以前、沖本は貧しさのため捕鯨船の人夫として厳しい労働を選択するしかなかった。だが、「内地」で紙面を通じて満洲事変の進行と満洲国の建国を目撃した沖本は、「明るい新世界」へ行って「そこの土」になることで「皆が幸福になれる」と信じるようになる。沖本の満洲移民の動機は、「内地」での貧しい生活から脱したいという個人的なものである。ここでは国家よりも「貧乏な小作人」として、借金のため出稼ぎ労働を選択するしかない農村青年の立場が強調されている。しかし、「佳木斯へ上陸してから」、つまり最初の匪賊の攻撃と移民団の応戦を経験してから、沖本は個人の幸せ以上に「国家のため」という誇りに目覚める。

彼は、家の者や自分が幸福になれると考へるだけでは、途中で崩れさうなものを感じ出した。勿論最初から「国のため」といふ理想に向かつて出発したのではあるが、それを身を以て心に刻み、それを誇りとし、信念としてでなければ続けて行けないと知つたのは佳木斯へ上陸してからであつた。その信念が岩のやうに出来た時、自然と希望がひらけ、その中から、家の者や自分の幸福な将来が見出せて来たのである。これは同士の皆がさうであつたにちがひないと考へた。「国家のため」といふ唯一の誇りに五百余名の精神が結びついて、そしてそこから銘々の希望や幸福が分れて出るのだ（一二二～一二三頁）。

沖本が満洲移民に参加する過程は、一人の農村青年が満洲事変から続く「大陸進出」が日本人に与えるであろう希望に魅了されながらも、結局「国のために」満洲移民を成功させなければならないと主張する移民者の姿に行き着くのである。これは、抽象化の過程でもある。沖本は「国のために」という理想が具体的にどのようなものか、論理的に説明しない。これは沖本に限らず、この作品全体に貫徹されている傾向である。

たとえば、移民団の幹部である和木千馬は、武装移民に参加した時の事情や心境について「日本の行き詰つた農村を打開する使命と、満洲国建設の基礎となる大きな理想とを持つて、先ず行き詰りの渦中に置かれた自分たちから行動を起こさなければならないと信じて実行した」（二六〇頁）と回想する。この和木の回想を除けば、沖本は『光をつくる人々』において個人として武装移民に参加した理由や論理を明かした唯一の例である。しかし、「国のため」、使命、希望、幸福などの抽象的な言葉が散りばめられるだけで、その具体的な内容も曖昧な修辞で濁されている。この小説が国策小説として日本農民の開拓物語であることを想起すれば、国策に対するこのような農民の曖昧な位置やモチベーションの希薄さは注目すべきものである。

このような抽象化のプロセスから、満洲移民そのものの矛盾した在り方を読み取れる。『光をつくる人々』で示される満洲移民の論理は、「内地にゐたときの、貧乏な小作人」であった移民者には耕作する土地が必要であり、満洲に移民することで移民者には土地が与えられるという前提から出発する。そして移民者が土地を獲得し、さらにその所有権を守るためには自らの武装が必要であり、彼らの生命をも危険に晒すような困難に遭遇するという犠牲を、「国のために」払わないといけないという結論に辿り着く。その犠牲が、どのようにして「国のために」なるのかに関する具体的な答えはない。ただ移民者が「国のために」、尊い犠牲を払い、「満洲開拓」に成功した時こそ、彼らの幸福と希望が成就する。結局、移民者側から見れば、満洲移民の最大の利点は永久なる土地所有権の獲得であり、「内地」の貧乏な小作人が「沃土」を耕す自作農になることである。

ところが、『光りをつくる人々』における満洲移民者の土地への熱望について、農民の本能的な執着以外の条件が指摘されているのは興味深いことである。

農民は土に生きる一種の本能みたいなものを持つてはゐるけれども、已むを得なければ、土を棄てて都会の生活群に入つて行つた。また慾も手伝つて軍需工業に吸収されもして行く。さうした農村離脱は曽ての農村問題の中心をなしてゐた。今日もさうである。

彼等が環境にそこまで押し迫られても、なほ絶望しなかったのは、本移住地に本格入植する以外に全く一つの道もなかつたからである。他に何かあれば幾らかはそちらへ流れ出したに相異ない。農民の本質はさういふものである（七六頁）。

ここで語り手は「治安状況」のため入植できない状態の移民者が絶望しても満洲移民を諦めない理由として、満洲では「内地」とは違い都市に吸収されないことを挙げている。「軍需工業」への労働力の供給もまた国家の施策に反するものではないが、そうした「農村離脱」が「農村問題」の中心として据えられている。だが実際に、現実には多くの満洲移民者が様々な理由で農業を諦め、都市に流入していった。移民政策は移民者の定着性を高めるため、次節で検討するように移民者の配偶者送出を考案し、また第6章で詳述するように移民者の家族のみならず親戚や近隣の人々を送出する分村移民へと転換するのである。ここでは、「農」そのものに対する非経済的価値の強調に反して、農民への醒めた視線が示されている点を指摘しておきたい。

沖本からも確認できるように、テクストにおいて農民たちの私利と帝国日本の国益は農民魂によって結合する。そして『光をつくる人々』における農民魂は、単に農民としての誇りをもって農業に従事すること以上のことを移民者に要求する。農民魂は、農民と兵士の境界を曖昧にし、農民は土地獲得のため「恐ろしい犠牲に突撃」することも厭わない勇敢な兵士として表象される。

> 入植なのである。入植といふ、文字や、実感から、彼等は決死といふ血管を体内に引き込んでゐたのである。戦争でいへば、そこを占領せよとの命令を受けて攻略するのと同じであつた。若し行く先を邪魔するものがあれば、最後の一人となるまで闘はねばならない（一三八〜一三九頁）。

本移住地の永豊鎮に入植しようとする時、彼らははっきりと自分たちの行動が「占領」に準じるものであることを認識している。土地に向かって突撃する瞬間の移民者が、果たして農民であるのか兵士であるのかを線引きすることは難しい(31)。テクストでは全編を通して移民者たちの行動の殆どが軍事行動に費やされており、入植後における農業の進展は簡単に言及されるにとどまっている。この小説が、移民団の農民と兵士とのどちらの役割により重点を置いているのかは明らかである。それでも、「帝国在郷軍人」として強調される整然たる暴力の行使は、手段に過ぎない。土地の獲得という移民者たちの欲望は彼らの身体に刷り込まれている強烈なものであり、彼らの真の目的なのだ。土地獲得の失敗は、彼らの精神のみならず身体の存在意義をも支えてきたアイデンティティの喪失へと繋がる危険性を孕んでいる。そのため、彼らの身体を通して「土を得るか失ふかの瀬戸際に立つた、あの恐ろしい犠牲に突撃する」農民の姿が帰ってくる。『光をつくる人々』では「土と離れては生きてゐられない」農民の原型としての百姓の姿は、入植の妨害をする敵に向けて銃を取り、機関銃を「猛射」するという過剰な暴力性として表れるのである。

ここで移民者の敵はすべての「希望の入植を阻む者」で、明確な実体を持つものではない。たとえば、前述した佳木斯での移民団の応戦が挙げられる。応戦する移民団には当の敵の姿が見えない。「佳木斯の灯のある方角より、もつと右にそれて、街燈らしい電燈がほんの三つ四つある闇の中から飛んで来るらしい」と推測されるが、その「江岸の闇の中」からの射撃は、「こちらが射撃をゆるめると、ぽつぽつ打ち出し、こちらが猛射すると鳴りをひそめる戦法」である。比して、移民団は居場所の分からない敵に対して機関銃を持ち出し、乱射する。実体の掴めない敵への「猛射」は、決して効率的なものではない。にもかかわらず、移民団による機関銃の「猛射」は夜の明ける頃まで続き、「昂奮と疲労と緊張とで皮膚の色をなくしてゐる甲板の移民たちは、孤包のバリケードの蔭で、相変らずその退屈な岸を睨」む。

が、沿岸には普通の満人で、所謂通匪者といふのがいくらでもゐるから、それが順々に船を見て伝へてゐたのであらうといふことがわかつた。

恐るべきものは通匪者であり、通匪者は到るところにゐる。

昨夜あれだけ頑強にかまへた匪賊が、太陽の光の照るところでは、蝙蝠のやうに姿をかくして見せない。それだけに路傍に群てゐる満人の間に、彼等が潜んでゐるのではないかと気味悪い思ひがする。異様な眼ざしで見迎へ見送りする彼等が、全部或は匪賊ではないかと思はれた（一四頁）。

夜の闇の中では確かに存在したはずの匪賊が、「太陽の光の照るところでは、蝙蝠のやうに姿をかくして見せない」。

この事実は、移民者にとっては逆に敵がどこかに潜んでいるという想像を促す。そしてまた、想像は敵が潜んでいるはずの満人全体へと広がっていく。「敵前上陸」を果たした移民者は移民団の到着の知らせを匪賊に知らせたであろう「通匪者」の存在を疑い、示威行軍をする自分たちを見つめる満人を気味悪く思い、あるいは彼ら全員が匪賊ではないかと想像する。この応戦を経験することで、日本人移民者が上陸する前から自分たちの入植を阻止しようとする敵の存在を明瞭に認識した点は重要である。

満洲の「沃土」を熱望する移民者は、その入植を阻止しようとする匪賊から攻撃される。そのため、移民者は武力行使によって敵を排除するしかない。このような暴力の連鎖が、日本人移民者の満洲進入と同時に提示されているのである。先に述べたように、この図式は、本隊の入植と正式な土地の契約締結まで繰り返される。こうした反復が、移民者の「満洲開拓」のための匪賊討伐を正当化し、移民団の武装や暴力行使を肯定するのに有効であることは明らかである。

しかし、こうした農民の暴力性と土地への渇望こそが、この小説の中で描かれる武装移民団の本質であり、それが本隊の入植と土地契約の締結まで、突進していく物語の原動力なのである。『光をつくる人々』における満洲開拓を正当化する論理は、武力によって敵を屈服させ、土地を獲得する征服の論理である。

3 「大陸の花嫁」と「建設」

女性移民の価値

『光をつくる人々』において、満洲移民の成功は男性移民と日本人女性の結婚によって確固なものになる。この婚姻は、個人の性愛の側面から必要とされるものではない。勿論、男性のみで構成された移民団にとって、性欲の処理は女性移民を欲する重要な要因の一つではある。たとえば「所帯持ちは結婚生活並びに初夜の経験談を、一応話する義務を課されて」おり、聞き手の未婚男性はその経験談を何度聞いても新鮮に感じる（一九八頁）。その一方で、彼らは「太い白樺」に女性の身体を想像し欲望を感じる一方で、同じように女性の身体を連想させるある大木については強い嫌悪を示す。


「独身もんの君にもさう見えるか……？」

「見えるとつて！　俺アどうかしてゐるんぢやあねえかと考げえたこともあるが、たしかに夕方なんか女に見える……。白樺の女に見えるのは、いい気なもんだけど、大木の、それ何といふ木か知らねえが、二た股の肌のツルツルした、ところどころ瘤のあるやつがあるな、あれは気味がわるいな、何とか云い出しさうな気がして胸がドキッとする。俺アこんな畜生と思つて一と思ひに斧をぶちおろすだ……二た股開いてぶつ倒れられると、やつばそこんとこへ飛んで行つて見たくなるなア……」

「そらあ変態ちふだ……」

誰かが云つた。

「なーに変態だもんか……人情だ」（一九八～一九九頁）

既婚者は白樺に「簪さして、来たての頃の女房」の姿を重ねるが、未婚者は「二た股の肌のツルツルした、ところどころ瘤のある」大木に強い嫌悪を感じ、そのため大木を切り捨てることで自分の行為が欲望に裏付けられたものであったことを自覚するのである。

この場面で男性移民者の間で共有される「猥談」は、ただ性的な刺激を満たすためのものではない。未婚男性に「猥談」を語る資格を持つのは既婚男性のみで、彼らは何度も「結婚生活並びに初夜の経験談」を聞かせながら、話し手自らも「縁の遠くなつた女房が、俺にもあつたのだつけと身近に甦つて来る愉しさで、敢て義務を義務と思はず」果たすことができる。それに比べて未婚男性の制御されない性欲は、大木の例からも分かるように、破壊的なものとして描かれる。既婚男性の妻への欲望は奨励されるのに対して、未婚男性の性的欲望は警戒すべきものとみなされているのである。彼らの「猥談」の焦点は、性的な刺激そのものではない。彼らは「猥談」を通して結婚と家庭への経験と期待を共有し、その絶対的な価値に対する集合的な同意を築き上げる。このテクストにおける移民者の結婚や家庭は、個人の私的な領域にとどまらないのである。

それは、人生の喜こびや、魂の拠り場所を家庭に見出してゐる農民の永い伝統の血が、先に招致した人から、それを見せつけられるからである。それは環境がかういふところだけに、焼きつくばかりに強いものであつた。各人が意識してゐるとゐないとに拘らず、農民の家庭は、それ自体、土を永遠に引き継ぐ安心を持つた一つの組織であつた。家庭の団欒も慰安も、自己の生命と共に、子孫に永遠に伝へる土に対する不滅の権利を約束されてゐる喜こびに外ならなかつた（二三一頁）。

男性移民者のみでは開墾した土地の世襲や移民者の定住は望めない。土地を受け継ぐべき子孫の出産及び養育を担う女性との婚姻を通して、満洲移民は完成されるのである。入植に成功した移民団は正式な土地契約を結び、団体生活から家族単位の生活へと遷移する。そのため、移民者の家族及び花嫁の招致が本格的に進められる。

史実としては、第一次移民団における移民者の配偶者招致は、男性移民者の動揺を抑えるためのものであった。屯墾病の流行による幹部排斥運動（一九三三・六）、及び関東軍の強制的土地買収によって引き起こされた大規模の抗日武装闘争である土竜山事件（一九三四・三）の結果、移民団には大量の脱団者と動揺が生じた。関東軍の東宮鉄男など移民推進者側は、独身男性移民者の定着を促すため、花嫁招致を考案したのである。

『光をつくる人々』では、この時期について「治安関係がいちぢるしく悪化して来て」農耕方面の「悲観すべき状態」を招来したと言及するにとどまっている（二二九頁）。だが、その時から移民団の共同生活に「ぽつぽつと破綻の兆が見え」始めることに注目すべきであろう。

その原因は、家族招致などにより「生活上いろいろな私心が自然と発生して来た」ためと語られる。「何時かは個人経済に立ち戻つて、家族を単位とした部落の生活を愉しみ、本来の農民となつて農耕に従事するのが建前であつたのであるから、時期尚早の感はあるとしても、悲しむべき現象ではない」（二三〇頁）のである。ここでは、移民者たちが回帰しようとする個人経済として家族を基礎にした「私心」が肯定されている。もし個人経済に戻り、家族を単位とする生活を愉しむのが「本来の農民」の姿であるとすれば、武装した男性のみで構成された共同経済の移民団は「本来の農民」の姿ではないと認めるしかない。すでに検討した通り、『光をつくる人々』の全体を通して武装した兵士にして農民として農地を獲得して行く武装移民の姿は、「本来の農民」ではなく古代にまで遡る百姓の姿として正当化されている。だが、古代百姓として表象された武装農民であっても、「征服」に成功して土地を手に入れた後には、「本来の農民」の姿に戻ることが正しいと示されているのである。

その代わりに強調されるのは、花嫁招致が男性移民者が獲得した土地の世襲や移民者の定住をもたらすという論理である。大きな危機を経験した移民団員にとって、花嫁招致は「人生の喜こびや、魂の拠り場所」である家庭を提供して男性移民者の動揺を押さえ、より安定化させる効果を期待できるものであったからである。満洲移民における女性移民者の存在意義をこのように捉えることで、移民者の婚姻は個人の問題ではなく満洲移民の成功そのものに関わる重要な問題となる。

テクストにおいては、信望が厚い移民団幹部の和木が「内地」に帰り、事前に写真を交換して親から結婚を承諾された福島、秋田県出身の一五人の花嫁を引率する。事実、一九三四年に第一次移民団の幹部は「花嫁探し」のために出身県に帰省し、花嫁候補者の家を訪問する方法で三〇人の花嫁を集めた。ただしそれはこの小説で描かれたような親戚や近隣関係による縁談という形のみではなく、大日本国防婦人会や愛国婦人会などの婦人会、日本連合女子青年団の支援のもと、支部長や分会長の国策遂行の協力を得たものであった(32)。

後に「大陸の花嫁」と呼ばれる移民者の配偶者(33)を満洲に送出する計画は、一九三三年二月から具体化し、関東軍の「日本人移民実施要綱案」(同年四月)には「男女数の適当なる均衡を保つ」ことが盛り込まれた。花嫁の送出が本格化されるのは、拓務省の「満洲移民第一期計画実施要綱」が発表される一九三七年のことではあるが、一九三四年の「花嫁探し」の時からすでに国策遂行の影響下で進められていたのである。

『光をつくる人々』においても、この一五人の花嫁の中で一四人の花嫁は花婿の顔さえ写真でしか知らず、「おめえも唯の嫁入りとはちがあんだ。男でいへば動員が下がつて戦争に行くのとおんなじで、国家のためちふ精神で亭主に仕へねばなんねえ、いいか……」(三〇四頁)という父親の言葉に見送られる。この花嫁たちの渡満は、「お国のために」嫁ぐという後の「大陸の花嫁」像を先取りしているといえる。

「労働する身体」としての女性移民

だが、この作品において花嫁たちが担うべき役割は、子孫の出産及び養育だけではない。花嫁の中で唯一の恋愛結婚のケースである梅ケ枝雪子は、「若々しく逞しい姿」で登場する(二八四頁)。函館のカフェで女給として働いていた雪子は、和木の娘のトヨがかつての自分のように「大柄な少女」であるのを見て、自分の「早熟だつた少女時代」(二九五頁)を振り返る。義父と実母から疎まれた彼女は、小学校を卒業した後、奉公先で畑仕事に出される。そこでも早熟な身体のため好奇の眼に晒される中で作男の沖本と出会い、彼と将来を約束する。親によって芸者に売られそうになるなど、早熟な身体は彼女に「不幸な運命」をもたらしたが、沖本と結ばれた一六歳の冬の日を思い出した雪子は隣で眠っていたトヨに抱きつく。

彼女は沖本の云つた言葉を思ひ出してゐる。

――(雪ちゃん、可哀想なことをした。だけんど、おめえは大人の娘よりよつぽど綺麗だ。俺も仕合せだ……)

あとで藁小屋を出てからあやまるやうに云つた言葉であつた。

「トヨちゃん！　トヨちゃん！」

雪子は突然トヨを抱きしめた。

トヨは口をもごもごさせて、雪子の腕を拂ふやうにした。トヨの健康な胸がはだけて、蕾のやうな乳房が、雪子の腕にぢかにおつついた。

(ああ、私は寝呆けてゐたのかしら……。トヨちゃんもきつと、私のやうに幸福になれるんだわ……)(三〇二～三〇三頁)

「内地」では好奇の視線を集め、「不幸な運命」をもたらした雪子やトヨの早熟な身体は、満洲移民者の配偶者としては申し分のないもの、幸福の条件に変わる。確かに「垢ぬけのした豊満な頬に、赤い小さな唇が尖つたやうにくついてゐる」(二八四頁)雪子の身体は、芸者が象徴するように男性のヘテロセクシュアルな欲望を掻き立てるものである。しかし、雪子の身体がただ性的な欲望を喚起させる対象としてのみ表象されれば、「素朴な美しさをもつ存在」(34)とされた「大陸の花嫁」に相応しい女性とは認められないはずである。

たとえば、和木の妻であるアキは、雪子が「函館のカフェーの女だと聞いた時」、「真実忌《いや》な気がした」と強い反感を示す。だが、実際に雪子と対面した彼女は、雪子の「若々しく逞ましい姿」に「最初ちよつと気押されたが、すぐ夫と同じ安心が湧」き(二八四頁)、さらに「体が艶つぽいだけで、人間には想像したやうな忌味《いやみ》はついてゐなかつた」(二八六頁)と安堵する。

雪子の恋人への情熱にたじろぐのは和木も同様である。和木は、渡満後の移民の生活についての説明から積極的に恋人の沖本の「体臭を嗅ぎ出さう」とする雪子の「見たことも経験したこともないこの凄いやうな情熱に、少々圧倒され」る（二九八頁）。ここで注目されるのは、雪子がその「艶っぽい」身体と、「情熱」として表現される過剰なセクシュアリティとの交錯点に位置する存在であるという点である。彼女は早熟な身体のため、早い時期から自分の身体に向けられる他者の性的な欲望の視線に晒される。しかし沖本という恋人と出会ったことで、彼女は自分の性的な欲望を自覚し、それを積極的に受け入れ、初対面の和木の前で沖本に対する「情熱」を現すことさえ厭わない。彼女の渡満は「お国のため」のものではない。にもかかわらず、彼女は花嫁として受け入れられる。それを可能にするのは、初対面の他人が気押されるほど若々しく逞しい雪子の身体が、何よりも「労働する身体」であるためである。


「あんたは百姓したことがあるんだつてね」

「え、二十三の歳《とし》まで、岩手で……」

「さうだつてね」

雪子は、この人は自分と沖本のことを何もかにも知つてゐると思ふと、自然と顔が紅くなるのだつた。

「出来るかね、今でも……？」

「馬鹿にしないでよ！」

云つてしまつて雪子は、ぐつと下を向いた。白い豊な頬が、何かを恥ぢてゐるやうに赤くなつた（二八七頁）。


和木から百姓をできるかと質問された雪子は、「馬鹿にしないでよ！」と激しい反応を見せる。実際には彼女が百姓をしたのは「奉公先でみちりやり、奉公をやめてからも小さい弟と小作をやつた」だけで、その他には缶詰工場やカフェの女給として働いた（二九七頁）。彼女は賃労働者としての働きの方が長いのである。彼女が和木の質問に過敏に反応したのは、それが移民者の伴侶として迎え入れられるために最も重要な条件であることを認識しているからにほかならない。移民者の配偶者になろうとする雪子に要求されるのは、賃労働者としての労働力ではない。回想される雪子の過去では、主に彼女の早熟な身体が労働する身体であること、たとえば彼女が男たちと一緒に畑仕事に出たことや、幼い弟の代わりに小作を担ったことなどが示される。彼女は百姓として働ける健康な「労働する身体」の持ち主として印象づけられているのである。

事実、小学校を卒業した雪子はその健康な身体が「子守をさせて置くには惜しい」と評価されたため野良仕事に従事するようになり、すでに子供ではなく「一人前の女」として遇される。さらには缶詰工場で働き「娘の腕一本で家計を背負つて立つことによって」、芸者に売ろうとする「親たちの指図を刎ね返へ」し、沖本への心を貫くことが可能になる。雪子の身体は優れた労働力を提供する代わりに、自分の身体がセクシュアルな商品として扱われることを回避してきたのである。

ハートマンの言葉を借りれば、家父長制が「男性による女性の労働力に対する支配を物質的基盤として成立している支配的・搾取的制度、権力構造」(35)である。雪子は、自分の労働力をもって能動的・積極的に行動することで、当時の家父長制の農村社会から逃れたといえる。テクストにおいて彼女が芸者になることを頑なに拒否する理由は、恋人の沖本から「芸者になんか死んでも売られちゃあなんねえ」(二九七頁)と教えられたからである。しかし彼女は芸者になることを回避するにとどまらず、自分の労働力を一方的に搾取しようとする弟から離れて、都会のカフェの女給として独立した生活を営む女性である。彼女の渡満は、そうした積極性の上で成立している。

結局、雪子が満洲移民者の花嫁になることを選択し、またその選択が受け入れられたのは、何よりも彼女の健康で逞しい体が「労働する身体」であったためである。彼女の早熟な身体は早い時期から性的な身体性を意識させるが、そのような性的身体は芸者が象徴するような「産まない性」であり、そのままでは花嫁として相応しくない。だが、彼女が自らを百姓として主張することを通して、彼女の身体は「労働する身体」に意味が転換される。雪子は自らの健康な身体を物的生産と人的再生産の両方を可能にする「労働する身体」として押し出すことで、移民者の花嫁、すなわち「産む性」としての移民者の妻と次世代の母になるのである。このプロセスはまさしく戦時下における女性像の文化的刷り込みが「女性を男性にとって従属的な他者として支配し、彼女らを人的資源の生産者として、また物的資源の産出のための劣等補助労働力として効果的に機能させる」(36)ために行われるという若桑みどりの指摘と一致している。花嫁たちに要求される最も重要な資格は、物的生産と人的再生産の両方を可能にする健康な身体なのである。それは他の花嫁にとっても同様である。和木の妻のアキも体格に恵まれた女性として描かれる。

「さうだとつて！　今のやうぢやあねえ……。わしも若けえときやあアキちやん……ほどでもなかつたが、いい体アしてえたよ。あんでアキちやんの乗つた馬が、そこの小倉坂へかかつた時、はあ家ぢやあ、でつかい嫁で、馬が坂ア上がれねえつて、怖れてゐたつけが、わしやあ、馬鹿いふな、でつかい嫁ほど、家のたからだつて、馬鹿アいふ子供を、鳴アりつ飛ばしたもんだつた。あれから、何年になるい……？」(二八二頁)

「でつかい嫁」が歓迎されるのは、彼女がその健康な身体を通してよく働く「家のたから」になることが期待されるからである。アキは夫の和木が満洲移民に赴いている間、三人の子供を養育し、小作地の稲作にもよく働く、農家の立派な嫁である。その素質こそ、「いい体」をした「でつかい嫁」の姿として表象されているのである。

女性移民者に要求されるのも、外面の美しさや教養ではない。男性移民者が「女房になつて満洲へ来る内地の娘にする注文」として「僕等と一緒に苦しむ覚悟と、僕等に負けない健康のほかにはない」(二〇七頁)を挙げていることからも分かるように、女性移民者には何よりも健康な身体が要求される。雪子に限らず、花嫁についての描写では「申し分ない肉体の逞しさ」、「健康さうにしまつた肉体」(三三三頁)、「揃ひも揃つて見事な健康を孕んだ肉体」(三三四頁)が強調される。

こうした健康の強調は、男性移民者や移民団、さらには移民政策側が女性移民者に期待する役割を反映するものでもある。彼女たちは家事労働などの再生産労働のみならず、夫と一緒に畑で働ける生産労働者としても期待されていた(37)。満洲移民政策は自作農夫婦の労働によって主な農作業が行われることを前提としており、そのため妻の労働力への期待が高かったためである(38)。男女の愛情や容姿の美醜、教養の有無よりも「農耕の方なら男と一緒にやれる」女性こそ移民者の花嫁として相応しい存在である。花嫁の健康な身体こそ賞賛に値する美徳であり、価値なのである(39)。だから雪子とトヨの早熟な身体が幸福の条件に変わるのであろう。

「新天地」における女性移民の価値

この小説で描かれる花嫁招致は、単に個人が伴侶を得るためのものではない。労働力の増強、子孫の確保、移民者の定着及び安定化など、送出する国家の移民政策と受け入れ先の移民団と花婿側の経済及び労働の要求に応えられる健康な女性を供給するという論理に基づいている。「男でいへば動員が下がつて戦争に行くのとおんなじ」という認識は、とりわけ網野千代と最上沢林次の葛藤を通して強調される。

千代は、「白い顔にパッチリした大きい瞳で、鼻がいい格好で唇が厚い。教育のありさうな顔」をした花嫁一行の「スター」である(三一〇頁)。彼女は、顔の半分に及ぶ痣を意図的に隠した写真に騙されたような形で、最上沢の花嫁になる。花婿との初対面で、最上沢の顔を見た千代は衝撃を受ける。彼が自分の顔の痣を隠した理由は、日本娘と結婚するためである。

満洲へ来るまでは、彼は結婚のことは諦めてゐたのだが、来て、苦難に勝つて見ると結婚が可能と思へ出した。自分の欠点や、千人に一人の醜悪な顔も、すべて、この現実と環境の中では帳消しにされると自信されたのだ。真実彼は、現実の激しさの中で、自分の顔の醜悪のことを忘れてゐることさへあつた。さういふ習性が、自分を名誉ある聖業を遂行しつつある土の戦士であると評価を高くさせた。そしてその評価の上に、日本娘は、自分にも必ず来てくれると信頼を持つてしまつた。しかしその恐ろしき喜びが、目の前に来て見ると、その自信や信頼が誤算であつたことに気がついた。誤算は自分を不幸にするばかりでなく、相手の女をもより以上に不幸にする（三二八頁）。

ここで最上沢の論理は、そのまま雪子の身体に関する言説と同じ論理の上に立っている。「内地」では好奇の視線を浴びた雪子の若々しく逞しい身体が、満洲の移民地では好ましいものとして歓迎されたように、「内地」では結婚を諦めていた最上沢が満洲で勝ち取った評価によって「日本娘は、自分にも必ず来てくれる」と信じるようになる。いわば自分の満洲での働きが評価され、ある種の褒美として日本娘が来てくれると信じていたのである。これは、傷痍軍人との結婚を「日本女性の誇りであり務め」(40)として奨励したのと同じ論理である(41)。

仮に最上沢の主張とその論理が正当であるとすれば、彼が自分の顔を隠す必要もなかったはずである。だが、彼は自分の身体的な欠陥を隠した写真を送り、千代が衝撃を受け、絶望する姿を見る。彼は「自分の卑劣が刻一刻と責められ」、「起き上がつて、そつと千代のところへあやまりに行き、自分を捨ててくれと頼みに行かうとした」が、結局「友達に対する意地」（三二九頁）のため思いとどまる。彼は千代に対する罪悪感の前に、自分の友達に対する体裁を選択したのである。それに比して千代は、自分の拒絶が最上沢を「苦しめてゐるどころではなくて、一人の男子を侮辱してゐる」（三三五頁）と思い苦しむ。

移民地に帰る「結婚行軍」の時、最上沢は自ら馬車を作り、馬、家、農具も準備したことを語って千代を説得しようとする。彼は、男性移民者がそうして妻を迎へること、つまり花嫁を獲得することで彼らの幸せが完成することを訴える。最上沢という一人の個人としてではなく、男性移民者として男性の幸せを完成するべき女性の義務を果たせと促しているのである。実際に、千代は最上沢を愛せない自分に罪の意識を感じる。

こんな大きな侮辱に堪へて、しかも彼女にもう一度、はじめから考へ直させやうとする男の素朴さは、彼女に大きな感動を与へた。と同時に、穴へでも逃げ込みたいほどの恥ぢる気持をも喚起させた。
――(お前に、この男に不平をいふ資格がどこにある!)
彼女は彼の顔から眼を離さなかつた。
――(私が馬鹿なんです……)(三三八~三三九頁)

千代は花嫁として渡満した以上、自分には夫となる青年を愛する義務があると真剣に受け止めている。「国家のためちふ精神で亭主に仕へねばならない花嫁であるにもかかわらず、彼女は「もつと大きな愛が持てない」(三三〇頁)自分を深く苛む。彼女も満洲の現実と環境の中では、「千人に一人の醜悪な顔も」「帳消しにされる」という最上沢の論理を受け入れているのである。

しかし、その「大きな愛」を試されるのが千代一人であることや、また意図的に身体の欠点を隠した写真に騙され、満洲に到着した後になって選択を迫られることは考慮されない。さらに「もつと大きな愛」は、同情や義務以上のものであることが要求される。

他方、最上沢は「彼女に対する反感と、小癪にさはる気持」から千代を強引に娶ることも考えるが、彼の「竹を割つたやうな」性格と「これから先幾《さき》十年の建設は、ほんとに夫婦が命がけでぽつたりするんでなければやつて行けるものではない」(三四一頁)と考えて諦める。なぜなら、彼らの結合は、個人が一生の伴侶を迎えることのみならず、「満洲開拓」という「偉大なる希望を達成せしめる」ために有益でなければならないからである。その目的のためには、女性にも男性同等の健康と強い意志が要求されるのである。

大自然の懐の中で、彼等は、得意満面、誇りに身をほてらしてしまふ瞬間がよくあつた。胸を叩かんばかりにして、その幾度び死線が押し迫つて来ても断じて負けなかつた健康と意志とをその女に捧げたいと思ふのだった。それからこの大原始林と、この原始林が平野の中の一粒の黒子《ほくろ》に過ぎないほどの大沃土である活躍の場所と、この腕で造り上げた家をも……（二〇一頁）。

女性の身体を連想させる木にさえ欲望を感じるような男性移民者が、花嫁に欲するのは性的魅力ではなく、勤勉な女性の労働力とそれを可能にする健康で逞しい身体なのである。こうした価値観から見れば、雪子やアキの健康に働ける身体こそ満洲移民に適したもので、「教育のありさうな顔」をした千代の美貌は過剰なものでしかない。だが、健康な女性移民者が移民地で大きな働きを期待されているとしても、それが性役割そのものの変化や女性に男性と同等の権利を認めることを意味するものではない。男性移民者は、幾度も死線を経験しながら原始林が象徴する大自然を開拓し、その結果獲得した大沃土と家を持って花嫁を迎え入れる(42)。そして花嫁の「見事な健康を孕んだ肉体」は、その大沃土で一緒に働き、子を成して家を維持し血を紡ぐことを担わされる。『光をつくる人々』における「満洲開拓」は、先にふれたように男性移民者の征服を前提とする。その事実は、満洲に到着した花嫁たちの「結婚行軍」が匪賊の襲撃を受ける場面で顕在化する。

彼女たちは妙な耳に付く唸りを頭の上に聞いてゐたが、やがてそれが匪賊の弾丸の音であることを知つた。時々カチン、カチンと弾丸が馬車の堅いところへ当つて刎ねる音を聞いた。馬も幾頭か斃されたらしい。そのたびに、馬車がゴロゴロと後戻りした。一緒に斃がれてゐる馬が驚いてうしろへ下がるのである。
一時は恐怖のあまり、土の中に埋まるやうにしてゐた彼女たちも、次第に心に冷静を取り戻して来た。身の近くに弾道を引いて来て消える弾丸《たま》を、はつきりと意識することさへ出来るやうになつた。
網野千代は、そつとトランクの上から眼だけ出し、最上沢を畑の中に探した。彼はいま、心地よい反動を肩に受けて一発放つたところで、うしろをふり返へつた。それが馬車の下から十五、六メートルのところに見えるのだ。

たちまち視線が合ふや、彼は叫んだ。

「顔を上げては駄目！」

必死なそのなかから、彼の白い歯は明かに微笑んでゐたのだつた（三四四頁）。

花嫁を馬車に乗せた移民者の「結婚行軍」は、追分峠で匪賊の襲撃を受ける。花嫁たちは頭上に弾丸が飛び交う音を聞き、流弾に撃たれた馬が倒れる状況、すなわち自分の命が脅かされる状況へと放り出される。その状況で彼女たちを安心させるのは花婿である。匪賊の襲撃の直前までは千代に対して弱い立場から説得していた最上沢であるが、銃弾が飛び交う応戦の中では「彼の白い歯は明かに微笑んでゐ」る。

「あぶないよ！」

そして彼女が、いふことをきいて地に伏すと、彼はすぐ銃を構へた。

彼女は行李とトランクを細目にした間から、彼の強い姿を見守つた。もはや彼女はすべてを超越した、大きな力に引き込まれてゐたのだ。表面の美醜などにこだわつてゐた心を恥ぢるなどといふ余裕すらなく、直接彼女は、産れてはじめて経験した大きな感動にさらひ込まれてゐたのだ。最上沢から、人間の最も偉大なる愛と美しさとを見せられたのである。純粋な白紙の気持で、彼女はひたすら感謝せずにはゐられなかつた。その時、彼女の幸福感は、その感謝の中から雲のやうに湧いて来るのだつた。

彼女は、道へ飛び出して行つて、馬車の下をくぐり、さうして最上沢の足に抱きついて、許しを乞はねばゐられない気がした。恐怖は不思議と消え去つてゐた。あるものは、如何にして最上沢に示さうかとする方法で昂奮し切つた愛情のみであった（三四五頁）。

千代は「彼の強い姿」に「すべてを超越した、大きな力に引き込まれて」、彼に強い愛情を感じるようになる。まだ戦闘は続いているが、最上沢に全幅の信頼を寄せる彼女から死の恐怖は消えている。そして「この程度の交戦は、もう幾度となく経験してゐる花婿たちは、約一時間で、およそ三十名と見たその騎馬匪賊を完全に撃退」したとして簡単に済まされてしまう。

この襲撃は歴史的な事実に基づいたものであるが、その細部には異なる箇所がある。テクストでは一人の花嫁を乗せた馬車に一人の花婿が御者になっているが、実際には一台の馬車に二人ずつ花嫁を乗せて花婿たちは交差して御者と護衛を行った。また、小説で花嫁たちはパラソルとハンカチを持っているが、実際には「手に手に小銃を持たされて」武装していた(43)。この小説で花嫁を乗せた行列の姿は「ひらひらと、いろいろな色彩の花人形をのせた車のやうに、濃い緑の畑の中を進んで」行くと描写されるが、事実は花嫁たちも手に銃を持った「武装花嫁」(44)として嫁いでいったのである。これは単に花嫁たちの女性らしさを強調するためだけのものではない。

戦闘の後、千代を含む花嫁たちは、自分の花嫁を勇敢に守った花婿たちに「有難う有難うと叫んで泣き立て」る（三四六頁）。この戦闘における勝利は「男性の持つ愛情を、最も原始的な方法で果たし得た勝利の瞬間」として描かれる（三四七頁）。この勝利は、単に匪賊に対するだけのものではない。この戦闘を通して、花嫁たちは出会って二日目の花婿たちが満洲で自分たちを守り通す強い男性であることを確認し、彼らに「人間の最も偉大なる愛」を感じるようになるからである。この戦闘は、花嫁たちの内面から男性への自発的な服従と愛を引き出すための物語の装置といえる。

この戦闘は、小説の前半で入植しようとする移民団とそれを阻止しようとする匪賊との間で行われた戦闘とは、明らかに様相が違う。応戦する移民団員たちに焦燥と不安はなく、戦闘も簡単に勝利で終わる。すでに入植し終えた移民団にとって、この戦闘は生存をかけたものではない。戦闘が終わったあと、沖本は匪賊にとっては「今日ほど欲しい物資はなかつたらうからなア……」と語る。

沖本の言葉は、移民団側に花嫁が占める位置と価値を明瞭に示している。すでに指摘したように、日本人移民者が獲得した土地の永久的な所有と相続のためには、同じ日本人花嫁との婚姻が必要であるとみなされた。馬車に乗せた花嫁は、彼らの入植を磐石にするための大切な物資なのである。そして彼らが花嫁を匪賊の襲撃から守るために戦う戦闘は、男性の女性に対する支配の確認と、女性の男性への自発的な服従を確認する「男性の持つ愛情を、最も原始的な方法で果たし得た勝利」の瞬間なのである。

こうした物語の装置が挿入されたのは、満洲の移民地という特殊な事情も関わっていると考えられる。「新天地」である満洲で男性移民者の配偶者となる女性移民者たちは、夫と一緒に新しい共同体と人間関係を築き上げていくという点において、「内地」の家父長制からの解放や自己実現の可能性を保持していた(45)。そうした可能性は、合同結婚式で花嫁たちを「選ばれたる幸福な方たち」と呼ぶ移民団団長の言葉からも読み取れる。団長は、彼女たちの夫は「決して貴女方を踏んだり蹴つたりしないでせう。天地にかけがひのない宝物として大切に扱ふ」であろうと語る（三五〇頁）。

「どうぞそれにつけ込まないで、幸福は自分たちの手から、を、標語として励んでいただきたい。それが証拠には、内地にゐたときは、時々額に瘤を造つたり、ほつぺたを赤くはれ上がらせたりした嫁さんたちが、こつちへ招致されてからは、とんとその痛さを忘れてしまつたといふことです……まあ、これは私の想像ですが、ともかく満洲では内地のやうな、やれ姑の苦労とか、やれ親戚づきあひがどうのとか、よくある、所謂嫁の苦労といふ奴はありません。実は情報によつて驚いたのですが、昨日は行軍の途次、匪賊の襲撃を受けたそうですが、全員無事到着されたことは、誠に天の加護《たすけ》と深く感謝してゐるのであります。が、それによつて皆さんは御主人の勇敢な行動を心に刻みつけたことと思ひます。災害《わざはひ》を転じて福となすの譬で、今後もその感銘を忘れず、相互に建設に邁進することを深く希望します」（三五一頁）

満洲の移民者共同体は夫婦を中心とした近代家族が想定されており、妻の積極的な協力と役割が期待されていた(46)。そのため満洲の女性移民者は、「内地」に比べて男性の配偶者としてより尊重される立場にあった。この演説からも、満洲では当時の「内地」農村ではタブーであった女性の自己実現や解放への願望や期待を実現する可能性が認識されていたことを確認できる(47)。

しかし、移民団の団長は女性移民者がそうした自己実現や尊重の機会に「つけ込まない」ことを強調する。「幸せは自分たちの手から」という言葉は、花嫁は花婿への従順を通してのみ幸せになれることを簡潔に表現している。たとえ男性と一緒に苦しむ覚悟と男性に負けない健康をもって男性と同等の働きをしても、男性の権威に挑戦することは決して認められないのである。「建設に邁進」するために男女間の結束が求められる一方で、匪賊との戦闘での「御主人の勇敢な行動」を「心に刻みつけ」ることで男性による女性支配に従順に従うことが要請されているのである。

満洲の移民共同体における男性の権威の源泉は、匪賊の脅威に勇敢に戦って勝つこと、つまり絶えない異民族との戦いとその勝利にある。反復される軍事的征服を通して、花嫁は夫に対して「大きな愛」を感じ、心から従順するようになる。そして当時の女性にとって「新天地」としての満洲が持つ自己実現の可能性は閉ざされる。満洲移民において男性移民者の配偶者としての花嫁の意義は、男性移民者の幸せを完成させる物資であり、彼らの勝利を象徴する家と家庭を意味するものでもある。

4　日満親善と混血児

花嫁に還元される性の多様性

ここまで検討したように、『光をつくる人々』における満洲移民をめぐる論理は、日本人男性移民者の武力による征服が日本人女性移民者との婚姻によって完成されるものである。こうした花嫁をめぐる物語の基本構造は、本来「内地」では許容されないような性愛や情熱を花嫁に還元させることで取り込んでいる。前節で指摘した雪子の結婚はその一例であるが、移民者と関東軍兵士のホモソーシャリティ(48)ではそうした傾向がより顕著である。

移民者の一人である乙島は、入植後行われた吉林軍の駝腰子討伐に参加する。彼は負傷兵である品川上等兵を助ける過程で、品川への愛情が芽生えるのを感じる。

「乙島君、早川に代わつてもらへよ！」

乙島は、セロハンを貼りつけたやうな凍つた頰をあげた。

「いいよ、もうすぐそこだから……。俺、品川さんが好きなんだ……。好きになつちやつただ、来ながら……」

「大丈夫か……？」

「俺にやらせてくれ！　この傷は傷だけなら大丈夫だ……」

乙島は、何か特殊な愛情を感じてゐる人がするのでなければ、この負傷者はたすからないかも知れぬと思つた（一五七頁）。

乙島が品川に感じる「何か特殊な愛情」は、品川が移民団に見せる好意と理解によってより強まる。品川は移民団の「兵にも劣らぬ勇敢な戦ひをするのを見て感激」し「その愛国と建設の精神に彼は打たれながらも」、移民団は移住地に帰って移民本来の仕事である建設に携わって欲しいと語る。乙島は、品川の意見に「勿論賛成だつた」が「しかし現実としては、鍬を持つより先に、銃と日本刀を持たねばならない」という移民団の現状を説明する（一六四頁）。彼らは現役軍人と移民者という立場から出発して、移民団の「帝国軍人」としての勇猛さを認め合いながらも、移民団は討伐の代わりに建設に集中すべきだという結論に至る。

品川は、除隊になつたら移民になつて後から来るとも云つた。故郷の山梨には兄が二人もゐて、自分は帰つても畑を作る土地もない。それにまだ妹も二人工場に行つてゐる。自分は移民になつて国家のために盡したい。その辺まで話した時、彼は物につまづいたやうに雪の上に倒れたのだつた。

品川は頑張つては見たが、乙島に摩擦される脚の苦痛に耐へかねるやうに、うしろへ体を倒した（一六四頁）。

品川は現役の軍人であり、負傷してもなお帝国軍人として前進すると主張する勇敢な兵士である。その彼が、銃ではなく鍬を握りたいという移民者たちの心に理解を見せ、さらには自分がその移民者となり「国家のために盡したい」と語る。それは、兵士ではない農民本来の仕事に戻りたいという移民者たちの気持が決して卑怯や利己心からのものではないことを証明するものである。特に移民団の戦闘参加に懐疑的な乙島とそれに賛同する品川の存在は、互いを補い、支える相補的なものとして造形されている。乙島は戦友として負傷した品川の身体的な損傷を労わり、品川は乙島の思想に共鳴することで二人のホモソーシャルな関係が成立するのである。その「思想、人物、共に共鳴」した二人の関係に、ホモセクシャルな欲望が入り込む。戦闘の後も乙島は、佳木斯の病院に入院した品川の安否を憂い、彼の見舞いと経過の連絡を待ちながら彼が話した妹の姿を想像する。

多くの独身者が、皆故郷の娘を一人づつ胸に持つてゐるやうに、彼も、品川の妹といふのはどんな娘だらうと、山へ来てから思ふやうになつた。品川の妹とすると、色は白い方であらう。彼の額の広い、眼の深い、上唇の短い顔に、妹の顔を当てはめて考へると、可愛い娘が出来上がつた。しかし、乙島の空想に浮んで来るその娘は、ともすると、襟に毛のある満洲の防寒服を着てしまふ。しかも時時大変な顰め面をしては、乙島にすがるやうな眼つきになつた。妹の顔を求めながら、品川の方の顔が浮んでしまふのであつた。彼には品川の、あの時の苦痛に耐へるようとした顔がどうしても印象に残つて消えないのだつた（二〇二頁）。

乙島が思い浮べる品川の妹への想像は、はっきりと品川に対する性的な衝動の存在を示している。彼が思い描く品川の「すがるやうな眼つき」、「あの時の苦痛に耐へるようとした」顔は、まだ見もしない妹の存在を介して二人の男性の間に存在するホモエロティックな欲望を結びつける。結果として乙島の同性愛的な欲望は、品川の妹との婚姻によって異性愛体系へと収束する。

品川は自分の妹に対する乙島の「恐るおそる」の申し込みに、「兄の命の恩人なのだから、そんなことで恩の万分の一が報いられるなら」「本人が承知するもしないもない」と喜ぶ（二四四頁）。彼の実家も妹のヨシミについては品川に一任し、彼女本人もまた兄に賛同したことで縁談が順調に進められる。この縁談は兄の命の恩人に対する「恩返し」として位置づけられるものであり、当事者の妹もそれを承知しているのである。

模範的な帝国軍人と男性移民者との間の友情が、その妹との結婚によって強化されることは、男性中心の移民者共同体にとっては脅威ではない。品川が移民団に加わるとすれば、義弟でもある乙島の存在は社会的にも経済的にも有利に働くであろう。セジウィックの言葉を借りるならば、乙島と品川との間の社会的な絆は、「女性の交換」を通してより確かで強固なものになったといえる。

ここで乙島と品川とのホモソーシャルな結びつきが移民団にとって好意的に受け止められるという点が注目される。他の移民団員はこの縁談を「美談だといってひやかしたり羨ましがったりしながら彼への祝福の言葉を浴びせ」る。後に彼女の容姿は「品川上等兵の妹としては」、「少々当てがはずれたかも知れぬ」とされるが、「見ぬ恋愛ではじまった美談結婚」として歓迎される。品川の妹としては「少々当てがはずれ」という評価は、品川の容姿がある程度乙島の求婚に影響を与えたであろうという前提の上に成立つものである。すなわち、乙島のホモセクシュアルな欲望は、他の移民団員にとっても完璧に見えないものではない。さらに第一次移民団が主に未婚男性を中心にして構成されていたことを踏まえれば、こうした移民団の態度について、単に共同体内のホモフォビアが強すぎたため、逆にホモセクシュアルな欲望が見え難くなっているという説明では安易すぎるであろう。この婚姻は兵士が将来、信頼に値する移民者の一人となる可能性を高めるものでもある。「内地」の農民が満洲に駐屯する勇敢な兵士になり、除隊後にはいつでも兵士として動員できる満洲の農業移民者となる。この連続性は、「国のため」という大義名分の下で循環している。

錯綜する視線

雪子や乙島から確認できるのは、『光をつくる人々』が「内地」では許容されないような性の多様性も満洲の移民者共同体では受容されると表現している点である。花嫁の一人の雪子は、自らの性的な欲望を自覚し、積極的に過剰な情熱を見せる。乙島は移民者に理解がある関東軍兵士の品川に対する、性的な衝動を排除しない尊敬と愛情を持つ姿が描かれる。どちらも「内地」では弾き出されるものという点では同様である。にもかかわらず、彼らの欲望は花嫁に還元されることで、満洲の移民者共同体から歓迎され、受け入れられる。「内地」では排除される性の多様性が、満洲の移民地では「大陸の花嫁」や移民者として許容されるのである。

だが、それは日本人の性の多様性であり、また日本人の満洲移民への貢献を通して認められる。これは日本人だけの開拓の物語であり、満人は完全に排除されている。その中で、移民者の一人である栗田今朝男と満人娘である金《チン》鐘連《チュンリエン》の恋愛結婚は、混血児の誕生に至るという点からして、とりわけ興味深いものである。

栗田が彼女と出会うのは、移民団が佳木斯に上陸した日の夜である。すなわち、移民団が船上から匪賊の攻撃に応戦した夜である。上陸後、移民団は関東軍に協力して佳木斯市の警備を任される。巡察中の栗田は、貧しい満人家屋から人の呻き声と若い女の泣き声を聞き、その家の中に入る。栗田は彼らの家の中を観察しながら「自分たちや、自分たちの故郷の生活感情と少しも変らない」と思い、強い親近感を感じる。だが、父娘の方は武装した姿で急に現れた彼に怯え、「ふくらんでゐたものが収縮するやうに寄つて」、「石のやうに黙つて」しまう（四三頁）。

言葉が通じない両者の間で彼らの感情を伝えるのは、栗田を見つめる視線である。父親の眼は「哀願的」にも、「恨みを含んでゐるやうにも」見えるのに対して、娘の眼は「あくまでも怒りそのもの」である（四四頁）。自分を見つめる二人の眼が「たまらなかつた」栗田が帰ろうとすると、娘が彼に激しい怒りを表す。

> すると娘は飛び上がるやうに父親から離れて来て、堰を切つたやうに何ごとか喋り出した。怒りを忘れて唯感情のままに言語をほとばしらせてゐるやうであつた。栗田は黙つて彼女の顔や動作を眺めるよりしやうがなかつた。赤味と艶のない、鞣したやうな白い顔に涙がたかつてゐた。乱れた髪をうしろで束ね、首の細い割に頬が艶であつた。
>
> 父親は再び、くひしばるやうに呻き出した。
>
> 娘は父を指さし、急いで戻つて父親の足の上の夜具を静かにはぐつて見せた。すると彼は、体力も気力ももう盡き果てたやうにぐつたりと夜具の上に背を埋めてしまつた。呻くよりほか頼るものがないといふあはれつぽさが栗田にも通じて来た。
>
> 娘は慌ててとつてかへして来て、栗田の足もとへ飛び降りるや、訴へるやうな顔を上げ、入口に垂れてゐるア

ンペラの下の方を指しては泣き喋つた。
彼は娘と顔を揃へるやうにして、彼女の指さすところを見た。かすかに彼女の髪の毛の尖が彼の頬に感じられた。それと同時に、強い彼女の体臭が、カツと彼の顔面を煽り上げて来た。土壁の臭のまじつた屋内のホコリつぽい臭と同種類のものだが、それでゐて何か生々しい新鮮さが、濡れたやうにとれないのであつた。
彼はパツとアンペラをはぐり、首を入口から出して前方の闇に眼を据ゑた。闇よりも黒い筈の地表がかすかにうねつてゐて、その先に宙に浮いた白い水光が走つてゐた。岸の電燈が二粒ほど見える。昨夜假碇泊したところは確かにあの辺にちがひないと思つた。さう思つて見ると、何でもないこのアンペラの、きれいに抜けた小さい穴が近寄りがたい威をもつて眼に迫るのであつた。穴一つで唸りを引いた弾道が目に見える気がするのである。彼は一切が読めた。外を見た彼は急に身も心もひきしまり、あの闇の中に仲間が警備してゐるのだといふ事実が犇と胸に来た（四四～四五頁）。

前述したように移民団は佳木斯上陸の際、闇の中で見えない敵に向けて機関銃を猛射した。姿が見えない敵の銃弾が向けられたと推測された佳木斯市内の方角に向けて、相手も定められないまま射撃は夜の明ける頃まで続いた。栗田は、その移民団の一員として、昨夜の応戦と射撃がまだ記憶に新しい状態である。栗田は武装した自分を見て怯える父娘の姿に、「自分の武装した物凄い姿を鏡に映したやうに」感じる（四三頁）。親子の怯えた身振りと視線はそのまま鏡として武装移民の姿を映し、栗田ははじめて満人の「異様な眼ざし」を通して武装移民の姿を認識するのである。

彼は、文字通り仰天した二人の眼を射るやうに注がれると、そもそも這入る時から多少昂奮してゐた気持ちが転倒しそうになつた。一生懸命笑顔をつくり、害を加へるものでないといふ意思を通じようとした。銃に安全装置をかけて脇に置き、帽子を脱いだ。

「怎麼了《ツオーンマラ》（どうした）」

父娘は石のやうに黙つてゐた。栗田は二人の眼がたまらなかつた（四三頁）。


栗田の笑顔や身振りでは、彼らの抗議と警戒の沈黙と視線は崩せない。栗田と父娘との間で意思が通じるのは、娘の父の負傷と入口のアンペラの下を指差すという身振りによって、彼女が「堰を切つたやうに」喋り出した言葉の内容を察した時である。栗田は、ここで移民団が船の甲板で「打ち方止めるなとばかりに」機関銃の猛射した結果に直面する。移民団は匪賊に向けた銃弾を、自分の家の中にいた老人に浴びせたのである。

この予想外の事実に直面して栗田は、心身が引き締まり、外で警備している仲間の存在を思い出して焦り始める。栗田が仲間に対して後ろめたさ感じたという事実は、そのまま彼がこの出来事の意味を認識していたことの反証でもある。満人を「気味悪い」と警戒する移民団の仲間たちに戻ることを選択すれば、彼はこの出来事を忘却することも可能であったはずである。それでも彼は「老人と娘を捨てて行く気にはどうしても」なれないとして、なおその場にとどまることを選択する。


彼は可成り思案してから、ポケツトの中で大事な十円紙幣を握りしめてゐたのである。何といつて出さうか。自分が打つたのであやまり銭と思はれてもつまらないし、出さないではゐられない気もするのである。彼は、内地に袖すり合ふも他生の縁といふ言葉のあるのを思い出した。どうもしやうがないと諦めて、思ひ切つて小さくたたんだ礼を娘の前に置いた。するとうまい言葉が急場に及んで頭に浮んだのである。

「医生《イーション》、々々（医者）」

娘は返へさうとした。彼は医生々々と繰りかへして笑顔でそれを突き返へした。人情に変りはないと思つて、あらためて彼は娘を見たのである。満人は金銭に汚ないと聞かされてゐた彼は、娘が見事な気がしてとてもうれしかつた。
彼は急に外が心配になり出した。説明したいあらゆる言葉を呑んで「再見《ツァイチェン》」と云つて土間へ下りた。——全くの流弾だ、武装移民を怨んではいけない。さういふことがらを得心いくまで説明したかつたのだ（四七頁）。

この場面で、栗田は彼女の手に十円紙幣を握らせながら、自分が彼女の父を撃ったための「あやまり金」だとは思われたくないと考えている。彼は移民団が銃を撃ったことは認めるが、民間人の負傷に対する移民団の責任については回避して、一個人の立場で善意を示しているのである。

栗田は移民団の流弾によって、この父娘と同じように、あるいはそれ以上の被害を蒙った人々がいるかも知れないという可能性については考慮しない。また、この経験を移民団に報告して仲間と共有しようともしない。警備の仲間のところに帰った栗田は、「いまのことを一人で胸にしまつて置くことが何だか不安でならなかつたが、話すやうな相手がそこにいなかつたといふばかりでなく、話し得ないものが強く口をつぐませてゐた」（四八頁）。そうした限界の中ではあるが、栗田が彼女の父の傷が移民団の流弾によるものと気づいてから急に移民団の仲間たちを思い出して焦ったことや、この経験を話し得ないものとして沈黙するという事実は、彼がこの経験に内在している危険性を認識していることを物語るものでもある。すなわち、移民団が匪賊に向けて放ったはずの流弾が匪賊でも「通匪者」でもない満人に重傷を負わせたという事実は、武装移民団が保持する武力が満洲社会で持つ意味を問いただす可能性を内包しているのである。

移民団が匪賊に応戦できたのは、彼らが軍に準じる武装をした武装移民団であったからである。しかしながら、移民団において満人と移民団との間の武力の非対称性が意識されることはない。佳木斯上陸の射撃もあるが、さらに移民者たちは「初対面の街の満人たちの信頼と親しみとを得る」ため、佳木斯の町を行進する時は常に軍隊式の整然たる歩調を取り、試験移民としての責任感と誇りを感じていると描写される（二〇頁）。そういった移民者側の意図とは裏腹に、大量の日本人移民者による射撃行為、治安維持、軍隊式の行進が現地住民にとって脅威として映ったであろうことは想像に難くない。

それに対して、栗田が自分の武装した姿に怯える満人の親子との遭遇で感覚的に感じ取ったのは、そのような移民団の感覚とは相反するものである。ここには移民者が武装移民として、つまり兵士として行動することが満人には武力示威として受け止められるかも知れないという感覚がある。栗田は満人娘の「怒りそのもの」の目から「憎悪や恐怖」を読み取るが、彼の反応は彼女を「ぽいと突つぱなすやうに、身に反動をつけて銃をとり引き揚げやう」とするものである（四四頁）。その直後、栗田は彼女の身振りや手振りから彼女が見せる激しい憎悪や恐怖の理由を理解する。この理解は、移民団の匪賊への攻撃が満人から怒りや憎悪、恐怖を引き起こしているという認識へと繋がるのである。

ここには三つの視線の問題が絡み合っている。一つ目は、匪賊がいると考えられる佳木斯市内に武器を使って攻撃した船上の移民団が、沿岸に並ぶ「普通の満人」に向ける疑いと警戒の視線である。二つ目は、その沿岸に並ぶ「普通の満人」が移民団を見つめる視線である。だが、移民団にとって彼らの視線はただ異様な眼差しであり、実際に彼らがどのような感情を持って移民団を見つめているのかを解読できない不気味なものである。

三つ目の視線は、満人の父娘と移民団員である栗田が互いを見つめる視線である。栗田の視線が特別な意味を持つとすれば、それは彼にとって満人娘の視線がただ異様なものでも、解釈不可能なものでもない点にある。栗田はこの父娘が自分に向ける視線の感情と意味を理解する。そして栗田が彼女の目から読み取った激しい感情は、移民団から不信と警戒の視線で一方的に見つめられるだけの満人が武装移民団に向ける「異様な眼差し」を、移民団への敵意として解釈する手掛かりを提供している。

基本的に日本人移民者の視線に沿っているテクストにおいて、満人に対する移民団の明白な敵意は、本来匪賊に向けられるべきものである。しかし、彼らの目に満人は匪賊に与する「通匪者」か、或は匪賊そのものに映る。それには、移民団員がすでに武器を使用して攻撃したという背景を考慮すべきであろう。移民団の満人への攻撃は、「普通の満人」からの攻撃を想定しているためであり、それは「通匪者」や匪賊の形を取って表現される。『光をつくる人々』の武装移民団は、満洲に足を踏み入れる時から、匪賊と満人との間の線引きは不可能であると明瞭に認識しているのである。

コミュニケーションにおける非対称

しかし、視線を辿ることで露わになる武力行使の論理とその破綻は、とりわけ佳木斯上陸の移民団の応戦が小説における虚構の出来事であるという点で重要である。移民団の虚構の猛射から満人全体に向ける不信、満人の父娘との遭遇までの一連の流れは決して偶然の産物ではない。栗田が移民団の攻撃に対する満人側の感情を認識し、さらには満人娘に魅せられることを通して日満親善を象徴するようになるためである。

栗田と満人娘の関係は、テクストを貫通する主なモチーフの一つである。移民者男性と現地女性の恋愛が、婚姻と出産の形で成就するが、この二人の間のコミュニケーションは小説全体においてもとりわけ重要な位置を占めるといえる。

最初、栗田に強い印象を与えたのが彼女の激しい怒りなら、次に彼は彼女の「はつきりした性格と、広い額と、白眼の多い瞳と、四角い顎と、そして黒い支那服がきつく胸や胴をしめつけてゐる、しなやかな姿態」に強い欲望を感じる。栗田がまず注目するのは、彼女の身体的魅力である。彼女の中国服にきつく締め付けられた「しなやかな姿態」や「黒い縫ひ取りのある高い襟からのぞいてゐるうなじに、彼は民族を忘れた愛情がほだてられ」る（四九頁）。栗田は彼女の異国的な容貌と日本娘との異質性に魅力を感じ、それはただセクシュアルな欲望を掻き立てるにとどまらず、そのまま「民族を忘れた愛情」に転換される。その一方で栗田が彼女を日本娘と同じように尊重すべき存在であると感じるのは、彼女が日本娘のような行動をする時である。栗田のそうした二重的な態度は、彼らの関係が進展される過程で幾度も反復される。

しかし、栗田と彼女とは、殆ど片言でしか言葉が通じない。彼女が自分の言葉で自らの気持や考えを表現するのは、初対面で「堰を切つたやうに」「唯感情のままに言語をほとばしらせて」いた時ぐらいである。それでも栗田は「男と女といふ関係については、何も人種の異つた言葉なんてあるものではない」として、「眼で語る」ことや意味の通じない日本語を媒介としてコミュニケーションを図る（五〇頁）。栗田は身体的なパフォーマンスを通して、両者間の言語の限界を乗り越えようとする。

彼女は四角い顎を細い首に引きつけ、牛乳色をした二重顎をカラーの上にはみ出して謹聴した。彼は変な気になつた。

言葉が途切れると二人眼を合わせて笑つた。

日本語が面白いらしい。以心伝心で通じるのかも知れぬ。

「俺は独身者《ひとりもん》だ。小作人の三男坊だ。何処から嫁さんを貰はうと勝手なんだよ。」

嫁さん、といつた時彼女は顔をあげた。白い顔に、白眼勝ちの黒い大きい瞳が、何か抗議をはさむやうに浮いて見えた。彼はしまつたと思つた。カツと顔のほてるのを意識した。

「嫁さん、知つてる……？　嫁さん々々……」

彼女は再び下へ瞳を落とした。彼はほつとした。

「なーんだ知らねえのか……」

やつぱりがつかりしたのである。

喋つてゐる間に、彼は錯覚に陥つた。今まで話したことがみんな彼女に通じて、受け入れられてゐるやうな実感といふか、手ごたへのやうなものが、手の中にしつかり握られてゐたのである。

自分の言葉が耳に残つてゐて、残つてゐる一種の重さが、相手から自分にかけられた言葉のやうな作用を起こすのであつた（五一頁）。

この場面でコミュニケーションの手段は、身振りや手振りを経て視覚、そして言語に移っている。初対面での彼女の言葉が理解できなかったように、栗田の日本語も彼女には理解されないものである。だが、彼女の言葉はすぐ手振りや身振りに転換されるのに対して、彼の日本語は意思が通じているという錯覚を引き起こす。

彼の言葉は彼の耳に残り、それが「相手から自分にかけられた言葉のやうな作用を起こ」したため、彼は彼女との「対話」に「メラメラと胸が燃え上がり、さうしてゐる間の愉しさはたとへやうが」ないほどである（五一頁）。栗田は自分の欲望を表現する自らの言葉に酔い、それが彼女の発したものと解釈する。彼の言葉は、相手ではなく自分の耳に返り、相手に受容されたという一方的な実感や手振りを提供するのである。この「対話」は、栗田の願望による思い込みでしかない。

現地女性との婚姻関係

このような栗田と彼女の関係は、結婚に至るまで変わらない。怒りや憎悪、恐怖を迸らせていた彼女の言葉は、栗田に自分の名前や片言の満語を教えることに止まり、結局彼女の意志は栗田によって日本語で代弁されるようになる。逆に、栗田は満語に堪能な団員として、満人とのコミュニケーションに欠かせない存在として認められる。栗田の「民族を忘れた愛情」とは、彼女の身体的な魅力に触発され、彼自身の欲望や願望による思い込みで深められたものである。栗田が彼女に感じる愛情がその身体にあるなら、彼女の欠点は、彼女自身ではなく彼女を取り巻く外的条件にある。

彼女の生活様式や、人種の相異といふやうなことは少しも気にならなかつたが、彼女の切つても切れない種々な周囲の条件は、事度に彼には否定的な感情をつのらせるものであつた。こんなきたない生活の中に、どうして彼女のやうな女が生まれてゐるか、またどうして彼女がこの美しさを保つてゐられるか、それが彼には一つの大きな不思議であつた。

子供の頃、彼は掃き溜を掻つぱいては、崖の上から広い景色や空を見るために、青や茶の色硝子を拾ひ集めたことがあつた。何の壜のかけらかわからぬそのかけらが、彼にはとても貴重な美しいものであつた。いま彼女は、彼には掃き溜の中の色硝子であつた。つくしんぼうを引つこぬくみたいに、周囲に何の影響もなく、彼女だけ、彼女の裸ん坊のまんまの姿で、自分の行くところへ何処へでもつれて行けぬものかと彼は考へざるを得なかつたのである（五二頁）。

彼女が営む生活は、栗田にとってはまるで「掃き溜」のような「きたない生活」として認識される。彼はその「掃き溜の中の色硝子」である美しい娘を「自分の行くところへ何処へでもつれて行け」ることだけを望む。要するに彼の愛情は彼女一人に限られるもので、彼女の条件、すなわち彼女の父親や生活、風俗、慣習まで抱擁するものではないのである。

特に彼女の父は、栗田にとって「唯の満人であり、街で見、広場で見受ける満人と少しも変らぬ」、「父親だと思ふと幻滅」さえ覚える存在に過ぎない（五三頁）。栗田は最初負傷していた彼に同情を示していたが、その回復した姿を見て「起きた顔は、寝た顔よりも逞しく見えた。それだけに栗田には親しめない顔」として嫌悪と反発の対象になる（六一頁）。彼女の父への強い反感は、売買婚の習慣に起因するものとして説明される。売買婚は、婚姻の際、男性側が女性の両親に金銭や物品を提供する婚姻の方式である。彼女との結婚はその父親の「大事な娘」との結婚であると同時に、彼の「大事な財産」を買う行為であると考えるため、「ロマンチックな方法を選らばずにはゐられない」栗田はさらに反感が高まるというわけである（五四頁）。

既に見てきたように、乙島と品川との間で行われた「女性の交換」は「美談結婚」として賞賛され、最上沢と千代の例から見るように騙されるような形で結婚した花嫁にも、自分の夫に対して「大きな愛」を持つ義務がある。日本娘の婚姻も、決して純粋にロマンチックなものではないのである。

それでも、栗田は売買婚の可能性を考えただけでも「生真面目な彼の愛情を汚し、彼の心に育ちはじめた美しい夢を台無しにされた」ような気分を味わう（五四頁）。彼が見せる激しい拒否反応は、売買婚そのものよりも、それが象徴するものに向けられていると考えるのが妥当である。

栗田からすれば、彼女の父親は、本来なら「女性の交換」を通して男性同士の社会的・経済的絆を結ぶべき女性の保護者である。にもかかわらず、栗田が回復した彼女の父に向ける幻滅は、「風俗、容貌、生活様式、習慣などから来る彼の感情」によるものである。この徹底した幻滅は、彼個人というより満人そのものに対するものである。売買婚という習俗に従うことで、彼の目には「ただの満人」にしか映らない彼女の父親、さらには既存の満洲社会の中に組み込まれることへの日本人移民者の拒否と嫌悪なのである。実際にただ二度目の訪問で、栗田はすでにそうした「壁」を意識している。

『人もあらうに……』と彼は心のうちに独言した『俺は武装移民だ……』

それから彼は、のつけ彼女と顔を合せ、運命のやうに愛情をそそつてしまった経緯を思ひ浮べるのだつた。

『やつぱ気おくれしてゐるんだ……』

彼は自分を叱りつけた。叱りつけながらも、もう今夜限り来てはいけない、諦めろ！　と命じてゐるのである。しかし、ほんとに彼女を愛するなら、この満人も一緒に愛したらいいではないか、といふ風な考へ方には至つてゐない。ほんとに愛すなら、つくしんぼうを引つこ抜くやうに女だけをつれて行くことだと考へてゐるのである（五三〜五四頁）。

この小説の中で満人娘に対する栗田の愛情は「この満人も一緒に愛」する、つまり彼女の父親や生活、風俗、慣習までを受け入れるまでには至らない。結果として彼は「つくしんぼうを引つこ抜くやうに女だけをつれて」行き、彼女は移民団員の花嫁として合同結婚式に参加する。満人娘は移民団の中に花嫁として受け入れられるが、その逆はあり得ないのである。ここで栗田が満人社会に表す嫌悪と拒否が、満洲に対する日本の優越性に基づいていることを確認できる。しかし同時に、満人娘を愛することで「この満人も一緒に愛」する可能性が設定されていることも注目すべきである。

『光をつくる人々』において、移民団は佳木斯上陸から現地に入植するまでおよそ七カ月駐屯したにもかかわらず、栗田の例を除けば現地女性との接触は殆ど描かれていない。二章で入植地に入植できず佳木斯に駐屯していた移民団員が、満人の娼婦について語るのみである。だが、言葉が通じない異民族の娼婦は、彼らにとって性的な快楽や慰めよりも「心の病気」が移るような「荒れて」いる存在に過ぎない（一九頁）。

対して栗田は、彼女の名前を知る前から、すでに彼女が花嫁に適しているかを意識する。彼女の身体は「正面から見ても、側面から見ても身体の厚味には目立つた相異が感じられ」ない「魚のやうな姿態」（五六頁）と描写される。さらに彼は彼女が纏足をしていないことに喜び、手の柔らかさに「百姓の手ではない……あんな柔らかい手で百姓が出来るであらうか」と憂い、綺麗に掃除されたランプを見て「家庭の働き」を観察する（五七頁）。栗田の彼女への気持は、結婚を意識した誠実なものとして描写されている。

しかし、彼女が満人娘であるため、栗田が彼女を花嫁として迎えるには覚悟が必要である。彼は片言の満語で彼女の名前が金鐘連《チンチュンリエン》であることを知ってからも「真面目な」訪問を続け、やがて彼女の「満人娘などといつて馬鹿に出来ない、或る魂の厳粛さと、見事な女性としての愛情のもとに男性への抗議を押さへてゐるつつましさとに充ちてゐる」姿勢に心が動かされる。

その姿勢から、彼は一つの覚悟をさへ要求された。そのどたんばで彼は日本娘とする約束より、はるかに大きな個人と離れた責任を感じた。不安や、重苦しさや、危険性や、様々な縦と横のひろがりを持つた考へが無限に押し寄せて来た。何処の女を嫁ごに貰はうと勝手な小作人の猫の尻つぽだとすましてゐられない、心の行き届かぬ世界が目の前にひらけはじめた。それでゐて強い或るものにしつかりとつかめへられてしまつてゐたのである（六四〜六五頁）。

貧しい小作人の息子である栗田は、伴侶を自由に選択できる。彼女を配偶者として選択し、婚姻を結ぶことは彼個人の自由選択の領域である。しかし、彼女が満人娘であるために、栗田は「日本娘とする約束より、はるかに大きな個人と離れた責任」を感じる。彼女に感じる愛情は確かに「一個の人格」に向けられたものであるが、彼女との正式な結婚は「大きな個人と離れた責任」を要求する行為なのである。この「個人と離れた責任」は、まず栗田の日本人としてのアイデンティティと結び付けられる。

覚悟とは何か。――やがて日本から花嫁の一団が到着したとき、羨む気は起らないか。血の問題で故郷の骨肉縁者たちから擯斥される時、毅然と説得、抗争するだけの愛情を金鐘連に持ちつづけられるか。何等予備知識ない満人娘から、生活上いろいろの欠点を見せつけられた時、それをどう指導して行くか。仲間の批評や思惑に対して、はつきりとした自分の考へが押し通せるかどうか。

一途に難渋な思ひわづらひにぶち当つたので、手は自然と思惑に従つて握る力がゆるむのであつた。

——ゆるんではいけないのだ。
何故なら、いまの瞬間をのぞいては彼女と完全に交流出来る会話の機会は絶対に来ないからである。いまはその会話の真っ最中なのだ（六五頁）。

栗田は、異民族の女性との婚姻によって親類からの擯斥、仲間の批評や思惑、風習や習慣の差という負担を甘受するしかないとみなしている。ここで親類からの擯斥や仲間の批評を引き起こすのは、彼女個人の人格ではない。問題となるのは、彼女の「血」である。

満洲女性移民と日本民族の「純血」

前節で述べたように、『光をつくる人々』において花嫁の条件としては、主に「男性同等の健康と強い意志」が挙げられた。移民の配偶者になるために必要な条件が、ただ健康な身体と強い意志なら、満洲の気候や風習、農法に不慣れの女性移民者よりも現地女性の方が遥かに有利である。だが、女性の健康な身体に期待されるのは生産労働ばかりではない。すでに指摘したように、移民者の婚姻は何よりも「自己の生命と共に、子孫に永遠に伝へる土に対する不滅の権利を約束」するものである。開墾した土地を世襲する子孫の出産及び養育こそ、女性移民者に負わされた最大の任務なのである。換言すれば、花嫁は農業を中心とした生産労働と労働力の再生産、つまり生殖のための狭義の再生産労働を同時に担うことが要請されていた(49)。

栗田と金鐘連の婚姻は、満洲人口の大多数を占める満人と日本人移民者の混血問題へと直決するのである。合同結婚式に参加した他の花嫁たちが全員「内地」から嫁いで来たことを想起すべきであろう。花嫁たちが日本娘でなくてはならない合理的な理由は一切語られない。日本人の男性移民者が日本人女性と婚姻を結ぶのは、説明や合理化される必要さえない自然なこととしてみなされている。

そもそも、国策移民としての日本人の満洲移民は、満洲国における日本人人口の増加を目的とするものであった。その背景には、満洲国の人口構成に占める中国人の比率が圧倒的多数だという現実があった。建国時から日満不可分の関係を打ち出し、その支配を永続化させる意図を明示した帝国日本にとって、満洲国内の日本人の増加は、統治の安定という側面からしても推進すべき重要国策だった。大陸の花嫁の送出は、満洲移民政策において想定する日本人が、国籍ではなく血統による日本民族を意味していることを証明するものである。

混血問題については後に詳述するが、満洲移民政策において混血防止の責任が主に女性移民者に担わされていた点を指摘したい。そのため、『光をつくる人々』が出版された一九三九年には、移民者の配偶者を組織的に養成し、送出する大陸の花嫁政策が推進されていた。

一九四二年に発表された『女子拓殖指導者提要』(以下、『提要』と記す)において、「開拓政策の一翼として」の女性移民者の役割は、「(イ)民族資源確保のため先づ開拓民の定着性を増強すること」と「(ロ)民族資源の量的確保と共に大和民族の純血を保持すること」であった(50)。日本人女性移民者は婚姻を通して、日本人男性移民者の定住を促進すると共に、現地女性との婚姻とその結果としての混血を防止して「民族資源」を増強させる役割を担わされたのである。

さらに『提要』では、「現在開拓民の間に原住民との雑婚が行はれる可能性があるといふ意味では」ないが、「大和民族が古来異民族を包容融合しつゝ生長したからとの観念論をもつて日満雑婚説が稍もすれば唱へられる実情」(51)を警戒していた。小熊英二によれば、古代日本民族が大陸から渡来した異民族との混血によって形成されたとする「複合民族論」は、アジア諸民族との血縁関係を強調して領土拡張と異民族の日本民族への同化を正当化する根拠であった(52)。「日満雑婚説」は、帝国日本の「大陸進出」を正当化する論拠そのものから生まれた主張であったのである。

先にふれた『提要』では、「日満雑婚説」のような混血論に対して中国人の同化力への恐怖を押し出している。すなわち、満洲には漢民族の人口が三千余百万人であるのに比して、純粋の満洲民族の人口は約二百万人に過ぎないが、その理由は漢民族の「民族侵略」によるものとみなした。したがって、日本人の「満洲開拓」事業は「純粋な大和民族の純血を保持せる者によって構成」されるだけでなく、「一滴の混血も許されない」のである。さらに「民族精神は民族の血液によって伝承さるるを原則とする限り女性は深くこの点に思ひを致し、自ら進んで血液防衛部隊とならねばならない」のである(53)。

「日満雑婚説」と『提要』の純血主義は、一見相反するように見える。だが、「日満雑婚説」と『提要』は、帝国日本の「大陸進出」にも、「満洲開拓」政策にも反対するものではない。両側は、満洲国の中核となるべき日本民族の優秀性そのものについても疑問を呈していない。問題となるのは、混血を異民族の日本民族への同化の契機と見るか、それとも逆に日本民族の優秀性の源泉である血統が汚損される危機と見るかである。そして混血をめぐる帝国の視座は、必ずしも一貫していたわけではなかった。

帝国の膨張と「混血」

小熊は、「大日本帝国」は総人口の約三割が「非日系臣民」の多民族国家であったと強調する(54)。勿論、その事実がそのまま帝国を構成する多民族の尊重や平等な処遇を意味するものではない(55)。だが、日中戦争の勃発を契機として帝国内の人的移動が促進されるにつれ、日本人と異民族との混血問題が浮上して来た。小熊は、日中戦争への動員による労働力不足の問題を解決するため実施された強制連行などの大量の朝鮮人労働者の「内地」流入が、「内地人」女性との通婚を増加させる結果となったことを挙げている(56)。そうした通婚は、朝鮮総督の南次郎が主張した「内鮮一体」論による「内鮮結婚」の奨励や朝鮮半島の「皇民化」政策の意図せざる結果でもあった(57)。小熊が指摘するように、「内鮮一体」論は日中戦争勃発以降、朝鮮人の人的資源の動員と積極的な協力を獲得するためのものであって、決して「権利義務の平等」を主張するものではなかった(58)。「創氏改名」が象徴するように、差別を維持しながら朝鮮民族の独自性を抹殺し動員することを目的としていた(59)。にもかかわらず、「皇民化」政策の推進と朝鮮人の「内地」流入は優生学系列の純血論者を刺激した(60)。

第6章第1節で詳述するが、一九二〇年代の日本の優生学は主に日本人内の精神病者など劣等な素質を遺伝する危険性を持つ人々の断種をめぐる議論が展開されていた。勿論、厚生省の推進による「国民優生法」の成立(一九四〇)からも分かるように、一九三〇年代にも断種をめぐる議論は続けられていた。

それに対して小熊は、日中戦争を契機とする帝国内移動が活発し、「皇民化」政策が推進された一九三〇年代の優生学が他民族との混血を忌避する排他的な純血主義へと転換していったと指摘する(61)。台湾、朝鮮半島、満洲などの植民地では、現地当局側によって帝国日本の支配を正当化するために古代混血によって形成された日本民族の優秀性が持ち出され、日本民族への血統あるいは文化的な同化が奨励されていた(62)。それと同時期、「内地」では優生学勢力が一九三八年に新設された厚生省に浸透し、同化政策に反対していったのである(63)。現地当局側が植民地の人的資源を最大限に利用しようとしたのに対して、優生学側は帝国の膨張に伴いその内部に取り込まれた異民族による日本民族の変質を憂慮した。

しかし、優生学側が「大陸進出」など対外拡張を反対していたわけではない。その一例として、日本民族衛生協会の副会長であった古屋芳雄が挙げられる。金沢医科大学教授を経て厚生省に入った古屋は、優生学の視座から人口問題と民族問題が深く結びついていると主張した。

古屋は、「民族国策に関する諸問題」(一九三九)において、現在「東亜新秩序の建設」が謳われているが、新秩序が建設された後にはそれを担うべき人的資源が耐えられるかという疑問を提示した(64)。さらに、彼は国の総力を挙げた戦争遂行は「食ふか食はれるかの大仕事」であるが、「外からよりも、寧ろ内」から食われるのではないかとして、民族問題の重要性を強調した(65)。彼は、産児制限政策や晩婚傾向から優良の人口が減少する逆淘汰が起こると し、さらには戦争の影響による軍需事業などの盛況によって農村人口が都市に吸収され、農村の家族制度が崩壊し、国民体位が低下していると述べている(66)。一五年から二〇年後には人口増加の停止が起きると想定していた古屋にとって、このような傾向は極めて深刻な問題であった(67)。注目されるのは、古屋がこの文章全般において人口不足と労働力不足の問題を訴え、量的にも質的にも優秀な日本民族の増強を主張しているのにもかかわらず、日本民族の対外膨張そのものに反対しているわけではないという点である。

その上で、彼が「民族の血液を立派に純粋に保たなければならない」ため、「満支」で異民族との結婚政策を通して民族同化を推進すべきとする議論は「相当危険を伴ふ」ものであるとして満洲移民についても否定的であった(68)。古屋は、たとえ古代にアジア諸民族との混血が行われ、現在の日本民族が形成されたとしても、「今日の優秀性を獲得したまでには随分長い年代と槃根錯節を通過」しなければならなかったと指摘し、異民族との混血そのものに反対する立場を示した(69)。とりわけ、長い歴史と文化を持つ漢民族との混血は、その混血児は「結局支那人になつてしま」い、それは「移民でなく棄民」になるのである(70)。したがって、古屋はそのような政策によって「日本人の精虫」を「長江の流れのやうな支那人の血液の中に捨てるには余りに惜しい、余りに貴重」であると主張する(71)。

古屋は、気候風土の影響にも着目し、なるべく「内地」に隣接し、気候風土も似た場所に「日本の農村をその儘持つて行つて建設するといふ方針」(72)を示した。彼が満洲や中国大陸への移民は漢民族への同化の恐れがあり、また「内地」から離れていることから日本民族の変質がもたらされるという危険性を警戒しているのは明白である。彼がより適切な移民地として挙げるのは、満洲より「内地」に隣接した台湾や朝鮮半島である。

即ち私の考へでは、台湾の如きは日本の農民によつて再占領すべきであると思ふのであります。台湾は気候風土甚だ日本人に適して居る、そこで茲に大量的に日本の農村を建設する、これがい、のだと考へるのであります。朝鮮もさうであります。台湾人本位、朝鮮人本位、満洲人本位の政治が本当の統治であるといふ考へ方も結構ですが、日本民族の将来を考へる民族政策として正しいものであるかどうかといふことは、これは全く別のことになります(73)。

古屋の文章の大半が日本民族の出生率の低下、戦争遂行の影響による労働力不足と農村の過疎化と都市人口の増加であったことを想起すれば、「日本の農村」をそのまま台湾や朝鮮のような植民地に移植し、「再占領」すべきという主張は合理的なものではない。また、彼は古代に行われた混血を認めながらも、現在の日本民族は歴史的・文化的経験の共有によって形成されたとした。漢民族との混血への恐れから分かるように、彼は日本民族は血液に基づくもので、血統はその優秀性の源泉でもあると捉えたのである。古屋の考えに従えば、日本民族における満洲移民の成功とは日本民族がその血液の純血性を保持しながら満洲に「日本の農村」を建設することである。そして『提要』は、古屋が主張するような純血主義が満洲移民政策に反映されていったことを示している。同時期、混血観念における純血主義への転換は人類学にも起きている。アルノ・ナンタは、一九四〇年から一九四五年代までの人類学の特徴として混血防止と日本民族の独自性を強調する「「日本への回帰」ともいえる動き」を挙げている(74)。

満洲国の中核となることを期待された日本民族の優秀性が血統によるものであるとすれば、混血はその優秀性を切り崩す「毒」でしかない。純血主義の立場からすれば、金鐘連との婚姻と混血児の出生は、満洲に移植される日本民族の血を劣化させ、逆に現地民族への同化へと導く危険さえ孕むものである。

「満洲国民」の創出

テクストにおいて栗田が憂慮するのは、そうした純血主義的側面ではなく、主に「内地」の親類に対する体面や仲間の批判である。そしてこの予想されるすべての困難に抵抗し続ける唯一の原動力は、栗田の金鐘連への愛情のみである。その愛情の持続を確信できない栗田は、それでも「強い或るものにしつかりとつかめへられて」しまう。それは彼に大きな覚悟を要求する。

覚悟とは、もともと満洲の土になる覚悟で盡きてゐる筈だ。やがて満洲国の国籍に入つて、子孫は永くこの大陸の土で生死を繰り返へすのだ。豊作がこの際限ない沃野を掩ふ時が来る。銃もやがていらなくなる時が来る。移民と満人との血の問題は、大きかれ小さかれ時の問題であるかも知れない（六五～六六頁）。

満人女性との婚姻は、栗田にとって愛情のみで受容されるような軽い問題ではない。だが栗田は、彼女との婚姻に「はるかに大きな個人と離れた責任」を付与する。すなわち、今はまだ日本国籍の移民者たちがやがて満洲国の国籍に入り、この地で代々子孫が暮らすとすれば自然に「移民と満人との血の問題」に辿りつくはずであると示すのである。

在満日本人の国籍問題は、満洲国において重要な政治問題であった。それは日本人の国籍問題が満洲における治外法権撤廃の問題と連動していたためである。第一次移民団が渡満した一九三二年、日満政府の間では「日満議定書」が締結された。この議定書は、満洲国においても帝国日本の治外法権や満鉄附属地といった満蒙権益が存続されることを確認するものであった(75)。満洲国内における治外法権の特権は、満洲国の課税、行政権の排除を意味する(76)。満洲国成立後にも日本人及び朝鮮人(77)が「日本帝国臣民」として存在することは、満洲国統治と民族協和を内から空洞化させる危険性を保持していたのである。したがって一九三六年の第一次満洲国治外法権撤廃条約と一九三七年の第二次治外法権撤廃条約によって、満洲国治外法権撤廃処置が展開された(78)。治外法権撤廃処置においても、兵事行政、神社行政、日本人教育などは満洲国に移管されなかった(79)。

それでも「日本帝国臣民」が満洲国の国籍を取得するということは、それまで満洲における「日本帝国臣民」として享受して来た特権を放棄することにほかならなかった。第一次移民団が満洲に渡った一九三二年は勿論、この小説が発表された一九三九年でも、満洲国の国籍法は特権の喪失を憂慮した在満日本人の反対に晒されていた。そのような点を踏まえれば、ここで栗田が日本人も満洲国の国籍に入ることを前提にして未来像を描いている点は当然、栗田がここで描く満洲国の未来像は「豊作がこの際限ない沃野を掩ふ時」、「銃もやがていらなくなる時」といったように抽象的なものである。前述したように、当時満洲国の国籍法をめぐる議論は抽象とは程遠く、複雑に展開されていた(80)。満洲国の当局側が民族協和を掲げて「国民統合」を図る一方で、日本人及び朝鮮人には二重国籍を認めることとは大きな矛盾であったからである。

一方、日本人移民政策において国籍問題は、移民者側の心情的問題でもあった。たとえば、満洲拓殖公社総裁の坪上貞二は、満洲移民の宣伝誌である『拓け満蒙』に掲載された文章で「満洲国に移住すれば満洲国人になるのではないか」という質問について言及している。坪上の返答は、「この移住たるや日満不可分一体を基調とする民族移動であり、日満両国の関係は普通の対立従属の国家関係でないからである」とし「二重国籍を持つても矛盾は」ないため、「満洲国人になるもならぬも何れにしても同一だ」というものであった(81)。移民者の質問は満洲国籍の収得が日本国籍からの離脱を意味するのではないかというものであったが、坪上の返答は日本国籍を保持したまま「満洲国人」にもなれるというものだったのである。もし満洲移民が日本国籍からの離脱を前提とするものであったなら、移民応募者の募集や動員はより困難になったであろう。さらに満洲移民政策は、現地住民との混血を避けるため、日本人移民者に日本人の花嫁を送出することで日本人の子孫を確保しようとした。

『光をつくる人々』においても、移民を成功させるためには「内地」から花嫁や家族を呼び寄せることが自然なこととされているのは、すでに見てきた通りである。その日本人移民者の一人である栗田が「移民と満人との血の問題は、大きかれ小さかれ時の問題であるかも知れない」と語り、日本人移民者と現地住民の混血によって形成された子孫が満洲国の国籍に入ることでやっと「この大陸の土で生死を繰り返へす」ことが可能になるという展望を提示したのである。栗田は、日本移民の混血と満洲国の国籍問題は、遠い子孫の代のことになると留保を付けながらも、結局のところ止めることはできないと認識するに至る。ならば栗田と金鐘連の結婚は、これから進むはずの二つの民族の混血を先取りしているということになる。この結婚は、個人の自由選択と日本人としてのアイデンティティの問題から満洲国の国民創出という大きな覚悟へと転換されるのである。

日満親善の虚偽性

他方、移民団側にとってこの結婚の意義は主に日満親善にあるものとして受け止められる。テクストにおいて栗田は、最初から「満人の娘と恋をしてゐるので有名な栗田今朝男」(二四頁)として登場する。移民団の幹部である和木はその話を聞いて「真面目に惚れてるんなら、日満親善の意味で大いにいいね」と評価する。この作品の中で栗田と金鐘連の恋愛結婚を正当化する言葉は日満親善なのである。

しかし、この日満親善は具体的な内容が欠けており、移民団の重要な目標であるわけでもない。栗田の交際を日満親善の意味から賛成していた和木さえも、栗田から「女定め」を頼まれると満人の「国民性」は「信用におけない」から「女だつて同じぢやあないか」と警告する(六七頁)。和木の「信用におけない」という評価は、主に宿舎整備などで満人を「使つて」見た経験に基づくものである。それに対して栗田は、満人全体についての評価には同意するが、「女だつて同じぢやあないか」という言葉には「さう考へたら……駄目になつちまアんです」と否定する。

栗田がすべての満人を理解し、信頼すべきであるとは主張しているわけではない。だが彼は満人を「信用におけない」と一括りにすることでは満洲移民は駄目になると指摘し、満人女性に対する評価を留保させる。栗田が描く満洲国の未来が二つの民族の混血によって形成されるであろう「満洲国民」の存在を肯定するものであることを踏まえれば、彼が日満親善を越える満洲移民の成功を視野に入れて発言しているとも考えられるのである。和木にはそうした栗田が「真面目な偉い人物」のように見え、「この若者の恋を叶へてやることも、開拓の仕事の一部分であるとさへ」考える(六八頁)。そうして栗田と金鐘連の結婚は、日満親善そのものを象徴する結びつきとして移民団側に受容されるように見える。しかし、その日満親善の象徴として移民者の花嫁となる金鐘連に要請されるのは、他の日本人花嫁とは異なるものである。

「行つて、とてつもない苦労をするかも知れないつてことも知つてるかい？」

「知つてるらしい……何しろそこまで話がわからせられないんです。親父を鉄砲で打つた仇だけれど、そんなこと忘れて好きだといふんです」

「その点は徹底的にわからせなけれやならないね……君一個人の問題ぢやあないから」

「今ははつきりわかつてゐる……匪賊を追つ払つてくれた恩人だと思ふやうになつたらしい。それに幸ひ傷は小さかつたし、この頃は匪賊の弾丸だと云つてゐます。怨んだのは初めだけだつた……」

「君がよければいいんぢやないか。要は入植後が問題だ。それから叩き直してやるんだな……」

早くも用材の脇へ来た。用材は相変わらず霜や寒気にさらされてゐた。

「晝間見ると……」と栗田は語調を変へた「恰度あの辺りが假碇泊した箇所ですよ、匪賊はこの見当にゐたんです。この材木には弾丸の跡がだいぶあります。誰だつたか一発ほじり出して騒いでゐました……」（六八頁）

金鐘連に移民者の花嫁として「とてつもない苦労をするかも知れない」覚悟があるのかという和木の質問に、栗田は明言を避けながらも彼女が自分を「親父を鉄砲で打つた仇」であることさえ忘れるほど強い愛情を見せていると答える。しかし、移民団にとって重要なのは彼女の愛情の大きさではない。和木が「君一個人の問題ぢやあない」という時、問題となるのは栗田を含む移民団全体を「親父を鉄砲で打つた仇」とする彼女の認識そのものなのである。「親父を鉄砲で打つた仇」であることを忘れて栗田を愛することは、結局のところ、移民団が「仇」であることを否定するものではない。だから和木は、移民団が「親父を鉄砲で打つた仇」ではないことを彼女に「徹底的にわからせなけれやならない」と強調する。栗田は、その問題について彼女が「今ははつきりわかつてゐる」と断言する。栗田によって代弁される彼女の移民団への感情は、「親父を鉄砲で打つた仇」への恨みから「匪賊を追つ払つてくれた恩人」への感謝へと劇的に変貌するのである。

移民団の攻撃が満人の怒りや憎悪、恐怖を引き起こしたという事実は消去されなければならない。金鐘連が満人娘でありながら移民団の花嫁として認められるためには、父が撃たれたのは「匪賊の弾丸」で、移民団は「匪賊を追つ払つてくれた恩人」と考えなければならないのである。

それでも、金鐘連との婚姻が移民団に全面的に奨励されるというわけではない。たとえば、三章で匪賊討伐に出向いた移民団員たちは、夕日を眺めて感傷的な気分になる。「身を大地に投げ出して泣きたいやうな感情の下から」沖本は急に「栗田が可愛く思へ、栗田の満洲娘との恋を叶へてやりたいといふ心が突飛にも起」る（二二六頁）。彼は八木に「栗田を護衛してやれ」と提案して八木も同意する。だが、その直後軍の討伐隊が到着し、「討匪行の勇士に立ち直つ」た八木は「人の恋を護衛するなんてコケだよ。やつは命がけで勝手にやつてゐるんだから」と語る。満洲の大地と自然がもたらす感激の中で、彼らは栗田と満人娘の恋を連想し積極的に肯定するが、その一時的な衝動が収まると「人の恋」になるのである。

移民団の中で最も栗田の恋と深く関わった和木さえも、栗田を「晴れて内地から嫁御を迎へる気持にさせ」て「更生させてやりたい気持が一杯になる」（二四三、二四四頁）。移民団にとって栗田の婚姻は、「人の恋」である同時に日満親善という大義名分のために栗田が払う一種の犠牲として受け止められる。このように、満人の花嫁に対する移民団の態度はアンビバレントなものである。

移民団側の態度以外にも、栗田と金鐘連の恋は現実の障碍に遭遇する。和木の「女定め」を経て金鐘連との未来を決心した後、移民団は入植のために佳木斯を離れ、匪賊との戦闘を経験する。入植後にも治安関係が悪化するなど、栗田が晴れて彼女を迎えるような状況ではない。その時、栗田は佳木斯に残っていた和木の手紙によって、金鐘連が糧桟(82)の関古恵に「三百円で売れる」ことを知る。和木は「満洲では女は、売り物買ひ物で、早い方にどうしたつて叶ひつこない」と言い「諦めてくれ、すつぱり諦めて、やがて建設の暁には、日本から花嫁を迎へてくれ」（一八五頁）と手紙を締めくくっている。

手紙を読んだ栗田は、色々な条件や事情から見て彼女を諦めるべきだと考える。なぜなら、彼女を待たせるような余地は「習慣の中にも、女と自分の環境の中にも、また、愛情を説いて女をさうさせるだけの言語の限界の中にも」（二二二頁）ないからである。現地の有力者に比べて、経済的基盤のない移民者は相対的に弱い立場に置かれるしかない。たとえ彼女を奪って来るとしても、まだ「食事にも劣らず、女に不足欠乏を感じて、いまのところ止むを得ずと心気を建設一方に向けることに最大の努力を拂ってゐる隊員全体」という移民団の現状を考えれば「遠慮せねばならない」のである。

さらに関は「街で見、広場で見受ける」ような「唯の満人」ではない。移民者側から見れば糧桟は、「日本の問屋」のようなものであり「満人農夫相手に盛んに中間搾取を」し「満洲農業の発展が少なからず阻まれる」存在である。満人農夫の妻に対する関の横暴な態度を目撃した移民団員は、急に故郷を思い出す（三〇頁）。「内地」の故郷では小作人や貧農であった移民団員にとって、糧桟の横暴と搾取に苦しめられる満人農夫の姿は共感できるものであるであろう。だが、日本人移民者の共感は満人農夫と同じ農民としての連帯にまでは発展しない。

たとえば、移民者たちは、糧桟に子豚を不当に奪われそうになった満農の妻から、市場で買うより安い値段で豚を買い取る。移民団に戻った炊事班長から顛末の報告を受けた幹部の和木は「糧桟はいいが、満農は泣かせるなよ」と注意する。それに炊事班長は「心得てる。手数料つてなア儞《ニー》（満人のことをいふ）に恵んでやつた金なんだ。うれしがつて帰つて行つたよ。儞はすぐ泣くね……」（二五〜二六頁）と答える。ここで描かれる構図は、搾取される農民と搾取する糧桟の権力関係に、新しく参入した日本人移民団が、農民には施しをしながら糧桟は牽制するというものである。そうした構図は金鐘連と栗田、そして関の関係においても同様である。

売買婚という現地社会の風習に従うならば、まだ個人としての経済的基盤を持たない日本人移民者より裕福な糧桟の息子が有利である。栗田も自分の不利な立場を自覚している。そうした栗田が金鐘連を獲得できるのは、彼女自身の行動によるものである。彼女が父の意思を拒否し、家出したという知らせを受けた栗田は、「簡単に売られて行く運命の満洲娘が、どんな事情にもせよ、恋のために親にそむいて家出するとは日本娘的」と考え、さらに「一途《いちづ》に家出の原因を自分と添ひとげるための行動」（二二六頁）と解釈する。事実、金鐘連は栗田を訪ねて来て、二人は結ばれる。栗田は、最初に願ったように「掃き溜の中の色硝子」のような美しい現地女性だけを引き抜いて「自分の行くところへ」連れて来ることに成功したのである。それは、家出という金鐘連の行動によるものなのである。

前節で検討したように、『光をつくる人々』において日本娘は、親や親類の勧めで決められた縁談によって花嫁となり、自分の夫を愛する義務を果たすことが期待される。その一方で、満人娘は恋のために親に逆らう日本娘的な行動を取って花嫁になる。このように相反する行動がともに日本娘的とされているのは、彼女たちに期待される役割の違いに起因するであろう。日本娘に要請されるのは、「お国のために」夫を愛し、勤勉に働き、健康な子供を育てる大陸の花嫁の姿である。対して満人娘の魅力は、常に異国的なものと日本娘的なものの間で揺れ動いている。栗田は彼女の「黒い支那服」に包まれたしなやかな身体に強い魅力を感じながらも彼女が「日本の娘と同じ格好で」（四九頁）頷く仕草を観察し、彼女が日本語を理解できないことを分かっていながら「日本にゐて、日本の娘に話したやうに」（五〇頁）話す。そして、栗田への愛情を貫くために家出をすることで彼女は日本娘的であると認められ、花嫁として日本人移民者社会に編入されるのである。

また、この家出によって、栗田が現地の売買婚の風習に従うことなく、彼女を妻として迎え入れるという事実は見え難くなる。この「違反」に対して、現地社会や彼女の父がどのように理解し、反応したかについては語られない。もし移民団が現地社会やその風習を尊重し、慎重な態度を取っていたならば、彼女の家出がどれ程日本娘的なものであったとしても、このように容易く花嫁として認められなかったであろう。たとえ経済的な基盤がなくても、地元の有力者に対する日本人移民団の優位が示されている。そして日本人移民者の合同結婚式に、金鐘連は日本服を着て、モンペを穿いた姿で現れる。

栗田が金鐘連をつれて来た。金鐘連は日本服を着て、モンペを穿いてゐた。背中から二歳になる男の子が、土ではよごれた頰つぺたをのぞかせてゐた。和木は金鐘連の変り振りに胆を潰した。二人は唯ニコニコしながら眼と眼で久濶《きうくわつ》を述べ合つた。

和木は云つた。

「君にそつくりぢやあないか。何といふ名をつけた?……」

栗田は子供の手を握りながら答へた。

「日出男だ。僕の名に似てゐるだらう……」(三五二頁)

この最後の場面で、異国的な魅力に満ちていた彼女の姿は完全に日本的なものに包摂されている。さらにいえば、この日本的な姿は、日本人の花嫁が華やかな着物を着てパラソルやハンカチを持ったのに比べ、勤労と生産に勤しむ百姓の姿である。日本娘的な金鐘連が、日本人の花嫁よりも忠実な日本人移民者社会の一員であることが意識的に強調されている。

問題は、そうした金鐘連の「日本」への包摂とそれに対する積極的な肯定が、単なる日満親善の域を越えるという点である。彼女は、すでに出産を経験し、混血の息子を胸に抱いている。

「違反」としての混血

この混血児は、日本人の父に似た姿と名前を付けられる。花嫁にとって土地世襲の基盤である子孫の出産及び養育が最大の任務であるとすれば、彼女は他の日本人花嫁たちに先駆けてその任務に成功している。しかし、混血の息子の存在が、栗田が覚悟していたもの、すなわち「移民と満人との血の問題」を体現していることは看過できない。栗田が混血と満洲国の国籍を語る時、彼はそれが遠い子孫の代のことになるという留保をつけていた。しかし、日本人の父に似た混血の息子の誕生は、存在そのものが日本人花嫁を送出する満洲移民政策に正面から異議を呈するものである。

前述したように、満洲移民における混血の問題が重要なのは、他の諸民族に対して指導的な立場にあると想定された日本民族の優位性と直接的に関わる問題であるためである。先にふれた『提要』では、「日満両国民族の結婚による民族的包合も毛頭積極的意義を持たない」とし、その理由は「八宏一宇の精神は常に中核的指導的性格を持つて居るから」としている(83)。言い換えれば、日本民族はその存在だけで「八紘一宇」の精神を体現する特別な存在であり、そのため他民族に対して優越な存在である。日本民族の優秀性を保ち続けるという重要な目的に比べれば、日満親善や民族協和はあくまでも副次的なものに過ぎない。したがって「単なる親善、提携は意味をなさない。それは只単なる原住文化の模倣に過ぎない」(84)のである。民族協和の要訣は「原住民族との相互理解や接触だけでなく、大和民族は満洲国に於ける中核的指導者たることを念頭に置き常に指導の任務を果たすこと」(85)なのである。

日本人男性移民者と日本人女性移民者の婚姻は、何よりもその子孫である将来の日本民族の純血を守るため重要である。ならば、栗田と金鐘連の結婚とその息子の出生は、花嫁をめぐる帝国日本の排他的な民族主義の言説に対する重大な違反であるということになる。

第一次移民団員の栗田と金鐘連の結婚は単なる日満親善の域を越え、満洲移民の最大の目標である日本民族の増強に対して、二つの民族の「混血融合」を直接的に提示しているのである。これはむしろ満洲国の「国民創出」の問題である。繰り返しになるが、栗田の認識は、「子孫は永くこの大陸の土で生死を繰り返へす」ためには、日本国籍を維持している日本人移民者が満洲国の国籍に入り、また「移民と満人との血の問題」が解決された時というところまで至っている。日本人移民者の次世代は日本民族というより満洲国の「国民」であるべきなのである。

栗田は、帝国日本の排他的な民族主義の言説に対する重大な違反を満洲国の未来における「満洲国民」の創出として「ロマンチックに」謳い上げることで乗り越えようとする。それは満洲国が掲げた民族協和の幻影を投影させてはいるが、完全に一致するものではない。こうした思考は、日本民族の純血性を守るために推し進められた「大陸の花嫁」政策は勿論、満洲移民そのものの正当性を毀損しかねない危険性が内在している。満洲の土地獲得と自然に対する男性移民者の征服の物語は、民族間の「混血融合」と新しい「国民創出」の物語として終わるのである。

勿論、その「混血融合」と新しい「国民創出」の物語は、日本文化の優秀性と指導性を否定するものではない。その一例として、この小説における言語の問題を挙げられる。先にふれたように、『光をつくる人々』において満語の習得は、主に栗田と金鐘連との間で行われる。栗田は、彼女から「儞是甚麼姓《ニーシーションマシン》（お前の姓名は何といふか）」と聞かれる。彼は彼女の言葉を理解できないまま移民団の宿舎に戻り、『日満用語』を引いて意味を調べる。

> 彼は宿舎へ帰へると、ニーシーションマシンがまだ舌にからまつてゐるうちにと、早速棚の上の『日満用語』という掌冊をめくつて見た。ふりがなをたよりに片つ端から見て行くと、第一編会話の問と答の部に出て来た。
> （お前の姓名は何といふか）
> 彼は、女の薄い唇の動くのが目に見えた。カラーにしめつけられてゐる細い咽喉笛がピクピクよく動く女で、なめらかに出て来る肉のある声が耳に甦った。自然と顔や耳のほてつて来るのを意識した（五九頁）。

栗田にとって「ニーシーションマシン」という言葉は、彼が金鐘連とのコミュニケーションで初めて覚えた満語である。しかし、『日満用語』はただ日常会話のための本ではない。入植のために偵察行軍に出た移民団は、現地の村で宿泊するための交渉が必要となる。

やはり最初に『お前たちは恐れることはない、安心せよ』と先ずやらかすのであつた。『日満用語』と首つ引きでやるのである。

「我們軍隊没有地方住《ウオメチュイントイメイユーティーファンチュウ》（我々の軍隊は宿営する場所がない）」

満人たちはなかなか顔を崩さない。黒光の顔を、霜たかつた髭の中で疑ぐり深くまじまじさせてゐるのである。

「儞是本地的地保麼《ニーシーペーンティークチイーパーオマ》（お前は当地の世話役か）」

そのうちの一人の男が、少し怖さうになづいた。すかさず読み上げるのである。

『すまぬが数軒家を空けてくれ。我々は決してお前達をさわがせはしない、安心してくれ。我々は公平な謝礼金をお前達に支給する』

第一篇の『宿営』の部に、ちやんとうまく出来てゐるのである。余計なことは一切抜きで、こちらの言ひ分だけが都合よく勝手に出てゐるのである（一〇八〜一〇九頁）。


その第一篇が「宿営」であることからも、『日満用語』がどのような状況を想定しているのかは明らかである。徹底的に「こちらの言ひ分だけが都合よく勝手に出てゐる」会話本は、その本の目的がどこにあるのかを示している。満語と日本語の非対称性は、そのまま満洲における満人と日本人の力関係を反映しているのみならず、その暴力的な関わり方を証明する。この『日満用語』の役割がより明瞭に示されるのは、吉林軍の匪賊討伐に参加した移民団が撤収する途中、「敗残匪」を発見して審問する場面である。移民者の一人が「敗残匪」を日本刀で脅かしたが、言語が通じなかったため、代わりに栗田が訊問を任せれる。


沖本に代わつて栗田が前に立つた。

満語の選手の彼は、眼をつぶつて一つやり出した。

第一編会話の部にある、五の訊問である。彼はなるほど『日満用語』はうまく出来てゐるものだと感心した。

それよりも、訊問だとか、偵察だとか、宣撫だとか、宿営だとか、いろいろな場合の会話が編集してあることに対して、はじめはさして気にも止めなかつたが、かうして訊問といふ凄文句を実際に血みどろな男を前にして応用する場になつて、はじめ自分等が生きてゐる環境が、なるほど殺風景なのだと如実に感じさせられた。

選手といつても、何時になつたら思ふことも多少でもなめらかにあやつられるものか、恋人の金鐘連の前に出ては皆目何も喋れないで、唯黙々と行動して帰へるだけであつた。そんな心細い選手である。

顔と語勢だけが本物でやり出した。

「儞叫甚麼《ニーチァオションマ》（名前は何といふか）」

沖本は刀を鞘におさめた。

男の顔にサツと歓喜の色が走つた（一七九頁）。

訊問という暴力的な状況と『日満用語』の有用性との際立ったコントラストは、栗田が操る満語の暴力性を鮮やかに映し出す。この場面で訊問される側である満人と訊問する側の移民者を仲介する満語は、移民者の日本刀が象徴する直接的で垂直的な権力関係において発話される。それは他者との相互承認や感情を交換する日常会話ではない。一方的に権力を持つ側が権力を持たない他者の生命を掌握する言葉であり、その言語の背後にある権力関係を凝縮したものである。

この点を踏まえれば、なぜ「満語の選手」として『日満用語』を暗記している栗田が、恋人の前では「皆目何も喋れない」のかも理解できる。栗田が操る満語は『日満用語』から学習したものであるため、恋人との会話には適しない言葉なのである。

『光をつくる人々』において満語をめぐる権力関係は、このように重層的に重ねられている。『日満用語』に想定されている会話の場面は訊問、偵察、宣撫、宿営であり、それはそのまま満洲における日本移民の在り方を示すもののでもある。実際に栗田の審問の結果、「敗残匪」は匪賊によって負役に動員された農民であることが明かされる。この呉鉄白《ウーティエーパイ》という男は、移民団に帰順して雑役夫となり、合同結婚式では栗田の妻になった金鐘連と息子が乗った馬車の馭者として現れる。満語を操る日本人移民者が満人の妻と結婚する傍らで、満人農夫は雑役夫として働くという状況は、栗田と金鐘連が象徴する日満親善がどのようなものかを如実に物語っている。

「逆証」としての国策文学

『光をつくる人々』の構造は、大きく二つに分けられる。渡満後、匪賊と戦いながら入植地に入植する征服の物語と、入植後の移民団が獲得した土地の所有と世襲のための婚姻の物語である。ここまで検討したように注目されるのは、そうした物語の中に女性の過剰な性的魅力や男性移民者と関東軍軍人との間のホモソーシャルな関係のような、「内地」では社会的に容認され難い多様なセクシュアリティが表れるという点である。戦時下の帝国日本における「すべての異性愛的なるものへの敵意と排除、性愛における自由の禁止」(86)を想起すれば、その乖離は明瞭である。ここには二つのシステムが存在する。一つは、日本人男性移民者と日本人女性移民者の婚姻は、彼らが征服／開拓した土地が日本人子孫に世襲されることを保障するというものである。移民者が満洲農村に農民として定住して日本人の血統と文化を保持しながら発展することは、日本勢力の扶植であり、さらには未来における帝国日本の満洲支配を磐石にするものでもある。

もう一つは、日本人男性移民者と日本人兵士という人的資源の循環である。「大陸開拓精神」に深く共鳴し、大陸開拓文芸懇話会の中心的存在であった福田清人は、「今日大陸に渡つた百万をこえる兵隊の大部分が、農村出身であり、あるいは帰り又それと交代してでてゆく」(87)と語った。事実、武装移民団は在郷軍人で構成されていたのであり、この小説における武装移民団の活動は主に関東軍の匪賊討伐と関わって描かれている。乙島と品川の例を見ても、「内地」の農村青年が満洲に駐屯する勇敢な兵士に、そして男性同士の絆を通して信頼できる満洲移民者へと転化していくのである。こうした兵士から農民へ、また兵士から農民への転身が体制側の都合に合致するものであることはいうまでもない。

すなわち、この小説では満洲における日本人農業移民者の再生産のシステムと帝国日本の農村青年を兵士と移民者として循環させるシステムが共存しているのである。女性の過剰なセクシュアリティや情熱、男性のホモソーシャルな関係は、見世物の倒錯的なセクシュアリティとして消費されるのではなく、その二つのシステムの間から生じた亀裂なのである。宗主国では許容されないようなセクシュアリティの多様性が植民地では移民共同体に貢献する限り、許容されるのである。

この点を踏まえると、日本人移民者の混血問題が満洲移民政策そのものに極めて重大な違反であることは明らかである。栗田と金鐘連の恋愛と婚姻への過程は、移民団の上陸から合同結婚式までの日程と連動して進められる。移民団側は、満人との婚姻は日満親善に貢献するもの、さらには栗田の個人的な犠牲として理解する。しかし栗田が考える「責任」は、日満親善の域を越えて「満洲国民」の創出までを視野に据えている。そして合同結婚式の場で彼は金鐘連との間に生まれた息子と一緒に参加する。いわば栗田と金鐘連の結婚とは民族協和の実現と「満洲国民」の創出を象徴するように造形されているのである。

しかし、混血による民族協和の実現は、日本民族の優位性と純血性の保持という満洲移民政策の方針とは衝突するものである。他民族との混血は、諸民族を先導し、指導すべきとされた日本民族の血統に基づく特権的優位性を切り崩す可能性さえ内在させているためである。日本民族の純血性の維持は満洲のみならず、「大東亜共栄圏」における農業殖民において重要な問題であった(88)。帝国の膨張と勢力圏の拡大は、日本人の対外進出でもあったのであり、混血や風土気候など環境の変化は、自明なものとしてみなされた日本民族の変質を招くものとして警戒された。そのような警戒は、満洲国策移民政策において大量移民と集団入植の方式、移民者の配偶者送出政策による混血防止、日本文化の移植などから読み取ることができる。

勿論、優生学や人類学を中心として展開された日本民族の純血性を保持すべきという主張は、「大東亜共栄圏」建設に向けて展開された「混血融合」を強調する民族論とは齟齬をきたすものである。他民族との「混血融合」とは、日本民族が朝鮮民族のように周辺のより小さな諸民族を「融合したり同化したり」してより広い民族を形成してゆくものであり、その際小さな民族の概念は大きな概念のうちに融け込むもの(89)であった。

たとえば、高田保馬は「私は日本民族乃至大和民族を一の狭義に於ける民族、即ち近代民族と見るが、それと朝鮮の同胞とを包括したる集団が今や国家の統制と相互の接触混和によつて作り上げられつゝあるものと見る。それは生成しつゝある新日本民族である。けれども、われらと豪古民族漢民族等ともまた無縁のものではなく、最も顕著なる種々の紐帯によつて結びつけられてゐる。これらを一括して東亜民族といふ表現をなすことの不合理でないばかりではない。此の表現は現に見らるゝこともあるし、それが用ひられてゐる背後には、広き意味に於ける血縁即ち血に於ける親近、地縁、文化の上に於ける種々なる共通、これらが結束の紐帯として作用することが認められてゐる。更に進みていふならば、これらの結束の中心に位するものは、恐らく日本民族であらう。何となれば、東亜の各民族の中から東進したる種々の分子が混合し融和し同化して、今や分ちがたき同質的日本民族が生成してゐるが、此の日本民族といふことは、決して単なる観念的抽象といふべきではなく、生きたる現実の結束である」と主張したのである(90)。

「東亜民族」というイデオロギー的概念が、アジアの諸民族は遡れば血液によって繋がった日本民族の近親であるという「混合民族論」の流れを汲むものであることは明らかである。アジア人の連帯と「大東亜共栄圏」建設を訴える時には血統を重視する排他的な民族論は適切ではなかったのである。その一方で、現実の移民政策において混血は、日本民族の純血を守るために「予防」され、極力避けられるべきものであったのである。

『光をつくる人々』は、国策小説として日本人武装移民団の満洲移民を描きながら、「満洲国民」の創出を「ロマンチックに」描いた。だが、そもそも民族協和にも、スローガンである五族協和にも、各民族間における混血は想定されていなかった。混血による「満洲国民」の創出という発想は、満洲移民を通じて日満関係の強化を図るという大前提を必然的に覆る危険を孕むしかない。帝国日本側が満洲国に関して最も恐れたものの一つが、英国とアメリカの関係であったことを想起すべきであろう。莫大な資金と支援を注いだ国策移民の結果、在満日本人が日本人としてのアイデンティティより「満洲国民」としての自覚を優先するということは、決して許容されべきものではなかったのである。

勿論、『日満用語』の例から分かるように、この違反は満洲国の存在そのものを否定するものではなかった。だが、『光をつくる人々』で表れる違反や亀裂、矛盾は、満洲移民の諸政策と現実を批判的に検討する「逆証」として読みかえられるのである。

第6章 農村問題解決から戦争遂行への傾倒
和田伝『大日向村』と徳永直「先遣隊」

分村移民政策と国策文学の協力

ここまで分析の対象としてきた作品は、主に初期の武装移民団を題材とするものである。比して、農民文学懇話会と大陸開拓文藝懇話会が成立し、作家たちが満洲移民を題材として活発に発表していた時期は、分村移民が注目されていた。試験移民団期を経て本格化した満洲移民の展開において、一九三八年から現れ始めた分村・分郷移民は、全国から募集される既存の移民団とは区別される。これは更生をめざす特定の村、郡内の複数の村を母体として、一つの村を組織的に分割し、二〇〇戸から三〇〇戸の移民団を編成して送出するという形を取るものである(1)。

こうした移民の型の変化は、「内地」農村の耕地不足問題を解決しようとする経済更生計画の一環であると同時に、移民者が家族のみならず地縁や血縁によって結び付けられることが心理的な安定をもたらし、また「内地」の母村との結束を期待できるという利点があった。満洲移民政策においては、分村移民によって大量移民が可能になり、円ブロック内の食糧供給を促進するという目的があった(2)。したがって、国策としての満洲移民は「東亜農業体制の整備、内地農業生産力の維持増進」に寄与するものとして「益々その重大性を加へ来りたるもの」(3)となり、農村と農民を取り込みながら戦時体制へと組み込まれていった。

試験移民から分村移民への変化は、単に大量移民のためになされたものではなかった。分村移民に先立つ試験移民団は、当初の目的とは裏腹に、その多くが地主化してしまった（4）。これは、満洲移民政策側がめざした日本人移民者の安定した自作農育成が失敗したことを意味する。移民者の自作農としての定着は、満洲移民運動の重要な目標の一つであった。そのために分村移民が考案されたのである。

分村移民計画の成立は一九三八年であるが、本格化した契機は、長野県南佐久郡大日向村（現長野県南佐久郡佐久穂町）から編成されて吉林省舒蘭県西家房村付近に入植した第七次満洲農業移民団の所謂大日向村型の分村移民団の登場（一九三九）である。この大日向村型の分村移民は「即効性と定着性が最も優れている」とみなされ、広く宣伝された。この大日向村で代表される分村移民を題材とした作品が、和田伝（5）『大日向村』である。それに対して徳永直（6）「先遣隊」は、第六次移民団の分村移民を題材としている。

「先遣隊」は、改造社から派遣された徳永が満洲視察（一九三八・九〜一〇）の後、翌年『改造』二月号に発表した作品である。その後、満洲視察で書いた見聞記などの文章を合わせて単行本『先遣隊』としてまとめられ刊行された（一九四〇・三）（7）。当時、この作品への評価は「重厚な感じ」（8）を与える力作ではあるが、作為的だという批判のように、芳しいものではなかった。その後も、「先遣隊」は満洲旅行の見聞に基づいたルポルタージュ作品として受け止められ、徳永の転向による作品として、殆ど省みられなかった。浦田義和は、徳永と満洲との関わりを全体的に眺望しながら、「先遣隊」について「大陸の花嫁という安直な解決法へ擦り寄ってしまったが、移住地の懐郷病という現実を取り上げている」ことから「「リアリズム」を主張していた徳永の元プロレタリア文学者らしい特徴」（9）に注目している。「先遣隊」は「リアリズム」によって創作されたルポルタージュ作品であるという評価が踏襲されているのである。

一方、和田は『アサヒグラフ』に訪問記を書くため、茨城県内原の青少年義勇軍訓練所を訪問した時、大日向村の分村移民計画を知り、大日向村を訪問した（一九三八・一〇・一三）。同年、和田は農民文学懇話会から派遣されて（一九三八・一一～一二）満洲の大日向村を取材し、その成果として『大日向村』が朝日新聞社から刊行された（一九三九・六）(10)。とりわけ『大日向村』は前進座による上演（一九三九・一〇）、映画（一九四〇・一一）になり、各村で上映され宣伝の道具となった(11)。

帝国内矛盾の転嫁

大日向村の分村移民が一九三七年から一九三八年までの間に行われたことを踏まえれば、両作品共に満洲移民政策の新しい展開に対して極めて迅速に反応していたといえる。また、作品の取材、執筆、発表に至るまで、改造社や朝日新聞社といったジャーナリズムの支援を受けている。こうしたジャーナリズムと作家の満洲移民政策への敏感な反応と積極的な協力は、満洲移民政策がいかに重要視され、ジャーナリズムと作家に支えられたのかを物語る。分村移民を題材とした「先遣隊」と『大日向村』は、同時期注目され始めていた分村移民を広く宣伝し、農民の参加を呼びかけるという具体的な目的意識の下で執筆されたと考えられる。しかしながら、両作品における分村移民をめぐる論理の展開は同じではない。「先遣隊」では、先遣隊の青年が屯墾病に罹り、移民を諦めて帰郷する。だが、結局村の分村移民計画に参加することで再度渡満し、先遣隊の仲間と再会する。一方、『大日向村』では疲弊した「内地」農村と農民の窮状を精密に描写し、分村移民を通して農村の更生を図る構造となっている。どちらの作品も分村移民を積極的に肯定しているが、「先遣隊」は既存の満洲移民政策の失敗から出発して分村移民をその解決策として捉えている。比して、『大日向村』は分村移民を徹底的に大日向村の極めて悲惨な窮乏の解決策、すなわち農産漁村経済更生政策の一環として据えている。

勿論、両作品共「大陸進出」を通して「内地」農村の諸矛盾を解決するという論理を前提としている。それは、両作品においてその叙述の多くが、満洲の実情ではなく「内地」側の描写に焦点を置いており、満洲の現地住民との関係や反満抗日を掲げた抗日勢力などの視点は削除されている事実からも確認できる。

したがってここでは、二つの作品を比較、検討することで、満洲移民政策の展開における分村移民という変化が帝国内のジャーナリズムと文学者にどのように認識され、表象されたのかを具体的に分析する。また、一切の他者が削除された満洲移民の文学的な形象化が持つ意味を考えたい。

1 日本人移民者の優秀性と精神疾患——徳永直「先遣隊」論

満洲移民者の過酷な環境

「先遣隊」は、同じく先遣隊員であり同郷でもある二人の移民者、日向民次郎と雄作の物語が交錯する構成となっている。先遣隊とは、移民候補者を満洲に派遣して現地訓練を受けさせ、本隊入植のために現地で移民団の設営及び本隊の移住準備を担当する先発隊を指す(12)。この小説で先遣隊員の任務は入植地の家屋建設、馬の繁殖、土地の測量、開墾などであるが、それは主に雄作の目を通して観察され、描写される。

一方、民次郎は屯墾病に罹って故郷の山梨に帰るが、故郷で分村移民の動きがあったため、結局もう一度渡満を決心する。満洲で先遣隊の任務を全うしようとする雄作と、満洲での生活に適応できず落後する民次郎の物語が交錯し、結局民次郎が移民団員の家族や花嫁と一緒に満洲に到着することで終わる。満洲の厳しい状況は主に雄作によって、「内地」農村における分村移民の推進は民次郎によって語られるのである。

たとえば、測地班として草原を歩いていた雄作ら一行は、「味方の軍隊に見誤れぬため」日章旗と小銃を肩に担いでいる姿で登場する。彼らは「ソ聯国境へもここからホンの数十粁しかな」いところを歩いているが、その測地は来春に渡満する予定の本隊に「満人農夫の既耕地を挟んで、一人当り十町歩の耕地十町歩の放牧地、假に二百人としても四千町歩」の測地が必要であるためである(二五〇頁)。

土地！　土地！　とあれ程憧れてやつてきたのに、現実きてみるとどうも勝手が違ふ。成程土地は無限に広ひ。掌に握るとづつしりこたへる黒い甘土が、六尺から深いところでは一丈もあつた。開墾するにしても内地に比べると手間暇要らない。だいち石塊がない。樹がない。草を焼いて二三尺も鋤き起せばそれでいい。まるで嘘のような話だ。廿町歩の土地持ちになることはちやンと約束されてゐるのだが、どうも手ごたへがない。「ここからここまでは俺の土地だゾ」といふにはあんまり広すぎる。周囲が漠然としてゐて、掌に握つた気がしない。そんな気持が皆にあつた（二五二頁）(13)。

雄作が無限に広がった土地を見て感じるのは、土地への欲望より「海の中に漂つてるやうで却つて心細ひ」という感覚である。雄作が感じる「無限の土地」への畏怖は、「もう俺たちは内地へは帰らぬのだ」という実感や「この草原の土となる覚悟を決めてゐる心」に因るものである。その感覚は、彼に限らず皆にも共通するものである。ところが、ここで雄作たちは急に匪賊の襲撃を受ける。移民者は応戦するが、「始めて戦闘する味方の弾丸は無駄が多」い（二五九頁）。この先遣隊員たちは武装しているが、武装移民団とは違い在郷軍人ではない(14)。彼らは哈爾濱の訓練所で三カ月の現地訓練を受けただけである。雄作の伝令で出動した日系警察隊によって匪賊が逃走し、戦闘は二人の死亡者と三人の負傷者を出して終わる（二六一頁）。

この場面で確認できるのは、移民者を取り巻く環境は苛酷なものではあるが、初期の武装移民団に期待されたような治安維持の役割は要請されていないという点である。「先遣隊」でも日本人移民者は村の人々から「出征兵士と同様な歓送を受けて」（二六五頁）出発したが、兵士ではない。そうした点から見れば、先に検討した満洲移民初期の武装移民団との最大の違いは、「先遣隊」では移民者に必ずしも兵士としての積極的な働きが要求されない点だといえる。

勿論、この移民団の入植予定地はソ連国境から「ホンの数十粁しか」離れていない国境地域である。この事実から、仮想敵国との国境に日本人移民者を定着させることで、有事時の兵力補強や補給を確保しようとする関東軍の屯墾兵案が受け継がれていることを読み取れる。だが、少なくともテクスト上では、日本人移民者たちに軍事的な義務は要求されていない。匪賊討伐と治安維持の役割は、日系警察隊と討伐軍隊によって担われている。さらにここで日本人移民者を保護するのが、日系警察隊であるのは偶然ではないだろう。第五章で移民者たちは、付近の現地民村落が匪賊の攻撃を受け、「満人と満警とが射殺された」（三〇一頁）との報告を受ける。民族とその民族を保護する警察の出身が一致しているのである。

当時、満洲国の警察は原則では「王道警察」として「王道具現の先駆」、「民族協和の中核」になるべき存在とされながらも、全満に歩兵部隊に準じて武装した強大な警察討伐隊が組織され、抗日連軍のような抗日勢力を匪賊と呼び討伐していた(15)。討伐を担う特殊警察隊（遊動警察隊、国境警備隊）、治安隊、警察隊、警備隊などの警察武装集団は拳銃、小銃、軽（重）機関銃、迫撃砲、擲弾筒、手榴弾などを装備していた(16)。この警察武装集団は、交通保安などの取り締まりや盗難の防止、犯罪捜査、検挙、取調、調書の作成、送検などの警察の通常業務の段階を省略して「討匪工作」に当たり、状況によってはその場の高級警察官の判断によって匪賊を即座に殺害できる、所謂「臨陣格殺」の権限が認められていた(17)。日本人警察官の採用要件が軍隊出身者(18)であったのは、こうした状況によるものと考えられる。

また、満洲国警察官の民族構成は、満洲国における各民族の位置を反映するものであった。一九三九年九月末日現在、満洲国の治安部警務司が発表した統計によれば、全満洲国警察官は八六、四七九人で、日系は六、九七二人（八・一％）、満系、鮮系、蒙系、露系が七九、五〇七人（九一・九％）であった。このように満洲国の警察官の圧倒的多数は当時満系と呼ばれた中国人であったが、最も重要視された「特務警察」や「外事警察」は例外なく日系が占めていた(19)。こうした民族構成の多様性と複雑さは、様々な葛藤を惹起した(20)。「先遣隊」においても日本人移民者を保護するのは日系警察隊と関東軍であり、保護対象の民族属性が優先されているのは明らかである。

しかし、日系警察隊と関東軍による保護も完全であるわけではない。雄作が身をもって体験したように、移民者は匪賊の襲撃によって危険に晒される。移民者たちは「假に討伐軍隊移動の隙をねらつて、蓮江口《レンチャンコウ》港を襲ひ、興山鎮鉄路を遮断されたなら、数の知れた日本移民は袋の鼠だと」(二九五頁)憂慮する。移民団の入植地が国境地域であるため、匪賊の襲撃によって港口や鉄道が遮断されれば、移民団は孤立無援の状態に置かれることになる。したがって、移民者は自らも匪賊の襲撃に備え、有事時には戦うしかない。雄作は「毛皮外套の襟に首をうづめて、冷たく光る機関銃の照尺をとほし、呼吸を凝らして平原を睨んでいると、その瞬間は、ミヨの顔も、故郷のこともすつかり忘れて」(三〇四頁)匪賊の襲撃に防備する。このような環境は、移民団にとって匪襲よりも深刻な問題となる屯墾病の原因となる。

屯墾病の表象

屯墾病は、第一次試験移民団の幹部排斥運動(一九三三・六〜七)で定着したとされる(21)。「内地」の移民募集の時に聞いたよりも遥かに厳しい現地の状況に移民者たちが動揺し、幹部排斥を訴えた。この時、移民団の約五百人のうち四百人が感染症のアメーバ赤痢を患っていた上に、除草期であったため伐採などの重労働が課せられ、夜も匪襲に備えて警備しなければならなかった。これ以降、「意志強硬でなく零下三〇度の寒さやホームシックで開拓に来て言動が変になった者」を屯墾病と呼ぶようになる(22)。これは風土病、過酷な自然環境、重労働、匪賊や周辺の敵対的な異民族との接触、戦闘などのストレスによる適応障害と見るのが妥当であろう。移民団に帰還した雄作は、その屯墾病に罹った民次郎から退団の決心を聞かされる。

急に拳をひこめると、雄作は布団をひつかぶつた。――病気だ、病気なんだ、狂人とおなじ病気なんだ……。

幼ない時から同じ部落に育つて、こいつがどんなに辛抱づよい働き者だつたか、正直一途な若者だつたかといふことは、誰よりも雄作が知つてゐた。

まだ頭の上で泣きじやくりしてゐる民次郎の声を聴くと怖い気がして呼吸を殺してゐた――到底、慰めた位では心を翻へせぬだらう（二六六頁）。

雄作は、帰郷するために退団するという決心を伝えた民次郎を「意気地なし」と罵りながらも、民次郎の屯墾病を「懐郷病」、「神経衰弱」、「狂人とおなじ病気」と呼ぶ。雄作は民次郎が「辛抱づよい働き者」、「正直一途な若者」であったという記憶を呼び起こすことで、彼の行動は本意ではないと弁護している。と同時に、彼は自分にも屯墾病が伝染するのではないかと怖れる。すなわち、民次郎の退団は彼自身の資質が悪いためではなく、屯墾病のせいなのである。それは病気であるため、患者の民次郎は結局回復するという希望も持てられるが、いつ他人に伝染するかも知れない恐怖の対象でもある。

だが、適応障害とは「明確に特定することのできるストレス因子への反応として起こる情動面あるいは行動面の症状」(23)である。明確に特定できるストレス因子は、民次郎だけでなく移民団が置かれた環境そのものである。雄作が民次郎の退団を憂いながら「自分の覚悟の一部が崩れてゆく」ように感じるのは、彼もまた民次郎に共感するところがあるためであろう。

実際に民次郎と雄作が対面するのは病室である。民次郎はアメーバ赤痢で、雄作は冒頭の匪襲による負傷で入院している。この場面で描写される移民団の生活は過酷なものである。移民団員は重労働に従事しながら匪襲を警戒し、余暇を楽しむ文化施設もない。彼らが置かれている厳しい環境そのものが、屯墾病を発症させる原因なのである。故郷である「内地」農村の土地、文化、血縁、伝統から根こそぎ抜かれて、満洲に根を下ろすことを要求される移民者にとって、満洲の風土病であるアメーバ赤痢のような感染症への異常なほどの恐怖心は、不慣れな満洲そのものへの恐怖心に連動している。自分にも民次郎の屯墾病が伝染するのではないかという雄作の恐怖は、充分に根拠のあるものなのである。

民次郎は負傷した雄作を訪れ、彼に次々と故郷の家族や知人と会いたくないかと質問する。雄作はその質問に「こツくりこツくりするやうにひとつひとつうなづ」き、「生ま温るい涙」を流す（二六八頁）。

> 雄作はまた布団の中にかくれるやうに顔をかくした。
> 民次郎が何か云つたが返辞しなかつた。どれ位経つたか、雄作は必死に抵抗してゐた。家さ帰つても俺の耕せる田甫が何処にある？　同郷出身の堀川先生に何と誓つたか？　村長や村の青年団婦人会などの見送りをうけたとき、何と挨拶したか？
> ――無住地帯にちかい大陸の闇の底は何といふ寂けさであらう。便所にでもゆくらしい患者のゴトリと土間に触れる下駄の音がぎよツとする程ひびく。――ミヨといふ阿女ツ子一人がなんだ。ああ何とながい夜だ。早く太陽が出てくれ。屯墾病が伝染しそうだ。――民次郎が何か云つた。雄作は強情に押し黙つてゐた（二六九頁）。

ここで、雄作が民次郎の質問に抵抗するために持ち出すものは、耕地不足や彼自身の体裁などである。だが、彼はそれらの理由を言葉にして民次郎に反論するのではなく、布団の中に隠れ、屯墾病の伝染を恐れる。彼らの対話を聞かされているはずの同室の患者たちも、眠ったふりをして沈黙する。民次郎が話す素朴な感傷は、論理や言葉より沈黙によって対応されるのである。だが、この沈黙は、民次郎の質問そのものを否定するものではない。それは、農民にとって執着の対象であるはずの沃土さえ「手ごたへがない」ものと感じるほどの虚しさ、故郷へのノスタルジア、匪襲に対する緊張と不安が、雄作本人の経験でもあるためであろう。

民次郎の屯墾病の発病と雄作の伝染への恐怖は、移民者だけの問題ではない。それは、同時期に展開された精神病と人的資源の質をめぐる議論において提議された様々な言説と密接に連動するものである。

優生思想と断種法の形成

一九三〇年代から一九四〇年代まで屯墾病及び在満日本人の精神疾患を研究した満洲国の精神医たちは、故郷へのノスタルジア、身体的な疲労、抗日遊撃隊の攻撃に対する警戒と緊張、厳しく長い満洲の冬、文化施設の不足が、日本人移民者にヒステリーや幻覚を含む様々な精神的問題をもたらしたと指摘した(24)。同時期、「内地」では精神病、精神薄弱、または身体的奇形など劣等なる素質を遺伝する危険性を持つ人々を強制的に断種する断種法をめぐる議論が活発に展開されていた。

前章第4節で検討したように、一九三〇年代から一九四〇年代にかけて、日中戦争の勃発と長期化による労働力不足を補うべく「内地」に流入された朝鮮人労働者と日本人女性の通婚が増加し、さらに植民地当局が植民地人の戦争協力を促すために「内鮮一体」などを主張していた。その反動として優生学勢力は、対外移民における混血防止や日本民族の純血主義を主張し、それが移民政策にも反映されていった。

しかし、優生学において本来問題とされたのは、混血よりも日本人の質であった。事実、人種・国家間の競争に勝利するために人口の質を重視すべきとする優生学は、日本では第一次世界大戦の時期からすでに抬頭していた。たとえば、優生思想は、保健衛生調査会、廃娼運動、新婦人協会による「花柳病男子結婚制限法」の制定運動、産児調節運動に影響を与えた。また、平塚らいてう、加治時次郎、キリスト教社会運動家の賀川豊彦、安部磯雄らも遺伝性疾患者の断種の必要性を主張した(25)。日本人において一定の質を保持すべきとする優生思想は、単に右派や官僚、一部の医者と遺伝学者、帝国の膨張に賛成する人々に限らず、社会に一定の影響力を確保しつつあったのである。

そして一九二〇年代末から一九三〇年代初頭にかけて起きた「花柳病予防法」（一九二七）、議会でハンセン病患者の断種が論議された改正「癩予防法」（一九三一）の公布などからも分かるように、優生思想は政治に反映され始めた。

近代の優生思想の動きを全体的に検討した藤野豊は、こうした優生思想の背景には人口問題があり、無原則な人口増殖から「劣種」への産児調節へと移っていったことを指摘する。農村における過剰人口問題が満洲移民の開始によって緩和されたことを契機に、日本人の中から「劣種」の断種が本格的に展開されていくことになったのである(26)。ドイツの断種法制定(一九三三)を契機に、民族優生を掲げる日本民族衛生学会(27)が断種法案を起草(一九三四)、一九三五年の第六七回帝国議会に「日本民族優生保護法案」が提出された(28)。この帝国議会で、貴族院では天皇機関説問題を契機に「政教刷新に関する決議案」(三月二〇日)が、衆議院では「国体に関する決議案」(三月二三日)が可決された(29)。断種法の草案(一九三六年一〇月)(30)が完成された時、日本民族衛生学会の理事長であった永井潜は次のように語っている。

この法案は各国の立法例を斟酌し我が国情にも照し合せて作つたから極めて無理のないものだ、もちろん反対論もあるがそれは断種の基礎になつてゐる遺伝学の高度の進歩発達を理解しない無智な議論だ、また内務省の保健国策といへばどれも人間の後天的な環境の改善ばかりでこれはちやうど濁り水をたゞ汲み出してゐるだけで根本的に濁り水の出口を塞ぐためにはどうしても断種法を制定する必要がある、民族の花園を荒す雑草は断種手術によつて根こそぎに刈取り日本民族永遠の繁栄を期さねばならぬ(31)。

「民族の花園を荒す雑草」とは、この法が対象とする「精神薄弱者、癲癇者、精神乖離症者(いわゆる早発性痴呆症)、躁鬱病者、強度の病的人格者(俗にいう変質者でアルコール中毒、ヒステリー症者、兇悪な犯罪者を含む)、盲者聾者又は強度なる身体的畸形者」を示す。帝国議会に幾度も提出されては審議未了になっていた断種法が、日本民族衛生学会の建議と一九三八年新設された厚生省予防局優生課の推進によって「国民優生法」として成立したのは、一九四〇年のことである。

戦争の長期化と拡大によって、日本人の質として重視されたのは、単なる精神面における健康や身体的障害の有無を越え、戦争を遂行する兵士、あるいは「銃後」を支えるべき労働力としての体力問題へと拡張されていった。「(日支)事変発生と同時に身心強健なる日本国民の増殖問題が各方面から慎重に論議せられ」(32)る時代状況が、国民優生法の成立に強い影響を与えたことは、同時に「国民体力法」が成立したことから見ても明白である。減少していた結核が一九三三年から再び増加し、死亡者は一二六、七〇三人に至った。その内、一五歳から三四歳は八〇、五〇四人で全結核死亡者の六四%を占めた(33)。一九三六年には、結核が死因第一位となり、「亡国病」とまで呼ばれるようになる(34)。軍部は、こうした結核の再抬頭による青壮年層の減少と国民体力の低下に憂慮を示した(35)。厚生省設置そのものが、健康な兵士の確保を懸念した陸軍が衛生省案(一九三六)と保健社会省案(一九三七)を政府に提案し、近衛内閣によって設立されたものなのである。

「国民優生法」は日本民族の中から精神病者や犯罪者、「変質者」といった劣等な人口を削ぎ落とし、「優良なる民族人口の増加」(36)を目標とするもので、「国民体力法」は個人体力の質の強化を図るものである。これらの法案の制定は、人的資源を制御及び管理の対象とする意図を明瞭に示している。戦争による人命損失に対して人的資源の保持と強化の必要が主張される時、「優良なる人口」とは健康な軍人を意味したのである。

しかし、人口の質を重視する優生学の考え方は、様々な方面から激しい反対や批判を引き起こした。優生学が馬や牛を品種改良するように、日本民族を改良しようとする試みは不敬と反発する声も存在した。天皇を家長と捉え、臣民は天皇の「赤子」に位置づける当時の家族国家主義や血統を重んじる家制度の立場から、断種に反感を感じずにはいられなかったのである。

断種の科学的根拠に対する疑念もあった。生物学者の安田徳太郎(37)や石井友幸などは、日本の優生学研究の蓄積が不十分(38)であり、精神病者や犯罪者の増加は遺伝より社会機構に原因があるとして反対した。また断種手術の強制性をめぐって非人道的であるとの批判や日本社会の基盤である家制度の崩壊を招くと警戒された。

何より断種法及び断種手術の乱用による産児制限と人口減少が最も憂慮された(39)。一九三七年の「国家総動員運動」、翌年の「国家総動員法」の公布によって戦時体制への移行した帝国日本において重要なのは、戦争遂行のための人的資源の増強であった。すべての人的・物的資源を戦争遂行に集中する総動員体制において、人口の質を高めるために量を減少させることは本末転倒だったのである。

結果として、質と量の両方を満足させる健康で優秀な人口の増加が望ましいものという考えが広まっていった。一九四〇年の「国民優生法」と「国民体力法」は優秀な人的資源の増強をめざし、一九四一年に閣議決定された「人口政策確立要綱」では一九六〇年の「内地」人口の目標は一億人であるとした(40)。人口増加策の大きな流れの中で健康で優秀な日本人の増加こそ奨励されるべきものであると考えられたのである(41)。

日本人の優秀性と精神疾患

ここまで検討したように、断種法をめぐる議論の中で、精神病者は「東亜再建の聖業」と日本民族の優秀性を確保するために排除されるべき不良因子であった。注目したいのは、精神病の発病原因が、遺伝と環境のどちらにあるのかが重要な争点であったことである。精神障害や疾病が遺伝によって発病するという主張の「科学的根拠が乏しい」という点は、生物学者や精神医学者によって指摘された(42)。特に憂慮されたのは、精神病遺伝の根拠が殆ど西欧の研究結果に依拠しており、「わが国自身の材料による学術的資料の皆無に近い状態」であった(43)。

日本の優生学者は日本人に就いてはちつとも研究せずに、その材料は大抵西洋のお話の引用であり、その出典はダペンポートやレンツ其他の人類遺伝学であり、それら本家の人類遺伝学がこれはまたすばらしい代物である。大和民族の純潔強化にはやはり日本人のなまなましい標本がほしい。

勿論日本人について疾病の遺伝を調査する場合、三代まで遡ると未だ医学が発達しなかつたため病名は不明となり、大学あたりで精神病や癲の遺伝があるかと医者がいくらきばつて訊問しても患者は決してそんな悪種遺伝の方は白状しないし、黴毒から来た麻痺狂も昔は遺伝性精神病の中にほりこまれてゐたために、精神病の家系も非常に非科学的になつてしまふ(44)。

これは生物学者の安田の指摘であるが、精神医学者も断種法制定には消極的であった(45)。その中でも精神病における遺伝と環境の問題は、「目下論争中にある問題」(46)であったのである。この問題が重要なのは、日本民族の優秀性の源泉である血統に直結する問題であったためである。繰り返すが、日本帝国主義においてアジア諸民族に対する日本民族の優秀性はその血統によるものであった。帝国の膨張を正当化した混血論の論理によれば、古代日本民族はアジア諸民族の混血によって形成されたため、アジアのどこにも適応できる優れた適応能力を保持しているとされた。これらは帝国の膨張に伴う日本民族の進出の前提であったのである。

もし、精神病の病因が遺伝であるとすれば、日本民族の血液が不良因子を内包しているということになり、また環境であるとすれば日本民族の適応能力は再考されなければならない。どちらにしても、対外膨張の根拠とされた日本民族の優秀性を切り崩すものである。優生学の論理で突き進めば、帝国の対外膨張の論理との矛盾が生じるしかない。

事実、民族浄化を通して優秀なる「民族資源」を確保するという民族優生の論理は民族国策として推し進められたが、その政策が必ずしも徹底して実施されたわけではない。「国民優生法」の成立後、実際に優生手術が施行された者の数は、断種法が施行された他の国に比べても小数であった(47)。この事実に対する解釈は、必ずしも一致するものではないが(48)、優生学の論理と帝国の対外膨張の論理との矛盾によるとも考えられる。

しかし、「国民優生法」の成立とそのあとに続く人的資源の統制と管理に対する一連の優生政策の立法と実施は、戦争遂行のために必要である人口増加とその質の向上と共に、それらの目的に有益でないと判断された社会的な弱者の排除を意味するものでもあった。

このような状況で、日本人精神病の発症において遺伝的要因より環境的な要因を強調する(49)植民地の研究成果は、当然歓迎されるようなものではなかった。ジャニス・マツムラは、在満日本人の精神疾患に関する満洲国の精神医たちの成果が、古代日本人の混血論に基づいて「日本民族の優秀なる素質」である優れた適応能力を誇り、アジアの諸民族の指導を「民族的使命」とする確信を揺るがす危険があったと指摘する(50)。

それに満洲移民者は、日本人の中でも心身ともに「健康な者、健全な者」(51)として選抜された人々とされた。とりわけ、初期の武装移民では「実際に於て最初の大きな国策的な対満洲移民の試験移民を送るのであるといふ立て前から最も優秀な人物を厳選する」方針の下、「身体強壮、品行方正、思想堅実、困苦欠乏に堪へ得る者」(52)が選抜された。確かに満洲移民は過剰人口の解決策として正当化されたが、それは宗主国の「劣等な人口」を植民地に送出する形の「棄民」になるべきものではなかった。前章で検討したように、満洲移民政策において日本人男性移民者は日本人女性移民者と婚姻して日本人の純血を保持し、満洲農村に「日本農村」を築くことが想定されていた。満洲農村に移植される日本人とその血統は、当然健康で優秀でなければならない。

だが、身体的にも精神的にも健康で優秀な日本人で構成された第一次移民団の団員四九二名の中で一九三七年末までの総退団者の数は一九七名であり、その中でも最も多い退団者が出たのは一九三三年の一〇一名であった(53)。この大量退団の最大の原因が屯墾病だったのである(54)。

選ばれた日本人移民者の多くが満洲に適応せず「懐郷病」、「神経衰弱」、「狂人とおなじ病気」に罹るという事実は、「満洲開拓」の正当化のみならず、アジアにおける日本民族の優秀性に基づく指導性そのものに懐疑をもたらすしかない。マツムラは、在満日本人移民者の精神疾患に関する研究は、満洲国を理想の「新天地」として描くプロパガンダの「大声」に抑圧され、「小声」として専門家集団内に制限されたと述べている(55)。

「望郷の念」と屯墾病

ここまで検討した内容を踏まえると、「先遣隊」の中心的な題材である屯墾病は、同時代の民族優生論、人口論、満洲移民政策の言説と深く結びついた問題であったことが分かる。「先遣隊」において屯墾病のそうした問題性が意識的に提起されたとは言い難い。それでも、屯墾病をめぐる民次郎と雄作の対話や反応は、日本人移民者が置かれた満洲の過酷な環境こそが屯墾病の主な病因であり、それは移民者個人の意志や努力で克服できるものではないことを物語っている。

しかし、「先遣隊」における屯墾病の表象は、主に「望郷病」として捉えられている点に注目したい。屯墾病に罹った移民者が希うのは日本の故郷であり、満洲の大地ではない。「先遣隊」の日本人移民者からは、先に検討した初期の武装移民団を描いた国策文学に描写されたような移民者の満洲の大地への激しい欲望を見つけられないのである。満洲移民政策にとっては、「先遣隊」に表れる屯墾病のような移民者の心理的問題が移民事業推進の障害になることは明らかである。詳述したように、満洲移民の現実においても屯墾病の発病は移民者の脱落、さらには移民団の動揺を促すという面から、極めて深刻な問題であったからである。満洲移民政策側は、屯墾病による移民者の心理的動揺に対処するため、移民者の精神的団結の核心となる神社創建、家族招致や「大陸の花嫁」送出を通した集団結婚政策などの処置を取った(56)。

「先遣隊」では、民次郎の質問に悩まされた雄作が、負傷にもかかわらず翌日の朝礼に参加して「君が代」を斉唱しながら「平時にない感動で咽喉がつまりそう」になり、自分の「感傷」を抑えようとする姿が描かれる。「君が代」の提唱は、移民団の神社のように、日本人移民者の精神的な帰一、団結の象徴である。それでも、雄作は「君が代」の斉唱が喚起したと思われるその感動が、実際にどのようなものかについては語らない。満洲移民の苦しい現実の中で日本帝国の国歌を歌う日本人移民者の感動は、日本語によっては語られ得ないものである。雄作の沈黙は、民次郎に対してのみならず、彼自身の感情さえ封じ込めるように機能する。雄作は、民次郎の妹のミヨとの結婚を望んでいた。彼は、民次郎の脱落によってミヨとの未来が閉ざされたことに失望するが、民次郎を引き留めようともミヨに伝言を頼めようともせず、彼女を諦める。

だが雄作の抑圧された不満や感情は、「君が代」の斉唱や厳しい労働を通しても解消されない。民次郎を見送った雄作は、宿舎で自分の現実を直視する。それは「野良から帰つてくる団員たちは足も洗はず、てんでに箸箱をもつて寄つてくるが、疲れて怒りツぽくなつてゐるみんなはだまりこくつてゐる。畑にゐる間はまだいいのだ。滅茶苦茶に働いてゐるうちは、神経も五体も、そつちへ奪はれた。しかし郷舎へ戻つてくると殺風景な男ばかり、薄ぐらいランプと、汚れた万年床とアンペラと、それから眼脂をたらしたベソ面の少年の炊事と……」というものである（二七七頁）。昼間には重労働に従事した移民団員は身体的な疲労だけでなく心理的負荷を抱え、彼らを慰撫する娯楽もない薄暗い環境に帰ってくる。心理的負荷の蓄積は、やがて外部への攻撃性として表れる。

> 突然戸外で、数匹の野良犬に小舎から遂ひ出された豚が悲鳴をあげると、土間の連中はスワとばかりたちさわぐ。箸をもつた儘とび出すものがあり、棒切れや、間には銃をとつて駆け出すのがあつた。消化しきれないものが五体のどつかに鬱積してゐるのだ。相手が何だらうと構はない。犬だらうと匪賊だらうと、自ら火を点けて燃焼したいのだ。しかし数匹の野良犬が叫び声をあげて高粱畑にのびてしまつても、不思議とこの五体のどつかに鬱積してゐるものは燃焼しきれないのだ。割りきれないで残るのだ（二七七〜二七八頁）。

男性移民者のみで営為される集団生活は、解消されない不満やストレスが「五体のどつかに鬱積し」、暴力性へと転化する。暴力の矛先も定まらないまま、移民者の攻撃性は外部に向けて噴出される。このような移民者の荒れた姿は、決して理想的なものではない。

「先遣隊」で描かれる移民者の日常生活は、このように殺伐とした否定的なイメージで埋め尽くされている。それは、単なる性欲の問題ではない。二カ月に一度、馬に乗って異民族の娼婦が村を回っていくが、「そのあとに残るものは索漠とした感情と倦怠だけ」である（二九九頁）。彼らの蓄積された不満やストレスは、単なる性欲の解消だけでは解決されない。なぜなら、異民族の女性との性交渉には「越え難い感情と民族的相違の疎ましさが距して」いるからである。移民団員は、そうした「瞬間の気持が、すぐ変じて激しく望郷の念になることをだれも知つてゐる」。

それは、移民者が無限に広がった満洲の大地に「掌に握つた気がしない」不安と「海の中に漂つてるやうで却つて心細ひ」という感覚を共有する気持や、「内地の農家などにみられぬ立派な」住宅を建てながらも「若い団員たちは建築がすすめばすすむ程、ある空虚さが身体のどつかにひろがつてゐた」のと同様の感覚である。この感覚こそ、移民団員が「満洲開拓」に感じる心理的な距離感と抵抗感を物語る。このような感覚の連続線上に、彼らを捕らえる激しい「望郷の念」が存在するのである。

移民団員たちが労働する時、疲れた彼らの気持を和らげ、慰撫するのは「君が代」ではなく「オハラ節」であり、「己れの故郷の歌」である。帝国日本を象徴する「君が代」や「労働の使命」は、移民者の荒れた気持を安定させることができない。その代わりに機能するのが「オハラ節」と「己れの故郷の歌」である。満洲の土地に対しては不安、心細さ、空虚さを感じる一方で、日本人移民者が故郷に向ける愛着と帰属意識は根強い。すなわち、「先遣隊」で描かれているのは、満洲に「骨を埋める」覚悟を持つべきとされた日本人移民者の感情は、日本から決して離れていないという点である。彼らは同じ日本人移民者と日本語で話し、日本の生活様式を維持し、故郷の歌で「望郷の念」を慰撫する。移民者の視線の先にある満洲は荒涼とした大地に過ぎず、彼らの感情と意識を支配するのは日本である。その結果が「望郷の念」であり、その延長にあるのが屯墾病なのである。

満洲移民政策の目的は、満洲に「日本の農村」をそのまま移植することであった。したがって、移民者は日本人でなければならなかった。満洲移民政策において屯墾病への対策が、日本人移民者の日本人としてのアイデンティティを強化するものであったのは、そのためであろう。「先遣隊」において屯墾病の表象は、そのような満洲移民政策によって日本人移民者が日本への愛着と満洲の現実との間で経験する精神的な苦痛を象徴しているのである。

そして、「先遣隊」では本来満洲移民政策の妨げとなる日本人移民者の「己れの故郷」への感傷が否定されることも、批判されることもない。雄作は民次郎を「意気地なし」と非難するが、同時に民次郎が吐露する苦痛には共感する。「先遣隊」は、移民者の屯墾病や「望郷の念」そのものを批判する代わりに、帰郷した民次郎と彼の家族や友人の姿を通して屯墾病の解決策を提示するのである。

戦時「内地」農村の風景

移民団を退団した民次郎は故郷に戻るが、家族や村の人々が彼を厳しく批判することはない。民次郎の満洲移民に反対していた母は喜び、妹と兄も彼の失敗を責めるより慰めようとする。だが、故郷の家に帰った民次郎は「酔ひが醒めてゆくやうな気持」になる。

適応障害は、明確に特定できるストレス因子が排除された後には、症状がさらに六カ月以上持続することはない(57)。満洲から帰郷して屯墾病から回復した民次郎が、満洲で理想化していた故郷の現実に失望を覚えたとしても不思議ではない。実際に、民次郎が満洲で「生命を擦り減らすほどに憧れてた」はずの故郷を見て「涸《かわ》ききつた咽喉を一呼吸ごとに水が潤ほしてゆくやうな満足」を覚えるのは短い間に過ぎない（二八五頁）。

だが、彼がただ理想化していた故郷と現実の故郷との落差に幻滅を覚えているわけではないという点は注意すべきであろう。彼が故郷で目撃するのは、戦争遂行と銃後の支援のために再編された農村の姿だからである。

民次郎は村の入口になっている神社の境内で「社殿いつぱいに掲げられた出征者の武運を祈る幟や、部落の軒毎の日章旗をみてゆくうちに」、次第に「ウラ淋しくなり、うしろめたく」なる。さらに「人眼を避けてやつと」村に入っていくと「ところどころでは出征者の田圃らしいのを青年団や小学生たちが一団となつて刈取つてゐるのを」見て、彼は「眼の遣り場にさへ」困るようになる（二八六頁）。彼が目撃したのは、戦時体制に組み込まれた村の現実なのだ。それは民次郎が「満洲で考へたよりも、汽車の中で思ひつめた現実よりも厳しい現実」だった（二八七頁）。その現実は、「内地」の農村で進められる戦争遂行と満洲移民の間で、一人の農村青年としての民次郎をめぐって複雑に展開される。

——俺はいつたい、何で慌てて戻つてきたんだらう？

ある日、山の中腹にある段々畑で、桑の根つこを掘つて堆肥をうづめながら、民次郎はフツと他人事のやうに思ひかへした。病気になる程故郷を思ひつめたといふことが、いまはまるで嘘のやうな気がした。

——鍬を杖にして眺めやると、山の八ぶめまでのぼりつめてゐる段々畑を超えて、紫色にけぶつた兜山が聳えてゐた。

それは故郷を懐ふとき真ツさきに浮んでくる山で、いまみても美しかつた。しかし兜山も七分めまでは桑畑や麦畑になつて、麓からセリあがつた部落の家とが、いまに頂上までものぼりつきさうな勢ひであつた。足下の大沢谷からは石を切り出す鑿の声が不断にこだまし、水の涸《かわ》いた渓谷を、石を積んだ馬車が録々とかよつてゐる。——石積み馬車は以前から小作田甫のない次男三男の仕事になつてゐたが、けふびはいくらか日当も騰つてゐるが、諸物価はそれよりも早足に騰るので、農作物の値段よりも早足な肥料の値上がりなどを考へると、肥料ひとつ要らない満洲の黒土が思ひ出されてきた——（三〇六〜三〇七頁）。

民次郎は二カ月程実家に留まるが、その間ずっと休養を取ったわけではない。彼の兄は村の青年団の幹部であるため、出征兵士の留守宅の共同種子蒔き、実行組合の用事に追われ頻繁に家を空ける。そのため、民次郎はその手間を埋めるだけでも忙しかった。それは彼の家に限ったことでもない。村は、出征兵士の歓送、防火演習、青年団の兵事共同訓練、銃後の色々な活動で、「それでなくてさへ手薄な部落は多忙と緊張」に満ちている（三〇五頁）。民次郎の村は戦時体制に取り組まれ、すでに労働力不足に陥っていたのである。民次郎は、家族と村が必要としている若い労働力を提供できる存在のはずである。

にもかかわらず、民次郎の帰村が知られても誰も彼を「訪ねてこないばかりか、村の主だち《ママ》など途中で逢つても碌に声も」かけてくれない。村の民次郎への冷遇と無視は、雄作が考えていたように、満洲移民を「出征」に準ずるものとしてみなすためであろう。したがって、移民団から落後した民次郎は、戦争遂行に寄与できない存在として扱われるのである。そうした状況で民次郎が村での居場所を見つけられず、「肥料ひとつ要らない満洲の黒土」から新しい魅力を見出したとしても不自然ではない。さらに、村では分村移民が推進されていたのである。

分村移民の現実

だが、民次郎がもう一度渡満を決心する過程において、五族協和や王道楽土といったスローガンが登場することはない。彼の家族の中で満洲移民に最も積極的な態度を見せるのは妹のミヨであるが、彼女も満洲移民を国策の「大義」としては捉えていない。

「――ほンにまあ何ちう訳だか、世間様が騒がしうなつたのウ、俺らのやうな老いぼれでもオチオチしてゐられねえでや」

うすくなつた眼で、孫の着物の綻びをつくろひながらお母アが呟くと、流し元でミヨが茶碗を洗ふ音させながらひきとつた。

「だつてお母ア、人間が増えて土地が狭うなつたで、いま日本は大陸へはみ出さねばならん時代だといふこツちや」

「さうかいナ、人間が増えたちうても、俺らはアおめえらの祖母《ばンば》より半分しか産まねえぞ」（一九二一～一九三

頁）

民次郎の満洲移民に反対していた母は保守的で、分村移民に対しても懐疑的である。それに対して若い娘であるミヨは「人間が増えて土地が狭うなつたで、いま日本は大陸へはみ出さねばならん時代」と語る。農村の過剰人口と土地不足問題の解決は、確かに満洲移民推進の大きな名分であった(58)。だが先にふれたように、民次郎の故郷は戦争遂行のために過剰人口問題よりも労働力不足の問題が重要な問題である。さらに四男の民次郎が渡満する時に、長兄は「田畑いれて自分の土地は五反幾らしかないうちから、財産わけだというて、一反歩を質にいれ二百五十円の金を作つてくれた」（二九三頁）。民次郎が渡満することで、この家の土地は逆に減少したことになる(59)。

それは民次郎の場合に限ったことではない。たとえば、民次郎はミヨから、彼が好意を寄せていたハルの家が分村移民に参加することを知らされる。とりわけ分村移民政策は、農村経済更生政策と結びつき「内地」農村の過剰人口を満洲に送出することで土地を再配分し、自作農を増やして母村の更生を図るものでもあった。だがハルの家は小作農で、肥料代と上納代に詰まっていた。そのため、民次郎が渡満する時には娘のハルが製糸工場で働いていた。「貧乏小作」であるハルの家が渡満しても、村に耕地が増えることはない。それは他の移住者も同様のことで、分村移民の様子は「移住者たちの借金の整理や、小作地の返還や譲渡についてはいろいろ紛議が起こるので、村の委員会が一旦担保して、移住者の住宅、先祖の墓等まで預かつてくれることになつてゐた」（三一三頁）と描写される。これから判断すると、この村で満洲移民を決心した移民者たちの多くは小作農であり、彼らの小作地は地主に返還されるか、別の小作人に譲渡されるのである。

民次郎が観察したように、村の労働力はすでに過剰から不足に転換している。その状況でさらに農民が満洲移民に送出されることは、村の労働力の更なる減少に帰結するしかない。また、たとえ自作農である移住農家の土地が配分されるとしても、それは資金力を持つ地主層に吸収される可能性の方が高い。

後藤晃の研究によれば、分村移民に対する地域の有力者層の態度は一様ではなく、また経営規模や土地関係によって地域性が存在した[60]。不在地主が多くの土地を所有していた東北地方では、地主は分村移民による労働力の減少が小作料の低下を招きかねないとして反対し、また移住者の耕地に関しても大きな影響力を及ぼした[61]。後藤は、宮城県南郷村の例を挙げ[62]、移住者の小作地は地主の意思によって、地主の利害に抵触しない形で零細な小作農に配分されたと指摘する[63]。一方、地主や小規模の耕作地主が村の上中層を占めた地域では、地主側が移住者の土地を購入し規模を拡大する機会であったため、移民に積極的な態度を取ったと述べている[64]。

このように、地主側が利害関係によって分村移民に対応したのは、すでに戦時体制に組み込まれている農村にとって、一つの村で大量移民を送出する分村移民は、村の土地問題のみならず労働力問題、また村全体の経済的構造に大きな変化をもたらすものであったからであろう。次節で詳述するが、分村移民のモデルケースであった大日向村の場合、東京帝国大学農学部農業経済学教室による実態調査において「移住者の耕地の処分は、中農と貧農の差を益々大ならしめる可能性」があると認められた[65]。すなわち、分村移民による移住者の耕地は過小農に譲渡するのが理想であるが、小作地の場合「地主関係も生じて、理想の如く実行されるとは断言出来ない」[66]のである。実態調査の報告者である山川達雄は、たとえ小農に耕地を配分するとしても、新しい農具や労力の調達を必要とするため、効率的に耕作できるのかは疑わしいと指摘し、「貧農は満洲で更生させ中農は内地で更生させる」[67]ことを提案している。分村移民は、農村内の階級問題とも深く結びついていたのである。

日本農民の「大陸進出」

こうした村内の利害関係を踏まえると、分村移民はミヨが語るような「人間が増えて土地が狭うなつたで、いま日本は大陸へはみ出さねばならん時代」の産物だけではないことが浮んでくる。

大陸の開発！無限に広い黒い土への移住！そんな言葉が部落の人々の心を煽りたてた。講演会や座談会などが、あちらこちらでも催されると、そこに集まつた人々は、この猫の額のやうな狭ツくるしい谷間の部落から解放されて、宝の山にとびこんでゆくやうな楽しい夢に憑かれたが、また一方で、現実移住すると決めてしまつた人々は、「飛んでもねえ賭をしたんじやないか」といふやうな不安にも襲はれた。先祖の墓をうしろにし、幾世代が住み馴れた土地を見捨てて、もう死んでもここへは戻らぬ、これが見納めだとなると、フツと、もう一度考へ直してみたい淋しさにも襲はれてくる……（三一一頁）。

村人が満洲移民に求めるのは、「大陸の開発」と「無限に広い黒い土」である。だが、「猫の額のやうな狭ツくるしい谷間の部落から解放されて、宝の山にとびこんでゆくやうな楽しい夢」は、彼らの中から自然に発生したものではない。この「楽しい夢」は「講演会や座談会」によって、意識的に村民に吹き込まれたものである。民次郎の母やハルの父の例からも分かるように、分村移民募集の主な対象であった貧農は、農村経済更生運動に対しても消極的で、また国家意識も弱い層であることが当時から認識されていた(68)。したがって彼らの「啓蒙」のために移住者の負債整理のための助成金の交付、映画による宣伝、講演会や座談会の開催、村当局者による勧誘、村指導者の現地視察が行われた(69)。「先遺隊」でも、分村移民計画に参加する人々が「村の有力者や、東京から出張してくる拓務省や農林省の役人たちの斡旋に勢ひづいて」いる様子が描写されている（三〇八頁）。

そうした、分村移民への政策的支援と「啓蒙」にもかかわらず、満洲移民を決心した人々は不安と淋しさに襲われた。当時、満洲移民への躊躇は主に「郷土への愛着と満洲移民への不安」によるものであったことを考慮すべきであろう(70)。満洲では屯墾病や「望郷の念」が、「内地」農村では農民の「郷土への愛着と満洲移民への不安」が、満洲移民そのものにおける最大の障害の一つだったのである。

指折りの貧乏小作で働き者だつただけに、長着の姿もめづらしいが、酒の匂ひをさせてゐることが、よけい部落の人々に緊張した印象をあたへてゐた。

「――お父《と》ウ、いい景気だンな、前祝ひけえ」

道ばたで村人に声をかけられると、

「おいや、内地の酒も飲み納めと思うてなイ」

と答へた。

「あに、満洲だつて日本酒はあンべも。なにせ二十町歩ちウ土地持になれるだけでも豪気なもんぢや」

「へえイ、いつてみねばわかんねえども、ま、ここらが性根の据ゑどころと思うて奮発しやしただ」(三一一～三一二頁)

ハルの父は、村でも「指折りの貧乏小作」である。彼が満洲移民を選択したのは、満洲では「二十町歩ちウ土地持になれる」、すなわち自作農になれるという現実的な利害に基づく判断である。それでも彼は村中の親戚を歩き回り、酒に酔っている。その姿は、彼が感じる緊張と不安を暗示する。逆に言えば、「二十町歩ちウ土地持になれる」という夢さえも満洲移民への緊張と不安を完全に消すことはできないということである。それは、政治的あるいは経済的利害だけでは動かし難い移民者の「心」の問題が存在することを示している。

結局、「先遣隊」に表れる移民者の「望郷の念」あるいは「郷土への愛着」は、日本人農民が上から下へと進められた分村移民に対する懐疑と消極的な抵抗感を暗に示しているといえる。にもかかわらず、この小説は「望郷の念」も、「郷土への愛着」も否定しない。それは、「先遣隊」において「望郷の念」や「郷土への愛着」が、満洲移民そのものへの対抗として働く可能性が想定されていないためであると考えられる。すなわち、この小説では満洲移民を日本農民の「大陸進出」として捉え、彼らへの関心と愛情の延長に満洲移住日本人農民を位置づけているのである。

「先遣隊」の移民団員は、日本人移民者の畑で働く満人や満人村に対して一切興味を示さず、会話しようと試みることもない。日常において異民族と接して生活しているはずの移民者の目に映るのは、満洲に憧れる「内地」の農民と同じものである。彼らにとっての満洲は、土地と家屋が象徴するように「無住地帯にちかい大陸の闇の底」、「無限に広ひ土地」で、その空白を埋めるべき存在は均質な日本人なのである。

ここで、ミヨの「人間が増えて土地が狭うなつたで、いま日本は大陸へはみ出さねばならん時代」という言葉は新しい意味を持つ。彼女が語る「日本」とは日本人であり、彼らは「満洲国民」ではない。たとえ満洲に「骨を埋める」としても、彼らは日本人であり続ける。これは明らかに「質の良き正真正銘の日本人を出来るだけ大量に生産して、決河の勢ひで共栄圏諸国に押出して行き、これが指導の任に当る」(71)べきとした優生学の構想と軌を一にするものである。

満洲移民者が満洲に移植された日本人であるとすれば、「望郷の念」あるいは「郷土への愛着」はその問題性を喪失する。なぜなら、日本人が故郷を慕い、懐かしむことは極めて自然なことであるためである。ならば、民次郎が屯墾病を患い、先遣隊から落後したことを非難する根拠は、ただ彼の「意志が固くない」という一点のみである。それも一時的な望郷病に過ぎず、深刻な欠点ではない。そのような論理によって、「先遣隊」は、民次郎が屯墾病から無事回復し、満洲に「帰る」物語として成立するのである。

「分村移民」と日本農村の移植

それでも、屯墾病と「望郷の念」あるいは「郷土への愛着」が満洲移民の妨げとなるなら、それは対処されなければならない。そして満洲の男性移民者たちが最も待ち望むのは、自分たちの花嫁である。それは単なる性欲の問題ではない。ミヨの「ときどき溢れ出すやうな弾みのある笑ひ声」は、満洲の男性移民者たちが異民族の娼婦に感じる「越え難い感情と民族的相違の疎ましさ」と対比される。民次郎は妹の笑い声を「胸をふくらまして、勇気づけてゆくやう」に感じる。それは満洲の「郷舎に、あの殺伐な空気のなかに全く欠けてゐるものだつた。福松のように無鉄砲で荒んだ気持にするか、でなければ自分のやうに神経を衰へさして病気にするか、あの不具な空気にないもの」（二九三頁）と描写される。

要するに屯墾病の原因を、満洲の生活における日本人女性の不在に求めているのである。これは屯墾病の病因である満洲の環境的な問題は無視し、日本人女性移民者の送出による移民者の精神的な安定の問題にすり替える。また、それは屯墾病が露呈させる満洲移民の本質的な問題性、すなわち満洲で日本人のまま「日本の農村」を構築するという試みそのものの問題性を隠蔽する。「先遣隊」は、屯墾病の表象が持つ問題性は掘り下げず、ただ日本人女性移民者と家庭を築くことで移民者を安定化させようとする移民政策の支持に収束していくのである。この物語において民次郎は、満洲の生活に耐えられず結局「内地」に戻った、失敗した満洲移民者である。その民次郎が屯墾病から完全に回復し、満洲の移民団に戻る決心をするのも、恋人のハルの一家が分村移民に参加したことで、彼女との未来が開けたからである。

「おら何でも働くよ、たとへ匪賊がゐたつて、おめえとなら怖くねえもの」

ある晩、ハルが云つた言葉を胸の中で繰りかへしながら、民次郎は家へ戻つてきた。

――数ヶ月、矢も盾も堪らずうしろにしてきた湯原の黒い耕地が、こんどはまるきり変つた姿で眼の前にあらはれてゐた。畔の一寸、二寸の土を削りあふやうな内地に比べて、そこは何と広大だらうか！漂茫たる原野、肥料の要らない黒い地！馬や豚や緬羊を沢山飼つて、だれに気兼遠慮も要らない生活。いつたい自分はどうしてあんなに慌てて舞ひ戻つたらうか？と、フツと、民次郎は闇のなかで顔を赭くした。――ハルと一緒だからだ。百パーセントになつたからだ。それは半分を加へただけではない。マイナスがプラスとなつたのだ。無住地帯の海のやうな曠野のなかで、独力に航行してゆける「生活」の原動力が産まれてきたからだ（三一二〜三一三頁）。

ハルとの未来を夢見る民次郎は、唐突に満洲の魅力を再発見する。それは、村人が酔いしれた満洲移民の「楽しい夢」と変わらないものである。狭い「内地」の土地から解放され、広大で肥沃な土地を所有する自作農になる夢である。だが、それは民次郎にとってすでに破れた夢のはずである。彼は厳しい気候、不安定な政治・治安状況、重労働といった満洲の現実を知っている。それでも、彼はハルと一緒になることで簡単に「マイナスがプラス」に転じ、「だれに気兼遠慮も要らない生活」を手に入れると信じて疑わない。ここで屯墾病や「望郷の念」から生まれた、満洲移民に動員された民衆側の視座から満洲移民を捉えなおす可能性は完全に排除される。屯墾病や「望郷の念」が喚起した「外地」における日本人の適応能力への懐疑は、移民者にとって海のような無住地帯であると反復して表象された満洲の大地の中で、日本人女性との結婚によって「生活」を作り出すことを通して払拭されるのである。その点は、妹のミヨと雄作の結婚に反対する母を説得する場面で、民次郎が分村移民に参加する決心を打ち明ける言葉からも読み取れる。

民次郎は、自分は「村へいるよりも、満洲さいつて新らしい土地イ拓くことが適まり役」であるとし、「故郷もつくづく飽きるほど見ただから、もう屯墾病にもとつつかまらねえづら」と語る（三二五頁）。彼は、ハルとの未来が自分の渡満に影響していることを村長や家族の前では言及せず、四男の自分は村に留まるよりも満洲で新しい土地を開拓すべきであり、屯墾病を自ら単なる望郷病に過ぎないと位置づけている。

民次郎の家族と村長は「大きな時代の動きというものをあらためて感じている顔色」でただ彼の顔を眺めるだけで、沈黙する。満洲移民そのものが「大きな時代の動き」と提示され、議論の対象になることも不可能であることが示されているのである。民次郎が自分の花嫁であるハルと雄作の花嫁となるミヨを連れて、移民者の「家族百数十名」や「花嫁五十幾名」と共に満洲に渡り、男性移民者と花嫁の行列が入植地へ向かう場面で物語は終わる。

「先遣隊」は、屯墾病を題材として満洲移民政策の重要な問題であった移民者安定化の解決策を提示する作品であである。

るといえる。この作品は、屯墾病の表象が持つ様々な問題性、すなわち日本民族の優秀性への懐疑、満洲への大量移民送出に対する民衆側の抵抗感と距離感を描写しながらも、その意味を捉えられなかったという限界を露呈するので

報告文学の両義性と限界

「先遣隊」は、農民に国策の大義を説く代わりに、満洲移民をめぐる大衆の利害関係と心理的な負荷を描写している。にもかかわらず、民次郎はもう一度渡満し、男性移民者と花嫁の行列は満洲移民の輝かしい成功を約束しているように見える。小説で描かれた現実と、物語の論理が乖離してしまっているのである。このような物語の論理における破綻は、作家の認識上の限界によるものであると考えられる。

この作品は、徳永の第六次移民団の視察経験に基づいて書かれた。徳永は『先遣隊』の「まへがき」で、この単行本が一九三九年九月から一〇月まで体験した満洲旅行の見聞記に「これらの見聞を基礎にして、私の想像や假定にもとづいて成立つたもの」である小説「先遣隊」を加えた構成であると説明している(72)。徳永の見聞記に描写されている第六次移民団の地名や位置、またその殆どが先遣隊ばかりで、家族招致もしていない状況も作品の内容と一致している。その中でも、屯墾病と花嫁送出に関する徳永の考えは「先遣隊」にそのまま反映された。

徳永は見聞記で屯墾病を望郷病と捉え、「精神の薄弱」のせいで発病すると説明している。徳永によれば、屯墾病は同じ「内地」のうちであっても北海道や九州から東京に上京した人が罹るような病気で、「大抵の人が一度は必ず罹る」とされる。病気に罹っている時は、故郷が「一種病的に拡大されて、懐かしい部分のみが叢らがり」起き、理性を喪失させる。だが、「一旦故郷へ帰ると、初めて夢がさめたやうになるもの」である。したがって、徳永は家族招致のような理由でないと「内地帰還」は「すべて退団の形式」を取る移民団の規約を緩和させるべきだと主張する。帰国して理性が生き返ると、「故郷と現地の冷静な比較ができ、故郷でまた現地の回想が蘇つてくる」ためである(73)。

徳永は、屯墾病の解決策として「病気休養のための帰国」に続いて、「女を沢山送ること」、つまり日本人女性移民者の送出を提案する。この女性移民者が必ずしも花嫁学校卒業生である必要もない。彼は「要するに女だ。女であればいい。女だ」と強調している。

徳永は、女性移民者の送出は単に性的対象としてのものではないと説明する。満洲移民地に女性が必要なのは、「男が持たないもの、女でなくては醸し出すことの出来ない一種の空気」を得るためである。彼は、性的欲望は「ここで実例を挙げることは憚るが、現地でも既に或程充足し得てゐる」が、男と女がいなくては「生活」にならないと語る。夫婦の関係でなくとも、「男もゐて女もゐて、それらが寄り集つてゐて、無意識のうちに精神的な充足」が生まれるのである。要するに、彼の主張は移民地に「日本人の社会」を築くべきであるというものである。そして「花嫁が来、赤ン坊が生まれ、晴ればれとした生活が営まれるとき、人々に初めて平和な生活を護衛するための、真実の力強い闘争力も湧き起りうる」とし、「女を送れ！花嫁を送れ！北満の荒野を美しい田畑にし、外敵から侮りを防ぐためにも、そこに強力な生活を植えつけねばならぬ。戦争は男のみがするものと思つてはならない。女自身も闘争をするし、第一に女が男へその力を賦与するものなのである」と強い語調で主張した(74)。ソ連国境に近い北満に日本人女性移民者を送り、日本人男性移民者を安定させて日本人移民者社会を構築することそのものが、戦争遂行の一環であると訴えているのである。

ここまで、徳永の見聞記における屯墾病と女性送出に関する主張を検討した。その上で指摘できるのは、見聞記で徳永が語る言葉は、満洲移民を徹底して戦争遂行の国策として賛同しているという点である。特に日本人女性移民者の送出を論じる時、彼が日本人移民者を見つめる視線は、管理と統制の対象に対するものである。満洲移民者の存在は、戦争遂行に有益なものでなければならない。この時、徳永は同じ見聞記において、満洲の移民村で五族協和から程遠い現実を発見した時、あるいは移民地の小学校で東京の小学校から「国家の第一線にたつて奮闘されてゐる」移民者の第二世に送られた激励の手紙を目撃した時、自分が感じた違和感を完全に忘却したように見える(75)。

たとえば、徳永は「五族協和の先頭にたち、土地を自慢し土地に安心して骨を埋むる感情を養ふう」べき二世たちに、「へんぴの土地で大変御苦労であるが、切に奮闘を祈る」と語る「内地」の手紙は適切ではないと述べた。ここで徳永が感じる違和感は、満洲の土地を愛し、そこに根を下ろすべき移民二世たちを「内地」から転落した「へんぴの土地で大変御苦労」している日本人とみなす宗主国の中心の傲慢に対するものであろう。徳永は、移民者が「五族協和の先頭にたち、土地を自慢し土地に安心して骨を埋むる」べき存在であると同時に宗主国の中心と同じ均質な日本人として存在することが、可能であると考えたのである。

「先遣隊」がこの満洲旅行の経験から創作されたという事実と見聞記の内容を照らし合わせば、この小説における論理の破綻が、徳永自身の満洲移民に対する認識の限界を反映していると見ることは難しくない。だが、より重要なのは、徳永が満洲移民をめぐる日本人農民の現実を忠実に描写しようとしたために、物語が破綻したという事実である。彼は、満洲移民が日本人農民にとっても、帝国日本にとっても、有益であると信じて疑わなかった。そのため、徳永は自分が描写する満洲移民の風景が実際には満洲移民の非合理性と精神主義を露呈しているという事実を認識できなかったのである。

「先遣隊」の結末は、この小説が確かに満洲移民を「翼賛」するために書かれた国策小説であることを証明している。だが、徳永は故郷に愛着を持ち離れ難く思う農民の愛着と満洲の土地をめぐって展開された「内地」農村の利害関係を描き出した。彼が「先遣隊」で農民や移民者を捉える視線は、決して管理の対象や国策の道具に向けるような冷ややかなものではない。

にもかかわらず、彼は日本人同胞「兄弟姉妹」の「大陸進出」が彼らのためであると信じ、国策の論理に飲み込まれてしまった。「先遣隊」で表れた屯墾病の表象が、断種法の時代に異なった観点から日本人の満洲移民を語る「小声」となる可能性があったとすれば、それは彼が日本民族に向ける愛情のみであろう。だが、送出先である満洲にいる異民族の農民はその中に含まれていなかったのである。

政策推進の道具としての国策文学

和田伝『大日向村』は、第七次満洲農業移民団の大日向村の分村移民を描いている。この小説は、政治権力とより密接な関係を結び始めていた当時のジャーナリズムの要請と和田自身の政治性によって書かれたものであり、ベストセラーになったことで分村移民の広告塔の役割を見事に果たした作品でもある。『大日向村』を原作として前進座の「大日向村」と映画「大日向村」が作られ、また紙芝居「大日向村」に至るまで、大日向村は分村移民のモデル村として様々な媒体を通して全国的に宣伝された(76)。勿論、その人気は分村移民奨励の一環として利用された。たとえば、前進座の公演は農林省・拓務省推薦、陸軍情報部後援で行われ、東京新橋演舞場の公演には分村移民の募集が停滞していた長野県下伊那郡の泰阜、千代、上久堅村の「中心人物」が招待された(77)。

『大日向村』は、分村移民をめぐる一連の政策的文化活動において極めて重要な位置を占める作品である。したがって、『大日向村』についての先行研究は、この作品の国策小説としての政治性に焦点を当ててきた。田中益三は、この小説が「単なるモデル問題を超えて限りなく事実に近づいていくことには、大日向村の現実が既にして一定のトピック性を持ち、それに制約されている」ためであると述べている(78)。しかし、和田が描写する農村の厳しい現実は、結局満洲移民「事業じたいが壮大なロマンチシズムであるが故に、現地での具体や結末を持たない〈希望の灯で〉終わるとしている。なぜなら、『大日向村』は大日向村と満洲に建設された満洲大日向村の取材を通して書かれたが、都合の悪い事実は改竄や沈黙によって封じ込められているからである。田中は特に、和田が『大日向村』執筆過程に先行した満洲旅行記において、大日向村の入植が既耕地で行われたため、先住の「満農」が「面白くない感情」を持っていることを記述しながらも、そのような事実が「作品の内部には現れず、秘匿されるものとして遇されているこど」を鋭く指摘した(79)。

そうした視点は、他の先行研究にも共通するものである。堀井正子は、『大日向村』が現地取材したルポルタージュ風の小説であり、さらには詳細な数値を使って、満洲移民を支持する作家の主張を強調するために「作品内部に矛盾が生じ」ており、それは小説としての問題であると同時に小説家としての問題であると述べている(80)。その矛盾とは、大日向村における満洲移民者の多くが貧困層であった分村移民の階層的問題をぼかしたことや、村長が大日向村の過剰人口の減少や土地問題解決の契機となる日中戦争の勃発を「暗」と捉えることから「小説内部から説明のしようのない断絶を露呈する」点である(81)。したがって、『大日向村』の政治性は、大日向村の実態ではなく、国策的要求の形象化に傾いたものだったと結論づける(82)。

事実、『大日向村』は当時から現実に即して書かれたルポルタージュ小説とみなされた。たとえば、農林省経済更生部の援助を受けて長野県下の大日向、読書村、富士見の三カ村の分村移民を現地調査した東京帝国大学農学部農業経済学教室は、大日向村に関して参考にしたテクストの一つとして小説『大日向村』を挙げている(83)。和田本人も「作中の人物必ずしも実在の人物ばかりではない。勝手な人物を勝手に作者が創造したものと思つて頂きたい。事件にしてもさうである。本名をそのままに使つた人物の場合でも、ここでは私の小説中の人物なのであつて、実在の方々とは一応切り離して読んで戴きたいもの」であるとしながらも、「ただ数字だけは厳正を期した。これは長野県庁、大日向役場からの資料に忠実を期したつもりである」(84)と述べている。小説としての『大日向村』の自由は事件と人物に限られ、数字や社会的背景、条件などはあくまでも事実に即していると主張しているのである。そのため、これまでの研究は『大日向村』をルポルタージュ小説とみなし、小説において描写された大日向村に関する数字や史実をそのまま信頼してきたのである。

『大日向村』は分村移民を「翼賛」するために書かれた国策小説である。この作品の政治性が国策的要求に呼応するものであり、それゆえ作品が国策的要求の文学的形象化にとどまったという評価は正しいといえる。だが、この小説は単なる作家の政治性を超えて、満洲分村移民を奨励する一連の文化政策の中心となった作品である。分村移民のモデル村としての成功例を描くというこの作品の目的は、単に現実をありのまま描写することで獲得できるものではない。

実際にこの小説は事実と虚構を極めて巧妙に使い分けており、そうした側面を検討した上で、『大日向村』の政治性と作品内の矛盾を論じる必要がある。特に大日向村の分村移民自体が、分村移民を宣伝するための「神話」(85)として構築されたものであることを視野に入れる必要がある。小説の物語と史実は緊密に結びついており、満洲移民を推進するためのイデオロギーがその背景となるのである。したがってここでは、大日向村を舞台に進められた分村移民の過程の史実と物語の両方を検討し、その中から築き上げられた満洲移民のイデオロギーを具体的に取り出していくことにする(86)。

虚構と史事の混交

『大日向村』の物語は、最初から大日向村の悲惨な状況を強調する。この村の村民たちがいかに厳しい状況に追い込まれているかを描写し、絶望した村長は村政の困難を解決するために東京から早稲田大学の卒業生で、村内の旧家の長男である浅川武麿を村長として迎える。村長となった浅川が村政の困難を打開するために着眼するのが、一つの村を二つに分割する分村移民である。物語は村内の満洲移民推進派の積極的な動きを追い、やがて彼らの活動が県や国の支援を得て、楽団と万歳の歓声で見送られる分村移民団の華やかな姿で埋め尽くされる。

とりわけ浅川の村長就任をめぐる逸話は、負債に喘いでいる村の悲惨な状況を救える「英雄」を求めるものとして強調されている。村長はわざわざ東京まで行って説得するものの一回目は失敗し、村長と助役が辞職して県から村長代理が派遣される不安な状況の下、二回目の説得では村の役場、産業組合、農会、学校を代表する人々が説得してやっと成功する。

だが、実際に大日向村の自治が崩壊したのは一九三四年、小学校の移転建設に絡むスキャンダルで、村長や助役のみならず役場吏員全員が辞任した事件によるものである(87)。長野県から村長代理が派遣されたが、この自治の空白は一九三五年六月の浅川の村長就任によって終わりを告げる。

こうした相違は、単なる史実の美化ではない。池上甲一は、この汚職事件によって大日向村の自治は大きな損傷を被り、県の意向が反映されやすい環境が作られたと指摘する。池上の研究によれば、長野県は下伊那自由青年連盟事件(一九二四)から左翼検挙、また所謂「教員赤化事件」(一九三三)を契機にして急激な右傾化が進んでいた(88)。長野県は早い時期から満洲移民に積極的で、一九三二年一月に「長野県農村経済改善調査会規程」が公布され、三月の答申の付帯決議三項では農村経済改善の一策として「満蒙新国家に対する集団移住の実現」がすでに打ち出されていた(89)。『大日向村』においても長野県における満蒙移民の歴史と同県出身者の第一次、二次移民団参加を記述し、それ以来「満洲農業移民送出は県是の根幹をなすものとなった」と語っている(一〇九頁)。大日向村が国策であり県是でもある満洲分村移民のモデル村となり、その進行が他の分村移民村と比べても円滑かつ迅速に進められたのには、こうした背景が影響していると考えられる。村落内の名望家の出身であり、早稲田大学出身の知識人である浅川の役割が主に長野県、農林省、拓務省、加藤完治ら農本主義者との緊密な交流と働きかけであったという事実は、そうした推測を裏付ける(90)。

浅川の村長就任をめぐる逸話は、大日向村の分村移民運動があくまでも農村内の「中間人物」によって下から始まった運動であることを強調するために、意図的に虚構を混じえて作り出されたものと考えられる。こうした意図は、大きく見れば『大日向村』における満洲移民送出の論理そのものと関係している。

『大日向村』において満洲移民送出の正当性は、主に大日向村の貧窮からの更生にある。作品は「長野県南佐久郡大日向村《おほひなたむら》は、千曲川の上支流、群馬県境十石峠から発する抜井川《ぬくゐがは》の渓流のほとりに、県道岩村田・万場線に沿うた峡間の底の村、東西二十四町の間に八つの部落をならべ、夜の明けるにおそく、日の没するにはやく、とくに南に聳え立つ茂来山《もらいざん》は濃い陰翳《いんえい》で全村を蔽ひ、ために冬など朝は九時にならねば太陽を仰ぐことができず、午后は三時にははやくも大上峠に日は沈み、昔から俗に半日村《はんにちむら》とさへ呼ばれてゐる、大日向村とは名ばかりの暗い日陰の村である」(91)という叙述から始まる。さらに和田は、「半日しか太陽を見ない谷底の村で、六反一畝の耕作をし、しかも土地は痩せ、寒冷のためまつたくの一毛作しかできなく、それで生計が立たうとは常識では考へられない」(四頁)と述べる。つまり、大日向村は自然資源も枯渇した山奥の寒村であるという前提から、物語が始まっているのである。こうした大日向村のイメージは、前述したように、先行研究においてもそのまま受け入れられた。

しかし、そうしたイメージに囚われると「暗い日陰の村」が持つもう一つの特徴を看過する恐れがある。その点について、大日向村の歴史を検討した池上が、大日向村の歴史上の特徴を中馬共同体、林産加工村、鉱山村と挙げている点は注目される。彼の研究によれば、大日向村は明治末まで、群馬県上野村・秩父方面へ米を運送する物流の要衝として駄賃稼ぎや旅籠事業も繁盛した(92)。大日向村は昭和初期ではすでに多くの山林を所有し、多くの村民は製炭業者でもあった(93)。また石灰石、鉄、クロム、銅、鉛などの鉱山があり、開閉を繰り返しながら大正末期まで続けられた(94)。池上はこれらの稼業が、日銭が入る業態であることから、村民たちが狭小な農業より現金収入を基調とする生活を営んでいた可能性が高いと推測する(95)。

『大日向村』でも、村民が「乏しい耕地を補うために」必要とする「切実な生活資源」として桑の木と炭焼を挙げている。大日向村は「半ば農にして半ばは炭焼」(六頁)の村でもある。すなわち、大日向村の村民は稲作や畑作ではなく、主に養蚕と炭焼によって生活を営んでいたのである。

さらに、一九一五年の私鉄佐久間鉄道(現小海線)の開通によって、大日向村は物流上の利点は失ったが、そのために多くの村民たちが炭焼へと移動していった(96)。また、小規模の養蚕と製糸が始まり、養蚕の好景気を迎え現金収入を基本とする生活は継続された(97)。それは村民に大衆文化を楽しむ余裕を与え、成人は近隣のカフェや待合に通い、小学生は映画館に出かけ帰りにはタクシーを利用することもあった(98)。一九三九年に行われた東京帝国大学農学部農業経済学教室の現地調査においても、この村の産業が主として炭焼や養蚕であるため、「金銭収入が多く、そのため児童が贅沢である」という小学校の教師の感想が取り上げられている。この調査によれば、小学校の学生たちは「大概、小倉の洋服又はセーラー服であり、ランドセルを背負つて通学する者も多いやうに見受けられ」、「またある児童に聞くと、これより三里程下の羽黒下の町迄、バスで映画を見に行くと。かへ《ママ》はバスがないのでハイヤーでかへつて来る。ハイヤー代、三・四円である。年に七・八回行くと」(99)答えている。

勿論、すべての村民がそうした文化生活を享受したとは限らないが、少なくとも大日向村はこの小説が描写しているような「日陰の村」としての歴史のみを辿ってきたわけではなく、その村民も「山陰にとぢこめられてひろい世間を知らぬ人々」（二三四頁）と断定できる存在ではなかったのである。

村内搾取の構造

大日向村の産業が養蚕・炭焼などを通して資本主義に従属されていたとすれば、この村にとって一九三〇年の農村恐慌が、いかに破壊的な影響を及ぼしたのかは想像に難くない。『大日向村』は、農村恐慌とその後の大日向村の「転落」について、詳細に描写している。

> 桃源の夢がたたき破れたのは昭和五六年のあのすさまじい農村の恐慌のためである。恐慌のあらしは平野を吹きまくり山々を越え、ここの峡間をも根こそぎに振つてしまつた。抜井川の土堤、県道にまで桑の木を植ゑ、母家よりも高くそれを繁らせて飼ふ蠶は、きもをつぶすほどの繭価の暴落に会つて生計の資にならなかつた。一貫目十二三円の繭は実にただの二円を割るまでに墜ちたのである。一俵一円四十銭であつた木炭は、ただの四十銭といふ暴落の仕方であつた（二一九～二二〇頁）。

こうした繭価の暴落によって、養蚕と炭焼に特化した経済構造を持つ大日向村の村民は山に殺到した。繭と炭の価格低下による現金収入の激減は、そのまま生存の問題に繋がったのである。村民は炭焼に集中し、需要の急増で村有林は過伐状態になる。

この状況は「大地主で、大山持ちで、豪商」である油屋の存在によってより複雑になる。村有林が過伐状態であるため炭焼の原木を入手することが難しくなった村民は、油屋の私有林に入らざるを得なくなったからである。注目したいのは、油屋が全国に跨って手広い材木商を営む大仲買業者でもあるという点である。その搾取の仕組みは、次のようなものである。油屋は高い入山料を徴収し、村民がその原木で炭を生産すると、その炭を安価で買い取る。入山料は現金支払いであるが、炭の販売代金は月末払いの伝票で支払われる。村民はその伝票で油屋が経営する生活雑貨、食料品屋で割高の生活物資を購入するため、月末の勘定では村民側に山の原木代金さえ残らず、逆に負債だけが残り「働けば働くほど借金をふやすことになる」（六二頁）。油屋が作り上げた搾取の構造は、単に土地所有に基づくものではなく、資本と流通の独占によって構成されているのである。

村民は増え続ける負債に苦しみ、貧困層は県境の向こうまで行って炭焼をするため朝は四時に起き、夜は九時に帰るような過酷な労働に従事しないと生活が成立しない。浅川の村長就任のお披露目に起きた墜落事故は、大日向村の経済構造が孕んでいる問題を象徴するものである。

二人の村民が高い入山料のため村内私有林に入れず、群馬県まで行って炭焼をして帰ってくる途中、橋の上から墜落して死亡する。浅川は、現場の橋で死亡者の遺族が悲しみよりも激しい怒りを示す姿を目撃する。

ひとかたまりに縺《もつ》れた人々は、おさいがその真中で、左右から二三人づつでその腕をとり腕に手をかけ、おさいの前進をくひとめようとかかつてゐるのであつた。ずば抜けて図体のでかいおさいは、まるで大熊が左右から飛びつく犬の群れを尻目にわけなく前進するやうに、人々を引摺りながら進んで来た。武麿はその時、そのわけなく引摺られてゐる人々のなかに啓之進の枯葉のやうな姿を見つけることができた。

――油屋は来てるか？」《ママ》おさいは近づくと大声で鳴りまくり、橋の上の人々の顔をひとつ残さず睚へとつた。

――油屋は来てるかよう？……来てくれたつて罰やあたるめえ！……

そこまでおさいが呶鳴つた時、金吾の屍をかついだ人々が橋へさしかかつたので、彼女はそのあとはつづけなかつた。まるで屍が二つにでもなつたやうに、人々は金吾のうしろから泣きわめくおさいをかつぎあげるほどにして橋を渡つたのである。

――畜生畜生！線香ぐれえあげに来やあがれ！

木陰の闇に消えたその人々のなかからおさいの叫ぶ声ははつきりと聴えてゐた（八九～九〇頁）。


金吾の妻であるおさいは、夫の屍を前にして悲しみや衝撃よりも油屋に対して激しい憤怒をぶつける。ここで、彼女の夫の死は決して単なる飲酒と不運による事故として捉えられていない。彼は毎日片道三里半、往復七里の距離にある山まで行き、朝四時から夜九時まで働いており、激しい労働の疲れを紛らわすために習慣的に飲酒していた。その事実は一章の村長とおさいの会話からも、またこの墜落事件の知らせを聞いた時の「――四時から起きて行つて仕事をし、疲れ切つてまた三里半の道を帰るんでごわすよ。しらふで帰れやすかえ？それでその呑み代に稼ぎはみんなとられちまふつてわけでやすよ。水掘部落から十人ほど行つてやしたが、いまぢや油屋の杉山から閉め出しを喰つたため、二十人も入つてやすが、十七八の若え者が、やつぱり真赤な顔して帰つて来るでごわす。」（八三頁）という村の青年の説明からも反復して強調されている(100)。金吾の死は、彼個人の不幸である以上に油屋の搾取が起こした最悪の結果でもあるのだ。

おさいの叫びは、油屋に夫の死についての責任を問うものでもあり、死までをもたらした搾取に対する憤怒の叫びでもある。遺体を運ぶ行列の一番後ろから続いていた浅川は、油屋の事務所の「そのあたりを圧する構へを睥んで唇を噛みしめ」る（九一頁）。その夜、「大学出の会社員浅川武麿」は、「三十八歳の油の乗りきつた佐久の山男に一晩のうちに転身」する（九〇頁）。この悲劇を契機に、『大日向村』では油屋の搾取に対抗する村民の構図が作られ、その上で浅川村長を搾取される村民の指導者として祭り上げるのである。

過剰人口排出の論理と満洲移民

しかし、『大日向村』は油屋の搾取によって窮乏に苛まれている村を更生させるため油屋と四つに組む代わりに、村の貧困と負債の解決策として唐突に満洲移民を提示する。これは油屋をはじめとして村を掌握している地主との葛藤を回避するためのものであるとも考えられる。だが、もし大日向村の経済更生のために満洲移民が必要であると想定すれば、こうした大日向村の経済及び社会的背景を考慮し、検討する必要がある。

満洲移民を奨励するために書かれた国策文学において、日本人農民にとって満洲移民の最大の魅力は「広大な沃土」の獲得である。耕作する土地不足に悩まされる農民にとって、「二十町歩の土地を貰える」という満洲移民のスローガンは、極めて有効であるとみなされたからである。

しかし、前述したように、大日向村は多くの住民が耕作ではなく、養蚕や炭焼を通して生計を立てる現金収入を基本とする構造で、油屋の村内「商業高利貸資本」(101)によって生産及び流通過程が独占されている。このような状況は、土地ではなく木炭価格の安定化や流通過程独占の排除、高利貸しへの規制によって改善できると考えられる。実際に、『大日向村』でも油屋に対する村民の組織的抵抗は、すでに木炭生産人組合の結成（一九一六年）とそれを母胎とする産業組合の設立（一九二二）などが存在した(102)。だがそうした試みは、油屋の薪炭商としての面は抑制できたものの、油屋が材木商として全国的に繁盛したことで、結局部分的な成功に終わる。「油屋に依存して暮らしをたて、稼ぎまくつて借金を人々は残してゐることに変りはな」い（六四頁）のである。結局、『大日向村』では、同村の商業資本による搾取と従属問題は社会的・経済的な方法で解決することは不可能であると示される。その代わりに浅川によって唯一かつ強力な解決策として提示されるのが、満洲移民なのである。

村長に就任した浅川は、困難な村政の再建より大日向村を「二つに裂き、その一半をそのま、大陸に移」すという漠然とした空想に耽る（一一一頁）。村長の「ひそかな空想」が具体化する契機は、「南五道崗信農村《みなみごどうかん》の第六次移民が、着々募集の成果をあげてゐるといふ事実」である（一一二頁）。しかしながら、彼が大日向村再建のために開かれた四本柱会議(103)で村民に振りかざす満洲移民の根拠は、村の明治十二年の概況にある。


明治十二年の古い記録によりますと、当時は総戸数二百四十余戸でありました。よろしいですか、現在の四百六戸に対して二百四十余戸でありました。この戸数に対し、水田反別は現在よりも四反歩多く、あべこべに四反歩多いのです。すなはち現在の四十九町八反に対し五十町二反となつてゐるのであります。畑はと言ひますと、この方は残念なことに数字がわからないのですが、大麦小麦の作別反別がわかつてゐます。大麦小麦の作別反別は、現在の八町歩に対して、実に八倍の六十町歩もあつたのです。

——六十町歩もあつたでやすか？

目白押の有志のなかから声が出た。それは誰であつたかわからなかつたが、誰彼といふのではない、それは誰しもの驚きの声であつたみたいに思はれた。

——さうです、六十町歩もあつたのです。しかも二百四十余戸の人口で、その上、山には昼も真暗なほど木が繁つてゐました。元禄年間の善光寺の堂宇再建の時にはその用材は本村から寄進したものであつたことも、古文書によつてこのほどわかりました。現に本堂中央の大円柱は本村から寄進した檜なのであります。誰がどう考へても、この村には四百戸といふ戸数がどだい無理なのだと思はなければならない。無理はそこから来るんだ。

——村長、そんならもしも戸数がその時代の通り二百四十戸に減じたと仮定して、そんなら村は建ちなほると思はれやすか？

と、産業組合主任書記で軍人分会副会長の小須田三次郎が質問をした。
――そんなら建ちなほることは眼に見えてるよ（一一五～一一六頁）。

浅川が主張の根拠としている明治十二年は、彼が役場の倉庫から発見した最古の記録であると提示される(104)。これは特定の年度というより、漠然として理想的な大日向村象を喚起するためのものと見るべきであろう。浅川が提示する明治十二年の大日向村の状況や生活が、実際に理想的なものであったのか、そもそもその過去を再現することが可能であるのかを検証することは不可能に近いからである(105)。

大日向村の分村運動が、母村のほぼ実現不可能な更生目標に基づいている点は、当時から指摘されていた。たとえば、朝日新聞社は分村移民運動の全貌を明かし一般の理解を得るため、満洲移民に関連した各機関の協力と農林省から諸資料を提供され、分村移民を実施した各村を調査して『新農村の建設――大陸への分村大移動』（朝日新聞社、一九三九）を出版した。その中で、大日向村の調査員松田延一（農村更生協会）と亀井邦人（産業組合中央金庫）は、同村の分村移民に対する感想として「この村の基礎的資料になつたのは明治十年代の村の状態で、当時の戸口を再現することをこの計画の目標に置いてゐる。しかし私は約六十年前の戸口がどうして基準になり得るのか、この点理論的には一応疑問が在すると思ふ。といふのは、数十年前と今日とでは農家の生活程度も向上し、又農家の貨幣所要量も増加してゐる。今後の生活程度の向上も考ふれば、数十年前の人口状態の再現が理想的なものとは決していへないと思ふ。勿論農業経営方法の改善、技術の向上によつて、単位面積当の収益も増加してゐるし、今後もそれが増加し得ると思ふが、今少し、現在の状況例へば安定農家の経営面積等といふもの――について考慮する必要があるのではないかと思ふ」(106)と指摘したのである。

浅川と彼に同調する人々が注目しているのは、明治十二年には村に二四〇戸が存在し、広い耕地を耕作していたという事実だけである。彼らは、明治十二年の大日向村がどのような社会的・経済的環境に置かれていたのかについて追究しようとしない。彼らが明治十二年の大日向村をある種の武陵桃源とみなしていることは明らかである。その武陵桃源に回帰するためには、村を明治十二年の状態に戻さなければならない。すなわち、現在の四〇〇戸が二四〇戸に減少すれば戸別耕作地は増え、食糧の自給が可能となり、村有林の利用者も半分になるので、大日向村は再建されるというわけである。

この経済更生論理の核心は、確かに土地である。だが、それは満洲の土地ではない。大日向村の土地が必要なのである。『大日向村』で土地問題が取り上げられる時は例外なく、移民者が残していく住宅や耕地に言及されることも、この点を裏付けている。大日向村の村民にとって、欲望の対象は満洲の土地ではなく同村のものであり、その土地を手に入れるためには、過剰人口の一五〇戸が村外へと排出されなければならないのである。

——諸君、満洲へ行かうと思ふものはないか?それも、一人や二人ぢや駄目だ。二百四十戸だけしかここでは暮らせないことがわかつたんだ。百五十戸が満洲へ移住して、満洲で新しく大日向村を建てようといふ考へは夢だらうか?

しーんとしづまりかへるものと思はれた期待は意外にもはづれ、武麿が言ひ終ると間髪を入れず、小須田三次郎が小柄なからだをばねのやうに起てた(一二二頁)。

浅川が展開する満洲移民の論理は、過剰人口を満洲へ送出して「内地」の土地を確保し、経済更生を図るものである。言い換えれば、満洲を「開拓」するための満洲移民ではなく、過剰人口を排出するための満洲移民である。これが「棄民」の論理であることは明白である。

満洲移民推進側もその事実を完全に認識していないわけではない。満洲移民に賛成する大日向村の青年たちは、村民の負債が満洲移民推進の最大の障害になると予測する。青年の一人は「——ほんたうに満洲へ行きたがつてる者、行かなきやならないやうな者、村の再建といふ立場から考へてもどうしても行くべきだと思はれる者、さういふ者たちほど、わしらも実はその一人なんでやすけれど、さういふ者たちほど実は、行かれねえんです」（一三一頁）と語る。ここで注目されるのは、「ほんたうに満洲へ行きたがつてる者、行かなきやならないやうな者、村の再建といふ立場から考へてもどうしても行くべきだと思はれる者」とは、どのような人であるのかという点である。負債のため移住することが不可能であり、尚且つ村再建のためにも満洲に行かなければならない者という条件を踏まえると、それは主に村の貧困層と考えるのが妥当である。


――その通りだ。文句なく行けるやうな者に限つて、べつに行く必要もねえ人間と来てる。

武麿が笑ひ出しながら言ふと、與之吉が分別くさく、

――さういふ人たちばかりぞつくり行かれたんでは、今度はあとに残つた村が駄目になりやすからねえ。

――だから私はねえ、かう思つてるんだ。」《ママ》武麿は笑ひをひつこめて真顔になりながら、――その百五十人は、是非ともこれはあらゆる階級から選びたいと思ふんだ。貧乏人ばかりでもどうかと思ふし、それではこちらはよくなるか知れないが向ふの村がしつかりしたものにならんだらうからな。かと言つていま言つた文句なしに行けるやうな者ばかりに行かれたんでは、向ふはいゝ村になるだらうがこつちは駄目になる。従つてこれはあらゆる階級から、地主も自作農も小作人も、百姓を全然してゐない炭焼人も、みんな行くやうにしなければならぬと私は思ふんだ。こつちも向ふも、両方ともいいものにしなけれやなるめえからな。……私も行くつもりでゐるが……（一三二頁）

負債に縛られない者だけが満洲に行けば、村には多くの貧困層が残る。それでは、たとえ彼らの計画通りに土地が残るとしても村の再建は不可能となり、逆に貧困層だけが満洲に送出されれば満洲の村が発展できないと想定されて

いる。そのような問題を防止し、彼らが思い描く理想の満洲移民を実現するためには、あらゆる階級を網羅する分村移民でなければならないというわけである。

一見、この分村移民の論理は公平で理想的なもののように見える。だが、母村と子村の関係は決して公平なものでも平等なものでもない。母村は過剰人口の送出で過剰な資源利用の現状が改善し、更生することを期待できるが、満洲の子村はその基礎から開拓しなければならないのである。この分村移民は、送出される村民に一方的な犠牲を要求するものである。

『大日向村』では、村民がそうした側面を認識している点も描写されている。たとえば、ある地主は満洲移民に賛成する一方で貧農に「――それやな、満洲へ行く力のある者は行くもいいさ。力のある者はな。それであとに残こる者もよくなる。それもほんとだ。あとに残こる者はよくなる。」（一五二頁）と説得する。彼は移民者の土地による一戸当たりの耕作地増加を期待しており、その本意は「おれに借りのあるやつらは、行かせてはならぬ！……こいつらに一町歩の地所をあてがつて、稼がせる」（一五九頁）ことである。このように、満洲移民をめぐる利害関係は、村内の土地を中心として展開される。

それに対して満洲の土地は、広い平野、沃土などの漠然としたイメージのみで表象される。大日向村の人々の目に「まだ大陸の新しい地平線は閉ざされたまま」（一一〇頁）で、満洲は遠い異郷である。

――おふくさんはおまんまが食へねえとなれや何処だつて行くと言ひなさるが、おら、ちがふ。ここでおまんまが食へなくちや、おら、食はなくたつていい。お墓にやうちの人もゐるしなあ。おら、食はなくたつていいよ。この年をして、そんなところへ出だして行けるか行けねえか考へて見な！（一四七頁）

このように激しい村民の反応は、彼らが単なる生存や利益に動かされる存在ではないことを語っている。大日向村は、村民にとって生活の場である同時に、彼らの先祖や家族の墓がある場所であり、住み慣れた故郷でもある。彼らの「生」はそこに深く根ざしている。さらに大日向村の分村移民は出稼ぎ移民でもない。「満洲開拓」に母村のあらゆる階級で構成された移民者を送出することは、満洲に母村の社会構造と人間関係をそのまま据え付けることを意味し、その最大の強点は移民者が安定的に定着できるという点である。彼らは、故郷から満洲へ植え付けられ、永住することを期待されているのである。

そのすべてのデメリットにもかかわらず満洲移民を選ぶとすれば、それは満洲移民から得られる利益が損失を上回る場合であろう(107)。特に多くの村民が「稼いで少しでも余裕が出れば、それは古い借りへとられるし、一生稼いでもきれいさつぱりになるあてはないんだし、何のために稼いでるんだかわけがわからない」(二四七頁)状況に置かれている大日向村では、満洲移民によって負債の悪循環から解放され得るのである。その点を顧慮すれば、やはり大日向村の満洲移民は主に貧困層に担われるしかない。

実際に、『大日向村』で「移住者の大部分は負債を持つもの」で、したがってその大部分は財産と負債が「相殺したのち後には何も残らぬ」(二七七頁)結果となる(108)。これは、結局大日向村の分村移民が貧困層を中心とした過剰人口の送出として遂行されたことを意味する。大日向村の貧困層は、国策移民としての満洲移民に参加することで、補助金と行政の協力で村内の負債と財産を整理し、満洲で自作農として出発することを選択したのである。

日本農民の「包摂」と「排除」

大日向村の分村移民は「あらゆる階級」、すなわち「地主も自作農も小作人も、百姓を全然してゐない炭焼人も、みんな行く」ことを理想とする。だが、なぜ「内地」では農業に従事していなかった移民者さえも「二十町歩の満洲の土地」で皆自作農にならなければならないのか、という疑問はどこにも存在しない。

——先生も百姓をするんですか？

義治はあり〳〵と不審げな顔いろを見せてゐた。

——ぢや何をするんだ？

——私はまた、やはり先生をなさるんだと思つてやした。何しろ、子供を連れて行く家も相当にあるんですから、やはり学校はその日からやらなきやならんでせうと思ひやして……

——俺は教員をしに行くんぢやねんだ！（一九七頁）

小学校の教員である中沢は、自分を教師ではなく「五反百姓」であると認識している。彼にとっての満洲移民は、父の負債を弁済するための教員生活から「足を洗ひ、ほんたうの生活」（一九九頁）を取り戻す機会である。なぜなら、「生産の真只中にゐながら、さういふ生活に入れないでゐた」それまでの生活は「まつたく宙に浮いた、心の安定のない生活」であったからである。彼は教師として働いているが、それでも「百姓に還りたい」と語る。隣村の学校でやはり教師として勤めてきた中沢の妻も、体が弱くなったため辞職してから幾年も経つが「百姓の子だもの、何でもできるわよ」（二〇三頁）と断言する。教員として生きてきた夫婦は、満洲移民を通して本来の百姓に戻れると信じている。彼らの信念は、生産する「百姓／農民」こそ価値ある存在であるという農本主義のイデオロギーに基づいていると見ていいであろう(109)。

それはこの夫婦だけの信念ではない。中沢は弟子西川義治に、地主の息子で中学校に進級したために疎遠になった旧友も満洲移民に参加することを伝えながら、「満洲の新しい村ではな、そんなことはなくなる。新しい村では、地主も小作人もない」（二〇八頁）と説得する。満洲の新しい村では「みんなして協同して大地に鍬を打込むだけ」であり、地主や小作人といった身分に縛られないのである。満洲へ行けば「地主も自作農も小作人も、百姓を全然してゐない炭焼人も」百姓に還元されるという論理である。満洲移民における百姓とは、稲作に従事する専業農家を意味する。満洲移民を通して日本人移民者は皆均質な百姓に転化するのである。だが同時に、教員や「百姓を全然してゐない炭焼人」であった人々の経験や職業といった差異は無化される。

大日向村の全移住民が百姓にならなければならない理由は、分村計画が本格的に推進されることが決まった二度目の四本柱会議で突如として提示される。会議が小休憩となった時、移民推進に積極的な小須田兵庫は、村民に「我々の信濃」では昔から冬になると国外へ出稼ぎに出る者が多く、その出稼ぎ労働者たちが江戸で「米搗」に従事したため、当時の江戸では精米が「おしな」や「おしなつぽう」、蔑称として「信濃介」または「浅間左衛門」と呼ばれたと語る（一七九頁）。彼はその「信濃介」の食貪を諷した川柳を紹介し、笑う聴衆にそれが彼らの「国辱」であると示す。それと同時に、満洲移民はそうした出稼ぎとは違い「大陸開拓の第一線に立ち、島国日本から大陸日本に飛躍する大使命の最前線を行く挺身隊」であり、「今日の浅間左衛門」はその大使命を背負っていると意味づける。

この物語は、浅川村長が最初の四本柱会議で語った明治十二年の大日向村の物語と同様、彼らが属する共同体の過去を選択的に記憶するものである。江戸時代の「信濃」が「気候風土に甚だ恵まれぬ国」で、昔から「国にゐては食へなかつた」ため出稼ぎに赴くしかなかったという過去は、窮乏に苦しめられている大日向村の現在に対応し、出稼ぎは満洲移民を正当化できる。それは地方の歴史と地理、気候などの条件による貧困を理由に、外部への労働者送出を必然的なものとして追認するものであり、現在の満洲移民を自然化してしまうのである。

しかし、満洲移民が単なる出稼ぎであってはならない。「東海の孤島日本を、大陸の盟主たる大陸日本に発展せしめる大使命」（一八二頁）の遂行は、大日向村の村民を日本人として包摂する。その時、もう一度「浅間左衛門」の表象が蘇る。

——どうして浅間左衛門がさう揃ひも揃つて大飯くらひだつたかと考へてみますと、先ほど小須田さんがご披露になつた句の中に、挽割の袋が米を食ひも来る、とありましたが、私はこの挽割の袋といふのが問題だと思ひます。挽割ばかり食つてゐる胃袋と、江戸市民が思つてをりました通り、物資に恵まれぬわが信濃人は、米ばかり食ふことができず、麦の挽割や、粟や、名物の蕎麦や、……こんなものが名物になるほど米をつくる耕地がなかつたんでありますが、……その他、稗《ひえ》や、粟《あは》など、つまり雑穀を主として食べておつたのであります。さういふ雑穀で、つまりひどい粗食で暗いから暗いまで働くのでありますから、しぜん、量で補ひをつけなければならぬことになつて大飯をくらふのでありますが、そのため胃拡張になりました。袋のやうに大きな胃袋になつてしまつたわけなんであります。一升飯を食ふといふ表現は、決して形容や喩《たとへ》なのではありません。事実のところ一升食つたのであります。……そんなわけで、すでに袋のやうに胃は拡張してをりますので、雑穀でなく、純粋の米の飯を食ふ段になつても、ぺろりと一升も食つてしまふことになるのであります。栄養的に言へば、米の飯の場合は雑穀飯よりもずつと少なくてもいい筈なのですが、すでに胃拡張なのでありますから、承知ができません。……さきほどの挽割の袋といふのは、この雑穀で食ひ拡げた胃袋といふかなしい意味なんであります。私も小須田さんに倣つて、一つ二つ川柳をご披露申上げませうか……

謹聴々々、待つてましたといふ掛声が起こつた。拍手をする者もあつた。

——この胃拡張といふのを昔は脾胃嘘と申しまして、江戸市中の米搗は大抵この脾胃嘘に罹つてゐたものと思はれます。例へば、……脾胃嘘さと藪医者見立てる信濃者……もう一つ、脾胃嘘とは何のこつたと信濃言ひ……つまり、信濃、大飯くらひ、胃拡張、雑穀で食ひ拡げた胃袋、私たちはかういふ悲しい祖先たちの子孫なのでありますが、諸君、私は諸君に御相談がある。われ〳〵の祖先はみんな雑穀食ひであつた。いまも多くの者は雑穀の方をよけいに食つてゐる。しかし、わが国は古来より豊葦原の瑞穂の国だ。諸君、われ〳〵はもう雑穀食ひはやめにしようぢやないか！われ〳〵は生一本の米の飯ばかり食ふことにしようぢやないか！それでこそ瑞穂の国の国民なのだ。瑞穂の国の人民らしく、米の飯を食はう！諸君、大陸の沃野がわれ〳〵を待つてゐるんだ！（一八四〜一八六頁）

「信濃、大飯くらひ、胃拡張、雑穀で食ひ拡げた胃袋」が結び付けられる時、問題となるのは信濃人が低賃金の労働力として「暗いから暗いまで」酷使されるという事実ではない。重要なのは、彼らの先祖が雑穀を主食としたため、「大飯くらひ」と笑われたことである。ここで雑穀は「ひどい粗食」であり、栄養学的にも米より劣るものとして序列化されている。結局信濃人の恥とは、「米をつくる耕地がなかつた」という事実に収斂するのである。

大日向村もまた稲の耕作が少ないため自給できず、油屋の商店で割高の食糧を購入していることが村民の負債増加の大きな原因の一つとして提示される。だが、この論理に従えば、問題となるのは油屋の商店が食糧を不当に高い値段で販売していることではなく、大日向村が稲作に適せず食糧の自給ができない点である。ここでは、大日向村や信濃の気候や地理的特性が稲作より雑穀作に適しているとすれば、雑穀を主作物として生産し、消費するのが自然なことであり合理的でもあるという観点は存在しない。なぜなら、「わが国は古来より豊葦原の瑞穂の国」で、日本人である信濃人は「瑞穂の国の国民」であるからである。ここで、信濃の地域性は「瑞穂の国の国民」である日本人という観念の中に消える。

大日向村の人々は、信濃人として包摂されるが同時に「雑穀食い」という劣性を押し付けられた。その劣性を除去できない限り、「瑞穂の国の国民」にはなれない。したがって、彼らは米を生産する百姓にならなければならない。だが、大日向村あるいは「内地」農村には、そのための耕作地が不足している。ここで日本人という「瑞穂の国の人民らしく、米の飯を食」うために、彼らは「大陸の沃野」へ進出しなければならない。ここで日本人というアイデンティティは生まれ持つものではなく、その資格は満洲で米を生産する百姓になることを通して獲得すべきものとして示される。すなわち、日本人になるために、遠い異郷に移住しなければならないという矛盾を押し付けているのである。それは、帝国の周縁部の農民を中心へと包摂するようにしながら、現実ではさらに周縁部へと押し出すものである。

信濃と日本人をめぐる包摂と排除の反復は、この小説がどのようにして帝国の周縁部にいる農民を満洲移民へと動員する論理を構築するかを露呈する。稲作と百姓を中心とした幻想を引き起こし、あたかも彼らが満洲移民に参加することが自然で合理的な選択のような錯覚を誘導するのである。

だが、そうした幻想は専業農家が少なく、現金収入を基盤とする大日向村の現実からはかけ離れたものである。「瑞穂の国の国民」になるために満洲移民に参加すべきであると主張する時、「ここでおまんまが食へなくちや、おら、食はなくたつていい」といった村民の率直な声への応答はない。それは、単に作家の政治性に還元されるような問題ではない。それよりも、日本農村の問題を土地、特に稲作耕作地の不足にあると考えた「官製農本主義」(110)の視覚に沿って把握したためであると考えられる。

和田が正確な数字と情報を与えられてなお、大日向村、あるいは大日向村が代表すると考えられた「内地」の農村問題が分村移民によって解決されると信じたのは、結局大日向村を耕地不足のため自給自足ができない貧しい「寒村」と把握したためである。大日向村のモデル性が、大日向村の分村移民を個別的な事例よりも、普遍的な農村問題の解決策としてみなすように機能したため、結果としてその物的基盤や具体的な状況は無視されたのである。分村移民移民政策を推進する政府当局側もまた大日向村の根本的な問題が、耕地不足による食糧自給の不可能性にあるとみなし、さらには分村移民のモデルケースとするため、大日向村を「農林省経済更生特別助成村」に選定して分村移民への支援として二万三千円の特別助成と四万五千円の低利資金の融資(一九三八・二・八)のみならず、水稲作可能、利便性、山林保有を備えた一等地の入植地(一九三八・一・二八)を提供した(111)。

大日向村が受けた支援は、他の村では期待できない、例外的なものである。その事実は、当時から認識されていた(112)。これは、大日向村の分村移民に付与された価値そのものに関わるものでもある。もし大日向村の分村移民が長野県の一介の村の経済更生に限定されるとすれば、ここまでの積極的な支援はなかったであろう。

『大日向村』が分村移民を奨励する一連の文化政策の要であるという事実そのものが、大日向村のモデル性が如何に強く意識されたかを証明する。ならば、『大日向村』が持つ矛盾は、満洲移民を推進する政府当局の政策側や昭和期農本主義者の稲作・水田を中心とする考え方そのものから起因するものと考えるのが妥当である。

したがって、『大日向村』で展開される満洲移民の論理は、浅川村長ら移民推進の実務者たちにとっては主に母村の経済更生論理と、中沢が表現したような「大陸の盟主たる大陸日本に発展せしめる大使命」を掲げる膨張主義、さらにはその大使命を実現するための農民像を要求する農本主義であるといえる。

「窮民救済」の手段

すべての移民推進者が必ずしも母村の経済更生、膨張主義、農本主義のために満洲移民を推進しているわけではないという点は、注目すべきであろう。一部の満洲移民推進者は、分村移民のそうした精神主義的側面より、いかにして大日向村の貧困層を油屋などの搾取から解放させ満洲へと送出させるかに集中する。

たとえば、堀川清躬は一介の炭焼人から出発して油屋に抵抗する木炭生産人組合（一九一六）を組織し、産業組合の専務理事になった人物である。『大日向村』において、堀川は大日向村の貧困層の出身でありながら、「不屈な生命力」（四八頁）で多くの人望を集めていると描写される。彼が満洲移民に積極的にコミットしていく理由は、主に責任感である。堀川は、貧窮に追い込まれていた村民の要求によって輪伐を守れず入山を許可し、その結果荒廃化した村有林の状況に深い自責の念を抱いている。

> みんな、おらの責任だ！山をひんむいてしまつたのは、誰でもない、このおらだ！……はつきりと彼はさう言つてしまつた。すると、しだいに、晴れたやうな心になつたのである。
>
> 満洲へはおらも行く！（一六二〜一六四頁）

一見、堀川の満洲移民は、彼なりの村有林の荒廃化に対する責任の取り方のように見える。だが、彼は浅川村長とは違い村の貧困層出身で、長年にわたって油屋の搾取に対抗してきた人物である。彼が中心となった木炭生産人組合、後の産業組合は、村民に村有林を提供することで、油屋の独占に対する組織的な抵抗を図った。村有林の荒廃化という状況そのものが、油屋の搾取と抑圧のシステムによって堀川自身が主導した組織的な対抗が失敗に終わったという事実を意味するのである。彼にとって、村の貧困層は単なる過剰人口ではない。

——わたしは五十六歳になりやす。人間五十年とすればへえ五年だけ儲けたことになりやすが、儲けるならできるだけ大きく儲けてえと思つとりやす。わたしはそのこれから儲ける年で、満洲へ渡つて働きてえと思ひ、女房とも相談しまして、わたしの女房は五十二歳になりやすが、そこで二人して大いに儲けようと決心をいたしやした。……わたしは大正十一年産業組合ができやすとずつとその方で羽織をひつかけたり古着の洋服を着たりして働いてまゐりやしたが、もとは御存じの通り炭焼人夫として暗いから暗いまで労働した人間でありやす。長いことさういふ労働をしませんでしたが、わたしはまだ米俵もかつげますし、ハイカラな若い者に負けねえ力があると思つとりやす。満洲へ行つたら、若いみなさんと一緒に開墾をし百姓をしてえと思ひ、うれしくついいまからわく〳〵してをりやす。……たとへみなさんが、一人も行かれなくても、おら、女房と二人で行きやす。先へ行つて開墾しながら、一人でもみなさんがやつて来る時の準備をしてをりやす。しかし、実はそれはうそで、へえすでに一緒に行かずと相談ができてゐる人がかなりありやす。これからも、さういふ人は増えると思ひやすし、増えて百五十人にならなければ、この大日向村は永久に建ちなほることができないのでありやすから、わたしも大に一緒に行く連れを口説かうと思つとりやす。……いろ〳〵先へ行つてむづかしい問題が起こりませうが、とにかく先ず人を集めなければなるめえと思ひやす。行く決意の人は勿論、事情でさうできねえ人も、この人数を集めることには骨折つて貰ひてえと思ひやす。

訛と標準語を混ぜた、といふより純粋な標準語といふものが使へぬ清躬のさういふ言葉遣が、かへつて真情をつたへるのであつた。劈頭のその挨拶が人々に伝へた感激は大きく、誰も咳ばらひひとつする者がなかつた（一六四〜一六六頁）。

堀川の視線は、浅川村長と違い母村ではなく満洲の新しい村に向けられている。彼は率先して渡満し、「若いみなさんと一緒に開墾をし百姓をし」たいと語る。彼の素朴な言葉は論理より行動を示しており、人々の反応は彼の人望の厚さを表している。

このような堀川の人物像は、史実と一致するものと考えられる。先にふれた『新農村の建設――大陸へ分村大移動』では、「（堀川）氏は又炭焼の技術に長じ、よく村民を懇切に指導した。村民からは親しまれ、尊敬された。この堀川氏が現地視察をし、村民に移民の必要を凡ゆる角度から説きこれらに村長はじめ村の幹部が熱心になつたものだから、俄然移民希望者が出たのである。氏が村民から信頼の厚いのは、彼の資産が村で多い方ではないといふ事も大いに影響してゐる」と語られている(113)。さらに座談会で、浅川村長は堀川の「気持が深く村民の心に喰ひ込んで居つたので、堀川さんが行くといふことになると皆の気持が大いに動いて来た。堀川さんがゐなかつたら、恐らくこの計画は出来なかつたではないかと私は思ひます」と高く評価している(114)。

山田昭次は、堀川について「観念的で熱烈な右翼思想家的性格の人物ではなく、かなり現実的実務家の性格をもっていた」(115)と推測している。そうした堀川が分村移民運動に積極的に協力したのは、国策協力というより「「窮民」が「人間らしく暮らすこと」を求めた人物であった」(116)からなのである。さらに山田は『大日向村』を引いて「和田のえがいた堀川清躬像はまちがっていない」とするが、「堀川は窮民の前に立ちはだかる商業資本の収奪には対峙しても、その背後にかくれているもっと巨大な敵、つまり国家とか独占資本は見えなかった」堀川の限界を指摘している(117)。だが、そうした限界の上で、堀川には満洲移民に参加することで国の支援を得て、大日向村の商業資本による搾取や窮乏から村民を解放しようとする意図があったのは事実であろう。堀川のような立場からすれば、満洲移民参加は現実の「窮民救済」のための有利な手段となるのである。

ここで、『大日向村』で描かれた満洲移民推進の論理は、浅川村長をはじめとする移民推進者が振りかざす過剰人口送出による母村の更生と農本主義の他に、「窮民救済」という実利を内包するようになる。堀川は、満洲移民によって帝国日本の利益と大日向村の窮民の利益が一致すると信じたため、大日向村の満洲移民推進に取り込まれていったのである。そして『大日向村』の物語は、窮民救済の実利を認めることで、満洲移民推進を道徳的に正当化できる。

事実、テクストにおいては、堀川の後に続いて村の経済更生委員会の三三名の半分以上が「率先渡満」する誓約を立てる（一七一頁）。分村移民が移民者に担わせる負担と犠牲は、堀川と更生委員会のような村の「中心人物」の渡満によってより見え難くなる。移民推進者が移民者として犠牲を分ち合うことで、分村移民の論理はより公平で理想的なものに見える。堀川の渡満は、母村の村長として渡満することができない浅川の代わりに村民に信頼感を与え、分村移民の論理における欠点を補い、移民者を満洲移民へと惹きつける役割を果たしているのである。

『大日向村』で堀川が浅川の「馬」、つまり浅川の指導に従い手足となって働く存在として位置づけられているのは、そのためであろう。二人を結びつけるのは、「片方は大学出で、片方は小学校もろくすぽやらずすましてしまつた前身は炭焼男、前者の教養に対して後者の経験練達、理想に対して実行力、寡黙に対して弁舌、すべてたがひに欠けるところを補ひ、どちらもその片つ棒がなくては絶対に行かぬ」ためである（一一三頁）。大日向村の分村移民は、浅川村長が県や政府との繋ぎとなり、堀川が村民の心を満洲移民へと惹きつけることで推進される(118)。勿論、それは彼ら個人の人品や影響力のみならず、村の行政を担う役場と最大の経済組織である産業組合によって、満洲移民が積極的に推進されたことを意味する(119)。

「大陸進出政策」の連続性

先駆的な「モデル村」として長野県や農林省の助成金などの後援を受けても、村民が動かない限り分村は不可能である。したがって、大日向村の移民が推進されるにつれ、満洲移民を牽引する堀川の役割はより重要になる。分村計画が本格的に推進されることが決まった二度目の四本柱会議の後も、「若い層以外はなか〳〵うごきかける気配はない。そのため、「直接の見聞や調査を持つて人々に呼びかける」べくして、堀川が約一カ月間の予定で「渡満視察」に出向く（一八九頁）。彼は、その視察の成果として、現地で収集した各移民団の「土壌」と、「米をはじめ大小麦、粟、高粱、包米、大豆などを、それを粒ばかりでなく穂のまま、或は穂のついた茎のままで行李に一杯つめて持つて来た」（二三二頁）。彼はこれらの「証拠」を持って、移住者募集のための「部落常会」を開く。

その結果、「疑ひ深く、すら〳〵人の言ふことを信用しない人々は、その実物を突きつけての話には疑ひをもたなかつた。満洲で米ができるかと疑つてゐた人々は、その見事な、村の田の稲などよりずつと粒の多い穂を見せられて驚いた。在る男などはその穂の粒をいち〳〵自分で数へたて、驚」く（二三二～二三三頁）。実際の満洲を視察した経験者が、実物を持って満洲の肥沃さを証言するのである。堀川は「あまりいい話にはかへつて人々は乗つて来ないということ」を心得ており、「おらも一緒に行くんだからな、ちよつぴりでもうそを言つた日にやみんな承知しねずらかな。ひつぱらかれちまふなどと」言って、聞き手の心を惹きつける（二三三～二三四頁）。堀川の人間的魅力と実物の展示があいまって、村民から不安と懐疑が払拭され、満洲移民の参加へと傾いて行く。

しかし、この「部落常会」はただ満洲の肥沃さだけを証言する場ではない。

それは平川原部落の常会の時であつたが、隅の方で女たちの中に混じつてゐた七十七歳になる老婆井川クメは、順々に廻されて来たその土壌と粟の穂が自分の手に渡ると、長いことそれを握つてゐていつかな次ぎのものに渡さうとしないのであつた。誰もみんなそれは長いこと見つめたり握つたりしてゐてなか〳〵次ぎのものに渡さうとはしないのであつたが、クメの場合はそれどころでなく、清躬はかまはず話をつづけてゐたが彼も気がついてゐてをかしいと思つてゐた。クメはそれをいぢりまはし、見入つてゐるかと思ふと手に持つたまゝ清躬の話に聴き入り、また思ひ出したやうに見入つたりして、まるで次ぎの者に渡すことを忘れてゐるみたいであつた。次ぎの者がしびれをきらしてぐつと覗きこんでもクメはそれを渡さうとしなかつた。

清躬の話がやがて一段落になつた時、クメはまだそれをしつかりと手に握つてゐながら言ひ出した。

――専務さん、専務さんは遼陽へはお出でやしたかい？

清躬は、遼陽へは行かなかつたと何気なく答へてから、はツとした。年とつた人々は、クメのその言葉をきいた瞬間みんなはツとした。思はず顔を見合はした者が多かつた。

――遼陽へは行かなかつたがな、すぐそばまで行つたよ。遼陽は大きな町でな、いいところだよ。

清躬は、眼にあふれてくるものをさすがにその場では懸命に怺へながら、柔和な顔をクメにさしむけた。

三十五年前、日露役の記憶を持つてゐる人々は、息を呑み、黙りかへつた。遼陽の激戦で、クメの長男はコサツク騎兵のなかに突撃し壮烈な戦死をとげたのであつた。年とつた人人《ママ》はその頃のことを一瞬のうちに思ひ出したのである。……一度おらも行つて見てえものだと、その頃四十代のおかみさんざかりだつたクメは、遼陽といふ語を口にのぼせない日とてはなかつた。倅の骨はどんなところに埋けられてゐるのだらうか？どんな山が、どんな川が、そこには聳え、流れゐるといふのであらうか？どんな花が咲くところであらうかと、彼女は日毎にそれを言ひ暮らして人々を泣かせた。人々は彼女がその現実の距離を知らずただせつない母親の一途な気持ちからその土地をまるで恋ひ慕ふみたいに口にするのを聞いて泣かされたのであつた（二三四～二三七頁）。


四本柱会議が満洲移民の推進を村の総意としてまとめ上げるための場であったとすれば、「部落常会」は満洲移民に消極的な民衆を動員するための場である。政策側が満洲移民を農業移民として位置づける以上、その支援を得るために、移民者は自作農として働かなければならない。したがって、移民者を集めるための「部落常会」では満洲の肥沃さと豊かさを強調する。しかし、『大日向村』の「部落常会」でより強い印象を与えるのは、日露戦争の戦死者の母親が「同じ大陸から持つて来られた一塊の土くれを握りしめ一茎の穂をいつまでも掴んでゐる姿」であり、それによって喚起される「三十五年の歳月が一瞬のうちに縮められた錯覚」である（二三七頁）。

三五年前の戦死者の顔を思い出した堀川は、その母親に「――おクメさん、遼陽も同じ満洲だよ。地つづきだわさ」と語りかける。ここで繋がるのは、遼陽と満洲の地理的距離だけではない。日露戦争と満洲移民、そして三五年前の兵士と現在の農民もまた繋がるのである。

クメの息子への愛情は、彼が戦死した土地への盲目的な愛情に転化したように描かれる。しかし、彼女の満洲移民参加が喚起させるのは、日露戦争の戦死者の息子が「眠つている土地への思慕」（二三八頁）ばかりではない。

七七歳になる老婆の満洲移民参加に、労働力としての価値は期待できない。満洲移民に積極的な小学校教員の中沢は、七〇歳になる老母の満洲移民参加を「ほんたうを言ふと、手足まとひになるし、感心はしないんだけどな、しかし、七〇にもなつてる年寄が進んで出て行かうといふその気持はさかんなものだ。その気持が、村の女や年寄たちの気持を少しでも動かすなら、意味がある」（二〇四頁）と語る。老人の満洲移民参加は、その宣伝効果によって認められる。それと同様に、クメの満洲移民参加は、村民に帝国日本が日露戦争で払った三五年前の犠牲を想起させ、満洲が「大陸進出」のための人的犠牲によって獲得された土地であることを強調する。彼ら自身の血を対価として獲得した土地は、単なる異郷ではない。

クメは自分の息子が眠っている土地の山、川、花については知りたいと思う一方で、その土地に住む人々や文化についてはふれない。重要なのは、日露戦争の結果として帝国日本は満洲に対する権利を手に入れたという事実であり、その延長に満洲移民が位置づけられているという点である。彼女は、堀川が満洲を通して息子の死に意味や価値を付与することを、躊躇なく受け入れる。ここで、物語は三五年前の日露戦争から現在の満洲移民政策までの帝国日本の「大陸進出政策」の連続性を確保するのである。

ここまで確認した『大日向村』の満洲移民推進の論理は、過剰人口の解決を通した母村の経済更生と膨張主義、農本主義を基盤とする満洲の日本人自作農層育成、さらには「窮民救済」である。しかし、老母が「同じ満洲、地つづきだ」と語って以来、満洲移民は露骨に帝国日本の「大陸進出政策」への積極的な協力として組み込まれて行く。その決定的な契機となったのは、日中戦争の勃発である。

一九三七年七月八日、大日向村の分村移民計画が本格化し、二〇名の先遣隊が小学生の楽団と村民の「満洲大日向村建設」の歌と万歳の歓声で見送られて出発することで「満洲大日向村建設の第一頁」が記される。同日の夜、盧溝橋事件の最初の報道が大日向村に伝えられる（二九三頁）。

盧溝橋事件の直後から両国間の緊張が急速に高まる。日中戦争が始まる直前、浅川村長はこの戦争が満洲移民に大きな影響を与えることを憂慮する。

これは戦争になるかも知れぬと彼ははやくから考へてゐた。そして、戦争になり、招集令が飛んで来、村からも兵を出す場合のことばかりを彼は考へてゐた。続々と兵を出し、すると労力は減少し、耕地の問題は緩和され、ゆとりが出来てくることになるのである。しかも、出征すべき壮年層こそ移民の中堅をなさねばならぬ者たちであつた。さういふ現実に即した考へ方が何よりも先に心の真中であぐらをかきはじめたことは蔽ふべくもなかつた。

しかし、戦争になり、人々の関心が大陸に集中されるはげしさに就ても彼は考へずにゐられなかつた。漠然と遠く、海の彼方に考へられてゐた大陸が、或はこれを契機として延ばせば手の届く、心理的には海が埋められて陸続きの眈野として誰にも考へられ出すのではあるまいか。井川クメのやうに、その息子たちや兄弟が、隣人や友人らが、現に駆廻つてゐる陸地になつたとしたらどうであらうか、空間的な距離は一時に消失することになるではなからうか。大陸はもはや外国ではなくなるのではあるまいか（三〇七〜三〇八頁）。

彼が考える日中戦争の最大の影響は、徴兵による労働力の不足である。大日向村において満洲移民の最大の名分が過剰人口の減少である以上、人口の減少による耕地問題の緩和と移民の中堅となるべき壮年層の徴兵は、深刻な問題となるのは明らかである。

それでも、浅川は日中戦争によって人々の関心が大陸に集中し、「遠い海の彼方の国」（二八六頁）ではなくなることを期待する。人々の心の中で満洲が「延ばせば手の届く」、「海が埋められて陸続きの昿野」として位置づけられることで、満洲移民に対する民衆の抵抗感を消去し、より積極的な参加を呼びかけることが可能になるのではないかという期待である。そのためには、息子を日露戦争で失った老母が「同じ満洲、地つづきだ」と言って満洲移民に参加したように、日中戦争で徴兵される人々の「息子たちや兄弟が、隣人や友人ら」が満洲移民に参加するべきなのである。

ここで示されるのは、満洲移民が現実における基盤を失うと同時に、日本軍の「大陸進出」に呼応する日本人民衆の「大陸進出」に転換されるプロセスである。過剰人口の減少を通した母村の更生という満洲移民の目的がその正当性を失ったにもかかわらず、満洲移民を戦争遂行の一環としてみなすことで、そのさらなる推進を維持しようとしているのである。

戦争遂行の一環としての満洲移民

『大日向村』の物語がこれまで農村問題の合理的な解決策として満洲移民推進の論理を提示して来たことを考慮すれば、これは確かに矛盾である。事実、その後の分村移民は、その段階毎に日本軍の「大陸進出」と連関して展開される。八月九日、第二陣の先遣隊一七名が出発する。

北支ではその前日、八月八日、日本軍は北平に入城してゐた。七月二十八日を期し廿九路軍に対する総攻撃が開始せられてゐたのである。すでにこの山蔭の村にも戦争への熱情が涌きたち、抜井川に沿うて号外は鈴の音も騒然と運びこまれてゐた。

出発の同日、上海では特別陸戦隊の大山大尉の惨殺事件が惹起し、先遣隊員はその報に新潟の旅館で接した。山蔭の人々にも、戦火は上海に波及し、戦争は必須であると思はれてゐた（三三〇頁）。

先遣隊の満洲進入の直前、日中戦争は勃発する。先遣隊が入植した二月一一日の建国祭の祝典では先遣隊の入植を祝い、式典の最後には「南京陥落の時」と同じような旗行列と「出征兵の家々の前で」行われた万歳の三唱が、この日は「三十八名の先遣渡満者の家々の前で、とくにその万歳は三唱されたのであつた」（三五四頁）。先遣隊員は出征兵に準じるとみなされている。そうした叙述は、その後も反復される。

四月一一日、「南の大陸では皇軍は徐州へと進撃を開始してゐた」が、大日向村では本隊の第一陣が「勇躍出発」する（三六七頁）。五月一六日、本隊の第二陣が続いて出発するが、この本隊の中には日中戦争で戦死した村民の兄と弟が加わっている。戦死者の一人は「父親のない若い戸主であつたが、その弟が母親と姉を残して出発」する。もう一人の戦死者は次男であったが、「その兄が、やがては子供の眠る大陸をなつかしんで渡つて行くことになる両親や妹たちを暫く残して出発した」。それを見て「井川クメの物語に涙を呑んだ」村民たちは、その「親たちの心をあはれにも壮烈なものに思ひ、その兄と弟との壮行には声をはなつて泣いた」と描かれる（三六八頁）。

先遣隊の出発と盧溝橋事件、先遣隊（第二陣）の出発と大山大尉の事件、先遣隊の満洲入植と南京陥落、本隊の出発と日本軍の徐州進撃、本隊（第二陣）の出発と戦死者の遺族の「壮行」が、対になって進行している。これは、浅川村長が期待したように兵士の「息子たちや兄弟」、「隣人や友人ら」の満洲移民への動員が実現したものである。

しかし、分村運動の順調なる推進に苦心する村の青年は、日中戦争による変化を敏感に察知する。

人々は戦争のことばかりを口にし、満洲のことを言はなくなつた。移民に最も適当な青壮年層から多数の応召者を送り出し、それは今後も益々つゞくことと予想され、人口の過剰は、いきなり緩和されることになつたのだ。はやくも働き手を失つた耕地は移動しはじめ、耕地のない者はそれに勇躍飛びついて行くといふ現象があらはれ出してゐた。そして、勇躍飛びついて行く時期が過ぎたらどうなるのであらうか。もしか耕地の方が余つてしまふやうなことになつたらどうなるのであらうか。そしたらどうなる?はる〴〵満洲へなぞは行き手がなくなるのではないか?(三三三頁)

過剰人口と耕地不足の問題は、日中戦争によって迅速に解決されつつあった(120)。彼はそうした状況の変化を踏まえて、人口問題が解決されれば、わざわざ遠い満洲まで出向いて行く人はなくなるのではないかと憂慮する。移民の必要性がなくなれば、移民そのものの取消しも可能なはずである。

だが、村長を中心とする移民推進者たちは、人口問題の解決策としての満洲移民ではなく、満洲移民の成功そのものを目的として、状況の悪化を危惧する。そして日中戦争による労働力の減少によって破綻した満洲移民の論理は、『大日向村』でここまで維持された偽装、すなわち満洲移民が農村や農民によって、下からの自発的な要求で進められた運動であるという主張の虚偽性を露呈するものである。満洲移民がその正当化の基盤としていた現実の状況が変わっても、満洲移民は遂行されなければならない。この事実は、満洲移民の遂行そのものが目的であり、満洲移民が農村の実状や農民の主体的立場を反映するものではないことを証明する。

戦争遂行の一環として位置づけられた満洲移民は、すでに疑問や懐疑の対象ではない。日中戦争と満洲移民は「国策の両翼」(三三四頁)であり、戦争の遂行と並行して推し進めなければならない。したがって、『大日向村』では「郷土部隊の南下前進の悪戦苦闘、上海の壮烈な死闘に湧きたち、心を痛め、憤激し昂奮する人々の心に、北への関心を、戦争はそこでもまた戦はなければならぬといふことを鼓吹する」ために、「全村学校」が開かれる様子が描写される。

この「全村学校」では、満洲移民推進に積極的な長野県知事をはじめ、保安課長、県計画課員、職業課員が参加し、また農村更生協会と満洲移住協会からの講師が派遣されて全村民を対象に「満洲移住の歴史的、民族的意味や使命、内地農村の更生再建の立場からの分村の意義に就て」、公演や講習会が開かれる（三三九〜三四〇頁）。これは、すでに熱意や合理性を失った満洲移民を「国策の両翼」や「北方の鋤耕線」と推し出すことで、村民の参加を呼びかけるための行政側の意図を反映している。『大日向村』の分村移民は、日中戦争の長期化による農村状況の変化にもかかわらず県や国家の必要に応じて、上からの意思を反映して推し進められるものとして表れる。

「征服と犠牲」の論理

このように満洲移民が「国策の片棒をかつぐ戦争」であるとすれば、移民の入植地に先住民がいることが問題となる理由もない。先に入植地で建設を始めた先遣隊は、現地の状況をリレー式の手紙で報告する(121)。

次に、治安に就いては、南に福島の鉄道自警村移民団があり、東及び北には合計五つのいづれも第七次移民団が入植してをりますし、大日向の移住地は絶対に安全です。また従来この地方の移民団に匪襲があつたといふ例を聞いてをりません。この点は少しも心配はないのです。

現在わが大日向村の地域内には、満人が三千人、鮮人千人、合計四千人の住民が二十二部落を形成してをりますので、団の余剰土地を小作せしめたり、農業経営の労力給源としたりするなど、村の建設上極めて有利なのでありますが、将来、これらの満鮮人の指導、並びに彼等との融和和合などの問題に就いては、私たちも深く研究してかからなければならないと思つてをります（三六〇〜三六一頁）。

テクストでは明示されていないが、治安についての報告の中で、さらには匪襲についての安全保障に続いて「満鮮人」が語られることは意図的なものと考えられる。一五〇戸の日本人居住者に対して、四千人の現地住民が存在する。だが、彼らは移民団のための小作人か、労働力の供給源といった村建設に有利な条件の一つとしてみなされる。『大日向村』の移民者が、自分たちが入植していく満洲の土地とこの現地住民との関係についてまったく無知であったとは考え難い。先遣隊の最初の報告は「新村の区域は水田約千四百町歩、畑二千六百町歩」、さらに「山林四千八十町歩」であり、「他の移住地では入植してから開墾をはじめるといふところも多いと聞いてをりますが、ここではすでに立派な耕地になつてゐる」と興奮した声で語っている（三五七頁）。彼らは「既墾地とは言ひながら古いものでもまだ僅かに三四年しか経つてゐ」ない既耕地に入植して入ったのであり、その既耕地を築き上げたのが現地住民であることを認識していたはずである。

先遣隊が満洲移民に先立って訓練を受けるため県立御牧ヶ原修錬農場に入所した時、隊員は手紙を通して「土は作るもんで、沃土も良田もいきなり在つたわけぢやないんだぞと」教えられたと報告する。彼は「土は作るものだ。いきなり在つたものではない。私たちは祖先が流汗苦して作つた土に依頼するばかりではなりません。それを益々育て、また新しく土を作らなければなりません」（二七一頁）と語る。その土地が「祖先が流汗苦して作つた土」である限り、すなわち「内地」の土地であるとすれば問題はない。だが、先遣隊員は満洲に入植するために修錬農場に入所したはずである。その先遣隊は「すでに立派な耕地」に入植しながら(122)、誰がその土地を「流汗苦して作つた」のかを考えないだけでなく、現地住民を予備の農業雇用労働力として捉えた上で、彼らの存在を日本人移民者の建設に極めて有利な条件だと語るのである。土地を所有する日本人移民者と農業労働者である現地民の間には確かな権力の差が存在しており、その権力の差が指導する民族と指導されるべき民族とで分けられるとすれば、それは階級と搾取の問題である以上に民族の問題となる。

史実の堀川村長によって作成された「大日向村第一年度建設状況報告書」には、「治安及現地民」の項目に「地区内ニハ満鮮人ノ部落二十一アリ、満人約四千、鮮人ガ二千人居住シ、満人は畑ニ、鮮人ハ水田ニ各々耕作ニ従事シツアリ、然ルニ吾人ガ入植ト共ニ逐次他地方ニ移転ヲ命ゼラレ、二、三年後ニハ其大部分ノ満鮮人ハ当時区ヨリ退去スルノ運命ニアリテ其ノ境遇ニハ一掬ノ涙ナキニシモアラズ」と述べられている(123)。日本人農業移民団の入植が現地農民の駆逐に繋がることは、当時の入植者の目からしても明らかだったのである。

実際に、『大日向村』ではまだ入植地が決められていない時期、浅川村長が村の移民団が未墾地に入植されるのではないかと懸念する。

これまでの入植地は、何と言つても先づ満洲人の既耕地のなかに謂はば割込んで入つたかたちになつてゐた。すなわち満人の部落や耕地を他に移動させ、そのあとに移民団を入れてゐたのである。それには治安の関係やその他いろいろの理由はあつたが、しかし、何よりも内地の農民をいきなり鉄路から十里も奥のまつたくの未墾地、まだ炊煙のあげられたことのない処女地無住地に入れるといふことは躊躇されてゐた（三四二頁）。

日本人移民団の入植による現地住民の土地買取りと移動は、土竜山事件など大規模の反満抗日運動の契機となったことから、満洲移民の早い時期から重大な問題として認識されていた。日本人移民団の「満洲開拓」は「処女地無住地」ではなく「満人の部落や耕地を他に移動させる」形であったため、現地住民の反発と抵抗を惹起したのである。治安と現地住民の問題を結び付ける考え方は、そうした満洲の状況を反映するものである。

しかし、ここで浅川村長が憂慮するのは、そうした現地住民との葛藤ではない。彼は「第六次のうち南五道崗と北五道崗の信濃村と山形団」は、「奥のまつたくの処女地、無住地帯」に入植させられたことについて、村民には意図的に沈黙する。分村移民では「年寄子供の労働力をもたぬ口が何処よりも多い」ため、「生産を本位に考へる」と

「処女地無住地」への入植は受け入れ難いものである。また、未耕地へ入植するとすれば、村民の募集はさらに難しくなるしかない。したがって、『大日向村』では浅川村長がその苦衷を拓務省と満拓に訴え、「入植決定に情状斟酌を乞ふ」相談をしたと描写される（三四四頁）。史実としては、先にふれたように、大日向村側が水稲作可能、利便性、山林保有といった具体的な条件を要求し、大日向村を分村移民のモデル村として重視した政府は、そのすべての条件を備えた一等地である西家房村を入植地として選択した(124)。

『大日向村』において、先遣隊はその一等地に入植した後、「農耕地のほかの大部分の耕地は、従来通り満鮮人が小作することになりますが、その小作料に就ては満洲拓植公社で万事決めていただくことにな」（三六三頁）る。言い換えれば、移住に伴う費用と入植地の準備は政府が担い、移住先での小作料などの交渉は国策会社である満拓が担当する。彼らの開拓は帝国日本による地均しの上で成立したのである。国家による支援は、この分村移民において不可欠なものであり、それを隠す必要さえない。

満洲移民を日中戦争と同時に行われる「大陸進出」として、戦争の一翼を担うものと把握すれば、そうした態度も自然といえる。『大日向村』で描かれる日本人移民者は、自分たちの開拓や入植が「侵略」であることが見えていないわけではない。戦争で征服された土地に対する現地住民の権利は存在しない。大日向村の人々は、そして「内地」農村はすでに二つの戦争を通して戦死者を出し、これからも出すことで、その「征服」に値する犠牲を支払ったのである。

帝国内矛盾の植民地への転嫁

ここまで、和田伝『大日向村』における満洲移民の論理を検討してきた。それは、満洲移民を通した過剰人口の減少と耕地の確保による母村の更生、農本主義、「窮民救済」を経て戦争協力に至る。とりわけ、日中戦争と分村移民運動の進行が並行して語られ、国策戦への寄与が満洲移民の最も重要な意義として掲げられる時、『大日向村』の分村移民はそれまで構築して来た「内地」の農民と農村に対する論理を自ら崩壊させる。残されるのは、貪欲な商業資本の搾取から逃れて、帝国日本の支援を背景に搾取する側への転化する移民者の姿である。それは、分村移民運動のみならず、満洲移民そのものが保持する現実との乖離と矛盾、そして侵略性をむき出しのまま露呈させるのである。

ここで、これらの論理が徹底して宗主国の論理であったことを指摘したい。すなわち、満洲移民の送出先である満洲国側からの視座が欠落しているのである。『大日向村』で描かれる満洲は、「無住の沃土」であり、大日向村が移植される理想の「新天地」である。言い換えれば、『大日向村』の移民者からは自分たちが満洲国の体制の中で組み込まれるという認識がまったくないのである。こうした日本人移民者の態度は、勿論「内地」では問題にならなかった。だが、彼らの送出先である満洲国側にとって、そうした宗主国の論理は必ずしも歓迎されるようなものではなかった。そうした側面は、とりわけ『大日向村』が大きな反響を呼び、演劇や映画になったことで顕在化する。

前述したように、和田伝『大日向村』を原作として前進座の演劇「大日向村」と映画「大日向村」などが作られた。とりわけ、映画「大日向村」（一九四〇・一〇）(125)が「内地」では文部省推薦映画に指定され、全国で上映されたのに比して、満洲国では満人を対象とする満系映画館での上映が禁止された(126)点は興味深い。

姜泰雄は、満洲国の総映画館の約半分を占める満系映画館で映画「大日向村」の上映が禁止されたことを指摘する(127)。姜の研究によれば、当時の満系映画館では「偽装抗日映画」と呼ばれた「上海映画」が検閲による部分的な削除の後、上映が許可され、人気を集めていた(128)。にもかかわらず、映画「大日向村」は満系映画館における上映が禁止されたのである。その理由として、姜は満洲国広報処検閲班長の木津安五が日本映画検閲の基準の一つとして民族協和を妨害する映画を挙げた点に注目する(129)。

木津は、日本映画の中に「複合民族国家たる我国情に適せざるもの、延いては、東亜共栄圏確立上悪影響を及ぼす」危険があるものが存在すると指摘した(130)。その主なる例は、「（一）日本の国力に疑念を抱かせる處のあるもの」、「（二）民族協和を阻害する処のあるもの」、「（三）その他、低俗浮薄な時局便乗」映画である(131)。彼は特に渡満する日本人の表象について強い憂慮を示した。すなわち、日本映画において渡満する日本人は「大概日本を喰ひ詰めた者。要するに、生活の失敗者、犯罪の逃避者、前科者、等々」(132)として描かれる。だが、そのような日本人表象は「指導的地位に在る在満日本人の、素質を誤解され、信頼の念を希薄ならしめるもの」(133)であったのである。とりわけ、「所謂開拓映画」は「日本の満洲開拓の真義意を誤解させ満洲人をして日本人に対し、恐怖心や嫌悪の情を起こさせる」(134)として、警戒された。

「内地」では大きな反響を呼び、政府当局の後援を受けた映画「大日向村」の物語は、満洲国当局によって民族協和を妨害する恐れがあるとして満人の目にふれないように上映を禁止された。その理由については、原作である『大日向村』で表れた満洲移民の論理が「内地」側の論理に終始しており、満洲の現地社会や異民族への関心は欠如していたことからしても想像し難くない。映画「大日向村」においても、満洲が登場するのは二つのシーンに過ぎず、その中でも列車の満員の乗客以外には一人の現地住民も登場しない(135)。人口減少による宗主国農村の更生や窮民救済、戦争遂行などが満人から共感や支持を得られるとは考えられない。

この事実は、そのまま小説『大日向村』で描かれた満洲移民が現地においてどのような意味であったのかを明瞭に示す。『大日向村』の物語は、「内地」側にとってのみ合理的な満洲移民を語っていたのである。

終章　国策文学の限界と可能性

国策文学と植民地の混沌

本書では、帝国日本の国策団体である農民文学懇話会と大陸開拓文芸懇話会によって創作された満洲移民の国策文学を、イデオロギーを軸にして、具体的な作品分析に基づいて検討した。

第1章では、両懇話会に参加した文学者の作品から満洲国の建国イデオロギーがほぼ登場しない理由として、満洲をめぐる帝国日本のイデオロギーそのものに原因があると想定した。具体的には関東軍の満蒙領有論、建国イデオロギーとしての民族協和と王道主義の抬頭から満洲国建国後の排除の過程、「八紘一宇」による統合、戦後日本における満洲体験者の記憶と語りによって構築された理想国家建設の満洲像までを考察した。

第2章では、農民文学懇話会と大陸開拓文芸懇話会の国策団体としての成立経緯を通して、それが帝国日本の文化統制に対する転向作家の圧迫感、東京文壇に対する反発や日本民族の大陸進出としての満洲移民に対する共感などの要素が複雑に絡み合って国策協力の論理を形成していたことを確認した。また、それは徴兵、軍需産業、満洲移民に対する人的資源の源泉としての農村に対する関心を背景とするものでもあった。

だが、両懇話会が国策協力に邁進した時期、満州移民は農村にとっての現実的な意味を失っていた。現実における満洲移民の論理がその限界を露呈し始めた時期に、満洲移民の国策文学が登場したのである。両懇話会は朝鮮、満洲、中国北部の移民地、訓練所などを視察旅行し、観察、研究することで創作の題材を発見していった。そうして満洲移民の国策文学は現実をありのままに描写する報告文学として捉えられ、国策文学における満洲移民を正当化するイデオロギーと現実との様々な矛盾や倒錯が読み取られることはなかった。

しかし、帝国の国策団体を迎えた満洲文壇は、決して一枚岩ではなかった。在満日本人文学者たちは満洲国独自の文学を論じ、その一部は植民者としての自意識に基づいて満洲移民とそれを「翼賛」する国策団体の文学に批判的な視線を向けた。それは、満洲移民を日本民族の大陸進出として肯定してきた両懇話会の立場からは理解することも、容認することもできない植民地の混沌であった。両懇話会の文学者たちは、「内地」では語り得ないものを内包する植民地の現実に直面したのである。本書では、両懇話会が初期に刊行したアンソロジーを分析して、満洲をめぐるイデオロギーが殆ど登場しないことを確認した。当時、満洲移民のスローガンとして盛んに唱えられていた五族協和や王道楽土の言葉さえ、テクストからは見つけ難いのである。

第3章から第6章までは、満洲移民に関わる歴史学及び社会学の研究成果を取り入れながら、満洲移民の国策小説を分析することで、満洲移民の多様な側面からその限界と可能性を捉えることを試みた。

このように、満洲移民の国策文学は転向作家や農民文学者が帝国日本内の文化統制の流れをいち早く捉え、満洲移民をめぐる国策に協力することで保護と支援を交換する試みであったといえる。彼らの中には、私小説や報告文学であることを持ち出して国策文学の枠から逃れようとする作家や日本民族の「大陸進出」に感動し、積極的に与した作家などが存在するなど、多様な様相を呈した。また、「外地」への移民を題材とすることで、日々強まる「内地」の規制・統制を回避しようとする意図も内包していた。しかし、彼らが満洲移民の目的地で発見したのは、極めて複雑に絡み合った植民地の現実であった。それは、「内地」で規制から回避しようとした国策団体の「越境」が、逆説的にも満洲文壇における独自性と多様性の追求に対して統制の先駆となる状況からも確認できる。

それは、単に文学に限定されることではない。満洲国の建国工作において、「内地」では不可能な理想の実現を試みた日本人は、軍部の中堅ないし青年将校やアジア主義に傾倒した青年知識人など、帝国日本の少数派であった。彼らは満洲国建国から宗主国における国家改造へと逆流することを希ったが、逆に彼ら在満日本人を媒介として満洲国の分離、独立は不可能となり、「大日本帝国」と「満洲帝国」は天皇と満洲国皇帝の一心一体によって不可分の関係となる。

そのような変化は、第一義的には日本の国際連盟からの脱退と日中戦争の勃発など国際政治状況の変化によるものである。また、帝国の支配圏におけるイデオロギー統合のためでもあった。だが、それは帝国日本が満洲国を通して政党政治及び資本主義など既存体制に対する変革や革新を要求する日本人勢力を介して、彼らの「実験場」であった満洲国そのものを帝国の既存体制内に包摂するものでもあった。

この包摂は、満洲国の中核であり「指導民族」であるべき「大和民族」としてのアイデンティティを通して行われた。第1章で検討してきたように、日本国籍は離脱できるとしても、日本民族からの離脱は不可能であると捉えられていたのである。この場合、在満日本人という概念は国籍より民族を示すものである。日本民族にとって帝国からの独立構想は、帝国日本とその体制を象徴する天皇に対する否定に繋がる危険を孕むものである。満洲国に対する思想的統制の強化が皇道に行き着いたのは、天皇の権威を盾にし、在満日本人を取り込むことに極めて有効であったためであろう。帝国は、在満日本人における国民国家と民族を同一視する傾向を巧妙に利用したのである。現在まで満洲をめぐる言説の中で多々観察される主体の混同は、そうした理由に起因するとも考えられる。

満洲国の建国イデオロギーは、現実では少数支配民族である在満日本人以外の政治的、現実的支持基盤を持たず、結局皇道に収束されて消滅した。そのような経緯は、満洲国建国のために創出されたイデオロギーが満洲という外部の「実験場」で成功した後、帝国へと逆流することが期待されたことを考慮すれば、イデオロギーそのものの挫折でもあった。結果として、民族協和と王道主義は、在満日本人によって生まれ、満洲国の建国イデオロギーとして祭り上げられ帝国日本の支配を正当化し、戦後もなお日本人の中に幻想として生き残っている。

満洲文壇における一部の在満日本人文学者による満洲文学の多様な試みも、結局満洲国側の文化統制によって押し潰されていった。だが、両褪話会の越境は、日本文壇と満洲文壇、満洲国においては日系文学と満系文学、満洲国の政治と文学、現実と理想の間に存在した幾重の沈黙と乖離、矛盾を暴力的に横断することで、それらを浮き彫りにしたのである。

国策文学の逆説的価値

だが、そこに今日における国策文学研究の意味があるとも考えられる。確かに、満洲移民の国策文学は帝国日本の戦争遂行に協力した。だが、彼らは報告文学として、帝国日本の視座の下で密かに蠢く人々の生を、些細な声を掬い上げていた。勿論、それはそのような人々、すなわち戦争遂行のためのあらゆる人的資源の供給を求められた「内地」農村、国策遂行への支持を要請された日本国民、さらには帝国日本の植民地から協力を調達することを目的としたためのものであった。

しかし、誤解を恐れずにいえば、満洲移民の国策文学はその動員された人々、あるいは共鳴した人々、さらには様々な理由で反対した人々に正面から向き合っていた。すなわち、満洲移民の国策文学は帝国のイデオロギーを通して、その満洲移民の動員対象として様々な支援の受益者でもあり、現地の中国人・朝鮮人農民たちには植民者であった日本人移民者の生を捉えようとする限界の中で、文学として彼らの生を形象化していた。そこに、国策文学の限界と可能性が、共に存在すると考えるのである。勿論そのためには、これらの国策文学を精微に分析し、読み解く必要がある。

たとえば、張赫宙『開墾』（一九四三）は、東京文壇における朝鮮人作家である張が自分の文学のルーツともいえる万宝山事件（一九三一）を小説として再構成した作品である。『開墾』において、万宝山事件を経験した在満朝鮮農民は、領事館警察の介入を通した帝国日本の保護に感動し、その秩序が続くことを願うようになる。だが、彼らが帝国日本が掲げる満洲国の建国イデオロギーに関心を示すことはない。これは国策小説としては、興味深い矛盾である。この矛盾は、『開墾』が国策に積極的に協力する開拓小説でありながら、朝鮮農民の立場から描くことを徹底しているために生じたものであろう。読者が朝鮮農民を同じ「日本帝国臣民」であると認める時、『開墾』の論理はその破綻を回避できる。

しかしながら、読者はテクストの内部からは朝鮮農民が満蒙権益の確保のために「梃子」として利用されていく過程を、外部からは現実の満洲国の民族差別や矛盾を突き付けられざるを得ない。なぜなら満洲国の建国後は、在満朝鮮人の「日帝の手先」としての効用性は消え、「補導」や「自浄」が求められる存在になるためである。『開墾』が発表された一九四三年の時点では、帝国日本の「大陸進出」における在満朝鮮人の役割はほぼ終わっていた。にもかかわらず、張はそこから一二年も前の「半島人同胞の苦難」を描くことで、帝国日本と朝鮮農民の利害が合致していた頃の記憶を蘇らせようとしたのである。

他方、湯浅克衛「先駆移民」（一九三八）は、第二次日本人武装移民団の入植を契機とする現地住民の反満抗日武装闘争である土竜山事件（一九三四）を描いた作品である。この作品は、同事件を題材としながらも、その主な問題である土地問題を回避したため、湯浅の国策への傾倒を示す作品としてみなされてきた。だが、満洲移民の推進を奨励し、支持するために書かれた国策小説の観点からは、「先駆移民」は失敗作であると評価することができる。なぜなら、「先駆移民」は第二次移民団の満洲入植から土竜山事件までの過程において、民間武器の没収が象徴する現地住民と日本人移民者の非対称な関係と、それに起因する武力衝突への過程を描写しているためである。こうした点から見れば、「先駆移民」は帝国日本が推し進める満洲移民が暴力に基づいて成立していることを露呈させているということになる。

満洲移民の流れが本格化する時期、湯浅は「先駆移民」を通して帝国日本によって推し進められた満洲移民の端緒として武装移民に立ち返り、武装移民の「出征」を、安易な民族協和より異民族との衝突を描いた。この小説において浮かび上がって来る「満洲開拓」の論理は、日本人の満洲移民を正当化するというより、その破綻と矛盾を「逆証」しているのである。それが湯浅の意図したことか否かを判断することは難しい。だが、少なくとも「先駆移民」においては、帝国日本や満洲国が掲げたイデオロギーは、取材や観察によって小説に取り入れられた満洲の現実を支えきれず崩壊した。その事実は満洲移民を「翼賛」するために書かれた小説が、逆に満洲開拓イデオロギーの虚偽を内側から瓦解させられる契機となる可能性を示唆しているのである。

それに比して、打木村治『光をつくる人々』(一九三九)は、「先駆移民」とほぼ同時期に行われた第一次移民団の入植過程を追っているが、土竜山事件は暗示されるだけで、結局匪賊は討伐され、移民団は「内地」から花嫁を迎えて明るい未来を約束する結末で終わる。そのため、この作品は一見、典型的な国策小説であるように見える。

打木は、「序」において『光をつくる人々』が「第一次満洲農業移民としての武装移民が彼の地に上陸して、文字通り血みどろな闘ひの中から希望を見出し、建設の曙光が射し込んだところで花嫁の一団を迎へ、更に希望を明日につなぐまでの温き歴史を小説にしたもの」であると語った。この小説は徹底して日本人移民者の視点から「満洲開拓」の成功を描いている。日本人男性移民者の武力による征服と日本人女性移民者との婚姻によって満洲移民が成功する物語の構造は、単純なものではある。その単純な構造が移民者の「同胞」である日本人読者から「日本民族の大移動」への支持と理解を得るには効果的であったであろう。この小説の国策小説としての成功は、まさにそれに起因する。

しかし、日本人だけで構成された均質な開拓の物語に現地女性の金鐘連が登場した時、満洲移民の論理はその閉鎖性を露呈させる。結果として、彼女は言葉を失い、彼女の感情と意思は配偶者となる日本人男性移民者によって代弁され、結末の移民団の合同結婚式では完全に「包摂」されたかのように見える。満洲国が日満一徳一心(『回鑾訓民勅書』一九三五）、国家神道の導入（『国本奠定勅書』一九四〇）などを経て急速に帝国日本に包摂されて行く流れから見れば、金鐘連の「包摂」が持つ異質さに気づくことは難しい。

当時、地続きである朝鮮半島では「内鮮恋愛」や「内鮮結婚」を題材とする小説が多く書かれていた。それに比して、満洲移民を題材とした国策小説において現地女性との恋愛結婚及び混血児の出生が登場するのは、管見の限り、この作品だけである。にもかかわらず、発表当時は岩上順一が「満人農民との接触も、単に恋愛結婚といふ結びつきで未来の解決を暗示してしまひ、土地と農業の仕方それ自らのなかに満農と結ばねばならぬ必然的な因子を発見することが出来なかつた」（前掲「描かれる現実　文藝時評」四二九頁）と指摘するにとどまり、その問題性が発見されることはなかった。

しかし、混血児の存在は、移民団の合同結婚式が象徴する「明るい未来」の基盤となる日本民族の排他的民族主義において、容認され得るものではない。なぜなら、日満両国の「一体的重要国策」である満洲移民政策においては、その中核たる「大和民族」の異民族との混血は徹底して排除されていたからである。帝国日本の満洲国支配は「同化／包摂」の論理に、満洲移民政策は「純血／排除」の論理に沿って進められた。

それは、『光をつくる人々』においても同様である。この作品は、初期武装移民の姿を通して満洲移民政策の成功を征服の物語として描いている。その上で、満洲国の将来には異民族との「混血融合」を通した「満洲国民」創出が実現されると暗示しているのである。「混血融合」は征服の結果である他者包摂の象徴として物語に組み込まれることになるが、それは国策の観点からすれば日本民族の血統を汚すことにほかならないのである。

事実、『光をつくる人々』における満洲移民の表象は、帝国日本の国策に完全に回収されるものではない。混血の息子の存在を肯定する栗田の論理は、帝国全体における支配と統治の論理と満洲の状況とが複雑に錯綜する中で生み出されたものであった。勿論、それは満洲移民と満洲国の存在を容認するという限界の中で生まれた論理の屈折であった。しかしその場面によってこそ、この作品は国策小説でありながら、帝国のイデオロギーの亀裂と倒錯を語る可能性を有したものとして読み直すことができるのである。

これまで検討した国策文学は、満洲移民者が現地で遭遇する様々な困難に焦点を置き、さらに初期移民に注目するものであった。これらに対して、徳永直「先遣隊」（一九三九）と和田伝『大日向村』（一九三九）は、徹底して日本人満洲移民の送出における「内地」側の論理に依拠している。両作品は、ほぼ同時期の満洲視察と取材に基づいて書かれた作品であり、また分村移民という満洲移民政策の変化に極めて素早い反応を示していた。

両作品においては、小説が執筆された時期と小説の題材である実際の第六次・七次移民の時期が極めて近接している。この時期、満洲移民が日中戦争の勃発によって戦争遂行に組み込まれると同時に、現実の移民募集は停滞していた。したがって、両作品は合理性を失い戦争遂行の精神主義に傾倒していく現実の満洲移民の状況を背景として、日本人農民の大量移民を可能にする分村移民の必要と効果を強調し、その重要性を喚起させるという国策文学としての目的が最も顕在化した作品であるといえる。

「先遣隊」では、満洲の過酷な環境に適応できず落後した第六次移民団の先遣隊員の青年が、「内地」に帰還した後も満洲移民にしか活路を見出せず、分村移民に参加する姿が描かれている。他方、『大日向村』は、分村移民のモデルケースとして全国的に宣伝された大日向村の分村移民の過程を再構成した作品である。この二つの作品に共通するのは、農村あるいは農民の経済的困難を満洲移民の契機とみなしている点である。

「内地」農村の疲弊と農民の窮乏に対する解決策として満洲移民を提示し、それがあたかも合理的な対策であるかのように印象づけようとする。この作品では根本的な問題が土地不足と過剰人口であるとみなし、満州移民によって「内地」農村と移民者双方の利益を得ることになると謳われている。しかし、この満洲移民を正当化する論理の構造は、日中戦争の長期化による持続的な人的資源の供給と農業生産力の増加が求められた「内地」農村の現実において現実的なものではなかった。そのため、既存の満洲移民団の中心となった青壮年層から子供や老人に至るまで、「内地」農村をそのまま満洲に移植する分村移民が考案されたのである。

こうした満洲移民政策が持つ暴力性は、「先遣隊」では、過酷なる諸条件にもかかわらず満洲移民を選択せざるを得ない先遣隊員の選択において明らかになる。この作品で、先遣隊の青年は適応障害である屯墾病に罹る。しかし、結末において、彼は分村移民に参加することで信頼できる日本人移民者として再度満洲に渡る。家族と隣人、親戚と共に渡満する分村移民が、満洲移民の安定化に大きな貢献を果たすであろうという期待を読み取れる。しかし「先遣隊」の物語は屯墾病が象徴する満洲の過酷な自然環境、不安な治安状況、海外への心理的な抵抗感を完全に解決することには失敗する。結果として先遣隊員は渡満し、男性移民者たちと花嫁の行列は満洲移民の輝かしい成功を約束しているようであるが、結局満洲の諸条件は変わっていない。さらに彼の目に映る故郷の風景は戦争遂行のための労働力不足を露にした姿であり、村民たちは分村移民の呼びかけに対する不安と距離感を表す。小説の中の「内地」農村の現実と先遣隊員が掲げる満洲移民の論理は乖離したまま終わるのである。

和田伝『大日向村』は、第七次移民団であり、単一村からなる分村移民のモデルケースとして華やかに宣伝された長野県の大日向村の分村移民を小説化したものである。作家の和田が自ら語ったように、ルポルタージュのような事実と虚構を交差させながら、大日向村の分村移民推進の様子を描いている。だが、この交差は細かな事実を積み上げながら、その大きな枠としては帝国日本の農村統制と官製農本主義に基づいて分村移民を通して大日向村の再生という「神話」を再生産している。

たとえば、『大日向村』によって大日向村は山奥の寒村であるというイメージが固定化された。だが、テクストからも確認できるように、大日向村の経済的困難の原因は水田の不足によるものではない。大日向村の貧困は、農村恐慌による繭価の暴落で現金収入が激減した状況で、村民たちが炭焼に集中し、さらに村内の商業高利資本に搾取され莫大な負債を負わされるという悪循環によるものである。にもかかわらず、『大日向村』では、この村の問題が村内の稲作耕地不足で自給自足が不可能であるという地理的、物理的条件そのものにあると解釈し、村民が搾取されながらも負債ばかり背負い込む生活から解放されるためには、国家の支援を得て満洲移民に乗り出すしかないと語る。大日向村の分村移民が国家の政策的必要性ではなく、負債に苛まれる寒村である大日向村自らの要請によって推進されたように偽装しているという点からも、この小説は決してルポルタージュではない。

『大日向村』において満洲移民の主体は浅川村長を中心とする移民推進派であり、村民は彼らの指導に追従する存在に過ぎない。彼らは数字や統計、理論を持ち出して満洲移民がいかに合理的で満洲移民者と母村の人々に有益であるかを説得する。だが、彼らが堂々と語る目的とは村の負担となる過剰人口を満洲に送出し、彼らが手放す家屋や小作地、土地を手に入れて母村が更生することである。彼ら移民推進派は、自ら満洲移民に参加することで移民する側に犠牲を一方的に強いるという事実を隠蔽しようとするが、結局満洲移民に送出されたのは、大部分が村の貧困層であるという事実を認めるのである。

そうした推進派に対して、村人たちは負債と生活の苦しみに追われるか、満洲移民に積極的に賛成する時でさえも感情的で統制が取れない存在として描かれる。語り手は大日向村の村人たちを、正しく指導されるべき大衆として捉える。そして、テクストにおける母村の更生という満洲移民の目的は、日中戦争を契機に戦争協力へと転換される。農村窮乏を解決するための手段であった満洲移民そのものが目的にすり替えられ、テクストにおいて大日向村の分村移民の進行は日中戦争と正確に重なって進行する。満洲移民は「大陸への渡洋挺身」となったのである。

両作品とも、その読者が共感し、説得されることが期待されるのは、帝国日本における満洲移民推進の論理である。特に『大日向村』は、当時ベストセラーとなり人気を集めて、映画や演劇として全国的に展開されることで分村移民と大日向村の名前を全国的に浸透させる役割を果たした。言い換えればこの小説は、満洲移民の実際の対象である貧困層の農民以外の国民にも広く満洲分村移民を紹介し、理解させるために極めて重要な媒体であったのである。そしてその媒体は、満洲分村移民は帝国にとって有益であり、いかなる犠牲を払っても推進されなければならないものであるという満洲移民の理解と支持を獲得するためのものとして機能した。分村移民は日本人の大量移民を意味し、日中戦争の下、すでにその多くの構成員が兵士として徴兵されながら、同時に生産性増大を要求された農村に、国策の名でさらなる犠牲を要求する政策であった。

しかし、「内地」では人気を集め奨励された映画「大日向村」は、満洲国当局の検閲によって満系映画館での上映は禁止された。この事実は、満洲移民に対する「内地」側の論理や位置づけが現地民衆にとっては決して受け入れられるものではないことを物語る。

「先遣隊」と『大日向村』は、文学作品を通して同時代の国家権力に積極的に協力し、満洲移民が農民と農村にとっても有益であると形象化した。しかし、作家たちが満洲移民の単なる障害物、あるいは農民の無知と愚かさ、狡猾さの証拠としてしか捉えられなかったものが、彼らの作品に生々しい形で散在している。故郷への愛着や異国への移住に対する抵抗感は、政策側の単純な損得の計算を超え、民衆の中に様々な形で根強く存在した。また、満洲移民に対する中小地主、自作農、小作農の利害関係は複雑に絡み合い、政策側の理想からは程遠いものであった。『大日向村』における「内地」農村の更生という物語の論理は破綻し、戦争遂行の一翼として日本軍の「大陸進出」に呼応するものへと転化する。こうした論理の破綻は、国策文学そのものの限界を露わにするのである。

「抵抗」と「協力」の狭間で

ここまでの作品分析を踏まえると、満洲移民の国策文学が単なる「帝国の声」の再生産ではなく、帝国日本と満洲との間において展開された様々な層位の人々の生と言説を文学の中に取り込み、結果として亀裂や矛盾を呈していたことを確認できる。農民文学懇話会と大陸開拓文芸懇話会の設立は、後の文学者の国家動員を先取りしたものであったが、この国策団体に参加した文学者の作品が必ずしも国策に馴致されるものではなかったのである。

たとえば、多くの小説において試験移民段階における関東軍と満洲移民の関わりが意図的に削除された点を挙げることができる。周知のように、満洲国の建国直後に開始された日本人の満洲移民は、関東軍の武力を背景とした在郷軍人の武装移民であった。加藤完治と共に「満洲移民の父」と称された関東軍将校東宮鉄男と初期武装移民団との関係は極めて密接なものであった。にもかかわらず、「先駆移民」と『光をつくる人々』においては、関東軍との関わりは殆ど言及されていない。これらの作品で強調されるのは、元兵士が本来の姿である農民に戻り、銃ではなく鍬で国家に貢献できるというものである。

このような事実は、文学者側が満洲移民者に対する「関東軍／兵士」と「移民者／農民」の区分において自覚的であったという事実を証明する。そもそも満洲移民が屯墾兵案から出発したという事実は、武装移民の募集時から明確なものであったからである。だが、文学者側にとって武装移民団の本質が軍事的征服であったとしても、それはやがて到達すると想定された未来において解決され得るものであった。

しかし、そうした作家の意図にもかかわらず、両懇話会の越境が象徴するように、日本農民の満洲移民は、結果として日本勢力扶植として推し進められた。それは日本民族を媒介として満洲国と帝国日本との繋がりを永続化させるものであった。そのためには、日本人満洲移民者は「満洲国民」ではなく「日本帝国臣民」であり、日本民族としてあり続けなければならない。五族協和のスローガンは、少数支配民族である日本民族の民族的同一性が維持されるという前提の下でこそ、許容され得るものであった。

だが、在満日本人文学者の例からも確認したように、日本人のアイデンティティと満洲は早くも「故郷喪失」の様相を呈していた。その時、在満日本人文学者の一部が民族協和を建前に、異民族との連帯の可能性を模索したのは事実である。だが、満洲国政府の文化統制によってそのような可能性は押し潰されていった。結果として両懇話会は、満洲移民が帝国日本の内部における農村問題を植民地に転移させたのと同様に、植民地における文化統制を促進する役割を果たしたといえる。

同時に、満洲移民の国策文学は帝国内部に対して、大衆動員という犠牲への理解を要求するものでもあった。それは、保守的な農村の内発的な協力を引き出すためのものであったが、むしろ国策の名の下に推し進められる戦争遂行と人的資源管理の論理をもって展開された。まさにそうした点において、満洲移民の国策文学が表すとみなされてきた政治的意味の「逆証」として捉え直すことが可能になる。すなわち、「国策の線に沿って」創作された国策文学は、「帝国の声」を再生産にあたって、満洲移民において無数の「小声」を拾い上げることができた。それは時に、移民政策に対する密かな批判や懐疑を乗せ、あるいは国策移民政策における露骨な戦争遂行の論理と排他的民族主義を謳い、国策の論理によって犠牲を強いられる大衆の言葉を語った。

作品分析において具体的に検討したように、帝国の文学が植民地を捉え、分析し、取り込もうとする語りのイデオロギーが孕む倒錯を発見する本書の実践は、今まで殆ど省みられることのなかった国策文学の時代を、より多様に、豊かにする契機を提供できる。韓国学研究においては、帝国の都合によって「日本帝国臣民」として包摂されると同時に異民族の朝鮮民族として排除されながら、揺れ動いた朝鮮人の表象と彼らをめぐる帝国の言説に関する研究として貢献できるであろう。また、本書の問題意識と成果は北海道開拓文学から戦後引揚げ文学へと続く連続性の中で、さらに検討されるべき問題として発展させられるであろう。

註

《序章　膨張し続ける帝国の文学――忘却と誤読の文学を読み返す》

1　浅見淵「大陸文学について」『文芸』一九三九・五、一〇四頁。
2　大陸文学と同時代の日本浪漫派の日本回帰について注目した先行研究として、若松伸哉「「満洲」へ移される「故郷」――昭和十年代・大陸「開拓」文学と国内文壇にあらわれた「故郷」をめぐって――」（『国語と国文学』第一〇〇〇号、二〇〇七・四）がある。若松は、満洲移民を題材とする大陸文学が満洲に移民者の故郷を「創造」できるとみなした点に注目し、ほぼ同時代の日本国内の文壇でも故郷意識の盛り上がりがあったことを指摘する。彼は、谷崎潤一郎、小林秀雄、萩原朔太郎によって表れた「故郷喪失」の現実認識と「故郷希求」への欲求、また日本浪漫派の日本回帰が持つ故郷意識を強調した。
3　劉建輝「「満洲」幻想の成立とその射程」『アジア遊学』（四四）、二〇〇二・一〇、五～六頁。
4　同右、七頁。
5　同、八頁。
6　同、一一～一二頁。
7　同、一二～一三頁。
8　小森陽一『ポストコロニアル』岩波書店、二〇〇一、六六頁。

9　劉建輝、前掲論文、一四頁。
10　ルイーズ・ヤング／加藤陽子、川島真、高光佳絵、千葉功、古市大輔訳『総動員帝国』岩波書店、二〇〇一、一九一頁。
11　満洲国期国籍法と二重国籍問題については、第3章第5節参照。
12　大東亜省総務局調査課編『調査資料第八号　満洲開拓政策関係法規』大東亜省総務局調査課、一九四三、一頁。
13　満洲国通信社編『満洲開拓年鑑　昭和一六年版』（『満洲移民関係資料集成』第七回配本〈第三一巻～第三五巻〉所収、不二出版、一九九二）一九四一、六八頁。
14　満洲開拓史復刊委員会『満洲開拓史』（復刻版）全国拓友議会、一九八〇、三三九頁。
15　ルイーズ・ヤング、前掲書、二一一頁。
16　上野凌嵱「国策文学論」青木実外編『満洲文芸年鑑　昭和一二年版』（復刻版、西原和海解題、葦書房、一九九三）所収、G氏文学賞委員会、一九三七、六五頁。
17　近藤春雄『大陸日本の文化構想』敞文館、一九四三、六二頁。
18　満洲・満洲国研究史の詳細な動向については、山本裕「満洲」日本植民地研究会編『日本植民地研究の現状と課題』アテネ社、二〇〇八、田中隆一『満洲国と日本の帝国支配』有志社、二〇〇七、第一部「東アジアの歴史認識と満洲国」参照。
19　山室信一『キメラ――満洲国の肖像――増補版』中央公論新社、二〇〇四、六〇頁。
20　平野健一郎「満洲事変前における在満日本人の動向――満洲国性格形成の一要因――」『国際政治』（四三）、一九七〇.一二、五四～五五頁。
21　古屋哲夫「「満洲国」の創出」山本有造編『「満洲国」の研究』京都大学人文科学研究所、一九九三、七六頁。
22　駒込武『植民地帝国日本の文化統合』岩波書店、一九九六、二三七頁。
23　引用は、尾崎秀樹『旧植民地文学の研究』（勁草書房、一九七一）を底本とした『近代文学の傷痕――旧植民地文学論』（岩波書店、一九九一）による。尾崎秀樹『近代文学の傷痕――旧植民地文学論』岩波書店、一九九一、二三〇頁。
24　川村湊『異郷の昭和文学――「満洲」と近代日本』岩波書店、一九九〇、二三～二四頁。
25　若松伸哉、前掲論文。
26　呂元明／岩崎富久男訳「中国における東北淪陥期文学の研究の現在」植民地文化研究会編『特集「満州国」文化の性格　植民地文化研究　資料と分析』不二出版、二〇〇二、五六～五七頁。

27 同右、六七頁。

28 李海英は、朝鮮族という用語が歴史的・政治的に変化、形成された用語である点を指摘する。李の研究によれば、朝鮮人移民者は、満洲移住初期から満洲国の崩壊まで朝鮮人、在満朝鮮人、満洲朝鮮人と呼ばれた。中国共産党の「中華人民共和国民族区域自治綱要」（一九五二・二）によって、「延辺朝鮮民族自治区」が成立する。以降、自治区が自治州に変更される際、「延辺朝鮮族自治州」と改称された。李海英『中国朝鮮族社会史と長編小説』亦楽、二〇〇六、一四～一五頁。

29 李海英、張丛丛「満洲国の国家性格と安壽吉の北郷精神：安壽吉の在満時期作品を中心に」中国海洋大学校海外韓国学中核事業団編『文明の衝撃と近代東アジアの転換』キョンジン、二〇一二、二五〇頁。

30 李の研究によれば、在満朝鮮人文学から朝鮮族文学への移行の具体的な様相は、作家層の交代、文壇の再組織及び整備、中国共産党の文芸政策の強力な指導と影響下における編入などである。李海英、前掲書、一六頁。

31 崔炳宇『朝鮮族小説の枠とキメ』国学資料院、二〇一二、二六頁。

32 李海英、前掲書、一八～一九頁。

33 同右、二八四頁。

《第1章　満洲建国イデオロギーの諸相と限界——在満日本人の心情と防御の論理》

1 一九三二年の全人口は三〇九三万人で、中国人は二九九五万二〇〇〇人である。日本人は八三万九〇〇〇（内「内地人」は二七万五〇〇〇人、朝鮮人は五六万四〇〇〇人）である。「満洲人口増加趨勢」国務院総務庁統計処編『満洲帝国国勢康徳四年版』国務院総務庁統計処、一九三六、二一頁。

2 橘樸に関する伝記的事実は、山本秀夫『橘樸』（中公叢書、一九七七）による。橘は一八八一年大分県に生まれ、熊本第五高等学校を退学、早稲田大学に入学したがやはり退学し、『北海タイムス』に入社した。一九〇六年、大連に渡り遼東新聞社で記者として働きながら満洲農村を観察・研究し始めた。『日華公論』主筆となり（一九一三）、シベリア出兵では従軍記者を務めた。その後も、『京津日日新聞』主筆（一九一八）、『済南日報』主幹（一九二〇）、『月刊支那研究』創刊（一九二四）、「支那研究会」発足（一九二六）、『満洲評論』創刊（一九三一）など言論と研究の両方で活発に活動した。満洲事変後の「方向転換」からは、自治指導部顧問、建国社結成など、満洲国の代表的イデオローグとして建国工作に関わった。満洲国建国後には協和会理事となったが、次第に影響力を失い、石原莞爾の東亜連盟運動に関わった。奉天で終戦を迎え、同年一〇月二五日同地で肝硬変によって死亡した。

3　板垣征四郎「満蒙問題について」稲葉正夫「史録・満洲事変」参謀本部編『満洲事変作戦経過ノ概要　満洲事変史』所収、巌南堂書店、一九七二、四二頁。

4　同右。

5　緒方貞子『満洲事変――政策の形成過程』岩波書店、二〇一一、八一頁。

6　佐藤はそうした例として「明治の夢」として山縣有朋、福島安正、川島浪速らの韓国併合後の思想の流れ、陸軍の関係者や大陸浪人が清朝の満洲復活を図った二回の満蒙独立運動工作（一九一二、一九一六）などを挙げている。佐藤元英「昭和陸軍と満蒙領有の構想」『紀要　史学』五二号、中央大学文学部、二〇〇七・三、五七～五八頁。

7　同右、五九頁。

8　山室信一『キメラ――満洲国の肖像――増補版』中央公論新社、二〇〇四、五三頁。

9　角田順「解題　石原の軍事的構想とその運命」角田順編『明治百年史叢書　第一八巻　石原莞爾資料（増補）――国防論策編』原書房、一九八四、五三一頁。

10　石原莞爾「国運転回ノ根本国策タル満蒙問題解決案」一九二九・七・五、角田順編、前掲書（第一八巻）所収、四〇頁。

11　関東軍参謀部「「満蒙ニ於ケル占領地統治ニ関スル研究」ノ抜粋」一九三〇・九、角田順編、前掲書（第一八巻）所収、五二頁。

12　石原莞爾「満蒙問題解決ノ為ノ戦争計画大綱（対米戦争計画大綱）」a、一九三一・四、角田順編、前掲書（第一八巻）所収、七一頁。

13　角田順、前掲書解題、五三一頁。

14　石原莞爾「講話要領」一九三〇・三・一、角田順編、前掲書（第一八巻）所収、四六頁。

15　関東軍参謀部、前掲資料、五二頁。

16　古屋哲夫「「満洲国」の創出」山本有造編『「満洲国」の研究』京都大学人文科学研究所、一九九三、三九、四〇頁、平野健一郎「満洲国協和会の政治的展開――複数民族国家における政治的安定と国家動員」『日本政治学会年報政治学』一九七三・三、二三九頁。

17　緒方貞子、前掲書、八七、九一頁。

18　橘樸「満洲事変と私の方向転換」『満洲評論』第七巻第六号、一九三四・八、橘樸『大陸政策批判　橘樸著作集第二巻』所収、勁草書房、一九六六、一七頁。

19　石原莞爾「満蒙問題私見」一九三一・五、角田順編、前掲書（第一八巻）所収、七七頁。

20　同右。

21　石原莞爾「満蒙問題ノ行方」一九三一・一二・二、角田順編、前掲書（第一八巻）所収、八八頁。

22　同右。

23　板垣征四郎、前掲論文、四四〜四五頁。

24　平野健一郎「満洲事変前における在満日本人の動向——満洲国性格形成の一要因——」『国際政治』（四三）、一九七〇・一二、五四頁。

25　東京帝国大学教授の白鳥庫吉は、満鉄総裁の後藤新平に満洲・朝鮮に関する研究の重要性を訴えた。その結果、「南満洲鉄道株式会社歴史調査室」（東京）が一九〇八年発足した。東京帝国大学史学科の関係者が中心となり歴史調査室を形成したが、満鉄社内から現在からはかけ離れたように見える歴史研究の持続に疑問が呈され、歴史調査室は廃止された（一九一五）。白鳥は研究室を東京帝国大学内に移し、東洋史学の研究は続けられた。この歴史調査室による成果として、『満洲歴史地理』第一巻、第二巻、『朝鮮歴史地理』一巻、二巻（一九一三）、『清朝全史』上下（一九一四）、『満洲発達史』（一九一五）などが刊行された。塚瀬進「戦前、戦後におけるマンチュリア史研究の成果と問題点」『長野大学紀要』第三二巻第三号、二〇一一、二四八〜二四九頁。

26　塚瀬進は、白鳥が主宰した歴史調査室に参加した松井等が日露戦争以前の満洲の状況をもって、日露戦争以後の満洲の状況を考えることは問題であると批判された事実を挙げている。同右、四二頁。

27　森田美比『昭和史のひとこま——農本主義と農政——』筑波書林、一九九三、三三〜三四頁。

28　竹内好『日本とアジア』筑摩書房、一九九三、二〇頁。

29　松本三之介『近代日本の中国認識　徳川期儒学から東亜共同体論まで』以文社、二〇一一、二八八〜二九一頁。

30　尾崎秀実「支那論の貧困と事変の認識」一九三七・九、尾崎秀実『尾崎秀実著作集　第一巻』所収、勁草書房、一九七七、二二〇頁。

31 同右、二二〇～二二一頁。
32 同、二二一頁。
33 山口重次『満洲建国と民族協和思想の原点』大湊書房、一九七六、二五頁。
34 石原莞爾「現在及将来ニ於ケル日本ノ国防」b、一九三一・四、角田順編、前掲書（第一八巻）所収、六三頁。
35 同右。
36 板垣征四郎、前掲論文、四七頁。
37 同右、四四頁。
38 関東軍参謀部、前掲資料、五六頁。
39 同右、五七頁。
40 同、五三頁。
41 石原莞爾「関東軍満蒙領有計画」一九二九・七、角田順編、前掲書（第一八巻）所収、四二頁。
42 石原莞爾、前掲資料（一九三一・四）a、七一頁。
43 石原莞爾、前掲資料、一九二九・七、四二頁。
44 板垣征四郎、前掲論文、四六頁。
45 西村俊一『日本エコロジズムの系譜――安藤昌益から江渡狄嶺まで――』農山漁村文化協会、一九九二、九八頁。
46 浅田喬二の研究によれば、この三案は、満洲国建国に関連した諸問題を検討した「満蒙に於ける法制及経済政策諮問会議」（一九三二・一・一五～二九、移民問題は一・二六、二七）の成果を基に作成され、奉天領事館を通じて、日本人の満洲移民に否定的であった外務省や拓務省に影響を及ぼした。他の日本人農業移民案に対して「屯田兵制移民案要綱」の特徴は、その入植予定地を東支鉄道以北の北満洲地方に限定し、軍隊的組織と規律を持つ屯田兵制移民を日本人移民の先兵として入植させる意図のものであった。そのため、屯田兵制移民は満洲駐屯軍隊除隊兵（且つ満三カ年以内の者）を優先して募集し、入植後三カ年間の共同生活・共同耕作を行い、四カ年には五〇町歩の土地を分譲するとした。この時点で、関東軍の普通移民案では土地代金の半額負担の有償払い下げを取ったことと比べれば、屯田兵制移民は三カ年間の共同生活・共同耕作の義務と五〇町歩の土地を与えるという点で異なっていた。さらに同年七月、関東軍司令部は「屯田兵式農村設定案」を作成し、入植後三カ年間は屯田兵営に起居し、準軍隊的組織に属して軍事訓練と開墾と耕作に従事する「屯田兵現役期」が設定された。普通移民は経済移民として、屯田兵制移民は軍事移民としての性格が濃く認められるのである。だが、一九三二年九月一三日、関東軍特務部によって作成・決定された「満洲における移民に関する要綱案」では、それまでの農業移民の主要な形態としていた普通移民から軍事的・政治的役割を強調する武装移民計画に変更された。浅田は、満洲農業移民の根幹が「普通農業移民」から「特別農業移民」に転換された理由について、反満抗日武装闘争が農民遊撃隊を中心として行われたことから、日本人農業移民によって農村の治安維持確保を図るためであったと指摘する。浅田喬二「満洲農業移民政策の立案過程」満洲移民史研究会編『日本帝国主義下の満洲移民』龍渓書舎、一九七六、七～一四頁。

47 古屋哲夫、前掲論文、三九、四〇頁、平野健一郎、前掲論文、二三九頁。

48 この時期、関東軍が提携したのは青年連盟のみではない。一九三一年一〇月、関東軍の石原、板垣らは大雄峰会の総会に参加し、同会に建国運動に協力することを要請した。大雄峰会は、満鉄東亜経済調査局に勤務していた笠木良明の大連転勤を契機として、笠木良明や中野琥逸を中心にして結成された団体である（一九二九・五）。満洲事変以前から中野が関東軍側と連絡していたとされるが、前述の総会における関東軍側の要請と会員の賛同によって、建国運動に参加することが決定した。中野と庭川辰雄が「地方自治指導に関する私案」を作成し、それを協議した結果、会員が自治指導部に参加することになったのである。山室信一、前掲書、一〇二頁、岡部牧夫「笠木良明とその思想的影響――植民地ファシズム運動の一系譜――」『歴史評論』二九五、一九七四・一一、二四頁。

49 一九三二年三月以降、青年連盟は全会員を挙げて協和運動に傾倒し、五月の協和運動促進の大演説会の開催を経て、一国一党主義の公党として企画された。だが、協和会と名称を変更し、名誉会長に執政溥儀、幹部に満洲国要人が参加して満洲国の一機関として発会式を挙げた（一九三二・七・二五）。満洲青年連盟史刊行委員会編『満洲青年連盟史』（復刻版、原書房、一九六八）一九三三、一七頁。

50 同右。

51 満洲青年連盟は、『大連新聞』の後援の下、御大礼奉祝と普選実施記念事業として開催された満洲青年議会（一九二八・五・四～五・六）を母体とする。高媛の研究によれば、満洲青年議会の開催は『大連新聞』の部数拡大策の一環として行われたもので、一カ月の間に九〇人の日本人議員を選出する計画であった。前例のない各満鉄附属地を含む大規模な選挙は人気を集めた。投票用紙が新聞紙に刷り込まれていたため、『大連新聞』の部数は選挙熱に煽られて順調に伸び、一九二九年一〇月には、一九二七年五月より三万部が増加した七万五〇〇〇部に至った。高媛「租借地メディア『大連新聞』と「満洲八景」」『ジャーナル・オブ・グローバル・メディア・スタディーズ』四、二〇一〇・九、二五頁。満洲青年議会の開催は在満日本人が集まって「満蒙を舞台とする日満関係を忌憚なく検討し、之が解決促進に精進」する機会となった。「全満の輿論に一大センセーション」を巻き起こしたことで、従来「為政者の爲すに任せたる満蒙は今や国民の満蒙、否全国民の血に依つて購ひたる満蒙として死守せねばならぬといふ強き自覚」に至った。満洲青年議会は、在満日本人の世論を喚起し、満蒙に対する強い自意識を促す契機となったのである。一九二八年一一月の第二回青年議会では「恒久性ある組織」に改造することを決議し、満洲青年連盟が成立した（一一・一三）。満洲青年連盟史刊行委員会編、前掲書、三～四頁。

52 同右、一、七頁。

53 同年満洲全体の推定人口は二九九六万一〇〇〇人である。国務院総務庁統計処編、前掲書、二一頁。

54 満洲青年連盟史刊行委員会編、前掲書、一一頁。

55 平野健一郎、前掲論文（一九七〇）、五四～五五頁。

56 同右、五六頁。

57 同、五八頁。

58 同、五九頁。

59 青年連盟顧問の満鉄衛生課長金井章次など一部の議員は在満日本人の日本国籍離脱に反対したが、当時青年連盟本部総務部長の山口重次など他の一部議員は楽観的であった。同右。

60 同、六〇頁。

61 満洲青年連盟史刊行委員会編、前掲書、七頁。

62 『満蒙三題』満洲青年連盟史刊行委員会編、前掲書所収、四六三頁。

63 平野健一郎、前掲論文（一九七〇）、六五～六六頁。

64 満洲青年連盟史刊行委員会編、前掲書、一二～一三頁。

65 同右、四五九頁、平野健一郎、前掲論文（一九七〇）、六六～六七頁。

66 金井章次は、青年連盟のスローガンの末項が本来「満洲に現存する諸民族の協和による独立国の建設を期す」であったが、関東庁から中国側を刺激する危険があるとして独立国を削除するように要請されたと述べている。金井章次、山口重次『満洲建国戦史』大湊書房、一九八六、一〇頁。

67　金井によれば、青年連盟の創立（一九二八）のスローガンは「満洲におけるわが大和民族の発展を期す」であったが、それは現地人との実力闘争となるため、「民族の協和を期す」と変更されたと主張する。また、彼は自分が国際連盟の保健部に勤務した際の多民族国家のスイスとイタリア青年党を導いたマッチニイを参考にし、ウイルソン大統領の民族自決主義に対決する意味で民族協和を主張したと語る。同右、四〜一〇頁、田辺壽利「後書」金井章次『満蒙行政瑣談』創元社、一九四三、三二〇〜三三四頁。

68　金井章次、山口重次、同右、一五三頁。

69　『満洲青年連盟史』によれば、新満蒙政策五項目に詳細な解説を加えたパンフレットである。五〇〇〇部を発行、日本及び地元に配布した（七・二三）。満洲青年連盟史刊行委員会編、前掲書、四五九頁。

70　前掲『満蒙三題』四六四〜四六六頁。

71　同右、四六三頁。

72　平野健一郎、前掲論文（一九七〇）、六七頁。

73　前掲『満蒙三題』四六五頁。

74　同右、四六三頁。

75　こうした考え方は、青年連盟だけのものではなかった。一九二八年関東軍調査班がまとめた「満洲占領地行政ノ研究」においても、日本の統治は在来の中国行政のような「苛斂誅求」を排除し、「課税の軽減」を実現できると述べた。緒方貞子、前掲書、八〇頁。石原莞爾は「満蒙問題私見」において「在満三千万民衆ノ共同ノ敵タル軍閥官僚ヲ打倒スルハ我日本国民ニ与ヘラレタル使命ナリ」と述べている。石原莞爾、前掲論文（一九三一・五）、七七頁。

76　山口重次『満洲建国と民族協和思想の原点』大湊書房、一九七六、二二、三〇、三二頁。

77　平野健一郎「中国における統一国家形成と少数民族――満洲族を例として――」平野健一郎、岡部達味、山影進、土屋健治『アジアにおける国民統合』東京大学出版会、一九八八、五六〜五九頁。

78　片岡一忠は辛亥革命時期、張謇（一八五三〜一九二六）に注目する。片岡は五族共和の最初の提唱者が明確でないこと、またその言葉が登場したのは上海の南北講和会議（一九一一・一二・一八）であると指摘する。彼は、南北講和会議での五族共和に関する発言には、辛亥革命の際に江蘇（蘇州）の立憲派の中心として五族共和論を主張した張の意向が反映されたと推測する。張の五族共和論は、外国の干渉から中国の領土を保存するためには、諸民族の連合が必要であると説くものであった。孫文の帰国（一九一二・一二・二五）時には、「五族共和はすでに社会の風潮となり、南北和議の基調の一つ」となっていたのである。それに対して孫文は、中華民国臨時大総統就任宣言書ではじめて五族を言及した。しかし、孫文は同時に「種族同化」とりわけ漢民族の非漢民族居住地域への移住を奨励した。片岡一忠「辛亥革命時期の五族共和論をめぐって」『中国近現代史の諸問題――田中正美先生退官記念論集――』図書刊行会、一九八四。

79 同右、二九六、三〇〇頁。平野健一郎は、少数民族の自決は認めても分離の権利を認めなかった孫文の限界に関する説明の一つとして、外蒙古の分離独立問題を挙げている。平野健一郎、前掲論文（一九八八）、五七～五八頁。

80 片岡一忠、前掲論文、三〇二頁。

81 孫文「五族共和ノ真義」『孫文主義　中巻』外務省調査部、一九三六、二一二頁。

82 孫文「五族連合ノ効力」同右、二一三～二一四頁。

83 石井寿夫『孫文思想の研究』目黒書店、一九四三、三三頁。

84 同右。

85 同、三三～三四頁。

86 同。

87 平野はこの点について「民族自決の時代に帝国解体・国民国家建設の段階を迎えながら、複数の民族国家に分裂することなく、満洲族をその内に内包しようとした中国の独自性」を指摘する。平野健一郎、前掲論文（一九八八）、四一頁。

88 石井寿夫、前掲書、三五頁。

89 松本ますみ『中国民族政策の研究――清末から一九四五年までの「民族論」を中心に――』多賀出版、一九九九、八七頁。

90 同右、八九頁。

91 同、九六頁。

92 同、九九頁。

93 王柯『二〇世紀中国の国家建設と「民族」』東京大学出版会、二〇〇六、九六頁。

94 同右、九七頁。

95 松本ますみは、民族協和が孫文の反帝国・統一・同化主義の民族主義のみならず、ウィルソンの民族自決主義、民族の自決及び分離独立を認めるソ連のプロレタリア民族自決主義に対抗する民族論理であったと評する。松本ますみ、前掲書、一九六頁。

96 前掲『満蒙三題』四六四頁。

97 同右、四六二頁。

98 平野健一郎、前掲論文(一九七〇)、六九頁。

99 緒方貞子、前掲書、一三三頁。

100 鶴岡聡史「満洲事変と鉄道復興問題——瀋海線を巡る関東軍・満鉄・満洲青年連盟」『法学政治学論究』七〇、二〇〇六・九、二六八~二七一頁、山口重次、前掲書、八六~八七頁。

101 鶴岡聡史、前掲論文、二七四~二七五頁。

102 同右、二六九頁。

103 同、二八六頁。

104 鶴岡聡史は、瀋海鉄復興成功の要因として(一)整理委員会が満鉄社員であったため、瀋海鉄の従業員とその状況に関する情報を得ていたことや晴天白日旗の下で作業する間中国側が警備することを認めたこと(二)満鉄社員の整理委員会が満鉄上層部から支援を得られたこと、(三)満鉄の非公式的人的・資金的協力の三点を挙げている。同右、二八六~二八九頁。

105 山室信一、前掲書、九八頁。

106 山口は青年連盟だけでなく在郷軍人会、自主同盟、都市町内会、婦人会などの民間団体が、張学良の「排日政策」に対する怨恨から「事変協力、関東軍支援に立ち上がった」と述べている。山口重次、前掲書、八〇頁。

107 満洲事変直後に来日した第二回遊説隊は「事変の真相と我自衛権の発動」を説明し、一一月の第三回遊説隊は日本政府の国際連盟への声明に対する抗議、一九三二年一月の第四回遊説隊は満洲国の成立と形態を説明して、国民的援助を呼び掛けるため、同年六月の第五回遊説隊は日本政府に満洲国承認を促進するためであった。満洲青年連盟史刊行委員会編、前掲書、一一〇~一一三頁。

108 その例として、冀東防共自治委員会(河北省、一九三五・一一)、内蒙軍政府(察哈爾濱省、一九三六・五)、蒙古連盟自治政府(一九三七・一〇)、中華民国臨時政府(北京、一九三七・一二)、中華民国維新政府(南京、一九三八・三)が挙げられる。山室信一、前掲書、七一頁。

109 古屋哲夫、前掲論文、五〇頁。

110 同右。
111 同右、五一頁。
112 平野健一郎、前掲論文（一九七〇）、七〇頁。
112 山室信一、前掲書、七六頁。
113 同右、七四～七七頁、駒込武『植民地帝国日本の文化統合』岩波書店、一九九六、二五二～二五三頁。
114 山室信一、前掲書、七五頁。
115 満洲国では参議府参議、尚書府大臣になり、満洲国の崩壊後にはソ連に抑留され、病死した。江夏由樹「旧奉天省遼陽の郷団指導者　袁金鎧について」『一橋論叢』一〇〇、一九八八・一二、七九四～七九五頁。
116 同右、七九七頁。
117 江夏由樹によれば、袁が奉天の有力者として抬頭した時期は清末から辛亥革命期である。一九〇九年、袁は清末の「立憲運動」を背景として設立された省議会である諮問局の副議長となった。辛亥革命の際、清朝の中央から派遣された地方官は諮問局議員と連合して暫定的行政機関である「奉天保安公会」を組織した。この「奉天保安公会」には、張作霖、干冲漢、曾有翼などが所属していた。清朝の官吏が自己の本籍の省に赴任することを禁止する「本籍廻避」原則が崩壊されたのである。辛亥革命の後、地方政界で強い影響力を獲得した地方有力者で組織された在地勢力は中央から派遣された地方官を駆逐し、張作霖時代には「奉人治奉」と言われるようになった。江夏由樹「奉天地方官僚集団の形成――辛亥革命期を中心に――」『一橋大学年報』三一、一九九〇・五、三〇九～三一一、三二〇頁。
118 山室信一、前掲書、八五頁、駒込武、前掲書、二五二頁。
119 西村成雄「日本政府の中華民国認識と張学良政権――民族主義的凝集性の再評価――」山本有造編、前掲書、一二二頁。
120 具体的には、東北大学卒業生の勢力が増大した。張学良の「政治的基盤」である東北大学の出身者達は国民政府を支持し、張政権の政治集団を形成する一つの軸として機能したと考えられる。同右、一五、二二頁。
121 同、一五頁。
122 張政権は、民間資本による企業化、中央政府資金、華僑資本、外資（日本資本は除外）の導入による「国家・政府主導型」の経済開発をめざし、「民族主義的経済体系」構築を図った。同、一二三頁。
123 同。

125 橘樸「大陸政策十年の検討」（座談会）一九四一・一〇・四、橘樸『アジア・日本の道 橘樸著作集第三巻』所収、勁草書房、一九六六、五五〇頁。
126 同右。
127 山室信一、前掲書、八三〜八四頁。
128 稲葉正夫「史録・満洲事変」参謀本部編、前掲書、一一三〜一一四頁。
129 同右、一一三頁。
130 山室信一、前掲書、九〇頁。
131 本章における橘樸に関する主な引用は『橘樸著作集』（勁草書房、一九六六）によるが、同著作集では本来「支那」と表記されたものがすべて「中国」に改められている。『橘樸著作集』からの引用においては、同著作集の表記に従う。
132 吉永慎二郎「墨家思想と孟子の王道論──孟子王道論の形成と構造」『秋田大学教育学部研究紀要』五三、一九九八・三、一五頁。
133 同右、森熊男「孟子の王道論──善政と善教をめぐって──」『岡山大学教育学部研究集録』五〇（二）、一九七九、三六頁。
134 吉永慎二郎、前掲論文、一九頁。
135 同右、一八頁。
136 同、一七頁。
137 同、二四頁。
138 同、一八頁。
139 森熊男、前掲論文、四〇頁。
140 吉永慎二郎、前掲論文、二二、二四〜二五頁。
141 同右、二五頁。
142 野口武彦『王道と革命の間』筑摩書房、一九八六、一六頁。
143 しかし、吉田松陰は続けて日本では天皇が君臨しているので、その命を受けることなく、勝手に将軍の職務怠慢を追及する行為は越権行為になり、奸賊に都合のよい知恵を授けることになると警戒している。吉田松陰／松本三之介、田中彰、松

永昌三訳『講孟余話ほか』中央公論新社、二〇〇二、二四〜二五頁。
144 野口武彦、前掲書、一六頁。
145 北一輝『北一輝著作集　第一巻　国体論及び純正社会主義』みすず書房、一九五九、四一二頁。
146 同右、四一三頁。
147 同、四一六頁。
148 浅井茂紀『孟子の礼知と王道論』高文堂出版社、一九八二、一七〇頁。
149 北一輝、前掲書、四一六頁。
150 清水元『北一輝　もう一つの「明治国家」を求めて』日本経済評論社、二〇一二、一二一頁。
151 北一輝、前掲書、四一七頁。
152 清水元、前掲書、一一八頁。
153 野口武彦、前掲書、三三六頁。
154 「排日移民法」による反米世論は、全国的なものであった。ジャーナリズムでは徳富蘇峰が主宰した『国民新聞』があり、民間の活動はアメリカ膺懲の主張、米貨排斥運動などがあった。だが、横浜港の被災（一九二三・九・一）、生糸の取引と輸出の開始、輸入品の免税処置などの影響で、一九二五年の神戸港の主な貿易相手国は、既存の中国とインドを抜いてアメリカであった。一九二四年七月には、輸入品の中で奢侈品に高関税が賦課されるようになったこともあって、神戸経済界ではアメリカ以前の主な貿易相手国であった中国とインドに新たな関心を示すようになったのである。三輪公忠「一九二四年排日移民法の成立と米貨ボイコット――神戸市の場合を中心として――」細谷千博編『太平洋・アジア圏の国際経済紛争史――一九二二〜一九四五』東京大学出版会、一九八三、一四三、一四六〜一四八頁。
155 同右、一五六頁。
156 同。
157 「支那統一の鍵は不平等の条約撤廃」『中外商業新報』一九二四・一一・二五、陳徳仁、安井三吉『孫文・講演「大アジア主義」資料集』所収、法律文化社、一九八九、九四頁。
158 孫文は日本政府と対話しようとしたが、彼の要請を受け入れて訪問したのは国権主義的アジア主義者の頭山満のみであった。渋沢栄一は病気を理由に拒絶、犬養毅は代理人を派遣した。嵯峨隆「孫文の訪日と「大アジア主義」講演について――

長崎と神戸での言説を中心に――」『国際関係・比較文化研究』六、二〇〇七・九、一一二頁。

159 「旅順大連の回収　そこ迄は考へてゐない」『東京朝日新聞』一九二四・一一・二七、陳徳仁、安井三吉、前掲書所収、九四〜九五頁。

160 三輪公忠は、この時期の神戸におけるアジア回帰論について、「中国と新たな協調関係を模索さねばならぬ、神戸という貿易都市の地域性に由来する切実さがあった」として、徳富蘇峰などが主張した東京のアジア回帰論とは経済的切実さという点において奇異なるものであったと評した。それが表されたのが孫文の「大アジア主義」講演へのコミットメントである。三輪公忠、前掲論文、一五九〜一六〇頁。

161 『大阪毎日新聞』一九二四・一一・三〜六、陳徳仁、安井三吉、前掲書所収、四五、四七頁。

162 同右、五三頁。

163 陳徳仁、安井三吉、前掲書、四二頁。

164 講演速記に現れる拍手は一九個所である。同右、七、一〇頁。

165 同、三五頁。

166 駒込武、前掲書、二四五頁。

167 汪兆銘は、すでに一九三〇年から孫文の大アジア主義講演を孫文の遺言として遵守すべきであると言明している。陳徳仁、安井三吉、前掲書、三五〜三七頁。

168 橘樸「孫文の東洋文化観及び日本観――大革命家の最後の努力――」『月刊支那研究』第一巻第四号、一九二五・三、橘樸『中国研究　橘樸著作集　第一巻』所収、勁草書房、一九六六、三八一頁。

169 同右、三八三頁。

170 同、三九〇頁。

171 同、三九三〜三九四頁。

172 同、三九八頁。

173 同、三九九頁。

174 同、三九一頁。

175 同、三九九頁。

176　橘樸「中国民族運動としての五四運動の思想的背景――学生運動の意義及効果――」『月刊支那研究』第二巻第三号、一九二五・八、橘樸、前掲書（第一巻）所収、四四九頁。
177　同右。
178　松本ますみ、前掲書、九六頁。
179　橘樸「五卅事件と日本の対華態度批判」『月刊支那研究』第二巻第三号、一九二五・八、橘樸、前掲書（第一巻）所収、四五八～四五九頁。
180　同右、四五七頁。
181　同。
182　同。
183　松本ますみ、前掲書、九七頁。
184　同右。
185　野村浩一『近代日本の中国認識――アジアへの航跡――』研文出版、一九八一、二九四頁。
186　同右、二三〇頁。
187　橘樸「中国を識るの途」b『月刊支那研究』第一巻第一号、一九二四・一、橘樸、前掲書（第一巻）所収、九頁。
188　野村浩一、前掲書、二三〇頁。
189　子安宣邦「橘樸における「満洲」とは何か――橘樸「満洲事変と私の方向転換」を読む」『現代思想』二〇一二・三、一一頁。
190　橘樸「支那はどうなるか――内藤虎次郎の『新支那論』を読む――」『支那研究』第一巻第三号、一九二五・二、橘樸『支那思想研究』所収、日本評論社、一九三六、三六五頁。
191　同右、三六六頁。
192　同、三八五頁。
193　橘樸「日本の新大陸政策としての満洲建国」『満洲評論』第二巻第一号、一九三二・一、橘樸、前掲書、（第二巻）所収、七三頁。
194　野村浩一、前掲書、二六六頁。

195　橘樸「日満ブロック趨勢と満洲国民の立場」『満洲評論』第二巻第二二号、一九三二・七、橘樸、前掲書（第二巻）所収、八二頁。
196　子安宣邦、前掲論文、一一頁。
197　橘樸「日本の大陸政策と中国の農民運動」『満洲評論』第六巻第一号、一九三四・一、橘樸、前掲書（第二巻）所収、四二四頁。
198　野村浩一、前掲書、二六五頁。
199　橘樸「満洲事変と私の方向転換」『満洲評論』第七巻第六号、一九三四・八、橘樸、前掲書、（第二巻）所収、一七頁。
200　「一、今次の行動は関東軍中堅将校のイニシアチヴに依るものであつて、上層部は寧ろそれに追随したものであること。二、中央の統制力は資本家政党の覇権をその内容とするものであり、それが反資本家反政党を志向とするこの一握の新勢力により、たとへ一時とはいへ阻止されたものであること。三、かくも蕞爾たる小集団が如何にして斯くの如き威力を発揮し得たかといふと、それは本国における同志将校の大集団が其の背景に立つ為であり、この青年将校の集団が国軍の堅い伝統を破つて所謂下剋上の態度を表示し得たのは、更にその背後に全国農民大衆の熱烈な支持があつた為であること。四、今次の行動の直接目標はアジア解放の礎石として、東北四省を版図とする一独立国を建設し、日本はこれに絶対の信頼を置いて一切の既得権を返還するばかりでない、更に進んで能ふ限りの援助を与ふるものであること。五、それと同時に、間接には祖国の改造を期待し、勤労大衆を資本家政党の独裁及び搾取から解放し、斯くして真にアジア解放の原動力たり得る如き理想国家を建設するやうな勢を誘導する意図を抱くものなること。」橘樸、前掲論文（一九三四・八）、一八頁。
201　だが、『満洲評論』などのジャーナリズムは早くから王道を主張した。駒込武によれば、『満洲日報』の社説（一九三一・九・二九）はすでに孫文と王道を利用して満洲事変を正当化していた。駒込武、前掲書、二四一頁。
202　橘樸「大陸政策十年の検討」（座談会）一九四一・一〇・四、橘樸、前掲書（第三巻）所収、五五〇、五五一頁。
203　同右、五四九〜五五〇頁。
204　同、五五〇頁。
205　橘樸「支那人の利己心と国家観念」『支那研究論叢』第一輯、亜東印画協会、一九二七、一四頁。
206　橘樸「中国民族の政治思想」a『満蒙』第五巻第四二冊、一九二四・一、橘樸、前掲書（第一巻）所収、四〇頁。
207　橘樸「日本に於ける王道思想――三浦梅園の政治及び経済学説――」『満蒙』第六巻第六五冊、一九二五・九、橘樸、前掲書、一九三六、所収、四七三頁。
208 同右、五一九頁。
209 同、四七四～四七五頁。
210 同、四七六、四七七頁。
211 同、四八二頁。
212 同、四八六頁。
213 同。
214 同。
215 同、五一六～五一八頁。
216 同、五一九頁。
217 橘樸、前掲論文（一九二四・一）a、四〇頁。
218 古屋哲夫、前掲論文、五二頁。
219 同右、五三頁。
220 橘は日本人の建国への功績を考慮し、国民議会代表者割当比率を漢（七）、満（三）、鮮（二）、回（二）、蒙（二）、日（七）、白（一）と算出した。省以下の行政自治体の民族比率は人口を斟酌して別に定めるとした。橘樸「満洲国家建国大綱私案」一九三二・一二・一〇、奉天で執筆、『満洲評論』第二巻一号、一九三二・一、橘樸、前掲書（第二巻）所収、六七頁。
221 同右、六六頁。
222 橘樸「王道の実践としての自治」一九三一・一一、奉天の自治指導部での講演要旨、『満洲評論』第一巻一五号、一九三一・一二、橘樸、前掲書（第二巻）所収、六〇頁。
223 同右。
224 同、六五頁。
225 同。
226 同。

227 橋樸「国家内容としての農民自治」『満洲評論』第三巻三号、一九三二・七、橋樸、前掲書（第二巻）所収、八五頁。
228 同右。
229 同、八六頁。
230 岡部牧夫によれば、当時大雄峰会の会員であった三六人の内、約二二人が自治指導部に参加していた。また、笠木本人も自治指導部に参加して強い影響力を及ぼした。その一例として、自治指導部の成立（一九三一・一一・一〇）とほぼ同時に、部長の干冲漢の名で布告された「布告第一号」や「自治指導員服務心得」が笠木によって起草された点を挙げられる。岡部はこの二文書がそれ以降の自治指導員の活動における指針になったと指摘する。岡部牧夫、前掲論文、二四〜二五頁。山室は「自治指導員服務心得」について、自治指導部成立以前（一一・四）に関東軍司令部が極秘文書として制定していたと述べている。山室信一、前掲書、一〇七頁。
231 「自治指導員服務心得」一九三一・一一・四、笠木良明『青年大陣容を布地せよ』所収、大亜細亜建設社、一九四〇、二頁。
232 笠木良明「忠誠なる日本青年の世界的陣容布地の急務」『大亜細亜』六巻一一号、一九三八・一一、笠木良明、前掲書所収、一八頁。
233 金井章次、山口重次、前掲書、二五頁。
234 金井は王道に関する詳細は早稲田大学の津田左右吉教授の著書で理解を深めたと述べている。同右、二六頁。
235 同、二五頁。
236 同、二六〜二七頁。
237 同、二七頁。
238 同、二七〜二八頁。
239 橋樸、前掲論文（一九三一・一二）、六三頁。
240 山室信一、前掲書、一一七頁。
241 橋樸「満洲国建国諸構想批判」『満洲評論』第三巻七号、一九三二・八、橋樸、前掲書（第二巻）所収、一〇五、一〇六頁。
242 同右、一〇六頁。

243 同、一〇八頁。
244 山室信一、前掲書、一一七頁。
245 自治指導部のメンバーは青年連盟と大雄峰会の両団体によって構成されていたが、笠木を中心とした大雄峰会が主導権を握るようになる。岡部牧夫、前掲論文、二二五頁。
246 橘を中心とする所謂『満洲評論』派は、(一) 直系に佐藤大四郎、田中甲、栗原東洋、三浦衛などと満鉄情報課系の大塚令三、小林英一、和田喜一郎、田中武夫などと満鉄入社前に『満洲評論』に関わった松岡端雄、米山雄治など、(二) 満鉄調査会系は天野元之助、大上末広、小泉吉雄、渡辺雄二、石田七郎などで構成された。その他に、『満洲評論』の外で橘の影響を受けた所謂「田園」派官吏系は、大塚譲三郎、早水親重、大野保、愛甲勝矢、津久井信也、花野吉平などがいた。山本秀夫、前掲書、二一六～二一七頁。
247 山室信一「「満洲国」の法と政治――序説」『人文学報』第六八号、京都大学人文科学研究所、一九九一・三、一二三頁。
248 山室は、松木俠が起草した「満蒙共和国統治大綱案」(一九三一・一〇・二一)で「大総統」という名称、立法、司法、行政、監察の分立や内政部が孫文の「国民政府建国大綱」(一九二三)の三民主義と五権憲法を参照したと推測した。また、青年連盟の「満蒙自由国建設綱領」(一〇・二三)では「南京政府ニ対抗スル意味ニ於テ組織形態ハ同政府ヲ参照」すると明言したが、その選出方式と名称は当時の国民政府よりも民国初の中華民国臨時政府組織大綱や臨時約法などを参照したと述べている。同右、一三四～一三五頁。
249 古屋哲夫、前掲書、五四頁。
250 同右、五六頁。
251 同、六〇～六一頁。
252 「満洲国建国宣言」稲葉正夫、小林竜夫、島田俊彦編『現代史資料(一一)続・満洲事変』みすず書房、一九六五、五二四頁。
253 古屋哲夫、前掲論文、七六頁。
254 駒込武、前掲書、二三七頁。
255 同右、二八七頁。
256 平野健一郎、前掲論文(一九七三)、二四二～二四四頁。

257 同右、二四四〜二四六頁。
258 駒込武、前掲書、二七二頁。
259 稲葉正夫、小林竜夫、島田俊彦編、前掲書、八四四頁。
260 平野健一郎、前掲論文（一九七三）、二六三〜二六四頁。
261 島川雅史「現人神と八紘一宇の思想――満洲国建国神廟」『史苑』四三（二）、一九八四・三、六三〜六四頁。
262 同右、六四頁。
263 橘樸「王道史概説」『満洲評論』第九巻一五〜一三号、一九三五・一〇〜一二、橘樸、前掲書（第二巻）所収、四一頁。
264 同右、四三頁。
265 同、四五頁。
266 同。
267 同、四六頁。
268 同。
269 橘樸「鄭総理の王道政策批判」『満洲評論』第六巻八号、一九三四・二、橘樸、前掲書（第二巻）所収、一二二頁。
270 橘樸「再び鄭総理への提言――自治から王道へ――」『満洲評論』第六巻一二号、一九三四・三、橘樸、前掲書（第二巻）所収、一二六頁。
271 橘樸「帝制の是非を論ず」『満洲評論』第四巻三号、一九三三・一、橘樸、前掲書（第二巻）所収、一一五頁。
272 橘樸「低調となつた建国工作――満洲事変三周年に寄せて」『満洲評論』第七巻一一号、一九三四・九、橘樸、前掲書（第二巻）所収、三五一頁。
273 橘樸「編輯後記」『満洲評論』第八巻一号、一九三五・一、六四頁。
274 野村浩一、前掲書、二七六頁。
275 橘樸「王道の実践としての自治」一九三一・一一、奉天の自治指導部での講演要旨、『満洲評論』第一巻一五号、一九三一・一二、橘樸、前掲書（第二巻）所収、六五頁。
276 橘樸「満洲国の独立性と関東軍指導権の範囲」『満洲評論』第六巻一八号、一九三四・五、橘樸、前掲書（第二巻）所収、一四二頁。

277 橘樸「国家内容としての農民自治」『満洲評論』第三巻三号、一九三二・七、橘樸、前掲書（第二巻）所収、八七～八八頁。
278 浅田喬二、前掲論文、七頁。
279 同右、八頁。
280 同、九頁。
281 この時期にはまだ土地代金半額負担の有償払い下げであり、土地面積も移民の農業経営が集約的になり、副業収入が増加すれば半減する予定であった。しかし、以降作成された移民案では土地分譲が無償となる。同右、九～一〇頁。
282 同、一四～一五頁。
283 橘樸「日本小農の満洲移民は経済価値なし」『満洲評論』第六巻二三号、一九三四・六、橘樸、前掲書（第二巻）所収、三四一頁。
284 第一次、二次日本人移民団の入植に反対して三江省依蘭県土竜山の現地住民によって起きた大規模の抗日武装蜂起である。関東軍の強制的土地買収、銃器回収などの理由で、満洲移民政策に大きな衝撃を与えた。
285 橘樸、前掲論文（一九三四・六）、三四一頁。
286 同右、三四二頁。
287 橘樸、前掲論文（一九三四・六）、三四二～三四三頁。
288 同右、三四三頁。
289 浅田喬二、前掲論文、二〇頁。
290 同右、二〇～二一頁。
291 同、二一頁。
292 同。
293 同、二二頁。
294 同。
295 満洲国最高検察庁『満洲国開拓地犯罪概要』一九四一、山田昭次編『近代民衆の記録　六――満洲移民』所収、新人物往来社、一九七八、四五〇頁。

296 同右。
297 同。
298 同、四三二頁。
299 同、四三三頁。
300 駒込武、前掲書、二七九頁。
301 『回鑾訓民勅書』一九三五・五・二、前川義一編『満洲移民提要』所収、満洲拓殖委員会事務局、一九三八、四三頁。
302 三田進「五月の満洲雑誌」『満洲評論』第六巻第二〇号、一九三四・五、三〇頁。
303 「建国神廟」の鎮座式は一九四〇年九月一五日、「建国忠霊廟」は同月一八日行われた。島川雅史、前掲論文、七〇頁。
304 「満洲事変・日華事変の頃――改題にかえて――」(座談会)、橘樸、前掲書(第二巻)所収、三四一頁。
305 島川雅史、前掲論文、七五頁。
306 同右、七七頁。
307 中川与之助「満洲建国精神と協和会の使命」『経済論叢』第四七巻第五号、京都帝国大学経済学会、一九三八・一一、一二二頁。
308 同右。
309 同。
310 同。
311 徳富正敬(徳富蘇峰)『満洲建国読本』日本電報通信社、一九四〇、四〇頁。
312 同右。
313 同、四一頁。
314 同。
315 同。
316 同。
317 同、四二頁。
318 同、四三頁。

319 同。
320 同、四三〜四四頁。
321 同、二〇四頁。
322 緒方貞子、前掲書、三三八頁。
323 同右、三三八〜三三九頁。
324 同、三四〇頁。
325 在満全権大使と関東庁長官を兼任した関東軍司令官の権限は、軍事的には在満日本軍の指揮権、政治的には満洲国政府に派遣される日本人顧問の推薦権及び解任承認権にまで及び、さらには満鉄内田総裁の更迭反対に成功することで満鉄に対する「実質的監督権」を確保した。同、三三九〜三四〇頁。
326 同、三三九頁。
327 同、三四八、三四九頁。
328 岸信介「序」満洲回顧集刊行会『あゝ満洲——国つくり産業開発者の手記』農林出版株式会社、一九六五。
329 坂部昌子『「満洲」経験の社会学——植民地の記憶のかたち』世界思想社、二〇〇八、三六頁。
330 同右、三七頁。
331 牧野克己「建国運動」満洲回顧集刊行会、前掲書、二四頁。
332 同右。
333 同、二五頁。
334 岡部牧夫、前掲論文、二八頁。
335 笠木良明、前掲「忠誠なる日本青年の世界的陣容布地の急務」二六〜二七頁。
336 笠木の仏教における修養は、浄土宗執綱渡辺海旭の教えによるものである。岡部牧夫、前掲論文、二九頁。
337 笠木良明、前掲論文、二九頁。
338 同右、三〇頁。
339 笠木良明、前掲「自治指導員服務心得」二頁。
340 さらに、岡部牧夫は同事件の際の参事官の要求が移民用地買収を軍から満洲国側、とりわけ県公署に委任すべきというものであった点から、行政権をめぐる対立としての側面があったと指摘する。岡部牧夫、前掲論文、二六、三五頁。
341 笠木良明、前掲論文（一九三八・一一）、三五頁。
342 同右。
343 同、三七頁。
344 山室信一、前掲書、一〇七頁。
345 岡部牧夫、前掲論文、三四頁。
346 同右、三五頁。
347 甲斐政治「満洲事変前後」満洲回顧集刊行会、前掲書、二一頁。
348 同右。
349 坂部昌子、前掲書、三八頁。
350 岸信介、前掲「序」。
351 成田龍一「「引揚げ」に関する序章」『思想』九五五号、二〇〇三・一一、一六九頁。
352 蘭信三『「満洲移民」の歴史社会学』行路社、一九九四、三一九頁。
353 坂部昌子、前掲書、二二一頁。
354 同右、五一頁。
355 同、五一〜五二頁。
356 坂部は、中国東北社会では日本人による支配に対する抵抗の闘争が、新たな国家づくりの物語として解放後の新中国社会の基礎となっていることを挙げ、植民地期以後日中両国にはナショナルな物語として植民地経験を語る言説空間が双方に形成されたとする。その研究によれば、植民地の記憶の多くは、それぞれの社会におけるナショナルな物語に寄り添い、あるいは若干の距離を取ることで自らの経験を表象していく。このように植民地経験の語りを「多様な視点からの物語の束」として捉える視座は、興味深いものである。ただ、ここでは満洲建国イデオロギーの連続性の側面に限定して検討する。同、二二一〜二二二頁。

1　三好行雄、山本健吉、吉田精一編『日本文学史辞典近現代編』角川書店、一九八七、三四七頁。

2　都築久義「国策文学について」『国文学解釈と鑑賞』一九八三・八、一〇～一一頁。

3　同右、一〇頁。

4　同、一一～一二頁。

5　有馬農相と農民文学者たちの懇話会の発会式が行われたのは、一九三八年一一月七日である。拓務省の梁井総務課長、有松東亜第一課長と高見順、福田清人、伊藤整、荒木巍らが大陸開拓文芸懇話会の結成準備会を開いたのは一九三九年一月一三日である。大陸開拓文芸懇話会の発会式は、同年二月四日、拓務省大臣公邸で安井拓務局長の出席の下で開催された。佐賀郁朗『受難の昭和農民文学――伊藤永之介と丸山義二、和田伝』日本経済評論社、二〇〇三、六五頁。

6　東京帝国大学農科大学卒業（一九一〇）の後、農商務省の役人として働きながら石黒忠篤の影響を受ける。農科大学の講師（一九一七）になってから貧民の教育に関心を持ち、自らその教育のために「信愛中学夜学校」（一九一九～一九三一）を設立する。また、一九二一年からは全国農民組合の創設にも関わり「日本農民学校協会」の設立（一九二四）、「部落運動」の民間団体の「同愛会」（一九二一）と「日本教育者協会」（一九二二）創設など積極的な社会運動を展開した。だが、彼が参加したどの運動でも階級闘争が始まると、彼の立場は曖昧なものになった。農科大学教授を経て、一九二四年衆議院の代議士に当選したことで政治活動を始める。有馬は自ら「農村に関する思想」を抱き、「それを実現することも代議士を志した一つの動機」（『政界道中記』）であると書いている。安田武は、有馬が「主観的には善意の改良主義的進歩思想」であったが、その政治活動は「ほとんど特筆すべき成果を残していない」と評する。父の死後、伯爵位を継いだ有馬は産業組合中央金庫の監事として産業組合運動に専念する一方、貴族院議員になり満洲事変から日中戦争には消極的な態度を取った。だが、一九三七年第一次近衛内閣では農林大臣として活発な政治活動を再開する。一九三八年には産業組合革新派の支持を背景に新党運動の一環として日本革新農村協議会（一九三七）を結成するが、頓挫する。後に大正翼賛会の事務総長に就任するが、それも五カ月で辞任してすべての政治活動から去る。安田武「創立期の翼賛運動――有馬頼寧」思想の科学研究会編『共同研究　転向（三）』平凡社、二〇一二、二二七～二八一頁。

7　板垣信「大陸開拓文芸懇話会」『昭和文学研究』第二五集、一九九二・九、八三～八四頁。

8　中村光夫、臼井吉見、平野謙『現代日本文学史』筑摩書房、一九六七、四四九頁。

9　有馬頼寧「農民文学懇話会の発会に臨んで」農民文学懇話会編『土の文学作品年鑑』教材社、一九三九、二頁。

10　「発会式の準備」農民文学懇話会編、前掲書、三頁。

11　文芸家協会編『文芸年鑑　昭和十五年版』文泉堂出版株式会社、一九四〇、一一四頁。

12　同右。

13　福田清人『大陸開拓と文学』満洲移住協会、一九四二、二頁。

14　同右。

15　福田清人「開拓文学」久松潜一他編『現代日本文学大事典』明治書院、一九六五、二二五頁。

16　同右。

17　川村湊『異郷の昭和文学——「満洲」と近代日本』岩波書店、一九九〇、四一頁。

18　有馬農相が産業組合大会における農村保健問題の講演で、和田伝の『沃土』を引用したこと、さらに『東京日日新聞』の記事「銃後の農村を視る」の報道記者たちと懇談したことを知った鍵山博史、丸山義二は農相の側近の楠木寛に働きかけ、懇談会（一九三八・一〇・四）が開かれた。文学者の参加者は、和田伝、島木健作、鑓田研一、打木村治、和田勝一、鍵山博史、丸山義二、楠木寛の八人である。この懇談会で農民文学懇話会の結成、作家の大陸派遣と「銃後」派遣、農民文学賞の設置が打ち出された。農民文学懇話会編、前掲書、二〜三頁。

19　東京帝国大学法学部政治学科卒業（一九三四）後、外務省で国際文化事業を担当した。一九三五年、外務省内「国際映画協会」に関わり、欧米各国を歴訪して広報、宣伝、文化関係を調査研究した。その経験と研究成果から『ナチスの文化統制』（岡倉書房、一九三八）などナチスドイツに関する著作活動及び翻訳を通してナチスドイツの文化政策を紹介した。また、東京帝国大学の在学中から文学活動を始め、詩集を出版した。戦前には主に文化評論家、文学者として、戦後にはメディア研究者として活動した。テレビを「百億総博知化」のメディアであると主唱した。白戸健一郎は、近藤の戦前と戦後の活動を検討し、彼が一貫して「国民教化」のパラダイムに立っていたと指摘した。白戸健一郎「近藤春雄のメディア文化政策論の展開」Lifelong Education and Libraries, Graduate School of Education, Kyoto University『Lifelong education and libraries』一〇、二〇一〇、五五〜五九頁。

20　大陸開拓文芸懇話会は、近藤が福田、荒木を集めた後、拓務省の後援を取りついて発足された。その会員を三〇代の若い作家を中心として募集したのも、近藤の意向であったと考えられる。一九三九年四月、近藤をはじめ福田、伊藤、湯浅、田村泰次郎、田郷虎雄が参加したペン部隊が満洲を視察した（四・二五〜六・一三）。近藤はこの視察で青少年義勇軍を見学し、自分の著書である『ナチスの青年運動　ヒットラー少年団と労働奉仕団』（三省堂、一九三八）で理想化したヒットラー青少年団との類似点を見出した。その経験に基づき、近藤は「開拓文芸選書」の戯曲集『大陸航路』（洛陽書院、一九四一）を発表する。白戸は、この『大陸航路』の作品が「新天地としての満洲に対する期待を描いたもので、「陳腐で平凡な国策的なもの」であるが、同時に国民でも自ら演技して楽しめるようにしようとした近藤の理想が表れたもの」と評価している。文学作品としての価値より、国民に広く浸透して「啓蒙」するという目的のために書かれたのである。同右、六三〜六四頁。

21　中村光夫、臼井吉見、平野謙、前掲書、四五〇頁。

22　柳水晶は、『人民文庫』が日本共産党の瓦解と転向以降、プロレタリア文学を継承する同人団体として、「権力に最も抵抗した文学者の拠り所であった」と指摘する。柳水晶「張赫宙「氷解」から見る国策と朝鮮人――「氷解」を仲介する朝鮮人物語」『日本学報』七五輯、韓国日本学会、二〇〇八・五、一六八、一六九頁。

23　都築久義、前掲論文、一三頁。

24　中村光夫、臼井吉見、平野謙、前掲書、四五〇頁。

25　同右、四五一頁。

26　同、四五五頁。

27　田中益三「「大日向村」という現象――満洲と文学――」『日本文学紀要』三八号、法政大学、一九八七、八三頁。

28　堀江泰紹によれば、農民文学の「第一期昂揚期」は農民文学が本格的に抬頭し始めた大正末期、特に『早稲田文学』が「土の芸術特集」を組み、『農民文芸の研究』や『農民文学十六講』などの入門書が出版され、文壇作家の短編を集めた『農民小説集』が新潮社から刊行された一九二五年である。堀江泰紹「農民文学の歴史的展開と現代農民文学」『日本文学誌要』三二、一九八五、四四頁。

29　丸山義二「後書」農民文学懇話会編、前掲書所収、四二五頁。

30　都築久義、前掲論文、一三頁。

31　堀江泰紹、前掲論文、四四頁。

32 犬田卯著、小田切秀雄編『日本農民文学史』農山漁村文化協会、一九七七、一六七頁。
33 「麦の会」(一九四九年結成)が母体となって結成された。「麦の会」は、『家の光』の執筆者グループを中心として農民文学の再建を目指した親睦団体であった。佐賀郁朗、前掲書、一四七~一四八頁。
34 同右、一四八頁。
35 井上俊夫『農民文学論』五月書房、一九七五、一五三頁。
36 同右。
37 松永伍一『日本農民詩史 下巻(一)』法政大学出版局、一九七〇、三六八頁。
38 井上俊夫、前掲書、一五三~一五四頁。
39 松永伍一「認め合うことの惧れ」松永伍一、前掲書所収、三七一~三七二頁。
40 編集部の依頼で書かれたということで、担当の藤田晋助が詰問された後、職務から解任された。同右、三六七~三六八頁。
41 同、三六六頁。
42 佐賀郁朗、前掲書、一五〇頁。
43 有馬頼寧、前掲「農民文学懇話会の発会に臨んで」二頁。
44 鑓田研一「今後の農民文学」農民文学懇話会編、前掲書所収、三九八、三九九頁。
45 同右、四〇一頁。
46 鍵山博史「文学と政治の関係」農民文学懇話会編、前掲書所収、四〇八頁。
47 同右、四〇九~四一〇頁。
48 同、四一二頁。
49 同、四一五頁。
50 橋本英吉「朝」農民文学懇話会編、前掲書所収、一八〇頁。
51 同右、一七九頁。
52 同、一七九~一八〇頁。
53 楠木幸子「米」農民文学懇話会編、前掲書所収、二三八~二三九頁。
54 同右、二三〇頁。

55　同、二四一頁。
56　同、二四一～二四二頁。
57　同、二四四頁。
58　和田伝「土手の櫟」農民文学懇話会編、前掲書所収、一九～二〇頁。
59　同右、八頁。
60　依田憙家『日本帝国主義と中国』竜渓書舎、一九八八、三一八頁。
61　依田憙家、同右、外村大「日本帝国と朝鮮人の移動」蘭信三編『帝国以後の人の移動――ポストコロニアリズムとグローバリズムの交錯点』勉誠出版、二〇一三、六一頁。
62　外村大、前掲論文、六四頁。
63　木村幹「総力戦体制期の朝鮮半島に関する一考察――人的動員を中心にして――」日韓歴史共同研究委員会編『日韓歴史共同研究報告書』第三分科篇下巻、日韓歴史共同研究委員会、二〇〇五、三一七～三一八頁。
64　伊藤永之介「燕」農民文学懇話会編、前掲書所収、八二頁。
65　たとえば、農民文学懇話会の主要作家である和田は、発会式当日の夜に東京駅から満洲視察に出発した。農民文学懇話会編、前掲書、三頁。
66　佐藤民宝「峠のたより」農民文学懇話会編、前掲書所収、一九四頁。
67　楠木幸子、前掲「米」、二一七頁。
68　徳永直「おぼこ様」農民文学懇話会編、前掲書所収、三〇八～三〇九頁。
69　島木健作「国策と農民文学」『朝日新聞』一九三八・一一、文芸家協会編『文芸年鑑　昭和十三・十四年版』復刻版所収、文泉堂出版株式会社、一九三九、八七頁。
70　伊藤永之介「農民文学の現状」『改造』一九三八・一二、同右書所収、八八頁。
71　鍵山博史、前掲評論、四一四頁。
72　同右、四一四～四一五頁。
73　小熊秀雄「政変的作家　一つの幻滅悲哀か」『新版・小熊秀雄全集　第五巻』所収、創樹社、一九九一、二三七頁。
74　宮本百合子「今日の文学と文学賞」『懸賞界』一九三九年八月下旬号、『宮本百合子全集　第一一巻』所収、新日本出版社、一九八〇、三六四～三六六頁。
75 思想の科学研究会編『共同研究　転向（三）』平凡社、二〇一二、六〇頁。
76 中島健蔵「一九三九年五月二五日」『兵荒馬乱の巻　回想の文学四　昭和一四年―一六年』平凡社、一九七七、一九六～一九七頁。
77 伊藤整、高見順「戦争と文学者」『文芸』一九五六・八、八三頁。
78 曽根博義「戦争下の伊藤整の評論――私小説観の変遷を中心に」『語文』六二、一九八五・六、五頁。
79 島木健作、前掲評論、八六頁。
80 岩崎正弥は懇話会の中心作家である和田、丸山については「微妙な緊張関係の中で結果的には国策と一体化」したと述べている。岩崎正弥『農本思想の社会史――生活と国体の交錯』京都大学学術出版会、一九九七、二六八頁。
81 板垣信、八九頁、柳水晶『帝国と「民族協和」の周辺の人々――文学から見る「満洲」の朝鮮人、朝鮮の「満洲」――』博士論文、筑波大学大学院人文社会科学研究科、二〇〇八、一一一頁。
82 白取道博『満蒙開拓青少年義勇軍史研究』北海道大学出版部、二〇〇八、四、二一六頁。
83 同右、一三頁。
84 表一「満蒙開拓青少年義勇軍」送出状況（一九三八～一九四五年度）参考、同、五頁。
85 加納実紀代「満洲と女たち」大江志乃夫、浅田喬二、三谷太一郎編『岩波講座　近代日本と植民地五　膨張する帝国の人流』所収、岩波書店、一九九三、二一六頁。
86 湯浅克衛「青桐」大陸開拓文芸懇話会編『開拓地帯（大陸開拓小説集（一））』所収、春陽堂書店、一九三九、四八頁。
87 同右、五二～五三頁。
88 同、五九頁。
89 近藤春雄「渡満部隊」大陸開拓文芸懇話会編、前掲書所収、九〇頁。
90 同右、九五頁。
91 白取道博の研究によれば、拓務省が確保した一九三八・一九三九年度青少年義勇軍要員の姿は、農村に現住する高等小学校卒の農家非家督相続者である。その中で家督相続者は、一割前後を占めていた。白取道博、前掲書、一三一～一三三頁。
92 荒木巍「北満の花」大陸開拓文芸懇話会編、前掲書所収、一六〇頁。

93 一九二三年から朝日新聞社が刊行したグラフ雑誌である。
94 荒木巍、前掲「北満の花」一六三頁。
95 同右、一六四頁。
96 徳永直「海をわたる心」大陸開拓文芸懇話会編、前掲書所収、六六頁。
97 同右、七四頁。
98 「息吹き」の初出は『文芸』（一九三九・八）である。『開拓地帯』（一九三九・一〇）掲載を経て、旅行記『満洲の朝』（育生社、一九四二）に収められた。「息吹き」は戦時下における伊藤整研究の一環として、研究の対象になった。奥出健「大陸開拓を見た文士たち――伊藤整を中心に」（『湘南短期大学紀要』一九九五・三）では、「息吹き」と小林秀雄の随筆「満洲の印象」（一九三九・一）、島木健作『満洲紀行』（創元社、一九四〇）を比較している。ここでは、「大陸開拓」に対する伊藤の強い思いが、満洲移民政策や移民者の現実より、日露戦争出征軍人であり屯墾兵として北海道を開拓した父の記憶によって同じ「植民開拓地」の「満洲開拓」者の姿を確認したいという「父と息子の歴史の問題提起」であったと捉えている。波潟剛「伊藤整の大陸開拓――『満洲の朝』とD・H・ロレンス――」筑波大学文化批評研究会編『多文化社会における「翻訳」』（筑波大学文化批評研究会、二〇〇〇・六）では、主に『満洲の朝』とロレンスの旅行記『メキシコの朝』（育生社、一九四二）における翻訳の問題を軸として、植民地主義の亀裂を読み取ることを試みる。対して倉西聡「満洲移民事業と伊藤整――マイノリティーとしての立場からの転換――」（『武庫川国文』六五、二〇〇五）は、一九三九年前後の作品を通して伊藤のアイデンティティの変化を検討している。本稿では、『開拓地帯』の「息吹き」稿を対象として検討する。
99 伊藤整「息吹き」大陸開拓文芸懇話会編、前掲書所収、二〇二頁。
100 同右、二三二～二三三頁。
101 同、二三四頁。
102 同、二三五頁。
103 ルイーズ・ヤング／加藤陽子、川島真、高光佳絵、千葉功、古市大輔訳『総動員帝国』岩波書店、二〇〇一、二一九頁。
104 伊藤整「身辺の感想」『早稲田文学』第六巻第九号、一九三九・九・一、伊藤整『伊藤整全集　第一四巻』所収、新潮社、一九七四、四〇四頁。参加者は近藤、福田、田村、伊藤、田郷、湯浅である。

105 田村泰次郎「大陸ペン部隊リレー通信　大陸開拓文芸懇話会第一回視察記　哈達河・城子河」『新満洲』第三巻第八号（復刻版、満洲移民関係資料集成第二期、不二出版、一九九八）所収、一九三九・八、九八頁。
106 伊藤整「満洲の印象」『東京朝日新聞』一九三九・六・二二、伊藤整、前掲書（第一四巻）所収、四八二頁。
107 同右。
108 同。
109 伊藤整、前掲随筆（一九三九・九・一）、四〇四頁。
110 同右、四〇七頁。
111 戦時下の伊藤の私小説観に関する曽根博義の研究によれば、大陸開拓文芸懇話会に参加する前後の時期（一九三八・四～一九三九・七）に、伊藤は政治優先的態度へと急転した。その急転は「生活者」としての選択であり、批評家としての伊藤は、この時点で以前自らが考えていた「ほんとうの芸術」を「自ら意識的に棄てている」としている。そして伊藤は戦争が天災地変のように過ぎ去ることを待ちながら、戦争が終わるまで「後退し、制限されたその場で、なお文学者は何が出来、文学者は何をすべきかを静かに考える」態度に徹したのである。そうした態度が私小説への傾倒に続いた（曽根博義「戦争下の伊藤整の評論――私小説観の変遷を中心に」『語文』六二、一九八五・六、六頁）。そういう点において、「息吹き」で伊藤が見せた私小説の位置づけは興味深いものである。とりわけ後日、伊藤が私小説は「私」の告白のようなものであるとしながらも、客観化され、描写であるより「描出」として存在すべきであると述べていることに注目したい（評論「私小説について」『早稲田文学』一九四一・八・二八、伊藤整『伊藤整全集　第一五巻』所収、新潮社、一九七四）。
112 伊藤整、前掲随筆（一九三九・九・一）、四〇八頁。
113 伊藤整、前掲随筆（一九三九・六・二二）、四八二頁。
114 倉西聡、前掲論文、六三頁。
115 同右。
116 同、六四頁。
117 伊藤整、前掲随筆（一九三九・九・一）、四〇四頁。
118 伊藤整、前掲「息吹き」二一一頁。
119 同右、二三三頁。

120 同、二三一頁。
121 同、二三二頁。
122 同、二一八頁。
123 伊藤整、前掲随筆（一九三九・六・二二）、四八二頁。
124 奥出健、前掲論文、二一頁。
125 波潟剛、前掲論文、一四九頁。
126 白取道博、前掲書、四四、一一〇頁。
127 屯墾病については、第6章第2節に譲る。
128 田中寛「「満蒙開拓青少年義勇軍」の生成と終焉——戦時下の青雲の志の涯てに——」『大東文化大学紀要』四二号、二〇〇四、五二～五四頁。
129 荒木巍、前掲「北満の花」一六八頁。
130 同右、一七一頁。
131 同、一七二頁。
132 同、一七三頁。
133 同、一七三～一七四頁。
134 満洲国最高検察庁『満洲国開拓地犯罪概要』一九四一、山田昭次編『近代民衆の記録六——満洲移民』所収、新人物往来社、一九七八、四三三頁。
135 同右、四八七頁。
136 同、四六三頁。
137 同、四九八頁。
138 荒木巍、前掲「北満の花」一七五頁。
139 白川豊『植民地期朝鮮の作家と日本』大学教育出版、一九九五、一四九頁。
140 そのため、初出では青少年義勇軍の宿舎の描写などが「内地」の内原訓練所を反映していたが、後の『開拓地帯』版では現地の事情を反映して修正されたのである。柳水晶「張赫宙の大陸開拓小説「氷解」を読む——主人公・作家・読者のエスニシティ」『中国東北文化研究の広場「満洲国」の文学研究会論集』第一号、二〇〇七・九、三〜五頁。
141 柳水晶、前掲論文、一七一頁。
142 同右、一七二頁。
143 同、一七四頁。
144 張赫宙「氷解」大陸開拓文芸懇話会編、前掲書所収、一〇五頁。
145 同右、一〇七頁。
146 同、一一〇頁。
147 同。
148 同、一一二〜一一四頁。
149 同、一一四頁。
150 同、一一五頁。
151 同、一一七頁。
152 同、一一八頁。
153 同、一一九頁。
154 満洲国最高検察庁、前掲書、四四六〜四四七頁。
155 同右、四四七〜四四八頁。
156 張赫宙、前掲「氷解」一二五頁。
157 同右、一二七頁。
158 柳水晶によれば、朝鮮人を指す呼称として「コレイ」はロシア語の発音に近いものである。また、柳は、張の長編小説『開墾』（一九四三、詳細は第3章に譲る）で用いられた朝鮮人の呼称は中国語発音に近い「コウリ」に変化している点を挙げ、張の渡満体験による変化であろうと推測している。柳水晶、前掲論文、一七三頁。
159 張赫宙、前掲「氷解」一二八頁。
160 同右、一二九頁。
161 小林弘二「解題」岡部牧夫編『満洲移民関係資料集成　解説』所収、不二出版、一九九八、一八頁。

162 『満蒙三題』満洲青年連盟史刊行委員会編『満洲青年連盟史』(復刻版、原書房、一九六八)所収、一九三三、四六四～四六六頁。
163 井上友一郎「大陸の花粉」大陸開拓文芸懇話会編、前掲書所収、二六六頁。
164 同右、二六六～二六七頁。
165 同、二六七頁。
166 同、二六九頁。
167 同、二七〇頁。
168 同。
169 同、二七二頁。
170 同。
171 文部省音楽取調掛編『小学唱歌集』斉藤利彦、倉田喜弘、谷川恵一校注『教科書啓蒙文集』所収、岩波書店、二〇〇六、一一五頁。
172 小川和佑『唱歌・讃美歌・軍歌の始原』アーツアンドクラフツ、二〇〇五、五五頁、大本達也「日本における「詩」の源流としての「唱歌」の成立――明治期における「文学」の形成過程をめぐる国民国家論(七)」『鈴鹿国際大学紀要Campana 一六』二〇一〇・三、三八頁。
173 小川和佑、前掲書、五六頁、大本達也、前掲論文、三八頁。
174 同右書、五六頁。
175 同。
176 同、五五頁。
177 井上友一郎、前掲「大陸の花粉」二七三頁。
178 満移の機関紙は『拓け満蒙』(一九三六・四・二五)創刊以来、二度に渡り誌名を変更している。その誌名と期間は以下の通りである。『拓け満蒙』(一九三六～一九三九)、『新満洲』(一九三九～一九四〇)、『開拓』(一九四一～一九四五)。小林弘二、前掲「解題」一三頁。ここでは、大陸開拓文芸懇話会との関係に焦点を合わせるため、主に『新満洲』と表記する。
179 『新満洲』に関する研究としては、小林弘二「『開拓』」(小鳥麗逸編『戦前の中国時論研究』アジア経済研究所、一九七八）と同著者による前掲「解題」紅野敏郎「『新満洲』の「国策雑誌」の実体」（宇野重明『深まる侵略屈折する抵抗　一九三〇―四〇年　日・中のはざま』研文出版、二〇〇一）、山畑翔平「昭和戦中期における満洲移民奨励施策の一考察――移民宣伝誌を通じてみた満洲イメージとその変容――」（慶応義塾大学法学部政治学科ゼミナール委員会編『政治学研究』第四一号、二〇〇九・五）がある。小林弘二「『開拓』」と「解題」は、国策雑誌としての全体像を詳細に解明することに焦点を置いたものであり、紅野敏郎「『新満洲』の「国策雑誌」の実体」も同雑誌の国策雑誌としての宣伝性を強調している。山畑翔平「昭和戦中期における満洲移民奨励施策の一考察――移民宣伝誌を通じてみた満洲イメージとその変容――」は、同雑誌の内容分析を通して満洲がどのようなイメージを形成しているのかを、移民者募集のための啓蒙と移民地とその生活を中心として検討したものである。

180 同右、一一三頁。
対して、大久保明男「「満洲開拓文学」関連組織・雑誌について」（『平成一四年度科学研究費補助金基盤研究（B）調査報告集中国帰国者の適応と共生に関する総合的研究（その二）』京都大学留学生センター、二〇〇三・六）は、大陸開拓文芸懇話会と同雑誌の関係について指摘しているが、その具体的な内容の分析はなされていない。

会員制の公益団体から出発したが、一九三七年四月には財団法人組織となった。小林弘二、前掲「解題」一一三、一一四頁。

181 同右、一一三頁。
182 同、一一四頁。
183 同。
184 同、一一五頁。
185 同。
186 同。
187 板垣によれば、両団体は「大陸開拓と農民文学の夕」（一九四〇・五・二〇）を共催し、その提携の強化及び組織統合を議論したが、結局合意に至らず（一九四〇・九・九）、共存することとなった。板垣信、前掲論文、九〇頁。
188 白取道博、前掲書、一三〇～一三一頁。
189 小林弘二、前掲「解題」一一七頁。
190 同右、一一六頁。
191 たとえば、小林は「渡満を決意する際には、村の有力者、教師、親類縁者などの勧誘」が大きく影響したとし、『開拓』

の「直接的な宣伝効果は大きかったとは思えない」と結論づける。だが、その主要な読者層である農村知識青年に対して満洲への夢をかきたて、さらにはそうした青年を介して「草の根」レベルにおける満洲観、中国観の形成に「貢献」したと推測する。同右、一八頁。この分析は、これら文学作品の「貢献」においても有効であると思われる。

192 中島健蔵「一九三九年九月三日」前掲書、二四五頁。

193 岸田国士「序」大陸開拓文藝懇話会編、前掲書、所収、一〜二頁。

194 望月百合子「滿洲を訪れた文士たち」『文藝』一九三九・九、一九一頁。

195 満洲国における出版活動が最も活発であったのは一九三九、一九四〇年前後である。たとえば、一九四〇年度の民間出版の単行本は、合計一一六四点の中、三八四点（日本語）、五九二点（中国語）、八二点（日中両言兼用）、八〇点（ロシア語）、二六点（その他）である。この時期の満洲国では「支配と被支配の言語が複雑な模様を織り成し」特異なメディア空間・読書空間が形成されつつあったのである。西原和海「「満洲国」の出版——雑誌と新聞」植民地文化学会編『「満洲国」とは何だったのか』小学館、二〇〇八、二〇二、二〇三頁。

196 その一例として、同時代の在満朝鮮人文学を挙げられる。金在湧は、当時朝鮮人文学者たちが「内鮮一体」が強化されていた朝鮮半島から満洲へと移動した点について、五族協和の方が朝鮮人としての言語とアイデンティティを保持するに有利であったためであると分析する。彼の研究によれば、一九四〇年前後の在満朝鮮人文学者の間では、満洲朝鮮人文学は朝鮮半島内の朝鮮人文学と繋がるものではあるが、別個のものであるという認識が確立されつつあった。すなわち、在満朝鮮人文学は朝鮮の辺境、あるいは地方としてみなされるべきではないという意識である。そのような意識に基づいて、在満朝鮮人文学者たちは自らの文学を満洲国内の日系文学、満系文学など他民族と対等な位置に位置づけようとした。しかし、東京で満洲国各民族の文学作品を翻訳して紹介した『満洲国各民族創作選集』（一九四二・六・三〇）に朝鮮人作家の作品は一作も掲載されなかったため、在満朝鮮人文学者たちを落胆させた（日本一四人、中国四人、白系ロシア二人）。二年後に出版された『満洲国各民族創作選集（二）』（一九四四・三・三〇）でも、朝鮮人作家の作品は一篇も紹介されなかった（日本八人、中国六人、白系ロシア二人、蒙古一人）。金在湧「東アジア的脈絡から見た「満洲国」朝鮮人文学」中国海洋大学校海外韓国学中核事業団編『文明の衝撃と近代東アジアの転換』キョンジン、二〇一二、二七三〜二七四、二七六、二八四頁。朝鮮人作家にとっては、満洲国の五族協和も、完全に対等な位置を保障するものではなかったのである。

197 満洲文話会文芸年鑑編纂事務委員「緒言」満洲文話会編『満洲文芸年鑑　第二輯』（復刻版、西原和海解題、葦書房、一九九三）所収、満洲評論社、一九三八。
198 同右。
199 西村真一郎「文芸評論界の概観」満洲文話会編、前掲書（第二輯）所収、二頁。
200 柳水晶「満洲国初期日本語文学界の「満洲文学論」」植民地日本語文学・文化研究会『帝国日本の移動と東アジアの植民地文学　二──台湾、満洲・中国、そして環太平洋』ムン、二〇一一、二九六〜二九七頁。
201 満洲文学論に対する先行研究として西村真一郎、前掲評論、尾崎秀樹『近代文学の傷痕──旧植民地文学論』岩波書店、一九九一、岡田英樹『文学にみる「満洲国」の位相』研文出版、二〇〇〇、単援朝「在満日本人文学者の「満洲文学論」──『満洲文芸年鑑』所収の評論を中心に」『アジア遊学』（四四）、二〇〇二・一〇、西田勝「在「満」日本人・朝鮮人・ロシア人作家の活動」植民地文化学会編、前掲書、西村将洋「「満洲文学」からアヴァンギャルドへ──「満洲」在住の日本人と言語表現」神谷忠孝、木村一信編『「外地」日本語文学論』世界思想社、二〇〇七、柳水晶、前掲論文などがある。
202 西村真一郎、前掲評論、三頁、単援朝、前掲論文。
203 初期の日系作家たちは大連の小規模な文学グループから出発し、満洲国の成立を契機に詩雑誌の発刊と同人雑誌『作文』（その同人の多くは満鉄社員のアマチュア作家）の活動で構成された。しかし、満洲国首都の新京が建設され、文化の中心も『満洲浪漫』同人の若い知識人へと移動した。尾崎秀樹、前掲書、二二三〜二二八頁。「満洲浪漫」派に比して、「作文」派は満洲国建国には消極的な態度を取り、他民族に同情的な態度を示す傾向が指摘されている。
204 満洲国に対する作家の態度は次のように分類される。（一）消極的ながら肯定する、（二）積極的に肯定する、（三）表向きは一応あるいは積極的に容認するが、抵抗する。西田勝、前掲論文、一九六頁。
205 城小碓「満洲文学の精神」満洲文話会編、前掲書（第二輯）所収、二一六〜二一七頁。
206 同右、二一六頁。
207 同、二一七頁。
208 同。
209 同、二一九頁。
210 同。
211 同。

212 角田時雄「満洲文学について――城小碓氏の論を読んで」満洲文話会編、前掲書（第二輯）所収、三一頁。
213 同右。
214 同。
215 大河節夫「当為的と自然的――城・角田両氏の間隙へ――」満洲文話会編、前掲書（第二輯）所収、三四頁。
216 上野凌嵱「満洲文化の文学的基礎――満洲文学とは何ぞや――」満洲文話会編、前掲書（第二輯）所収、五三頁。
217 同右。
218 同、五四頁。
219 同。
220 同、五二頁。
221 木崎竜「建設の文学」満洲文話会編、前掲書（第二輯）所収、三九頁。
222 同右、四〇頁。
223 加納三郎「幻想の文学」満洲文話会編、前掲書（第二輯）所収、四三頁。
224 秋原勝二「故郷喪失（上）」『満洲日日新聞』一九三七・七・二九。
225 小泉京美「「満洲」における故郷喪失――秋原勝二「夜の話」――」『日本文学文化』一〇号、東洋大学日本文学文化学会、二〇一〇、八五頁。
226 同右。
227 江原鉄平「満洲文学と満洲生まれのこと（一）」『満洲日日新聞』一九三七・八・一八。
228 西村真一郎「東洋の猶太民族」満洲文話会編、前掲書（第二輯）所収、六〇頁。
229 江原鉄平、前掲評論（一九三七・八・一八）。
230 江原鉄平「満洲文学と満洲生まれのこと（二）」『満洲日日新聞』一九三七・八・一九。
231 秋原勝二「夜の話」満洲文話会編、前掲書（第二輯）所収、二〇一～二〇二頁。
232 同右、二〇二頁。
233 同。
234 同、二〇三頁。

235 同、二一一頁。
236 同、二一〇頁。
237 同、二〇九頁。
238 同、二一一頁。
239 前掲『満蒙三題』四六二頁。
240 秋原勝二、前掲「夜の話」二一五頁。
241 同右。
242 同。
243 同、二一七頁。
244 同、二二一頁。
245 秋原勝二、前掲随筆（一九三七・七・二九）。
246 秋原勝二「故郷喪失（中）」『満洲日日新聞』一九三七・七・三〇。
247 秋原勝二「故郷喪失（下）」『満洲日日新聞』一九三七・七・三一。
248 同右。
249 同。
250 江原鉄平「満洲文学と満洲生まれのこと（四）」『満洲日日新聞』一九三七・八・二一。
251 秋原勝二、前掲「夜の話」二一六頁。
252 江原鉄平「満洲文学と満洲生まれのこと（三）」『満洲日日新聞』一九三七・八・二〇。
253 同右。
254 佐藤四郎「満洲文学運動の主流」満洲文話会編、前掲書（第二輯）所収、七三頁。
255 青木実「満人ものに就て」満洲文話会編『満洲文芸年鑑　第三輯』（復刻版、西原和海解題、葦書房、一九九三）所収、満洲文話会、一九三九、五二頁。
256 同右。
257 同、五三頁。

258 同、五四頁。
259 同、五五頁。
260 同。
261 同。
262 青木実「文芸時評（三）空念佛のおそれ　西村真一郎氏の所論」『満洲新聞』一九四〇・七・二九、池内輝雄編『文芸時評大系　昭和編Ⅰ』所収、ゆまに書房、二〇〇七、三四〇頁。
263 同右、三四〇～三四一頁。
264 岡田英樹、前掲書、四七～四九頁。
265 大内隆雄「満人の作家たちに就て」青木実外編『満洲文芸年鑑　昭和一二年版』（以下、第一輯、復刻版、西原和海解題、葦書房、一九九三）所収、G氏文学賞委員会、一九三七、一四頁。
266 単援朝「同床異夢の「満洲文学」（一）――「満系文学」側の主張から」『崇城大学　研究報告』第三三巻第一号、二〇〇八、六頁。
267 同右。
268 大内隆雄、前掲評論、一四頁。
269 同右、一六頁。
270 西村真一郎「植民地文学の再検討――植民地文学の一般論として」青木実外編、前掲書（第一輯）、二〇、二二頁。
271 同右、二一頁。
272 単援朝、前掲論文、八頁。
273 同右。
274 岡田英樹、前掲書、四九頁。
275 尹東燦『「満洲」文学の研究』明石出版、二〇一〇、一一三頁。
276 同右、一一六頁。
277 同。
278 尹東燦は、満洲国の存在を認めた『芸文志』創刊号の「芸文志序」、『原野』の発表などが重なって、古丁を中心とする

「芸文志」派の親日的傾向に対する中国人文学者の疑惑が事実として受け止められたと指摘する。同右、一三三頁。
279 西原和海「満洲国における日中文学者の交流」『アジア遊学』(四四)、二〇〇二・一〇、九八頁。
280 単援朝、前掲論文、一一頁。
281 岡田英樹、前掲書、一六～一七頁。
282 満洲文話会は、満洲ペンクラブ(一九三四)を母体として、文化文芸に関心を抱く在満文化人の総合団体として、会員相互の緊密なる連絡、親睦を図ること、満洲国におけるあらゆる文化活動を積極的に助成促進するために発足された。会員数は四三三名、機関紙『満洲文話会通信』を発行した。尾崎秀樹、前掲書、二二六頁。
283 佐藤四郎、前掲評論、六七頁。
284 同右。
285 同。
286 同。
287 岡田英樹、前掲書、二七頁。
288 佐藤四郎、前掲評論、六八頁。
289 望月百合子「満洲を訪れた文士たち」『文芸』一九三九・九、一九一頁。
290 緑川貢「本年度満洲文学界回顧(一)——目覚ましい躍進」『満洲日日新聞』一九三九・一二・二四、池内輝雄編、前掲書(昭和編Ⅰ)所収、五一三頁。
291 同右。
292 近藤春雄「大陸ペン部隊リレー通信　大陸開拓文芸懇話会第一回視察記　新京から哈爾濱」『新満洲』第三巻第八号(復刻版、満洲移民関係資料集成第二期、不二出版、一九九八)所収、一九三九・八、九二頁。
293 近藤春雄、前掲随筆、九四頁。
294 近藤春雄『大陸日本の文化構想』敞文館、一九四三、一八七頁。
295 同右、一八八頁。
296 同、一八九頁。
297 同、六一～六二頁。

298 青木実「概念的記述　島木氏の『満洲紀行』に就て」『満洲日日新聞』一九四〇・六・一四。
299 青木実「概念的記述　島木氏の『満洲紀行』に就て」『満洲日日新聞』一九四〇・六・一五。
300 緑川貢、前掲評論、池内輝雄編、前掲書（昭和編Ⅰ）所収、五一三頁。
301 望月百合子、前掲論文、一九一頁。
302 同右、一九二頁。
303 M．G．M「文芸匿名時評　満人作家の作品検討」『文芸』一九三九・一〇、池内輝雄編、前掲書（昭和編Ⅰ）所収、四三二頁。
304 同右、四三二頁。
305 同、四三二、四三九頁。
306 岡田英樹、前掲書、二八頁。
307 青木実「文芸時評（二）不審の事項　文話会改組の批判（上）」『満洲新聞』一九四〇・七・二七、池内輝雄編、前掲書（昭和編Ⅰ）所収、三三八頁。
308 岡田英樹、前掲書、二九頁。
309 武藤富男「満洲国の文化政策――芸文指導要綱について――」『読書人』第二巻第九号、一九四二・九、一頁。同年三月二三日芸文大会における講演筆記。
310 同右、三～四頁。
311 同、四頁。
312 同。
313 同。
314 同、二頁。
315 同。
316 同、四頁。
317 江原鉄平、前掲評論（一九三七・八・二〇）。
318 同右。
319 佐藤四郎、前掲評論、七四頁。

320　川崎賢子「満洲文学とメディア——キーパーソン「木崎龍」で読むシステムと言説」二〇世紀メディア研究所編『Intelligence』第四号、二〇〇四・五、二八～二九頁。
321　大谷健夫「小説界概観」満洲文話会編、前掲書（第二輯）所収、六頁。
322　岡田英樹、前掲書、五八～六〇頁。
323　近藤春雄、前掲書、六五頁。
324　同右、六四頁。
325　同、一八七頁。
326　同、一九一頁。

《第3章　朝鮮人の満洲移民の記憶と帝国の在り方——張赫宙『開墾』論》

1　張赫宙に関する代表的な研究として挙げられる白川豊『植民地期朝鮮の作家と日本』（大学教育出版、一九九五）、『張赫宙研究』（東国大学校出版部、二〇一〇）によれば、張の朝鮮語作品（一九三三～一九四一）は長篇五篇、中・短篇その他七篇、日本語作品（一九三〇～一九四五）は長篇一六篇、中・短篇七〇篇、戯曲・放送劇四篇その他であり、単行本は三〇冊以上を出版した。

2　朴永錫『万宝山事件研究——日本帝国主義の大陸侵略政策の一環として——』第一書房、一九八一、緑川勝子「万宝山事件及び朝鮮内排華事件についての一考察」『朝鮮史研究会論文集』特集『明治百年と朝鮮』極東書店、一九六七、臼井勝美「朝鮮人の悲しみ——万宝山事件——」朝日ジャーナル編『昭和史の瞬間・上』朝日新聞社、一九七四、菊池一隆「万宝山・朝鮮事件の実態と構造——日本植民地下、朝鮮民衆による華僑虐殺暴動を巡って——」『人間文化』二二号、愛知学院大学人間文化研究所、二〇〇七・七参照。

3　中根隆行『〈朝鮮〉表象の文化誌——近代日本と他者をめぐる知の植民地化』新曜社、二〇〇四、二一七～二二〇頁。また、高栄蘭は一九三二年を「円本ブーム以後、新しい出版市場として「植民地」が可視化してきた時期」であることを指摘し、張赫宙の「朝鮮」が改造社によって「和製」文化商品としての付加価値を与えられたと述べている。高栄蘭「帝国日本の出版市場の再編とメディアイベント——「張赫宙」を通してみた一九三〇年前後の改造社の戦略」国際韓国文学文化学会

『사이間SAI』第六号、二〇〇九、一三八～一四一頁。

4 柳水晶『帝国と「民族協和」の周辺の人々――文学から見る「満洲」の朝鮮人、朝鮮の「満洲」――』博士論文、筑波大学大学院人文社会科学研究科、二〇〇八、一一〇頁。

5 張赫宙は四度にわたって渡満している（大陸開拓文芸懇話会の第二次ペン部隊〈一九三九・六～九〉、朝鮮総督府拓務科の委嘱の満洲移民村視察〈一九四二・五・一九～六・六〉、満鮮文化社の招聘での間島、熱河の巡廻〈一九四三・九〉、前回と同様〈一九四五・五・二三〉）。また、張の満洲を題材とする小説は「氷解」（『新満洲』一九三九・七）、「国境の悲劇」（『大陸』一九三九・八）、「密輸業者」（『改造』一九四〇・五）、『曠野の乙女』（一九四一・五）、『幸福の民』（『開拓』一九四二・五～八）、「ある篤農家の述懐」（『緑旗』一九四三・一）、『開墾』（中央公論社、一九四三・四）、「鏡の城」（『金融組合』一九四四・一）、「拓士送出」（『開拓』一九四四・八～九）である。以上の渡満経歴及び満洲を題材とした小説については、柳水晶、前掲論文、一一一頁による。これらの事実に照らせば、張の満洲への関心は一過性のものではなく、東京文壇デビューから終戦まで持続されたと考えられる。

6 張赫宙『開墾』（中央公論社、一九四三）の引用はゆまに書房版『開墾』（白川豊監修・解説、日本植民地文学精選集朝鮮編三、二〇〇〇）により、以後は頁数のみ記す。

7 小都晶子「満洲における「開発」と農業移民」蘭信三編『日本帝国をめぐる人口移動の国際社会学』不二出版、二〇〇八、二五九頁。

8 白川豊、前掲書、一九九五、一五三頁。

9 川村湊『文学から見る「満洲」――「五族協和」の夢と現実』吉川弘文館、一九九八、一四二頁。

10 金鶴童「張赫宙の『開墾』と万宝山事件」忠南大学校人文科学研究所『人文学研究』第三四巻第二号、二〇〇七、一〇二頁。

11 兪淑子「満洲朝鮮人移民の一風景――張赫宙の『開墾』と李泰俊の「農軍」との比較」金在湧編『在日本及び在満洲親日文学の論理 四』亦楽、二〇〇四、李相瓊「日帝暗黒期の韓国文学 李泰俊の「農軍」と張赫宙の『開墾』を通して見た日帝末期作品の読み方と検閲――万宝山事件に対する韓・中・日作家の民族意識研究（一）」韓国現代小説学会『現代小説研究』二〇一〇。

12 任秀彬「「満洲」・万宝山事件（一九三一年）と中国、日本、韓国文学――李輝英、伊藤永之介、李泰俊、張赫宙――」

『東京大学中国語中国文学研究室紀要』第七号、二〇〇四・四、渡辺直紀「張赫宙の長篇小説『開墾』（一九四三）について」韓国文学研究学会『現代文学の研究』三六巻、二〇〇八・一〇。

13　孫才喜「張赫宙文学における連続と非連続――戦前から戦後にかけて――」クロッペンシュタイン、鈴木貞美編『日本文化の連続性と非連続性一九二〇～一九七〇年』勉誠出版、二〇〇五。

14　辛承模「植民地期日本語文学に現れた「満洲」朝鮮人象――「満洲」を見つめる同時代の視線の諸相――」東国大学校韓国文化研究所『韓国文学研究』三四、二〇〇八。

15　靑恩美「「満洲」建国イデオロギーと張赫宙の「満洲」認識：『開墾』（一九四三年）を中心に」東京外国語大学大学院『言語・地域文化研究』（一七）、二〇一一。

16　崔一「身分（identity）と歴史叙事――「万宝山事件」の文学化を中心に」中国海洋大学校海外韓国学中核事業団編『近代東アジア人の離散と定着』キョンジン、二〇一〇、二七一～二七二頁。

17　張赫宙「後記」前掲『開墾』三四五頁。

18　白川豊、前掲書、一九九五、一五二頁。

19　川村湊、前掲書、一四二頁。

20　菊池一隆、一六頁。

21　同右。

22　田中隆一「研究ノート　朝鮮人の満洲移民」蘭信三編、前掲書、一八一頁。

23　ハナ・アーレント／大島通義、大島かおり訳『帝国主義』みすず書房、一九八一、二八一頁。

24　市野川容孝、小森陽一『難民』岩波書店、二〇〇七、三九頁。

25　田中隆一『満洲国と日本の帝国支配』有志舎、二〇〇七、一三〇頁。

26　菊池一隆、前掲論文、二〇～三七頁参照。

27　『開墾』の「鮮農」は、間島地方の入植地（老頭溝）から新開嶺へ、また法河へと移動している。また、万宝山に入植するに当たって日本官憲から具体的な支援はなかったと描かれているが、実際の万宝山事件では朝鮮人民会金融部より三千元を、また満鉄からは水田の設計及び種籾九〇石の支援を受けた（緑川勝子、前掲論文、一三二頁）。万宝山への入植当初の人員は、テクストでは二一戸と新しく参加した五〇戸を合わせて一五〇人とされている。万宝山事件では、朝鮮人の入植人数は十数人で、それが数十人に増え、最終的には四〇〇か五〇〇人となった。菊池一隆、前掲論文、二六～二七頁。
28 蘭信三『「満洲移民」の歴史社会学』行路社、一九九四、二〇五頁。
29 東亜経済調査局『満洲読本』満洲文化協会（発売）、一九三四、一一一、一一三頁。
30 横山敏男「序言」『満洲水稲作の研究』河出書房、一九四五。
31 満洲事変が起こる前まで、一九二五年と一九二六年を除けば、米は全体農産物の耕作面積の一％以下にとどまった。キム・ヨン『近代満洲の稲作の発達と移住朝鮮人』国学資料院、二〇〇四、八四、一二五、一六四頁。
32 田中隆一、前掲論文、一八一頁。
33 高麗人という意味の朝鮮人の蔑称。
34 大豆は、その商品化率が八〇～八三％と非常に高く、満洲大豆商品がピークに達した一九二九年には、輸出総額に占める大豆商品の比重が約六割にも達した。山本有造『「満洲国」経済史研究』名古屋大学出版会、二〇〇三、九〇、九一頁。
35 同右、九一頁。
36 藤原辰史「稲も亦大和民族なり――水稲品種の「共栄圏」」池田浩士編『大東亜共栄圏の文化建設』人文書院、二〇〇七、二二〇頁。
37 横山敏男、前掲「序言」。
38 小都晶子「満洲における「開発」と農業移民」蘭信三編、前掲書、二〇〇八、二五九頁。
39 藤原辰史、前掲論文、一九一頁。
40 白川によれば、張は『開墾』の執筆に先立ち二度（一九三九・六、一九四二・六）満洲を視察した。特に一九四二年の三カ月（六、七、八）の満洲旅行では朝鮮総督府拓務課の嘱託より万宝山村を含む移民村を視察したことから、『開墾』に極めて大きな影響を与えたとみなされた。白川豊、前掲書、二〇一〇、二六一～二六四頁参照。
41 中根隆行、前掲書、二一三頁。
42 朝鮮人農民たちは万宝山に入植するにあたって朝鮮人民会金融部と満鉄から支援を受け、かつ全員が日本警察署の登録簿に記載されていた（菊池一隆、前掲論文、二六～二七頁）ことから考えても、その端緒から朝鮮農民と日本の満洲当局との関係は緊密であったと見てもいいだろう。
43 吉林省政府の国民政府外交部への報告によれば、郝永徳がその計画内容を長春県政府から許可を受けずに水路工事を推し進めたため、付近の現地農民は耕作地に注水できず、他所では水が溢れ、数万畝の田畑を放棄するなどの被害が出た。こうした被害を受けた現地農民が県政府、省政府に水路工事の中止を請願し、吉林省政府が派遣した県警察が現場に到着した時はすでに長春の日本領事館警察が到着していた。吉林省政府と日本総領事の交渉により、双方の警察官が撤収したが、長春の日本領事は中国側から出された農田回復と水路工事停止の提案にもかかわらず、銃携帯の私服警察官を派遣し、工事を再開させた。七月一日、現地農民たちが水路を埋め戻し、日本警察官が現地農民たちに機関銃を発砲したが、死傷者はなかった。結局、工事は続行され、水路が完成した。菊池一隆、前掲論文、二二四〜二二五頁。

44 朴永錫、前掲書、二四三項。

45 同右。

46 同。

47 江口圭一『十五年戦争少史　新版』青木書店、一九九一、二九頁。

48 貴志俊彦「近代天津の都市コミュニティとナショナリズム」西村成雄編『現代中国の構造変動（三）ナショナリズム――歴史からの接近』東京大学出版会、二〇〇〇、一九五、一九六頁。

49 川島真「北京政府の対非列強外交――アジア・中南米・東欧との外交関係――」中央大学人文科学研究所編『民国期中国と東アジアの変動』中央大学出版部、一九九九、七五頁。

50 同右。

51 劉小林「第一次世界大戦と国際協調体制下における日中関係」同右書、一四〇頁。

52 加藤陽子『満洲事変から日中戦争へ』岩波書店、二〇〇七、一一〇頁。

53 同右、五四頁。

54 日本国際政治学会太平洋戦争原因研究部『太平洋戦争への道　開戦外交史　新装版』朝日新聞社、一九八七、一八二頁。

55 加藤陽子、前掲書、八〇頁。

56 村田雄二郎の研究によれば、近代中国人における「中国」意識は、一八六〇年代以降の条約体制の成立、万国公法の受容、商戦・富国強兵論の提唱など、対外関係の場で強まった。それは国民国家の国権回収運動、一九三〇、一九四〇年代の抗日戦争、さらに一九四九年革命以後の「自主独立」路線まで継承されている。辛亥革命後、中華民国は臨時約法に「中華民国の領土は二二行省、内外蒙古、チベット、青海とする」と謳われたように、清朝の継承国家として出発した。村田雄二郎

「二〇世紀システムとしての中国ナショナリズム」西村成雄編、前掲書、五六、五八頁。

57 緑川勝子、前掲論文、一三一頁。

58 日本と中国政府が結んだ間島条約（一九〇九）によれば、朝鮮人は間島の土地所有に関して中国人と同じ権利を持っていた。しかし満洲の他の地域の場合、中国に帰化していない朝鮮人は土地の購入及び所有する権利が認められなかった。「南満洲及び東部内蒙古に関する条約・交換公文」（満蒙条約、一九一五）では、間島以外の地域における朝鮮人の土地を商租や収得できる権利についての項目がなかった。帝国日本はその弱点を利用して、間島にとどまらずすべての朝鮮人が土地所有権を持つように図り、次第に満洲の土地を獲得しようとした。孫春日『「満洲国」の在満韓人に対する土地政策研究』白山資料院、一九九九、五八〜六〇頁。

59 朝鮮農民は、営農資金の大半を東洋拓殖会社や東亜勧業株式会社など低利の日本金融機関から貸り、土地を抵当に入れた。金融機関は中国人より朝鮮人を優先し、後には中国人の地主に融資することを拒否するにまで至った。中国人の地主が負債を返済できなかった場合、担保の土地は中国官憲が管理するので、土地所有権は獲得できなかった。しかし朝鮮人移民に融資した場合、債権者が借用証書と商租譲渡契約書及び土地所有の証憑書類などを所持できるだけでなく、領事館の認定まで貰えた。債務を返済できなかった朝鮮人の担保物の土地は、事実上帝国日本へ渡されたものに等しかった。多くの朝鮮農民が負債を償還できなくなり、担保物の土地を日本の金融機関に没収された。帝国日本は貧しい朝鮮農民の窮地を利用し、また彼らの宙吊りな法的位置から中国の国内法を乱し、土地を獲得していった。キム・ヨン、前掲書、一一三頁。

60 一九〇七年には、朝鮮統監伊藤博文が清国政府の反対を押し切って清国領の間島地方に統監臨時派出所を設立し、清国の領事と同等の権能を与え満洲の「帝国臣民」を保護することを命じた。この派出所設置は、満洲への領土拡張とその尖兵として朝鮮人の間島地方への移住を促進することをめざすものだった。この結果、清国と日本の対立が激化し、諸事件を頻発させた。この対立の解決のため、日本と清国は間島条約を結び、清国の間島についての領土権を認める一方で、在満朝鮮人の土地所有権を認める取り決めを交わした。蘭信三、前掲書、一九九四、二八二〜二八三頁。

61 朴永錫、前掲書、九九頁。

62 荻野富士夫『外務省警察史』校倉書房、二〇〇五、二六七頁。

63 同右、一七一頁。

64 同。

65 同、一七〇頁。
66 田岡良一『国際法上の自衛権 補訂版』勁草書房、一九八一、一五〇頁。
67 小林啓治『国際秩序の形成と近代日本』吉川弘文館、二〇〇二、一一七頁。
68 同右。
69 田岡良一、前掲書、一五〇頁。
70 大沼保昭『戦争責任論序説』東京大学出版会、一九七五、八八頁。「戦争の違法化」運動については、大沼保昭、前掲書、第二節「戦間期における戦争違法観の展開と指導者責任観の凋落」参照。
71 小林啓治、前掲書、一四〇頁。
72 同右、一三六〜一三八頁。
73 同、一三〇〜一三一頁。
74 同、一三三頁。
75 そのような解釈において、「戦争に至らざる武力行動」の基準は、外交関係の断絶、あるいは宣戦布告による戦争の意志の表明であった。「不戦条約は戦争を禁止するが、戦争に至らない武力行動は禁止しない」という解釈は、当事者の日中両国が外交関係の断絶も宣戦布告も行わなかった満洲事変が不戦条約に触れないという主張にまで繋がった。田岡良一、前掲書、一六一、一八〇頁。
76 米、仏、独、英、日は、公文の中に自衛のための武力行使の留保を述べている。同右、一七一頁。
77 同、一七四頁。
78 小林啓治は、その理由として帝国日本が近代国際法の下で急速な近代化を遂げたことの「必然的帰結」と指摘する。近隣アジア諸国を植民地化し、近代国際法における従属的存在として包摂しながら、自らの地位上昇を図ったためである。小林啓治、前掲書、一一七、一四四頁。
79 ハナ・アーレント、前掲書、二五頁。
80 排華事件については、趙景達『植民地期朝鮮の知識人と民衆——植民地近代性論批判』有志舎、二〇〇八、第五章「民衆の暴力と公論」第六節「朝鮮排華事件」参照。
81 林久治郎『満洲事変と奉天総領事——林久治郎遺稿——』原書房、一九七八、九九頁。

82　荻野富士夫、前掲書、二五四頁。
83　マルクス・エンゲルス／大内力編訳『農業論集』岩波書店、一九七五、四九頁。
84　萱野稔人『カネと暴力の系譜学』河出書房新社、二〇〇六、一八三頁。
85　同右、七二頁。
86　朝鮮総督府は、満洲事変の勃発によって発生した朝鮮人避難民を受容するため、南北満の五カ所の「安全農村」を建設した。趙春虎「一九三〇年代初期の北間島地域における韓人自治運動と中国共産党の対応」中国海洋大学校海外韓国学中核事業団編、前掲書、二二四頁。
87　朝鮮金融組合は、朝鮮在来の風習である契の社会的な役割に注目し、殖産契の設置を通して徐々に農村内に浸透してゆき、これを徹底的に利用する形で農村の組織化を図った。これに比べて中国の農村を組織化しようとする満洲国の政策は、所謂土着資本が流通機構を掌握していたため、朝鮮のように掌握しきることはできなかった。浜口裕子『日本統治と東アジア社会――植民地期朝鮮と満洲の比較研究』勁草書房、一九九六、一七二～一七五頁。この点からみて、精米業者でもある申義達が「鮮農」の地主と精米工場・米穀商を兼ねようとして駆逐されるのは、米の商品化過程で民間の介入を排除し、国家権力が統制しようとした当時の満洲国政府の政策を正当化しようとする意図として読み取れる。
88　たとえば、前述した朝鮮総督部による「安全農村」は、初期の五カ所以外には満洲地域に設置されなかった。柳弼奎は、その理由として関東軍が東拓の自作農創定政策を朝鮮人集団移民に適用すると決定した点（一九三六・八）、日本帝国政府が「在満朝鮮人指導要綱」を通して毎年一万戸の朝鮮人を満洲へ移住させると規定した点（一九三六・一）を挙げている。これらの事業は鮮満拓殖会社に一元化されたことで、「安全農村」設置の必要性が急減したのである。したがって、「安全農村」は満洲における朝鮮人の統制と管理のための「虚構的な臨時統制機構」であった。柳弼奎「一九三〇年代初期満洲地域における安全農村の設置と性格」中国海洋大学校海外韓国学中核事業団編、前掲書、二〇一〇、七〇頁。
89　張赫宙前掲「後記」三四六頁。
90　金在湧「日帝末韓国人の満洲認識」『万宝山事件と韓国近代文学』亦楽、二〇一〇、二〇頁、李海英、張丛丛「満洲国の国家性格と安壽吉の北郷精神：安壽吉の在満時期作品を中心に」中国海洋大学校海外韓国学中核事業団編『文明の衝撃と近代東アジアの転換』キョンジン、二〇一二、二六五頁。
91　李海英、張丛丛、前掲論文、二六七頁。

92　同右。
93　外村大、前掲論文、六一頁。
94　同右、六二頁。
95　田中は、その原因として慎重な態度の朝鮮軍と、朝鮮半島内の小作争議解決などのため積極的な移住と自作農創定を図るべきと考えた朝鮮総督府、そして日本人移民を優先した関東軍の消極的な態度との間における見解の相違を挙げている。田中隆一「朝鮮統治における「在満朝鮮人」問題」『未公開資料　朝鮮総督府関係者　録音記録（二）』学習院大学『東洋文化研究』三号、二〇〇一・三、一五〇～一五一頁。
96　外村大、前掲論文、六二～六三頁。
97　田中隆一、前掲書、一三五頁。
98　同右、一三六～一三七頁。
99　同、一三八頁。
100　同、一三九頁。
101　同。
102　同、一四〇頁。
103　同、一四〇～一四一頁。
104　同、一四四頁。
105　同、一四五頁。
106　同、一四六頁。
107　同、一四七頁。
108　尹輝鐸『満洲国：植民地的想像が孕んだ「複合民族国家」』慧眼、二〇一三、四一二頁。
109　同右、四一二～四一四頁。
110　同、四一四頁。
111　同、四一四～四一五頁。
112　同、四一五頁。

113　尹輝鐸によれば、協和会における各民族別の会員は、日本人が約八・一％、朝鮮人が四・六％、中国人が八六・三％である。表一〇一「民族別協和会会員数及び人口現状」同右、四一六頁。
114　同、四一五〜四一六頁。
115　同、四一六頁。
116　同、四一七頁。
117　同、四一八頁。
118　田中隆一、前掲書、一四三頁。
119　宮田節子『朝鮮民衆と「皇民化」政策』未来社、一九八五、一四九頁。
120　同右、一五〇頁。
121　同、一五四頁。
122　同、一五六頁。
123　同、一五九頁。
124　同、一六五頁。
125　同、一六七頁。
126　同、一六七〜一六八頁。
127　同、一六八頁。
128　同、九六、一〇三、一〇四、一七六頁。
129　在満朝鮮人にとって、「満洲国民」となるというもう一つの道があったという主張は興味深いものである。李海英と張丛丛は、在満朝鮮人作家の安壽吉が、在満朝鮮人が満洲における水田開発などの満洲国建国への寄与とも、「農民道」として満洲国が奨励する有畜農業を積極的に発展させることで「満洲国民」としての権利を主張した点に注目する。彼らの研究によれば、安は在満朝鮮人農民が「農民道」を通して自らを特殊化することで、満洲国における国民的権利と発言権を確保できるとみなしたのである。李海英、張丛丛、前掲論文、二六〇頁。

1　湯浅克衛は朝鮮守備隊の父に連れられて、朝鮮（慶尚道固城郡唐洞、平安北道兼二浦）、愛媛、別府などを転々とし、一九一六年には巡査になった父親と朝鮮の京畿道水原に移住した。一九二七年に京城中学を卒業して東京に移住、翌年早稲田第一高等学校に入学した。一九三六年には本庄陸男、伊藤整らと第二次『現実』を発足させ、同年三月、高見順らの『人民文庫』が創刊されると「現実」同人の旧プロレタリア作家、本庄陸男らと参加し「莨」「城門の街」を発表した。一九三九年の「先駆移民」以後は国策に協力する作品を書いている。一九四五年の終戦で朝鮮から日本に引揚げた後、占領軍の検閲のもとで「カンナニ」の復元版を発表することで戦後の文学活動が始まった。梁禮先「湯浅克衛年譜」池田浩士編『カンナニ――湯浅克衛植民地小説編』インパクト出版会、一九九五、浦田義和『占領と文学』法政大学出版局、二〇〇七、参照。

2　任展慧「植民者二世の文学――湯浅克衛への疑問」『季刊三千里』一九七六、春、一五四頁、辛承模「湯浅克衛文学における「移民小説」の変容」韓国日語日文学会『日語日文学研究』六七、二〇〇八、一三三頁。

3　浦田義和、前掲書、四七頁、任展慧、前掲論文、一五四頁、辛承模、前掲論文（二〇〇八）、一三三頁。

4　湯浅克衛に関する先行研究の多くは、「カンナニ」を中心として朝鮮を描いた初期作品を評価しながらも、結局転向して時局に協力した作家を批判的に検討するものであった。そうした研究の多くが、朴光賢が指摘したように「日本近代文学に現れた朝鮮人像」というテーマの範囲内で展開された。その点は、高崎隆治『文学のなかの朝鮮人像』青弓社、一九八二、任展慧、前掲論文、南富鎭『近代文学の「朝鮮」体験』勉誠出版、二〇〇一などからも確認できる。一方、植民二世としての湯浅のアイデンティティや混淆性に注目する研究がある。最近の研究成果として李元熙「湯浅克衛と朝鮮」東国大学校日本学研究所『日本学』二二、二〇〇三、朴光賢「湯浅克衛の文学に現れた植民二世の朝鮮」『日本学報』六一、韓国日本学会、二〇〇四、辛承模、前掲論文、二〇〇八、辛承模「「引揚」後における湯浅克衛論――連続していく混淆性――」『日語日文学研究』七一、韓国日語日文学会、二〇〇九、などがある。

5　池田浩士「解題　先駆移民」池田浩士編、前掲書、五三七頁。

6　高見順「異常とは何か　四――筋と描写――」『中外商業新報』一九三九・二・四、『高見順全集　第一四巻』勁草書房、一九七二、二二五頁。

7　上林暁「外的世界と内的風景」（文芸時評）『文芸』一九三九・一・一、中島国彦編『文芸時評大系　第一六巻　昭和一四年』ゆまに書房、二〇〇七、二五頁。
8 小寺廉吉『先駆移民団——黎明期之弥栄と千振』古今書院、一九四〇、六七〜六八頁、浅田喬二『日本帝国主義下の民族革命運動』未来社、一九七三、四七二頁、満洲開拓史復刊委員会『満洲開拓史』（復刻版）全国拓友議会、一九八〇、一一四〜一二二頁、劉含発「満洲移民の入植による現地中国農民の強制移住」新潟大学大学院現代社会文化研究科『現代社会文化研究』二一号、二〇〇一・八。
9 長野県開拓自興会満洲開拓史刊行会『長野県満洲開拓史　総編』東京法令出版、一九八四、八二頁。
10 同右、一六八頁。
11 浦田義和、前掲書、四八頁。
12 湯浅克衛「先駆移民」池田浩士編、前掲書、二六九頁。「先駆移民」の引用は、以下頁数のみを記す。
13 長野県開拓自興会満洲開拓史刊行会、前掲書、七一頁。
14 一九二五年に五億二五〇三万円であった産業総価額は、三〇年には二億四九一七万円と半分以下に減少し、養蚕糸生産価額はそれ以上の下落を示した。小林信介「満洲移民研究の現状と課題」長野県現代史研究会編『戦争と民衆の現代史』現代史料出版、二〇〇五、一一一〜一二二頁。
15 長野県開拓自興会満洲開拓史刊行会、前掲書、七二頁。
16 蘭信三『「満洲移民」の歴史社会学』行路社、一九九四、五五頁。
17 同右。
18 同。
19 同事件によって内閣が変わり、代表的な大アジア主義者である永井柳太郎が拓務大臣に就任したことも、移民促進に拍車をかけた。長野県開拓自興会満洲開拓史刊行会、前掲書、七九頁。
20 綱沢満昭『日本の農本主義』紀伊国屋書店、一九九四、九五〜一〇三頁。
21 長野県開拓自興会満洲開拓史刊行会、前掲書、七二頁。
22 宇野豪『国民高等学校運動の研究——一つの近代日本農村青年教育運動史』渓水社、二〇〇三、二七七頁。
23 加藤完治「大佐と加藤完治氏」東宮大佐記念事業委員会編『東宮鉄男伝』東宮大佐記念事業委員会、一九四〇、一〇〇頁。
24 松本健一『思想としての右翼　新装版』論創社、二〇〇七、八四頁。

25　同右、九三頁。
26　新東亜研究会編『興亜ノート――新東亜の時事問題早わかり――』国民図書協会、一九三九、一六頁。
27　井上久士『華中宣撫工作資料』不二出版、一九八九、六～七頁。
28　満洲国建国後にも、初期には満鉄社員から多数の宣撫班が編成され、軍に配属されて活動した。満洲国が機能し始めると、これは国務院弘報処によって引き続がれた。山本武利『宣撫月報』不二出版、二〇〇六、九～一〇頁。
29　植田謙吉「満洲国ニ於ケル情報並ニ啓発関係事項担当官庁ノ構成等ニ関スル件」満洲国外交部、一九三六・六・三。
30　山本武利、前掲書、一三～一六頁。
31　この雑誌は、満洲国内の省、県、市町村単位の宣撫・弘報機関、役所に配布された非売の政府刊行の雑誌であった。山本武利、前掲書、一六頁。
32　田中寛は日中戦争勃発後の中国大陸における宣撫工作の実態を検討し、宣撫が事変後の一般民心の平定、また新政府指導の教化、注入のための一貫した文化工作であったと述べている。その具体的な展開は医療など救済事業、紙芝居、街頭演説、映画巡回、ペン部隊として従軍した作家のルポルタージュなどの「宣撫文学」がある。田中寛「「東亜新秩序建設」と「日本語の大陸進出」――宣撫工作としての日本語教育」『「文明化」による植民地支配』植民地教育史研究年報五号、二〇〇三、一〇四～一〇五頁。山本武利は、『宣撫月報』の報告から宣撫活動の現場ではラジオ、新聞、雑誌の役割よりビラや口コミの方が「生活者」を説得し、「匪民分離」に効果があるという認識が強かったことを指摘した。山本武利、前掲書、一二頁。
33　満洲開拓史復刊委員会、前掲書、一〇八～一〇九頁。
34　この歌と文は実在するものである。歌は移民者の一人の創作として、東宮の「屯墾隊佳木斯上陸三周年記念」のために書かれた「第一次武装移民指導の回想」（一九三五・一〇・一五）の一部である文とともに掲載されている。東宮大佐記念事業委員会編、前掲書、六〇八～六〇九頁。「先駆移民」に引用されたものとの差は、原文の「国家」が「公け」に代わっている点と、具体的な人名や事実などが省略された点のみである。この歌と文が、移民者の自発的な創作であるかは疑わしい。逆に、一九三五年の記録をそのまま当時のもののように挿入しているとも考えられる。そのように考えれば、加藤完治とともに「満洲移民の功労者」として賞賛された関東軍将校の痕跡が、引用されながらもその出典は消去されている点において興味深い事実である。
35　東宮大佐記念事業委員会編、前掲書、一九八頁。

36　劉含発、前掲論文、三六二頁。
37　移民政策によって移民団用地内では現地住民の土地所有権が認められず、地主や自作農の土地はすべて移民用地として買収され、その買収価格も個人売買の時価の三分の一から四分の一の値段であった。拓務省拓務局東亜課編『満洲農業移民概況』拓務省拓務局東亜課、一九三六、二九頁、劉含発、前掲論文、三六二頁、長野県開拓自興会満洲開拓史刊行会、前掲書、一七二頁。一九四二年まで、日本人の満洲移民のため満拓及び満洲国開拓総局によって移民用地として買収された既耕地は、三五一万ヘクタールに至った。
38　劉含発は、大地主が中小地主に、自作農が小作農に、小作農や雇農が地域から離れるか、あるいは日本人移民団の小作農や雇農になった例を挙げている。劉含発、前掲論文、三六三〜三六四頁。
39　張伝傑、馮堤他『日本略奪中国東北資源史』大連出版社、一九九六、一〇八頁、劉含発、前掲論文、三七二頁。
40　満洲国通信社編『満洲開拓年鑑』昭和一六年版（『満洲移民関係資料集成』第七回配本（第三一巻〜第三五巻）所収、不二出版、一九九二）、一九四一、六八頁。
41　満史会編『満洲開発四十年史　補巻』満洲開発四十年史刊行会、一九六五、二〇七頁。
42　劉含発、前掲論文、三六九頁。
43　謝文東は土竜山事件の原因として（一）砂金で作られた記念品の没収、（二）第一次移民団の一部による付近住民の家畜や貴金属などの強奪、（三）開拓地の土地買収において要求通りの金額が支払われず、将来の没収への懸念、（四）民間所有の銃器の押収などを挙げた。東宮大佐記念事業委員会編、前掲書、一九一〜一九二頁。同事件の結果、農業移民用の土地買収は関東軍買収班から満拓及び満洲国政府に代わり、買収土地価の引き上げ、移民用地中の既耕地の割合の低下、移民用地の買戻しの許可などの対策が行われた。浅田喬二『日本帝国主義下の民族革命運動』未来社、一九七三、四七二頁。
44　蘭信三は渡満体験者の渡満前の対中国人・朝鮮人観についての意識調査結果、七割以上の人々が先入観を持たずに移住したと観察している。渡満前の多くの日本移民者にとって、中国人や朝鮮人はそもそも「念頭になかった」のである。蘭信三、前掲書、二九一頁。
45　辛承模、前掲論文（二〇〇八）、一三二頁。
46　本来匪賊とは、満洲事変以後、まだ肯定的な響きを持っていた従来の馬賊の代わりに日本側が使い始めた蔑称である。したがって強盗から抗日遊撃隊に至るまでの満洲のあらゆる武装勢力が匪賊と呼ばれた。ビリングズリーは、匪賊には抗日を掲げたものもいれば、騒乱を起こして日本軍が介入する口実になる形で協力し、日本軍の支援や助成を受けるものもいたとしてその多様性を指摘した。ビリングズリー、山田潤訳『匪賊——近代中国の辺境と中央』筑摩書房、一九九四、二九八～二九九、三〇二頁。

47 依蘭地方は旧東北軍閥の将領であった李杜の抗日遊撃区であり、この地方で活動していた李延祿、李華堂、明山の部隊は李杜の直系部隊であった。浅田喬二、前掲書、四七三頁。

48 満洲国史編纂刊行会編『満洲国史 総論』満蒙同胞援護会、一九七〇、四二五～四二六頁。

49 この屯墾大隊は日沢中佐を大隊長に、三個中隊、三個小隊、そして各県の連隊区の地名をつけた支部を置いた。長野県開拓自興会満洲開拓史刊行会『長野県満洲開拓史 各団編』東京法令出版、一九八四、一八～一九頁。

50 後の日満開拓主任官連絡会議（一九四三・八）で当時の開拓総局長は、移民政策の成果の第一を「北辺鎮護に対する実績」とし、対ソ国境の「開拓第一線地帯」に一直線に布置された多くの移民団の兵站基地、労力・軍馬の給源、宿営拠点などの役割を挙げた。満史会編『満洲開発四十年史 上巻』満洲開発四十年史刊行会、一九六四、七〇〇頁。

51 同右、八七二～八七四頁。

52 従来の中国農村社会の構造から、地主と商人を兼ねた所謂土着資本と農民との関係は土地を媒介に慣習と利害関係が複雑に絡み合い、事実上満洲の流通機構は土着資本によって掌握されていた。地主と土着資本を兼ねた上層の農民は満洲国政府の政策に協力するように見せては逆に利用することで自らの利益を図り、「そのひずみが下層の農民に転化していく状況」が現出した。浜口裕子『日本統治と東アジア社会——植民地期朝鮮と満洲の比較研究』勁草書房、一九九六、二二五頁。

53 浜口裕子は満洲国の合作社政策が失敗した原因の一つとして、利益よりむしろ損害を被る可能性が少ない方を選ぶ下層農民の傾向について述べる。下層の農民ほど「自衛的になり易く、政治や近代機構に無関心」であった。同右、二〇四頁。

54 毛沢東は「人民のすべての勢力と団結し、唯一の敵である日本帝国主義とその手先たる漢奸、反動派と闘争しなければならない」と述べている。毛沢東／藤田敬一、吉田富夫訳『遊撃戦論』中央公論新社、二〇〇一、五五頁。

55 劉大年、白介夫編、曽田三郎、谷渕茂樹、松重充浩、丸田孝志、水羽信男訳『中国抗日戦争史——中国復興への路』桜井書店、二〇〇二、一〇五～一〇六頁。

56 「治安戦」は、日本軍が後方戦場における抗日根拠地（解放区）・抗日ゲリラ地区の徹底的な破壊をめざして展開した掃討作戦、戦闘、工作の総称である。その目的は、民衆を含めた共産党勢力の殲滅である。共産党と八路軍による抗日根拠地が主に華北に集中していたため、「治安戦」もまた華北地方とその周辺で行われた。八路軍や新四軍は戦力維持のため、負ける戦闘は回避する待避戦法を取ること多かった。そのため、民衆の犠牲は甚大なものとなった。笠原十九司『日本軍の治安戦——日中戦争の実相』岩波書店、二〇一〇、二一～二四頁。

57 「謝文東語る（其ノ二）康徳六年（一九三九年）四月十二日佳木斯協和飯店に於いて、通訳金徳厚」東宮大佐記念事業委員会編、前掲書、一九〇頁。

58 劉含発、前掲論文、三六四頁。

59 高見順、前掲評論、二二五頁。

60 浦田義和、前掲書、四八頁

61 「〝鍬の兵隊〟入京」『読売新聞』一九四〇・一二・一七、夕刊、二面。

《第5章 「包摂」と「排除」の満洲移民——打木村治『光をつくる人々』論》

1 本名は保。大阪府で生まれ、早稲田大学政治経済学部を卒業して大蔵省に勤務した。文壇デビュー後は、『部落史』（『文芸首都』一九三六・五～一九三七・一）などを発表し、農民作家として活動した。終戦後には主に児童文学を中心に執筆活動を続けた。自伝的な児童文学である『天の園』（全六巻、実業之日本社、一九七二）は芸術選奨文部大臣賞、サンケイ児童出版文化賞を受賞するなど、高く評価された。榎本了「打木村治の文学について」打木村治『打木村治作品集』まつやま書房、一九八七。

2 長野県開拓自興会満洲開拓史刊『長野県満洲開拓史 各団編』東京法令出版、一九八四、二頁。

3 「満洲移民村の記録」一九三八・一二・一二、松下光男編『弥栄村史——満洲第一次開拓団の記録』所収、弥栄村史刊行委員会、株式会社アートランド、一九八六、五五一頁。

4 同右。

5 打木村治「序」『光をつくる人々』（復刻版、川村湊監修・解説、ゆまに書房、二〇〇一）新潮社、一九三九、二頁。

6 川村湊「打木村治『光をつくる人々』解説」打木村治、前掲書、二頁。

7 岩上順一「描かれる現実」（文芸時評）『中央公論』一九三九・一〇・一、中島国彦編『文芸時評大系 第一六巻 昭和一四年』ゆまに書房、二〇〇七、四二九頁。

8 川村湊、前掲解説、二頁。『光をつくる人々』の引用は、以降頁数のみ記す。

9 蘭信三『「満洲移民」の歴史社会学』行路社、一九九四、四八頁。

10 長野県開拓自興会満洲開拓史刊、前掲書、五頁。

11 『弥栄開拓十年誌』(復刻版)、満洲事情研究所、一九四二、松下光男編、前掲書、一九二頁。また『拓務時報』に掲載された拓務省枝手(山田武彦)の日誌でも、一〇月一四日は「偶々午後十時頃佳木斯城外に紅槍会大刀匪の大軍来襲し銃声忽ち起り、我守備隊の勇戦によりて之を斥けたるも一時は激戦甚しきを思わする砲声、機関銃声交交乱れて殷々の響きをなし流弾の遠く船に飛来するものさえあり」と述べられている。「第一次満洲自衛移民輸送状況日誌」『拓務時報』第二一号所載、松下光男編、前掲書所収、五五頁。なお、関東軍の東宮鉄男の日記では、一〇月一四日は「夜午後一〇時、午前一時二回匪襲あり、吉林軍守りを捨て司令部に退却す。多田閣下(多田駿少将)と芳賀大尉と共に司令部にあり。閣下を芳賀大尉に任せ西山等と手榴弾を持って西門に至る。日本軍伊藤中尉の増援を得て之を撃退し」とされている。松下光男編、前掲書、五六頁。

12 同右、五〇頁。

13 同、五三、五五頁。

14 一九三二年一〇月二二日の「佳木斯屯墾大隊状況報告」によれば、その具体的な編成は次のようである。「歩兵砲隊(迫撃砲二門)砲兵及兵砲手ヲ持テ編成」し「機関銃隊一隊、機関銃手ヲ持テ編成、ピッカース三銃ヨリナル」。前掲『弥栄開拓十年誌』(復刻版)、一八七頁。関東軍より提供された武器の詳細は、騎銃(五〇〇〇)、機関銃(九)、野砲(三)、曲射砲(二)、平射砲(一)、擲弾筒(一九)、爆薬、手榴弾である。同右書所収、五〇頁。これら兵器を幹部、将校、小隊長に拳銃、列兵は小銃、小隊毎に手榴弾という順で武装した。特に「東三省兵器廠製の押収小銃」は満洲事変の際、張学良の兵器庫より押収した英国製の製品と考えられるが、これらはソ連軍に武装解除されるまで使われることになった。菊池参治「私の在満一五ヵ年間の手記」松下光男編、前掲書、四〇七頁。

15 渡辺忠司『近世社会と百姓成立――構造論的研究』仏教大学、二〇〇七、一二三頁。

16 網野善彦『網野善彦著作集 第一六巻』岩波書店、二〇〇八、八四~八五、八九~九〇頁。

17 網野善彦『日本中世の百姓と職能民』平凡社、一九九八、一四~一八頁。これに対して渡辺忠司は地方書の『地方凡例録』（大石久敬著、一七九四）を中心に検討しながら、近世において「百姓は農業を専にする者という決め付け、古代以来の多様な階層の総称から限定された概念への押し込み」があったことが百姓と農民が同義に把握された原因であると述べている。さらに、近世後期に身分は「士農工商」であるという理解の仕方が出現し、明治政府の四民平等という新たなイデオロギーの影響から、徐々に「農・農民・農人が百姓と同一視されていった」のである。渡辺忠司、前掲書、二四～二五頁。

18　深谷克己『深谷克己近世史論集　第一巻　民間社会と百姓成立』校倉書房、二〇〇九、五一頁。

19　深谷克己はこの視点から、中世百姓も近世百姓も武装自弁の資格を持たない点は同様であるが、年貢地のほかに知行地が同時にあって、同一の人格が百姓でありながら侍であるような状態、武器を保有していることもある状態が「近世では完全に否定された」点において異なると指摘している。同右、五六～五七頁。

20　網野善彦、前掲書、二〇〇八、八九頁。

21　奥田晴樹『明治国家と近代的土地所有』同成社、二〇〇七、一六九頁。

22　秦賢助「跋」『農民魂』鶴書房、一九四二、二七二頁。

23　近代的土地所有権は、（一）封建領主の支配を離れ、単なる財として位置づけられる私的性質、（二）占有・利用とは関係なくその所有が承認される観念性、（三）所有者がすべてのものに対してその所有権を主張できる絶対性によって定義される。日本の土地百年研究会『日本の土地百年』大成出版社、二〇〇三、六二頁。

24　移民者募集の際、移民者たちは「一戸当たり約十五町歩」の無償不附を約束された。長野県開拓自興会満洲開拓史刊行会『長野県満洲開拓史　総編』東京法令出版、一九八四、八一頁。

25　西村俊一『日本エコロジズムの系譜――安藤昌益から江渡狄嶺まで――』農山漁村文化協会、一九九二、八四頁。

26　同右、八五頁。

27　同、八五～八六頁。

28　同、一一二頁。

29　満洲国立開拓研究所『弥栄村総合調査』開拓研究所資料第二〇号、一九四二、松下光男編、前掲書所収、五五五頁。

30　同右。

31　だが、移民団員たちが農民である同時に兵士という武装移民団の在り方に疑問と抵抗を感じないわけではない。彼らも「農具の代わりに鉄砲を持つてゐる時」は「つまり今日一日は兵隊」としながらも、「だけんど、匪賊討伐をして治安の完全を目的とする吉林軍と、われわれ武装移民とはそこが異なつていい」（一六九頁）と抵抗感を示す。農民魂としても、農民と兵士との二つの立場の間の亀裂を完全に糊塗し切れなかったということであろう。

32 小川津根子「大陸の花嫁」植民地文化学会編『「満洲国」とは何だったのか』小学館、二〇〇八、一六四頁。

33 「大陸の花嫁」は、女性が単身で満洲に渡り、現地で男性移民者と結婚するのが一般的な形である。その他には移民団の家族招致によって渡満し、現地で結婚する場合もあった。相庭和彦、陳錦、宮田幸枝、大森直樹、中島純、渡辺洋子『満洲「大陸の花嫁」はどうつくられたか』明石書店、一九九六、一五四〜一五五頁。

34 同右、二六九頁。

35 竹中恵美子編『新・女子労働論』有斐閣、一九九一、一二頁。

36 若桑みどり『戦争が作る女性像――第二次世界大戦下の日本女性動員の視覚的プロパガンダ』筑摩書房、一九九五、二五四頁。

37 こうした「働く妻」像は、高等女子学校でめざした都市型の「良妻賢母」像とは違う「「満洲開拓」という特殊な文脈に規定される「働妻健母」（天野藤男）像」であることが指摘されている。相庭和彦、陳錦、宮田幸枝、大森直樹、中島純、渡辺洋子、前掲書、二一一、二一三頁。

38 特に日中戦争が激化するにつれ、主婦の労働力への要求は出産さえ障害になりかねないほど膨張することになる。これは、帝国日本の満洲移民政策が移民者の自作農としての基盤を「家族的勤労精神」に置いたことから起因する。主婦に期待された労働は普通作、蔬菜、水田などの農作業、牛馬の飼育や養鶏、養豚などの作業、さらには家庭工業、副業など、多岐に渡っていた。勤勉な主婦の労働力は「自作農の基盤を獲得すること」であったのである。同右書、一九八〜二〇一頁、小川津根子、前掲論文、一六三頁。

39 若桑みどりは『主婦の友』その他の雑誌における戦争中の女性イメージの特徴として「心身健全な、ふくよかであると同時に逞しく、豊満であると同時に慈愛に満ちた肯定的な女性像」を挙げている。こうした女性像は、非戦闘員の女性の戦時役割と密接に関連して作り出されたイメージである。若桑みどり、前掲書、二三二〜二三四頁。

40 荻野美穂「資源化される身体：戦前・戦中・戦後の人口政策をめぐって」『学術の動向』二〇〇八・四、二三頁。

41 若桑は、傷痍軍人との結婚奨励と大陸の花嫁に対する支援は、同時期、密接に結びついて推し進められた点を指摘する。一九三七年発足した「国民精神総動員中央連盟」の活動の中には、日本女性が進んで傷痍軍人と結婚する気風を養う政策が含まれていた。同年四月、警察官婦人協会家庭学校で、「大陸の花嫁」と戦傷者の伴侶教育の生徒募集が行われた。五月には満移によって全国から二四〇〇人の大陸の花嫁が募集され、六月には全国農民学校校長会が農学校の女子生徒を大陸の花嫁として養成することを申し合わせた。傷痍軍人との結婚奨励については、七月に愛国婦人会による傷痍軍人花嫁訓練所の創設、一二月には同じく愛国婦人会が傷痍軍人配偶者斡旋内規を決定している。若桑の言葉を借りれば、こうした一連の政策は「家族制度の強化による結婚・性・出産の国家管理」という明瞭な政策意図の下で進められたものである。若桑みどり、前掲書、六六～七〇頁。

42　この時、その「大沃土」には既墾地が含まれ、現地の住民が追われたことは忘却される。第一次移民団が契約した「第一次特別移民用地議定書」(一九三三・二・二八)によれば、移民用地の総面積は四五〇〇町歩で、そのうち既墾地は約七〇〇町歩であり、現地住民は九九戸、約五〇〇人であった。ここで生活していた人々は土地を追われることになったのである。劉含発「満洲移民の入植による現地中国農民の強制移住」『現代社会文化研究』二一号、二〇〇一・八、三六一頁。

43　北条秀司「大陸の武装花嫁」『毎日新聞』一九四〇、松下光男編、前掲書所収、七一頁。

44　同右。

45　相庭和彦、陳錦、宮田幸枝、大森直樹、中島純、渡辺洋子、前掲書、二六～二七頁。

46　満洲農業移民は入植後、「四大営農方針」に基づいて大規模農業経営を確立することが要請された。一戸当水田一町歩と畑九町歩、平均計一〇町歩をもとに、基本的に家族労働力を主として、農家間で協力しながら水田・畑作・家畜の多角的経営と自給自足的な生活が政策的に求められたのである。今井良一「満洲農業移民における地主化とその論理」蘭信三編『日本帝国をめぐる人口移動の国際社会学』不二出版、二〇〇八、二一九頁。

47　こうした認識は、すでに指摘されている。一般の農村女子が『処女の友』誌に投稿して掲載された「大陸の花嫁」に関する詩からは、大陸という未知の世界への憧れや好奇心のみならず、「農村のしがらみや封建的な家制度」の呪縛から解き放たれた「新天地」での結婚生活のイメージが認められる。従来の農村社会の重圧から逃れ、夫と一緒に新しい生活を切り開く希望や期待を、「鍬の戦士」、「聖戦の花」という大義名分の下で堂々と語ったと見ることもできるのである。相庭和彦、陳錦、宮田幸枝、大森直樹、中島純、渡辺洋子、前掲書、二六、二一七頁。

48　ここでホモソーシャリティの概念は、セジウィックの定義に従う。ホモソーシャルは「同性間の社会的絆」、特に父権制社会の脅威となる女性の公的領域からの排除、及び私的領域への囲い込みを行う男性同士の社会的・経済的絆である。セジウィック／上原早苗、亀澤美由紀訳『男同士の絆――イギリス文学とホモソーシャルな欲望』名古屋大学出版会、二〇〇一、二頁。

49 再生産労働には狭義の再生産、つまり種の再生産と、生命や生存を維持しその労働力を再生産するための家事労働を含む様々な活動がある。ここでは論議のため前者に焦点を当てるが、当時の「大陸の花嫁」にはあらゆる形の再生産労働（子供の育児、教育、世話、配慮、看護、各種の家事及び家庭工業、副業）が要請されていた。竹中恵美子編、前掲書、一一頁、上野千鶴子『資本制と家事労働――マルクス主義フェミニズムの問題構制――』海鳴社、一九八五、一三頁。

50 拓務省拓北局補導課『女子拓殖指導者提要』広業館、一九四二、一二四頁。

51 同右、一二七頁。

52 小熊英二『単一民族神話の起源「日本人」の自画像の系譜』新曜社、一九九五、三六二頁。

53 拓務省拓北局補導課、前掲書、一二六～一二七頁。

54 小熊英二、前掲書、三一、三七〇頁。

55 植民地期朝鮮人の移動に関する日本帝国の議論と政策を検討した外村大は、日本帝国が「様々な民族を内に含んでいたことは確かであるが、あくまでも日本人中心主義的な国家」であったと強調している。外村大「日本帝国と朝鮮人の移動」蘭信三編、前掲書、二〇一三、六八頁。

56 小熊英二、前掲書、二四一頁。

57 小熊は、南次郎が朝鮮人には「内鮮一体」を掲げて積極的な協力を呼びかける一方で枢密院の会議では自ら「内鮮一体」を否定したと指摘している。同右書、二四一、二四七頁。

58 同。

59 同、二四三頁。

60 同、二四七頁。

61 小熊は、一九三〇年代前半まで優生学が混血問題について殆どふれなかった理由として、欧米から流入された人種思想は同人種内の差別が想定されていなかった点と帝国日本の同化政策への批判となる恐れがあったためではないかと推測している。同、二四〇頁。

62 同、二四八頁。

63 同、二四一、二五〇頁。
64 古屋芳雄『日本民族は何処へ行く』日新書院、一九四〇、三三一～三四頁。
65 同右、三四頁。
66 同、四〇～五〇頁。
67 同、三四頁。
68 同、五三頁。
69 同。
70 同、五四頁。
71 同。
72 同。
73 同、五五頁。
74 アルノ・ナンタ「大日本帝国の形質人類学を問い直す――清野謙次の日本民族混血論」坂野徹、愼蒼建編『帝国の視覚／死角』青弓社、二〇一〇、七三頁。
75 田中隆一『満洲国と日本の帝国支配』有志舎、二〇〇七、一六頁。
76 同右。
77 朝鮮人の二重国籍問題については、満洲において朝鮮人を「満洲国民」として位置づけようとする満洲国側と「帝国臣民」として位置づけしようとする朝鮮総督府側の対立が続いた。同、一三〇～一四一頁。
78 一九三六年の第一次満洲国治外法権撤廃条約で満洲国の課税産業行政権、一九三七年の第二次治外法権撤廃条約によって領事裁判権、金融行政権、関税行政権、郵政権、通信権などが満洲国側に移管された。同、一六～一七頁。
79 同、一七頁。
80 田中隆一は、日中戦争以前の国籍法案では国籍選択権の尊重、二重国籍の回避といった国際国籍法への一定の配慮が存在したが、日中戦争の勃発以後にはそうした配慮が消えたと指摘する。一九三九年一月の満洲国国籍法制定準備委員会幹事会の国籍法案では、居住地法を基本としながら、日本人の場合は二重国籍を認めることになった。同、一三八～一三九頁。
81 坪上貞二「日本民族文化の大陸移動」『拓け満蒙』第三巻第一号（復刻版、不二出版、一九九八）満洲移住協会、一九四九・一、四頁。
82 地主と商人を兼ねた満洲の土着資本である。詳しい内容は、前章に譲る。
83 拓務省拓北局補導課、前掲書、九頁。
84 同右。
85 同、一三〇～一三一頁。
86 若桑みどり、前掲書、二三頁。
87 福田清人『大陸開拓と文学』満洲移住協会、一九四二、一四頁。
88 坪内良博「人口問題と南進論」戦時下日本社会研究会編『戦時下の日本』行路社、一九九二、一二八～一二九頁。
89 高坂正顕、西谷啓治、高山岩男、鈴木成高『世界史的立場と日本』中央公論社、一九四三、三三八頁。
90 高田保馬『東亜民族論』岩波書店、一九三九、四五～四六頁。

《第6章　農村問題解決から戦争遂行への傾倒――和田伝『大日向村』と徳永直「先遣隊」》

1 岡部牧夫「移民政策の展開」植民地文化学会編『「満洲国」とは何だったのか』小学館、二〇〇八、一五九頁。
2 今井良一「満洲農業移民における地主化とその論理――第三次試験移民団「瑞穂村」と第八次「大八浪」分村開拓団との比較から」蘭信三編『日本帝国をめぐる人口移動の国際社会学』不二出版、二〇〇八、二一八頁。
3 東京帝国大学農学部農業経済学教室『分村の前後』岩波書店、一九四〇、一頁。
4 満洲移民政策側において、日本人満洲移民者は、平均計一〇町歩の耕作地を持ち、家族を主な労働力として、水田、畑作、家畜などの多角的な農家経営を確立すべきとされた。それは自給自足を原則とする自作農の姿である。今井良一、前掲論文、二一九頁。
5 和田伝（一九〇〇～一九八五）は、神奈川県厚木町の旧家に生まれた。一九二三年に早稲田大学フランス文学科を卒業し、「山の奥」（『早稲田文学』、一九二三・七）を発表して農民文学作家として活動した。早稲田文学社に入社して作品活動を続ける。一九二七年、雑誌『農民』を発行した。一九三七年には長編小説『沃土』（砂子屋書房）を発表し、「新潮社文芸賞」を受賞する。一九三八年に結成された農民文学懇話会の幹事長となる。『大日向村』以後は主に長編小説を発表した。一九五四年には日本農民文学会の初代会長となる。戦後には農地改革などにより揺れ動く農村社会の現実を描き、『鰯雲』（池田書店、一九五七）や『門と倉』（家の光協会、一九七二）などを発表した。厚木市立中央図書館編『和田伝　生涯と文学』厚木市教育委員会、一九八八参照。

6　徳永直（一八九九〜一九五八）は、小学生の時から印刷工などとして働き、社会主義の運動家となる。一九二九年には日本プロレタリア作家同盟に参加し、『戦旗』に「太陽のない街」を発表して専業作家になった。だが、「創作方法上の新転換」（『中央公論』一九三三・九）を発表して日本プロレタリア作家同盟を脱退し、一九三七年には「太陽のない街」の絶版を宣言した。改造社の依頼を受け満洲の日本人移民地を旅行し（一九三八・九〜一〇）、「先遣隊」を発表した。久保田義夫は、「先遣隊」が「本質的転向小説」を評する。他に「満洲開拓」を題材にした小説としては、『土に萠える』（昭和書房、一九四〇）などがある。戦後には新日本文学会の創立に参加し、活発な文学活動を続けた。久保田義夫『徳永直論』五月書房、一九七七参照。

7　浦田義和「徳永直と「満洲」——ルポルタージュの罠・文学大衆化論の罠」『社会文学』三一号、日本社会文学会、二〇一〇、二頁。

8　高見順「異常とは何か　四——筋と描写——」『中外商業新報』一九三九・二・四、『高見順全集　第一四巻』勁草書房、一九七二。

9　浦田義和、前掲論文、二〜三頁。

10　堀井正子「和田伝「大日向村」の屈折」分銅惇作編『近代文学論の現在』蒼丘書林、一九九八、二七二〜二七三頁。

11　田中益三「「大日向村」という現象——満洲と文学——」『日本文学紀要』三八号、法政大学、一九八七、八七頁。

12　先遣隊の正式名称が明記されたのは、「第六次満洲農業移民先遣隊募集要項」（一九三六）からである。その以前は先発隊と呼ばれた。長野県開拓自興会満洲開拓史刊行会編『長野県満洲開拓史　総編』東京法令出版、一九八四、三一七頁。

13　徳永直「先遣隊」『先遣隊』改造社、一九三九年、二五二頁。以後は頁数のみ記す。

14　先遣隊員の資格条件は、「現在自ラ農耕ニ従事スル者又ハ農耕ニ充分経験アル者」である。長野県開拓自興満洲開拓史刊行会編、前掲書、三一七頁。

15　一九三二年から一九四〇年までの七年間、満洲国警察官の殉職者は三八四三名であり、その中の三二三九名が討伐中の戦死者であった。幕内満雄『満洲国警察外史』三一書房、一九九六、九四、二八九頁。

16　日本帝国警察の武器使用は、太政官達六三号（一八八二）、内務省達乙三号（一八八四）、内務省訓令九号（一九二五）によって「正当防衛」の範囲において認められるとされたが、満洲国ではそのような規制はなかった。加藤豊隆『満洲国警察小史――満洲国権力の実態について』元在外公務員援護会、一九六八、九三、九五、九六頁、幕内満雄、前掲書、九四頁。
17　加藤豊隆、前掲書、九三頁。
18　最初の日系満洲国警察官は、一九三二年四月、新京遊撃隊として入満した四〇〇人の軍隊出身者である。この軍隊出身者という要件は、一九三八年の「文官令」、「文官考試規程」、「文官特別考試に関する件」などの人事関係諸法令の公布まで維持された。加藤豊隆、前掲書、一三六、一三八頁、幕内満雄、前掲書、二二八頁。
19　一方で露系すなわち白系露人警察官は、主として白系露人が多く居住する哈爾濱市警察局外事課などで査証事務、外国人取締などに従事し、蒙系警察官は外蒙古及び西部内蒙古を除外した満洲国内のモゴル地区に採用され、鮮系は朝鮮人が多い間島省などの地域を中心に全満にわたって採用されていた。幕内満雄、前掲書、一三八～一三九頁。
20　蘭信三は、一九四〇年、吉林省のある日本人移民団員が起こした朝鮮人警官に対するリンチ要求事件を挙げて、たとえ「警察官という権力の執行者であっても、それが朝鮮人や中国人である場合には、警察官という社会制度上の優勢な属性よりも、朝鮮人・中国人という日本人より劣った民族属性のほうが優先されると、この日本人開拓民たちは判断していた」と分析している。蘭信三『「満洲移民」の歴史社会学』行路社、一九九四、二八八～二八九頁。また、幕内満雄『満洲国警察外史』によれば、警察内部にも民族的相違による葛藤が存在した。たとえば牡丹江省寧安県三道河子で満系の森林警察隊長が日系警察官など五名を殺害して、東北抗日連軍に投降した事件（一九三七）などが挙げられる。このような事件は全満各地で発生した。その理由については、主に「共産匪」の満系警察官に対する工作であったとされる。幕内満雄、前掲書、二二九頁。だが、そのような事件の背景には民族感情が大きく作用したであろうことは想像に難くない。
21　金川英雄「満洲開拓団の「屯墾病」について」『精神医学研究所業績集』四二、精神医学研究所、二〇〇五・五、一三七頁。
22　同右、一三八頁。
23　加藤敏、神庭重信、中谷陽二、武田雅俊、鹿島晴雄、狩野力八郎、市川宏伸編『現代精神医学事典』弘文堂、二〇一一、七三二頁。
24　Matsumura, Janice, “Eugenics, Environment, and Acclimatizing to Manchukuo : Psychiatric Studies of Japanese

Colonists".『日本医史学雑誌』五六、二〇一〇、三三六頁。
25 藤野豊『日本ファシズムと優生思想』かもがわ出版、一九九八、七七頁。
26 同右、一一五、一五五頁。
27 東京帝国大学衛生学教授の永井潜が一九三〇年設立した団体である。鈴木善次の研究によれば、この学会の会員は四〇〇人を超え、生物学、医学関係者に限らず、法学者、政治家など幅広い階層によって構成されていた。特に女性の会員が多く、研究活動より啓蒙活動に焦点が置かれていた。その機関紙である『民族衛生』(創刊は一九三一年)の内容は、優生学や遺伝学だけでなく、人口問題、社会生物学、体質研究、社会問題、医学、心理学、結婚問題、産児問題、人類学など多岐にわたっていた。政府には断種法と共に優生結婚、国民体力増進などの建議を、大衆には優生運動を推進していった。池見猛『断種の理論と国民優生法の開設』巌松堂書店、一九四〇、一〇〜一二頁、鈴木善次『日本の優生学』三共出版株式会社、一九八三、一四八、一五七頁。
28 日本民族優生保護法案が初めて上程されたのは一九三四年の第六五回帝国議会であるが、専門外からの提案であったため、内容が不十分であった。結果は審議未了である。橋本明「わが国の優生学・優生思想の広がりと精神医学者の役割――国民優生法の成立に関連して――」『山口県立大学看護学部紀要』創刊号、一九九七、二頁。
29 加藤博史「国民優生法の成立思想――全体主義体制と法制定――」『社会福祉学』二九(二)、日本福祉学会、一九九八、二七〜二八頁。
30 日本民族衛生学会によって主張された優生学に基づく断種法は、東京地方裁判所の判事である正木亮が二年を費やして作成した断種法案によって発表された。この法案は、第七〇回帝国議会に荒川五郎らによって提出されたが、結果は審議未了であった。「断種法制定に対する賛否」『社会事業研究』一九三六・一〇・一、鈴木貞美編『近代日本のセクシュアリティ第一八巻　アンソロジー　優生学より見るセクシュアリティ』所収、ゆまに書房、二〇〇七、二一七頁、鈴木善次、前掲書、一六〇頁。
31 「悪血の泉を断って護る民族の花園　研究三年、各国の長をとった〝断種法〟愈よ議会へ　画期的な法の産声」『読売新聞』一九三六・一二・一三。
32 池見猛、前掲書、六〇頁。
33 北原文徳「生きたいか、いや、生きたくない」富士見高原病院小児科、一九九七年一月七日、加藤茂孝「「結核」――化石人骨から国民病、そして未だに」『モダンメディア』五五巻一二号、二〇〇九、二四頁。
34 同右、二五頁。
35 たとえば、『国民保健ニ関スル統計資料（本文）』（日本学術振興会、一九三七）では、徴兵の対象である壮丁の体格が問題とされている。徴兵検査において、現役兵ではなく国民兵役に服務する丙種や不合格者の丁種が毎年増加していると憂慮された。その原因として「筋骨薄弱」が挙げられた。日本学術振興会『国民保健ニ関スル統計資料（本文）』日本学術振興会、一九三七、二、二二頁。加藤博史は、当時満洲へ出兵した二個師団のうち一個大隊五百人が、結核を発病して帰国したことから、危機感を感じた軍部が健兵養成政策の一環として厚生省の設立を提案したと述べている。加藤博史、前掲論文、三五頁。
36 古屋芳雄『国土・人口・血液』朝日新聞社、一九四〇、一六七頁。
37 安田徳太郎「断種法への批判」『中央公論』一九三五・四、鈴木貞美編、前掲書所収。
38 安田徳太郎は「今日の人類遺伝学は優生学者が宣伝する程にはつきりしたものであるかが疑問である。とりわけ悪種遺伝といはれる疾病とか犯罪性、さらに知能の遺伝については今日の遺伝学の知識は非常にあやふやである」と指摘している。同右、一九二頁。事実、駒井卓（一八八六～一九七二）を中心に国立遺伝学研究所が開設され、日本人の遺伝に関する研究が開始されたのは一九四九年のことであり、人類における小頭奇形の遺伝学並びに精神病理学的研究が進められたのも一九五〇年であった。日本で人類学の研究が本格的にスタートしたのは、戦後の一九五六年からである。日本の遺伝学は早くその活動を開始していたが、医学系は別として、理学部における遺伝学の研究は、主に動・植物に集中していた。それは、稲のような主要作物や蚕といった重要産業動物を重視したためでもあり、結果が得られやすい材料が好まれたためでもある。したがって、統計的方法や家系調査に頼る人類遺伝の研究は敬遠される傾向があった。鈴木善次、前掲書、一六九、一七四～一七五、一八三～一八四頁。
39 断種手術の産児調節運動などへの乱用についての警戒は、断種法をめぐる議論の早い時期から認識されていた。藤野豊、前掲書、一九二～一九四頁。
40 同右、二六四頁。
41 「国民優生法」では、優生学的理由によらない一般の不妊手術は、他の医師の意見を参考した上、事前の報告が義務付けられた。また、立法過程で提出された修正案では、優生学的理由による中絶を認める条項の削除、優生手術の申請に父母の同意を必要とする年齢を二五歳未満から三〇歳未満に引き上げるなどの修正を加えて可決された。貴族院委員会では、厚生大臣が公益上の必要による強制断種を規定した第六条の施行延期を約束して会期内成立に成功した。「国民優生法」は、中絶禁止法としての側面の方が濃厚だったのである。松原陽子「日本――戦後の優生保護法という名の断種法」米本昌平、松原陽子、橳島次郎、市野川容孝『優生学と人間社会――生命科学の世紀はどこへ向かうのか』講談社、二〇〇〇、一八一、一八二頁。

42　橋本明は、その例として日本精神衛生協会の機関紙『精神衛生』（創刊は一九三一年）の分析を通して、断種法に「消極的に賛成する者」や「積極的に反対する者」の意見を挙げている。特に断種法に積極的に反対した警視庁衛生技師の金子準二は、断種法の施行が精神病は遺伝病であると国家が承認したことになり、精神病の予防や早期治療が疎かになるなどの問題点を述べた。だが、一九三九年以降になると、同紙から断種法の制定に対する個人意見は姿を消し、断種法の制定が当然とみなされていることが観察される。これは、厚生省予防局優生課の設置（一九三八）に伴う変化を反映するものだった。橋本明、前掲論文、三頁。

43　厚生省では断種法問題の解決のため、精神障害者の家計調査（一九三九・六・三）に着手した。一九四〇年二月二七日に発表された調査結果は、遺伝性精神疾患者の子供が同じ疾患に患う率は、精神薄弱は三八・五八％、精神分裂病は二〇・二六％、躁鬱病は九・六八％、遺伝性癲癇は一〇・九六％であった。藤野豊、前掲書、三〇九頁。同時期、日本学術振興会に設置された第二六小委員会から嘱託された優生学的遺伝研究の一環として、東京帝国大学医学部精神病学教室が一九四〇年二月東京府下八丈島における精神病に関する疫学的な一斉調査を実施した。また、三宅島、東京・池袋、長野県小諸についても同様の調査が実施されたが、これらの調査が同年五月に強行された断種法の制定に足り得る根拠であったかについては疑問視されている。橋本明、前掲論文、五頁。

44　安田徳太郎、前掲論文、一九三頁。

45　橋本明、前掲論文、五頁。

46　慳田五郎「精神病学士より観たる遺伝と環境」『廓清』一九一八・一、鈴木貞美編、前掲書所収、五八頁。

47　一九四一年から一九四五年まで、優生手術の被術者はその殆どが精神病と精神薄弱で、総数は四五四人である。それに対してドイツでは断種法実施の初年だけで五万六〇〇〇人、アメリカでは一九三六年まで二万人以上である。ただし、法の規定がなかったハンセン病患者への断種は、非公式的に大量に実施された。橋本明、前掲論文、五頁。

48 当時の国体主義が「人類遺伝学」や「民族生物学」による人口管理を目指す官僚の方針と馴染めなかったこと、「国民優生法」の強制断種（第六条）の凍結、断種対象者である精神病患者の病院受容率の低さ、「国民優生法」成立の直後の戦況悪化などが挙げられる。松原陽子、前掲論文、一七九頁。他方、断種法の制定が「断種による民族の質的淘汰の実際的有効性を求めたと考えるよりも、むしろ思想的波及効果を狙った」政治的意図によって推進されたもので、「健全でない者、欠陥のある者」を社会から除去するという「社会の象徴的宣言」であったという見方がある。加藤博史、前掲論文、四四頁。

49 「国民優生法」（一九四〇年五月一日公布、法令第一〇七号）の第一条は以下の通りである。「本法ハ悪質ナル遺伝性疾患ノ素質ヲ有スル者ノ増加ヲ防遏スルト共ニ健全ナル素質ヲ有スル者ノ増加ヲ図リ以テ国民素質ノ向上ヲ期スルコトヲ目的トス」。東洋経済編『戦時経済法令集　第五輯（第七十五議会通過法律　全文竝提案理由）』東洋経済新報出版部、一九四〇、二四三頁。精神病の病因は、環境より遺伝が強く影響するとみなされたのである。

50 Matsumura, Janice. 前掲論文、三二九〜三三〇頁。

51 屯墾病が初めて出現したとされる第一次移民団の「精神動揺」は、それ以後の満洲移民対象者の人選に影響を及ぼした。関東軍の東宮大尉が作成した第二次以後移民団人選に関する要望（一九三二）では、「（一）内地ニ於ケル予備訓練時ニ於テ既ニ決心動揺セルヲ取扱者ノ甘言ニ依リ渡満セルモノ（二）奉天ニテ決心動揺セルモノ（三）僅カノ困苦欠乏ニ堪ヘズ決心動揺セルモノ（四）警備勤務ニ辟易セルモノ（五）現地視察後却ツテ悲観動揺セルモノ（六）貧困ヨリ恒心ヲ失フモノ」は満洲移民に適切でないとし、加藤完治の北大営国民高等学校出身者、貧困者、純真の年少者が望ましいとしている。東宮大佐記念事業委員会編『東宮鉄男伝』東宮大佐記念事業委員会、一九四〇、一七二〜一七四頁。

52 小寺廉吉『先駆移民団――黎明期之弥栄と千振』古今書院、一九四〇、九二、九三頁。

53 同右、九六頁。

54 同、九七頁。

55 Matsumura, Janice. 前掲論文、三四六頁。

56 金川英雄、前掲論文、一四〇頁。

57 加藤敏、神庭重信、中谷陽二、武田雅俊、鹿島晴雄、狩野力八郎、市川宏伸編、前掲書、七三二頁。

58 過剰人口問題と海外移民が結びついたのは、満洲移民だけの特徴ではない。後藤晃は、明治期の移民と第一次大戦後の農業不況期の移民の例を挙げて、移民問題が政策として浮上する時には例外なく過剰人口問題が社会的背景であると指摘した。

後藤晃「ファシズム期における農村再編問題と満州農業移民」『商経論叢』二六巻一号、神奈川大学、一九九〇・九、五九頁。

59 一九三七年、農林省経済更生部が計算した「負債ノ少イ黒字ノ生活」を営むために必要とされる一戸当りの耕地（「標準耕地面積」）の全国平均は、田が一町一反、畑が六反で合計一町七反である。東北における「標準耕地面積」は二町八反から二町であった。山梨の「標準耕地面積」は、農村では田が六反、畑が六反で合計一町一反、山村では田が三反、畑が九反で合計一町二反であった。「第一表　道府県別農山漁村ニ於ケル一戸当標準耕地面積」農林省経済更生部編『満州農業移民ニ関スル地方事情調査概要　第十三回地方事情調査員報告』農林省経済更生部、一九三七、一〜二頁。民次郎の家は小作農ではないとしても零細な自作農であると判断できる。

60 後藤晃、前掲論文、九二頁。

61 同右。

62 宮城県遠田郡南郷村の場合、一九三四年の第二次移民団から一九三八年の第六次、第七次、第八次移民までの集団移民参加者は一八六戸である。第六次移民団までに村人の満洲移民参加によって空いた土地はすべて小作地で、約二〇町歩である。これらの土地は地主会に返却された後、地主会を通して農家に貸与された。朝日新聞社『新農村の建設――大陸へ分村大移動』朝日新聞社、一九三九、二二三一、二二三二頁。

63 後藤晃、前掲論文、九二〜九三頁。

64 同右、九三頁。

65 山川達雄「分村後の耕地の処分に就いて」東京帝国大学農学部農業経済学教室、前掲書、一六三頁。

66 同右。

67 同。

68 後藤晃、前掲論文、九六頁。

69 同右。

70 農林省経済更生部の調査（総回答数は二八九三）によると、「満洲農業移民ニ対して障害トナル事項」で「内地」青年が満洲移民を希望しない最大の原因は、満洲に対する不安（四二六）、移民事情の不明（三二五）であった。その他、愛郷心（二六四）、親・親戚の反対（二二六）などがあった。農林省経済更生部編、前掲書、一九三七、九〜一〇頁。

71　古屋芳雄、前掲書、一八三頁。
72　徳永直「まへがき」『先遣隊』改造社、一九三九、七頁。
73　徳永直、前掲書、二〇二～二〇三頁。
74　同右、二〇三～二〇六頁。
75　同、一〇三～一〇四頁。
76　伊藤純郎は、『アサヒクラブ』の報道から始まり紙芝居「大日向村」へと展開された大日向村の表象を、一連の情報文化の視点から考察している。小説『大日向村』が他の媒体でどのように表れたのかという問題は興味深いものである。伊藤純郎「語られた満洲分村移民、描かれた大日向村、満洲」信濃郷土研究会編『信濃』六二（二）、二〇一〇・二、二頁。
77　映画「大日向村」も文部省推薦映画に指定され、全国で上映されたがその興行実績は芳しいものではなかった。同右、七、一〇頁。
78　田中益三、前掲論文、八四頁。
79　同右、八八頁。
80　堀井正子、前掲論文、二八六頁。
81　同右、二八八頁。
82　同、二九一～二九二頁。
83　その他の資料に『新農村の建設――大陸へ分村大移動』（朝日新聞社、一九三九）、「大日向村分村計画の解説」（長野県更生協力会、一九三八）が挙げられた。東京帝国大学農学部農業経済学教室、前掲書、一二頁。
84　和田伝「後記」『大日向村』朝日新聞社、一九三九、三八〇～三八一頁。
85　この「モデル村」の満洲移民は、当時信じられたように完璧なものではなかった。たとえば、大日向村の分村移民は一つの村からなるものとして宣伝されたが、実際には村外からの参加があった。一九三九年一二月、大日向村の移民戸数は一九一戸、移民者数は五八六人であったが、そのうち六二戸が村外からの移民で、さらにその六〇％は大日向村とは何の関係もない人々であった。分村移民といいながら、村外からも移民者を募らなければ成立できなかったのである。池上甲一「「満洲」分村移民の論理と背景――長野県大日向村の事例研究――」『村落社会研究』一巻二号、一九九五、二六頁。また、満洲入植地予定地であった四家房への入植日がある。『大日向村』でもそうであるように、当時の「紀元節」の二月一一日と信じられていた。だが、『大日向村報』(一九三八年三月一五日号)や『大日向村第一年度建設状況報告』などでは、二月一一日が入植予定日であったが、「当局の都合」のため、二月九日入植したと述べられている。山田昭次編『近代民衆の記録六――満洲移民』新人物往来社、一九七八、四一~四二頁。すなわち、入植予定日と入植日がすり替えられたのであり、その理由は「紀元節」と入植を結び付けるためであった。

86 『大日向村』に書かれた史実について、特に表記がないものは、事実である。

87 さらに翌年の二月には村長が文書偽造及び公金横領で検挙され、村会議員が一〇名辞任するに至った。池上甲一、前掲論文、二五頁。

88 同右。

89 山田昭次『植民地支配・戦争・戦後の責任――朝鮮・中国への視点の模索』創史社、二〇〇五、一五九頁。

90 浅川村長も村長就任後、経済更生運動に全力を注ぎ、村民の奮起を促すために「現大村知事閣下や今内務省に財務課長の職にある三好経済部長殿にお願ひ申上げまして、格別なる御指導を仰ぎ、御蔭様にて村民一同は極めて一所懸命に私に協力して下さいましたので、木炭の販売統制を始めとして、各方面に相当の実績を収めることが出来た」と回想している。長野県更生協力会「大日向村分村計画の解説」一九三八、山田昭次、前掲書、一九七八、所収、二四六頁。

91 和田伝『大日向村』朝日新聞社、一九三九、三頁。以後は頁数のみ記す。

92 池上甲一、前掲論文、二〇頁。

93 同右。

94 同、二〇~二一頁。

95 同、二一頁。

96 同。

97 一九一九年の養蚕農家の数は二五〇戸、生産額は水稲の約三倍に至った。同。

98 同。

99 東京帝国大学農学部農業経済学教室、前掲書、一四八頁。

100 この「毎日片道三里半、往復七里の距離にある山まで行き、朝四時から夜九時まで」働くという描写は、大日向村の労働の過酷さと窮乏が如何に深刻な問題であったのかの例として当時の記録によく登場する。たとえば、「本村の一番大切な生業たる炭焼の仕事も、朝四時に出て夜十時に帰えらねばならぬ様な山奥に追いつめられ、三里余の山道を毎日通わねばならなくなった」のである。長野県経済部『本県経済更生運動の実際』一九三九、山田昭次、前掲書、一九七八、所収、二二一頁。

101　山田昭次は、大日向村では恐慌下でも小作争議が起きなかったことを指摘し、その理由は大日向村の「主要な階級矛盾」が「中小地主・小作貧農対商業高利貸資本という形をとった」からであるとしている。山田昭次、前掲書、二〇〇五、一五七頁。

102　だがその一方で、『大日向村』では更生運動を通して負債整理や生産物の統制などの取り組みがあった事実は全く言及されていない。一九三一年五月、役場と農会が発表した『大日向村経済更新計画書』では農村の自力更生を目的とし、具体的方針には桑園の縮少、その結果増加する畑作地への自給用雑穀と飼料用作物の栽培、養畜と自給用肥料の改良増製、生活用品の自給と販売のための副業創設がある。一九三二年、大日向村は経済更生指定村となり、村会は一九三三年「大日向村経済改善委員会規程」を決定した。委員会設立の目的は（一）負債整理と金融改善、（二）生産増殖と販売の統制、（三）消費統制と生活改善、（四）経済改善実行会設置奨励とその統制がある。特に生産増殖と販売の統制は、産業組合と炭焼きが結合して商業高利貸資本の収奪を排除する処置である。この計画は実行された。特に木炭生産では一九三三年九月、炭焼き二一〇戸が集まって製炭改善実行会を結成した。実行会が産業組合から原木購入費を借りて村有林の払い下げを受け、炭焼き業者は木炭を生産して実行会から炭焼きの代金を受ける。生産された木炭は産業組合が販売した。しかし、実行会に出資できない貧困層はそうした保護を受けることができないという限界があった。したがって山田は、総合的に見て更生計画の進展は捗らず、特に貧困層は救済策から漏れていたと評価している。同右、一五九～一六〇頁。

103　または四本柱役職員協議懇談会。大日向村の役場、農会、産業組合、学校の役職者で構成された更生運動の執行部である。この執行部に村内協力団体が加わって、村の最高方針を決める経済更生委員会になる。だが、実際の議案は四本柱会議から提出された。同、一六五頁。

104　大日向村の分村移民計画の基礎資料となったのは、明治一四年度の「村内概況取調書」で、その数値は明治一二年のものである。東京帝国大学農学部農業経済学教室、前掲書、九七頁。

105　東京帝国大学農学部農業経済学教室は、明治一二年の数値を別の年度と比較する統計的な研究を試みたが、村役場に古い年度の参考資料が存在しないため、不可能であったと述べている。そのため、村の老人に当時の生活状態などの聞き取り調査を行ったが、厳密なデータは得られなかった。ただ、「県道がなつてから（明治十年以後）米の仲次所みたいになつて栄えた、十二月ごろから三月ごろまで仕事があつた、南作久でも大日向村は楽だと云はれた、馬での生活が主だつた」など、分村移民運動当時の大日向村とは違う状況下にあったと考えられる。同右、九七、一〇五頁。

106 朝日新聞社、前掲書、三四二〜三四三頁。

107 大日向村の分村移民者の経営面積、土地所有あるいは貸借関係、職業と移動率の関係について、「私経済、或は村内に於ける個人生活全体にとつてオプテイマムポイントが存在するのではないかと云ふこと、この程度の生活者は、母村に於ける生活と、満洲に於ける生活、（個々人の危惧の念、安定感、危険性の程度、その自己発揮の欲望満足の程度、公共的なものへの参与に対する個人的強弱等を加除するは勿論である）との二者撰択を行ふのであらう」と観察している。東京帝国大学農学部農業経済学教室、前掲書、八三頁。

108 それは大日向村の分村移民に限ったものではない。大日向村と読書村（長野県）の比較した当時の調査において、「下層に至る程移住率の高いこと」、また「全戸移住は下層によつて行はれ、分村参加と云ふ点に関しては、上層と下層の間に大差は見られないと云ふこと、及び中間層の上の部にある者の参加が比較的少ない様に見受けられる」ことを認めている。同右、八七頁。

109 農本主義と満洲移民との関係については、第5章打木村治『光を作る人々』論に譲る。

110 池上甲一は、一九三七年七月頃には大日向鉄山の採掘が再開されたため労働力不足の懸念がある程で、過剰人口が存在しなかったと指摘する。その上で、「分村移民にこだわったのは、過剰人口の捌け口はあくまでも農村内に限り、農業分村移民でなければならないという官製農本主義の考えによる」と述べている。池上甲一、前掲論文、二六頁。

111 同右。

112 たとえば、「次にこの村の事例が何処の村にも適用し得られないと思ふのは、助成金の多いといふことであるがこれは恐らくどの村の場合でも望めない点だと思ふ」と述べられた。朝日新聞社、前掲書、三四四頁。

113 同右、三二〇頁。

114 「分村計画座談会」同右書所収、七三頁。

115 山田昭次、前掲書、二〇〇五、一六八頁。

116 同右。

117 同、一六九頁。

118 同、一六七頁。

119 大日向村の役場、農会、産業組合、学校の中でも分村運動の中心は、役場と産業組合であった。四本柱会議で村の産業、経済に関する重要な事項の原案が作成され、村の経済更生委員会の論議に付せられた後、その決定事項は更生委員会より実行組合に伝達され、さらに組合員に通達される。四本柱会議から末端の組合員に至るまで、村内の各団体を通して意思が伝達される仕組みである。さらに産業組合は「分村計画の経済的中心」として移住者の財産処分、負債の整理などで重要な役割を果たした。朝日新聞社、前掲書、三〇六～三〇七頁。

120 戦争の影響は、徴兵だけではない。大日向村では、軍需景気によって一時的に廃坑であった鉄鉱が採掘を再開したことで、折角の移民熱が薄らぎそうに見えた。そのため、全村学校を開き「全村民の精神的緊張と、時局化なればこそ益々満洲移民が必要であると云ふ所似等を強調」したのである。長野県更生協会「大日向村計画の解説」一九三八、山田昭次、前掲書、一九七八、所収、二五二頁。

121 この報告は、実際の現地報告書から書かれたと考えられる。同右、二七〇頁参考。

122 当時の報告書に共通するのは、満洲大日向村の耕地がすでに立派な既耕地であることを強調する点である。この「恵まれ過ぎた耕地」は、「坦々たる平地に立派な熟地」であり、特に水田は「既耕地とは言ふけれども一番古いのでもまだ開田三年位であるから、今後尠くとも十年や十五年は無肥料でも作れる」ものであった。また河の上流から延長六理と四理半の長い二本の水路が敷かれているため、「灌漑にも極めて便利」だったのである。長野県「満洲農業移住地視察報告」一九三八、山田昭次、前掲書、一九七八、所収、二八二～二八三頁。

123 長野県更生協会「大日向村第一年度建設状況報告書」山田昭次、前掲書、一九七八、所収、二九〇頁。

124 池上甲一、前掲論文、二六頁。

125 映画「大日向村」の製作は、本来東宝が前進座に映画化を提案したことで始まったが、満移の主催で農林省経済更生部、拓務省、陸軍省、文部省、前進座などによる「大日向村」映画化委員会が組織された。監督は豊田四郎、脚本は八木隆一郎、配役は前進座の公演と殆ど同じものだった。伊藤純郎、前掲論文、八頁。

126 姜泰雄「満洲開拓団映画「大日向村」を通してみた満洲国の表現空間」『瀚林日本学』二一、瀚林大学校日本学研究所、二〇一二・一二、四七頁。

127 一九四一年、満洲国の総映画館の数は一五〇で、日系映画館は七六、満系映画館は七四であった。同右、五八頁。

128 同右。
129 同、五七~五八頁。
130 木津安五「映画の特殊指導取締に就いて」『宣撫月報』五三、一九四一・六、三四頁。
131 同右、三四~三五頁。
132 同、三五頁。
133 同。
134 同。
135 伊藤純郎、前掲論文、一〇頁。

参考文献

【資料】

秋原勝二「夜の話」満洲文話会編『満洲文芸年鑑　第二輯』（復刻版、西原和海解題、葦書房、一九九三）、満洲評論社、一九三八。

荒木巍「北満の花」大陸開拓文芸懇話会編『開拓地帯（大陸開拓小説集（一））』春陽堂書店、一九三九。

伊藤永之介「燕」農民文学懇話会編『土の文学作品年鑑』教材社、一九三九。

伊藤整「息吹き」大陸開拓文芸懇話会編『開拓地帯（大陸開拓小説集（一））』春陽堂書店、一九三九。

井上友一郎「大陸の花粉」大陸開拓文芸懇話会編『開拓地帯（大陸開拓小説集（一））』春陽堂書店、一九三九。

打木村治『光をつくる人々』（復刻版、川村湊監修・解説、ゆまに書房、二〇〇一）新潮社、一九三九。

近藤春雄「渡満部隊」大陸開拓文芸懇話会編『開拓地帯（大陸開拓小説集（一））』春陽堂書店、一九三九。

佐藤民宝「峠のたより」農民文学懇話会編『土の文学作品年鑑』教材社、一九三九。

大陸開拓文芸懇話会編『開拓地帯（大陸開拓小説集（一））』春陽堂書店、一九三九。

張赫宙「氷解」大陸開拓文芸懇話会編『開拓地帯（大陸開拓小説集（一））』春陽堂書店、一九三九。

——『開墾』中央公論社、一九四三。

徳永直「おぼこ様」農民文学懇話会編『土の文学作品年鑑』教材社、一九三九。

――「海をわたる心」大陸開拓文芸懇話会編『開拓地帯（大陸開拓小説集（一））』春陽堂書店、一九三九。

――「先遣隊」『先遣隊』改造社、一九三九。

――『先遣隊』改造社、一九三九。

農民文学懇話会編『土の文学作品年鑑』教材社、一九三九。

橋本英吉「朝」農民文学懇話会編『土の文学作品年鑑』教材社、一九三九。

楠木幸子「米」農民文学懇話会編『土の文学作品年鑑』教材社、一九三九。

湯浅克衛「先駆移民」（一九三八・一二）池田浩士編『カンナニ――湯浅克衛小説集』インパクト出版会、一九九五。

――「青桐」大陸開拓文芸懇話会編『開拓地帯（大陸開拓小説集（一））』春陽堂書店、一九三九。

和田伝「土手の櫟」農民文学懇話会編『土の文学作品年鑑』教材社、一九三九。

――『大日向村』朝日新聞社、一九三九。

【単行本】（日本語）

ハナ・アーレント／大島通義、大島かおり訳『帝国主義』みすず書房、一九八一。

相庭和彦、陳錦、宮田幸枝、大森直樹、中島純、渡辺洋子『満洲「大陸の花嫁」はどうつくられたか』明石書店、一九九六。

浅井茂紀『孟子の礼知と王道論』高文堂出版社、一九八二。

青木実外編『満洲文芸年鑑　昭和一二年版（第一輯）』（復刻版、西原和海解題、葦書房、一九九三）、G氏文学賞委員会、一九三七。

浅田喬二『日本帝国主義下の民族革命運動』未来社、一九七三。

――『日本知識人の植民地認識』校倉書房、一九八五。

朝日新聞社『新農村の建設――大陸へ分村大移動』朝日新聞社、一九三九。

厚木市立中央図書館編『和田伝　生涯と文学』厚木市教育委員会、一九八八。

網野善彦『日本中世の百姓と職能民』平凡社、一九九八。

――『網野善彦著作集　第一六巻』岩波書店、二〇〇八。

蘭信三『「満洲移民」の歴史社会学』行路社、一九九四。

――編『日本帝国をめぐる人口移動の国際社会学』不二出版、二〇〇八。

――編『帝国以後の人の移動――ポストコロニアリズムとグローバリズムの交錯点』勉誠出版、二〇一三。

池田浩士編『カンナニ――湯浅克衛植民地小説編』インパクト出版会、一九九五。

池見猛『断種の理論と国民優生法の開設』巌松堂書店、一九四〇。

石井寿夫『孫文思想の研究』目黒書店、一九四三。

犬田卯著、小田切秀雄編『日本農民文学史』農山漁村文化協会、一九七七。

井上俊夫『農民文学論』五月書房、一九七五。

井上久士『華中宣撫工作資料』不二出版、一九八九。

岩崎正弥『農本思想の社会史――生活と国体の交錯』京都大学学術出版会、一九九七。

伊藤整『伊藤整全集　第一四巻』河出書房、一九七四。

――『伊藤整全集　第一五巻』河出書房、一九七四。

尹東燦『「満洲」文学の研究』明石出版、二〇一〇。

上野千鶴子『資本制と家事労働――マルクス主義フェミニズムの問題構制――』海鳴社、一九八五。

宇野豪『国民高等学校運動の研究――一つの近代日本農村青年教育運動史――』渓水社、二〇〇三。

浦田義和『占領と文学』法政大学出版局、二〇〇七。

江口圭一『十五年戦争少史　新版』青木書店、一九九一。

王柯『二〇世紀中国の国家建設と「民族」』東京大学出版会、二〇〇六。

大江志乃夫、浅田喬二、三谷太一郎編『岩波講座　近代日本と植民地五　膨張する帝国の人流』岩波書店、一九九三。

大沼保昭『戦争責任論序説』東京大学出版部、一九七五。

岡田英樹『文学にみる「満洲国」の位相』研文出版、二〇〇〇。

緒方貞子『満洲事変――政策の形成過程』岩波書店、二〇一一。

小川和佑『唱歌・讃美歌・軍歌の始原』アーツアンドクラフツ、二〇〇五。

荻野富士夫『外務省警察史』校倉書房、二〇〇五。

小熊英二『単一民族神話の起源　「日本人」の自画像の系譜』新曜社、一九九五。

奥田晴樹『明治国家と近代的土地所有』同成社、二〇〇七。

尾崎秀実『尾崎秀実著作集　第一巻』勁草書房、一九七七。

尾崎秀樹『近代文学の傷痕――旧植民地文学論』岩波書店、一九九一。

笠原十九司『日本軍の治安戦――日中戦争の実相』岩波書店、二〇一〇。

加藤陽子『満洲事変から日中戦争へ』岩波書店、二〇〇七。

加藤豊隆『満洲国警察小史――満洲国権力の実態について』元在外公務員援護会、一九六八。

加藤敏、神庭重信、中谷陽二、武田雅俊、鹿島晴雄、狩野力八郎、市川宏伸編『現代精神医学事典』弘文堂、二〇一一。

金井章次、山口重次『満洲建国戦史』大湊書房、一九八六。

萱野稔人『カネと暴力の系譜学』河出書房新社、二〇〇六。

川村湊『異郷の昭和文学――「満洲」と近代日本』岩波書店、一九九〇。

――『文学から見る「満洲」――「五族協和」の夢と現実』吉川弘文館、一九九八。

北一輝『北一輝著作集　第一巻　国体論及び純正社会主義』みすず書房、一九五九。

小熊秀雄『新版・小熊秀雄全集　第五巻』創樹社、一九九一。

国務院総務庁統計処編『満洲帝国国勢　康徳四年版』国務院総務庁統計処、一九三六。

小寺廉吉『先駆移民団――黎明期之弥栄と千振』古今書院、一九四〇。

久保田義夫『徳田直論』五月書房、一九七七。

小森陽一『ポストコロニアル』岩波書店、二〇〇一。

小林弘二『満洲移民の村――信州泰阜村の昭和史』筑摩書房、一九七七。

小林信介「満洲移民研究の現状と課題」長野県現代史研究会編『戦争と民衆の現代史』現代史料出版、二〇〇五。

小林啓治『国際秩序の形成と近代日本』吉川弘文館、二〇〇二、一一七頁。

駒込武『植民地帝国日本の文化統合』岩波書店、一九九六。

古屋芳雄『国土・人口・血液』朝日新聞社、一九四〇。

――『日本民族は何處へ行く』日新書院、一九四〇。

近藤春雄『大陸日本の文化構想』敞文館、一九四三。

佐賀郁朗『受難の昭和農民文学――伊藤永之介と丸山義二、和田伝』日本経済評論社、二〇〇三。

笠木良明『青年大陣容を布地せよ』大亜細亜建設社、一九四〇。

坂部昌子『「満洲」経験の社会学――植民地の記憶のかたち』世界思想社、二〇〇八。

斉藤利彦、倉田喜弘、谷川恵一校注『教科書啓蒙文集』岩波書店、二〇〇六。

参謀本部編『満洲事変作戦経過ノ概要　満洲事変史』巌南堂書店、一九七二。

思想の科学研究会編『共同研究 転向（三）』平凡社、二〇一二。

清水元『北一輝　もう一つの「明治国家」を求めて』日本経済評論社、二〇一二。

植民地文化学会編『「満洲国」とは何だったのか』小学館、二〇〇八。

白川豊『植民地期朝鮮の作家と日本』大学教育出版、一九九五。

白取道博『満蒙開拓青少年義勇軍史研究』北海道大学出版部、二〇〇八。

新東亜研究会編『興亜ノート――新東亜の時事問題早わかり――』国民図書協会、一九三九。

鈴木善次『日本の優生学』三共出版株式会社、一九八三。

セジウィック／上原早苗、亀澤美由紀訳『男同士の絆――イギリス文学とホモソーシャルな欲望』名古屋大学出版会、二〇〇一。

戦時下日本社会研究会編『戦時下の日本』行路社、一九九二。

大東亜省総務局調査課編『調査資料第八号　満洲開拓政策関係法規』大東亜省総務局調査課、一九四三。

田岡良一『国際法上の自衛権　補訂版』勁草書房、一九八一。

高坂正顕、西谷啓治、高山岩男、鈴木成高『世界史的立場と日本』中央公論社、一九四三。

高崎隆治『文学のなかの朝鮮人像』青弓社、一九八二。

高田保馬『東亜民族論』岩波書店、一九三九。

拓務省拓務局東亜課編『満洲農業移民概況』拓務省拓務局東亜課、一九三六。

竹内好『日本とアジア』筑波書房、一九九三。

竹中恵美子編『新・女子労働論』有斐閣、一九九一。

田中隆一『満洲国と日本の帝国支配』有志社、二〇〇七。

趙景達『植民地期朝鮮の知識人と民衆――植民地近代性論批判』有志舎、二〇〇八。

張伝傑、馮堤他『日本略奪中国東北資源史』大連出版社、一九九六。

綱沢満昭『日本の農本主義』紀伊国屋書店、一九九四。

角田順編『明治百年史叢書　一八巻　石原莞爾資料（増補）――国防論策編』原書房、一九八四。

東京帝国大学農学部農業経済学教室『分村の前後』岩波書店、一九四〇。

東宮大佐記念事業委員会編『東宮鉄男伝』東宮大佐記念事業委員会、一九四〇。

徳富正敬（徳富蘇峰）『満洲建国読本』日本電報通信社、一九四〇。

東洋経済編『戦時経済法令集 第五輯（第七十五議会通過法律　全文竝提案理由）』東洋経済新報出版部、一九四〇。

中島健蔵『兵荒馬乱の巻　回想の文学四　昭和十四年―十六年』平凡社、一九七七。

中根隆行『「朝鮮」表象の文化誌――近代日本と他者をめぐる知の植民地化』新曜社、二〇〇四。

長野県経済部『本県経済更生運動の実際』一九三九、山田昭次編『近代民衆の記録　六――満洲移民』新人物往来社、一九七八。

中村光夫、臼井吉見、平野謙『現代日本文学史』筑摩書房、一九六七。

南富鎭『近代文学の「朝鮮」体験』勉誠出版、二〇〇一。

西村俊一『日本エコロジズムの系譜――安藤昌益から江渡狄嶺まで――』農山漁村文化協会、一九九二。

日本学術振興会『国民保健ニ関スル統計資料（本文）』日本学術振興会、一九三七。

日本国際政治学会太平洋戦争原因研究部『太平洋戦争への道　開戦外交史　新装版』朝日新聞社、一九八七。

日本の土地百年研究会『日本の土地百年』大成出版社、二〇〇三。

農林省経済更生部編『満洲農業移民ニ関スル地方事情調査概要　第十三回地方事情調査員報告』農林省経済更生部、一九三七。

野口武彦『王道と革命の間』筑摩書房、一九八六。

野村浩一『近代日本の中国認識――アジアへの航跡――』研文出版、一九八一。

朴永錫『万宝山事件研究――日本帝国主義の大陸侵略政策の一環として――』第一書房、一九八一。

秦賢助『農民魂』鶴書房、一九四二。

浜口裕子『日本統治と東アジア社会――植民地期朝鮮と満洲の比較研究』勁草書房、一九九六。

林久治郎『満洲事変と奉天総領事――林久治郎遺稿――』原書房、一九七八。

久松潜一他編『現代日本文学大事典』明治書院、一九六五。

ビリングズリー／山田潤訳『匪賊――近代中国の辺境と中央』筑摩書房、一九九四。

深谷克己『深谷克己近世史論集　第一巻　民間社会と百姓成立』校倉書房、二〇〇九。

福田清人『大陸開拓と文学』満洲移住協会、一九四二。

藤野豊『日本ファシズムと優生思想』かもがわ出版、一九九八。

文芸家協会編『文芸年鑑　昭和十三・十四年版』復刻版、文泉堂出版株式会社、一九三九。

――『文芸年鑑　昭和十五年版』文泉堂出版株式会社、一九四〇。

幕内満雄『満洲国警察外史』三一書房、一九九六。

松永伍一『日本農民詩史　下巻（一）』、法政大学出版局、一九七〇。

松本三之介『近代日本の中国認識　徳川期儒学から東亜共同体論まで』以文社、二〇一一。

松本健一『思想としての右翼　新装版』論創社、二〇〇七。

松本ますみ『中国民族政策の研究――清末から一九四五年までの「民族論」を中心に――』多賀出版、一九九九。

マルクス・エンゲルス／大内力編訳『農業論集』岩波書店、一九七五。

満史会編『満洲開発四十年史　上巻』満洲開発四十年史刊行会、一九六四。

――『満洲開発四十年史　補巻』満洲開発四十年史刊行会、一九六五。

満洲青年連盟史刊行委員会編『満洲青年連盟史』（復刻版、原書房、一九六八）一九三三。

満洲国最高検察庁『満洲国開拓地犯罪概要』一九四一、山田昭次編『近代民衆の記録六――満洲移民』新人物往来社、一九七八。

満洲回顧集刊行会『あゝ満洲――国つくり産業開発者の手記』農林出版株式会社、一九六五。

満洲開拓史復刊委員会『満洲開拓史』（復刻版）全国拓友議会、一九八〇。

満洲国通信社編『満洲開拓年鑑　昭和十六年版』（『満洲移民関係資料集成』第七回配本（第三一巻〜第三五巻）不二出版、一九九二）、一九四一。

満洲国史編纂刊行会編『満洲国史　総論』満蒙同胞援護会、一九七〇。

満洲文話会編『満洲文芸年鑑　第二輯』（復刻版、西原和海解題、葦書房、一九九三）、満洲評論社、一九三八。

――『満洲文芸年鑑　第三輯』（復刻版、西原和海解題、葦書房、一九九三）満洲文話会、一九三九。

三好行雄、山本健吉、吉田精一編『日本文学史辞典近現代編』角川書店、一九八七。

宮田節子『朝鮮民衆と「皇民化」政策』未来社、一九八五。

毛沢東／藤田敬一、吉田富夫訳『遊撃戦論』中央公論新社、二〇〇一。

森田美比『昭和史のひとこま――農本主義と農政――』筑波書林、一九九三。

文部省音楽取調掛編『小学唱歌集』斉藤利彦、倉田喜弘、谷川恵一校注『教科書啓蒙文集』岩波書店、二〇〇六。

山口重次『満洲建国と民族協和思想の原点』大湊書房、一九七六。

山田昭次編『近代民衆の記録　六――満洲移民』新人物往来社、一九七八。

――『植民地支配・戦争・戦後の責任――朝鮮・中国への視点の模索』創史社、二〇〇五。

山室信一『キメラ――満洲国の肖像――増補版』中央公論新社、二〇〇四。

山本有造編『「満洲国」の研究』京都大学人文科学研究所、一九九三。

――『「満洲国」経済史研究』名古屋大学出版会、二〇〇三。

山本秀夫『橘樸』中公叢書、一九七七。

山本武利『宣撫月報』不二出版、二〇〇六。

ルイーズ・ヤング／加藤陽子、川島真、高光佳絵、千葉功、古市大輔訳『総動員帝国』岩波書店、二〇〇一。

柳水晶『帝国と「民族協和」の周辺の人々――文学から見る「満洲」の朝鮮人、朝鮮の「満洲」――』博士論文、筑波大学大学院人文社会科学研究科、二〇〇九。

横山敏男『満洲水稲作の研究』河出書房、一九四五。

依田憙家『日本帝国主義と中国』竜渓書舎、一九八八。

劉大年、白介夫編、曽田三郎、谷渕茂樹、松重充浩、丸田孝志、水羽信男訳『中国抗日戦争史――中国復興への路』桜井書店、二〇〇二。

若桑みどり『戦争が作る女性像――第二次世界大戦下の日本女性動員の視覚的プロパガンダ』筑摩書房、一九九五。

渡辺忠司『近世社会と百姓成立――構造論的研究』佛教大学、二〇〇七。

『回鑾訓民勅書』一九三五・五・二、前川義一編『満洲移民提要』満洲拓殖委員会事務局、一九三八。

【単行本】(韓国語)

李海英『中国朝鮮族社会史と長編小説』亦楽、二〇〇六。

呉養鎬『韓国文学と間島』文芸出版社、一九八八。

――『日帝強占期満洲朝鮮人文学研究』文芸出版社、一九九六。

――『満洲移民文学研究』文芸出版社、二〇〇七。

キム・ヨン『近代満洲の稲作の発達と移住朝鮮人』国学資料院、二〇〇四。

金在湧編『在日本及び在満洲親日文学の論理　四』亦楽、二〇〇四。

――編『万宝山事件と韓国近代文学』亦楽、二〇一〇。

白川豊『張赫宙研究』東国大学校出版部、二〇一〇。

辛承模『日本帝国主義時代の文学と混淆性』ジグムヨギ、二〇一一。

植民地日本語文学・文化研究会『帝国日本の移動と東アジアの植民地文学　二――台湾、満洲・中国、そして環太平洋』ムン、二〇一一。

孫春日『「満洲国」の在満韓人に対する土地政策研究』白山資料院、一九九九。

崔炳宇『朝鮮族小説の枠とキメ』国学資料院、二〇一二。

中国海洋大学校海外韓国学中核事業団編『近代東アジア人の離散と定着』キョンジン、二〇一〇。

――『文明の衝撃と近代東アジアの転換』キョンジン、二〇一二。

韓錫政、盧基植編『満洲、東アジア融合の空間』召命出版、二〇〇八。

尹輝鐸『満洲国：植民地的想像が孕んだ「複合民族国家」』慧眼、二〇一三。

【論文】（日本語）

劉小林「第一次世界大戦と国際協調体制下における日中関係」中央大学人文科学研究所編『民国期中国と東アジアの変動』中央大学出版部、一九九九。

劉含発「満洲移民の入植による現地中国農民の強制移住」新潟大学大学院現代社会文化研究科『現代社会文化研究』二一号、二〇〇一・八。

劉建輝「「満洲」幻想の成立とその射程」『アジア遊学』（四四）、二〇〇二・一〇。

呂元明／岩崎富久男訳「中国における東北淪陥期文学の研究の現在」植民地文化研究会編『特集「満洲国」文化の性格　植民地文化研究　資料と分析』不二出版、二〇〇二。

M・G・M「文芸匿名時評　満人作家の作品検討」『文芸』一九三九・一〇、池内輝雄編『文芸時評大系　昭和編Ⅰ』ゆまに書房、二〇〇七。

単援朝「在満日本人文学者の「満洲文学論」――『満洲文芸年鑑』所収の評論を中心に」『アジア遊学』（四四）、二〇〇二・一〇。

――「同床異夢の「満洲文学」（一）――「満系文学」側の主張から」『崇城大学　研究報告』第三三巻第一号、二〇〇八。

青木実「満人ものに就て」満洲文話会編『満洲文芸年鑑　第三輯』（復刻版、西原和海解題、葦書房、一九九三）、満洲文話会、一九三九。

――「概念的記述　島木氏の『満洲紀行』に就て」『満洲日日新聞』一九四〇・六・一四～一五。

――「文芸時評（一）不審の事項　文話会改組の批判（上）」『満洲新聞』一九四〇・七・二七、池内輝雄編『文芸時評大系　昭和編Ⅰ』ゆまに書房、二〇〇七。

――「文芸時評（三）空念佛のおそれ西村真一郎氏の所論」『満洲新聞』一九四〇・七・二九、池内輝雄編『文芸時評大系　昭和編Ⅰ』ゆまに書房、二〇〇七。

秋原勝二「故郷喪失」『満洲日日新聞』一九三七・七。

浅田喬二「満洲農業移民政策の立案過程」満洲移民史研究会編『日本帝国主義下の満洲移民』龍渓書舎、一九七六。

浅見淵「大陸文学について」『文芸』一九三九・五。

有馬頼寧「農民文学懇話会の発会に臨んで」農民文学懇話会編『土の文学作品年鑑』教材社、一九三九。

池上甲一「「満洲」分村移民の論理と背景――長野県大日向村の事例研究――」『村落社会研究』一巻二号、一九九五。

池田浩士「解題　先駆移民」池田浩士編『カンナニ――湯浅克衛小説集』インパクト出版会、一九九五。

石原莞爾「国運転回ノ根本国策タル満蒙問題解決案」一九二九・七・五、角田順編『明治百年史叢書　一八巻　石原莞爾資料（増補）――国防論策編』原書房、一九八四。

――「関東軍満蒙領有計画」一九二九・七、角田順編『明治百年史叢書　一八巻　石原莞爾資料（増補）――国防論策編』原書房、一九八四。

――「講話要領」一九三〇・三・一、角田順編『明治百年史叢書　一八巻　石原莞爾資料（増補）――国防論策編』原書房、一九八四。

――「満蒙問題解決ノ爲ノ戦争計画大綱（対米戦争計画大綱）」a、一九三一・四、角田順編『明治百年史叢書　一八巻　石原莞爾資料（増補）――国防論策編』原書房、一九八四。

――「現在及将来ニ於ケル日本ノ国防」b、一九三一・四、角田順編『明治百年史叢書　一八巻　石原莞爾資料（増補）――国防論策編』原書房、一九八四。

――「満蒙問題私見」一九三一・五、角田順編『明治百年史叢書　一八巻　石原莞爾資料（増補）――国防論策編』原書房、一九八四。

――「満蒙問題ノ行方」一九三一・一二・二、角田順編『明治百年史叢書　一八巻　石原莞爾資料（増補）――国防論策編』原書房、一九八四。

板垣信「大陸開拓文芸懇話会」『昭和文学研究』第二五集、一九九二・九。

板垣征四郎「満蒙問題について」稲葉正夫「史録・満洲事変」参謀本部編『満洲事変作戦経過ノ概要　満洲事変史』巌南堂書店、一九七二。

伊藤永之介「農民文学の現状」『改造』一九三八・一一、文芸家協会編『文芸年鑑　昭和十三・十四年版』復刻版、文泉堂出版株式会社、一九三九。

伊藤純郎「語られた満洲分村移民、描かれた大日向村、満洲」信濃郷土研究会編『信濃』六二（二）、二〇一〇・二。

伊藤整、高見順「戦争と文学者」『文芸』八月号、一九五六。

伊藤整「満洲の印象」『東京朝日新聞』一九三九・六・二二、伊藤整『伊藤整全集　一四巻』新潮社、一九七四。

――「身辺の感想」『早稲田文学』一九三九・九・一、伊藤整『伊藤整全集　一四巻』新潮社、一九七四。

――「私小説について」『早稲田文学』一九四一・八・二八、伊藤整『伊藤整全集　一五巻』新潮社、一九七四。

今井良一「満洲農業移民における地主化とその論理」蘭信三編『日本帝国をめぐる人口移動の国際社会学』不二出版、二〇〇八。

任展慧「植民者二世の文学――湯浅克衛への疑問」『季刊三千里』一九七六、春。

任秀彬「〝満洲〟・万宝山事件（一九三一年）と中国、日本、韓国文学――李輝英、伊藤永之介、李泰俊、張赫宙――」『東京大学中国語中国文学研究室紀要』第七号、二〇〇四・四。

「弥栄開拓十年誌」（復刻版）、満洲事情研究所、一九四二、松下光男編『弥栄村史――満洲第一次開拓団の記録』弥栄村史刊行委員会、一九八六。

岩上順一「描かれる現実」（文芸時評）『中央公論』一九三九・一〇・一、中島国彦編『文芸時評大系　第一六巻　昭和一四年』ゆまに書房、二〇〇七。

サンドラ・ウィルソン「昭和恐慌と満洲農業移民――豊かさの獲得と国民国家への奉仕　一九三一～三三――」西田美昭・アン　ワズオ編『二〇世紀日本の農民と農村』東京大学出版会、二〇〇六。

植田謙吉「満洲国ニ於ケル情報並ニ啓発関係事項担当官庁ノ構成等ニ関スル件」満洲国外交部、一九三六・六・三。

――「満洲文化の文学的基礎――満洲文学とは何ぞや――」満洲文話会編『満洲文芸年鑑　第二輯』（復刻版、西原和海解題、葦書房、一九九三）、満洲評論社、一九三八。

臼井勝美「朝鮮人の悲しみ――万宝山事件――」朝日ジャーナル編『昭和史の瞬間・上』朝日新聞社、一九七四。

浦田義和「徳永直と「満洲」――ルポルタージュの罠・文学大衆化論の罠」『社会文学』三一号、日本社会文学会、二〇一〇。

江夏由樹「旧奉天省遼陽の郷団指導者　袁金鎧について」『一橋論叢』一〇〇、一九八八・一二。

――「奉天地方官僚集団の形成――辛亥革命期を中心に――」『一橋大学年報』三一、一九九〇・五。

榎本了「打木村治の文学について」打木村治『打木村治作品集』まつやま書房、一九八七。

江原鉄平「満洲文学と満洲生まれのこと」『満洲日日新聞』一九三七・八・一八～二一。

大内隆雄「満人の作家たちに就て」青木実外編『満洲文芸年鑑　昭和十二年版（第一輯）』（復刻版、西原和海解題、葦書房、一九九三）、G氏文学賞委員会、一九三七。

小川津根子「大陸の花嫁」植民地文化学会編『「満洲国」とは何だったのか』小学館、二〇〇八。

大河節夫「當為的と自然的——城・角田両氏の間隙へ——」満洲文話会編『満洲文芸年鑑　第二輯』（復刻版、西原和海解題、葦書房、一九九三）、満洲評論社、一九三八。

大久保明男「「満洲開拓文学」関連組織・雑誌について」（報告書）『平成一四年度科学研究費補助金基盤研究（B）調査報告集中国帰国者の適応と共生に関する総合的研究（その二）』京都大学留学生センター、二〇〇三・六。

岡部牧夫「笠木良明とその思想的影響——植民地ファシズム運動の一系譜——」『歴史評論』二九五、一九七四・一一。

——「移民政策の展開」植民地文化学会編『「満洲国」とは何だったのか』小学館、二〇〇八。

大谷健夫「小説界概観」満洲文話会編『満洲文芸年鑑　第二輯』（復刻版、西原和海解題、葦書房、一九九三）、満洲評論社、一九三八。

大本達也「日本における「詩」の源流としての「唱歌」の成立——明治期における「文学」の形成過程をめぐる国民国家論（七）」『鈴鹿国際大学紀要　CAMPANA　一六』二〇一〇・三。

荻野美穂「資源化される身体：戦前・戦中・戦後の人口政策をめぐって」『学術の動向』二〇〇八・四。

奥出健「大陸開拓を見た文士たち——伊藤整を中心に」『湘南短期大学紀要』一九九五・三。

小熊秀雄「政変的作家　一つの幻滅悲哀か」小熊秀雄『新版・小熊秀雄全集　第五巻』創樹社、一九九一。

尾崎秀実「支那論の貧困と事変の認識」一九三七・九、尾崎秀実『尾崎秀実著作集　第一巻』勁草書房、一九七七。

小都晶子「満洲における「開発」と農業移民」蘭信三編『日本帝国をめぐる人口移動の国際社会学』不二出版、二〇〇八。

甲斐政治「満洲事変前後」満洲回顧集刊行会『あゝ満洲——国つくり産業開発者の手記』農林出版株式会社、一九六五。

鍵山博史「文学と政治の関係」農民文学懇話会編『土の文学作品年鑑』教材社、一九三九。

樫田五郎「精神病学士より観たる遺伝と環境」『廓清』一九一八・一、鈴木貞美編『近代日本のセクシュアリティ　第一八巻　アンソロジー　優生学より見るセクシュアリティ』ゆまに書房、二〇〇七。

片岡一忠「辛亥革命時期の五族共和論をめぐって」『中国近現代史の諸問題——田中正美先生退官記念論集——』図書刊行会、一九八四。

片倉衷他「満洲事変・日華事変の頃——改題にかえて——」（座談会）橘樸『大陸政策批判　橘樸著作集　第二巻』勁草書房、

一九六六。

加藤完治「大佐と加藤完治氏」東宮大佐記念事業委員会『東宮鉄男伝』東宮大佐記念事業委員会、一九四〇。

加藤博史「国民優生法の成立思想——全体主義体制と法制定——」『社会福祉学』二九（二）、日本福祉学会、一九九八。

金川英雄「満洲開拓団の「屯墾病」について」『精神医学研究所業績集』四二、精神医学研究所、二〇〇五・五。

加納実紀代「満洲と女たち」大江志乃夫、浅田喬二、三谷太一郎編『岩波講座　近代日本と植民地　五　膨張する帝国の人流』岩波書店、一九九三。

加納三郎「幻想の文学」満洲文話会編『満洲文芸年鑑　第二輯』（復刻版、西原和海解題、葦書房、一九九三）、満洲評論社、一九三八。

川崎賢子「満洲文学とメディア——キーパーソン「木崎龍」で読むシステムと言説」二〇世紀メディア研究所編『Intelligence』第四号、二〇〇四・五。

川島真「北京政府の対非列強外交——アジア・中南米・東欧との外交関係——」中央大学人文科学研究所編『民国期中国と東アジアの変動』中央大学出版部、一九九九。

関東軍参謀部「「満蒙ニ於ケル占領地統治ニ関スル研究」ノ抜粋」一九三〇・九、角田順編『明治百年史叢書　一八巻　石原莞爾資料（増補）——国防論策編』原書房、一九八四。

上林暁「外的世界と内的風景」（文芸時評）『文芸』一九三九・一・一、中島国彦編『文芸時評大系　第一六巻　昭和十四年』ゆまに書房、二〇〇七。

岸信介「序」満洲回顧集刊行会『あゝ満洲——国つくり産業開発者の手記』農林出版株式会社、一九六五。

菊池一隆「万宝山・朝鮮事件の実態と構造——日本植民地下、朝鮮民衆による華僑虐殺暴動を巡って——」『人間文化』二二号、愛知学院大学人間文化研究所、二〇〇七・七。

菊池参治「私の在満一五ヵ年間の手記」松下光男編『弥栄村史——満洲第一次開拓団の記録』弥栄村史刊行委員会、一九八六。

木崎竜「建設の文学」満洲文話会編『満洲文芸年鑑　第二輯』（復刻版、西原和海解題、葦書房、一九九三）、満洲評論社、一九三八。

貴志俊彦「近代天津の都市コミュニティとナショナリズム」西村成雄編『現代中国の構造変動（三）ナショナリズム——歴史からの接近』東京大学出版会、二〇〇〇。

岸田国士「序」大陸開拓文藝懇話会編『開拓地帯（大陸開拓小説集（一））』春陽堂書店、一九三九。

北原文徳「生きたいか、いや、生きたくない」富士見高原病院小児科、一九九七年一月七日、加藤茂孝「「結核」――化石人骨から国民病、そして未だに」『モダンメディア』五五巻一二号、二〇〇九。

木村幹「総力戦体制期の朝鮮半島に関する一考察――人的動員を中心にして――」日韓歴史共同研究委員会編『日韓歴史共同研究報告書』第三分科篇下巻、日韓歴史共同研究委員会、二〇〇五。

倉西聡「満洲移民事業と伊藤整――マイノリティーとしての立場からの転換――」『武庫川国文』六五、二〇〇五。

小池泰岳「満洲開拓農民の現況」『駒沢大学人文学会年報』六、一九三九・六。

小泉京美「「満洲」における故郷喪失――秋原勝二「夜の話」――」『日本文学文化』一〇号、東洋大学日本文学文化学会、二〇一〇。

高媛「租借地メディア『大連新聞』と「満洲八景」」『ジャーナル・オブ・グローバル・メディア・スタディーズ』四、二〇〇九・九。

上野凌嵱「国策文学論」青木実外編『満洲文芸年鑑　昭和十二年版（第一輯）』（復刻版、西原和海解題、葦書房、一九九三）、G氏文学賞委員会、一九三七。

紅野敏郎「『新満洲』の「国策雑誌」の実体」宇野重明『深まる侵略屈折する抵抗一九三〇――四〇年日・中のはざま』研文出版、二〇〇一。

後藤晃「ファシズム期における農村再編問題と満洲農業移民」『商経論叢』二六巻一号、神奈川大学、一九九〇・九。

小林弘二「『開拓』」小島麗逸編『戦前の中国時論研究』アジア経済研究所、一九七八。

――「解題」岡部牧夫編『満洲移民関係資料集成　解説』不二出版、一九九〇。

子安宣邦「橘樸における「満洲」とは何か――橘樸「満洲事変と私の方向転換」を読む」『現代思想』二〇一二・三。

近藤春雄「大陸ペン部隊リレー通信　大陸開拓文芸懇話会第一回視察記　新京から哈爾濱」『新満洲』第三巻第八号（復刻版、満洲移民関係資料集成第二期、不二出版、一九九八）、一九三九。

嵯峨隆「孫文の訪日と「大アジア主義」講演について――長崎と神戸での言説を中心に――」『国際関係・比較文化研究』六、二〇〇七・九。

笠木良明「自治指導員服務心得」一九三一・一一・四、笠木良明『青年大陣容を布地せよ』所収、大亜細亜建設社、一九四〇。

――「忠誠なる日本青年の世界的陣容布地の急務」『大亜細亜』六巻一一号、一九三八・一一、笠木良明『青年大陣容を布地せよ』所収、大亜細亜建設社、一九四〇。

佐藤元英「昭和陸軍と満蒙領有の構想」『紀要　史学』五二号、中央大学文学部、二〇〇七・三。

佐藤四郎「満洲文学運動の主流」満洲文話会編『満洲文芸年鑑　第二輯』（復刻版、西原和海解題、葦書房、一九九三）、満洲評論社、一九三八。

「謝文東語る（其ノ二）康徳六年（一九三九年）四月十二日佳木斯協和飯店に於いて、通訳金徳厚」東宮大佐記念事業委員会『東宮鉄男伝』東宮大佐記念事業委員会、一九四〇。

辛承模「湯浅克衛文学における「移民小説」の変容」韓国日語日文学会『日語日文学研究』六七、二〇〇八。

島川雅史「現人神と八紘一宇の思想――満洲国建国神廟」『史苑』四三（二）、一九八四・三。

島木健作「国策と農民文学」『朝日新聞』一九三八・一一、文芸家協会編『文芸年鑑　昭和十三・十四年版』復刻版、文泉堂出版株式会社、一九三九。

島田三郎「遺伝と環境に就て」『廓清』一九一八・一九・一、鈴木貞美編『近代日本のセクシュアリティ　第一八巻　アンソロジー　優生学より見るセクシュアリティ』ゆまに書房、二〇〇七。

城小碓「満洲文学の精神」満洲文話会編『満洲文芸年鑑　第二輯』（復刻版、西原和海解題、葦書房、一九九三）、満洲評論社、一九三八。

白戸健一郎「近藤春雄のメディア文化政策論の展開」Lifelong Education and Libraries, Graduate School of Education, Kyoto University『Lifelong education and libraries』一〇、二〇一〇。

曽根博義「戦争下の伊藤整の評論――私小説観の変遷を中心に」『語文』六二、一九八五。

孫文「五族共和ノ真義」『孫文主義　中巻』外務省調査部、一九三六。

――「五族聯合ノ効力」『孫文主義　中巻』外務省調査部、一九三六。

孫才喜「張赫宙文学における連続と非連続――戦前から戦後にかけて――」クロッペンシュタイン・鈴木貞美編『日本文化の連続性と非連続性一九二〇～一九七〇年』勉誠出版、二〇〇五。

高見順「異常とは何か　四――筋と描写――」『中外商業新報』一九三九・二・四、高見順『高見順全集　第一四巻』、勁草書房、一九七二。

拓務省拓北局補導課『女子拓殖指導者提要』広業館、一九四二。

橘樸「中国民族の政治思想」a『満蒙』第五年第四二冊、一九二四・一、橘樸『中国研究　橘樸著作集　第一巻』勁草書房、一九六六。

――「中国を識るの途」b『月刊支那研究』第一巻第一号、一九二四・一、橘樸『中国研究　橘樸著作集　第一巻』勁草書房、一九六六。

――「支那はどうなるか――内藤虎次郎の『新支那論』を読む――」『支那研究』第一巻第三号、一九二五・二、橘樸『支那思想研究』日本評論社、一九三六。

――「孫文の東洋文化観及び日本観――大革命家の最後の努力――」『月刊支那研究』第一巻第四号、一九二五・三、橘樸『中国研究　橘樸著作集　第一巻』勁草書房、一九六六。

――「中国民族運動としての五四運動の思想的背景――学生運動の意義及効果――」『月刊支那研究』第二巻第三号、一九二五・八、橘樸『中国研究　橘樸著作集　第一巻』勁草書房、一九六六。

――「五卅事件と日本の対華態度批判」『月刊支那研究』第二巻第三号、一九二五・八、橘樸『中国研究　橘樸著作集　第一巻』勁草書房、一九六六。

――「支那人の利己心と国家観念」『支那研究論叢』第一輯、亜東印画協会、一九二七。

――「王道の実践としての自治」一九三一・一一、奉天の自治指導部での講演要旨、『満洲評論』第一巻一五号、一九三一・一二、橘樸『大陸政策批判　橘樸著作集　第二巻』勁草書房、一九六六。

――「満洲国家建国大綱私案」一九三一・一二・一〇、奉天で執筆、『満洲評論』第二巻一号、一九三二・一、橘樸『大陸政策批判　橘樸著作集　第二巻』勁草書房、一九六六。

――「日本の新大陸政策としての満洲建国」『満洲評論』第二巻第一号、一九三二・一、橘樸『大陸政策批判　橘樸著作集　第二巻』勁草書房、一九六六。

――「日満ブロック趨勢と満洲国民の立場」『満洲評論』第二巻第二二号、一九三二・七、橘樸『大陸政策批判　橘樸著作集　第二巻』勁草書房、一九六六。

――「国家内容としての農民自治」『満洲評論』第三巻三号、一九三二・七、橘樸『大陸政策批判　橘樸著作集　第二巻』勁草書房、一九六六。

――「満洲国建国諸構想批判」『満洲評論』第三巻七号、一九三二・八、橘樸『大陸政策批判　橘樸著作集　第二巻』勁草書房、一九六六。

――「帝制の是非を論ず」『満洲評論』第四巻三号、一九三三・一、橘樸『大陸政策批判　橘樸著作集　第二巻』勁草書房、一九六六。

――「日本の大陸政策と中国の農民運動」『満洲評論』第六巻第一号、一九三四・一、橘樸『大陸政策批判　橘樸著作集　第二巻』勁草書房、一九六六。

――「鄭総理の王道政策批判」『満洲評論』第六巻八号、一九三四・二、橘樸『大陸政策批判　橘樸著作集　第二巻』勁草書房、一九六六。

――「再び鄭総理への提言――自治から王道へ――」『満洲評論』第六巻一二号、一九三四・三、橘樸『大陸政策批判　橘樸著作集　第二巻』勁草書房、一九六六。

――「満洲国の独立性と関東軍指導権の範囲」『満洲評論』第六巻一八号、一九三四・五、橘樸『大陸政策批判　橘樸著作集　第二巻』勁草書房、一九六六。

――「日本小農の満洲移民は経済価値なし」『満洲評論』第六巻二三号、一九三四・六、橘樸『大陸政策批判　橘樸著作集　第二巻』勁草書房、一九六六。

――「満洲事変と私の方向転換」『満洲評論』第七巻第六号、一九三四・八、橘樸『大陸政策批判　橘樸著作集　第二巻』勁草書房、一九六六。

――「低調となつた建国工作――満洲事変三周年に寄せて」『満洲評論』第七巻一一号、一九三四・九、橘樸『大陸政策批判　橘樸著作集　第二巻』勁草書房、一九六六。

――「編輯後記」『満洲評論』第八巻一号、一九三五・一。

――「王道史概説」『満洲評論』第九巻一五～二三号、一九三五・一〇～一二、橘樸『大陸政策批判　橘樸著作集　第二巻』勁草書房、一九六六。

――他「大陸政策十年の検討」（座談会）一九四一・一〇・四、橘樸『アジア・日本の道　橘樸著作集　第三巻』勁草書房、一九六六。

「第一次満洲自衛移民輸送状況日誌」『拓務時報』第二一号所載、松下光男編『弥栄村史――満洲第一次開拓団の記録』弥栄村史刊行委員会、一九八六。

田中益三「「大日向村」という現象――満洲と文学――」『日本文学紀要』三八号、法政大学、一九八七。

田中寛「「東亜新秩序建設」と「日本語の大陸進出」――宣撫工作としての日本語教育」『「文明化」による植民地支配』植民地教育史研究年報五号、二〇〇三。

――――「「満蒙開拓青少年義勇軍」の生成と終焉――戦時下の青雲の志の涯てに――」『大東文化大学紀要』四二号、二〇〇四。

田中隆一「朝鮮統治における「在満朝鮮人」問題」『未公開資料　朝鮮総督府関係者　録音記録（二）』」学習院大学『東洋文化研究』三号、二〇〇一・三。

――――「研究ノート　朝鮮人の満洲移民」蘭信三編『日本帝国をめぐる人口移動の国際社会学』不二出版、二〇〇八。

田邊壽利「後書」金井章次『満蒙行政瑣談』創元社、一九四三。

「断種法制定に対する賛否」『社会事業研究』一九三六・一〇・一、鈴木貞美編『近代日本のセクシュアリティ　第一八巻　アンソロジー　優生学より見るセクシュアリティ』ゆまに書房、二〇〇七。

曺恩美「「満洲」建国イデオロギーと張赫宙の「満洲」認識：『開墾』（一九四三年）を中心に」東京外国語大学大学院『言語・地域文化研究』（一七）、二〇一一。

塚瀬進「戦前、戦後におけるマンチュリア史研究の成果と問題点」『長野大学紀要』第三二巻第三号、二〇一一。

都築久義「国策文学について」『国文学解釈と鑑賞』一九八三・八。

外村大「日本帝国と朝鮮人の移動」蘭信三編『帝国以後の人の移動――ポストコロニアリズムとグローバリズムの交錯点』勉誠出版、二〇一三。

角田順「解題　石原の軍事的構想とその運命」角田順編『明治百年史叢書　一八巻　石原莞爾資料（増補）――国防論策編』原書房、一九八四。

角田時雄「満洲文学について――城小碓氏の論を読んで」満洲文話会編『満洲文芸年鑑　第二輯』（復刻版、西原和海解題、葦書房、一九九三）、満洲評論社、一九三八。

坪内良博「人口問題と南進論」『戦時下の日本』行路社、一九九二。

鶴岡聡史「満洲事変と鉄道復興問題――瀋海線を巡る関東軍・満鉄・満洲青年連盟」『法学政治学論究』七〇、二〇〇六・九。

中川与之助「満洲建国精神と協和会の使命」『経済論叢』第四七巻第五号、京都帝国大学経済学会、一九三八・一一。

中島健蔵「一九三九年五月二五日」『兵荒馬乱の巻 回想の文学四　昭和十四年―十六年』平凡社、一九七七。

中西勝彦「橘樸とファシズム」山本秀夫編『橘樸と中国』勁草書房、一九九〇。

長野県開拓自興会満洲開拓史刊行会『長野県満洲開拓史　総編』東京法令出版、一九八四。

――『長野県満洲開拓史　各団編』東京法令出版、一九八四。

長野県更生協会「大日向村計画の解説」一九三八、山田昭次編『近代民衆の記録　六――満洲移民』新人物往来社、一九七八。

長野県「満洲農業移住地視察報告」一九三八、山田昭次編『近代民衆の記録　六――満洲移民』新人物往来社、一九七八。

波潟剛「伊藤整の大陸開拓――『満洲の朝』とD・H・ロレンス――」筑波大学文化批評研究会編『多文化社会における「翻訳」』筑波大学文化批評研究会、二〇〇〇・六。

成田龍一「「引揚げ」に関する序章」『思想』九五五号、二〇〇三・一一。

アルノ・ナンタ「大日本帝国の形質人類学を問い直す――清野謙次の日本民族混血論」坂野徹、愼蒼建編『帝国の視覚／死角』青弓社、二〇一〇。

西田勝「在「満」日本人・朝鮮人・ロシア人作家の活動」植民地文化学会編『「満洲国」とは何だったのか』小学館、二〇〇八。

西原和海「満洲国における日中文学者の交流」『アジア遊学』（四四）、二〇〇二・一〇。

――「「満洲国」の出版――雑誌と新聞」植民地文化学会編『「満洲国」とは何だったのか』小学館、二〇〇八。

西村真一郎「植民地文学の再検討――植民地文学の一般論として――」青木実外編『満洲文芸年鑑 昭和十二年版（第一輯）』（復刻版、西原和海解題、葦書房、一九九三）、G氏文学賞委員会、一九三七。

――「文芸評論界の概観」満洲文話会編『満洲文芸年鑑　第二輯』（復刻版、西原和海解題、葦書房、一九九三）、満洲評論社、一九三八。

――「東洋の猶太民族」満洲文話会編『満洲文芸年鑑　第二輯』（復刻版、西原和海解題、葦書房、一九九三）、満洲評論社、一九三八。

西村成雄「日本政府の中華民国認識と張学良政権――民族主義的凝集性の再評価――」山本有造編『「満洲国」の研究』京都大学人文科学研究所、一九九三。

西村将洋「「満洲文学」からアヴァンギャルドへ――「満洲」在住の日本人と言語表現」神谷忠孝、木村一信編『「外地」日本語文学論』世界思想社、二〇〇七。

橋本明「わが国の優生学・優生思想の広がりと精神医学者の役割――国民優生法の成立に関連して――」『山口県立大学看護学部紀要』創刊号、一九九七。

平野健一郎「満洲事変前における在満日本人の動向――満洲国性格形成の一要因――」『国際政治』(四三)、一九七〇・一二。

――「満洲国協和会の政治的展開――複数民族国家における政治的安定と国家動員」『日本政治学会年報政治学』、一九七三・三。

――「中国における統一国家形成と少数民族――満洲族を例として――」平野健一郎、岡部達味、山影進、土屋健治『アジアにおける国民統合』東京大学出版部、一九八八。

福田清人「開拓文学」久松潜一他編『現代日本文学大事典』明治書院、一九六五。

藤原辰史「稲も亦大和民族なり――水稲品種の「共栄圏」」池田浩士編『大東亜共栄圏の文化建設』人文書院、二〇〇七。

古屋哲夫「「満洲国」の創出」山本有造編『「満洲国」の研究』京都大学人文科学研究所、一九九三。

北条秀司「大陸の武装花嫁」『毎日新聞』(一九四〇年)松下光男編『弥栄村史――満洲第一次開拓団の記録』弥栄村史刊行委員会、一九八六。

堀井正子「和田伝「大日向村」の屈折」分銅惇作編『近代文学論の現在』蒼丘書林、一九九八。

堀江泰紹「農民文学の歴史的展開と現代農民文学」『日本文学誌要』三三、一九八五。

牧野克己「建国運動」満洲回顧集刊行会『あゝ満洲――国つくり産業開発者の手記』農林出版株式会社、一九六五。

松永伍一「認め合うことの惧れ」松永伍一『日本農民詩史　下巻（二）』法政大学出版局、一九七〇。

徳永直「まへがき」徳永直『先遣隊』改造社、一九三九。

松原陽子「日本――戦後の優生保護法という名の断種法」米本昌平、松原陽子、橳島次郎、市野川容孝『優生学と人間社会――生命科学の世紀はどこへ向かうのか』講談社、二〇〇〇。

丸山義二「後書」農民文学懇話会編『土の文学作品年鑑』教材社、一九三九。

「満洲国建国宣言」稲葉正夫、小林竜夫、島田俊彦編『現代史資料（一一）続・満洲事変』みすず書房、一九六五。

満洲国立開拓研究所「弥栄村総合調査」開拓研究所第二〇号、一九四二、松下光男編『弥栄村史――満洲第一次開拓団の記録』弥栄村史刊行委員会、一九八六。

『満蒙三題』満洲青年連盟史刊行委員会編『満洲青年聯盟史』（復刻版、原書房、一九六八）一九三三。

三田進「五月の満洲雑誌」『満洲評論』第六巻第二〇号、一九三四・五。

緑川貢「本年度満洲文学界回顧（一）――目覚ましい躍進」『満洲日日新聞』一九三九・一二・二四、池内輝雄編『文芸時評大系　昭和編Ⅰ』ゆまに書房、二〇〇七。

緑川勝子「万宝山事件及び朝鮮内排華事件についての一考察」『朝鮮史研究会論文集特集　明治百年と朝鮮』極東書店、一九六七。

宮本百合子「今日の文学と文学賞」『懸賞界』一九三九年八月下旬号、宮本百合子『宮本百合子全集　第一一巻』新日本出版社、一九八〇。

三輪公忠「一九二四年排日移民法の成立と米貨ボイコット――神戸市の場合を中心として――」細谷千博編『太平洋・アジア圏の国際経済紛争史――一九二二～一九四五』東京大学出版会、一九八三。

武藤富男「満洲国の文化政策――芸文指導要綱について――」『読書人』第二巻第九号、一九四二・九。

村田雄二郎「二〇世紀システムとしての中国ナショナリズム」西村成雄編『現代中国の構造変動（三）ナショナリズム――歴史からの接近』東京大学出版会、二〇〇〇。

望月百合子「満洲を訪れた文士たち」『文芸』、一九三九・九。

森熊男「孟子の王道論――善政と善教をめぐって――」『岡山大学教育学部研究集録』五〇（二）、一九七九。

安田武「創立期の翼賛運動――有馬頼寧」思想の科学研究会編『協同研究　転向（三）――戦中編　上』平凡社、二〇一二。

安田徳太郎「断種法への批判」『中央公論』一九三五・四、鈴木貞美編『近代日本のセクシュアリティ　第一八巻　アンソロジー　優生学より見るセクシュアリティ』ゆまに書房、二〇〇七。

山川達雄「分村後の耕地の処分に就いて」東京帝国大学農学部農業経済学教室『分村の前後』岩波書店、一九四〇。

山畑翔平「昭和戦中期における満洲移民奨励施策の一考察――移民宣伝誌を通じてみた満洲イメージとその変容――」慶応義塾大学法学部政治学科ゼミナール委員会編『政治学研究』第四一号、二〇〇九・五。

山室信一「「満洲国」の法と政治――序説」『人文学報』第六八号、京都大学人文科学研究所、一九九一・三。

鑓田研一「今後の農民文学」農民文学懇話会編『土の文学作品年鑑』教材社、一九三九。

梁禮先「湯浅克衛年譜」池田浩士編『カンナニ──湯浅克衛植民地小説編』インパクト出版会、一九九五。

吉田松陰／松本三之介、田中彰、松永昌三訳『講孟余話ほか』中央公論新社、二〇〇二。

吉永慎二郎「墨家思想と孟子の王道論──孟子王道論の形成と構造」『秋田大学教育学部研究紀要』五三、一九九八・三。

若松伸哉「「満洲」へ移される「故郷」──昭和十年代・大陸「開拓」文学と国内文壇にあらわれた「故郷」をめぐって──」『国語と国文学』第一〇〇〇号、二〇〇七・四。

和田伝「後記」『大日向村』朝日新聞社、一九三九。

渡辺直紀「張赫宙の長篇小説『開墾』（一九四三）について」韓国文学研究学会『現代文学の研究』三六巻、二〇〇八・一〇。

【論文】（韓国語）

李元熙「湯浅克衛と朝鮮」『日本学』二三、東国大学校日本学研究所、二〇〇三。

李相瓊「日帝暗黒期の韓国文学：李泰俊の「農軍」と張赫宙の『開墾』を通して見た日帝末期作品の読み方と検閲──万宝山事件に対する韓・中・日作家の民族意識研究（一）」韓国現代小説学会『現代小説研究』二〇一〇。

李海英、張丛丛「満洲国の国家性格と安壽吉の北郷精神：安壽吉の在満時期作品を中心に」中国海洋大学校海外韓国学中核事業団編『文明の衝撃と近代東アジアの転換』キョンジン、二〇一二。

姜泰雄「満洲開拓団映画「大日向村」を通してみた満洲国の表現空間」『瀚林日本学』二一、瀚林大学校日本学研究所、二〇一二・一二。

金基勳「満洲のコリアン・ディアスポラ：帝国内移民 intra-colonial migration 政策の遺産」韓錫政、盧基植編『満洲、東アジア融合の空間』召命出版、二〇〇八。

金在湧「日帝末韓国人の満洲認識」金在湧編『万宝山事件と韓国近代文学』亦楽、二〇一〇。

──「東アジア的脈略から見た「満洲国」朝鮮人文学」中国海洋大学校海外韓国学中核事業団編『文明の衝撃と近代東アジアの転換』キョンジン、二〇一二。

金鶴童「張赫宙の『開墾』と万宝山事件」忠南大学校人文科学研究所『人文学研究』第三四巻第二号、二〇〇七・八。

高栄蘭「帝国日本の出版市場の再編とメディアイベント──「張赫宙」を通してみた一九三〇年前後の改造社の戦略」国際韓

国文学文化学会『사이間SAI』第六号、二〇〇九。

趙春虎「一九三〇年代初期の北間島地域における韓人自治運動と中国共産党の対応」中国海洋大学校海外韓国学中核事業団編『近代東アジア人の離散と定着』キョンジン、二〇一〇。

辛承模「植民地期日本語文学に現れた「満洲」朝鮮人象——「満洲」を見つめる同時代の視線の諸相——」東国大学校韓国文化研究所『韓国文学研究』三四、二〇〇八。

——「「引揚」後における湯浅克衛論——連続していく混淆性——」『日語日文学研究』七一、韓国日語日文学会、二〇〇九。

崔一「身分（identity）と歴史叙事——「万宝山事件」の文学化を中心に」中国海洋大学校海外韓国学中核事業団編『近代東アジア人の離散と定着』キョンジン、二〇一〇。

朴银淑「日帝強占期在満朝鮮人文学と朝鮮人社会の矛盾形式」中国海洋大学校海外韓国学中核事業団編『近代東アジア人の離散と定着』キョンジン、二〇一〇。

朴光賢「湯浅克衛の文学に現れた植民二世の朝鮮」『日本学報』六一、韓国日本学会、二〇〇四。

兪淑子「満洲朝鮮人移民の一風景——張赫宙の『開墾』と李泰俊の「農軍」との比較」金在湧編『在日本及び在満洲親日文学の論理　四』亦楽、二〇〇四。

柳水晶「張赫宙の大陸開拓小説「氷解」を読む——主人公・作家・読者のエスニシティ」『中国東北文化研究の広場「満洲国」の文学研究会論集』第一号、二〇〇七・九。

——「張赫宙「氷解」から見る国策と朝鮮人——「氷解」を仲介する朝鮮人物語」『日本学報』七五輯、韓国日本学会、二〇〇八・五。

——「満洲国初期日本語文学界の「満洲文学論」」植民地日本語文学・文化研究会『帝国日本の移動と東アジアの植民地文学　二——台湾、満洲・中国、そして環太平洋』ムン、二〇一一。

柳弼奎「一九三〇年代初期満洲地域における安全農村の設置と性格」中国海洋大学校海外韓国学中核事業団編『近代東アジア人の離散と定着』キョンジン、二〇一〇。

【論文】（英語）

Janice, Matsumura, "Eugenics, Environment, and Acclimatizing to Manchukuo : Psychiatric Studies of Japanese Colonists."『日本医史学雑誌』五六、二〇一〇。

【新聞】（発行年度順）

「支那統一の鍵は不平等の条約撤廃」『中外商業新報』一九二四・一一・二五、陳徳仁、安井三吉『孫文・講演「大アジア主義」資料集』法律文化社、一九八九。

「旅順大連の回収　そこ迄は考へてゐない」『東京朝日新聞』一九二四・一一・二七、陳徳仁、安井三吉『孫文・講演「大アジア主義」資料集』法律文化社、一九八九。

『大阪毎日新聞』一九二四・一二・三〜六、陳徳仁、安井三吉『孫文・講演「大アジア主義」資料集』法律文化社、一九八九。

「悪血の泉を断って護る民族の花園　研究三年、各国の長をとった〝断種法〟愈よ議会へ　画期的な法の産声」『読売新聞』一九三六・一二・一三。

「〝鍬の兵隊〟入京」『読売新聞』一九四〇・一二・一七、夕刊、二面。

年表・満洲移民と国策文学

＊この年表は本書の内容に基づいたものであり、煩雑さを避けるため表記は本書に従っている。

年	日本情勢と国策文学及び満洲関連	東アジア情勢と満洲（国）文学	世界情勢
一九一五（大正四）	一月　二一ヶ条の要求	五月　五・四運動	一月　パリ講和会議 一〇月　ロシア革命
一九一八	八月　シベリア出兵		
一九一九			六月　ベルサイユ条約調印
一九二一			一一月　ワシントン会議
一九二二			一二月　ソビエト社会主義共和国連邦成立
一九二四	一一月　孫文、「大アジア主義」講演（神戸）		七月　アメリカ、「排日移民法」制定
一九二八	四月　第二次山東出兵 五月　第三次山東出兵		

		六月　張作霖爆死事件 一一月　満洲青年連盟成立 一二月　張学良「易幟」	八月　パリ不戦条約調印
一九二九			一〇月　世界大恐慌
一九三〇（昭和五）	〔昭和恐慌〕 九月　関東軍参謀部「満蒙ニ於ケル占領地統治ニ関スル研究」 一一月　日本民族衛生学会　創設		
一九三一	一〇月　伊藤永之介「万宝山」（万宝山事件）	七月　万宝山事件 七月　満洲青年連盟『満蒙三題』刊行 八月　橘樸『満州評論』創刊 九月　満洲事変 一一月　地方自治指導部成立	
一九三二	五月　五・一五事件	三月　満洲国建国宣言 三月　地方自治指導部解散 七月　協和会結成 八月　第六三臨時議会、農山漁村経済更生運動決定 九月　農林省「経済更生部」設置、農山漁村経済更生運動開始	

	一〇月 第一次移民団渡満	一〇月 『作文』創刊 一二月 満洲青年連盟解散	
一九三三	四月 関東軍「日本人移民実施要綱案」 七月 第二次移民団渡満	六月 移民団、「屯墾病」、幹部排斥運動	一月 ナチス党内閣成立 二月 リットン報告書 三月 日本、国際連盟脱退 七月 ドイツ、「断種法」制定
一九三四		三月 満洲国、帝政実施 三月 土竜山事件（依蘭事件） 一一月 対満農業移民会議	
一九三五（昭和一〇）	三月 第六七回帝国議会「政教刷新に関する決議案」、「国体に関する決議案」可決 一〇月 満洲移住協会発足	一月 橘樸、「王道主義の敗北」認める。 五月 溥儀「回鑾訓民勅書」発布 一二月 満洲拓殖株式会社設立	
一九三六	一月 満洲拓殖会社設立 二月 二・二六事件 四月 満洲移住協会機関紙『拓け満蒙』創刊	〔「満洲文学論」論争〕	

一九三七	八月　広田内閣「二十カ年百万戸送出計画」決定 **七月　日中戦争** 七月　大日向村、分村移民開始 八月　満洲拓殖株式会社、満洲拓殖公社に改める。 八月　拓務省「満洲移民第一期計画実施要綱」(「大陸の花嫁」送出) 一一月「満洲に対する青年移民送出」閣議決定	三月　古丁、雑誌『明明』刊行 七月　秋原勝二「故郷喪失」、「夜の話」 八月「満洲文話会」創設
一九三八	四月　国家総動員法公布、満蒙開拓青少年義勇軍送出 五月　国家総動員法施行 六月　農林省、拓務省「分村移民計画」成立 九月　改造社、徳永直派遣 一一月　農民文学懇話会結成 一一月　農民文学懇話会、和田伝派遣 一二月　湯浅克衛「先駆移民」(第二次移民団、土竜山事件)	一月　青木實「満人ものに就て」 一〇月『満洲浪漫』創刊
一九三九	一月　大陸開拓文芸懇話会結成 二月　農民文学懇話会、『土の文学作品年鑑』	

一九四〇（昭和一五）	二月　徳永直「先遣隊」（第六次移民団） 三月　徳永直『先遣隊』 四月　大陸開拓文芸懇話会、第一次「大陸開拓の国策ペン部隊」派遣 四月　『拓け満蒙』、『新満洲』に改称 四月　青少年義勇軍女子指導員（「大陸の母」）送出 五月　湯淺克衛「青桐」 六月　大陸開拓文芸懇話会、第二次「大陸開拓の国策ペン部隊」派遣 六月　和田伝『大日向村』（第七次移民団） 七月　張赫宙「氷解」 八月　打木村治『光をつくる人々』（第一次移民団） 八月　伊藤整「息吹き」（二次「大陸開拓の国策ペン部隊」） 九月　大内隆雄『満人作家小説集　原野』 一〇月　大陸開拓文芸懇話会『開拓地帯　大陸開拓小説集（一）』発刊 一〇月　前進座『大日向村』公演 一二月　「満洲開拓政策基本要綱」策定 四月　国民優生法公布、島木健作『満洲紀行』	六月　古丁、『芸文志』創刊 七月　李泰俊「農軍」（万宝山事件） 九月　望月百合子「満洲を訪れた文士たち」 四月　「満洲国国兵法」公布	九月　ドイツ軍、ポーランド侵攻（第二次世界大戦）

	七月「基本国策要綱」閣議決定、大内隆雄訳『満人作家小説集第二輯 蒲公英』 一一月 映画『大日向村』上映	六月「満洲文話会」改組、青木實「現地作家としての批判」 六月 バイコフ、長谷川濬『虎（偉大なる王）』 七月 溥儀「国本奠定詔書」発布 八月「満洲国暫行民籍法」公布 九月「建国神廟」、「建国忠霊廟」創建	九月 日独伊三国間条約
一九四一	一月『新満洲』、『開拓』に改称。 三月 国民学校令公布、バイコフ、長谷川濬訳『偉大なる王』 一〇月 伊藤整『満洲の朝』（二次「大陸開拓の国策ペン部隊」）	三月「芸文指導要綱」発表 八月「満洲国通信社法」、「新聞社法」、「記者法」公布 一一月 安壽吉「稲」（万宝山事件）	一二月 太平洋戦争
一九四二	五月 農民文学懇話会、大陸開拓文芸懇話会、日本文学報国会に解消 五月 朝鮮総督府拓務科（委嘱）、張赫宙満洲派遣 六月 川端康成編『満洲国各民族創作選集』第一巻	五月 徴兵制施行（朝鮮）閣議決定、朝鮮総督府「国語普及運動要綱」	

	一一月　第一回大東亜文学者大会	一二月　「満洲国基本国策大綱」発表	
一九四三	四月　張赫宙『開墾』（万宝山事件）、『幸福の民』 八月　第二回大東亜文学者大会 九月　満鮮文化社（招聘）、張赫宙間島、熱河巡廻		一一月　カイロ会談
一九四四	六月　川端康成編『満洲国各民族創作選集』第二巻	一一月　第三回大東亜文学者大会 一二月　「朝鮮及び台湾同胞に対する処遇改善に関する件」閣議決定	
一九四五（昭和二〇）	五月　満鮮文化社、張赫宙招聘 八月　日本、敗戦 九月　引き揚げ開始 一〇月　外務省、在外同胞援護会発足 一一月　厚生省「地方引揚援護局」設置	七月　満洲移民者「根こそぎ動員」 八月　ソ連対日宣戦布告、満洲国消滅、朝鮮独立	二月　ヤルタ会談 四月　サンフランシスコ会議 五月　ドイツ、降伏 七月　ポツダム会談 一〇月　国際連合発足

一九四六	九月　生活保護法公布		
一九四八	七月　優生保護法制定	八月　大韓民国政府樹立	
一九四九		一〇月　中華人民共和国建国	
一九五〇（昭和二五）	五月　生活保護法（改定）公布、実施	六月　朝鮮戦争勃発	
一九五一			九月　サンフランシスコ条約調印
一九五三		七月　朝鮮戦争停戦	
一九五四	秋　**日本農民文学会結成**		
一九五五（昭和三〇）	五月　**日本農民文学会、『農民文学』創刊**		
一九五六	九月　吉本隆明、武井昭夫『文学者の戦争責任』		
一九五八	三月　**日本農民文学会、「農民詩事件」**		
一九六五（昭和四〇）	三月　満洲回顧集刊行会『あゝ満洲　国つくり産業開発者の手記』	六月　日韓基本条約	
一九六六		八月　中国、文化大革命	
一九七二		九月　日中共同声明	
一九九六（平成八）	六月　母体保護法制定（改定）		

あとがき

私が満洲という言葉と初めて出会った時の衝撃は、今でも私の記憶を鮮やかに呼び覚ます。世の中のすべてが目新しく、輝いて映る学部の二年生の頃であった。近代の歴史や国民国家の境界、人々の移動、時代の推移、そういったものを想像したこともない未熟な私に、満洲という言葉は響きからして珍しく、不思議で、どこか危ういものに感じられた。後に張赫宙の『開墾』を読み、民族と国民国家、帝国、その中で翻弄される人々の姿を垣間見ることができた。恐らくそれが、私の研究のスタートラインであったのだろう。

私には、朝鮮を植民地化した帝国日本の下、満洲国が建国し満洲移民へと続く満洲をめぐる事象が不可解なものに見えた。なぜ、あのように多くの人々が満洲に魅了され、無謀な夢に酔いしれたのだろうか。どうして、あのように広大で危険な計画に人生を、命を、血を流したのだろうか。何が彼らを突き動かしたのだろうか……。疑問は尽きることなく、いつの間にか私は満洲という近代の幻想に囚われている自分に気づいた。それは私にとって満洲研究へと踏み出す最初の一歩であったばかりではなく、同時に、ある意味では、私もまた満洲に魅せられた一人であるということを発見する瞬間でもあった。

その作業を歴史ではなく国策文学で行ったのは、私の関心が満洲に囚われた人々の生そのものであったためである。史料を読み漁り、当時の資料と現在の研究成果を比較し、宣伝雑誌と回想録を読み合わせながら、国策文学の中でイデオロギーと人々の生が交差する瞬間をできるだけ精緻に読み解き、拾い上げようとした。このような研究は、文学研究とはいえないという批判を受けたこともあれば、時局迎合の御用文学の研究にどのような価値があるのかと指摘されることもあった。加害と被害、戦争協力と抵抗、帝国と植民地、開発と搾取の間に存在し、翻弄された人々の生はいったい何だったのか。私が七年にわたり幾重にも手探りで思索を重ね、記述したものが博論となり、このように本の形となったのは、そうした自問自答を続けた私なりの解答である。そうした本書の試みが、もし学術研究のためだけの研究になっているとすれば、それは一重に私個人の力量不足によるものである。

たとえば、満洲をめぐるイデオロギーについての展開を扱った第1章は、本書における他の章との関わりが明瞭ではなく、読みづらいとの指摘を受けた。それをあえて第1章に据えたのは、満洲という幻想がどのように始まり、構築され、現在にまで継続しているのか、その論理を整理したかったためである。文学研究としては相応しくないものかも知れないが、それがどのように読まれ、評価されるかは恐ろしくもあり、待ち遠しいところでもある。

＊

今日、世界は目まぐるしく推移していくばかりで、時代にきちんと追いつけているのかさえ危うく、恐ろしくなる瞬間が私にはある。国民国家の境界はより緊張感を帯び、多くの人々がその狭間を往来しながら生きている。私自身もそのようなせわしない移ろいの只中で、何を拠り所にして生きていくか自問する日々である。今あえて満洲を再考する意味を問えば、東アジアにおいて戦争と植民地支配という近代の経験が引き起こした移動と揺れ、亀裂と矛盾が新たに読み取られるものになっているためであろう。なぜなら、私たちが直面している世界もまた人の移動と揺れ、国民国家の亀裂と矛盾の中にあるからである。

本書は、私自身がそうして揺れ動く中で多くの方の励ましとお力を頂いて完成することができたものである。

ご多忙にもかかわらず、忍耐強くご指導して下さった小森陽一先生と小森ゼミの方々に、まず御礼を申し上げたい。月脚達彦先生、田尻芳樹先生、エリス俊子先生をはじめとする言語情報科学専攻の先生方々からも多くのご教示を頂いた。法政大学の川村湊先生からは厳しくも温かいコメントを頂いた。また、首都大学東京の大久保明男先生と西原和海先生からは貴重なご助言と励ましを頂いた。研究に多くの示唆を下さった武蔵大学の渡辺直紀先生や人文評論の方々、上智大学の蘭信三先生にも御礼を申し上げたい。

本書は、東京大学総合文化研究科で提出した博士論文「「満洲」移民の「国策文学」とイデオロギー——日本、朝鮮、中国をめぐって」(二〇一四・七)に加筆修正を施したものである。幸いにも平成二七年の東京大学学術成果刊行助成を頂いた。また、世織書房の伊藤晶宣さんのご尽力があってこそ日の目を見ることができたものである。

最後になったが、友人であり姉妹のように研究と生活の両面で支え合った金喜淳さんと研究者としての拙い歩みを踏み出した私を理解し、見守ってくれた家族に最大の礼と際限のない感謝を申し上げたい。

著者

二〇一六年八月一五日

初出一覧

序　章　膨張し続ける帝国の文学——忘却と誤読の文学を読み返す（未発表）

第1章　満洲建国イデオロギーの諸相と限界——在満日本人の心情と防御の論理（原題「満洲国の建国イデオロギーの亀裂と変質——民族協和から五族協和へ、王道主義から王道楽土へ」（『満洲研究』一八、二〇一四年一二月。韓国語）

第2章　国策文学の「越境」——国家統制からの逃避と亀裂（未発表）

第3章　朝鮮人の満洲移民の記憶と帝国の在り方——張赫宙『開墾』論（原題「張赫宙の日本語小説『開墾』における満洲開拓イデオロギーの展開」『朝鮮学報』二二〇輯、二〇一一年七月）

第4章　武装移民の逆説——湯浅克衛「先駆移民」論（原題「湯浅克衛「先駆移民」論——満洲開拓イデオロギーの挫折」『社会文学』三七号、二〇一三年二月）

第5章　「包摂」と「排除」の満洲移民——打木村治『光をつくる人々』論（原題「「包摂」と「排除」の満洲移民——打木村治『光をつくる人々』論」『社会文学』三九号、二〇一四年二月）

第6章　農村問題解決から戦争遂行への傾倒——和田伝『大日向村』と徳永直「先遣隊」（但し第1節「日本人移民者の優秀性と精神疾患」は富士ゼロックス小林節太郎記念基金編『徳永直「先遣隊」における「屯墾病」の表象と「満洲開拓」イデオロギー』富士ゼロックス小林節太郎記念基金、二〇一五年二月）

終　章　国策文学の限界と可能性（未発表）

索　引
〈人名＋作品・資料＋事項〉

あ行

青木実　197, 201, 203, 209-210, 213, 464, 503-504, 506, 544, 552, 554, 557, 562
秋原勝二　190-191, 195, 502-503, 543, 552, 557, 572
浅見淵　4-6, 463, 552
荒木巍　29, 129, 147, 149, 153, 162, 488-489, 493-494, 496, 543
有馬頼寧　126-127, 129, 133-135, 147, 307, 488-489, 553, 564
安壽吉　221, 465, 514, 516, 565, 574
石井寿夫　52, 237, 472, 545
石原莞爾　33-34, 36-37, 264, 466, 467-468, 471, 548, 553, 556, 561
板垣征四郎　32, 466-468, 553
伊藤永之介　20, 129, 131-132, 136, 142, 488, 492, 508
伊藤整　147-149, 155-159, 161, 179, 206, 488, 490, 493-496, 517
井上俊夫　131, 491
井上友一郎　129, 149, 173, 176, 498
打木村治　28, 30, 55, 63, 100, 129, 136, 139, 307-308, 454, 489, 522, 540
干冲漢　45, 58-62, 87, 474, 481
江原鉄平　190-192, 196, 216, 502-503, 506
袁金鎧　45, 58-59, 474
大河節夫　186-187, 502
大谷健夫　217, 507
尾崎秀実　37, 467
＊
「青桐」(湯浅克衛)　149, 151, 179, 493
「朝」(橋本英吉)　136, 491
「稲」(安壽吉)　221
「息吹き」(伊藤整)　149, 155-159, 161, 180, 494-495
「海をわたる心」(徳永直)　149, 155, 494
『大日向村』(和田伝)　28, 30, 381-383, 412-417, 420, 423, 425-426, 431-432, 434-435, 438-440, 442-448, 456-459, 529, 537-539
「追われる人々」(張赫宙)　220
＊
アイデンティティ　15, 21, 23, 124, 167, 183, 191, 215, 228-230, 233-234, 272, 275, 324, 358, 366, 379, 398, 430, 451, 460, 494, 500, 517
「安居楽業」　36, 266, 292
移民者の配偶者　16, 149-150, 324, 328, 330-332, 341-342, 360, 378
越境　15, 28, 125, 182, 206, 218, 450, 452, 460, 488
王道　14, 18, 30-31, 62-70, 79-83, 85-89, 93-97, 99, 105-108, 110, 475-476, 479-481, 483
王道主義　9, 14-15, 18. 27, 29-32, 62-64, 66, 68, 77-79, 81, 83-84, 86-90, 92-95, 97, 101, 103, 105-107, 109-110, 113-115, 123, 184, 214, 249, 449, 452
王道楽土　14, 18, 31, 62, 97, 107, 110, 115-116, 188, 199-200, 203, 401, 450

か行

鍵山博史　131, 135-136, 145-146, 148, 199, 489, 491-492, 555
角田時雄　186-187, 502, 561
加藤完治　9, 42, 150, 154, 250, 263-264, 318, 415, 459, 518-519, 535, 556
木崎竜　183, 188, 502, 507, 556
岸田国士　126, 149, 181
北一輝　65, 476, 546-547
木津安五　447, 542
近藤春雄　12, 30, 129, 149, 152, 179, 206-208, 217, 464, 489, 490, 493-494, 505, 507, 543, 547, 557-558
古丁　202-203, 504
金井章次　47, 87-88, 470-471, 481, 546, 561
加納三郎　183, 188, 198, 502, 556
漢奸　22, 221, 521
楠木幸子　136, 138, 491-492, 544
上野凌嵱　187-188, 464, 502, 557
＊
『開墾』(張赫宙)　28, 30, 219-223, 225, 227, 229-234, 239, 242, 244-245, 248-250, 252-254, 452-453, 497, 507-510
『芸文志』　202, 504
「建設の文学」(木崎竜)　183, 188, 502
「幻想の文学」(加納三郎)　183, 502
『幸福の民』(張赫宙)　248, 508
「故郷喪失」(秋原勝二)　190
「米」(楠木幸子)　136, 138-139, 491-492
＊
「暗い沈黙」　196-199, 203, 209, 211, 213
開拓文学　3, 6-7, 11, 20, 210, 309, 461, 489, 499
関東軍　9-10, 14, 18, 27, 30-44, 55-62, 64, 66, 79-80, 83-84, 83-91, 93-95, 98-103, 106-107, 111-120, 122-123, 178, 181, 236-237, 250, 258-260, 264-265, 268, 278, 281-282, 287-288, 295, 300, 302-306, 309, 313, 315, 321, 328, 330, 343, 346, 377, 386-387, 449, 459, 460, 466, 468-469, 471, 473, 479, 481, 483-484, 486, 514-515, 517, 520, 523, 535
帰順　110, 288-293, 295, 305, 376
「窮民救済」　432, 435, 439, 447
協和会　18, 38, 94, 97, 106-107, 112, 207, 213, 252, 465, 466, 469, 485, 516
「芸文指導要綱」　182, 200, 204, 208, 213-216
五・一五事件　41, 263
皇道　27, 79, 87, 95, 105-106, 108, 110-111, 118, 123-124, 318, 451
「故郷喪失」　192, 460, 463
国策移民　11, 63, 159-160, 250, 263, 272, 306, 315, 359, 378-379, 426
国策団体　3, 8, 12, 20, 27-28, 125, 127, 133, 145-146, 148, 158, 178, 182, 206, 214, 257, 307, 449-450, 459
国籍法　10, 93, 111, 225, 240, 251, 365, 464, 528
五族協和　14, 20, 31, 50, 110, 115, 172, 185-188, 190, 199-200, 208, 249, 251-252, 265, 277, 296-297, 379, 401, 410-411, 450, 460, 500, 508
五族共和　49-53, 55-56, 471-472, 555, 558
国家形成能力　37, 113
国家神道　14, 95, 106-107, 112, 455
五・四運動　53, 67, 70-71, 74, 236-237
婚姻　55, 309, 326, 328-329, 341, 343, 345-346, 352, 354-355, 358-360, 364-365, 369, 373, 377-378, 395, 454
混血　55-56, 309, 342, 346, 359-364, 366-367, 372-374, 378-379, 390, 394-395, 455, 527-528, 562

さ行

佐藤四郎　204-205, 503, 505-506, 558

島木健作　133, 145, 148, 159, 179, 180, 209, 210, 489, 492, 493, 494, 558
城小碓　183 - 187, 190, 501 - 502, 558, 561
＊
『作文』　183, 190, 197, 501
「身辺の感想」(伊藤整)　157, 494, 554
「先駆移民」(湯浅克衛)　28, 30, 63, 100, 129, 169, 257, 258 - 260, 262, 281 - 282, 287 - 288, 297 - 299, 302 - 306, 453 - 454, 460, 517 - 519, 544
「先遣隊」(徳永直)　28, 100, 129, 381 - 386, 396 - 399, 404 - 409, 411, 456 - 457, 459, 529 - 530, 544
＊
産業開発　64, 93, 115, 121, 286, 288, 486, 549, 555 - 556, 563
自衛権　237, 241 - 242, 473, 513, 547
自衛団　59, 286 - 291
「指導民族」　90, 105, 124, 188, 451
地主化　63, 102 - 103, 382, 526, 529, 554
純血　359 - 362, 364, 373, 378 - 379, 390, 395, 455
少数民族　14, 23, 49 - 54, 56, 92, 113, 252, 471 - 472, 563
昭和農業恐慌　12, 41
植民者　15, 121 - 123, 191 - 192, 194, 196, 213, 281, 450, 452, 517, 554
植民地文学　4, 5, 8, 19, 23 - 24, 188, 202, 464, 501, 504, 508, 546, 551, 562, 566
「心情論理の体系」　18, 44
水田開発　228 - 230, 233, 243, 516
性の多様性　342, 346
「善政」　35 - 36, 83, 118 - 119
宣撫工作　259, 265 - 267, 269 - 270, 277 - 278, 290, 293, 297, 304 - 305, 519, 545, 561

た行

東宮鉄男　264, 328, 459, 518, 523, 535, 548, 556, 558
高田保馬　379, 529, 547
高見順　147, 488, 493, 517, 522, 530, 553, 558
橘樸　32, 35, 38, 42, 60 - 63, 66, 68 - 92, 94 - 99, 101 - 106, 111 - 112, 113 - 114, 117, 465, 467, 474 - 475, 477 - 481, 483 - 485, 550, 555, 557, 559 - 560, 562
張赫宙　4, 20 - 21, 28 - 30, 149, 162, 166 - 167, 179, 219 - 234, 255, 452 - 453, 490, 496 - 497, 507 - 509, 543, 551, 554, 558, 561, 565 - 566, 573 - 575, 577
張学良　35, 39, 43, 56, 58 - 60, 62, 220 - 223, 253, 321, 473 - 474, 523, 562, 570
鄭孝胥　62, 87
徳永直　28, 100, 129, 136, 149, 156, 179, 381, 382, 384, 409 - 411, 456, 492, 494, 529 - 530, 537, 543, 554, 563, 572
＊
『大陸日本の文化構想』(近藤春雄)　208, 464, 505, 547
「大陸の花粉」(井上友一郎)　149, 173, 176, 178, 180, 498, 543
『大陸浪漫』　183
『土の文学作品年鑑』　130, 133, 489, 543 - 544, 553, 555, 563 - 564, 572
「燕」(伊藤永之介)　136, 142 - 143, 492, 543
「土手の櫟」(和田伝)　136, 140, 142, 492, 544
「渡満部隊」(近藤春雄)　149, 152, 179, 493, 543
＊
大アジア主義　37, 66 - 70, 118, 120 - 121, 476 - 477, 518, 567, 569
第一次大陸開拓の国策ペン部隊　149, 156, 161, 179, 181
大雄峰会　62, 94, 117 - 119, 469, 481 - 482
大陸開拓文芸懇話会　3, 6, 7, 15, 19 - 21, 27, 126 - 131, 133, 147 - 149, 153, 156, 158, 161, 174, 178 - 180, 206 - 207, 210 - 211, 213, 217, 220, 257, 377, 449, 459,

488-489, 493-495, 497-499, 505, 508, 543-544, 553, 557, 572-574
「大陸の花嫁」 55, 150-152, 162, 326, 330-331, 346, 373, 396, 525, 526-527, 544, 555, 572
大陸文学 3-7, 127-129, 147, 308, 463, 552
治安維持 31, 33-36, 44, 57, 61, 100, 162, 264, 266, 285-288, 293, 297-298, 304-305, 313, 350, 385-386, 469
治外法権 43, 49, 67, 93, 236, 238-240, 252, 365, 528
地方自治 35, 58-62, 83, 92-94, 469, 570
「中華民族」 53, 71
中国ナショナリズム 14, 31, 38-39, 44-46, 48-49, 51-55, 57, 71-72, 110, 112, 172, 227, 236-237, 512, 564
朝鮮総督府 225, 248, 250-251, 508, 510, 514-515, 528, 561, 574
「通匪容疑」 222, 224-225
帝国の文学 3-4, 6, 8, 28, 32, 461, 463
転向作家 12, 29, 130, 145, 204, 449-450
天皇 65, 87, 106-112, 114, 118, 124, 234, 264, 316-317, 391-392, 451, 475
同化 18, 50, 53, 105, 109-110, 124, 182, 253-254, 270, 360-364, 378-379, 455, 472, 527
土地買収 48, 63, 101, 104, 230, 238, 258-259, 281, 288, 298, 303, 306, 328, 484, 520
屯墾病 16, 28, 162-164, 166, 271, 328, 383-384, 387-390, 395-396, 398-399, 404, 406-411, 457, 496, 531, 535, 556, 571

な行

内藤湖南 37
西村真一郎 183, 191, 200, 202, 501-502, 504, 562
*
「農軍」(李泰俊) 221, 508, 565-566. 573
*
内鮮一体 21, 249, 251, 253-254, 361, 390, 500, 527
二一ヶ条の要求 53, 71, 74, 236, 240, 569
二重国籍 10, 91, 93, 185, 251, 365, 366, 528
二重国籍問題 225, 230, 240, 250, 464
日満一徳一心 14, 106-110, 187, 212, 454
「日満雑婚説」 360, 361
「日帝の手先」 48, 225, 243, 250, 253, 453
日本回帰 6, 463
日本人の質 390, 392
日本農民文学会 20, 131-132, 530, 576
日本文学報国会 20, 24, 127, 574
日本民族 10, 12-13, 15, 29-31, 45-48, 54-56, 67, 70, 90, 92, 105, 107, 111-114, 116, 124
日本民族衛生学会 391, 532, 570
日本領事館 59, 220-221, 231, 235, 239, 240, 511
農業恐慌 12-13, 41, 262
農村経済更生運動 12, 41, 404
農村問題 9, 12-13, 16, 27-28, 151-152, 250, 253, 263, 323, 381, 431, 440, 460
「農民詩事件」 131, 576
農民文学懇話会 3, 6-7, 15, 21-21, 27, 126-127, 129-133, 135-136, 143-149, 178-181, 206, 210, 213, 217, 307, 381, 383, 449, 459, 489, 490-492, 529, 543-544, 553, 555, 563-564, 572, 574
農民文学者 129, 131-132, 134, 146, 148, 307, 450, 488

は行

古屋芳雄 362-364, 528, 533, 537, 546
橋本英吉 129, 491, 544
溥儀 61-62, 87, 89, 94-95, 97, 106, 469, 571, 574
福田清人 12, 127-129, 149, 156, 174, 179, 377, 488-489, 529, 549, 563

＊
『光をつくる人々』(打木村治)　28, 30, 55, 63, 100, 307-310, 314-315, 318-319, 322, 324-326, 328-330, 338, 342, 346, 351, 357, 359-360, 366, 371, 374, 376-377, 379-380, 454-455, 460, 522-523, 543, 573
「氷解」(張赫宙)　29, 149, 162, 166-167, 172-173, 179-180, 490, 496-497, 508, 543, 566, 573
「北満の花」(荒木巍)　29, 149, 153, 162, 166, 172, 493-494, 496, 543
＊
八紘一宇　15, 27, 31, 90, 106-110, 119, 214-215, 373, 449, 483, 558
パリ講和会議　67, 236, 569
パリ不戦条約　242, 570
反日運動　236-238, 243
「複合民族論」　360
「復辟派」　82, 89, 96
武装移民　16, 28, 63, 100, 161, 257, 259-260, 264, 266-267, 285-287, 304-306, 308-310, 312-315, 317, 319, 322, 326, 329, 348-351, 356, 377, 379, 381, 385, 395-396, 453-454, 459-460, 469, 517, 519, 524-525
文化統制　12, 19, 184, 200, 204-206, 213-214, 216-218, 307, 449-450, 452, 460, 489
分村移民　13, 16, 28, 149, 155, 162, 309, 324, 381-384, 401-408, 412-415, 422, 425-426, 431-432, 434-435, 439-440, 443, 446-447, 456-458, 537, 539-540, 553, 572
ペン部隊　126, 149, 156, 158, 161, 166, 179-181, 206-207, 257, 490, 495, 519, 557, 573-574
「方向転換」　35, 38, 77-79, 465, 467, 478-479, 557, 560
報告文学　16, 155, 180, 308, 409, 450, 452
膨張主義　13, 27, 151, 272, 432, 439
奉天文治派　32, 44, 58-62, 83, 89, 95
「保境安民」　44-45, 59-61, 77-78, 84
ホモソーシャリティ　343, 526

ま行

緑川貢　207, 210, 505-506, 564
武藤富男　214, 506, 564
孟子　14, 63-66, 81-82, 106, 475-476, 544, 564-565
望月百合子　206-207, 207, 210-212, 217, 505-506, 564
＊
『満洲紀行』(島木健作)　209-210, 494, 506, 552, 573
『満洲の朝』(伊藤整)　157, 494, 562, 574
「満洲の印象」(伊藤整)　157, 494-495, 554
『満洲評論』　62, 83, 89, 97, 101, 465-467, 478-485, 559, 560, 564
「満洲文学と満洲生まれのこと」(江原鉄平)　190, 554
「満洲文学の精神」(城小碓)　183, 501, 558
「満人ものに就て」(青木実)　197, 503, 552, 572
「満洲を訪れた文士たち」(望月百合子)　206, 212, 505, 564, 573
「満人作家の作品検討」(M. G. M)　212
『満蒙三題』(満洲青年連盟)　46-47, 49, 470-471, 473, 498, 503, 564, 570
『明明』　202-203, 571
＊
満洲移民の国策文学　3, 11, 13, 16-17, 24-32, 56, 62-63, 100, 180-181, 308, 449-450, 452, 459, 460
「満洲史」　37
満洲青年連盟　14, 18, 32, 38, 41-49, 54-58, 61-62, 80, 83, 87, 91, 94, 106, 111-112, 238, 243, 415, 469-471, 473, 482, 498, 549, 561, 564, 570-571
満洲文学　19-20, 22-24, 182-192, 196,

199, 201-203, 206-207, 212-214, 216-217, 452, 502-505, 507, 552, 554, 556, 558, 561-562, 564, 566
満洲文学論　15, 22, 28, 182-183, 186, 188, 190, 199, 201-204, 206-208, 210, 213-216, 501, 552, 571
満洲文話会　181, 200, 204, 500-503, 505, 507, 543, 550, 552, 554-556, 558, 561-562, 572, 573
万宝山事件　21, 43, 48, 219-222, 227, 231-232, 234-235, 237, 239, 242-243, 245-250, 253, 507-509, 514, 548, 551, 554, 564-566, 570, 573-574
満蒙開拓青少年義勇軍　16, 149-153, 156, 162, 165-173, 180, 207-208, 382, 490, 493, 496, 547, 561, 572
満蒙自治制　44-46, 54, 112
満蒙特殊権益　33, 44, 46, 48, 54, 67, 90, 234, 236-239, 241-242, 244-245, 250, 272, 365, 453
満蒙領有論　18, 27, 32-35, 39, 42, 449
南満州鉄道株式会社　34, 43-44, 53, 56-57, 61-62, 83, 89, 97, 112, 115, 117, 121, 156, 190-191, 202, 230, 236, 239, 266, 286, 288, 313, 365, 367, 469-470, 473, 482, 486, 501, 509-510, 519, 561
民族協和　9, 10, 14-15, 17-21, 27, 29-32, 36, 43-51, 53-57, 62, 80, 87, 90-91, 93-95, 105-110, 113-117, 128, 162, 164-167, 172-173, 181-182, 188, 208-210, 214-215, 217, 226, 249-252, 254, 280, 285, 365, 373, 378-379, 386, 447-449, 452, 454, 460, 468, 471-472, 493, 508, 550
「民族資源」　360, 394
民族主義　21, 52, 55, 60, 74, 90-91, 107, 115-116, 203, 208, 373, 455, 461, 472, 474, 562

や行

山口重次　38, 47, 49, 56, 468, 470-471, 473, 481, 546, 550
山本和夫　131-132
鑓田研一　129, 133-134, 136, 145, 489, 191, 564
湯浅克衛　21, 28, 30, 63, 100, 129, 149, 151, 156, 169, 179, 206, 257-258, 285, 306, 453-454, 490, 493-494, 517-518, 544-545, 553-554, 558, 564-566, 572
吉田松陰　64-65, 465, 475
＊
「夜の話」（秋原勝二）　190, 192, 196, 201, 502-503, 543, 557, 572
＊
優生思想　390-391, 532, 549, 563

ら行

李泰俊　221, 508, 554, 565, 566, 573
＊
領事館警察官　221, 239, 240-242, 244-246
領事裁判権　236, 239-240, 528
ルポルタージュ　16, 126, 132, 134, 146, 180, 234, 258, 308, 382, 413, 457-458, 519, 530, 554
連続性　23, 90, 132, 202, 220-221, 346, 436, 439, 461, 487, 509, 558

わ行

和田伝　12, 20, 28, 30, 125, 129, 131, 381-382, 412, 446-447, 456-457, 488-489, 492, 529-530, 537-538, 544, 547, 563, 565, 572-573

〈著者プロフィール〉
安　志那（アン・ジナ／AHN JINA）
1977年、韓国ソウル生まれ。東京大学総合文化研究科博士課程修了。博士（学術）。現在、淑明女子大学非常勤講師および嘉泉大学アジア文化研究所研究員。専攻は日本・韓国近現代文学。論文に「張赫宙の日本語小説『開墾』における満洲開拓イデオロギーの展開」（『朝鮮学報』220号、2011年7月）、「湯浅克衛「先駆移民」論――満洲開拓イデオロギーの挫折」（『社会文学』37号、2013年2月）など。

帝国の文学とイデオロギー ◐ 満洲移民の国策文学

2016年11月10日　第1刷発行 ©

著　者｜安　志那
装幀者｜M. 冠着
発行者｜伊藤晶宣
発行所｜(株) 世織書房
印刷・製本所｜(株) ダイトー

〒220-0042　神奈川県横浜市西区戸部町7丁目240番地　文教堂ビル
電話 045-317-3176　振替 00250-2-18694

落丁本・乱丁本はお取替えいたします　Printed in Japan
ISBN978-4-902163-90-2